Margrit Krause

Berylls Queste II

Der Weg fort – Zum Wurzelort des Steines

novum pro

Bibliografische Information
der Deutschen Nationalbibliothek:

Die Deutsche Nationalbibliothek verzeichnet diese Publikation in der Deutschen Nationalbibliografie. Detaillierte bibliografische Daten sind im Internet über http://www.d-nb.de abrufbar.

ISBN 978-3-99003-563-4
Lektorat: Dr. phil. Ursula Schneider
Umschlagfotos: Winterdove | Dreamstime.com, Rashevskaya | Dreamstime.com
Umschlaggestaltung, Layout & Satz: novum publishing gmbh

Gedruckt in der Europäischen Union auf umweltfreundlichem, chlor- und säurefrei gebleichtem Papier.

www.novumpro.com

AUSTRIA · GERMANY · HUNGARY · SPAIN · SWITZERLAND

Inhalt

Den folgenden Personen, mit deren Unterstützung und Hilfe die Veröffentlichung dieses Romans erst Wirklichkeit wurde, sei er insbesondere gewidmet:

Meinen Eltern, die meine und die Entstehung des Buches ermöglicht haben.

Cosima, Regina und Stephan, ohne die ich Beryll nicht begegnet wäre und die mich zur Entdeckungsreise ins grüne Land ermutigt haben.

Ion für phänomenales Timing im Jahr 2003, als es nötig war.

1

Im Ring der Wahrheit

In den folgenden sieben Tagen wurde in den Hallen und Kellern der Zwerge viel geredet und noch mehr Bier getrunken.

Seit sie vor sehr, sehr langer Zeit aus dem Urland hier herübergekommen waren, war nie wieder ein Ereignis aus der Außenwelt für sie interessant oder gar wichtig gewesen.

Bis auf die Gelehrten, die darauf bestanden, weiterhin draußen zu reisen, und den Gesandten, zu deren Beruf es gehörte, war es niemandem eingefallen, weiter wegzugehen als zum Tauschplatz oder zu den abgelegenen Wachstationen, wenn es denn sein musste.

Und nun, nun war diese Außenwelt gar bis zu ihnen in den Thronsaal vorgedrungen: Und dazu noch mit Dingen wie Queste, Hochelfendolch, einem Einhörnigen und zwei Fremden.

Da gab es viele Meinungen zu äußern. So auch bei den Soldaten in den Wachstuben und in den beiden Offiziersmessen der königlichen Garde. Es hatte sich ergeben, dass es zwei davon gab. Eine für die Weltoffenen und eine für die Traditionalisten. Denn die Gardisten selbst hatten genug davon gehabt, sich bei jedem Essen und auf jeder Freiwache streiten oder gar schlagen zu müssen. Im Dienst für den König konnten sie zusammenarbeiten, das war Ehrensache, aber sich für ihre Überzeugung notfalls zu schlagen, war es eben auch.

Auch die Zivilisten trafen sich in den Schankhöhlen oder in Wohnhöhlen zu regem Meinungsaustausch.

Zum Glück gab es nur ab und zu ein paar Beulen, wenn eine Diskussion zu handfest wurde oder wenn einer seinen Heimweg nach zu viel Bier nicht mehr fand, ohne mit den Wänden der Gänge unliebsame Bekanntschaft zu machen.

Aber am Hof war man sehr wachsam. Es liefen mehr Wächter als sonst in den Gängen Patrouille und sie waren angewiesen worden, Ansammlungen aufzulösen, notfalls mit Verhaftungen. Es war ein Glück, dass Zwerge zwar hitzige Diskussionen liebten und nichts auf ihre Vorfahren kommen ließen, im Grunde aber doch sehr gemütlich waren. Denn so trug ihre Natur selbst dazu bei, dass nichts endgültig ausartete.

Sehr geschäftig waren auch die Magier, denn sie hatten gleich am Tag nach der Audienz, in der der Ring der Wahrheit gefordert worden war, damit angefangen, ihn zu weben.

Das war keine einfache Angelegenheit. Es galt, Tausende von Schritten und Handlungen genau nach dem Ritual durchzuführen, damit die Magie lebendig und wirksam werden konnte. Alle Metalle, alle Planeten, die Götter selbst und weitere Wesenheiten und Dinge mussten dabei mitwirken und zur Stelle sein, wenn es ein echter Ring der Wahrheit werden sollte.

Die Magier strengte es sehr an, denn, ehrlich gesagt, hatten sie seit ewigen Zeiten keinen Ring der Wahrheit mehr weben müssen und waren darin nicht mehr sehr geübt.

Die Einzigen, die sich, wie angeordnet, duldsam und ruhig verhielten und sogar kaum sprachen, waren Merlin und Silbermähne. Sie blieben, wie sie es mussten, in ihren Gemächern.

Sie wurden mit allem versorgt und gut bedient, aber es war langweilig.

Zumindest für Merlin, dem es gar nicht lag, die Tage nur mit Essen und Trinken und Ausruhen zu verbringen. Silbermähne hatte es vielleicht einfacher, denn er wusste, was durch den Ring der Wahrheit auf sie zukam, und war in Gedanken dabei, sich darauf vorzubereiten. Aber er sprach mit Merlin nicht darüber. Die Vorsichtsmaßnahme des Gesandten hatte ihm ganz klargemacht, dass sie nicht zueinander sprechen oder denken konnten, ohne dass es die Zwerge mitbekamen. So redeten sie nur über Belangloses.

Da sie nun Tag und Nacht dort verbrachten, entdeckte Merlin zu einer bestimmten Stunde – nach wie viel Zeit, war schwer zu sagen, denn sie hatten keine Anhaltspunkte –, dass ein Lichtschaft in den Essraum und von dort weiter genau auf das Badebecken fiel. Es sah natürlich prächtig aus, wie da die Kristalle und der grüne Stein im Bad zur Geltung kamen.

Er wunderte sich darüber, was der Ursprung dieses Lichtphänomens sein mochte. So ging er ihm nach. Er fand eine Felsspalte in der Wohnstubenhöhle, durch die das Licht kam. Es war sogar etwas mehr als eine Spalte. Es war ein schmaler, knapp menschenhoher Gang mit einem glatten Boden aus Steinplatten.

Er ging ihm nach, hinein in das blendend helle Licht. Tastete sich an den Wänden weiter, bis er wieder etwas mehr sehen konnte.

Nach ein paar Metern fühlte er auch, dass die Luft anders wurde. Frischer. Bewegter. Der Gang musste nach draußen führen!

Tatsächlich kam er nach etwa zehn Metern ans Tageslicht. Die Sonne stand wohl so, dass sie durch den Gang gerade eben bis in ihre Wohnhöhle scheinen konnte, und auch Luft kam so dort hinein. Sobald seine Augen es zuließen, sah er sich um.

Ja, er war draußen. Aber er war nicht frei zu gehen, wohin er wollte. Ganz und gar nicht.

Er stand auf einem als Balkon ausgestalteten Vorsprung mitten in einer riesigen, steilen und völlig glatten Felswand.

Sie wussten ja nicht, in was für eine Gegend sie gekommen waren, denn sie waren mit verbundenen Augen gereist. Nun konnte er so viel feststellen, dass sie entweder zu einem Gebirge oder in eine Schlucht gebracht worden waren. Er sah eine Felswand gegenüber, einen Fluss tief unter sich und einen Teil der Felswand, in der sich der Balkon befand, der geformt war wie der Bug eines Schiffes. Mehr ließ sich aber nicht in Erfahrung bringen. Der Fluss kam weiter talaufwärts um eine Biegung und verschwand talabwärts schon bald um eine weitere. Oben war nur ein Stück Himmel zu sehen, die Wände waren so steil, dass weiter nichts zu erkennen war. Dass die Sonne bis in die Wohnhöhle scheinen konnte, war unter diesen Voraussetzungen praktisch unmöglich. Aber Merlin stellte bald fest, dass sich die Zwerge polierter Kristallplatten bedienten, die wie Spiegel wirkten, um das Licht auf den Balkon und weiter in den Gang zu leiten. Er sah sie an der gegenüberliegenden Felswand und auch an den Biegungen des Ganges. Denn auf dem Rückweg stellte er fest, dass der gar nicht gerade verlief, was verhinderte, dass es in der Höhle allzu heftigen Durchzug gab.

Ja, die Zwerge hatten an das Bedürfnis nach frischer Luft und dem Wechsel von Tag und Nacht, das Menschen und Elfen haben, gedacht und einen Ort geschaffen, an dem dies zu finden war. Aber sie hatten diesen Ort so geschickt gewählt, dass er nichts über die Lage ihres Höhlenreiches verriet.

Von da ab verbrachte Merlin viele Stunden auf diesem Balkon, der wie das Nest eines Adlers an der Felswand hing.

Beryll war weiterhin gefangen in der raum- und zeitlosen Dunkelheit seines Kerkers.

Als die dazu nötigen sieben Tage um waren, war der Ring der Wahrheit gewoben. Er war den Magiern gelungen. Er hatte ihrer Prüfung standgehalten und so war dem König mitgeteilt worden, dass er bereit sei.

Die Majestäten setzten daher die Stunde für die Befragung im Ring der Wahrheit fest.

Als es soweit war, wurden Merlin und Silbermähne von den Pagen bis vor das Portal des Thronsaals gebracht.

Dort musste Merlin in der Obhut mehrerer Wachen warten, während Silbermähne in den Thronsaal vorgelassen wurde.

Silbermähne betrat den Thronsaal gelassen und mit ruhigen Schritten, würdevoll. Er ging bis in dessen Mitte, wo der Ring der Wahrheit angelegt worden war, und stellte sich vor den Ring. Die Majestäten saßen auf besonders gearbeiteten Stühlen auf der anderen Seite des Rings, genau gegenüber, vor dem Becken mit dem türkisfarbenen Wasser.

Der König sprach: „Wir haben entschieden, dass Ihr, oh Einhörniger, als Erster den Ring betreten und Eure Herkunft, den Verlauf Eurer Reise und Eure Absicht kundtun sollt.“

„Ihro Majestät! Gerne bin ich bereit, dem Folge zu leisten."
Und Silbermähne trat in den Ring der Wahrheit.

Bis zu dem Augenblick war einfach nur ein weißer Kreis am Boden zu sehen gewesen. Als Silbermähne aber mit dem ersten Huf über die Linie trat, wurde ein blaues Flimmern sichtbar, das sich am Ring entlang ausbreitete und rasch so hoch wurde, dass es bis über die Spitzen von Silbermähnes Ohren reichte. Weiterhin gelassen trat Silbermähne vollständig in den Kreis ein.

Das war sehr seltsam anzusehen, denn alles an ihm, was bereits im Kreis war, war aus silbernem und goldenem Licht, seine Mähne wahrlich aus Silberlicht, und auf der Stirn trug er ein starkes, gedrehtes Horn aus kristallenem, flüssigem Licht. Der hintere Teil von ihm, der sich noch außerhalb des Rings der Wahrheit befand, sah aus wie ein gewöhnliches Pferd. Erst als er ganz im Ring war, war er ganz Einhorn.

Seine Erdbodenkörpergestalt konnte im Ring der Wahrheit nicht bestehen. Jede Magie der Illusion wurde darin aufgelöst. Jeder und alles musste sich darin in seiner wahren Gestalt zeigen und nur die Wahrheit konnte gesprochen werden.

Silbermähne erzählte genau, was er bei der letzten Audienz gesagt hatte. Der Ring zog sich dabei nicht zusammen, um ihn gefangen zu nehmen, also entsprach es der Wahrheit. Als er mit seiner Erzählung geendet hatte, fügte er weiterhin an:

„Zwei Dinge gibt es, die im Ring der Wahrheit zu äußern mich verlangt. Eines zum Dolch der Hochelfen, eines zu Berylls Gestalt.

Was die Tatsache betrifft, dass Beryll einen Dolch trägt, den die Majestäten zu Recht als einen Dolch der Hochelfen erkannt haben:

Beryll hat das Recht, ihn zu tragen.

Als Zwerge müsst ihr doch wissen, da ihr selbst es ja seid, die diesen Zauber in das Metall weben, dass ein Dolch der Hochelfen sich gegen jeden richtet, der sich seiner unrechtmäßig bemächtigt. Knapp gesagt, tötet er selbst seinen Dieb. So einen Zauber hat doch sicher auch der königliche Vorfahre, der den geschmiedet hat, den Beryll trägt, in das Metall gewoben! Ich bitte darum, dass dies überprüft wird und auch, ob meine Aussage stimmt, dass er Beryll in all den Jahren, in denen dieser den Dolch trägt, nicht ein einziges Mal die Haut auch nur geritzt hat.

Zu Berylls Gestalt:

Bisher war es eurer Wahrnehmung unmöglich, Beryll als Elf zu erkennen, was zu großem Zweifel geführt hat. Denn der Reiter eines Einhörnigen auf einer Queste muss ein Elf sein; er wird keinen Menschen auf so einer Unternehmung tragen. Das ist so.

Beryll stammt aus einem würdigen Haus der Elfenreiche, dessen Namen jetzt zu verraten, mir jedoch nicht gestattet ist. Ich bin durch Eid und Ehre gebunden. Ihr habt an den Gegenständen, die er in seinem Gepäck mit dabei hatte, die ihr beim Überprüfen gefunden habt, feststellen können, dass sich darunter ein Umhang und Kleidung aus Elfentuch, Einhorndosen und getrocknete Früchte vom Baum der Sommerkraft befinden. Dies alles ist sein Eigentum und zu Recht. Auch dies weist ihn als Elf aus.

Wenn er jedoch den Ring der Wahrheit betreten wird, so wird, anders als bei mir, sein Erdbodenkörper erhalten bleiben. Sein Elfenlicht wird sichtbar werden, aber ihr werdet erkennen, dass es von ihm getrennt ist und sich nicht dort befindet, wo ihr es vermutet habt. Der Zauber, der ihn bannt, ist so tiefgehend, dass ihr sein Elfenlicht außerhalb des Rings der Wahrheit ohne besondere Fähigkeiten vermutlich gar nicht habt erkennen können. Der Zauber, der ihn bannt, ist tiefste Weltenwahrheit, ist keine Illusion, sodass er durch den Ring der Wahrheit nicht aufzulösen ist, weil er einer inneren Wahrheit entspricht.

Dies hat mit unserer Queste zu tun.

Um andere Wesen vor noch größerem Schmerz zu schützen und um sich auf die Suche nach einem Mittel zur Heilung begeben zu können, hat Beryll aus freien Stücken den Trank des Vergessens aus der heiligen Quelle am Hofe des Königs des grünen Landes getrunken.

Er hat dies im Wissen und mit dem Einverständnis des Königs getan.

Dies hat seinen jetzigen Zustand zu seiner Wahrheit werden lassen.

Bis er sich Stück für Stück, Schritt für Schritt selbst erinnert haben wird an seinen Ursprung, an sein Handeln, an seine Herkunft und Familie. Der Weg dahin wird sein Licht und seinen Erdbodenkörper nach und nach wieder vereinen. Auf diesem Weg des Erinnerns wird er das finden, was zur Heilung der gebrochenen Kreisläufe, zur Versöhnung der Länder gefunden werden muss. Dies lässt sich nicht beschleunigen und nicht verlangsamen. Es wird in seinem Tempo geschehen. Der Ring der Wahrheit wird euch diese, seine Wahrheit zeigen. Nur in seinen Augen werdet ihr Elfenlicht sehen. Seinen Erdbodenkörper wird er auch im Ring der Wahrheit tragen, denn er ist so fest damit verbunden wie ein Mensch. Sein Elfenlicht wird bei ihm aber weder in noch um ihn sein, sondern von ihm gelöst, wenn auch immer in seiner Nähe."

Damit schloss Silbermähne.

Der König gebot ihm, noch im Ring zu verweilen, und ließ Merlin in den Thronsaal holen.

Erst als Merlin den Majestäten gegenüber vor dem Ring der Wahrheit stand, forderte er Silbermähne auf, diesen zu verlassen.

Die Verwandlung verlief in umgekehrter Richtung. Das blaue, flimmernde Licht stieg bis über seine Ohren, sank dann hinab zum Kreis und verblasste wieder zu einer weißen Linie.

Merlin schaute gebannt zu.

Der König beobachtete Merlin aufs Genaueste. Er hatte veranlasst, dass Merlin Zeuge dieser Verwandlung werden sollte, um festzustellen, ob er nun eher zu den Menschen gehöre, und somit in diesen Dingen wenig erfahren sei, oder mehr zu den Elfen und damit vertraut. Merlins Staunen gab ihm einen deutlichen Hinweis. Merlin war wohl tatsächlich ein Nachfahre eines der Kinder, die aus einer Liebe zwischen Elfen und Menschen entstanden waren, wie es in den Balladen besungen wurde, aber er hatte das Reich der Elfen wohl noch nie selbst gesehen. Das, was an ihm Elfenlicht war, kam von seinen Vorfahren und er war Mensch.

Als Merlin Silbermähne im Ring der Wahrheit als reines Einhorn erblickte, war er davon tief berührt. Wohl hatte er Silbermähnes Farben und damit seine ganz besondere Art auch bisher erkennen können, mit seinen Augen und mit seinem Herzen, nie hatte er ihn aber völlig ohne die Wirkung des Zaubers gesehen, der ihm seinen Erdbodenkörper in Form eines Pferdes gab, in seiner vollen Pracht als Einhorn.

Als Silbermähne wieder als Pferd neben Merlin stand und dieser nun vom König aufgefordert wurde, selbst den Ring der Wahrheit zu betreten, war er noch immer so verzaubert von Silbermähnes Anblick, dass er gar nicht darauf achtete, was mit ihm selbst für eine Veränderung geschah. Silbermähne hingegen sah wie der König und die Königin und die Zwerge ganz genau hin, um sich alles merken zu können.

Merlin trat in den Kreis, der wieder von einer weißen Linie zu einem blauen Flimmern wurde. Auch über seinem Kopf schlug dieses blaue Licht zusammen und er hatte es zu durchqueren.

Ja, Merlin hatte eine rechte Menge Elfenlicht. Mehr, als außerhalb des Rings der Wahrheit zu sehen gewesen war. Sein Erdbodenkörper blieb erhalten. Er war eindeutig ein Mensch. Aber genauso deutlich wurde, dass einer oder eine seiner Ahnen aus dem grünen Land gekommen sein musste. Der König hatte also richtig vermutet.

In dem Moment wurde Merlin selbst noch nicht bewusst, woran es liegen könnte, dass sein Licht anders war als das der Menschen, die er bisher kennengelernt hatte.

Silbermähne aber wurde klar, dass Mausfreund damals nicht ohne Absicht erwähnt hatte, dass es Kinder mit Eltern aus beiden Ländern gegeben hatte.

Auch Merlin wurde dazu aufgefordert, seine Geschichte im Ring der Wahrheit nochmals zu erzählen.

Er tat es.

Der Ring bestätigte sie.

Der König befragte ihn daraufhin:

„Sag Uns, seid ihr die Einzigen aus dem Dorf der Fischerbauern, die je über den Pass zu den Vogelmenschen gewandert sind?“

„Ja, denn alle zwei Jahre, wenn die Boote wieder am Tauschplatz in der Bucht des Spechtes waren, wurde bei der Abreise der Schwur, ihnen nicht ins Innere des Landes zu folgen, erneuert. Bisher ist er nie gebrochen worden. Nur wir sind auf der Suche nach unserer Herkunft über den Pass zu den Vogelmenschen gegangen. Die Leute aus dem Fischerdorf hielten uns für deren Verwandte und so fanden sie, dass der Schwur uns nicht band. Aber eigentlich wurden wir erst in den Stamm der Vogelmenschen aufgenommen, nachdem wir bei ihnen waren.“

„Gibt es welche unter den Fischerbauern, die wissen, dass Zwerge jenseits des großen Wassers leben?“

„Nein, das vermutet keiner. Sie haben die eine oder andere Geschichte der Vogelmenschen über die Erdleute gehört. Sie haben den Schmuck der Vogelmenschen gesehen. Aber ich habe nie gehört, dass einer von ihnen deswegen daran gedacht hat, dass es hier Zwerge geben könnte. Sie glauben ja nicht mal im eigenen Land daran, dass sie wirklich existieren. Es gibt sie für sie nur in Geschichten und Sagen, die man abends am Feuer und besonders für die Kinder erzählt.“

„Und du? Hast du je Zwerge gesehen im Urland?“

„Nein, ich hatte nie die Ehre. Die Gegend, in der ich lebte, ist ohne Erze und Kristalle und es gibt kaum nennenswerte Höhlen, so mag es sein, dass dort keine leben.“

„Habt ihr jemandem von uns Nachricht gegeben: darüber, dass wir Zwerge sind, und darüber, dass ihr bis zu uns gelangt seid?“

„Nein. Allerdings habe ich Schneebrust, meine Falkenfreundin, mit einer Botschaft an Bussardfreundin, die Heilende, bei der wir gelebt haben, geschickt, um sie zu bitten, uns am Tauschplatz bei der Station aufzusuchen, wenn sie es kann und will. Sie weiß aber nur das, was alle Vogelmenschen über euch als Erdleute wissen, und sie hat von uns nicht erfahren, dass wir bis an euren Hof reisen durften. Da mein Falke da schon unterwegs war, weiß nicht einmal Schneebrust davon, wo wir uns jetzt befinden. Schneebrust weiß nur, dass wir zu euren Gelehrten Kontakt aufnehmen wollten. Sobald sie aber zurück ist, wird sie nach uns suchen."

Der König fragte: „Wo, denkst du, dass sie mit ihrer Suche beginnen wird?"

Worauf Merlin antwortete: „Sie wird zum Tauschplatz zurückkommen. An den Ort, an dem unser Zelt stand."

Damit entließ ihn der König und bat ihn, aus dem Ring der Wahrheit herauszutreten.

Merlin stellte sich neben Silbermähne und beide warteten, äußerlich ganz ruhig, aber innerlich sehr gespannt, auf das, was nun kommen sollte, denn sie hofften, Beryll endlich wiederzusehen.

Und das war auch der Fall.

Er wurde, wenige Minuten, nachdem Merlin den Ring der Wahrheit verlassen hatte, von mehreren Wachen durch das große Portal in den Thronsaal geführt, als der König so befohlen hatte.

Beryll war sichtlich durch das Licht geblendet. Nach der langen Zeit in absoluter Dunkelheit und Stille erschienen ihm das gedämpfte Licht des Thronsaals und die wenigen Geräusche, die darin zu vernehmen waren, als grell und laut. Es sollte Tage dauern, bis er das Tageslicht auf dem Balkon ihrer Gemächer wieder ertragen konnte. Wirklich laute Geräusche ließen ihn noch Wochen nach dem Tag des Rings der Wahrheit vor Schmerzen zusammenzucken.

Er sah blass aus und sehr müde; wie jemand, der viel zu viel geschlafen und die Berührung mit dem Muntersein verloren hatte, aber er war offensichtlich nicht krank.

Als er den Majestäten auf der anderen Seite des Rings der Wahrheit gegenüberstand, bat ihn der König höflich nochmals um seinen Dolch. Beryll, dem dieser gerade eben zurückgegeben worden war, überreichte ihn dem Hofmarschall. Die Wachen im Kerker hatten ihn ihm abgenommen, als er dort unten angekommen war. Er war aber von einem der Offiziere gut behütet worden. Zum Glück, sagten sich die Soldaten, nachdem sie vernommen hatten, welche Art von Zauber in ihn eingewoben war.

Als er ihn in der Hand hielt, rief der König die Hofmagier zu sich und bat sie darum festzustellen, wie Silbermähne erbeten hatte, ob auch dieser Dolch den Zauber in sich trug, sich gegen den zu wenden, der ihn sich unrechtmäßig aneignete.

Sie fuhren mit einem ganz bestimmten Edelstein über das Metall, worauf sich ein allen deutliches, grünes Leuchten in einer blitzförmigen Linie auf der Klinge zeigte.

Ja, der Zauber war in diesen Dolch eingewoben. Hier wurde es ganz klar sichtbar.

Der König ließ den Dolch an Beryll zurückgeben und forderte ihn auf, in den Ring der Wahrheit zu treten.

Wieder stieg das blaue, flimmernde Licht von der zuvor weißen Linie des Kreises auf, bis Beryll davon überflutet war, und sank dann zurück, sodass er wie die beiden zuvor für alle gut sichtbar war.

Was Silbermähne im Ring der Wahrheit über Berylls Gestalt gesagt hatte, wurde jetzt tatsächlich für alle sichtbar, exakt, wie er es beschrieben hatte.

Im Ring sah Beryll genauso aus wie außerhalb. Mit Ausnahme seiner Augen. Die kleinen Funken, die außerhalb des Rings zu sehen gewesen waren, wenn jemand wirklich ganz genau hinsah, waren nun deutlich zu erkennen.

Und was auch anders war: sein Elfenlicht. Es war hier deutlich sichtbar. Es schwebte hinter und leicht über ihm. Bei jeder seiner Bewegungen folgte es ihm. Es war aber so weit von seinem Erdbodenkörper entfernt, dass es wie von ihm getrennt erschien.

Es sah aus, als ob ein Mensch und ein großer Schmetterling, der ihm folgte, miteinander tanzten.

Bevor der König das Wort an Beryll richtete, wartete er, damit alle erst sehen und in sich aufnehmen konnten, was der Ring der Wahrheit offenbarte.

Dann fragte er ihn als Erstes, ob er sich je mit seinem Dolch verletzt habe?

„Nein, Ihro Majestät. Ich habe mich nie mit ihm verletzt, obwohl ich mich schon darüber gewundert habe, denn er ist von unglaublicher Schärfe und schneidet, kaum dass er etwas berührt hat.“

Darauf wurde auch er dazu aufgefordert, seine Geschichte und die Geschichte seiner Queste nochmals, im Ring der Wahrheit stehend, zu erzählen.

Als er dies tat, blieb auch bei ihm der Ring unverändert und zog sich nicht um ihn zusammen, wie es geschah, wenn eine Aussage nicht der Wahrheit entsprach.

So stimmte es also, dass er sich an nichts mehr erinnerte, was mit dem grünen Land zu tun hatte, außer dem wenigen, was er zu sagen hatte.

Es entsprach auch der Wahrheit, dass er auf seiner Queste in der Absicht zu den Zwergen gereist war, mehr über den seltsamen Stein zu erfahren, den er trug, und dass er dabei keinen anderen Zweck verfolgt hatte.

Lange musste er im Ring der Wahrheit stehen, bis er seine ganze Geschichte nochmals erzählt und dazu auf die Fragen geantwortet hatte, die, wie der König es verlangte, alle an ihn richten durften.

Es war ein richtiges Verhör.

Aber wie es auch immer angestellt wurde. Seine Aussagen bestätigten sich.

Als er schließlich die letzte Frage beantwortet hatte und auch sie, wie so viele zuvor, mit einem „Ich weiß es nicht, denn ich kann mich nicht erinnern“, war er wirklich sehr erschöpft.

Endlich, endlich, als auf eine nochmalige Aufforderung des Königs keine weitere Frage gestellt wurde, erlaubte dieser ihm, den Ring der Wahrheit wieder zu verlassen.

Als das blaue Licht verebbt war und der Ring sich wieder weiß vom Boden abzeichnete, sah Berylls Gesicht genauso weiß aus.

Der König befahl, dass man ihm Wasser und einen Stuhl bringe, damit er sich setzen könne.

Das war etwas, das die Hofetikette nicht erlaubte. In der Gegenwart des Königs wurde gestanden. Aber als der sah, wie mitgenommen Beryll war, überging er persönlich diese Regel, wozu er ja durchaus berechtigt und was hier das einzige Mittel war, etwas zu erreichen. Keiner außer dem König selbst und vielleicht dem Gesandten wäre auf so eine Idee gekommen.

Beryll war ihm sehr dankbar dafür. Die Tage allein im Kerker hatten ihn wirklich geschwächt.

„So wenden Wir Uns nun an Unser Volk und an den Einhörnigen", sprach der König, als Beryll saß und ihm auch ein großer Krug mit frischem Wasser gebracht worden war.

„Der Ring der Wahrheit hat gezeigt, dass die Bitte des Einhörnigen um Unterstützung auf der Queste nicht auf falschen Tatsachen beruht. Um allerletzte Zweifel aus dem Weg zu räumen, soll der Ring nun nochmals vor aller Augen geprüft werden! Wer ist mutig genug, sich vom blauen Licht einkreisen zu lassen?"

Es dauerte eine Weile, aber schließlich trat ein junger Gardeoffizier vor.

„Gut. Wir danken dir! Du weißt, was du zu tun hast."

Der Offizier nickte und trat in den Kreis. Wieder sprach das blaue Licht in der gleichen Weise auf ihn an wie zuvor bei den anderen.

Als er im Kreis war, sagte er: „Der Thronstein des Königs ist violett."

Sofort zog sich das blaue Licht um ihn zusammen, obwohl er mit Absicht, nämlich um den Ring zu prüfen, und nicht aus Unehrlichkeit eine Unwahrheit gesagt hatte. Es engte ihn immer mehr ein und wuchs wie ein Käfig um ihn herauf. Bevor er endgültig eingeschlossen war, sprangen die Hofmagier herbei, um den Zauber zu neutralisieren und ihn zu befreien. Denn es sah ganz so aus, als ob dieses Eingeengtwerden durch das blaue Licht mit einem sehr unangenehmen Gefühl verbunden sei. Ganz offensichtlich gab er sich alle Mühe, keine Miene zu verziehen, was ihm aber nur knapp gelang.

Die Magier führten die zu seiner Befreiung nötigen Bewegungen und Beschwörungen aus und das blaue Licht zog sich von ihm zurück. Er konnte den Kreis verlassen, der sich wieder weiß und harmlos auf dem Boden abzeichnete.

„Nochmals danken Wir dir! Du hast vor aller Augen mutig den Beweis erbracht, dass die Echtheit des Rings der Wahrheit nicht anzuzweifeln ist."

Der König machte eine Pause und fuhr erst nach einer Weile feierlich fort:

„Somit beschließen Wir, der Bitte des Einhörnigen um Unterstützung auf der Queste seines Reiters Beryll stattzugeben. Von diesem Augenblick an ist jeder Angehörige des Volkes der Zwerge, Mann, Frau oder Kind, dazu verpflichtet, Silbermähne, Beryll und Merlin in ihrem Bemühen zu unterstützen. Sie sind Unsere Gäste und genießen den Schutz Unseres geheiligten und königlichen Gastrechts. Sie werden sich überall frei bewegen können, sofern sie bereit sind, einen Eid darauf abzulegen, dass sie den Wohnort der Zwerge nicht verraten werden.

Beryll ist kein Gefangener mehr und seinen Bitten ist nachzukommen. Wir bitten ihn um Verzeihung für die Schmerzen und Unannehmlichkeiten, die er der Sicherheit der Zwerge wegen hat ertragen müssen. Wir hatten keine Möglichkeit, anders zu handeln zum Schutze der Wahrheit und Unseres Volkes.

Alles Wissen und Können der Zwerge steht ihnen ab sofort zur Verfügung."

Beryll, Merlin und sogar Silbermähne traten nochmals in den Ring der Wahrheit, um zu schwören, dass sie den Wohnort der Zwerge nicht verraten würden. Sie gingen sogar noch weiter und schworen zusätzlich, nichts über das verlauten zu lassen, was sie bei ihrem Aufenthalt hier sahen und über die Zwerge erfuhren.

Damit hatte sich für die drei ein großer Wunsch erfüllt und ihre Reise bis hierher war nicht umsonst gewesen.

Dem König war es gelungen klarzustellen, dass die Weltoffenen das Sagen hatten, und er hatte den Zweiflern zeigen können, dass dieses Eindringen der Außenwelt in ihre Gefilde einer Notwendigkeit entsprach, auf die er nur mit Weltoffenheit reagieren konnte.

Der Gesandte hatte seine Position festigen und zugleich seinem neuen Freund helfen können. An beidem konnte er sich erfreuen.

Der hohe Gardeoffizier, der den Offizier des Gesandten für die Information wegen des Dolches hoch bezahlt und auch den Offizier, der sich während der Audienz mit seiner Frage nach dem Dolch hatte exponieren müssen, gut entschädigt hatte, knurrte über seinen Verlust.

Die Zweifler waren tatsächlich geneigt, den Weltoffenen Recht zu geben.

Der gesamte Hofstaat erfreute sich an weiterem Gesprächsstoff, denn man hatte noch nie einen Ring der Wahrheit in Aktion gesehen und allein schon die Bilder, die Einhorn, Mischling und Menschenelf im Ring der Wahrheit abgegeben hatten, waren bei Weitem mehr, als erwartet worden war.

Diesmal wurden Silbermähne, Beryll und Merlin mit größter Höflichkeit und Ehrerbietung durch die Majestäten verabschiedet.

Alle drei Pagen standen bereit, um sie zu ihren Gemächern zurückzubringen, wo sie eine der üppigen Mahlzeiten der Zwerge dampfend erwartete, frisches Stroh und Hafer für Silbermähne bereit waren und frisch gezapftes Bier für ... ja, womöglich für alle drei, denn es stand auch ein Humpen daneben, der für Silbermähne groß genug gewesen wäre.

Sie hatten den Ring der Wahrheit hinter sich. Sie hatten das Vertrauen der Zwerge erworben, dessen sie auch würdig waren.

Aber am meisten freuten sie sich darüber, dass Beryll wieder bei ihnen und nicht länger im Kerker war.

Da es ihm aber noch ganz ungewohnt war, wieder so viele Eindrücke über seine äußeren Sinne zu erfahren, gaben sich Silbermähne und Merlin alle Mühe, ihrer Freude nicht überschwänglich, sondern mit Gelassenheit Ausdruck zu verleihen und ihm so viel Ruhe wie möglich zu gestatten.

Er war ihnen dafür sehr dankbar.

Kein Licht fiel durch den Gang, den Merlin entdeckt hatte. Daher fand er, dass es erst recht ein guter Moment sei, Beryll mit dieser Überraschung eine Freude zu machen.

Er führte ihn durch den Gang hinaus auf den Balkon. Im sanften Licht der Sterne sahen sie das Tal mit dem Fluss unter sich liegen und über sich den ringsum sternklaren Himmel.

Es war eine ganz stille Nacht. Außer dem Rauschen des Wassers drang kein Laut zu ihnen.

Als Merlin sich bereits müde zum Schlafen zurückgezogen hatte, genoss es Beryll noch immer, sich einmal nicht in den Schlaf hinabdrücken zu müssen, und saß bis zur Morgenröte hellwach im milden Nachtwind.

Als es hell wurde, begann ihn das Licht zu blenden, auch beschlich ihn nun doch die Müdigkeit und er kam durch den Gang zurück, um sich schlafen zu legen.

Merlin war gerade erwacht und hörte, wie Silbermähne mit gutmütigem Spott zu Beryll sagte: „Was, du gehst jetzt schlafen? Du bist ja bereits der beste Zwerg von uns dreien geworden."

2

Die Bibliothek

Als Beryll ausgeschlafen hatte, und diesmal war es ein erholsamer Schlaf und nicht das seltsame, traumlose Dahindämmern im abgeschirmten Kerker gewesen, war es bereits wieder dunkel geworden. Es war Abend nach der Zeit der Menschen. Eher „Morgen“ in Begriffen der Zwerge, die üblicherweise zu dieser Stunde aus dem Schlaf erwachten und munter wurden, denn obwohl es in ihren Höhlen immer dunkel war, waren sie in ihrer Natur darauf abgestimmt, in den Nächten wach zu sein, was es ihnen erleichterte, sich auch außerhalb ihrer unterirdischen Wohnsitze zu bewegen. Nur beim Tauschen passten sie sich an die Menschen an.

Die Pagen brachten zu essen und zu trinken für die drei in deren Gasträume.

Als sie ihre Mahlzeit beendet hatten, bat Beryll Merlin, noch einmal mit ihm auf den Balkon zu gehen. Merlin war einverstanden.

Als sie durch den schmalen Gang auf den Balkon hinausgelangt waren, standen sie eine Weile still da und sahen nach den Sternen. Unter ihnen schimmerte das Band des Flusses wie Silber.

Als Merlin das sah, sagte er: „Es sieht genauso aus wie Silbermähnes Horn. Ist er nicht wunderbar in seiner wahren Form? Ich habe noch nie so etwas Schönes gesehen wie ihn, als er im Ring der Wahrheit stand. Sein Erdbodenkörper verdeckt das silberne und goldene Licht, aus dem er tatsächlich ist. Und erst sein silbernes Horn! Noch nie konnte ich ihn bisher sehen ohne die Abschattung, die sein Erdbodenkörper bewirkt.“ Er war richtig ins Schwärmen geraten.

Beryll fragte ihn: „So hast du ihn im Kreis der Wahrheit anders gesehen? Als Einhorn? Wie die Zwerge ihn sehen?“

„Und ob! Und wie! Er ist einfach fantastisch anzusehen. Und viel größer und noch kräftiger, als er als Pferd zu sein scheint.“

„Das ist sehr eigenartig“, bemerkte Beryll. „Ich glaube zu wissen, wovon du sprichst, denn einmal habe ich ihn so gesehen, mit einem silbernen Horn und wie aus silbernem und goldenem Licht gegossen. Das war aber in der inneren Welt. In einem Traum, wie Menschen dazu sagen würden. Du meinst also auch, dass das seine Wirklichkeit ist?“

Er dachte dabei an das, was Mausfreund ihm über Silbermähne erzählt hatte, und auch an das, was der selbst gesagt hatte, draußen am Wasser im Grasland und als sie nach dem Picknick mit dem Gesandten wieder allein gewesen waren.

„Ja, hast du ihn denn gestern gar nicht angeschaut, als wir alle drei im Ring der Wahrheit standen und den Eid ablegten?“

„Doch, das habe ich, aber ich habe ihn so gesehen, wie er immer ist, nicht so, wie du ihn beschreibst. Aus silbernem und goldenem Licht und mit dem Horn auf der Stirn – so habe ich ihn nur damals im Traum gesehen. Dass das seine wahre Gestalt ist, hat er mir allerdings gesagt. Eigenartig, dass ich ihn gestern nicht so habe sehen können wie du. Er ist wirklich sehr schön in seiner Gestalt als Einhorn. Ich beneide dich darum, dass du ihn sehen konntest.“

So fanden sie heraus, wie tief Berylls Veränderung saß. Sogar im Ring der Wahrheit sah er mit den Augen eines ganz gewöhnlichen Menschen.

Als sie wieder in der Höhle waren und Silbermähne davon erzählten, sagte Beryll noch einmal, wie sehr er darüber enttäuscht war, dass er ihn nicht hatte sehen können, wie er wirklich war.

„Beryll“, antwortete Silbermähne darauf. „Bitte zweifle nicht an dir. Es ist dir bereits gelungen, dich so weit zu erinnern, dass du wieder mit mir sprechen kannst. Der Tag, an dem du wieder mit den Augen dessen, der du im grünen Land warst, sehen kannst, wird ganz bestimmt auch kommen. So lange bin ich für dich in meiner Gestalt das, was ich für Menschenaugen bin. Es kommt doch gar nicht so sehr darauf an. Viel wichtiger ist es, dass wir miteinander sprechen können. Lass gut sein."

Kurze Zeit später kam der Gesandte in ihre Gemächer, um nach ihnen zu sehen. Er schlug ihnen vor, sie ein wenig herumzuführen und ihnen den Palast und die Stadt der Zwerge zu zeigen.

Gern gingen sie auf diesen Vorschlag ein. „Es wird mir nicht möglich sein, euch alles auf einem einzigen Rundgang zu zeigen. Auf dem Weg von hier bis zum Thronsaal habt ihr sicher schon bemerkt, wie weitläufig allein der Bereich des Palastes ist", sagte er, als sie ihre Gemächer verließen.

„Den Thronsaal kennt ihr und andere Räume des Palastes werdet ihr nach und nach auch noch kennenlernen können. Das kann warten. Ebenso wie die Minen und Werkstätten. Sie zu besichtigen würde tagelang dauern. Ich schlage vor, dass wir bei dem beginnen, was für euch das Wichtigste sein mag. Lasst uns die königliche Bibliothek besuchen und dann einen Gang durch den Teil unserer Stadt machen, den ihr von hier aus zu Fuß erreichen könnt. Es kann gut sein, dass einige unserer Gelehrten in der Bibliothek sind und ich sie euch gleich vorstellen kann."

Bei der Erwähnung der Bibliothek horchte Beryll auf. Er hoffte, dass er sich bald wieder ganz an das Lesen und Schreiben erinnern und gewöhnen würde. Es wäre auch schön, diese Fähigkeiten Merlin zu vermitteln.

Alle drei stimmten dem Gesandten freudig zu und waren sehr darauf gespannt, was sie zu sehen bekommen würden.

Für eine Weile folgten sie ihm durch von Kristallen matt erleuchtete, von Hand geschaffene Gänge durch Gestein, das in verschiedenen Farben gebändert war. Dann traten sie in eine weite, natürliche Höhle hinaus, die sich in ihrer Tiefe im Dunkeln verlor. Es gab hohe Tropfsteinsäulen in ihr und das Gestein sah hier gelblich und einfarbig aus. An manchen der Säulen waren mehr Leuchtkristalle angebracht. Dort gab es jeweils, bequem mit Fellen gepolsterte, Sitzgelegenheiten und runde

Tische. An manchen saßen Zwerge, Männer, Frauen oder Jugendliche, und beugten sich über Schieferplatten, die vor ihnen auf den Tischen lagen. Oft hatten sie ganze Stapel davon neben sich auf dem Boden und auf den Tischen abgelegt.

„Dies ist der öffentliche Leseraum vor unserer Bibliothek. Hierher kommen alle, die sich über etwas informieren möchten, das in den Diamanttafeln zu finden ist. Die Gelehrten werden wir hier allerdings nicht finden. Sie haben Arbeitsnischen in und jenseits der Bibliothek selbst."

Mit diesen Worten ging Klwik auf einen großen Torbogen zu. Es gab darin eine Tür, die der Pforte zum Thronsaal sehr ähnlich sah. Es standen aber keine Wachen davor und ihre beiden Flügel waren weit geöffnet. „Seid willkommen in unserer Bibliothek. Hier befindet sich all unser Wissen und alles über unsere Geschichte, soweit es als wesentlich genug galt, auf den Diamanttafeln festgehalten zu werden", sagte Klwik mit unüberhörbarem Stolz in der Stimme.

Zu Recht.

Sie traten durch den Torbogen und blieben gleich dahinter wie angewurzelt stehen.

Vor ihnen erstreckte sich ein lang gezogener Höhlensaal, dessen anderes Ende nicht abzusehen war. Ein breiter Gang führte in der Mitte durch ihn hindurch. Zu beiden Seiten dieses Ganges befanden sich Regale voller Schieferplatten. An den Seitenwänden waren bis unter die Decke Nischen in den Stein gehauen worden, die in vielen Fällen zu richtigen Höhlen voller weiterer Nischen ausgeweitet worden waren. In den Nischen lagerten größere Schieferplatten oder sie waren ihrerseits mit Regalen voller kleiner Platten gefüllt.

Auf Bodenhöhe zweigten die Arbeitsnischen ab, von denen der Gesandte bereits gesprochen hatte.

Manche waren leer. In manchen türmten sich die Steinplatten. Alle waren ganz ähnlich ausgestattet, wie es die Leseplätze im Vorraum waren. Dazu kam aber, dass diese Nischen offensichtlich persönliche Arbeitsplätze waren, denn in jeder von ihnen fanden sich Gegenstände, die den Gelehrten selbst gehören mussten, und solche, die wohl die Objekte ihrer Studien waren. In der einen stand ein großer Tonkrug und daneben lag eine Reihe von verschiedenen Schädeln und Knochen kleiner Tiere ausgebreitet. In einer anderen waren es Wurzeln und Holzstücke und an ihrer Wand hing das Bild einer Zwergenfamilie. Die Wände einer dritten waren mit Landkarten bedeckt. Es gab solche voller Gesteinsproben oder solche mit Schneckenhäusern, getrockneten Blüten, Federn … Obwohl in den meisten gerade niemand zu sehen war, gab es doch Nischen, in denen Zwerge, meist Männer fortgeschrittenen Alters mit langen, weißen Bärten, saßen und aufmerksam Steinplatten oder Gegenstände studierten.

Um an die oberen Nischen und höher gelegenen Ebenen der Regale herankommen zu können, standen Leitern auf fahrbaren Gestellen bereit.

Der Boden dieser Höhle war mit dichten Filzteppichen belegt. Offensichtlich sollte die Ruhe der hier Arbeitenden nicht gestört werden.

Gleich rechts hinter dem Eingang stand ein großes Pult, hinter dem eine ältere, grau, aber elegant gekleidete Zwergendame saß.

Im Flüsterton und sehr höflich begrüßte sie die Angekommenen.

„Seid willkommen in der königlichen Bibliothek als unsere Gäste. Wenn ihr hier auf den Diamanttafeln nach etwas suchen möchtet, das für eure Queste von Bedeutung sein kann, oder etwas über unser Leben erfahren möchtet, so will ich euch jederzeit gern dabei behilflich sein, euch zurechtzufinden. Für den Augenblick seid ihr allerdings in der kompetentesten Begleitung, die ich mir denken kann, mit einem unserer gebildetsten Staatsmänner und ihr werdet mich nicht beanspruchen müssen“, dabei deutete sie eine Verneigung vor dem Gesandten an.

Die Order des Königs hatte sich also bereits herumgesprochen und die drei sollten auch später, wenn sie ohne Klwik unterwegs waren, merken, dass sie überall mit größter Gastfreundschaft und Zuvorkommenheit behandelt wurden. Sie sollten mit der Zeit auch feststellen, dass das Kompliment der Bibliothekarin an den Gesandten keine leere Floskel gewesen war. Es entsprach der Wahrheit, dass er hochgebildet war und sich mit den Gelehrten der meisten Gebiete über ihr Fach verständigen konnte. Selbstverständlich war er auch in der gesamten Geschichte und Politik der Zwerge bewandert. Das musste er ja von Berufs wegen sein.

Dennoch winkte er jetzt bescheiden ab und antwortete: „Danke für das Kompliment. Aber vergesst nicht, dass niemand an die Kenntnisse bezüglich der Bibliothek herankommt, die Ihr selbst Euch erarbeitet habt, da Ihr ja Euer Leben hier verbringt."

Die Zwergendame errötete und neigte den Kopf, um ihrerseits das Kompliment anzunehmen. Er fuhr fort: „Wenn Ihr gestattet, werde ich unsere Gäste durch das Bibliotheksgewölbe führen und ihnen bereits einige der Gelehrten vorstellen, soweit sie heute anwesend sind und für sie interessant sein mögen. Ich verspreche, dass wir uns leise und gesetzt verhalten werden, um niemanden zu stören."

Selbstverständlich erteilte die Bibliothekarin die Erlaubnis dazu.

Somit gingen sie an ihrem Empfangspult vorbei tiefer in die Wunderwelt der Diamanttafeln hinein.

„Warum werden denn die Tafeln Diamanttafeln genannt?", erkundigte sich Merlin mit zum Flüsterton gedämpfter Stimme. „Sie sehen gar nicht so glitzernd und klar aus, wie ein Diamant es sonst tut."

Klwik antwortete lächelnd: „Es sind auch tatsächlich gar keine Tafeln aus Diamant. Das ist sehr richtig festgestellt. Es handelt sich um ganz gewöhnlichen Schiefer. Sie werden aber mit Diamantstiften beschrieben und nicht nur mit Kreide, die sich leicht wieder abwischen lässt. Die Spuren des Diamanten bleiben im Schiefer. Kreide ritzt ihn nicht. Auf den sogenannten Diamanttafeln halten wir alles fest, was unauslöschlich in unsere Geschichte oder unseren Wissensschatz eingehen soll. Alles andere schreiben wir mit Kreide auf die Schiefertafeln und somit ist es auch leicht wieder wegzuwischen. Wie die Diamanttafeln und die Weißtafeln beschrieben werden, werdet ihr auch bald selber zu sehen bekommen. Die Schreibstuben schließen gleich am anderen Ende an die Bibliothek an." Er wies in Richtung des Mittelganges weiter, dorthin, wo er sich in der Ferne verlor.

„Bevor wir dorthin gehen, schlage ich vor, sollten wir nachsehen, ob wir welche von den Gelehrten finden, die sich mit Edelsteinen befassen, damit ich sie euch heute schon vorstellen kann und ihr gleich wisst, an wen ihr euch mit eurer Frage nach Berylls Stein wenden könnt."

So schritten sie eine ganze Strecke den Mittelgang hinab, vorbei an vielen weiteren Regalen, Lager- und Arbeitsnischen zur Rechten und zur Linken, bis sie zu einem Regal kamen, bei dem der Gesandte abbog und auf einige Arbeitsnischen zuging. Sie sahen aus wie Schatzhöhlen aus einem Märchen. Zwei von den fünf waren ganz besonders vollgepackt. In Kisten, Krügen und auf Regalen häuften sich die Edelsteine in allen Farben und Schliffen, dass es nur so funkelte. Es lagen aber auch ganze Berge von den Diamanttafeln darin und Behälter mit rohen Edelsteinen, Proben von Muttergestein und Kristalle. In einer dieser Nischen saß ein Zwerg in den besten Jahren, was bei einem Zwerg bereits über ein paar Hundert bedeutete, mit einem mittellangen, noch grauen Bart und in einfacher Arbeitskleidung, deren gedeckte, erdige Farbtöne sich von den bunten Farben der Edelsteine in seiner Arbeitsnische abhoben.

Er war so sehr in die Betrachtung eines Steines vertieft, den er wohl mit einer Beschreibung auf einer der Diamanttafeln verglich, denn er schaute immer lange auf den Stein und dann wieder auf eine der Tafeln, dass er nicht aufblickte, bis Klwik ihn ansprach: „Sei gegrüßt, Steinweiser Kgo! Ich hoffe, dass wir nicht zu sehr stören. Wir wünschten die Arbeitsnischen der Zunft der Steinweisen unverzüglich aufzusuchen, damit unsere königlichen Gäste sie kennenlernen mögen und so erfahren, an wen sie sich zur Lösung der Aufgabe, die sie hierher geführt hat, wenden können."

Kgo nickte daraufhin mit dem Kopf. Es war ganz und gar keine unfreundliche Geste, aber er nahm sich Zeit, die Diamanttafel für einen Moment intensiv weiterzulesen, bevor er seine Tätigkeit unterbrach und zu den Besuchern aufblickte.

„Seid gegrüßt. Nein, nein, ihr stört kaum. Ganz im Gegenteil, ich freue mich, unsere Gäste hier persönlich vor mir zu sehen und sie kennenlernen zu dürfen“, sprach er mit einer höflichen Verbeugung vor Silbermähne, Beryll und Merlin. „Es wird mir eine Ehre sein, euch mit meinem ganzen Wissen bei der Lösung eurer Frage unterstützen zu können.“

Im Stillen fand Beryll sehr erstaunlich, wie sehr man ihnen nun geneigt schien, seit die Sachlage mit dem Ring der Wahrheit geklärt worden war. Es schien ganz und gar kein Misstrauen mehr ihnen gegenüber in der Luft zu liegen. Und dann dachte er weiter, dass Weise und Gelehrte eigentlich immer hilfsbereit und Neuem oder Fremden gegenüber aufgeschlossen waren, zumindest solange sie noch nicht, allzu sehr gealtert, nur noch auf ihre eigenen Ideen versessen waren. Es amüsierte ihn, dass er anscheinend einige Erfahrungen in der Hinsicht gemacht haben musste, um auf solche Schlüsse gekommen zu sein.

Währenddessen hatte Kgo sich von seinem Platz erhoben und kam um seinen Arbeitstisch herum auf sie zu. Er verneigte sich vor Silbermähne und Klwik und gab dann Beryll und Merlin die Hand mit einem festen und bestimmten Händedruck. Obwohl diese Begrüßung weniger förmlich war als die für Klwik, drückte sie viel Respekt aus und vor allem zeigte sie, dass er bereit war, sich mit den Fremdlingen tiefer einzulassen. Sich die Hand geben, war bei den Zwergen eine Geste des Vertrauens und der Bereitschaft zum Frieden oder gar zur Freundschaft und nicht einfach eine leere Geste.

„Was euren Wunsch betrifft, die Gilde der Steinweisen hier anzutreffen, so werdet ihr nun wohl enttäuscht sein“, sagte er. „Heute bin ich der einzige von uns, der sich in der Bibliothek eingefunden hat. Drei von uns wurden in einen der neuen Stollen gerufen, weil dort ein Vorkommen von Kristallen entdeckt wurde, die die Bergleute nicht benennen konnten. Sie sollen herausfinden, worum es sich handelt.

Ich bin zwar auch neugierig darauf, was sie da gefunden haben, aber ich habe es dennoch vorgezogen, weiter an meinem Projekt zu arbeiten, die Edelsteine zu bestimmen und zu beschreiben, die Gki, mein Zwillingsbruder, von seiner vorletzten Reise zu den Wäldern und Menschen, die weit im Süden darin leben, mitgebracht hat. Das ist viel Arbeit und ich lasse mich nicht sehr gern davon ablenken, wenn ich einmal mittendrin bin. Auch warten die Gold- und Silberschmiede des Königs bereits ungeduldig darauf, die Steine verarbeiten zu können, und schnappen mir einen nach dem anderen weg, sobald ich ihn beschrieben und katalogisiert habe.

Gki, mein Zwillingsbruder, der fünfte unter uns, ist bereits wieder auf Reisen. Er hat unsere Höhle vor drei Wochen verlassen, also gar nicht so lange vor eurer Ankunft, und ist ein weiters Mal unterwegs nach Süden. Er ist so begeistert vom Wissen der Menschen im Wald über die Eigenschaften der Steine und Kristalle, dass er es hier nicht länger ausgehalten hat. Er will mehr von ihnen erfahren und auch noch mehr Steine sammeln. Er hat sich schon immer ein wenig darüber lustig gemacht, dass wir übrigen unsere Zeit zum größten Teil hier in der Bibliothek verbrächten und über Edelsteine lesen und schreiben würden, statt hinauszugehen, wo man ihnen in Wirklichkeit begegnen könne. Er war schon immer gerne außerhalb der Höhlen, weshalb Vater ab und zu sehr böse auf ihn werden konnte, wenn er als Kind wieder einmal einen Streifzug unternommen hatte und dabei erwischt worden war. Unsere Eltern fanden es unschicklich, dass er sich nicht von der Außenwelt zurückhalten konnte.

Nun, heute mag es für unsere Gilde von Nutzen sein, dass wir ein Mitglied haben, das uns Neues von außen zuträgt. Aber keiner unter uns würde sich darum reißen, diese Aufgabe zu übernehmen und sich der Außenwelt auszusetzen, außer eben meinem Bruder, der es noch so gern tut. Das mag auch der einzige Punkt sein, in dem wir uns voneinander unterscheiden.

Wenn ihr mich anseht, so wisst ihr auch genau, wie mein Bruder aussieht, wenn er nicht gerade wieder frisch von einer Reise zurück und für eine Weile dunkler ist als ich, weil ihn das Tageslicht verbrannt hat. Ich habe es übernommen, die Notizen und die Edelsteine und Gesteinsproben, die er von unterwegs mitbringt, auszuwerten und zu katalogisieren. Ohne mich würde diese wichtige Arbeit wohl nie getan werden, denn er ist ständig mit Sammeln beschäftigt und nimmt sich nie die Zeit, alles zu ordnen, was er entdeckt. Dazu kommt, dass nur ich als sein Zwilling imstande bin, seine Notizen zu verstehen. Es ist unglaublich, wie chaotisch er vorgehen kann, wenn er etwas aufschreibt. Alles, was er bringt, landet auch ungeordnet in seiner Arbeitsnische, die gleich hier neben der meinen ist, und es obliegt dann mir, Ordnung zu schaffen. Es ist, als ob ich eine unerschöpfliche Mine aller nur erdenklichen Gesteine zum Ausbeuten gleich hier hätte." Kopfschüttelnd brach Kgo, der gar nicht wortkarg war, hier ab.

Klwik ergriff die Gelegenheit, zu Worte zu kommen: „Da können wir uns ja glücklich schätzen, dass wir dich hier vorgefunden haben. Dass vier von euch unterwegs sind, muss tatsächlich selten sein. Gut, dass du geblieben bist, um abzuwarten, bis die Ergebnisse zu dir gelangen, denn das erlaubt uns, wenn du gestattest, dass wir dir vielleicht bereits die Frage stellen dürfen, die Beryll so sehr beschäftigt."

„Nur zu! Gerne. Ich bin ja selber auch sehr neugierig darauf, um was für einen Stein es sich handeln mag, der Euch auf Eurer Queste bis zu uns geführt hat." Diesmal fiel seine Antwort kürzer aus. Sie zeigte auch, dass er, obwohl sich sein Leben wirklich vor allem in der Bibliothek abspielte, vom Grund für die Aufregung unter den Zwergen und dem Ergebnis der Prüfung im Ring der Wahrheit gehört hatte. Ja, seine Methode funktionierte für ihn. Wenn er blieb, wo er war, so wurde ihm durch seine Kollegen zugetragen, was wichtig war.

Ohne weitere Worte zu verlieren, zog Beryll die Kette mit dem Anhänger über den Kopf und reichte sie Kgo. Der nahm sie vorsichtig mit einem Seidentuch entgegen, das er aus einer Tasche in seiner Tunika hervorgeholt hatte, und begab sich wieder hinter seinen Arbeitstisch. Dort kramte er in einem Schubfach herum und holte einen klaren Kristall heraus, der wie ein Bergkristall aussah. Mit dem fuhr er über Berylls Stein und über die Kette, an der er hing. Nichts weiter geschah. Er nickte: „Gut. Der Wahrheitskristall sagt, dass Stein und Kette sind, was sie scheinen. Ihr Äußeres wurde nicht durch Magie verändert. Sie sind in ihrer Seinsart auch das, was sich dem Auge zeigt. Auch sonst tragen sie keine Magie in sich, die jemanden, der sie trägt oder berührt, bannt oder verzaubert. Aber der Stein hat eine enorme Kraft in sich, denn sonst würde er das Licht des Wahrheitskristalls widerspiegeln. Er kann es aber vollständig in sich aufnehmen. Er ist von großer Tiefe.“ Dann kramte er weiter und zog schließlich eine Brille und sogar ein Vergrößerungsglas hervor. Er setzte die Brille auf und sagte entschuldigend: „Man kann nie genau genug hinsehen …“ Eine ganze Weile betrachtete er den Stein, langte dann zum Vergrößerungsglas und betrachtete ihn damit weiter, für eine ganze Weile. Er drehte und wendete ihn in alle Richtungen. „Hm. Weder an Kette noch an Stein sind Zeichen zu erkennen, die auf den hinweisen, der sie gestaltet hat. Auch wurde der Stein weder geschnitten noch geschliffen. Nur seine Oberfläche ist poliert worden. Er hat die Form, die er immer schon gehabt hat. Was sich aber doch eindeutig sagen lässt, ist, dass die Kette, an der er hängt, und die Fassung, die ihn hält, für Elfen gemacht worden ist, sei es von einem Zwerg oder von einem ihrer eigenen Silbergoldschmiede. Nur sie lieben die Art, wie Gold und Silber hier zu genau gleichen Teilen miteinander verwoben wurden, und die filigrane Arbeit, mit der die Kette gemacht worden ist. Soweit ich weiß, tragen Menschen lieber entweder Gold oder Silber. Die Elfen bevorzugen Schmuckstücke aus beidem zugleich, aber ohne dass die beiden Metalle legiert sind.“

Beryll erinnerte sich an das, was Maite damals im Dorf der Fischerbauern ausgerufen hatte, als sie die Kette mit dem Stein gesehen hatte: Dass die vom Alten Volk Amulette getragen hätten, in denen weißes und gelbes Metall gemeinsam vorkamen.

Stück für Stück hatte sich eben erwiesen, dass das, was sie gesagt hatte, nicht bloßer Aberglauben war.

Der Steinweise hatte eben dasselbe gesagt und Beryll hatte inzwischen auch über sich erfahren, dass er mit dem Alten Volk zu tun hatte.

Kgo sprach inzwischen weiter vor sich hin: „Es ist höchst seltsam, dass ein so kraftvolles und schönes Stück kein Zeichen trägt, dass es anonym gestaltet wurde. Jeder Meister seiner Kunst wäre stolz darauf, so etwas geschaffen zu haben, und so verstehe ich nicht, dass es kein Zeichen trägt. Aber eins ist sicher: Es ist Elfenschmuck.

Was den Stein betrifft, so muss ich allerdings leider zugeben, dass ich noch nie etwas gesehen habe, das ihm auch nur ähnlich sieht. Ich weiß nicht, worum es sich handeln könnte. Das Dumme daran ist, dass wir, wenn wir Steine nicht kennen, ein Stück davon brauchen, um es zu zerreiben und zu sehen, wie hart es ist, ob es als Pulver seine Farbe behält und dergleichen mehr, damit wir herausfinden können, zu welcher Kristallfamilie der Stein gehört. Wenn wir das dann wissen, so können wir ihm einen Namen geben. Aber ich glaube nicht, dass Ihr mir erlauben werdet, diesen Anhänger zu verletzen, um das alles herauszufinden."

Silbermähne sagte ganz dezidiert Nein dazu: „Nein, das kommt nicht infrage! Ihr habt selber gesagt, wie viel Kraft dem Stein innewohnt. Wer weiß, was geschehen mag, falls er sich vor Zerstörung schützt? Und überhaupt darf er nicht angetastet werden, denn er soll uns ja auf unserer Queste führen."

„Ja. Das ist die Wahrheit. Er darf nicht zerstört werden. Es muss unbedingt ein anderer Weg gefunden werden, um hier weiterzukommen", stimmte Kgo sofort zu. Dann überlegte er einen Moment lang und räumte schließlich ein: „Nun, wenn ich nicht gleich erkennen kann, worum es sich bei dem Stein handelt, so muss das nicht unbedingt heißen, dass das für alle gilt. Es gibt ja fünf in unserer Gilde. Mag sein, dass einer unter uns es weiß oder dass wir alle fünf gemeinsam eine Antwort finden können. So wollen wir uns doch nicht gleich geschlagen geben. Dazu kommt, dass es unendlich viele Beschreibungen von Edelsteinen in der Bibliothek gibt und wir sie unmöglich alle auswendig kennen können. Auch in diesen Aufzeichnungen können wir suchen. Mag sein, dass sich da sogar etwas über das ganze Schmuckstück finden lässt, denn es ist ein besonderes Stück und wir haben lange Listen aller Ringe, Ketten, Amulette, Waffen und Gegenstände, die Meisterschmiede über viele Jahrhunderte geschaffen haben, um nicht zu vergessen, was der Sinn dahinter war. Solche Gegenstände entstehen nicht aus reiner Lust und Laune oder als bloße Spielerei. Oft enthalten sie einen tiefen Zauber oder haben einen ganz bestimmten Zweck zu erfüllen. Wir werden dafür viel Zeit brauchen, aber hoffnungslos wäre eine solche Suche nicht, falls wir es nicht anders herausfinden können.

Fürs Erste schlage ich vor, dass wir alle vier das Stück begutachten, sobald die drei anderen aus der Mine zurück sind, was in wenigen Tagen der Fall sein sollte. Und damit ich mir in der Zeit weiterhin ein paar Gedanken dazu machen kann und die anderen sich bereits etwas vorbereiten können, bevor wir alle wieder zusammenkommen, möchte ich fragen, ob ich eine Weißtafel von dem Stein und der Beschaffenheit der Kette erstellen dürfte?“

Die drei sahen etwas ratlos aus, denn noch hatten sie ja nicht zu sehen bekommen, was genau Weißtafeln waren und wie sie gemacht wurden.

Klwik gab deshalb eine Erklärung dazu ab: „Wenn Kgo eine Weißtafel herstellt, so wird dem Stein dabei nichts geschehen. Er wird ein Glimmerblatt nehmen, das durchsichtig ist, und es über Stein und Kette legen und dann mit Farben deren Formen, Farben und Strukturen darauf durchzeichnen. So entsteht ein möglichst echtes und genaues Abbild der Sache, die auf der Weißtafel festgehalten wird.“

Daraufhin sagte Beryll: „Gerne gebe ich mein Einverständnis dazu, denn es bedeutet mir auch viel, dass ich dadurch das Amulett nicht hier zurücklassen muss und es weiterhin bei mir tragen kann.“

Kgo nickte und bedankte sich. Dann räumte er etwas an Fläche auf seinem Arbeitstisch frei, kramte erneut in seinen Schubfächern und holte schließlich eine Holzschachtel hervor, in der etliche kleine Glasgefäße mit dickflüssigen Tinten in verschiedenen Farben untergebracht waren. Dazu gehörten Pinsel unterschiedlicher Dicke und ein Porzellanteller mit Unterteilungen, in dem er bald Farben mischen würde. Er legte auch Lappen zum Abwischen der Pinsel bereit und füllte ein Glas mit Wasser aus seinem Trinkkrug zum Verdünnen der Farben, wenn es nötig werden sollte. Dann legte er das Amulett auf die freie Fläche und zog aus einer Nische im Felsen hinter sich ein hauchdünnes, durchsichtiges Blatt aus Glimmer hervor, das im Licht weißlich schimmerte. Das legte er über den Stein und einen Teil der Kette und begann ihn durchzuzeichnen.

Dabei bewies er viel Geschick, Erfahrung und wohl auch Begabung. Fasziniert sahen ihm die Fremden zu, wie er die Farbtöne mischte, verglich und fast jedes Mal genau getroffen hatte, wie er mit Schattierungen und Glanztupfern erreichte, dass das Abbild dreidimensional wirkte, und er so am Ende ein zweites, genau gleich aussehendes Amulett neben das erste legte. Das Abbild auf der Weißtafel war fertig.

Er gab Beryll Kette und Anhänger wieder zurück und ließ die Weißtafel noch auf dem Tisch liegen, damit sie trocknen konnte. Sie lobten ihn für seine Kunstfertigkeit, was er verlegen nickend entgegennahm. „Wisst ihr, das gehört mit zum Handwerk eines Gelehrten. Wir üben es ein Leben lang."

Sie verabschiedeten sich voneinander und Klwik führte sie weiter durch die Bibliothek in Richtung auf die Schreibstuben. „Leider hat sich nicht sofort eine Antwort auf euer wichtigstes Anliegen finden lassen. Aber eins ist sicher, Kgos Interesse daran und seine Neugier sind geweckt. Er wird nun nicht ruhen, bis eine Antwort gefunden ist, dessen kann ich euch versichern. Nur hoffe ich, dass ihr nicht enttäuscht seid darüber, dass wir die Lösung nicht gleich gefunden haben."

„Nun, ich für meinen Teil habe inzwischen gelernt, dass es nicht so einfach vorangeht, wie ich es mir wünschen mag", antwortete Beryll. „Silbermähne und auch Mausfreund, mein Lehrer und Vater bei den Vogelmenschen, gaben und geben mir immer wieder zu verstehen, dass ich Zeit brauchen werde und sie mir auch nehmen darf, um zum Ziel zu gelangen. Im ersten Moment war ich erschrocken, als ich hörte, einer eurer großen Gelehrten kenne den Stein nicht, aber er hat uns ja auch gut erklärt, was er für Möglichkeiten sieht, und ich verstehe, dass die Steinweisen mehr Wissen zusammengetragen haben, als ein einzelner im Kopf haben kann. Das gibt mir nun eher wieder Hoffnung. Sie werden es wohl herausfinden können. Wer könnte es, wenn nicht sie?"

Silbermähne und Merlin nickten dazu. Alle drei dachten bei sich daran, dass sie ja auch hier warten müssten, bis Schneebrust mit Bussardfreundins Antwort und später wohl auch sie selbst angekommen sein würden. Somit war es gar nicht schlecht, einen Grund dafür zu haben, dass sie nicht schon übermorgen weiterreisen würden. Keiner erwähnte es aber Klwik gegenüber.

Der schritt ihnen voran, bis sie nach geraumer Weile, die Bibliothek war wirklich riesig, das Tor zu den Schreibstuben erreicht hatten.

Klwik öffnete es.

Dahinter lag ein weiterer weitläufiger Höhlenraum, in dessen Wänden sich viele Nischen befanden. In denen saßen Zwerge, Männer und Frauen, an Arbeitstischen, auf je zwei Schieferplatten konzentriert. Die Zeichen, die auf die eine mit Kreide geschrieben waren, ritzten sie mit Silberstäben, in deren Spitzen je ein Diamant eingelassen war, in die andere ein, die vor ihnen lag. Dabei gaben sie sich die größte Mühe, um korrekt und exakt wiederzugeben, was aufgezeichnet worden war. Es waren diejenigen unter den Zwergen, die die größte Begabung für Schönschrift gezeigt hatten und diese Arbeit liebten.

Der gesamte Höhlenraum war erfüllt von den kratzenden Geräuschen, die die vielen Stifte auf dem Schiefer hervorriefen. Für Silbermähnes feine Ohren war dies eine große Belastung. Aber er ließ sich nichts davon anmerken.

Sie blieben kurz in dem großen Raum und sahen den Zwergen in den Nischen zu.

Beryll fragte: „In welcher Schrift und in welcher Sprache pflegen die Aufzeichnungen auf den Diamanttafeln erstellt zu werden?“ Er fragte sich, ob diese ihm vertraut sein könnten.

Klwik gab zur Antwort: „Am häufigsten wird in den Runen geschrieben, die wir aus dem Urland kennen. Die haben wir auch hier weiter verwendet und sie sind uns am geläufigsten. Geschrieben wird meistens in der Hofsprache. Besonders, wenn es um Verwaltungsangelegenheiten oder Bestandsaufnahmen und Protokolle geht. Was allerdings die Themen des Bergbaus betrifft und die alten Lieder über unsere Herkunft, so gilt dort unsere Ursprache, aus der auch unsere Namen stammen. Ihre Worte sind der Sprache der Menschen, wie sie jenseits des großen Wassers gesprochen wird, nicht ähnlich, wie es bei der Hofsprache der Fall ist. Die Gelehrten erstellen ihre Notizen oft je nach Thema in der einen oder der anderen Sprache. So werden hier im Grunde mit ein und denselben Zeichen zwei ganz unterschiedliche Sprachen geschrieben. Da wir, seit wir hier sind, zu den Elfen keinen Kontakt mehr haben und somit auch keine weiteren Gegenstände oder Texte für den Hof der Elfen anfertigen, ist deren Schrift und Sprache so gut wie weggefallen. Es gibt nur noch ganz wenige Schreiber, die sie zu schreiben und lesen verstehen. Und wenn sie noch angewendet wird, dann von den Magiern.“

„Aber der König versteht sie auch noch immer, nicht wahr? Wie hätte er sonst lesen können, was auf Berylls Dolch eingraviert steht?“, fragte da Merlin.

„Ja. Der König und seine Familie müssen bis auf den heutigen Tag alle drei Sprachen beherrschen. Die meisten unter uns lernen aber nur noch die Hofsprache zusätzlich zu unserer Umgangssprache. Dazu kommen noch die paar Händler und Offiziere, die zum Tauschplatz ziehen oder dort draußen Dienst tun und deswegen die Sprache der Vogelmenschen erlernt haben. Und noch ein paar ganz wenige unter den Gelehrten, die zu den Waldleuten reisen und die deren Sprache verstehen. Diese beiden Sprachen werden bei uns aber nicht geschrieben, da sie von zu wenigen verstanden werden. Was es aus der Kommunikation mit diesen beiden Völkern aufzuzeichnen gibt, wird in die Hofsprache übersetzt."

„Wie genau sehen denn die Runen aus, mit denen unter euch geschrieben wird? Ich frage mich, ob ich sie wiedererkennen und mich erinnern könnte? Ich weiß, dass ich zumindest eine Schrift einst beherrscht habe. Was aber auf dem Dolch steht, sah für mich nur aus wie eine wunderbar ausgeführte Ranke. Ich habe es nicht als Schrift erkennen können, geschweige denn, ihren Inhalt verstehen. So frage ich mich, wie es mit eurer Schrift sein mag? Ob es mir erlaubt ist, eine der Tafeln in der Hofsprache sehen zu dürfen?"

Klwik nickte: „Selbstverständlich." Er ging zum Tisch eines der Schreiber und nahm die oberste Tafel vom Stapel mit dem fertigen Text, die jener neben sich liegen hatte. Er reichte sie Beryll.

Der sah sie sich gut an, wobei Merlin ihm über die Schulter blickte.

„Getreide, erhandelt, Weg? Kann das sein? Ich kann mich erinnern, dass ich unter Menschen früher einmal ganz ähnliche Zeichen gesehen haben muss. Wenn sie hier dasselbe bedeuten und weil die Hofsprache nicht so weit von der der Menschen entfernt ist, wäre es möglich, dass diese Worte sich unter denen hier finden?" Dabei zeigte er auf die Stellen auf der Tafel, die er meinte.

Klwik freute sich und nickte bestätigend: „Ja. Es scheint, dass die Menschen dabei geblieben sind, ihre Worte auch weiterhin mit unseren Zeichen aufzuschreiben, wie es damals im Urland begonnen wurde, als wir noch in Frieden miteinander dort lebten. Das muss sich bis in eure Zeit erhalten haben. Der ganze Satz, in dem die Worte stehen, die Ihr mit Recht zu erkennen glaubt, lautet in unserer Hofsprache: ‚Hundert Maß des gelben Getreides wurden auf dem Weg des Tausches im Sommer des achthundertsten Jahres der Regierungszeit unseres vierzigsten Königs jenseits des großen Wassers für den Hof im

Austausch für fünfzig Ketten Silberschmuck erhandelt.' Es ist ein Auszug aus dem Inventar des diesjährigen Tauschens. Es scheint, dass Ihr Euch richtig zu erinnern vermögt!"

„Wasser? Ja, dieses Zeichen hier heißt Wasser und diese Teile des Textes müssten die Zahlen sein." Beryll wurde ganz aufgeregt: „Es sieht so aus, als ob es mir tatsächlich leicht gelingen würde, mir die Fähigkeit zu lesen und zu schreiben wieder anzueignen. Und dazu in der Schrift, die ihr verwendet. Ich werde den Steinweisen also schon bald bei ihrer Suche helfen können und ich werde dich, Merlin, wenn du es wünschst, während ich selbst es übe, auch gleich unterrichten können. Es kann nie schaden, lesen und schreiben zu können. Auch könntest du uns bei der Suche in den Aufzeichnungen mithelfen, falls du es erlernst."

„Gern will ich es erlernen. Ich glaube, es wird mir Spaß machen zu erfassen, wie die Spuren auf den Schiefertafeln, die für mich aussehen, als seien Vögel darüber hinweggelaufen, zu deuten sind. Dass dieses Zeichen hier, das aussieht wie ein liegender Blitz, Wasser bedeuten könnte, wie du sagst, macht für mich Sinn, wenn ich berücksichtige, dass – mit den Diamantstiften und in dem Stein hier – Wellen zu Zacken werden müssten."

Beryll nickte und Klwik begann, unter seinem Bart zu lächeln: „Ihr habt einen begabten Lehrling. Der wird es schnell erlernt haben und bei der Suche helfen können!" Mit diesen Worten brachte er die Tafel an ihren Platz auf dem Stapel auf dem Tisch des Schreibers zurück und legte sie sorgsam dort ab.

Als er wieder bei ihnen stand, schlug er vor: „Was haltet ihr davon, wenn ich euch jetzt noch einen Teil unserer Stadt zeige, bevor ich euch zum Essen in eure Gemächer zurückbringe? Eine knappe Stunde hätten wir dafür noch Zeit."

Da alle einverstanden waren, verließ er die Halle mit den Schreibstuben durch eine Seitentür.

Als sie diese durchschritten hatten, befanden sie sich in einem Gewirr von Gängen, die für die Verhältnisse bei den Zwergen hell erleuchtet waren, sodass die Fremden hier ganz gut sehen konnten. Was sie sahen, erstaunte Merlin und Beryll gleichermaßen. Beide waren entweder noch gar nie oder seit langer, langer Zeit nicht mehr in einem Städtchen gewesen. Und was sie hier vor sich sahen, glich sehr einem Städtchen, wie es unter Menschen im Land jenseits des großen, salzigen Wassers auch üblich war. Die Gänge waren wie die belebten Gassen, die zwischen Häusern aus Stein hindurchführten. Hier aber waren es Gänge in einem Berg und statt um Häuser handelte es sich um Fassaden, die zur Zierde in den Felsen gehauen worden waren. Statt Gebäuden waren es hier weitere Höhlen und Nischen.

Es herrschte reges Treiben auf den Gassen und in den Höhlen, bei denen es sich zum größten Teil um Geschäfte oder Gaststuben handelte. An vielen der gemeißelten Fassaden waren Aushängeschilder aus Silber, Gold oder Kupfer angebracht, die kundtaten, was in den jeweiligen Höhlen zum Kauf bereitgestellt war. So wies eine große Brezel aus Gold auf eine Bäckerei hin, eine silberne Schere auf die Werkstatt eines Schneiders, ein Stiefel aus Kupfer zeigte einen Schuhmacher an. Krüge, Humpen oder fantasievolle Darstellungen von Tieren bezeichneten Gasthöhlen. Vor einigen der Geschäfte standen Tische mit Warenauslagen. Andere hatten nach außen offene Höhlen, durch die das Innere eingesehen werden konnte. Diese Öffnungen waren mit Läden aus Holz verschließbar für die Zeiten, in denen das Geschäft geschlossen war. In den Gassen und besonders an Stellen, wo mehrere von ihnen zusammenkamen und so kleine Plätze bildeten, gab es auch Stände, an denen vor allem Imbisse, Getränke oder Kinkerlitzchen angeboten wurden, die die Kinder begeisterten. Dieser ganze Teil der Stadt der Zwerge spiegelte wider, wie eng zumindest vor der Zeit des Krieges ihre Kultur mit der der Menschen verbunden gewesen sein musste. Er war getreu der Lebensart der Zwerge im Urland auch hier aus dem Gestein ins Leben gerufen worden. Wie die Gemächer, die sie im Palast bewohnten, zeugte er von Traditionsbewusstsein und davon, wie genau die Überlieferungen auch hier in diesem Land aufrechterhalten wurden.

Klwik schlenderte eine gute halbe Stunde mit den Besuchern durch diesen Teil der Stadt der Zwerge. Sie ließen sich Zeit, alles auf sich wirken zu lassen, und blieben oft stehen, um Dinge aus der Nähe zu bewundern: vor dem Laden, der die mit Steinen und Edelmetallen durchwirkten Stoffe anbot, die am Hofe getragen wurden, vor einer Schmiede und lange auch vor einem Stand, an dem es Heilerden, Steine und Kräuter zu kaufen gab. Es gab hier eine ganze Welt unter der Erde zu entdecken.

Dann aber sagte der Gesandte: „Wenn wir rechtzeitig zu eurer Mahlzeit zurück sein wollen, so müssen wir uns ab jetzt wieder in Richtung des Palastes bewegen. Ich möchte euch bitten zu versuchen, euch ab jetzt den Weg einzuprägen, den wir gehen. Auf ihm werdet ihr jederzeit hierher zurückgelangen können, wenn ihr die Stadt wieder zu besuchen wünscht. Mit der Zeit werdet ihr euch hier ganz genau auskennen. Solange ihr euch noch nicht ganz sicher seid, könnt ihr auch jederzeit die Pagen bitten, euch zu begleiten. Ich lege euch sehr nahe, dies zu tun, denn der Berg ist wirklich weitläufig und zu Anfang könntet ihr euch noch leicht verlaufen.“ Mit diesen Worten begann er, sie durch weitere Gassen zu führen, die bald auf einen größeren Platz mündeten, auf dem es einen prächtigen Brunnen mit Darstellungen von Schwänen und riesigen Fischen gab. Von dort führten drei große, weite Gänge weiter. Einer, der einer Chaussee glich, zum Palast, einer in die Tiefe zu den Minen und einer weiter zum Ausgang, wie er ihnen mitteilte. Der Weg zum Palast war von Säulen gesäumt, die kunstvoll in den Stein gehauen waren und an die Stämme von Bäumen erinnerten. Sie teilten sich oben und verloren sich an der Decke in den Adern des Gesteins. Links und rechts dieser Säulen floss je ein kleiner Bach entlang der Straße. Deren muntere Geräusche wurden vom Felsen zurückgeworfen, sodass sich daraus eine ganz besondere Melodie des Wassers ergab.

Auf der Straße erreichten sie endlich den Hof vor dem Palast, auf dem sie damals angekommen waren, und der Gesandte brachte sie zu ihren Gemächern.

Gerade hatten sie sich bei ihm für diesen Rundgang, seine Ausführungen und die Begegnung mit Kgo bedankt und er war dabei sich zu verabschieden, als die Pagen mit den dampfenden Schüsseln eintraten.

Sie waren gerade noch pünktlich zum Essen zurück. Für die Etikette der Zwerge war dies wichtig.

3

Zwerge im roten Land

„Kllik gwyl kljg ghu glaaasch wzk zukk gsi,
Gllix gwjl zkit jhu kluuusch vbt kuzz dsa,
Tlixx gwil kzut bhu tlooosch vgt ziss bso,
tatgsi.
Gllix zyul tlig dha tziiiw sgt byss oxi,
…
…
zytxsi

Beryll, Merlin und Silbermähne befanden sich in einem an den Thronsaal angrenzenden, mit Kristallen ausgekleideten Saal und lauschten, zusammen mit zwei der jüngsten Prinzen, den in einem Singsang zur Laute vorgetragenen Worten eines der Sänger der Zwerge. Er war unter allen derjenige, der dafür bekannt war, dass er das Epos von der Herkunft der Zwerge am besten vorzutragen verstand.

Zwischen Beryll und Merlin saß ein Übersetzer, der ihnen den Sinn der Worte zuflüsterte, denn die Geschichte der Zwerge wurde nur in ihrer eigenen, uralten Sprache der Minen vorgetragen. Es gab weder eine Übertragung in die Hofsprache noch in irgendeine andere. Es war die Sprache, in der sich Xyl so kräftig hatte ausdrücken können, als er Beryll zum ersten Mal erblickt hatte, und die im Volk der Zwerge außer am Hof noch immer die Umgangssprache war.

Zuvor hatte der Übersetzer ihnen bereits gesagt, dass er nicht dazu imstande sein würde, den Sinn in der Hofsprache ebenfalls an Reim und Versmaß gebunden zu formulieren. Es sei noch nie gelungen, die komplexen, auf ganzen Bildern beruhenden Ausdrücke ihrer Ursprache mit ebenso wenigen Worten in eine andere Sprache zu übertragen. Auch komme der Versuch, das Epos in einer anderen Sprache in Versen zu sprechen, einem Sakrileg gleich.

Er sprach also auf ganz gewöhnliche Weise in der Hofsprache, um ihnen die Geschichte der Zwerge näherzubringen.

Sie waren bereits seit drei Tagen täglich einige Stunden damit beschäftigt, dem Vortrag des Sängers zu folgen. Immer wenn er vor den Prinzen vortrug, waren sie mit dabei. Die übrigen Stunden, in denen sie wach waren, von Tag konnte ja nicht eigentlich die Rede sein, verbrachten sie in der Bibliothek, um sich im Lesen zu üben. So hatten sie es auch schon gehalten, bevor der Gesandte es für sie so eingerichtet hatte, dass sie mit den Prinzen zusammen die Geschichte der Zwerge hören konnten. Auf dem Rückweg besuchten sie dann meistens auch den Teil der Stadt, der ihnen vom Gesandten gezeigt worden war.

Von Schneebrust hatten sie noch immer nichts gehört.

Beryll fand es ab und zu schade, dass er die alten Reime und die Worte des Übersetzers gleichzeitig hören musste. Der Sprechgesang des Sängers hatte eine fesselnde Wirkung auf ihn. Gab er der aber nach, so verpasste er die Informationen zum Inhalt. Im Stillen hoffte er auf eine Gelegenheit, eines Tages demselben Vortrag ohne Übersetzung lauschen zu dürfen. Für dieses Mal war es von größter Bedeutung, dass er die Geschichte der Zwerge und den Grund dafür, dass sie sich im roten Land und gar hier, jenseits des großen Wassers, befanden, kennenlernte, um vieles, was um ihn geschah, besser verstehen zu können und auch, weil er sich sehr dafür interessierte.

Bisher hatten sie Folgendes vernommen und durch den Übersetzer verstehen können:

„Wir Zwerge sind ein altes Volk. Ein sehr altes. Wir lebten nicht alle immer unter der Erde. Wir waren auch nicht bereits von Anfang an das Volk, das sich als Zwerge bezeichnete. Denn wir haben uns in frühesten Zeiten nicht von den Mitgliedern unseres Stammes unterschieden, die bis heute Gnome genannt werden.

Es ist aber vor langer Zeit bereits dazu gekommen, dass wir uns auseinanderentwickelten, bis schließlich Gnome und Zwerge sich als sehr unterschiedliche Wesen betrachteten.

Dies geschah in den Zeiten, da die feste Welt entstand.

In dieser Epoche waren die Gnome vom Schöpfer der Welten dazu eingeladen worden, die Elfen, die er ebenso wie die Himmlischen dazugebeten hatte, darin zu unterstützen, den Plan des Schöpfers in fester Materie Wirklichkeit werden zu lassen. Was die Elfen aus den Gesängen des Schöpfers verstanden und hinabtrugen aus den Welten der Himmlischen in die Welt der Ideen und in die Welt des Äthers, das vertrauten sie den Gnomen an und diese halfen ihnen dabei, die Wesen in festen Stoff zu kleiden.

Um diese Aufgabe zu erfüllen, teilten sich die Gnome in Gruppen auf. Es gab diejenigen, die sich am besten darauf verstanden, bewegliche Wesen zu kleiden, andere befassten sich mit den Pflanzen und eine dritte Gruppe mit dem Boden, den Steinen und Mineralien selbst.

Aus diesem Festen, aus Erde, Licht, Wasser und Luft in stofflicher Form, wurden alle Körper, die den Geist des Lebens in sich tragen, auf Erden gewoben.

Das Feste war von großer Bedeutung dabei, die Gesänge der hohen Wesen wirklich werden zu lassen. So kam es, dass die Gnome, die sich mit dem Einkleiden des Bodens, der Steine und der Mineralien, kurz, den festen Bausteinen der Lebewesen, befassten, sich nach und nach für immer wichtiger hielten. Wichtiger als alle, als diejenige Gruppe, die denen, die für bewegliche Lebewesen und Pflanzen zuständig waren, diese festen Bausteine zur Verfügung stellte.

Als nun der Gesang des Schöpfers, der die Erde bildete, mithilfe der Himmlischen und der Elfen, die im grünen Land näher bei der Erde lebten, feste Wirklichkeit geworden war, begleiteten die Elfen und Gnome gemeinsam mit den Himmlischen weiterhin die Geschöpfe der Erde. Sie wurden ihre Mentoren.

Die eine Gruppe der Gnome kümmerte sich nun besonders um die Tiere und deren Wohlergehen, die zweite tat dies für die Pflanzen. Die Menschenwesen wurden vor allem von den Himmlischen und den Elfen besucht, aber auch die Gnome gingen ab und zu zu ihnen. Vor allem als Boten der Tiere und Pflanzen und der Steine, wo es diesen nicht mehr gelang, gut genug gehört zu werden.

Da reichte es der Gruppe der Gnome, die Boden, Steine und Mineralien gekleidet hatte, eines Tages nicht länger aus, im grünen Land zu verweilen und von dort aus, wie alle anderen es taten, die Wesen im roten Land zu begleiten.

Wir wollten nicht mehr von dem, was wir gekleidet hatten, getrennt bleiben. So erreichten wir beim Schöpfer, dass wir selbst festere Körper tragen durften. Wir trennten uns von den übrigen Gnomen und zogen in das rote Land ein.

So entstanden die festeren Gnome. Und von da an nannten wir uns Zwerge. Wir wollten uns deutlich von den anderen Gnomen unterschieden wissen.

Da wir uns mit Boden, Steinen und Mineralien am besten auskannten und da die Oberfläche der Erde von beweglichen Lebewesen, den Tieren und Menschen und Pflanzen, nur so wimmelte, zogen wir Zwerge es vor, unser Reich unter der Oberfläche im Boden zu begründen.

Wir lebten also von Anfang an in den Höhlen, die wir damals vom grünen Land aus gestaltet hatten und in denen wir uns daher bestens auskannten. Wir waren fasziniert von den Steinen, Erzen und Kristallen, die wir gekleidet hatten. Wir verzierten unsere Höhlen mit ihnen. Wir begannen mehr und mehr, im Boden, im Felsen nach den lichten Steinen zu suchen. Wir erweiterten unsere Höhlen, schufen Gänge, die sie miteinander verbanden, schürften Erze und entdeckten die Kunst, mit dem Feuer der Erde daraus Metalle zu machen. Immer geschickter wurden wir in diesen Dingen. Immer mehr Kenntnisse sammelten und erwarben wir über die Schätze unter der Erde und deren Verarbeitung. Immer weiter entfernten wir uns von unseren Geschwistern, den weniger festen Gnomen, die noch immer im grünen Land lebten und das rote Land weiterhin besuchten, um die Geschöpfe zu unterstützen.

Ja, gar besessen wurde unser Volk in dieser alten Zeit von den Wundern unter der Erde!

So kam es, dass wir immer tiefer gruben, den Boden immer weiter aushöhlten. Immer mehr Schätze zusammentrugen und gestalteten, indem wir Dinge aus Edelsteinen und Metallen herstellten. Es gab damals große Künstler unter uns, denn wir hatten ja unsere Magie aus dem grünen Land mitgebracht. Sie war zum Teil auch weiterhin brauchbar, um die festen Dinge des roten Landes zu formen.

Unser Volk der Zwerge erlebte eine erste Blüte.

Aber ach, diese Blüte war im Erblühen schon dazu verurteilt, keine Frucht zu tragen. Wir hatten schlimme Zeiten vor uns und wir hatten viele Dinge zu verstehen und zu lernen. Sie betrafen alle das Gewebe der Welt.

Ein Erstes, das geschah, war, dass durch die vielen weiteren Hohlräume die Oberfläche und auch der Untergrund der Erde instabil wurden.

Es kam immer öfter dazu, dass Gänge und Höhlen einstürzten. Es kam zu Erdrutschen. Die Erde bebte. Immer öfter wurden Angehörige unseres Volkes dabei verletzt oder verloren gar ihre festen Körper und gingen durch die tiefsten Gänge in die ewigen Minen ein.

Die Gnome kamen und beschwerten sich im Namen der Lebewesen auf der Oberfläche, da auch deren Leben beeinträchtigt war.

Ein Zweites war, dass immer mehr von uns an seltsamen Leiden erkrankten.

Es dauerte eine lange Zeit, bis wir erkannten, dass dies am Wasser lag. Wasser brauchten wir, um die Erze zu verarbeiten. Aber wir brauchten es auch zum Trinken. Wir mussten lernen, dass, wenn ein Übermaß an den Metallen, die wir so sehr liebten, in Wasser gelangte, das wir tranken, unsere festen Körper dadurch vergiftet wurden. Da erst verstanden wir auch, was der Grund für viele Besuche des Todes bei uns gewesen war.

Die Gnome kamen wieder und beschwerten sich im Namen der Lebewesen auf der Oberfläche, denn diese vertrugen das Gift der Metalle noch weniger als wir und es gelangte aus unseren unterirdischen Gewässern ja durch Quellen in ihren Bereich.

Diesmal waren die Gnome sehr erzürnt. Sie konnten es nicht ertragen, ihre Schützlinge sterben zu sehen.

So kam schließlich das Dritte über uns. Der Hunger.

Da wir uns nicht rasch genug änderten und nicht rasch genug lernten, anders mit dem Wasser umzugehen, weigerten sich die Gnome in ihrem Zorn, uns weiterhin mit Nahrung zu versorgen. Da wir festere Körper hatten als sie, brauchten wir feste Nahrung, zusammengesetzt aus Erde, Licht, Wasser. Diese war immer von der Oberfläche zu uns gelangt durch die Vermittlung der Gnome, unserer Geschwister. Nun aber kam keine feste Nahrung mehr. Wir hungerten sehr, denn das, was wir selbst auftreiben konnten, reichte bei Weitem nicht aus. Es wurde auch immer schwerer für uns, die Höhlen und Gänge zu verlassen, in denen wir lebten. Zum einen fürchteten wir die Oberfläche immer mehr, weil uns das Licht immer fremder und unerträglicher wurde. Damals war uns schließlich sogar das Licht der Sterne zu grell. Zum anderen begannen uns die Gnome nun auch daran zu hindern, uns frei an der Oberfläche zu bewegen. Sie trieben uns zurück unter die Erde, so oft sie uns bemerkten. Mit dem Fluch: „Haut ab und seht erst einmal nach dem Rechten bei den Dingen, die ihr verdorben habt, bevor ihr euch wieder blicken lasst."

Dann kam auch noch das Vierte über uns.

Durch die Erdrutsche und die Erdbeben verschlossen sich viele Aus- und Eingänge in unser Reich. Und wir hatten das Feuer der Erde zum Verarbeiten der Metalle weiter nach oben geleitet. Es wurde warm in unseren Höhlen. Das wäre ja nicht weiter schlimm gewesen. Es war aber nicht das Einzige, was geschah. Immer mehr von uns begannen zu husten oder bekamen Asthma. Auch hier dauerte es lange, bis wir verstanden. Die Dämpfe, die beim Herstellen der Metalle entstanden, vergifteten unsere Atemluft ebenso wie das Wasser. Unsere festeren Körper brauchten eine andere Luft als die, die wir nun in vielen unserer Gänge und Höhlen atmen mussten.

Große Teile unseres Reiches wurden für uns unbewohnbar.

Der klägliche Rest unseres Volkes, der noch übrig war, wusste sich nicht mehr zu helfen. Wir vegetierten in den Gängen und Höhlen, die es noch gab, wo sich die Luft noch einigermaßen atmen ließ und wo uns das Wasser nicht gleich vergiftete. Wir hatten unsere Macht und unsere Kraft verloren.

Viele Jahre vergingen, bis uns in dieser trüben Zeit ein Prinz geboren wurde, der nach langen Jahren des Leidens schließlich unser König wurde. Zwsyk, der Gütige, der Reiniger, der die Kreisläufe schloss, sind seine Namen und Ehrennamen.

Er hatte in seiner Kindheit den Hunger und all die Einschränkungen ebenso erlitten wie das ganze Volk. Wie alle hatte er gehört, dass die Gnome gegen uns Krieg führten, dass sie uns hassten und verachteten.

Anders als alle hatte er sich und andere immer wieder gefragt, warum denn das so sei? Oft war er deswegen verlacht und sogar streng bestraft worden, denn da sie direkt und offensichtlich unsere Feinde waren, uns die Nahrung und den Zugang zur Oberfläche verweigerten, so war klar, dass wir uns nicht mit ihnen abgaben. Es fehlte uns die Kraft, gegen sie zu siegen, und so ignorierten wir ihre Existenz, wo es nur ging. Es gab genug Sorgen unter der Erde, und unsere Feinde verstehen zu wollen, war einfach lachhaft, lasch und verachtenswert. Zwsyk lernte durch harte Erfahrungen, diese Frage nicht mehr laut zu stellen. Aber er vergaß sie nie. Er wurde zum Einzelgänger und pflegte auf lange Erkundungsgänge in die verlassenen Stollen, Tunnel und Höhlen zu gehen.

Auf so einer Wanderung, die er ganz allein unternahm, traf er in einer abgelegenen Höhle auf einen Alten, der dort als Einsiedler lebte. Es war ein Zwerg, der viel Weisheit besaß und der den Frieden sehr liebte. Darum hatte er sich von den Gruppen zurückgezogen, in denen es ihm zu unbedacht und den Gnomen gegenüber zu feindselig zuging. Niemand hatte ihn hören wollen, wenn er zu erklären versuchte, dass die Wurzeln für die Leiden der Zwerge bei ihnen selbst zu suchen waren und was der eigentliche Grund für den Zorn der Gnome gewesen war.

Er hatte in seiner Jugend von einem Alten die Überlieferungen aus der Zeit des Verfalls und davor noch vernommen und nie vergessen.

Der zukünftige König befreundete sich mit dem Einsiedler. Er blieb lange Zeit bei ihm und lernte seine Weisheit zu schätzen. Eines Tages wagte er es gar, ihm die Frage zu stellen, die ihn schon als kleines Kind bewegt hatte und um derentwillen er so oft gelitten hatte: Warum sind uns denn die Gnome feindlich gesinnt?

Und hier erhielt er die Antwort darauf. Er vernahm von den vier Übeln und vom Zerfall der Blüte der Zwergenkultur und weshalb es so weit gekommen war, dass sie nun unter so schlechten Verhältnissen leben mussten.

Und mehr noch. Der Alte konnte es ihm beweisen, denn er kannte Gänge, die zu uralten Höhlen führten, die wegen des vergifteten Wassers und den Dämpfen nicht mehr dauerhaft bewohnbar waren. Es war inzwischen jedoch wieder möglich, sich für eine kurze Zeit dort aufzuhalten, solange nicht von dem Wasser an diesen Orten getrunken wurde. Er zeigte dem Prinzen diese Gewölbe, an denen die Spuren der alten Kulturblüte gut erhalten und noch zu erkennen waren.

Der zukünftige König kehrte schließlich zu seinem Volk zurück, trug aber immer in seinem Herzen, was er von dem weisen Alten erfahren und was er auf seinen Wanderungen gesehen hatte. So kam es, dass er, gleich nachdem er von seinem Volk als König bestätigt worden war und zu Anfang im Geheimen, Kontakt zu den Gnomen aufnahm.

Bei seiner ersten Reise – er hatte vorgegeben, das Innere eines Berges zu erforschen, war aber an die Oberfläche gegangen – traf er tatsächlich nur auf Gnome, die feindlich gesonnen und nicht dazu bereit waren, mit ihm zu sprechen. Aber er gab nicht auf. Und da die Gnome ihre Kultur und Überlieferung nie verloren hatten und er bei seinem vierten Versuch das Glück hatte, auf einen Gnom zu treffen, der ein Prinz unter ihnen war und somit besser über die Geschichte Bescheid wusste als die raubeinigen Wächter, die er bisher getroffen hatte, konnte er sein Ziel erreichen.

Anders als die Wächter, die einfach noch immer befehlsgemäß bestrebt waren, die Zwerge von den Wesen an der Oberfläche möglichst fern zu halten, war der junge und verträumte Prinz bereit, seinem Vater eine Botschaft des Königs der Zwerge zu übermitteln.

Es kam zu einer historischen Begegnung der beiden Könige.

Eine lange Zeit war vergangen, seitdem es einen Kontakt zwischen einem König der Gnome und einem König der Zwerge gegebene hatte.

Beim ersten Mal trafen sie sich ebenfalls im Geheimen. König Zwsyk vernahm vom König der Gnome, dass Tatsache war, was der alte Zwerg ihm erzählt hatte.

Da beschloss er, es zu seiner ersten Aufgabe zu machen, sein Volk über seine Vergangenheit und die wahren Ursachen des Konfliktes mit den Gnomen aufzuklären.

Es war keine leichte Aufgabe.

Es waren unruhige Zeiten und seine Position auf dem Thron war mehr als einmal bedroht, denn nicht allen gefiel es, die Wahrheit zu vernehmen, und nicht alle waren bereit, sie anzunehmen. Mit großer Güte, viel Verhandlungsgeschick und mithilfe seiner Getreuen gelang es ihm aber schließlich, genug Beweise herbeizuschaffen und sein Volk wieder mit seiner eigenen Vergangenheit vertraut zu machen.

Als es so weit war, erreichte er ein ganz offizielles Treffen zwischen ihm und dem König der Gnome.

Als zweiter Schritt wurden bei diesem Treffen Maßnahmen im Hinblick darauf beschlossen, wie die Zwerge vorgehen sollten, um die vier Übel beseitigen zu können.

Am einfachsten war es, den Hunger zu beheben, denn der König der Gnome erklärte sich zu einem Frieden bereit und dazu, die Zwerge wieder mit Nahrung von der Oberfläche zu versorgen. Solange sie hungerten, würde ihnen die Kraft dazu fehlen, die anderen Übel zu bekämpfen.

Und sobald sie wieder etwas zu Kräften gekommen waren, begannen die Zwerge mit der Arbeit. Als Erstes arbeiteten sie daran, die Verhältnisse unter der Oberfläche zu stabilisieren.

Manche Gänge wurden noch weiter und für immer zugeschüttet. Andere Bereiche der Höhlen wurden wieder freigelegt und saniert. Durch das Öffnen verschütteter Aus- und Eingänge konnte die Luft erneuert werden.

Die schädlichen Dämpfe und das vergiftete Wasser ließen sich im Grunde nicht so rasch beseitigen. Damit sie nicht weiterhin in Zwsyks Reich und auch bei ihrem Austreten an die Oberfläche Schaden anrichteten, arbeiteten Zwerge, Gnome und Elfen nun wieder zusammen.

Das bedeutete, dass wir Zwerge unsere selbst gewählte Trennung überdenken mussten. Schließlich verstanden wir, dass in einer Schöpfung kein Teil bedeutender sein kann als ein anderer. Wir beschlossen zwar, weiterhin im roten Land zu verweilen, wie wir es gewählt hatten, aber die Zusammenarbeit mit den Bewohnern des grünen Landes und mit den Himmlischen begann wieder zu funktionieren.

Damit wurde es möglich, durch die Segnungen der Himmlischen, die Zauber, die die Elfen woben, und mit der Hilfe der Gnome Wasser, Luft und Erde zu reinigen, die Elemente zu ordnen und rasch ein neues Gleichgewicht herbeizuführen.

Dabei erfuhren wir Zwerge bereits viel über die Kreisläufe und die Geheimnisse des Gewebes des Lebens.

Wir hatten alle Härten erfahren, die es mit sich bringt, wenn sie verletzt werden, und waren jetzt bereit zu verstehen.

Der dritte Schritt, für den König Zwsyk sorgte, war das Schließen der Kreisläufe. Er richtete zunächst eine Schule für uns Zwerge ein, in der die Elfen uns über die Beschaffenheit des Gewebes des Lebens unterrichteten und darüber, wie die Kreisläufe der Elemente ungebrochen in Gang gehalten werden können.

Dann nahm unser Volk sein Leben und Wirken unter der Erde wieder auf. Unsere klügsten Köpfe entwickelten Vorgehensweisen, mittels derer wir weiterhin nach den Schätzen der Erde suchen und sie heben konnten, ohne deren Stabilität zu untergraben. Es wurden Methoden zur Gewinnung von Metallen entwickelt, bei denen Wasser und Luft wieder gereinigt wurden, nachdem sie ihren Dienst bei der Herstellung der Metalle getan hatten. Die Elemente wurden weiterhin bewegt, wenn dabei aber Unordnung entstand, so wurde auch gleich dafür gesorgt, dass sie wieder behoben wurde. So wurden Wasser und Luft wieder das, was sie waren, und das, was zur Erde gehörte, wurde ihr wieder gegeben. In all unserer Arbeit wurde die Schöpfung geehrt und das Gewebe des Lebens geachtet. Wir brachen die Kreisläufe trotz unseres Wirkens nicht mehr.

Die Kultur der Zwerge begann ein zweites Mal zu erblühen. Diesmal geschah dies in Freundschaft mit den Gnomen und mit den Elfen. Die Gasträume für Elfen in unseren Palästen gehen auf diese Epoche zurück. Seit dieser Zeit ehren wir die Elfen und deren Freunde, die Einhörnigen, und achten ihre Gesetze bezüglich des Gewebes des Lebens und der Oberfläche als den unseren übergeordnet, denn von ihnen haben wir das Weltenwissen erworben. Nur im Bereich der Minen haben wir unsere eigenen Gesetze, soweit sie mit denen der Elfen in Einklang waren, behalten. Seit dieser Zeit haben wir auch wieder gelernt, mit dem Licht an der Oberfläche umzugehen und Kontakte mit den Wesen an der Oberfläche aufrechtzuerhalten.

Es dauerte lange, bis unser Reich unter der Erde wieder so prächtig anzusehen und so gut eingerichtet war wie vor dem Zusammenbruch.

König Zwsyks Leben währte nicht lange genug, als dass er die Früchte seiner Regierung selbst hätte ernten können. Aber er hat den Grundstein gelegt für unsere jetzige Kultur. Ihm gebührt die Ehre.

Es kam dann eine lange friedliche, ungestörte Zeit der Blüte. Grünes und rotes Land und deren Bewohner lebten in Harmonie und Fülle.

Bis die Zeit der großen Kriege heraufdämmerte, da großer Jammer und viel Elend über alle Bewohner des roten Landes kamen. Wieder wurden die Kreisläufe gebrochen. Diesmal sollte es die Zeit der Eisen-Menschen sein."

An dieser Stelle beendete der Übersetzer den gemurmelten Strom seiner Worte, denn der Singsang des Sängers und seine

Laute waren verstummt. Schweigen erfüllte den Raum, in dem die letzten Töne noch nachklangen.

Nach kurzer Zeit erhoben sich die jungen Prinzen und verließen den Saal mit ihren Pagen im Geleit.

Der Übersetzer, Beryll, Merlin und Silbermähne blieben noch zurück, nachdem auch der Sänger sich von ihnen verabschiedet und sie ihm ihre Anerkennung gezollt hatten.

„Was ihr in den neun Tagen dieses Vortrags zu hören bekommt, ist das Stammepos all unserer Gesänge. Neun ist unsere geheiligte Zahl und so wird dessen Vortrag immer auf neun Tage und jeweils auf die Zeit neun kleiner Sanduhren verteilt. Die Sanduhr braucht dafür niemand mehr. Jedes Kind kennt die neun Abschnitte des Gesangs, in die er seit alters her aufgeteilt ist. Ihr habt nun ein Drittel davon vernommen. Es gibt aber Hunderte von Ast-Epen und Tausende von Zweiggesängen, die diesem Stammepos entsprossen sind. Solche zu vernehmen, hattet ihr bisher noch keine Gelegenheit. Vielleicht wird der Lehrer der Prinzen entscheiden, dass ein paar der Hauptäste nach dem Stammepos vorgetragen werden sollen. Sollte es so sein, so werdet ihr in den nächsten Wochen den ‚Ast der ersten Blüte', den ‚Ast der vier Übel', den ‚Ast der drei Schritte' und dazwischen die Zweige ‚Lied von Zwsyks Wanderung', ‚Lied des Friedensschlusses' und ‚Zwsyks Abschied' vernehmen können. Das sind zunächst einmal die wichtigsten Gesänge, die zum ersten Drittel des Stammes gehören", erklärte ihnen der Übersetzer. Danach verabschiedete er sich höflich von ihnen, um zum Essen zu gehen.

„Die Geschichte der Zwerge ist also ein Baum", stellte Merlin fest. „Das muss ganz praktisch sein, wenn sich einer darin auskennen soll. Aber wie lange mag es dauern, bis wir den ganzen Baum kennengelernt haben?" Silbermähne antwortete sofort darauf, ohne lange überlegen zu müssen: „Neunhundertneunundneunzig Jahre, neun Wochen, neun Tage und neun Sanduhren. Der Baum der Geschichte der Zwerge ist wahrhaft groß gewachsen. Und auf jedem Zweig gibt es mindestens einen berühmten König und viele Heldentaten zu besingen. Und er wächst noch immer weiter. Offiziell werden die neuen Gesänge aber erst Teil des Baumes werden können, wenn ihre Dauer neuntausend Jahre umfassen wird. Dann wird es nicht einmal mehr einem Zwerg möglich sein, den gesamten Baum in einem Leben vernehmen zu können. Soviel ich weiß, gehen die Zwerge aber dabei pragmatischer vor. Es gibt Experten, die Teile des Baumes kennen, und es gibt Gesänge, die beliebter sind und häufiger vorgetragen werden als andere. Am wichtigsten ist allerdings das Stammepos. Und das lässt sich in neun Tagen hören. Wenn dazu noch die frischesten und jüngsten Zweige kommen, so erhält man ein ausreichendes Bild von der Geschichte der Zwerge. Aber nun lasst uns auch zum Essen gehen, ehe wir unsere Pagen verärgern, weil wir zu spät kommen."

Nachdem sie ihre Mahlzeit beendet hatten, gingen sie wie jeden Tag, oder besser gesagt, während der Zeit, in der sie wach waren, in die Bibliothek. Sie hatten eine Nische in der Nähe der Steinweisen zugewiesen bekommen. Dort konnten sich Beryll und Merlin im Lesen üben. Dazu brauchten sie keinen Zwerg als Lehrer, denn es hatte sich herausgestellt, dass Silbermähne die Sprache der Zwerge nicht nur verstand, sondern dass er sie auch lesen konnte.

Für Beryll war es eine freudige Überraschung, dass es ihm nur wenig Mühe bereitete, sich wieder ans Lesen zu gewöhnen. Mit jedem Tag verfügte er über mehr Zeichen, die er verstehen konnte, und er vergaß sie nicht wieder. Bald schon verstand er fast alles, was sich auf den Tafeln befand, die sie von der Bibliothekarin erbeten hatten.

Sie hatten mit Übungstafeln für Kinder begonnen, die Abzählreime und Märchen enthielten. Aber da auch Merlin, der zum ersten Mal einer Schrift begegnet war, sehr gute Fortschritte machte und, wie es seiner Art entsprach, rasch begriff, wechselten sie schon bald zu anderen Tafeln über. Sie hatten an das Gespräch mit Kgo gedacht und baten also um Beschreibungen von Schmuckstücken, die die Meister der Zwerge für die Elfen hergestellt hatten. Es war eine Welt der Wunder, die sich ihnen da eröffnete.

Merlin war gerade dabei, einen Abschnitt zu entziffern und vorzulesen, was ihm noch nicht fließend, aber mit Unterbrechungen zum Nachdenken bereits weitgehend gelang. Es ging um einen magischen Ring, den ein großer Schmied der Zwerge für einen König der Elfen geschmiedet hatte. In diesem Ring war ein blattförmiger Smaragd gefasst worden, sodass er wie ein grünes Blatt mit einem goldenen Stiel aussah. Er war so gearbeitet worden, dass er sich passend um den Finger seines rechtmäßigen Trägers schloss, egal wie dick oder dünn dessen Finger sein mochten. Natürlich enthielt er einen Zauber, sodass er den Finger eines unrechtmäßigen Trägers glatt durchtrennen würde. Aber das war noch nicht das Wesentliche an ihm. Seine eigentliche Kraft bestand darin, dass er seinem Träger …

Als Merlin sich unter Anstrengung und mit Unterstützung des bestätigenden Nickens von Silbermähne gerade so weit durchgearbeitet hatte, wurden sie von einer zu lauten Stimme unterbrochen: „Eine Botentaube für euch ist in der Schreibstube eingetroffen!" Als sie aufblickten, sahen sie vor sich einen Zwerg, der seiner Kleidung nach aus einer der Schreibstuben zu ihnen gekommen sein musste. „Bitte kommt mit. Ich zeige euch, wo sie ist", trompetete er, immer noch mit unverminderter Lautstärke.

Beryll antwortete in dem Flüsterton, der in der Bibliothek als der einzig schickliche galt: „Wir danken dir! Wir werden sofort mitkommen." „Wie bitte?", fragte da der Zwerg, wieder mit viel zu lauter Stimme. Erst als Beryll den Zeigefinger auf die Lippen legte, weil er sah, wie die Bibliothekarin, die weit entfernt an ihrem Pult saß, streng in ihre Richtung blickte, zuckte der Zwerg zusammen. Er fummelte in seinen Ohren herum, bis er je ein kleines Stück mit Wachs getränkter Watte aus ihnen entfernt hatte. „Du meine Güte!", flüsterte er nun ebenfalls. „Da hab ich wohl viel zu laut geredet? Danke für die Warnung, denn wenn sie mich auch schon lange kennt, ist die gute Dame am Pult da vorne nicht weniger streng, wenn ich gegen die Regeln verstoße. Im Gegenteil.

Wir Schreiber benutzen Wachs, um das Kratzgeräusch zu dämpfen, dem wir bei der Arbeit ständig ausgesetzt sind, und ich habe einmal mehr vergessen, diese Pfropfen aus den Ohren zu nehmen, bevor ich mit jemandem rede. Ihr werdet mich daher nur allzu gut verstanden haben. Aber wenn Ihr die Güte haben wolltet, mir nochmals zu wiederholen, was Ihr meintet?" So wiederholte Beryll nochmals ihren Dank und ihre Bereitschaft, sofort mitzukommen.

Sie verließen die Bibliothek und verschwanden durch die Pforte, die zu den Schreibstuben führte. Dort folgten sie dem Zwerg durch mehrere Räume, in denen Schreiber an der Arbeit waren. Sie wünschten dabei, sie hätten auch etwas Wachs, um ihre Ohren zu verstopfen. Ganz besonders Silbermähne.

Schließlich kamen sie in einen weiten Raum voller Nischen, in denen Tauben saßen. Aus dieser Höhle führten mehrere kurze Gänge steil und schräg nach oben in die Außenwelt. Das ließ die frische Luft erahnen, die durch sie hereinströmte, und auch die vielen Vögel, die sie benutzten. Sicherlich flogen sie hier ein und aus auf ihren Botengängen. Zielsicher ging der Zwerg auf eine der Nischen zu. Dort saß ein großer, kräftiger, blaugrauer Täuberich und sah sie erwartungsvoll an.

„Ich arbeite in der Schreibstube, aber es ist auch meine Aufgabe, die neuen Nachrichten entgegenzunehmen, die von den Außenposten zu uns gelangen. Es ist praktisch eingerichtet. Die Tauben kommen hier an, ziehen an einem Strang, der in meiner Schreibstube eine Glocke läuten lässt, und ich komme her, tränke und füttere sie und nehme die Neuigkeiten entgegen, soweit sie nicht für jemand ganz Bestimmten gedacht sind. In dem Fall obliegt es mir, entweder den Vogel zu der betreffenden Person zu bringen, was für Angehörige der königlichen Familie und die höchsten Offiziere und Beamten gilt, oder, was alle anderen betrifft, die verlangte Person hierherzuholen. Allgemeine Nachrichten halte ich erst einmal auf Kreidetafeln fest, bis die Beamten sie gelesen haben und darüber entschieden ist, ob sie auf Diamanttafeln aufzunehmen sind. So gehören Tauben und Schreiber zusammen. Unsere Familie züchtet die Tauben schon seit vielen Generationen und ihr Wohlergehen bedeutet uns viel. Deswegen muss ich euch sagen, dass ich recht erschrocken bin, als mir Krrgu erzählte, dass er seine Botschaft an euch von einem Falken bekommen hat. Wie könnt ihr nur einen Raubvogel als Boten verwenden und ihn einer Taube berichten lassen! Aber Krrgu versicherte mir, dass der Falke sich sehr korrekt benommen hätte."

„Es lag durchaus nicht in unserer Absicht, dass Schneebrust, Merlins Falkenfreundin, mit euren wertvollen Tauben in Berührung kommen sollte. Wie Merlin im Ring der Wahrheit im Thronsaal berichtet hat, hatte er Schneebrust mit einer Botschaft zurück zur Heilenden des Stammes der Vogelmenschen geschickt. Damals wussten wir noch nicht, dass wir bis vor euren König gelangen würden. Wir hatten vor, selbst Schneebrusts Rückkehr dort am Tauschplatz abzuwarten. Nie hätte sie so mit einer der Tauben sprechen müssen. Was nun doch geschah, entzog sich unserem Einfluss und wir bitten dich und Krrgu selbst um Entschuldigung, falls Krrgu darunter zu leiden hatte", beschwichtigte ihn Silbermähne mit wohlgesetzten Worten.

„Nein, nein", gurrte Krrgu dazwischen, „ich habe nicht durch den Falken gelitten. Ich habe ja nicht einmal einen Schrecken bekommen. Ich habe das ja auch schon meinem Versorger mitzuteilen versucht. Ich bin hocherfreut, die edlen Gäste unseres Königs hier persönlich kennenlernen zu dürfen. Ich werde euch berichten, was vorgefallen ist:

Ich war mit einer Routinenachricht an die Station geschickt worden. Dort teilte mir der Vogel, der in unserer Stafette zurückzufliegen hatte, mit, dass der Gesandte uns alle gebeten hätte, unter den wilden Vögeln in der Nähe der Station nach einem Falken namens Schneebrust zu forschen. Sobald wir ihn gefunden hätten, oder vielmehr sie, wie ich erfahren sollte, wäre ihr mitzuteilen, wo ihr euch befändet und dass ihr wohlbehalten und in Sicherheit wärt.

Wir sollten auch anbieten, eine Botschaft, die Schneebrust für euch haben könnte, an euch zu übermitteln, da man ihr niemals erlauben würde, in die Nähe der Taubenhöhle der Bibliothek zu gelangen und selber ihre Nachricht zu übermitteln. Nun, ich sollte nach vielen Tagen der Glückliche in der Stafette sein, dem es zufiel, den Wunsch des Gesandten auszuführen.

Kaum war mein Kollege abgeflogen, kam ein kleiner Wildvogel zu mir, der so klein war, dass er einen Falken wahrlich nicht zu fürchten brauchte, und berichtete von einem Falken mit schneeweißer Brust, der neu hier eingetroffen sei und wie wild nach einem Einhörnigen und zwei Leuten suche, die in dessen Begleitung seien. Dieser kleine Vogel vermittelte dann ein Treffen zwischen mir und Schneebrust, die sich dabei äußerst höflich und fern jeder Angriffslust verhielt. Ich konnte ihr sagen, was der Gesandte hatte übermitteln lassen, und so vertraute sie mir ihre Nachricht an euch an. Sie lautet ..."

Er wartete, bis sich der Zwerg, den er seinen Versorger genannt hatte, so weit zurückgezogen hatte, dass er außer Hörweite war, und fuhr dann leise an die drei gewandt fort: „‚Ich habe Antwort von Bussardfreundin. Sie sagt, sie sei bereit, zum Tauschplatz der Erdleute zu kommen, sobald Mondsichel, die im nächsten Sommer ihren Namen finden soll, soweit ist, Heilende im Dorf der Vogelmenschen zu sein. Ein paar Jahre werde das noch dauern, aber nie habe jemand so gut und rasch gelernt wie Mondsichel. Bussardfreundin werde nicht zaudern, wenn es so weit ist, und dann kommen.' Dann erfragte Schneebrust von mir alles, was ich über euch wusste. Und es gelang mir, sie zu beruhigen, dass es euch hier gut geht und ihr an der Erfüllung eurer Aufgabe arbeiten könnt. Leider musste ich ihr aber auch erklären, dass das engere Gebiet der Zwerge jenseits des Tauschplatzes für sie tabu sei. Damit gab sie sich zufrieden. Sie lässt Merlin dazu sagen: ‚Bitte verzeih mir, mein Freund Merlin. Sehr gerne würde ich meinen Platz auf deiner Schulter wieder einnehmen. Ich muss aber den Wunsch der Zwerge respektieren, nicht bis zu ihren Höhlen zu fliegen. Dazu kommt, dass ich mich in der Dunkelheit ganz und gar nicht wohlfühlen kann. So wäre es für mich schlimm, im Dunkel der Höhle leben zu müssen, wenn ich so auch bei dir wäre. So sei mir nicht böse, wenn ich es vorziehe, hier am Tauschplatz zu leben und auf dich und Bussardfreundin zu warten. Wir können uns durch Krrgu und seine Kollegen jederzeit Botschaften zukommen lassen. Ich wünsche dir, Beryll und Silbermähne baldigen Erfolg und alles Gute. Mögen wir uns bald wieder sehen.' Ich versprach ihr, euch alles mitzuteilen, und flog los, sobald meine Ablösung in der Stafette eingetroffen war. Hiermit habe ich meine Botschaft übermittelt und mein Versprechen gehalten. Gern bringe ich Schneebrust Antwort von euch."

Kaum hatte Krrgu geendet, kam der Zwerg wieder zu ihnen und sagte: „Es tut mir leid, dass ich so rasch schon wieder bei euch bin, aber eben kam ein Gehilfe aus der Bibliothek mit der Bitte, dass ihr zu Kgo kommen möchtet."

„Es ist kein Problem, dass du wieder hier bei uns bist. Wir danken dir für die Diskretion, die du bewiesen hast, indem du uns erlaubtest, Krrgu allein anzuhören. Er hatte uns aber nichts mitzuteilen, was im Verborgenen bleiben muss. Bussardfreundin wird zum Tauschplatz kommen, sobald es ihr erlaubt ist, und Schneebrust wird dort auf uns und sie warten. Wir möchten nur noch rasch eine Antwort an Schneebrust schicken und dann werden wir gleich zu Kgo eilen", sagte Silbermähne.

So ließ Merlin Schneebrust ausrichten, dass ihre Nachricht gut angekommen sei. Dass sie sich darüber freuten, dass Bussardfreundin kommen würde, und dass er nicht böse sei und verstehe, dass Schneebrust nicht in die Welt unter der Oberfläche wolle. Wenn es ihm möglich sei, würde er sie jedoch bei nächster Gelegenheit am Tauschplatz besuchen. Das hatte er ganz spontan entschieden. Später erst machten sich die drei Gedanken darüber, ob ihnen denn ein solcher Ausflug nach draußen überhaupt gestattet werden würde.

Krrgu versprach, dass er auf seinem nächsten Flug zur Station am Tauschplatz die Botschaft übermitteln würde. Sein Wort galt.

Dann verabschiedeten sie sich vom Täuberich und ließen sich vom Schreiberzwerg, der auch Versorger der Tauben war, bis an die Pforte zur Bibliothek zurückbringen. Sie bedankten sich bei ihm und eilten gespannt zu Kgos Nische.

Als der ihre gespannten Gesichter sah, sobald sie bei ihm angekommen waren, sagte er: „Nun, so erwartungsvoll wie eure Augen leuchten, werde ich euch leider enttäuschen müssen.

Als Erstes seid willkommen geheißen und als Zweites muss ich euch mitteilen, dass ich noch immer nicht mehr über Stein und Schmuck in Erfahrung gebracht habe. Das, was ich euch mitzuteilen habe, ist leider bloß, dass ich Nachricht von den drei übrigen Weisen erhalten habe. Sie sind nach getaner Arbeit von den Minen aufgebrochen. Sie werden in drei Tagen hier sein. Ich denke, dann werden sie einen Tag benötigen, um sich hier wieder einzurichten und das Ergebnis ihrer Reise zu notieren. An dem Tag möchte ich ihnen auch die Weißtafel von Berylls Elfenschmuck zeigen und ihnen erzählen, was wir besprochen haben und bisher zu wissen glauben. Und dann gebt ihnen drei Tage Zeit zum Nachdenken.

Es mag sein, dass sie den Stein vorher selber sehen wollen, daher teilt es mir bitte mit, falls ihr euch weiter weg begeben solltet. Am achten Tag sollten wir aber alle hier zusammenkommen und uns besprechen. Ich möchte euch bitten, euch an diesem Tag zur Verfügung zu halten und euch hier einzufinden."

Nun sahen sie ihn eher enttäuscht an, stimmten aber bereitwillig zu.

„So enttäuscht, wie ihr jetzt tatsächlich ausseht, schlage ich vor, dass wir auf einen Trunk ins Städtchen gehen! Ich lade euch ein – in die Gasthöhle meines Cousins Kgu. Einverstanden?"

Auch wenn sie es gewünscht hätten, wäre es ihnen schwergefallen, das Angebot Kgos abzulehnen, denn er hatte viel in seine Bitte gelegt. Aber im Grunde nahmen sie gerne an, denn es war eine neue Erfahrung, eine der Gasthöhlen zu betreten, da sie bisher immer in ihren Gemächern gegessen und getrunken hatten.

So zogen sie gemeinsam los.

„Nun, so werden wir jetzt alle Ruhe haben, um in den nächsten sechs Tagen dem Sänger zu lauschen und dem Gemurmel des Übersetzers. Wir haben genug Zeit, den ganzen Inhalt des Stammepos der Geschichte der Zwerge anzuhören, bevor wir mit unserer Queste weiterkommen können. Und bis gar Bussardfreundin bei uns sein wird, wird noch viel länger dauern …", sagte Beryll nachdenklich, als sie bereits durch die Gassen des Städtchens hinter Kgo herschlenderten.

4

Zeit des Eisens

Wieder saßen Beryll, Merlin und Silbermähne im Saal mit den Kristallen und hörten gemeinsam mit den jungen Prinzen dem Sänger zu.

Sie verfolgten die Geschichte der Zwerge, ihr Stammepos, weiter:

„Nachdem die vier Übel endgültig überwunden waren und die Kultur der Zwerge ihre erneute und diesmal dauerhafte Blüte erreicht hatte, kam eine lange Zeit des Friedens.

Zwerge, Gnome, Elfen und die Lebewesen der Oberfläche des roten Landes lebten in Frieden und Harmonie zusammen. Es gab einen regen Austausch an Wissen, Weisheit und Dingen zwischen den Ländern und den einzelnen Völkern.

Elfenstoffe wurden gegen Geschmeide und andere Gegenstände eingetauscht, die die Zwerge nach dem Geschmack der Elfen herstellten. Und auch zwischen den Gnomen und den Zwergen herrschte wieder Eintracht. Sie tauschten so rege miteinander aus, dass sich der Unterschied, der durch die festeren Körper der Zwerge und ihre Spezialität, sich mit den Schätzen im Inneren der Erde zu befassen, gegeben war, kaum noch bemerkbar machte. Wir wurden unseren Geschwistern, den Gnomen, nach und nach wieder ähnlicher.

Dazu trug auch bei, dass die Künste jedes der Völker untereinander ausgetauscht wurden. Wir Zwerge lernten bei den Gnomen, wie mit Pflanzen und Tieren umzugehen sei, und alles, was sie über die Oberfläche wussten. Elfen erlernten bei uns die Kunst des Schmiedens. Manche Gnome kamen zu uns, um in den Minen zu leben und zu arbeiten. Manche von uns gingen an die Oberfläche und kümmerten sich um Tiere oder Pflanzen. Es gab Zwerge, die so von der Musik der Elfen begeistert waren, dass sie viele Jahre bei ihnen im grünen Land verbrachten, um diese Kunst zu erlernen.

Die Brau- und Kochkünste der unterschiedlichen Völker verbesserten sich durch den ständigen Austausch von Anregungen, Rezepten, Gewürzen und Nahrungsmitteln, die den einen vertraut, für die anderen aber noch völlig exotisch waren.

Der Handel und die Künste blühten.

Und so gab es auch Zeit für Dichter und Denker. Lieder von größter Schönheit entstanden. Epen, die an den Königshöfen und unter dem Volk vorgetragen wurden. Die Elfen und Gnome entwarfen zusammen die erste Schrift. Bald trugen die Zwerge auch dazu bei, diese neue Errungenschaft zu verbessern. Die ersten Diamanttafeln entstanden. Große Weise konnten ihre Gedanken nun in Zeichen für alle, die nach ihnen kommen würden, festhalten. Einige taten dies und so entstanden die ersten Tafeln der Weisheit. Andere hielten daran fest, ihre Weisheit nur mündlich von Lehrer zu Schüler weiterzugeben, weil sie nur so lebendig blieb, wie sie behaupteten. So entstanden die beiden Hauptschulen der Weisheit, die der Zeichen und die der Worte.

Es war wahrlich eine reiche, harmonische und friedvolle Zeit. Auch die Erde blühte und trug Früchte in Fülle, das Wetter war ausgewogen. Nie war das Gewebe des Lebens stärker und bunter gewesen.

In dieser Zeit erblühte auch das Volk des roten Landes, um das sich die Himmlischen und die Elfen ganz besonders bemühten, unter deren Obhut. Immer mehr Menschen gab es. Und immer mehr erlernten auch sie die Künste und die Wissenschaften. Sie lernten rasch und sie waren begabt und kamen in ihrer Schönheit an die Elfen heran.

So wurden sie von allen geschätzt und immer mehr geliebt, denn sie waren einfallsreich, klug und erfinderisch und trugen mit ihren Ideen viel dazu bei, das Leben noch schöner und fließender einzurichten.

Leider war diese gute Zeit nicht von ewiger Dauer.

Langsam und von allen lange unbemerkt begann die Veränderung. Viel Schmerz und Leid sollte sie über das rote und das grüne Land bringen.

Später, viel später erst konnte verstanden werden, wo der Anfang und die Ursache für die Zeit der Kriege, die Zeit des Eisens, lagen.

Mit der Zeit wurden die Menschen den Elfen, den Gnomen und uns Zwergen in ihrem Können ebenbürtig, und sie wurden auch von uns allen als gleichberechtigt anerkannt.

Es gab die Ersten unter den Menschen, die ins grüne Land eingeladen wurden, um dort alle Künste der Elfen zu erlernen.

Es kamen auch Menschen zu uns, die die Kunst erlernten, Metalle und Edelsteine zu finden und zu bearbeiten. Ja, einige erlernten gar die Kunst des Herausschmelzens der Metalle aus den Erzen.

Diese gewannen im Laufe der Jahrhunderte besonderes Ansehen unter den Menschen. Denn ähnlich, wie es auch bei uns Zwergen gewesen war, wurden die Metalle und die Edelsteine den Menschen immer wichtiger. Mehr und mehr waren sie ihnen wert.

Und es kam die Zeit, da ein ganz besonders begabter Mann, der der Sohn eines Königs unter den Menschen war, nicht nur die Kunst der Metalle von den Zwergen, sondern auch die der Magie von den Elfen erlernte. Er war nicht der Erste, dem dies gelang, aber er war der Erste unter den Menschen, der sein Können darauf verwandte, Gegenstände aus Metall herzustellen, in die er seine eigenen Zauber gemäß seiner Pläne wob. So schuf er ein Zauberschwert, das ihn von Sieg zu Sieg geleitete.

Damals hatten die Menschen begonnen, in Turnieren zu entscheiden, wer der König über ihre Könige sein sollte. Es war immer mehr dazu gekommen, dass sich ihre Länder berührten, denn ihre Anzahl nahm rasch zu. Es gab immer öfter Konflikte unter ihren Königen und so sollte einer bestimmt werden, der sie alle leiten und ihr Friedensrichter sein sollte.

Mithilfe seines Zauberschwertes wurde dieser Mann nun zu ihrem höchsten König. Aber als er diese Macht erreicht hatte, da strebte er danach, noch mehr Einfluss über die Menschen zu erlangen.

So schmiedete er die Vasallenringe.

Von außen gesehen waren es einfache Goldringe, an denen nicht viel war. Er schenkte sie den Königen, die er im Turnier besiegt hatte – als Belohnung für ihre Treue und die Dienste, die sie ihm leisteten.

Und in dieser Zeit war er schon so von seiner Machtgier besessen, dass er in diese Ringe Zauber eingewoben hatte, die die Könige, die sie trugen, dazu brachten, ihm ohne Widerspruch zu gehorchen.

Weder wir Zwerge noch die Gnome oder die Elfen hatten mitbekommen, was im Inneren unseres Musterschülers geschehen und wie finster es in seiner Seele geworden war, denn sein Auftreten blieb tadellos und sein Lächeln und seine Freundlichkeit wirkten echt. Nur die Himmlischen hatten damals schon bemerkt, dass sich seine Seele mehr und mehr verdunkelte.

Wir nahmen ihre Mahnungen und Warnungen nicht ernst genug.

Und so kam es, dass wir ihn über viele Jahre hinweg weiterhin unterstützten, denn er schien dem Frieden zu dienen.

Dieser Königskönig führte nun mit den Jahren sein Volk und die Völker der Könige, die er im Turnier mittels des Zauberschwertes besiegt hatte und die er mithilfe der Ringe völlig beherrschte, nach und nach von Kampf zu Kampf. Immer mehr Land und immer mehr Menschen unterwarf er seinem Einfluss. Erst waren es Turniere, die seine Macht stärkten, dann erweiterten kleine Kämpfe sein Gebiet. Mit der Zeit wurden regelrechte Kriege daraus.

Und in der ganzen Zeit wendete er sein Wissen an. Er sorgte mit seinen Kenntnissen der Magie dafür, dass er immer mächtiger wurde. Er verlängerte durch allerlei Zauber seine Lebenszeit so sehr, dass er schließlich länger leben sollte als ein Elf. Er begann damit, seine Untertanen ohne unser Wissen, denn niemals hätten wir dem zugestimmt, selbst und ganz ohne Zwerge nach Metallen graben zu lassen, denn was er von uns erhandeln konnte, reichte nicht aus, um seine Soldaten auszurüsten. So ließ er vor allem nach Eisen, Gold und Silber graben. Im Geheimen baute er eine riesige Armee auf. Es war mit ihm so weit gekommen, dass er den Entschluss gefasst hatte, sich zum Herrscher über das rote und das grüne Land zu machen und beide durch Krieg zu erobern.

Als nun seine Untertanen immer tiefere Gänge gruben, um Erze abzubauen, merkten wir natürlich, was geschah. Leider war es da aber doch schon zu spät. Der große Kampf, zu dem es nun kommen musste, zwischen den Menschen und den Elfen, Gnomen und Zwergen ließ sich nicht mehr verhindern.

Als wir Zwerge nun endlich wach gerüttelt waren und verstanden hatten, dass wir die Warnungen der Himmlischen nicht ernst genug genommen hatten, gelang es uns, auch die Gnome und Elfen davon zu überzeugen, dass wir allesamt in großer Gefahr schwebten.

Und gerade noch rechtzeitig, bevor der mächtige Zauberer, der nun vollends seiner Bosheit und Machtgier erlegen war, sein ins Unermessliche gewachsene Heer gegen uns führte, gelang es uns zumindest, Orte zu unserer Verteidigung zu befestigen und unsere Völker zum Widerstand zu organisieren. Dennoch schien der Stand der Kräfte sehr unausgewogen und seine Übermacht war überwältigend.

Die Zeit der großen Kämpfe, der Kriege gegen die Macht des bösen Zauberers war angebrochen.

In vielen Gesängen, Geschichten und Sagen wird dieser dunklen Zeit das Ihrige gezollt.

Endlich gelang es – auch mithilfe der Menschen, die seiner Macht nicht unterworfen waren oder denen die Heldentat gelungen war, sich aus ihr zu befreien –, unter größter Anstrengung aller Kräfte, den bösen Zauberer zu überwältigen, ihm seine Macht zu nehmen und den Frieden im roten Land wiederherzustellen.

Frieden war es wohl, aber die Zeit des Leids war damit noch lange nicht vorbei. Tiefe Spuren hatte die Macht des bösen

Zauberers in den Menschen hinterlassen und in der Art, wie sie lebten.

Seit seiner Zeit galten ihnen Waffen und Kriegshandwerk als das Höchste.

Der Beruf des Soldaten galt mehr als alle anderen, die dem Wohl eines Volkes dienten.

Nach Rang und Namen zu streben, galt als etwas, was einen noblen Menschen auszeichnete.

Der Wert des Goldes kam vor dem Wert des Charakters.

Weiterhin und immer mehr wurden die Geschöpfe des grünen Landes von den meisten Menschen als ihre ehemaligen Feinde in jenen Kriegen verachtet und missachtet.

Es gab kaum noch Handel oder Kontakte zwischen den Elfen, Gnomen und Zwergen und den Menschen. Das lag nicht nur an den Menschen selbst und deren Einstellung uns gegenüber, sondern auch daran, dass unser Vertrauen und das der Völker des grünen Landes in die Menschen erschüttert war und keiner ihnen mehr so recht nahe kommen mochte. Keine Menschen wurden mehr von uns, den Gnomen oder den Elfen ausgebildet. Wir zogen uns alle soweit es nur ging von den Menschen zurück.

Und damit vertiefte sich das Unglück. Denn die Menschen in unserem Land hörten nicht auf, nach Eisen, Gold, Silber und Edelsteinen zu schürfen.

Da sie nicht verstanden, wie wir es taten, die Wärme aus der Erde heraufzuleiten, um die Metalle zu schmelzen, bauten sie große Schmelzöfen, die sie mit Holz- und Kohlefeuern betrieben. So fällten und verbrannten sie in gar nicht allzu langer Zeit die großen Wälder, die die Gnome und Elfen so liebten.

Sie brachen die Kreisläufe.

Sie wurden von den vier Übeln befallen.

Sie hatten das wenige vergessen, was sie einmal über die Kreisläufe von den Elfen gelernt hatten, oder sie missachteten es einfach als Aberglauben und Lehren eines feindlichen Volkes.

Nicht überall wirkten die Menschen gleich viel Unheil. Am schlimmsten war es im Land unserer Heimat, in der Nähe unseres Palastes. Nicht weit von dort hatte auch der böse Zauberer sein Schloss gehabt, von wo das Übel ausgegangen war. Hier waren die Menschen am stärksten von seiner Macht betroffen gewesen und nun waren sie am festesten davon überzeugt, dass sie richtig vorgingen, dass es ihr Recht sei, die Erde auszubeuten, sie zu beherrschen. Sie ließen am wenigsten unter allen Menschenvölkern mit sich reden.

Bald schon gab es vor unserem Palast kaum noch Bäume, von Wäldern nicht zu reden.

Bald schon waren die Flüsse an der Oberfläche vergiftet.

Bald schon war die Luft an der Oberfläche voller Dämpfe und ließ sich gar nicht mehr gut atmen.

Bald schon trugen die Felder der Menschen kaum noch Frucht. Denn wie soll etwas gut wachsen können mit solchem Wasser und solcher Luft?

Der Hunger kam über die Menschen.

Noch immer gaben sie es nicht auf, nach Eisen, Gold, Silber und Edelsteinen zu schürfen.

Um dem Hunger zu entgehen, handelten sie mit den Menschen, die weiter entfernt lebten und bei denen Wasser und Luft noch reiner waren. Sie tauschten Nahrung gegen Gold oder Edelsteine oder Eisen ein.

Da Gold nun unter den Menschen als das wertvollste Gut angesehen wurde, galt das Volk der Menschen, das es verstand, die Erze abzubauen und zu Metallen zu verarbeiten, ihnen allen als das reichste, als das fortschrittlichste, als das kultivierteste unter den Menschenvölkern.

So kam es, dass die anderen ihre begabtesten Jugendlichen zu dem Erzvolk schickten, damit sie dessen Künste auch erlernten. Bald schon gab es weitere Gebiete, in denen Erze abgebaut wurden.

Es gab, um des Goldes und des Landes mit den Minen willen, immer wieder Kämpfe und Kriege unter den Menschen. Da immer mehr Menschen als Arbeiter in den Minen gebraucht wurden, denn der Goldwert für die Nahrungsmittel stieg, kam es auch zu Raubzügen, um Gefangene zu machen, die als Sklaven in den Minen arbeiten mussten.

Für uns ist dies eine abscheuliche Vorstellung.

Kein Gramm Erz soll unter Zwang aus der Erde gewonnen werden, denn wenn es nicht mit freiwilliger Anstrengung geschieht, wird solches Gut niemandem und niemals Glück bringen.

Wir Zwerge und alle aus dem grünen Land mischten uns aber nicht in diese Kämpfe ein. Seit der böse Zauberer besiegt worden war, wozu unser Eingreifen unerlässlich gewesen war, hatte der Rat der Weisen der Völker beschlossen, dass es das Beste wäre, die Menschen sich selber zu überlassen, bis sie zur Vernunft kommen und die richtigen Fragen stellen würden.

Das Risiko, das wir dabei eingingen, und der Preis, den wir dafür zu bezahlen hatten, erschienen uns mit der Zeit jedoch immer höher.

So viel Leben wurde zerstört.

Wir beobachteten.

Und wir lernten.

Denn jedes Mal, wenn die Kunst des Erzabbaus, die wir nun eher Krankheit nennen wollten, zu einem neuen Volk kam, geschah dasselbe. Wurde Eisen gewonnen, so wurden Waffen geschmiedet, gab es bald schon Berufssoldaten, waren Kriege die Folge, folgten viele der Macht von wenigen.

Wurde Gold gewonnen, so war es dort bald soweit, dass einige wenige mehr Gold besaßen als die vielen anderen und Macht ausgeübt wurde, die der des Eisens gar noch überlegen war, denn mit Gold ließen sich ganze Heere kaufen.

Wir verstanden, dass es ganz besonders Eisen und Gold waren, die die Menschen aus dem Gleichgewicht brachten.

Weiser wäre es von uns gewesen, wenn wir ihnen die Kunst, es zu gewinnen, nicht beigebracht hätten oder zumindest erst, wenn sie die tieferen Zusammenhänge hätten verstehen können. Diese jedoch begannen wir ja auch erst jetzt zu erfassen und so war das Unglück bereits geschehen.

Noch immer kam es in jenen Tagen ab und zu zu Kontakten zwischen Menschen und Elfen, Gnomen oder Zwergen. Immer weniger Menschen waren jedoch dazu imstande, uns wahrzunehmen, und erst recht, uns zu achten und auf uns zu hören.

Und auch wenn es sehr weise Menschen waren, wurden sie üblicherweise von den Mächtigen verlacht und nicht ernst genommen.

Solchen Menschen vermittelten wir, was wir wussten, was wir gelernt hatten und auch, was getan werden konnte, um die Kreisläufe zu schließen, die Wunden im Gewebe des Lebens, die entstanden waren und die weiterhin entstanden, zu behandeln oder gar zu heilen.

Wir wussten, dass eine Zeit kommen würde, in der diese Weisen wieder von den Menschen gehört würden. Eine Zeit, in der die Verblendung durch Eisen und Gold wieder nachlassen würde.

So warteten wir ab.

Aber unser Leben in unserem Palast wurde immer schwieriger.

Wir lebten ja nicht wie die Elfen und Gnome im grünen Land, sondern weiterhin mit unseren etwas festeren Körpern im roten Land. Auch wenn wir für die Menschen fast immer unsichtbar sind, war es ganz und gar nicht mehr einfach, ihnen aus dem Weg zu gehen, denn es wurden immer mehr von ihnen und sie gruben überall nach den Erzen. Oft gerieten sie dabei in so große Nähe unseres Palastes, dass wir Teile davon aufgeben mussten. Oft trafen wir sogar des Nachts auf sie, wenn wir es wagten, uns an der Oberfläche zu bewegen.

Der hohe Wert der Metalle brachte sie dazu, Tag und Nacht in Schichten zu arbeiten, und ihre Handelskarawanen waren auch ständig unterwegs. Nachts im Schein von Fackeln, des Tags nur mit vielem Lärm.

Wir wurden es leid, in einer waldlosen Gegend zu leben, in der gutes Wasser und gute Luft wieder selten geworden waren.

Wir verbrachten unsere Zeit in ständiger Wachsamkeit und Alarmbereitschaft, denn wir mussten stets damit rechnen, dass unser Palast den Menschen offenbar würde, und dann müssten wir wieder kämpfen.

Bald schon wurden uns nur noch Knaben und Amazonen geboren.

Dies versetzte die Ältesten unter uns in große Trauer.

Sie kamen vor unseren damaligen König und baten ihn darum, mit den Elfen und den Gnomen zu beraten, was zu tun sei, denn dass nur noch Knaben und Amazonen geboren würden, sei kein gutes Zeichen bezüglich des Wohlergehens unseres Volkes.

Es gibt alte Prophezeiungen, die besagen, dass mit der Geburt der letzten Frau unseres Volkes unsere Zeit im roten Land abgelaufen sei.

Es wurde viel beratschlagt. Niemand unter uns wäre bereit gewesen, das rote Land bereits zu verlassen. Unsere Lebensweise gefiel uns noch immer. Aber es musste etwas geändert werden. So konnte es nicht weitergehen.

Und so beschlossen der König und sein Rat, auf die Ältesten zu hören und eine Delegation zu den Elfen und den Gnomen zu schicken.

Ein Treffen der drei Könige der drei Völker wurde vereinbart."

Hier brachen Sänger und Übersetzer fast gleichzeitig ab. Der zweite Teil des Stammepos der Zwerge war beendet.

Merlin stand auf, sobald die beiden Prinzen und der Sänger den Raum verlassen hatten, und reckte und streckte sich. Zu lange hatten sie regungslos dagesessen und gebannt zugehört.

Beryll murmelte: „So war das also! Nun gelingt es mir noch besser zu verstehen, weshalb die Vogelmenschen den Elfen nicht misstrauen und weshalb es auf der anderen Seite des Wassers nicht so sicher ist, ob die Menschen sie lieben oder nicht. Dieser Krieg muss alles von Grund auf erschüttert haben und die Vogelmenschen haben ihn zu ihrem Glück nicht miterlebt."

„Ja, so ist es", bestätigte ihm der Übersetzer. „Die Vogelmenschen haben schon immer so weit weg von den anderen Menschenvölkern gelebt, dass sie sich nie mit den Metallen befasst haben. Das hat ihnen wohl viel Leid erspart. So sehen wir das zumindest."

Merlin fragte: „Ist das auch der Grund, weshalb ihr zwar Silber, das Metall, das leuchtet wie der Mond, mit ihnen tauscht, aber kein Gold, das Metall, das leuchtet wie die Sonne, und Eisen, das Metall, aus dem Messer, Werkzeuge und Waffen sind?"

„Ja, richtig", war die Antwort des Übersetzers. „Weil wir gesehen haben, was Eisen und Gold, wie ihr sie nennt, unter den Menschen bewirkt haben, und weil wir festgestellt haben, dass das Metall, das leuchtet wie der Mond, die Menschen am wenigsten zu Macht anstachelt, hat unser König so entschieden, als wir mit ihnen zu tauschen begannen."

Er blieb eine Weile still, seufzte dann und fuhr fort: „Nun, da die Menschen von der anderen Seite des großen Wassers den Vogelmenschen begegnet sind und mit ihnen regelmäßig tauschen, wird es wohl auch hier bald mit dem Frieden vorbei sein. Ich glaube nicht, dass wir die Vogelmenschen vor dem Einfluss des Eisens und des Goldes werden bewahren können."

„Sei nicht traurig darüber. Ihr habt weise gehandelt und getan, was ihr tun konntet. Die Silbervogelmenschen sind ebenfalls weiser als die Leute von der anderen Seite des Wassers. Es mag sogar sein, dass sie Gold und Eisen gewachsen sind und die anderen einiges lehren können. Eines Tages wird eine neue Zeit des Gleichgewichts anbrechen", beruhigte ihn Silbermähne.

„Ich hoffe sehr, dass du Recht behalten magst. Ihr habt ja gehört, dass wir wissen, was die Konsequenz daraus ist, wenn die Kreisläufe gebrochen werden, dass wir gesehen haben, was mit den Menschen geschieht, wenn sie einmal damit begonnen haben, Eisenerz abzubauen und Eisen zu verarbeiten. Aber so, wie uns selbst geschehen ist, und so, wie es uns gelang, ein neues Gleichgewicht zu schaffen, so möge es auch den Menschen vergönnt sein.

Ja, wir würden die Vogelmenschen am liebsten davor beschützen, aber wir wissen, dass sie dem Eisen und dem Gold begegnen werden und der Lebensart der Menschen aus dem Urland. Ihre Zeit dafür wird kommen. Wenn es uns vergönnt ist, so werden wir ihnen dann gerne mit Rat und Tat zur Seite stehen, aber wir wünschen nicht, sie vor der Zeit unsere Geheimnisse zu lehren und ihnen zu zeigen, wie sie Erze abbauen und zu Metallen verarbeiten können."

Silbermähne nickte bestätigend und der Übersetzer dankte ihm für seine Zustimmung.

Gemeinsam verließen sie nun den Kristallsaal und begaben sich zum Essen.

Später an diesem Tag, nachdem sie aus der Bibliothek zurück waren, machten sie sich bereit, um an der Tafel des Königs die Hauptmahlzeit einzunehmen.

Die Majestäten hatten sie zum ersten Mal zu sich eingeladen.

Als sie frisch gebadet und gestriegelt in ihren festlichsten Gewändern bereit waren, führten sie ihre drei Pagen feierlich durch die weiten Gänge des Palastes zum königlichen Speisesaal.

Als die Bediensteten die Flügeltüren vor ihnen öffneten, waren sie für einen Moment fast geblendet. Auch sie hatten sich mit den Wochen an das Dämmerlicht gewöhnt, das im Allgemeinen im Reich der Zwerge herrschte, denn für diese war Licht keine Notwendigkeit, sondern etwas, das sie sparsam zur Dekoration verwendeten. Zu viel Licht machte die Zwerge im Grunde genommen unsicher, weil ihre Augen gar nicht daran gewöhnt waren.

Hier aber hatte der König offensichtlich den Befehl erteilt, die Beleuchtung zu Ehren seiner Gäste so zu gestalten, wie es unter Elfen und Menschen üblich war.

Der Speisesaal war eine breite, nicht besonders hohe Höhle, ausgekleidet mit Bergkristallen. Von der Decke hingen drei große Kronleuchter, ebenfalls voller Bergkristalle. Dutzende von Bienenwachskerzen brannten in ihnen. Ihr Licht warf viele Reflexe in den Farben des gesamten Regenbogens durch den Raum und auf die Wände des Saals. Dazu kam der süßliche Duft des Bienenwachses, der an blühende Sommerwiesen erinnerte. Ein Geruch von der Oberfläche und einer, den sie seit Langem nicht mehr genossen hatten.

Der König, seine Gemahlin und die Königskinder saßen bereits an der Tafel. Der königliche Hofmarschall, der Gesandte des Königs und die Gäste wurden zur gleichen Zeit durch drei verschiedene Türen in den Saal hineingeführt und zu ihren

Plätzen gebracht. Die Pagen halfen ihnen dabei, sich zu setzen. Für Silbermähne war ein Platz ohne Stuhl freigehalten worden, sodass er bei den anderen direkt an der Tafel stehen konnte. Die Pagen stellten sich hinter den Gästen auf, sobald diese sich gesetzt hatten, um sie zu bedienen.

Die Tafel war gedeckt und stand in ihrem Glanze dem Raum in nichts nach.

Es gab geschliffene Karaffen und Gläser aus Kristall, die ebenfalls farbige Reflexe auf den weißen Damast warfen, mit dem der Tisch bedeckt war. Silberne Teller und goldenes Besteck lagen bereit. Und in der Mitte standen hohe, aus Glasfäden gewirkte Körbe, in denen Blumengestecke prangten, und weitere kristallene Leuchter voller Kerzen aus Bienenwachs.

Der Anblick der Blumenpracht in dieser Umgebung war überwältigend. Ganz besonders, weil er so unerwartet kam. Die Zwerge mussten viele Botenvögel losgeschickt haben, und zwar weit weg, um zu solchen Blumensträußen zu kommen.

Als alle an der Tafel waren, begrüßte sie der König im Namen seiner Familie: „Seid willkommen als unsere Gäste, Reisende aus der Oberwelt auf eurer Queste. Wir fanden, dass es an der Zeit sei, dass wir uns auch einmal in privater Umgebung begegnen, außerhalb der Audienzen bei Hofe. Nicht nur unsere beiden jüngsten Prinzen sollen das Vergnügen haben, Zeit mit euch zu verbringen."

Er erkundigte sich auch danach, wie ihnen der Vortrag des Stammepos gefalle und ob sie dem Übersetzer folgen könnten.

Dann ergriff die Königin das Wort und fragte nach ihrem Wohlbefinden und danach, ob sie mit ihren Gemächern zufrieden seien oder ob es ihnen an etwas mangle.

Beryll antwortete dem Königspaar mit größter Höflichkeit. Alles stehe zum Besten, was ja auch stimmte bis auf die Tatsache, dass sie, was den Stein betraf, noch nicht weitergekommen waren. Davon sollte auch wirklich später, während des Essens, noch die Rede sein, denn auch darüber wollten die Majestäten genau Bescheid wissen wie über viele Dinge, die mit Berylls Reise und seinen Erlebnissen jenseits des salzigen Wassers zu tun hatten. Noch nie waren ihnen Geschöpfe begegnet, die ihr Urland aus erster Hand kannten, die es gesehen und die dort gelebt hatten.

Da der König und seine ganze Familie zu den weltoffenen Zwergen gehörten und das nicht nur als Regierung, sondern in ihren Herzen, waren sie alle aufs Höchste an dem interessiert, was sie von den Reisenden erfragen konnten. Ihr Interesse war echt und so kam ein intensives Gespräch in Gang, bei dem Beryll, Merlin und Silbermähne viele Antworten auf Fragen der ganzen Familie geben konnten. Der Hofmarschall und der Gesandte redeten an diesem Abend an der Tafel kaum ein Wort. Sie waren aber aufmerksame Zuhörer und auch gute Esser, die die wunderbaren Speisen, die in Mengen aufgetragen wurden, ob dem vielen Reden nicht vernachlässigen mussten.

Ja, kaum waren die ersten Begrüßungsworte durch die Majestäten ausgesprochen, winkte die Königin dem Pagen zu, der hinter ihrem Stuhl stand. Der eilte durch eine Nebentür und kehrte praktisch augenblicklich mit einem ganzen Gefolge von Küchenjungen und Küchenmägden zurück, die in Schüsseln und auf Platten dampfende, duftende Speisen hereinbrachten und sie den Tafelnden und ihren Pagen präsentierten, sodass die Pagen die Teller mit dem füllen konnten, was gewünscht wurde. So oft das Herz begehrte oder der Magen es zuließ.

Und dies geschah über mehrere Gänge.

Über so viele Gänge, dass Merlin, der zuerst mitgezählt hatte, ganz und gar die Übersicht verlor. Bei ihm im Dorf hatte er ein solches Mahl noch nie zu Gesicht bekommen. Nicht einmal zum Fest der Rückkehr der Sonne in der Mitte des Winters, wenn alles aufgetragen wurde, was es im Dorf nur gab.

Die erste Mannschaft an Küchenzwergen brachte Suppen, klare und gebundene, Häppchen aus Blätterteig mit verschiedensten Füllungen, Salate aus Kräutern, Blattsalat oder Gemüse.

Dann kam ein zweiter Trupp mit Geflügel, Aufläufen und vielen Sorten von gekochtem Gemüse als Beilagen.

Dann kam gedünsteter Fisch an die Reihe mit wildem Reis und Kroketten aus Gemüsepüree.

Selbstredend handelte es sich dabei um unterschiedliche Sorten von Geflügel oder Fisch zur Auswahl.

Und ebenso war es mit den Braten und Fleischspießen, die dann als Hauptgericht aufgetragen wurden, zusammen mit Knödeln und Maiskolben.

Dann kam eine Reihe von Zwergenmädchen rasch aus der Küche herbeigetrippelt und brachte gefrorenen Obstsaft als Erfrischung.

Beryll und auch Merlin nahmen sich vor, genau herauszufinden, wie es die Zwerge schafften, an diesem Ort Eis herzustellen.

Und dann ging es wieder weiter mit Krustentieren und Muscheln.

Mit gefülltem Geflügel und Beilagen.

Mit geräuchertem Schinken und Würsten, zusammen mit frischem, dunklem Brot.

Dann waren die Früchte an der Reihe.

Als Nächstes Käse und dazu frisches, knuspriges Weißbrot, Birnen, Nüsse und Weintrauben.

Und dann erst, als Merlin gar nicht mehr konnte, kamen seine Lieblingsgerichte: die Nachspeisen. Beerenmus mit Grieß, Pudding mit Schoko- oder Vanillegeschmack, Sahneköpfchen mit Karamellsoße, Dampfnudeln, Eierkuchen, Strudel, Kuchen …

Dazu kam auch noch, dass man auf Merlins Gewohnheit, kein Fleisch zu essen, was sich am Hofe herumgesprochen hatte, Rücksicht nahm, und so wurden ihm bei jedem Fleischgang Extraportionen mit Gemüseaufläufen, Nudeln, gebratenem oder eingelegtem Gemüse gereicht.

Silbermähne wurden sorgfältig handgeerntete Leckerbissen angeboten, die auf keiner Weide leicht zu bekommen waren wie süße Rüben, junges Blattgrün, Weidentriebe oder Süßgras.

Alle tranken klares, kühles Wasser oder Bier.

Obwohl die Gäste bald gemerkt hatten, dass es am besten war, von jedem Gang nur ganz wenig zu kosten, wenn es galt durchzuhalten, waren sie mehr als satt, als nach den Süßspeisen ein starkes, bitteres Getränk gereicht wurde, das den Abschluss der Mahlzeit bildete.

Mehrere Stunden hatten sie an der Tafel mit Reden und Essen verbracht, ohne zu bemerken, wie die Zeit verging.

Die jungen Prinzen sahen bereits ganz schläfrig aus, obwohl sie noch immer dem Gespräch folgten und, so oft es ihnen gelingen mochte, selber weitere Fragen stellten.

Als der eine dann aber ein klares und deutliches Gähnen von sich gab, das zu vertuschen ihm ganz und gar nicht gelang, wurde seine Frau Mama darauf aufmerksam, wie viel Zeit bereits vergangen war.

Sie wandte sich zuerst an ihre Gäste und fragte, ob sie nicht von den vielen Fragen ermüdet seien. Ob sie gar wünschten, sich zurückzuziehen. Dann schickte sie die Jüngsten mit ihren Pagen los, damit sie zu Bett gebracht würden. Mit gesenkten Häuptern, aber in königlicher Würde nahmen diese den mütterlichen Befehl entgegen, verabschiedeten sich und trotteten langsam davon, um noch möglichst viele der Worte, die an der Tafel geäußert wurden, aufzuschnappen.

Beryll nahm die Gelegenheit wahr und bestätigte, dass sie nach diesem guten und ausgiebigen Essen wohl ein wenig ermüdet seien und sich deshalb, wenn es den Majestäten genehm sei, nicht ungern für den Rest der Nacht zurückziehen würden.

Dies wurde ihnen gewährt, worauf sich alle drei für die Einladung bedankten, die Qualität des Mahls, die Schönheit des Saales und die Pracht der Blüten und Kristalle nochmals lobten und der königlichen Familie eine gute Nacht wünschten.

Als sie sich erhoben, um in ihre Gemächer zurückzukehren, erbot sich der Gesandte, sie zu begleiten. Sofort stimmte Silbermähne zu.

Und so machten sie sich gemeinsam mit Klwik auf den Weg.

„Das war aber ein Essen! Eine so prächtige Tafel und so viele ausgesuchte Speisen und so gut zubereitet. Sagt einmal, glaubt ihr, dass der König und seine Familie jeden Tag so essen?“, platzte es aus Merlin heraus, kaum dass sie das Gewirr der Gänge wieder betreten hatten, durch das sie zu ihren Räumen gelangen sollten.

Er hielt erschrocken inne, als er hörte, wie die anderen drei aus vollem Halse lachten.

Hoppla, dass Klwik eigentlich auch das Ohr des Königs war, hatte er eben ganz und gar vergessen.

Noch immer lachend sagte der: „Nun, es ist mir eine große Freude, dich so zufrieden und beeindruckt zu sehen. Sei beruhigt, nicht jeden Tag wird bei der königlichen Familie ein derartiger Aufwand betrieben. Wie sollten die Königskinder sonst auch lernen, mit den ganz gewöhnlichen Umständen fertig zu werden, unter denen sie ihr Leben zum größten Teil werden verbringen müssen. Es war zwar ein Mahl im engen Kreis der königlichen Familie, aber dennoch war es ein Mahl euch zu Ehren und demgemäß war es ein außergewöhnlicher Anlass. Dazu kommt noch, dass es auch Anschauungsunterricht für das Stammepos war, denn es handelte sich um die gleichen Speisen, die, so erzählt einer seiner Zweige, beim Gastmahl gereicht wurden, das König Friedhelm für den Zwergenkönig ausrichtete. Das war damals in der Zeit des Friedens vor dem Krieg gegen den bösen Zauberer. Gang für Gang wird es so besungen und nach dieser Überlieferung wurde es auch heute zubereitet. Wenn wir Zwerge auch zu vielen anderen Anlässen große Festessen zubereiten, so essen wir im Allgemeinen doch etwas weniger Speisen, zu deren Zubereitung Tiere nötig sind. Zwar lieben wir einen guten Braten, aber wir essen doch so, dass wir die Tiere respektieren. Wir halten es damit nicht ganz so streng, wie du selbst es tust, aber wir übertreiben auch nicht. Es war also, wie gesagt, Unterricht für die Prinzen und ein Festmahl für euch zugleich. Ein seltener Anlass, dass solches zusammen geschieht. Ich hoffe, dass dich dies etwas beruhigt."

Seit der bestandenen Prüfung im Ring der Wahrheit hatte sich Klwik dazu entschieden, offen zu seiner Freundschaft mit den Fremden zu stehen, sodass sie sich längst duzten, wenn sie unter sich und nicht in offizieller Audienz waren. Auch alle Zwerge, die nicht unmittelbar zum Hof gehörten, sprachen sie nicht mehr anders an, als es unter Zwergen ihres Standes üblich war. Da sie Gastrecht genossen, galten sie nicht mehr als Fremde.

„Ja und nein, denn die Wichtigkeit, die man uns demgemäß beimisst, dürfte wohl keine geringe sein und das bedeutet auch ein Maß für die Verantwortung, die wir haben, um uns dementsprechend zu verhalten."

„In dir steckt ganz schön viel Weisheit neben deiner großen Spontaneität. Da möchte ich dich doch gleich noch fragen, wie dir das Stammepos gefällt? Falls du überhaupt noch eine Frage mehr verträgst. Im Speisesaal hast du dich dazu nicht geäußert."

„Gern gebe ich dir darauf Antwort! Es gefällt mir ausgezeichnet und es lehrt mich viele Dinge über die Geschichte der Menschen, nicht nur über die der Zwerge, von denen ich keine Ahnung hatte. Aber dürfte ich dir nun eine Gegenfrage stellen, denn eines habe ich heute trotz Übersetzer nicht verstehen können."

„Nur zu, frag!"

„Was bedeutet es, wenn es heißt, vor dem Auszug hierher seien euch nur noch Knaben und Amazonen geboren worden? Was sind Amazonen?"

„Ja, also, das ist bei uns so: Anders als bei Elfen und Menschen gibt es bei uns zwei Formen von weiblichen Zwergen.

In ruhigen Zeiten, wenn wir unter keinem Druck stehen und in Frieden leben, werden die meisten unserer Töchter als Mädchen geboren, wie ihr sie hier im Palast und auf den Straßen des Städtchens sehen könnt. Wenn wir aber unruhige Zeiten erleben und unter großem Druck stehen, so werden uns mehr und oft ausschließlich Töchter geboren, die sich, wenn sie heranwachsen, äußerlich praktisch gar nicht von unseren Söhnen unterscheiden. Ihre Körper sind ebenso muskulös und gedrungen. Sie entwickeln dieselbe Körperkraft und Kampfeslust. Sogar bärtig werden sie wie diese. Zierrat und ein ruhiges Leben sagen ihnen nichts. Sie neigen in ihrer Natur dazu, den Umgang mit Waffen und das Kämpfen zu erlernen. Nur wir Zwerge selbst können dann erahnen, ob wir einen Zwerg oder eine Amazone vor uns haben. Für alle anderen Geschöpfe sind sie ein und dasselbe.

Dies ist von der Natur weise eingerichtet, denn so haben wir mehr Zwerge zur Verfügung, um uns im Notfall wehren zu können. Aber, wie es im Stammepos gesagt wird, wir empfinden es nicht als ein gutes Zeichen, wenn uns nur noch diese Art Töchter geboren wird. Es ist zu selten, dass sie Kinder bekommen. Und wir wissen ganz und gar nicht, was geschehen mag, falls es mehrere Generationen lang nur Amazonen geben sollte, und ob dies überhaupt möglich ist. Wobei es sich nun vielleicht langsam herausstellen wird, denn als wir das Urland verließen, blieben dort nur ganz alte Zwerginnen und Amazonen zurück. Es war ja auch die Tatsache, dass uns nur noch Knaben und Amazonen geboren wurden, einer der Hauptgründe dafür, weshalb unser Volk dazu bereit war, die Mühsal des Auswanderns auf sich zu nehmen und bis hierher zu gelangen. Wie ihr selbst gesehen habt, hat es sich hier nun wieder so eingespielt, dass wir viele Zwergenfrauen unter uns haben, die sich deutlich von uns Männern unterscheiden. Was mich betrifft, so bin ich der Meinung, dass uns das durchaus das Leben verschönert.

Das also verstehen wir unter Amazonen, Merlin.

Man könnte sagen, dass sich an Orten, an denen das Eisen herrscht, unsere Frauen nur in dem einen wesentlichen Punkt von den Männern unterscheiden, nicht aber in Statur, Angesicht und Verhalten. Und an Orten, wo das Silber herrscht, unsere Frauen weibliche Züge annehmen, Männer und Frauen in Statur, Angesicht und Verhalten voneinander zu unterscheiden sind, wie es bei euch Menschen der Fall ist.“

Während sich Merlin noch bei Klwik für die Auskünfte bedankte, hatten sie ihre Gemächer erreicht.

Sie verabschiedeten sich voneinander.

Bald schon schliefen Beryll und Merlin in ihren Betten und Silbermähne auf seinem Stroh stehend den zähen, dickflüssigen Schlaf der zu sehr Gesättigten.

5

Zeit der großen Reise

Der Sänger begann mit dem letzten Drittel des Stammepos der Geschichte der Zwerge. Wie immer, wenn er zu rezitieren anhub, war es ganz still im Raum. Die beiden Prinzen, Beryll, Merlin, Silbermähne und der Übersetzer sahen gespannt zum Sänger hin.

Die ersten Töne gelangten an ihre Ohren.

Der Übersetzer begann:

„Nun kam der Rat der Könige der drei Völker zusammen.

Es sollte darüber beraten werden, wie das Leben der Zwerge, denen nur noch Knaben und Amazonen geboren wurden, zu erleichtern sei.

Lange wollte sich keine Lösung zeigen.

Da wir Zwerge beschlossen hatten, mit etwas festeren Körpern im roten Land zu leben, war es nicht mehr möglich, einfach zu unseren Geschwistern, den Gnomen ins grüne Land umzuziehen, so gut wir uns in der Zwischenzeit auch wieder mit ihnen verstanden.

Wir waren dazu zu fest und wir waren inzwischen auch größer gewachsen als sie. So gerne uns der König der Gnome auch zu sich in sein Land eingeladen hätte, es war uns unmöglich, auf die Dauer dort zu leben.

Da sprach schließlich der König der Elfen.

Er beschrieb ein Land, das weit entfernt von den Menschen liege, die Erze abbauten. Ein Land, in dem es zwar Menschen gebe, jedoch seien es nur wenige. Und sie würden auch mit dem größten Respekt für die Kreisläufe und das Gewebe des Lebens und in Einklang mit den Tieren und Pflanzen leben.

Dieses Land sei ein sehr weites und großes Land. Nur ein geringer Teil sei von Menschen bewohnt.

Und in dem von den Menschen noch unbewohnten Teil dieses Landes jenseits des salzigen Wassers gebe es große Höhlen und viele Schätze im Boden. Es sei ein Ort, für Zwerge geschaffen und geeignet.

Nur sei es dort viel wärmer und trockener als hier. Dies würde sich aber unter der Erdoberfläche bereits in geringer Tiefe nicht mehr auswirken.

Lange sprach er über die Vorzüge dieses Landes.

Dies verfehlte seine Auswirkung auf unseren König und dessen Begleiter nicht.

Wenn sie schliefen, begannen sie, dieses Land in ihren Träumen zu sehen. Wenn sie wach waren, konnten sie nicht aufhören, daran zu denken und es sich in den buntesten Farben auszumalen.

So ging dies einige Tage.

Dann war es soweit, dass der König der Zwerge den König der Elfen fragte, wie sie denn gegebenenfalls in dieses Land gelangen könnten. Es sei doch so weit entfernt und sogar jenseits des salzigen Wassers.

Da bot der König der Elfen die Hilfe seines Volkes an.

‚Da wir in eurer Schuld stehen, weil wir nicht gleich auf die Himmlischen geachtet haben, als sie uns vor dem Fall des bösen Zauberers warnten, und erst auf euer Volk hörten, als es schon beinahe zu spät war, und so zu eurem jetzigen Leid beigetragen haben, will ich euch nun Folgendes vorschlagen:

Das salzige Wasser hat uns Elfen noch nie ein Hindernis bedeutet. Wie ihr wisst, haben wir unsere magischen Schiffe, die uns tragen, wohin und soweit wir wollen, wenn wir auf dem Wasser zu reisen begehren. Wenn ihr euch dazu bereit erklärt, so werden wir Elfen euch auf unseren magischen Schiffen über das salzige Wasser bringen.

Vom Ufer dieses Landes aus sind es nur wenige Tage.

Auch werden euch unsere Pfadfinder auf dem Weg von eurem Palast zu den Schiffen und auf der anderen Seite des Wassers von den Schiffen bis in das Land der Höhlen und Schätze begleiten und euch auf sicheren Wegen führen.'

Also lautete das Angebot des Königs der Elfen.

Nun zogen sich die Zwerge zu einer Beratung zurück.

Der König hatte große Zweifel, auf das Angebot des Königs der Elfen einzugehen.

Die Angehörigen seines Rates bedrängten ihn aber, sich auf das Angebot einzulassen.

Lange und zäh wurde verhandelt.

Am Ende erklärte sich der König bereit, sich bei seinem Volk dafür einzusetzen, dass es diese Reise unternähme.

Er gab dem Elfenkönig noch nicht seine Zustimmung, aber die Versicherung, dass er das Angebot annehmen würde, wenn sein Volk bereit sei, eine solche Reise, die doch ein großes Abenteuer sei, freiwillig auf sich zu nehmen.

So wurde das Treffen der drei Könige beendet.

Wieder bei ihrem Volke angekommen, setzten König und Rat alles daran, den Zwergen auseinanderzusetzen, worin das Angebot des Königs der Elfen bestand, und ihnen die weite Reise schmackhaft zu machen.

Selbstverständlich dauerte es geraume Zeit, bis alles besprochen, betrachtet, gedreht und gewendet war. Am Ende war jedoch eine große Mehrheit unseres Volkes bereit, auf den Plan des Elfenkönigs einzugehen.

Diejenigen, die nicht mitziehen wollten, waren unter den ganz Alten zu finden und auch unter denen, die die kämpferischsten waren und am meisten an den Traditionen festhielten.

Es wurde die Übereinkunft getroffen, dass alle, die wünschten zurückzubleiben, dies auch durften. Die Krieger würden die Alten beschützen, die Alten die Traditionen überliefern und die Anzahl derjenigen, die weder das eine noch das andere waren, reichte gerade aus, um alle Arbeit verrichten zu können, die nötig war, um die Gruppe der Zurückgebliebenen am Leben zu erhalten.

Allerdings sahen sie sich der Perspektive gegenüber, dass sie unter Umständen aussterben würden.

Niemand unter uns, auch nicht die weisesten, und niemand unter den Elfen und Gnomen wusste mit Bestimmtheit zu sagen, über wie viele Generationen die Amazonen Kinder bekommen konnten.

Und niemand wusste mit Bestimmtheit, ob wir gut in den Höhlen des Landes jenseits des salzigen Wassers ankommen und ob es gelingen würde, von dort aus mit den Zurückgebliebenen Kontakt aufzunehmen.

Die Trennung würde auf Gedeih und Verderb und wohl für immer geschehen.

Sie wurde dennoch vollzogen.

Dem Elfenkönig wurde mitgeteilt, dass unser Volk bis auf einen kleinen Rest dazu bereit sei, zu den Schiffen der Elfen und in die Höhlen im Land auf der anderen Seite des salzigen Wassers zu gehen.

In unserem Reich begannen die Reisevorbereitungen.

Große Nahrungsvorräte mussten erhandelt, gesammelt, verarbeitet und für die Reise verpackt werden.

Eine ganze Gruppe von Zwergen nahm alle Maße des Palastes und der Siedlungen, Gänge und Höhlen unterhalb der Oberfläche auf, in denen gelebt wurde. Die gaben sie an eine andere Gruppe weiter, die ganz genaue Pläne daraus erstellte.

Wir hatten vor, im neuen Land unsere Wohnungen und unseren Palast wieder ganz genauso aufzubauen, wie wir ihn kannten.

Weitere Zwerge befassten sich damit, Listen zu erstellen, in denen alle Gegenstände verzeichnet waren, die wir mitzunehmen hatten. Vor allem handelte es sich dabei um Werkzeuge, denn diese erlaubten es uns, uns erneut einzurichten und die Dinge, die wir brauchen würden, neu herzustellen, egal, wo wir uns befinden sollten.

Alles, was auf diesen Listen angeführt war, wurde ebenfalls zusammengetragen und verpackt.

Aus all dem, was es mitzunehmen galt, wurden Tragbündel geschnürt. Jeder Zwerg, jede Zwergin und Amazone, jedes Kind, das sich entschieden hatte, mit auszuwandern, würde seinen oder ihren Teil zu tragen haben.

Auch von unseren Hunden, die uns bei vielen unserer Arbeiten halfen, sollten einige der größten und kräftigsten mit uns kommen.

Viele unter uns übten sich in Ausdauer und im Aufenthalt an der Oberfläche, um den Fährnissen der Reise besser gewachsen zu sein.

Es kam die Zeit, Abschied zu nehmen.

Endlich war am Tag der Abreise die Nacht angebrochen.

Es war Neumond und der Himmel war bedeckt. So war die Chance gering, von den Menschen entdeckt zu werden.

Die Elfenpfadfinder, die uns über das Land zu den Schiffen geleiten sollten, waren bereits vor einer Weile eingetroffen. Sie hatten extra eine besonders dunkle Nacht abgewartet, um uns aus dem am dichtesten besiedelten Gebiet herausführen zu können.

Ein langer Zug aus Angehörigen des Zwergenvolkes bewegte sich durch den Hauptausgang unserer Höhlen hinaus. Sein Anfang war bereits im Dunkel verschwunden, als die Letzten durch das Tor im Felsen traten, das die Zurückbleibenden hinter ihnen verschlossen. Für die Menschen würden keine Spuren sichtbar bleiben.

Eine erste Nacht waren wir unterwegs.

Jede und jeder trug seinen oder ihren Anteil am Reisegepäck.

Es war ein ermüdender Marsch. Aber die Elfen machten uns Mut, gaben uns Kraft, und wenn einer von uns ganz und gar nicht weiter konnte, so gaben sie ihm ein wenig von den getrockneten Früchten des Baumes der Stärke oder der Sommerkraft, der im Land der Elfen zu finden ist und dessen Früchte jedem Wesen erneut Kraft schenken.

Den ersten Tag verbrachten wir gut versteckt und aneinandergedrängt in einem kleinen und lichten Waldstück, das das einzige weit und breit war. Die Elfen hatten geplant, uns bis zum Morgen dorthin zu bringen. Und gerade bis dorthin hatten es alle auch geschafft, kurz bevor die Sonne aufging.

Erschöpft versuchten wir, uns so gut es ging auszuruhen, und überließen die Wachen den Elfen, deren Kräfte weiterreichten als die unseren. Die Angst, entdeckt zu werden, plagte uns aber ständig, denn nicht weit vom Wald gab es eine Straße der Menschen, auf der viele Handelskarawanen und Truppen unterwegs waren. So klang der Lärm von der Straße den ganzen Tag lang in unsere Ohren.

In der kommenden Nacht hasteten wir weiter, um bis zum nächsten Morgen in eine Gegend zu gelangen, in der es viele von den Menschen vollends ausgebeutete und verlassene Minen gab. Während des Tages verbargen wir uns in deren Gängen.

Ein grauenvoller Aufenthaltsort für uns Zwerge, denn der Geruch der Menschen und die Misshandlungen, die sie dem Gestein zugefügt hatten, waren für uns nur allzu deutlich wahrnehmbar.

Aber auch dieser zweite Tag ging vorüber, und nachdem wir den dritten versteckt in den Spalten von Felskuppen einer Hügelkette verbracht hatten, die den Elfen als ein heiliger Ort galt und den die Menschen mieden, wurde unsere Reise leichter und angenehmer.

Wir konnten des Nachts langsamer wandern, denn wir waren in eine Gegend gelangt, in der nur wenige Menschen lebten, und so gab es auch viel dichtere und größere Wälder, die mehr Gelegenheit boten, sich am Tage darin zu verbergen. Es war nichts mehr von Menschen zu sehen und zu hören, solange wir uns von ihren Siedlungen und den wenigen Straßen fernhielten.

Auch begannen wir uns langsam daran zu gewöhnen, dass wir an der Oberfläche waren, und vieles verlor seinen Schrecken für uns wie die Rufe und Schreie der Tiere während der Nacht oder am Tage, das Rauschen des Windes in den Bäumen oder die Gewitter – nicht zu reden von den Stimmen der Menschen sowie den Geräuschen ihrer Fahrzeuge, Zug- und Reittiere.

Noch viele Tage ging der große Auszug des Volkes der Zwerge zu den magischen Schiffen der Elfen weiter.

Die Elfen leiteten uns weise und größere Zwischenfälle konnten vermieden werden. Kleines Ungemach traf einige von uns mehr oder weniger stark.

Aber es gelang allen, geleitet von den Elfenpfadfindern, innerhalb eines Mondes unbeschadet das Ufer des salzigen Wassers zu erreichen.

Die magischen Schiffe der Elfen lagen in einer sehr felsigen und von Buchten zerklüfteten, menschenleeren Gegend für uns bereit. Es waren sechs der großen Getreuen des Wasserelementes.

Wie aus Licht gewirkt schienen sie auf dem Wasser zu schweben. Und doch waren sie aus Holz gebaut. Holz, das mit der Magie der Elfen getränkt war, sodass die Rümpfe dieser Boote bei jedem Unwetter zusammenhielten, dass sie nicht leckgeschlagen werden konnten. So erzählten es uns die Besatzungen dieser Schiffe.

Rank sahen sie aus auf den Wellen. Sie folgten jeder Bewegung des Wassers. Wie Schwäne wirkten sie.

‚Schwan', so hieß denn auch das eine unter ihnen. Die Namen der anderen dieser beseelten Schiffe waren ‚Drache', ‚Hirschkuh', ‚Möwe', ‚Seeschwalbe' und ‚Eiladne' – was ‚die Eilende' bedeutet.

Diese sechs unter den magischen Schiffen der Elfen sollten uns in das Land jenseits des salzigen Wassers bringen.

Lang waren diese Schiffe gebaut, mit scharfem Kiel und sich leicht überlappenden Planken auf geschwungenen Spanten. Ihr Bug ragte hoch aus dem Wasser, verziert mit einer Schnitzerei, die das Wesen darstellte, dessen Namen das Schiff mit Stolz trug.

Ungeduldig waren sie, die Reise zu beginnen.

Manch einem und manch einer unter uns wurde da bange.

Diese dachten im Stillen noch an eine Umkehr, auch wenn eine solche unmöglich wäre, denn die Zurückgebliebenen hatten einmal mehr für eine lange Zeit die Eingänge in unser Reich versiegelt, damit sie von den Menschen nicht belästigt würden, und kamen kaum noch an die Oberfläche. Lieber hätten diese Zwerge die Gefahren, denen wir auf dem Weg zum Ufer ausgesetzt gewesen waren, nochmals in Kauf genommen, als sich an Bord der Elfenschiffe zu begeben.

Fremd war uns das salzige Wasser, schrecklich erschienen uns seine Bewegungen. Schiffe waren uns gänzlich unbekannt. Keiner unter uns liebte das Wasser.

Und doch ließen wir uns alle an Bord bringen. Tage dauerte es, bis es so weit war, dass alle angekommen und auf die sechs magischen Schiffe verteilt waren.

Dann warteten die Elfen den nächsten Vollmond ab, um einen günstigen Wind herbeizusingen. Die sechs Schiffe entfalteten ihre großen Segel gleich Flügeln und glitten aus der Bucht heraus ins offene Wasser, glücklich darüber, endlich in ihr Element und in die Weite zum Spiel mit Wind und Wellen zu gelangen, das sie über alles liebten.

Es war ein unvergesslicher Anblick, der manches Lied entstehen ließ.

Die Silberschwingen der magischen Schiffe, die das Mondlicht leuchten ließ.

Das Rauschen und das Licht der Wellen an ihrem Bug. Das glatte Kielwasser, das sich hinter ihnen ausbreitete wie die Schleppe eines Feiergewandes.

Sternenglanz lag auf dem dunklen Holz, aus dem sie gestaltet worden waren.

Schatten hoben die geschnitzten Verzierungen hervor, die sich als Friese um ihren Rumpf wanden. Auch sie stellten das Geschöpf dar, dessen Namen und Charakter das Schiff trug.

Tage und Nächte, fast eine ganze Woche lang, ertrug unser Volk die Reise in den sechs magischen Schiffen der Elfen.

Kaum wagten wir es, aus deren Bäuchen an die Oberfläche zu gehen. Nur die Mutigsten unter uns trauten sich.

Viele wurden krank durch die Bewegungen der Schiffe. Es half nicht viel, dass diese sich so sanft wie möglich durch die Wellen bewegten und nicht wie sonst in ihnen herumtollten, wie uns die Elfen versicherten.

Wohl kaum hätten wir es noch viel länger ertragen können, als uns die Elfen zuriefen, dass die drei Inseln in der Bucht am Pass in Sicht seien und wir das salzige Wasser so gut wie überquert hätten.

Wie Vögel in ihr Nest gleiten, um zu ruhen, so landeten die sechs magischen Schiffe in der Bucht. Es wurde ruhig. Ihre Bewegungen hörten endlich auf.

Aber es dauerte noch Stunden, bis wir nicht mehr plötzlich das Gefühl hatten, dass der Boden unter unseren Füßen sich bewege, bis uns nicht mehr übel und schwindlig war.

Wieder dauerte es mehrere Tage, bis alle von uns mit ihren Bündeln sicher am Ufer jenseits des salzigen Wassers waren und wir dort ein provisorisches Lager eingerichtet hatten. Es war zu Beginn des Frühjahrs. Die Elfen warnten uns, nicht zu lange an dieser Stelle zu verweilen, denn zur Mitte des Sommers würden die Menschen, die in diesem Land lebten, hierher kommen, um die Sonne an ihrem Höchststand mit einem Tanz zu begrüßen.

So sputeten wir uns, um zur Weiterreise bereit zu sein. Wenige Tage mussten genügen, um wieder zu Kräften zu kommen.

Tief hat sich uns das Bild der Abreise der magischen Schiffe eingeprägt. Lautlos glitten sie in einer sternklaren, mondlosen Nacht mit den Flügeln ihrer Segel davon. Sie verschwanden bald aus unserer Sicht. Zauberhafte Träger einer letzten Botschaft an die Zurückgebliebenen unseres Volkes, bevor wir erneut aufbrachen, um in eine ungewisse Zukunft tiefer einzudringen.

Die Pfadfinder der Elfen waren getreulich bei uns geblieben und leiteten uns nun auf unserer Weiterreise.

Unendlich lang erschien uns dieser Weg zu unserem neuen Land.

Jahre vergingen und wir waren noch immer nicht angekommen.

Wir eilten nicht mehr voran, wie es in den ersten Wochen der Fall gewesen war.

Zuerst hatte uns die Furcht vor einer Begegnung mit den Menschen dieses Landes vorangetrieben, dann war es der Wunsch gewesen, so bald als möglich an unser Ziel zu gelangen.

Mit den Monden jedoch wurde unser Reisen zu einem Dauerzustand, niemand konnte sich so recht vorstellen, an einem Ort anzukommen, und zwar für immer. Auch wenn uns ein solches Leben unterwegs schwermütig stimmte, denn wir lieben es, ein Zuhause zu haben, wurde es unser Alltag und wir waren es am Ende einiger Jahre so gewöhnt.

Wandern, Rasten, Wandern. Manchmal für eine längere Zeit an einem Ort verweilend, um zu ruhen, um Nahrung zu sammeln, um die Elfen das Gelände erkunden zu lassen.

Aber der nächste Aufbruch kam immer.

Nachdem wir in vielen Nächten und ohne jemandem zu begegnen glücklich über den Pass gelangt waren, ging es immer weiter in eine unendliche Ebene hinaus, in der es keine Spur von Wäldern und nur sehr selten Gehölze gab.

Wir fühlten uns ausgeliefert, ungeschützt.

Umso mehr lernten wir, den Elfen zu vertrauen, denn sie vermieden, dass wir irgendwelchen Gefahren ausgesetzt wurden und dies gelang ihnen bis auf wenige Zwischenfälle nahezu vollkommen.

Oft mussten sie auch zwischen uns und den seltenen Wasserstellen hin und her eilen, denn wir waren nicht rasch genug, um rechtzeitig zum nächsten Wasser zu gelangen, und sie waren es, die uns Wasser brachten und uns vor dem Verdursten bewahrten.

Es kamen auch Elfen dazu, die mit uns zogen, die schon immer in diesem Land gelebt hatten. Durch sie lernten wir dessen Tiere und Pflanzen kennen.

Wir lernten viel auf dem langen Weg.

Nach mehreren Jahren waren wir schließlich in eine immer trockener und wärmer werdende Gegend gelangt. Die Elfen versicherten uns, dass wir nun bald am Ziel seien.

Wir konnten es uns kaum mehr vorstellen, dass nicht alles ein sinnloser Traum gewesen sein sollte, dass es dieses neue Land für uns tatsächlich gab, wie sie uns wieder und wieder versicherten.

Wir waren von Zweifel und Erschöpfung gebeutelt. Mehr als eine neue Generation unserer Hunde war bereits auf der Reise geboren worden. Und auch einige Zwergenkinder.

Als eines Tages ein paar Felstürme vor uns erschienen, begannen wir doch, das Versprechen der Elfen ernster zu nehmen. Deutlich zeigten sich auch im Boden die Spuren verschiedener Erze.

Wir wurden immer gespannter.

Und eines Tages erreichten wir einen Felsen mit einem Eingang in eine weite Höhle, die mit einem riesigen Höhlensystem verbunden war.

Wir hatten tatsächlich unser neues Land erreicht.

Bald hatten wir uns in den Höhlen einigermaßen eingerichtet, hatten begonnen, Erze und Edelsteine zu sammeln und zu verarbeiten, hatten die Gänge und Hohlräume erforscht und deren Lage aufgezeichnet.

Wir waren bereit, mit dem Bau des zweiten Palastes, des Hauptsitzes unseres neuen Reiches, zu beginnen.

Zu dem Zeitpunkt verabschiedeten sich die Elfenpfadfinder von uns.

Ein ihnen würdiges Abschiedsfest wurde über viele Tage und Nächte gefeiert.

Die gesamte Geschichte unserer Reise und ihrer Taten zu unserem Schutz wurde ihnen zu Ehren ein erstes Mal besungen.

Dann kehrten sie behände und geschwind, wie nur sie es sind, in ihre Heimat zurück.

Auf welchen Wegen, wird uns immer ein Rätsel bleiben, denn sie sind nicht immer auf ihre Schiffe angewiesen, sie können, so sie allein reisen, ihre Gestalt an Luft und Wasser anpassen.

Unser Volk begann damit, sich hier so einzurichten, wie wir es im Urland gekannt hatten. Dabei halfen uns unsere Erinnerungen und die Pläne, die wir mitgebracht hatten.

Unermüdlich formten wir das Gestein nach unseren Vorstellungen, drangen tiefer und tiefer in den Berg vor. Ohne die Kreisläufe zu brechen oder das Gewebe der Welt zu verletzen, entstand ein neues Reich für uns Zwerge im roten Land jenseits des salzigen Wassers, fern vom Urland, das von den Menschen bedrängt wurde.

Wir hatten Ruhe gefunden, konnten in Frieden leben.

Bald schon wurden uns wieder Mädchen geboren, die keine Amazonen waren.

Ein drittes Mal erblühte unsere Kultur.

Mit den Jahren fühlten wir uns sicher und mit dem neuen Land vertraut genug, um uns den Menschen zu zeigen, die es bewohnten.

Wir begannen mit ihnen zu tauschen.

Silber, aber kein Gold, kein Eisen bekamen sie von uns.

Sie liebten das Silber am meisten, da es sie an ihre eigene Herkunft gemahne, wie sie äußerten. Das Kupfer, das rote Metall, schätzen sie nicht so sehr. Und wir gaben es ihnen auch nicht gern, denn es wird in Legierungen verwendet, von denen wir sie nichts wissen lassen wollten, zu ihrem Schutze. So blieb auch das rote Metall bei uns.

Von den Steinen liebten sie den Türkis am meisten. Wir fanden ihn häufig in unseren Höhlen.

Sie brachten uns die Hunde, die ihre Helfer waren, aus dem Norden.

Die ersten weißen Hunde des Königshauses wurden geboren.

So leben wir seit langen Zeiten in Frieden mit den Menschen dieses Landes, erinnern uns an das Urland und unser Leben dort, ehren die Zurückgebliebenen und haben unser Reich hier neu begründet und zum Erblühen gebracht.

Möge es lange währen und möge das Volk der Zwerge auf immer glücklich leben."

Mit diesem Segenswunsch und mit ein paar fließenden Tönen, die er seiner Laute entlockte, beendete der Sänger seinen Vortrag.

Er war am Ende des Stammepos des Volkes der Zwerge angelangt.

Für eine ganze Weile blieb es still im Saal. Die Prinzen, Beryll, Merlin und Silbermähne waren in ihren Gedanken und mit ihren Gefühlen noch immer in die Geschichte der Zwerge versunken. Die vielen Stunden, in denen sie dem Vortrag gelauscht hatten, waren nun scheinbar unvermittelt und ganz unerwartet in die Gegenwart übergegangen.

Sie selbst fanden sich am Ende des Vortrags in denselben Räumen, die da besungen worden waren.

Sie selbst sprachen täglich mit den Nachfahren derer, die damals das Urland verlassen hatten, um hierher zu gelangen. Die Prinzen gehörten gar zu diesen.

Sie selbst bewegten sich in den Gängen und Höhlen, in denen die Zwerge sich niedergelassen hatten, von denen im Stammepos die Rede war.

Auch der Sänger war still an seinem Platz geblieben.

Schließlich erhoben sich die beiden jungen Prinzen und gingen durch den Saal zu ihm hin, um sich bei ihm für den Vortrag zu bedanken. Die drei Gäste und der Übersetzer schlossen sich ihnen an.

Es wurden nur wenige Worte gewechselt und dann zogen sich alle in ihre Gemächer zurück.

Beryll ging auf den Balkon über dem Fluss, setzte sich dort hin und sah zu, wie die Wolken von der Morgendämmerung mehr und mehr beleuchtet wurden, bis sie schließlich das erste Sonnenlicht widerspiegelten.

Als es Tag war, ging er in die Wohnhöhle zurück, um zu schlafen.

In den letzten Wochen hatten sie sich vollends an den Rhythmus der Zwerge angepasst.

So sah er den Bussard nicht, der hoch über der Schlucht seine Kreise zog.

In den beiden darauffolgenden Tagen geschah nichts weiter.

Sie hatten zwar von Kgo mitgeteilt bekommen, dass die Steinweisen wie erwartet eingetroffen waren, aber leider hatten diese aufgrund der Weißtafel auch nicht gleich etwas zu Berylls Anhänger sagen können oder wollen und sogar auf fünf Tagen Zeit zum Nachforschen und Nachdenken bestanden.

Da sie ihn nicht darum gebeten hatten, ihnen das Schmuckstück vor Ablauf dieser Zeit zu zeigen, musste er sich also bis dahin in Geduld üben.

Also fuhren Merlin, Beryll und Silbermähne mit ihren Übungen im Lesen und Schreiben fort und durchkämmten weitere Diamanttafeln nach Angaben über besondere, mit einem Zauber versehene oder von Meistern ihrer Kunst gestaltete Schmuckstücke.

So konnten sie am leichtesten die Geduld aufbringen, die Zusammenkunft mit den Gelehrten abzuwarten. Und wer weiß, es mochte ihnen ja vielleicht gelingen, bereits auf einer der Diamanttafeln auf einen Hinweis zu stoßen.

So kam es, dass Klwik sie in der Bibliothek und in die Tafeln vertieft fand, als er drei Tage nach dem Ende des Vortrages des Stammepos nach ihnen sah.

„Hier seid ihr also. Eifrigst in eure Suche vertieft. Ich wollte nur einmal nach euch sehen und herausfinden, wie es euch geht und ob ihr mit der Lösung der Frage, derer ihr für eure Queste bedürft, vorankommt“, sprach er sie an.

„Wir danken für die Nachfrage. Es geht uns gut, besonders da hier bei den Zwergen so gut für uns gesorgt wird. Bloß erscheint es als ganz und gar nicht einfach, in Sachen unserer Queste weiterzukommen. Trotz all der Unterstützung und der Tafeln, die wir bisher gelesen haben, hat sich noch nicht der geringste Hinweis ergeben wollen“, antwortete Silbermähne und die beiden anderen nickten bestätigend dazu. „Und da wir erst wenige Tage hier in der Bibliothek verbracht haben, jedenfalls in Bezug darauf, wie reich an Informationen sie ist, müssen wir sagen, der außerordentliche Glücksfall, bereits jetzt einen Hinweis gefunden zu haben, hat sich nicht eingestellt. Das war ja auch kaum zu erwarten bei der beachtlichen Menge an Diamanttafeln, die für uns in Betracht kommen.“

Damit nickte er mit dem Kopf in Richtung auf ein mehrere Meter langes und viele Fächer hohes Regal.

„Und das“, fuhr Merlin fort, „das sind nicht etwa die Tafeln, die wir zu lesen haben, sondern nur das Regal mit dem Standortverzeichnis der Tafeln, in denen wir nachsuchen können. Auf jeder von ihnen gibt es gut fünfzig Angaben. Und die Bibliothekarin hat uns gesagt, dass es sich dabei vorerst nur um die Tafeln handelt, in denen von Schmuck und Gegenständen die Rede ist. Es gäbe noch viel größere Mengen, wenn wir in allen nachlesen wollten, die Edelsteine und Kristalle beschreiben. Wir holen immer nur einen kleinen Stapel auf einmal an unseren Arbeitsplatz. Und den ersten haben wir nach Tagen noch nicht durch.“

Tatsächlich, da war ein kleines Regal, vollgepackt mit Tafeln, und daneben eines von derselben Größe, in dem erst einige wenige Fächer gefüllt waren. Ihr Inhalt musste aus dem ersteren kommen. Dennoch wirkte dieses noch immer vollgestopft. Es sah so aus, als ob ihm noch keine einzige Tafel entnommen worden wäre.

Beryll seufzte: „Ich glaube mich zu erinnern, dass es bei einem der Völker, die ich auf meinen Reisen kennengelernt habe, ein beredtes Bild für eine solche Situation gab. Diese Menschen nannten es ‚nach einer Nadel im Heuhaufen suchen'. Ohne eure Gelehrten, von deren Hilfe wir uns viel versprechen, wüsste ich nicht, wie wir es schaffen sollten, geschweige denn, wie viele Jahre wir hier mit Nachlesen zubringen müssten. Ich wünsche mir sehr, dass wir Glück haben werden. Ihr habt eine beachtliche Menge an Wissen hier zusammengetragen."

„Ja, das mit der Menge an Wissen stimmt", bestätigte Klwik nachdenklich. „Vermutlich geht dies auf unseren Hang, Schätze zu sammeln, zurück. Seien es nun Edelsteine selbst oder Wissen über sie und anderes. Und vermutlich ist das Motiv für die Einladung, die euch zu übermitteln ich gebeten wurde, ebenfalls dort zu suchen. Ich vermute, dass unser Erzmagier noch mehr Wissen zu sammeln wünscht, da er mich gebeten hat, euch um ein privates Treffen mit ihm zu ersuchen. Wenn es euch also einmal genehm ist, so würde er euch gerne zu sich einladen."

Die drei sahen sich nachdenklich an.

„Nun, ihr braucht mir nicht gleich eine Antwort zu geben. Ihr dürft vorher ruhig unter sechs Augen beraten."

„Es mag sein, dass es angebrachter ist, in diesem Fall unter acht Augen zu beraten, denn keiner von uns dreien kennt die Verhältnisse am Hofe. Das ist der Grund, warum wir zögern. Und am besten wirst du uns raten können, was zu tun sei."

„Ja, Silbermähne hat recht! Und ich möchte noch anfügen, dass ich mich wohl erst auf einen Besuch werde konzentrieren können, wenn wir das erste Gespräch mit den Steinweisen hinter uns haben. Vorher, glaube ich, kann ich an nichts anderes denken."

„Ja", sagte nun auch Merlin. „Wir werden wohl deinen Rat brauchen. Ein Erzmagier ist sicherlich ein sehr mächtiger Mann und es mag sein, dass es nicht einfach ist, mit ihm umzugehen. Auch glaube ich, müssten wir wissen, ob er eher zu den Weltoffenen oder den Traditionalisten gehört, damit wir kein Unheil anrichten mit dem, was wir sagen werden. Die Unterstützung durch einen Freund, der die Verhältnisse kennt, ist hier äußerst willkommen." Beryll und Silbermähne nickten dazu anerkennend, denn das war ein wesentlicher Punkt oder gar *der* wesentliche Punkt.

Klwik nickte zu alledem. „Ja, ich verstehe bestens, was ihr da sagt. Da ich aber denke, dass die Bibliothek nicht der geeignete Ort ist, euch in der Sache zu beraten, schlage ich vor, dass ich euch heute Abend in euren Gemächern aufsuche. Dort können wir uns in Ruhe unterhalten.

Ich sehe ein, dass Beryll kein sofortiges Treffen wünscht. Das ist allzu verständlich. Ich kann euch auch bereits jetzt verraten, dass ein Ablehnen der Einladung heikel wäre."

„Ja", unterbrach ihn Beryll. „Das ist sicherlich wahr. Wir werden also zu ihm gehen."

„Gut, so will ich ihm gleich schon ausrichten lassen, dass seine Einladung von euch geschätzt und angenommen wird. Aber auch, dass ihr leider nicht sofort auf sie eingehen könnt. Im Übrigen bin ich erleichtert darüber, dass ihr mich in euer Vertrauen gezogen habt und ich euch beraten darf. Ehrlich gesagt hatte ich gehofft, dass ihr dies tun würdet, denn der Erzmagier ist, wie Merlin bemerkt hat, eine sehr wichtige Person und es gibt da schon einiges, das für euch zu wissen hilfreich sein mag und das ich beisteuern kann."

Damit verabschiedete er sich.

Die drei sahen ihm nach und Silbermähne lachte leise: „Hab mir doch gedacht, dass er nicht wirklich bis in die Bibliothek zu uns gekommen ist, bloß um uns danach zu fragen, wie es uns geht."

6

Steinweise Gelehrte

Endlich war die Zeit verstrichen, die die Gelehrten sich ausbedungen hatten, um über Berylls Anhänger nachzudenken.

Kgo kam denn auch prompt an dem Tage nach der ersten Mahlzeit zu ihrer Wohnhöhle und fragte, ob es ihnen recht sei, am Mittag zu einem Treffen und einer Besprechung mit ihm und den drei steinweisen Gelehrten zusammenzutreffen. Wenn es ihnen genehm sei, so würden sie sich in einer Stube in der Gasthöhle seines Cousins Kgu treffen, da sie in der Bibliothek ja nicht so gut reden konnten.

Erfreut stimmten die drei Reisenden sofort zu.

Endlich sollten sie mehr über den seltsamen Stein erfahren dürfen.

So hofften sie zumindest.

Bis es so weit war, vertrieben sie sich die Zeit auf einem langen Spaziergang, gemeinsam mit Kgo, durch den Teil der Höhlen, der das Städtchen der Zwerge war. Er führte sie zu ein paar Geschäften, die Edelsteine zum Gestalten von Wohnhöhlen oder in Form von Schmuck anboten. Obwohl sie es kaum abwarten konnten, dass das Treffen begänne, verging ihnen so die Zeit wie im Flug. Was sie zu sehen bekamen, war nicht nur schön anzusehen und, weil Kgo sich auskannte, das Beste, was die Zwerge zu bieten hatten, sondern sie erfuhren auch gleich alles über die betreffenden Mineralien, was Kgo dazu wusste. Das war nicht wenig, und da es sie auch wirklich interessierte, lernten sie an dem Vormittag sehr viel in diesem Anschauungsunterricht.

Dann war endlich und doch unversehens die Stunde herangekommen, zu der sie sich alle in Kgus Gasthöhle einfinden sollten.

Sie kamen als Erste dort an und Kgo brachte sie ohne zu zögern nach einer kurzen Begrüßung durch seinen Cousin in die Stube, in der sie sich treffen sollten.

Es war offensichtlich, dass er sich gut auskannte und wohl auch ganz bewusst diese Stube gewählt hatte, denn sie war gar nicht so leicht zu finden, da sie etwas abgelegen jenseits der Küchen- und Vorratshöhlen lag.

„So", sagte er, als sie dort eintraten, „hier können wir ungestört debattieren. In der Bibliothek ist es ja nicht gern gesehen, wenn viel geredet wird. Und es wird, wie ich hoffe, doch einiges zu sagen geben über den seltsamen Stein.

Jedenfalls werden die anderen drei diese letzten fünf Tage nicht haben verstreichen lassen, ohne sich damit zu befassen, um was für ein Mineral es sich dabei handeln könnte. Dazu kommt, dass wir hier nicht so leicht auffindbar sind wie in der Bibliothek. Somit sollten wir auch von niemandem unterbrochen oder gestört werden."

Kaum hatte er geendet, trat der erste der drei weiteren Gelehrten ein.

Er war ein würdiger Alter mit langem, schneeweißem Bart und er war in die traditionelle Tracht der Zwerge gekleidet, die auf das Urland zurückging, also in Tönen von Dunkelgrün und Braun und mit einer roten Zipfelmütze, die er zur Begrüßung mit einer feierlichen Verbeugung in Richtung der bereits Anwesenden vom Kopf nahm. „Seid gegrüßt, Fremde von der Außenwelt, die ihr uns auf eurer Queste um Unterstützung gebeten habt! Zyllk, der Steinweise, steht euch zu Diensten."

Silbermähne erwiderte diesen Gruß ebenso feierlich, wobei er Beryll, Merlin und sich selbst mit Namen vorstellte.

Es gab einen großen, runden Tisch in dieser Höhlenstube.

Kgo und die drei standen noch im Raum, aber Silbermähne bat den Gelehrten, Platz zu nehmen und es sich bequem zu machen. Gerade als Merlin vortrat, um zwei Stühle von ihrem Platz am Tisch wegzunehmen, damit auch Silbermähne sich zu ihnen stellen konnte, öffnete sich die dicke Holztür, die in diese Stube führte, erneut. Der nächste der drei Gelehrten betrat den Raum.

Auch er war eindeutig viel älter als Kgo. Sein weißer Vollbart war womöglich noch länger als der von Zyllk. Er war gekleidet, als wolle er jeden Moment zu einer weiten Reise aufbrechen. Mit festen, genagelten Stiefeln, Kleidern in den Farben der Landschaft, unter der sie lebten, in Tönen von Ocker, Orange und Rotbraun. Auch hatte er einen kräftigen, knorrigen Wanderstab dabei, den er neben der Tür an die Wand der Höhle lehnte. „Ich begrüße euch drei, die ihr aus der Oberwelt kommt und um unsere Unterstützung gebeten habt, und stehe euch gern zu Verfügung. Mein Name ist Kschk", sprach er, während auch er seine Zipfelmütze abnahm und sich vor den dreien verneigte.

Auch ihm wurden sie von Silbermähne namentlich vorgestellt und auch ihm bot das Einhorn einen Platz an dem runden Tisch an.

Merlin brachte nun die beiden Stühle weg und Zwerg und Menschen setzten sich zu den Gelehrten an den Tisch. Silbermähne stellte sich zu ihnen.

Es dauerte keine Minute, nachdem sie sich gesetzt hatten, als sich nach einem kurzen Klopfen die Tür ein drittes Mal öffnete und der dritte der Gelehrten eintrat. Was sein Alter betraf, so musste er zwischen den beiden Alten und Kgo einzuordnen sein. Sein Bart war bereits weiß, hatte aber noch nicht die Länge erreicht, welche die Bärte der Alten aufwiesen. Auch war sein Gesicht weniger runzelig als das von Zyllk und Kschk. Er war in festlich wirkende Kleidung gehüllt. Es gab kein Kleidungsstück an ihm, das nicht mit ein wenig Pelz verbrämt oder mit glitzernden, kleinen Edelsteinchen bestickt gewesen wäre. Sogar die leichten, weichen und bequemen Hausstiefel, die er trug, hatten oben einen Rand aus einem weißen Pelz und an ihren Spitzen waren kleine, in Facetten geschliffene Kristalltropfen angebracht, die alle Farben von sich gaben. Auch er hatte einen Stock dabei. Es war aber kein sozusagen ernsthafter und altgedienter Wanderstab wie der von Kschk, sondern es handelte sich um ein leichtes, mit ziseliertem Silber verziertes Stöckchen, das oben in einen fein gearbeiteten Entenkopf mit einem goldenen Schnabel und Rubinaugen als Griff auslief. An seiner Tunika gab es eine Tasche, aus der die feine Spitze eines vielfach gefältelten Tüchleins kokett hervorsah. Sie musste extra für diesen Zweck gedacht sein.

Seine Verbeugung zur Begrüßung fiel sehr tänzerisch und geschmeidig aus. Er hatte viel Übung darin, wohl bei Anlässen des Hofes erworben. Auch der Schwung, den er mit seiner goldbestickten und edelsteinbesetzten Zipfelmütze ausführte, ließ an Eleganz nichts zu wünschen übrig.

„Ich begrüße die edlen Fremden, die auf ihrer Queste geruhten, bei uns haltzumachen. Mein Name ist Xavl. Ich werde euch gerne mit all meinem Wissen und Können zur Verfügung stehen."

Als Silbermähne sich und die beiden anderen auch ihm vorgestellt hatte und Xavl ebenfalls gebeten worden war, am Tisch Platz zu nehmen, was er mit großer Behändigkeit tat, trat für einen Moment ein eigenartiges Schweigen ein.

Kgo unterbrach es aber bald schon, indem er danach fragte, ob die Anwesenden ein Getränk oder Speisen wünschten, denn es sei ja eigentlich die Zeit der zweiten Mahlzeit. Auf das zustimmende Nicken der Gelehrten hin zog er mehrmals kurz an einem Strick, der neben seinem Stuhl von der Decke hing.

Es dauerte keine Minute, bis daraufhin ein junger Zwerg nach einem kurzen Klopfen, das er sogar in einem höflich bittenden und fragenden Ton auszuführen verstand, zu ihnen trat, um ihre Bestellungen entgegenzunehmen.

In der Zeit, während derer sie darauf warteten, dass aufgetragen würde, unterhielten sie sich nun, ohne dass es zu einem weiteren unangenehmen Schweigen gekommen wäre, über dies und das. Über das Wohlbefinden ihrer Gäste, über die Unannehmlichkeiten, die sie während ihrer Rückreise von der Mine hatten über sich ergehen lassen müssen, über die Jugend und wie schwierig es sei, guten Nachwuchs an Gelehrten zu finden …

Als dann Getränke und Speisen gebracht und vor sie hingestellt wurden, war es still, bis der erste Hunger und Durst gebändigt waren.

Endlich waren nicht mehr alle voll auf ihre Teller konzentriert. Eigentlich betraf dies vor allem die vier Gelehrten, denn Merlin und Beryll hatten vor Ungeduld kaum etwas angerührt und hätten am liebsten gleich in Erfahrung gebracht, was die Gelehrten ihnen denn nun zu sagen hätten. Silbermähne war ebenfalls nicht hungrig gewesen und tauchte nur ab und zu sein weiches Maul in den Eimer mit klarem Kristallwasser, den er für sich bestellt hatte. Zum Glück konnte Kgo sich in die Ungeduld der drei, die inzwischen seine Freunde geworden waren, einfühlen.

So ergriff er, sobald es nicht mehr als unhöflich erscheinen konnte, das Wort:

„Liebe Gäste, liebe Kollegen. Ich hoffe, dass der Raum, in dem wir uns hier treffen, sowie auch die Getränke und Speisen, die euch serviert wurden, zu eurer Zufriedenheit sind.“ Als niemand das Gegenteil bekundete, fuhr er fort: „Wie ihr ja alle wisst, sind wir heute zusammengekommen, um über Berylls geheimnisvollen Stein zu reden, den Grund für die Anwesenheit unserer Gäste unter uns. So möchte ich nun nicht lange fackeln, sondern gleich den Rangältesten unter uns, also dich, Kschk, bitten, uns zu erläutern, worum es sich bei dem Stein handelt. Ich möchte jeden unter uns bitten, daraufhin seine Sicht darzustellen.“

Das Äußere hatte sie also nicht getäuscht. Kschk wirkte nicht nur als der Älteste wegen seines Auftretens und weil er so wettergegerbt erschien. Er war auch tatsächlich der an Jahren reichste unter ihnen.

Nun räusperte er sich feierlich und begann: „Werte Anwesende! Es ist mir eine Ehre, von einem Einhörnigen und seinem Reiter um meine unmaßgebliche Meinung gebeten zu werden. Kgos Weißtafel von dem Stein konnte ich entnehmen, dass es sich durchaus nicht um irgendein gewöhnliches Mineral handeln kann. Es ist nicht nur eindeutig, dass es sich bei dem Schmuck um einen sogenannten Elfenschmuck oder auch Albenzier handelt. Es hat sich für mich aus dem Bild heraus auch bestätigt, was unser junger Kollege Kgo durch den

Wahrheitskristall zu prüfen wusste. Bei dem Stein handelt es sich nicht um eine durch Zauber hervorgerufene Täuschung. Er gehört zu einem der wenigen Mineralien, die dazu imstande sind, alle Farben wiederzugeben, wenn er auch nur ganz wenig Blau in sich zu tragen scheint. Und hier sage ich ganz bewusst ‚scheint', denn, werte Kollegen, bedenken wir, wie viel Blau in der Nachtschwärze der Matrix dieses Exemplars enthalten sein muss. Wenn auch die in der Mitte aufleuchtenden Grün-, Gold- und Rottöne das Auge fesseln und dadurch die dominierenden Farben zu sein scheinen, so ist doch das Blau darin als überwiegend zu betrachten und aufgrund …"

In dem Stil und Sinne fuhr er eine beachtliche Weile fort, um zu dem Schluss zu kommen: „Es muss sich demgemäß also um einen Blaustein aus den Minen der Zwerge unter dem Eis im höchsten Norden der Welt handeln, die ihn den Elfen gebracht haben müssen, weil er das Grün des Elfenlandes und das Rot des Landes zeigt, das sie betreuen. Auch schätze ich, dass er in sich eine Verbindung zu den Hochelfen birgt, denn darauf weisen die Goldtöne hin. Blausteine, die so viel Grün und Rot und erst noch Gold in sich tragen, sind als äußerst rar zu betrachten. Somit ist das Geschmeide von hohem Wert."

Damit blickte er stolz in die Runde, besonders in Richtung seiner beiden jüngeren Kollegen, und setzte sich wieder hin, denn er hatte stehend gesprochen.

Sofort sprang Zyllk, der zweitälteste unter den Gelehrten, auf und sprach weiter, bevor irgendjemand anderer sich auch nur rühren konnte.

„Werte Anwesende! Als Erstes möchte ich meinem Vorredner für seine tiefgründigen Worte und Schlüsse danken. Ich kann mich anschließen, soweit es um die Aussagen geht, dass es sich um einen echten und sehr wertvollen Elfenschmuck handelt und dass er keinen Bann- oder Trugzauber in sich birgt. Jedoch bin ich nicht der Meinung, dass es sich um einen Blaustein aus dem hohen Norden handelt. Meine Begründung dafür ist die folgende …" Auch er erging sich in einer langatmigen, mit unverständlichen Fachwörtern gespickten Ausführung, der zu folgen so recht ermüdend war. Schließlich gelangte er, wenn auch auf gewundenen Wegen, zu seinem Schluss: „Nein, aus all dem, was ich bisher gesagt habe, ist, werte Kollegen, nun wohl deutlich genug geworden, dass es kein Blaustein aus dem hohen Norden sein kann. Es muss sich um das ihm verwandte Mineral handeln, das aus dem fernen Osten stammt und das die dort lebenden Menschen als Mondstein handeln."

Ohne abzuwarten, ob Zyllk hier wirklich zu Ende gesprochen hatte, und ohne ihm Zeit zu lassen, sich bei seinen Zuhörern für ihre Aufmerksamkeit, die er tatsächlich leicht strapaziert hatte, zu bedanken, sprang Xavl an dieser Stelle der Rede seines nächstälteren Kollegen auf, um seine Meinung einzubringen, wobei er geziert seine Kleidung zurechtstrich, damit sie auch im Stehen tadellos säße.

„Werte Reisende, werte Kollegen! Weder um das eine noch um das andere kann es sich bei diesem Stein handeln! Und ich mag mich nicht in langen Ausführungen darin ergehen, weswegen es nicht der Fall sein kann. Jeder unter uns wird mit Leichtigkeit nachvollziehen können, dass der Stein, da Beryll sich in Richtung Westen und Süden gewandt hat, nicht aus dem Norden oder Osten sein kann, wenn er ihn tatsächlich leiten sollte, wie er angibt. Auch bin ich nicht der Meinung, dass der Stein ganz und gar keinen Zauber trägt. Wir sollten davon ausgehen, dass der Anhänger zu der Sorte von Gegenständen gehört, die eine Absicht ihres Eigners aufnehmen und ihn daraufhin bei deren Durchführung stärken. Ich gehe davon aus, werte Anwesende, kurz und bündig, dass der Stein die Aufgabe übernommen hat, die Beryll ihm zugewiesen hat, und er ihn deshalb zu den Seinen führt."

Da hielt es Kschk nicht länger auf dem Stuhl:

„Wertester Kollege, bei allem Respekt für dein Können und Wissen. Das entbehrt doch jeder Logik!

Wenn der Stein ein Absichtsträger ist, was ja noch angehen mag, so ist gerade das der Punkt, der die Aussage, dass er nicht aus dem Norden stammen kann, zunichte macht. Ein Absichtsträger muss ganz und gar nicht aus der Himmelsrichtung kommen, in die zu reisen er Beryll, aufgrund der Absicht, die dieser geäußert hat, unterstützt. Im Gegenteil. Es ist sogar der Fall, dass die Zwerge unter dem Eis erwiesenermaßen am geschicktesten darin sind, Mineralien mit dieser Eigenschaft des Absichtstragens zu versehen, und der Blaustein ist dafür ganz besonders gut geeignet."

Hier wiederum stand nun Zyllk auf: „Werte Kollegen! Beide müsst ihr übersehen haben, dass, wenn es um Absichtssteine geht, die Magier der Menschen im fernen Osten die ausgemachten Experten sind, und ihr bevorzugtes Material für solche Zwecke ist der sogenannte Mondstein. Ich gehe also weiterhin davon aus, dass meine Hypothese sich als die Wahrheit erweisen wird."

In dieser Weise ging eine angeregte, sogar hitzige Diskussion über Stunden weiter, in deren Verlauf es Xavl auch noch gelang, seine Überzeugung vorzubringen, dass Berylls Stein zu den Kupfermineralien gehören müsse, die im äußersten Westen zu finden seien und die, wenn schon von Absichtssteinen die Rede sei, alle Kräfte enorm schnell und ohne Verluste aufnehmen und weiterleiten könnten.

Kgo sagte erstaunlicherweise gar nichts. Seit er den ältesten der Gelehrten zum Sprechen aufgefordert hatte, war er, als der jüngste, gar nicht erst zu Wort gekommen. Nur was das Nachbestellen von Bier betraf, hatten sich die anderen Gelehrten an ihn gewandt. Denn ihr Wortgefecht machte sie durstig und sie baten ihn in regelmäßigen Abständen darum, weitere Krüge kommen zu lassen.

Es wurde nach und nach ganz eindeutig erkennbar, dass sich hier ein ausgewachsener Gelehrtenstreit entzündet hatte, in dem es schon lange nicht mehr um die Sache ging, sondern darum, dass jeder der drei steinweisen Gelehrten den anderen beweisen wollte, dass er der gebildetste unter ihnen war, der mit der ausgefeiltesten Hypothese dienen konnte.

Die drei Reisenden ließen nach und nach ihre Köpfe hängen. Ihre Erwartung, von den Experten rasch eine Antwort zu bekommen, die sie weiterbringen mochte, würde sich ganz klar hier und heute nicht erfüllen.

Beryll seufzte mit der Zeit unwillkürlich jedes Mal auf, wenn wieder einer der drei Zwerge aufsprang und zu einem Gegenargument ansetzte, das er vehement verfocht.

Merlin, der zuerst mit Spannung zugehört hatte, zeigte alle Anzeichen von ausgesuchter Langeweile.

Silbermähne war nichts anzumerken, aber innerlich schüttelte er den Kopf über den Verlauf, den die Argumente hier nahmen.

Endlich kam es so weit, dass Merlin eine Pause nutzte, die entstanden war, weil der Kellnerzwerg den Gelehrten eine weitere Runde Bier vorsetzte, um sich zu erheben und zu sagen: „Wenn ihr es mir gestatten wollt, dass ich in meiner Unwissenheit eine Verständnisfrage stellen dürfte, da es mir nicht mehr gelingt, euren Ausführungen zu folgen."

Da wandten sich die drei Gelehrten erstaunt den drei Gästen zu. Es schien, dass sie sie völlig vergessen hatten. Und damit wohl auch den ursprünglichen Grund für ihr Treffen, der in ihrer Debatte untergegangen war.

Höflich bat der Älteste Merlin, seine Frage zu stellen, denn sie seien ja schließlich und endlich zusammengekommen, um den Gästen zu helfen.

Also fragte Merlin: „Wie kann aufgrund der Weißtafel festgestellt werden, dass es sich um einen solchen Absichtsstein handelt? Müsste das nicht erst an dem Stein selbst festgestellt werden, bevor wir das annehmen können? Und ein Zweites, das ich nicht ganz nachvollziehen kann: Wenn ihr, steinweise Gelehrte, zu dem Schluss gekommen seid, dass es sich um drei verschiedene Gesteine handelt: Blaustein aus dem hohen Norden, Mondstein aus dem fernen Osten und Kupfermineral aus dem fernsten Westen, müssten wir da nun nicht den Stein selbst betrachten und an ihm feststellen können, zu welcher der drei Sorten er gehört?"

„Ah!", sagte da der älteste der Gelehrten, „du gehörst also wohl zu den jungen, neu Heranwachsenden, die davon ausgehen, dass alles in der genauen Beobachtung und Analyse der Gegenstände selbst zu erkennen und zu finden sei. Von diesen modernen Ansichten verstehe ich nicht viel. Ich beziehe meine Kenntnisse auf solidem Weg aus den Schriften meiner Vorgänger, die sehr viel mehr wussten als ich selbst. Aber da ich verstehe, dass es dich erst beruhigen wird, wenn deinem Wunsch gemäß vorgegangen wird, so schlage ich vor – und ich hoffe, meine werten Kollegen werden mir darin zustimmen können –, dass wir die von dir gewünschten und vorgeschlagenen Untersuchungen durch Kgo durchführen lassen, der sich mit diesem neumodischen Vorgehen wegen seines Zwillingsbruders, der sich ja ständig alles vor Ort und in echt ansehen muss und es nie hinter seinem Schreibtisch aushält, besser auskennt als wir anderen, die wir würdigere Methoden bevorzugen. Dann können wir die Ergebnisse wieder gemeinsam diskutieren. Dies nur, um dich zu beruhigen, denn sei versichert: Wir müssen den Stein nicht wirklich betrachten, um erkennen zu können, woraus er besteht. Dazu brauchen wir keinen neumodischen Kram wie ein sogenanntes Labor."

Dazu nickten die anderen älteren Gelehrten.

Und nun endlich war es soweit, dass Kgo sich zu dem Stein äußern konnte: „Um auf deine Fragen zu antworten, Merlin: Es ist tatsächlich so, dass wir herausfinden können, ob der Stein ein Absichtsträger oder gar ein Wunschunterstützer ist. Das wäre eine weitere Möglichkeit. In dem Fall hätte er die Eigenschaft, nicht einfach eine vom Eigner geäußerte Absicht zu unterstützen, sondern ausschließlich der Erfüllung dessen größten Wunsches zu dienen. Das könnte bei dem Stein hier sehr viel Sinn machen, wenn wir daran denken, was sich im Ring der Wahrheit ergeben hat. Und ich kenne auch wirklich Vorgehensweisen, die es uns erlauben, eindeutig festzustellen, ob es sich um Blaustein, Mondstein oder Kupfermineral handelt. Gerne bin ich bereit, das zu erkunden, und dann können wir uns wieder treffen, um weiterzusehen. Ich werde zwei Tage benötigen, um es herausfinden zu können. Beryll und der Stein müssten mir allerdings zur Verfügung stehen. Am dritten Tag können wir uns zur zweiten Mahlzeit wieder hier treffen und ich kann euch mitteilen, was sich ergeben hat."

Damit waren alle einverstanden und die Besprechung wurde beendet. Zumindest der offizielle Teil, denn die drei Gelehrten sollten noch viele Stunden weiter in der Stube verbringen, Bier trinken und ihre Argumente vertreten. Die drei Reisenden jedoch verabschiedeten sich und Kgo ebenfalls. Er begleitet sie nach draußen, um nicht mehr zu seinen werten Kollegen zurückzukehren.

„Nun, ihr müsst bitte so gut sein, unsere schwerfälligen Methoden zu entschuldigen. Ihr habt es hier wirklich mit steinweisen Gelehrten der alten Schule zu tun, während ich und mein Bruder eher der Meinung sind, dass Wissen aus Erfahrung und Beobachtung gewonnen werden kann. So sind wir beiden auch bereit, den Zwergen, die in den Minen arbeiten, zuzuhören und deren Erfahrungen auszuwerten, was die andern drei nur dann tun, wenn sie solche Aussagen in den Diamanttafeln finden. Was ein noch lebender Zwerg ihnen sagt, gilt einfach nicht als weise genug. Aber eigentlich muss es doch so sein, dass diejenigen, die mit den Mineralien täglich arbeiten, etwas über sie lernen. Und so muss es doch auch am Anfang gewesen sein, als Zwerge damit begannen, Mineralien und Erze zu sammeln und zu bearbeiten, als es noch keine Diamanttafeln gab. Da muss es doch auch schon Wissen über Steine gegeben haben. Da wir aber die beiden Jungen unter den Gelehrten sind, gilt unsere Art zu arbeiten wenig unter ihnen und wir haben uns eben einzuordnen, bis unsere Zeit gekommen sein wird."

Auf dieses Geständnis Kgos antwortete Beryll: „Nun, wir werden wohl am besten deinen Empfehlungen vertrauen und, wenn es nicht anders geht, eben weitere solcher Debatten mitverfolgen. Obwohl ich schon sagen muss, dass ich finde, Merlin hatte mit seinem Vorschlag recht! Wie sollen diese Gelehrten denn wissen, was sie vor sich haben, wenn sie den Stein nicht einmal ansehen wollen und sich mit einem Bild zufriedengeben? Sei es auch noch so gut, denn du hast es perfekt gemacht. Mir erscheint das alles jetzt gerade als recht nutzlos. Und dennoch, mehrere Wesen können mehr erkennen als eines allein für sich, und wer weiß, wozu ihre vielen Ideen gut sein mögen.

Ehrlich gesagt hatte ich keine Ahnung, dass Steine Absichtsträger oder gar Wunschunterstützer sein können. Das mag durchaus etwas sein, was uns weiterbringt. Aber nur dann, wenn es uns damit gelingt, unsere Suche in Sachen Elfenschmuck mit besonderen Eigenschaften ein wenig einzugrenzen. Es mag uns Monate an Arbeit ersparen, wenn wir herausfinden können, ob ihre Idee der Wahrheit entspricht, weil wir dann nur noch nach Schmuckstücken mit dieser Eigenschaft suchen müssen."

„Ja. Das wäre gut! Das Lesen beginnt mir zwar leichtzufallen und es macht mir sogar immer mehr Spaß, aber trotzdem möchte ich nicht Jahrzehnte in der Bibliothek verbringen oder in weiteren solchen Debatten wie heute! Lass uns lieber mit Kgos ‚neumodischem Kram' herausfinden, worum es sich bei dem Stein handelt und dann können wir wieder weiterreisen."

Silbermähne lächelte über Merlins Rede, denn einmal mehr war er der Einzige unter ihnen, der wirklich verstanden hatte, dass sie einige Zeit unter den Zwergen verbringen würden. Aber was half es schon, Merlins Jugend zügeln zu wollen?

So kamen sie überein, sich am nächsten Morgen in Kgos Nische in der Bibliothek zu treffen und den Stein in Hinblick auf die Fragen Merlins weiter zu erforschen.

So früh sie sich trauten, fanden sich Beryll, Merlin und Silbermähne am nächsten Tag in der Bibliothek in Kgos Nische ein. Obwohl das sehr zeitig war und noch keiner von den vielen weiteren Gelehrten, die auch in der Bibliothek arbeiteten, eingetroffen war, fanden sie Kgo bereits in seine Arbeit vertieft vor.

Er hatte mehrere Diamanttafeln vor sich liegen und war dabei, einige Bergkristalle mit den Texten zu vergleichen, die vor ihm auf dem Tisch ausgebreitet waren und die er einen nach dem anderen dazu in die Hand nahm und abwägend betrachtete.

Als sie auf ihn zutraten, sahen sie, dass er zufrieden nickte. Da hob er auch schon den Kopf und begrüßte sie.

„Guten Tag! Schön, dass ihr gerade jetzt kommt. Ich habe eben meine Vorbereitungen für den ersten Versuch abgeschlossen. So, wie diese Diamanttafeln besagen, habe ich die richtigen

Werkzeuge ausgewählt und alles, was wir brauchen werden, liegt bereit. Beryll, dürfte ich dich also nochmals um deinen Anhänger bitten?"

Beryll gab ihm den Stein. Kgo nahm ihn, legte ihn auf ein Seidentuch, mit dem ein Teil seines Arbeitstisches, den er freigeräumt hatte, bedeckt war, und begann, mit einem Bergkristall nach dem anderen über dem schwarzen Stein mit dem eigenartigen grün-roten Fleck seltsame Bewegungen auszuführen. Kristall um Kristall legte er zur Seite, bis er den letzten auf diese Weise verwendet hatte.

Er schüttelte verständnislos den Kopf: „Das soll einer begreifen! Ich kann es auf jeden Fall nicht verstehen. Als ich gestern gehört habe, was meine gelehrten Kollegen geredet haben, war ich überzeugt, dass sie zumindest in einem Punkt richtig lagen. Dieser Stein müsste eigentlich wirklich ein Absichtsträger sein. Oder, was mir noch viel mehr einleuchtet, ein Wunschunterstützer. Das schien mir noch viel plausibler. Ich konnte mich selber nicht verstehen, dass ich nicht von allein darauf gekommen war. Zumindest hätte ich doch noch weiter nachforschen sollen, können und müssen, nachdem ich herausgefunden hatte, dass der Stein keinen Vortäuschungszauber enthält. Dass er so viel Tiefe und Kraft hat, das Licht des Wahrheitskristalls vollständig in sich aufzunehmen, hätte mich doch stutzig machen müssen. Ich bin wohl doch noch nicht geschult genug, um allein vorgehen zu können. Es muss einfach etwas Besonderes an dem Stein sein. Und doch sagen alle diese Kristalle, die dazu dienen, Zauber anzuzeigen, ein und dasselbe: Er trägt keinen in sich! Was könnte das bloß heißen?"

Da machte Silbermähne einen Vorschlag: „Was du sagst, erstaunt mich auch. Nach alledem, was wir bisher in den Diamanttafeln gefunden haben und mit allem Wissen, das ich selbst über solche Dinge habe, ist es unglaublich selten, dass ein Elfenschmuck ganz und gar keinen Zauber in sich trägt. Wir sollten vielleicht nicht gleich aufgeben, in der Richtung weiterzusuchen. Könntest du dir vorstellen, dass deine Bergkristalle etwas anderes anzeigen, wenn du sie verwendest, während Beryll selbst den

Stein in der Hand hält? Einmal habe ich von einem Ring gehört, dessen Zauber nur erkennbar war, wenn die Elfenfrau ihn trug, für die er wirksam sein sollte. Sonst war er nicht wahrnehmbar und unwirksam. Könnte ja sein, dass es hier auch so ist."

Damit hatte er sie tatsächlich auf die richtige Spur gebracht.

Als Kgo die Kristalle über dem schwarzen Stein in denselben komplizierten Mustern bewegte wie zuvor, während Beryll ihn in der Hand hatte, zuckte er beim Versuch mit dem zehnten Kristall plötzlich zusammen. „Autsch! Dass der so schnell so heiß wird! Da muss schon ganz schön was vorhanden sein!" Rasch legte er den Kristall beiseite, um sich nicht die Finger daran zu verbrennen. Er fuhr fort, bis er alle anderen ein zweites Mal durchprobiert hatte. Dann nahm er die Spitze wieder auf, die so heiß geworden war, und sah sie sich genau an.

„Es ist also der Kristall mit den vier Rauten, der so stark reagiert hat. Alle anderen haben gar nichts ergeben. Lasst mich nochmals nachlesen." Für eine Weile, während derer die anderen sich nicht rührten, um ihn nicht zu stören, blickte er gebannt auf seine Diamanttafeln.

„Ja, also so etwas ist nun wirklich meisterhaft. Wenn wir uns nicht irren, so haben wir hier tatsächlich einen Wunschunterstützer. Aber einen, wie ich es noch nie gehört oder gesehen habe, denn er hat tatsächlich die Eigenschaft, dass er nur einen einzigen Wunsch für ein einziges, ganz bestimmtes Wesen unterstützt. Und da nur der Stein mit den vier Rauten ihn erkennen konnte, muss es ein Wunsch sein, der aus tiefstem Herzen kommt und dem Schicksalsweg dieses Wesens entspricht. Einer muss sich da also ganz genau das wünschen, wozu er geboren wurde. Dazu kommt, dass der Stein nicht dazu gezwungen ist, mit dem entsprechenden Wesen zusammenzuarbeiten. Damit er wach wird, muss gegenseitige Sympathie gegeben sein, sonst wird gar nichts geschehen. Das ist wahrlich sehr selten, dass ein Zauber in der Art gewoben wird. Eher als Bitte an zwei Wesen, dass sie sich unterstützen mögen, wenn sie sich sympathisch sind, und nicht als Auftrag.

Silbermähne, du hast es tatsächlich getroffen. Dieser Stein ist ein Wunschunterstützer, der allein nur für Beryll wirkt. Und Beryll muss es mit seinem Wunsch genau getroffen haben und dazu den Stein mögen, sonst wäre der nicht erwacht. Es stimmt also, dass er euch auf eurer Reise führt. Dahin führt, wo Beryll aus tiefster Seele hinzugelangen wünscht, ohne dass er wüsste, wo das ist. Darum meine ich, dass wir Berylls Idee, dass er sein Ziel dort finden kann, wo der Stein herkommt, so ernst als nur möglich nehmen sollten. Anders als Kschk bin ich der Meinung, dass es sehr wohl darauf ankommen mag, wo der Stein herkommt. Es fällt mir zwar schwer, das zu begründen, weil es vor allem ein Gefühl ist, aber gerade bei diesem Stein muss das von größter Bedeutung sein. Wenn ich bloß wüsste, was für ein Stein es ist! Dann wäre doch schon mal klar, wo es solche zu finden gibt und wo er euch vermutlich in etwa hinführen möchte."

Beryll, der durch das eben Gesagte sehr beeindruckt war, sah ihn aufmerksam an: „Dann glaubst du also an keine der drei Antworten deiner Kollegen?"

„Nun, auf den ersten Blick nicht, ehrlich gesagt und geradeheraus auf eine direkte Frage geantwortet. Aber ich will es auch nicht gleich ablehnen, ohne ganz genau geprüft zu haben. Es gibt sichere Mittel, es herauszufinden, und die wollen wir als Nächstes anwenden. Da hat Merlin eine wirklich gute Frage geäußert, denn so können wir jetzt weiterarbeiten und müssen nicht länger debattieren."

Er nahm den Anhänger nochmals von Beryll entgegen und rieb damit über unterschiedliche Plättchen aus Ton, Keramik, Stein. „Er gibt keine Farbe ab." Dann versuchte er mit verschiedenen Stäben, ob der den Stein ritzen könne. Das tat er ganz vorsichtig und ganz am Rand der Fassung. „Er gehört zu den härtesten Steinen, die mir je begegnet sind." Er legte ihn in ein Glas mit Wasser. Er legte ihn in andere Flüssigkeiten. So fuhr er fort, den Stein auf unterschiedliche Arten zu prüfen. Er sah ihn sich auch nochmals ganz genau unter dem Vergrößerungsglas an.

Schließlich kam er zu seinem Schluss:

„Es ist kein Kupfermineral, kein Blaustein und kein Mondstein. Das kann ich mit Sicherheit herausfinden. Aber leider kann ich damit noch immer nicht sagen, was es ist. Am nächsten scheint ihm der Quarz zu kommen, der zwar tatsächlich violett, rosa, gelb, rostrot, orange und sogar grün, blau oder schwärzlich sein kann. Aber nie habe ich Bergkristall auf diese Art wie Perlmutt schimmern sehen. Höchstens, dass klarer Quarz das Licht an einer Fläche in seinem Inneren wie einen Regenbogen aufschimmern lässt. Das sieht dann aber ganz anders aus als das, was in diesem Stein zu sehen ist. Ich komme auch mit meinem ‚neumodischen Kram' leider nicht darauf, worum es sich handelt. Es ist zu ärgerlich!", rief er enttäuscht aus und ließ sich entmutigt in seinem Stuhl zurückfallen.

Silbermähne beruhigte sie erst einmal alle, denn auch Merlin und Beryll waren sichtlich enttäuscht: „Heute sind wir doch wirklich ein großes Stück weitergekommen! Wir wissen, dass es ein Wunschunterstützer ist, der für ein ganz bestimmtes Wesen und auf Sympathie beruhend wirkt. Das sagt uns doch nun schon recht genau, worauf wir bei der Suche in den Diamanttafeln zu achten haben. Wir wissen auch mit Sicherheit, dass es kein Kupfermineral, kein Blaustein und kein Mondstein ist. Wir wissen, dass der Stein vielleicht mit Quarz verwandt ist. Da könnten wir doch in der Richtung weitersuchen."

„Aber bitte nicht sofort!", fügte er an, als er sah, dass die drei anderen sich sofort begeistert aufrichteten, „ich habe erst mal Hunger und Durst. Es ist Zeit für eine Pause."

Nach der Pause machten sich Beryll, Merlin und Silbermähne über die Tafeln mit dem Stichwortverzeichnis her, um nach Sympathiezaubern, Wunschunterstützern, auf Wesen zugeschnittenen Zaubern, buntem Quarz und so weiter zu suchen.

Und obwohl sie Tausende von Hinweisen fanden, waren sie doch zufrieden, denn einige Begriffe, die sie bereits herausgesucht hatten, brauchten sie nun nicht weiter zu beachten. Somit fielen auch einige Tausend Hinweise weg. Ihr Eifer war erneuert.

Kgo verschwand in seiner Nische ebenfalls hinter einem Berg von Tafeln. Es war nicht klar, ob er weiter an der Frage nach dem Stein oder wieder an den Entdeckungen seines Zwillingsbruders arbeitete.

An dem Tag, als sie wieder mit den Gelehrten zusammenkamen, begründete er diesen in vorsichtig gewählten Worten, weshalb er auf Quarz tippe und nicht davon ausgehen könne, dass es sich um ein Kupfermineral, einen Blaustein oder Mondstein handle. Das wurde des Langen und Breiten debattiert und jeder der vier Gelehrten blieb schließlich bei seiner eigenen Überzeugung. Nur bezüglich der Entdeckung, dass der Stein ein Wunschunterstützer war, konnten sie sich alle einigen, denn, ja, genauso musste es sich verhalten.

Dieser Tag war anstrengend und brachte weiter nichts Neues.

Am Abend kehrten die drei Gäste erschöpft in ihre Gemächer zurück, um sofort schlafen zu gehen. Alle drei hatten sich Mühe geben müssen, sich ihren Unwillen über die langen Debatten, die zu nichts führten, nicht anmerken zu lassen. Das hatte sie ermüdet.

Es war kein weiterer Termin für eine Besprechung ausgemacht worden, obwohl jeder der Gelehrten mehrmals deutlich erklärt hatte, dass er auf alle Fälle dazu bereit wäre, die Reisenden in ihrer Queste zu unterstützen.

In den nächsten Tagen schien es, als sei die Angelegenheit im Sande verlaufen. Keiner erwähnte mehr die Debatten. Aber die drei setzten ihre täglichen Studien in der Bibliothek weiterhin fort, wobei sie sich in die Inhalte der neuen Stichworte vertieften.

Kgo war weiterhin täglich in seiner Nische zu finden und war fleißig am Arbeiten.

Ebenso die anderen drei steinweisen Gelehrten.

Nur debattiert wurde nicht mehr.

Jeder hatte sich auf sein Gebiet zurückgezogen und es war nicht abzuschätzen, wie ernst es jedem Einzelnen mit dem Finden einer Antwort auf die Frage der Fremden war.

Der Alltag ging weiter.

7

Besuch beim Erzmagier

Die Tage reihten sich aneinander, wurden zu Wochen. Die Wochen wurden zu Monaten.

Tagtäglich arbeiteten die drei in der Bibliothek, machten Spaziergänge im Städtchen unter der Oberfläche, schnappten frische Luft und genossen ab und zu, wenn es ihnen zu lange wurde, unter der Erde zu leben, das Licht des Tages auf dem Balkon in ihrer Höhlenwohnung. Von Zeit zu Zeit wurden sie zu einem festlichen Dinner eingeladen oder darum gebeten, einen Vortrag über ihre Reisen, Abenteuer und Erfahrungen zu halten.

Nach und nach verloren sie das Zeitgefühl, unmerklich verstrichen die Tage, reihten sich die Wochen weiterhin aneinander.

Da stand an einem Morgen auf einmal der Gesandte in der Bibliothek neben ihnen und sagte, nachdem er ihnen einen guten Tag gewünscht hatte: „Was meint ihr? Könntet ihr euch vorstellen, in nächster Zeit einmal auf die Einladung des Erzmagiers zurückzukommen? Bald ist nämlich so viel Zeit verstrichen, dass es unhöflich erscheint, ja, gar als Absage, wenn ihr euch in der Hinsicht nicht bemerkbar macht."

„Auweia! Die Einladung des Erzmagiers! Die haben wir ja völlig vergessen ob all des Debattierens wegen Berylls Stein und danach haben wir uns ganz und gar hier in der Bibliothek vergraben. Ich bin dir zu großem Dank verpflichtet, dass du uns daran erinnerst! Denn es ist, wie du sagst: Wir dürfen auf keinen Fall so unhöflich sein, seine Einladung zu ignorieren, während wir denen anderer Folge leisten.

Das geht auf keinen Fall." Silbermähne war wirklich erschrocken und Klwik sehr dankbar, dass er sie auf ihr Vergessen hingewiesen hatte.

Ganz in seinem Innersten hatte Silbermähne dem Erzmagier gegenüber gar kein gutes Gefühl. Immer wenn er ihn bisher nur von Weitem gesehen hatte, hatte ihn eine eigenartige Beklommenheit ergriffen, sodass ihm einen Moment lang das Atmen schwergefallen war. Erklären konnte er sich das nicht. Und auch wenn er es gekonnt hätte, persönliche Abneigung oder Zuneigung spielten hier gar keine Rolle. Der Erzmagier war in einer wichtigen offiziellen Position und durfte nicht einfach links liegen gelassen werden, wenn sie weiterhin ohne Schwierigkeiten hier nach der Antwort auf ihre Frage suchen wollten. Das stand fest.

Alle drei waren sich in dem Punkt einig.

Und sie waren auch ein wenig neugierig darauf, einen Magier, sogar den Erzmagier der Zwerge kennenzulernen.

So kamen sie rasch überein, dass es wohl das Beste wäre, wenn Klwik es übernähme, für sie Tag und Stunde zu erfragen, die dem Erzmagier genehm seien, damit sie endlich seiner Einladung nachkommen könnten.

Klwik übernahm es also, den Erzmagier daraufhin anzusprechen, indem er sich auch aufs Höflichste für den langen Zeitraum entschuldigte, der zwischen dessen Wunsch, die drei zu sich einzuladen, und deren Handeln verstrichen war. Er begründete es vor allem damit, dass sie zu schüchtern gewesen seien, sofort auf die Einladung eines am Hofe so wichtigen Zwerges einzugehen.

Der Erzmagier brauchte kaum Zeit zum Überlegen.

Er gab dem königlichen Gesandten gleich das Datum und die Zeit an, zu der er bereit sei, die drei Reisenden als seine Gäste zu empfangen. Wohlwollend nahm er auch die Entschuldigung entgegen und versicherte, dass er Verständnis dafür habe, dass sie ihm nicht mit der Tür ins Haus zu fallen wünschten. Ja, sogar, dass er diesen Zug der Schüchternheit und Bescheidenheit an ihren Gästen im Grunde genommen sogar zu schätzen und zu würdigen wisse.

So beruhigt, überbrachte der Gesandte des Königs seinen Freunden die Antwort des Erzmagiers.

Was er nicht mitbekommen hatte, war der eigenartige Gesichtsausdruck, der zwischen gaunerhafter Zufriedenheit und Häme lag, mit dem ihm der Erzmagier nachblickte, als er diesem bereits den Rücken gekehrt hatte und dessen Höhle verließ. Er hatte auch nicht sehen können, wie der Erzmagier sich dazu auch noch erfreut die Hände rieb.

So kam es, dass Silbermähne, Beryll und Merlin einige Tage später, pünktlich zur ersten Stunde nach der zweiten großen Mahlzeit, fein zurechtgemacht vor dem Eingang zur Wohnhöhle des Erzmagiers standen.

Sie klopften an und bald schon öffnete ihnen ein alter, gebeugter Zwerg in Livree, der der Hausdiener des Erzmagiers war. Außer ihm und dem Erzmagier sollten sie in der ganzen Zeit, die sie bei ihm verbrachten, und obwohl seine Gemächer riesig waren, niemanden sonst zu Gesicht bekommen.

Der Bedienstete geleitete sie in eine mit wertvollen Kunstwerken vornehm, aber dezent eingerichtete Höhle, in der sich mehrere Sitzgelegenheiten und zierliche Beistelltischchen befanden. Sie wurden gebeten, dort Platz zu nehmen. Der Erzmagier würde sie sofort empfangen können.

Und tatsächlich öffnete sich bereits nach kurzer Zeit eine aus wertvollem Holz gefügte Tür in einer der Wände der Höhle, in der sie sich befanden. Der Erzmagier höchstpersönlich betrat den Raum. In der Hand hielt er eine Kreidetafel, die er gerade in eine Lederhülle schob. Er nickte seinen Besuchern höflich und freundlich mit einem kleinen Lächeln zu, ging zu einem der Beistelltischchen, auf dem eine Wachskerze brannte, nahm sie, tropfte ein wenig Wachs auf die Schnur, mit der er die Lederhülle während des Gehens verschnürt hatte, und drückte seinen Siegelring hinein. Dann zog er an einer Kordel aus Goldbrokat. Sofort trat der alte Leibdiener ein und nahm die versiegelte Tafel entgegen. Offensichtlich wusste er ganz genau, wer sie erhalten sollte, denn die beiden wechselten kein einziges Wort. Ein paar Blicke und Gesten waren ausreichend.

Der Höchste unter den Hofmagiern war in eine scharlachrote Robe gekleidet.

Sein weißer Bart bildete dazu einen starken Kontrast. Er war von hagerer Statur und hatte ein ausgeprägtes Raubvogelprofil. Sein Gesicht war für das Alter, das er haben musste, erstaunlich glatt. Die Haut glänzte wächsern. Große, weiße, buschige Augenbrauen prangten über seinen tief liegenden, dunklen Augen. Auf dem Kopf trug er eine Zipfelmütze in der klassischen Form, nicht wie manch anderer am Hofe eine Kopfbedeckung, die in nichts mehr an die Urlandmützen erinnerte. Dennoch war sie nicht einfach. Die ganze Mütze war mit einer reichhaltigen Stickerei aus Goldfäden und Kristallen überzogen, die für diejenigen, die damit vertraut waren und die sie zu erkennen vermochten, eine ganze Fülle magischer und astrologischer Symbole darstellte. Genau dazu passende Stickereien verzierten die Borten und den Saum seiner Robe. Außer diesen Stickereien und dem großen Siegelring trug er keinen Schmuck. Jedenfalls keinen, der an ihm zu sehen war. Den wuchtigen, geschnitzten und mit Edelsteinen besetzten Stab, den er am Hofe stets bei sich trug, hatte er diesmal nicht in der Hand.

Als der Bedienstete den Raum verlassen hatte, wandte er sich seinen Besuchern zu und sagte mit einer entschuldigenden Geste und einer angedeuteten Verbeugung: „Ich begrüße euch, hochgeschätzte Gäste, in meinen bescheidenen Gemächern. Bitte verzeiht die kurze Verzögerung. Ihr wisst ja, unsereiner ist ständig im Dienst. Dieser Brief musste einfach noch ganz dringend abgeschickt werden. Nun aber stehe ich ganz und gar zu eurer Verfügung. Ich bitte euch, mir zu folgen."

Während sie sich erhoben, ging er die paar Schritte zu der Tür zurück, durch die er den Raum betreten hatte. Er öffnete sie weit und hielt sie auf, damit seine Gäste den benachbarten Raum betreten konnten.

Sie kamen in eine weitere weite, diskret von wertvollen Wachskerzen beleuchtete und mit Kristallen ausgekleidete Höhle. Es musste der Arbeitsraum des Erzmagiers sein.

Es gab darin einen großen Arbeitstisch, hinter dem ein bequem gepolsterter und eindrucksvoller Sessel stand, dessen Armlehnen in geschnitzten Eulenköpfen ausliefen. Es gab viele Nischen in den mit Kristallen bedeckten Wänden, die mit Diamanttafeln, allen möglichen geheimnisvollen Gegenständen und, was unter den Zwergen selten war, mit Pergamentrollen und Papyri, die eindeutig aus fernen Zeiten und Ländern kommen mussten, vollgestopft waren.

In einer Ausbuchtung der Höhle befand sich tatsächlich ein Kamin, in dem ein kleines Feuerchen brannte.

Da es hier in diesem Land recht warm war und die Temperatur in den Höhlen angenehm, diente er wohl nur dazu, eine gemütliche Atmosphäre entstehen zu lassen. Es sei denn, der Erzmagier bediente sich seiner auch als Feuerstelle, falls er Zaubertränke zubereiten sollte. Einige durch Stapel von Diamanttafeln halb verdeckte Glasgefäße und Keramiktiegel deuteten diese Möglichkeit an.

Jetzt aber standen vor dem Kamin drei bequeme Sessel und es gab eine große Lücke zwischen ihnen, die wohl als Platz für Silbermähne extra eingeplant worden war. Neben dem Korb mit dem Holz zum Nachlegen stand auch ein Servierwagen bereit, auf dem sich Gebäck, ausgesuchte Kräuter für Silbermähne und ein Stövchen mit einer dampfenden Teekanne, Zitronenscheiben, Milchkännchen, Zuckerdose und zartestes Teegeschirr befanden.

Geschmeidig, ganz der perfekte Gastgeber, führte der Erzmagier seine Gäste durch den weiten Raum zum Kamin und bot ihnen zwei der Sessel und Silbermähne die Lücke dazwischen an.

Er hatte es so einrichten lassen, dass er gleich neben dem Servierwagen saß. Für diesen Besuch hatte er es persönlich übernommen, seine Gäste zu bedienen. Gleich neben ihm kam Silbermähne, dann der Sessel, in dem Beryll zu sitzen gebeten wurde, und am anderen Ende des Bogens, wieder neben dem Kaminfeuer, saß Merlin.

Der Erzmagier versorgte seine Gäste mit Tee und bot Silbermähne von den Kräutern an. Ja, er fragte sogar, ob er etwas zu trinken wünsche, was Silbermähne dankend ablehnte.

Dann setzte sich auch der Erzmagier mit einer Tasse Tee in seinen Sessel und begann mit einem Gespräch, das sich zunächst um gar nichts weiter zu drehen schien und völlig oberflächlich war. Er erkundigte sich nach ihrer Reise, nach ihrem Leben bei den Vogelmenschen, genauso, wie es alle anderen Zwerge getan hatten, denen sie bisher begegnet waren.

Dann fragte er Merlin nach seinem Dorf und danach, wie das Leben für ihn dort gewesen sei. Auch nach seinem Namen, der so seltsam klinge. Ob er denn wisse, was er bedeute. Merlin erklärte ihm die drei möglichen Bedeutungen und fügte an, dass er selber inzwischen dazu neige, der Bedeutung „Falke" oder „kleiner Raubvogel" am ehesten zu glauben.

Was ihn denn dazu gebracht habe.

Da erzählte Merlin, dass es bei den Vogelmenschen üblich wäre, dass jeder Erwachsene von einem Tier zum Freund gemacht würde, und wie ihm Schneebrust, das Falkenweibchen, begegnet sei, sodass er unter den Vogelmenschen Falkenfreund genannt worden wäre.

Der Erzmagier zeigte sich beeindruckt. „Es scheint mir aber eine Freundschaft zwischen dir – ich hoffe, du gestattest mir die vertraute Anrede einem so viel Jüngeren gegenüber …" Nun, was blieb Merlin da schon weiter übrig, als es ihm zu gestatten? Was er denn auch mit einem Nicken tat, denn der Erzmagier hielt gar nicht erst inne, um ihn zu Wort kommen zu lassen: „… und deinem Falken zu sein, die weit über das hinausgeht, was bei den Vogelmenschen üblich ist. Soweit ich es verstehe, sprechen die Tiere diese Menschen an und haben ab und zu Kontakt zu ihnen, aber es geschieht eigentlich nicht, dass ein Tier sich entscheidet, mit seinem Menschenfreund so eng zusammenzuleben, wie du es von Schneebrust beschrieben hast, die ja immer auf deiner Schulter saß, wie du sagst. Es ist sonst wohl eher so, dass jedes gemäß seiner Art weiter sein eigenes Leben führt und sie sich nur ab und zu, wenn es nötig ist, austauschen. Also eine viel nüchternere Art von Beziehung." Er hielt inne, auf eine Art, die auf Bewunderung schließen ließ, und sagte dann: „Vermisst ihr euch beide nicht sehr, seit ihr in unseren Höhlen lebt und sie dir offensichtlich nicht hierher gefolgt ist?"

„Ja. Zumindest ich vermisse sie sehr, das kann ich mit Sicherheit sagen, und sie hat auch über die Botenvögel ausrichten lassen, dass ihr das Leben ohne mich schwerer fällt."

„Oh, ihr Ärmsten!", rief er da mitleidsvoll aus.

Etwas an seinem Ton ließ Berylls und Silbermähnes Knochen da allerdings im Innersten eiskalt werden. Nur Merlin selbst hatte nichts weiter bemerkt. Das stellte sich heraus, als sie sich später über diesen Teebesuch beim Erzmagier unterhielten. Er war in seinen Gedanken so sehr bei Schneebrust gewesen, dass er den Erzmagier eigentlich kaum beachtet hatte.

Nach seinem Ausruf wurde der große Magier ganz still und seufzte schließlich traurig aus tiefster Brust auf: „Das muss einfach sehr traurig sein. Es drückt mir das Herz ab, wenn ich nur daran denke … jetzt schon, da ihr beide noch jung seid." Wieder folgte eine dramatische Pause und dann sprach er aus, was ihn so bedrückte: „Es muss doch schon jetzt schwer auf dir lasten, dass du genau weißt, dass Schneebrust dich wird verlassen müssen."

Merlin, der sich nichts weiter dabei dachte, antwortete: „Nein, warum sollte sie mich denn verlassen? Sie wartet am Tauschplatz auf mich, und wenn wir weiterreisen, so wird sie mich wieder begleiten können."

„Ach, mein guter Junge", seufzte da der Erzmagier erneut auf, „ich habe da wohl etwas weiter gedacht als du. Siehst du: Im Laufe der Natur stehen dir doch weit mehr Jahre zu als einem Falken." Und dann sagte er ganz trocken und fast hart hinter seiner wohlgeschliffenen Art: „Sie wird viele Jahre vor dir sterben müssen."

Merlin sagte nicht gleich etwas. Dann aber: „Da haben Sie wohl recht, ehrwürdiger Herr Erzmagier." Das war die Anrede, die zu gebrauchen Klwik ihnen empfohlen hatte. „Jetzt, gerade in diesem Augenblick habe ich nicht an diese Tatsache gedacht. Ich werde also, wenn der Tag der Trennung gekommen sein wird, mit der nötigen Gefasstheit reagieren müssen. Sicher wird es sehr schwer werden, Schneebrust verlieren zu müssen. Das soll aber unsere Freundschaft nicht überschatten."

„Ja, da sprichst du weise, mein guter Junge. Denn es lässt sich ja nichts dagegen tun. Die Spanne der Jahre, die uns vergönnt ist, lässt sich nicht genau wissen noch verlängern. Es liegt bei den Himmlischen, dies zu bestimmen. So lehren es uns die Priester des Weltenwissens auch unter den Zwergen und bei den Elfen und Menschen gilt die gleiche Überzeugung. Eine unabänderliche Wahrheit: Den Himmlischen allein ist es gegeben, die Länge unserer Leben zu kennen oder sogar unsere Lebensfäden in Händen zu halten und über ihre Dauer zu entscheiden."

Alle schwiegen ob dieser abgeklärten und philosophischen Aussage.

Es entstand eine andächtige Pause, die der Erzmagier urplötzlich beendete.

„Es sei denn …" Er ließ diese Worte im Raum stehen.

Keiner der drei sagte etwas darauf, sodass er schließlich wiederholte: „Es sei denn …" Nochmals unterbrach er sich, räusperte sich dann aber und fuhr fort: „… die hohe Kunst der Magie würde in einem solchen Fall von einem großen Könner zum Wohle der betroffenen Wesen eingesetzt. Es ist die hehre Aufgabe der Magier, zum Wohle der Geschöpfe zu wirken, und diejenigen unter uns, die tief genug in unsere Kunst vorgedrungen sind, können sehr wohl über die Mittel dazu verfügen, den Lebensfaden eines Geschöpfes länger auszuspinnen, als es ohne ihre Hilfe möglich sein kann."

Alle drei fragten sich an dem Punkt, worauf er eigentlich hinauswollte.

Er hingegen sah Merlin lange und nachdenklich, besser gesagt, sogar eindringlich an. Was in seinem Blick lag, war fast unheimlich zu nennen, so gespannt war er, und in der Tiefe seiner Augen schienen ungeahnte Weiten zu lauern, die gewöhnlichen Sterblichen auf immer unerschlossen bleiben mussten.

Wieder sagte keiner auch nur ein Wort.

Da fuhr er fort:

„Merlin, sage mir, würdest du dir nicht wünschen, dass deine Schneebrust, deine geliebte Falkenfreundin, ein Leben erhält, das ebenso lange währt, wie dein eigenes dauern wird?"

So, nun war es also heraus. Oder zumindest so gut wie.

Silbermähne sandte in Gedanken eine Botschaft des Inhalts, dass er vorsichtig sein solle, an Merlin. Später erst, einige Jahre später, sollte ihm klar werden, dass der Erzmagier das ganz genau mitbekommen und sogar damit gerechnet hatte. Der Magier hatte es jedoch bewusst unterlassen, etwas zu unternehmen, was die gedanklichen Verbindungen unter den dreien abgeschirmt hätte, dazu war er viel zu raffiniert, denn es wäre ja doch nur allzu auffällig gewesen.

Merlin, der die Botschaft, da sie in großer Sorge formuliert worden war und dazu auch noch von Beryll unterstützt wurde, sehr deutlich empfangen hatte, zögerte mit einer Antwort. In seinem Kopf und in seinem Herzen jagten sich die Gedanken und Gefühle in rasendem Tempo.

Ja, sicher! Er wollte so gern, dass sein Falke sein ganzes Leben lang bei ihm sein konnte. Aber halt! War es denn realistisch, so etwas zu glauben? War es wirklich möglich? Und wenn ja, was waren die Konsequenzen? Auch er hatte genug Gerüchte darüber gehört, dass Magie ihren Preis habe und dass kein Eingreifen in den natürlichen Ablauf der Kreisläufe ohne entsprechenden Ausgleich möglich sei. Endlich entschloss er sich dazu zu sprechen und er tat es, um Zeit zu gewinnen:

„Ehrwürdiger Herr Erzmagier. Wollen Sie damit gar andeuten, dass ein solches Vorgehen in unserem Fall konkret möglich sein könnte?"

Stolz erwiderte dieser: „Aber ganz gewiss ist dies möglich. Bei einem so kleinen Geschöpf wie einem Falken sogar ohne größere Komplikationen, was den Ausgleich der Energien betrifft. Im Grunde dürfte ich sagen, es handele sich um eine Kleinigkeit im Vergleich zu dem, mit dem wir uns sonst hier abzugeben haben. Nur zu gerne würde ich mich persönlich dafür einsetzen, dass euch ein solches Geschenk zukäme. Würdest du es nicht gerne annehmen wollen – ein Öl der Langlebigkeit für deine Falkendame?"

Diese Frage ließ er im Raum schweben.

Merlin überlegte wieder fieberhaft.

Schließlich fasste er Mut: „Nun, das kommt doch sehr überraschend. Und es scheint mir eine sehr große Sache zu sein, sogar wenn es für Sie, ehrenwerter Herr Erzmagier, als eine Kleinigkeit erscheinen mag. Würden Sie mir gestatten, dass ich ein wenig über meine Antwort nachdenke und Ihnen nicht gleich auf der Stelle eine Antwort erteile?" Weiter würde er wohl kaum gehen können, ohne den Erzmagier zu verärgern.

Der schluckte gekonnt seine Ungeduld hinunter und antwortete ganz gelassen und freundlich: „Aber selbstverständlich, du wirst ja wohl kaum länger darüber nachzudenken brauchen, als deine Freundin am Leben sein wird. Nimm dir so viel Zeit, wie du brauchst, aber bitte gib mir bei Gelegenheit Bescheid, ob du bereit bist, mein Geschenk an dich anzunehmen."

Da erschallte hinter ihren Sesseln der Ruf eines Kuckucks laut und deutlich und mehrmals durch die Höhle hallend. Alle, auch der Erzmagier, fuhren erschrocken auf.

Der hatte sich jedoch sofort gefasst: „Bitte verzeiht diese überraschende Störung. Leider muss ich, da ich mehr Arbeit habe, als ich im Kopf behalten kann, auf ein solches Mittel zurückgreifen, um mich an meine Termine zu erinnern. Es handelt sich um eine Art ‚sprechende Sanduhr', die mir in Erinnerung ruft, wenn es Zeit ist, eine Arbeit zu erledigen. Meine Güte, wie die Zeit aber auch vergeht! Gerade erst hatten wir uns doch hingesetzt! Und es war so gemütlich und anregend, mit euch, werte Reisende und Gäste des Königshauses, eine so tiefsinnige Unterhaltung zu führen. Leider, leider, leider muss ich euch nun verlassen, weil sich manche Angelegenheiten ganz und gar nicht aufschieben lassen. In unserem Beruf ist der richtige Zeitpunkt oft das Ein und Alles des Erfolges. Ich muss sofort davoneilen. Aber ihr nehmt euch doch bitte noch etwas Tee und Gebäck oder du, Silbermähne, ein paar Kräuter. Lasst es euch hier gut gehen. Wenn ihr soweit seid, zieht an diesem Glockenzug hier und mein Leibdiener wird euch gern hinausgeleiten, wie es sich gehört."

Damit wandte er sich bereits zum Gehen. Über die Schulter sagte er noch: „Ich würde mich freuen, wenn ihr ein weiteres Mal meine Gäste sein würdet. Und bitte, Merlin, nimm mein Geschenk ohne Bedenken an, es ist wirklich eine Kleinigkeit und du gehst damit kein Risiko ein. Vielleicht solltest du Schneebrust bald einmal besuchen gehen, damit du dich mit ihr besprechen kannst oder besser noch, um ihr gleich dein Geschenk für sie zu bringen. Sie hat sicher große Sehnsucht nach dir."

Schon war er wie ein roter Blitz durch eine der Türen, die aus seiner Arbeitshöhle führten, verschwunden.

Dass er gleich hinter der Tür stehen blieb und sowohl im Außen als auch innerlich horchte, ob seine Gäste etwas sagen oder einander zudenken würden, konnten sie durch das dicke Holz nicht sehen.

Aber so oder so war keinem der drei danach zumute, sich noch lange in dieser Höhle unter all den unbekannten Gegenständen aufzuhalten. Da es ihnen nicht ganz geheuer war, verständigten sie sich mit Gesten und Blicken und nicht mit Sprache oder Gedanken.

Um eines geordneten Rückzugs willen leerten sie noch ihre Tassen, nahmen noch ein wenig Gebäck von den Tellern auf dem Servierwagen und knabberte Silbermähne noch an ein paar Halmen. Sobald es aber möglich war, ohne gehetzt zu wirken, riefen sie mit dem Glockenzug den Bediensteten herbei und ließen sich von ihm vor die Wohnhöhle des Erzmagiers geleiten. Dabei versicherten sie ihm wieder und wieder, wie sehr es ihnen gefallen habe, was für ein guter Gastgeber und Gesprächspartner und wie zuvorkommend sein Herr doch sei.

Erst als sie ein Stück weg waren und sich in einer der belebtesten Gassen des Städtchens der Zwerge befanden, wurden sie wieder etwas lockerer und begannen ein Gespräch.

„Das war aber schon fast unheimlich, wie dieser Erzmagier sich mit mir unterhalten hat. Warum hat er wohl fast nur mit mir gesprochen und euch kaum mit einbezogen?", äußerte Merlin.

„Ja, das war auffällig. Ich bin mir auch sicher, dass er nie genau das meint, was er sagt, und immer mehrere Dinge gleichzeitig in ihm vorgehen. Mir war es so recht unheimlich bei ihm", war Berylls Meinung dazu.

„Unheimlich ist nett gesagt", so Silbermähne. „Wenn ich es nicht zu verhindern wüsste, so hätte mir wohl die ganze Mähne zu Berge gestanden. Es war mir bis in die Knochen nicht so ganz, wie es sein soll. Aber es ist mir, vielleicht gerade deshalb, auf keine Weise gelungen, mir einen Reim auf sein Verhalten oder seine Aussagen zu machen."

Nachdenklich fügte er an: „Wir sollten uns wohl mit Klwik diesbezüglich unterhalten. Vielleicht kann er uns erklären, was gemeint sein sollte."

Das taten sie denn auch, sobald sich eine erste Gelegenheit dazu bot.

Der königliche Gesandte hatte zwar volles Verständnis dafür, dass ihnen unheimlich gewesen war. Es handele sich schließlich um den Erzmagier und somit gehöre es dazu, dass dieser sich mit einer Aura des Geheimnisvollen umgebe. Aber er beruhigte sie auch. Sie sollten das alles nicht zu ernst nehmen.

Das Angebot an Merlin, das Leben von Schneebrust zu verlängern, fand er, nach langem und gründlichem Nachdenken, sei womöglich gar ein erfreuliches und gut gemeintes, obwohl es ihnen unheimlich erschien. „Es gibt in unserer Geschichte bereits einige Zweige oder sogar Ästchen, die davon erzählen, dass große Magier derartige Gunstbezeigungen erwiesen haben. Gerade Langlebigkeit für Tiere ist ein traditionelles und oft besungenes Geschenk, das unsere Magier im Verlaufe unserer ganzen Geschichte immer wieder gegeben haben, um Zwerge, Menschen oder Elfen zu ehren. So gibt es noch heute am Königshof einen der Hunde, die damals aus dem Urland mitgewandert sind. Er hat die ganze Reise mitgemacht und war der Lieblingshund des Königs. Der damalige Erzmagier verlängerte sein Leben als Dank für seine treuen Dienste für den König, sodass er dessen Kinder und Kindeskinder auch noch kennenlernen sollte. Der König war dafür sehr dankbar, da er sich so weniger Sorgen um seine Nachfahren machte. Heute ist dieser Hund allerdings hochbetagt und er wird kaum noch eine weitere Generation der Zwerge erleben.

Eins steht für mich fest: Es ist fast sicher, dass der Erzmagier ein solches Geschenk nicht selbstlos anbietet. Aber mir scheint sein Motiv recht deutlich: Wenn Merlin und Schneebrust sein Geschenk annehmen, wird er in unsere Gesänge eingehen. Dies ist der größte Ehrgeiz jedes Höflings und sogar jedes Zwerges: dass sein Name in einen Gesang eingehen möge. Mehr wird kaum dahinterstecken."

Diese Worte verfehlten ihre Wirkung nicht.

Die drei beruhigten sich rasch wieder, gingen ihrer täglichen Arbeit in der Bibliothek weiter nach und dachten bald schon nicht mehr oft an den Nachmittagstee, den sie beim Erzmagier eingenommen hatten.

Aber seine wohlgesetzten und gut überlegten und abgewogenen Worte, die besonders an Merlin gerichtet gewesen waren, hatten ihren Zweck nicht verfehlt. Sie wirkten sachte weiter.

Besonders sein bereits im Weggehen hingeworfener Vorschlag, Schneebrust doch einmal zu besuchen, klang in ihnen allen nach.

Zuerst merkten sie es gar nicht.

Aber immer häufiger gingen Merlin und Beryll bei Tageslicht oder bei Sternenschein auf den Balkon ihrer Wohnhöhle hinaus. Immer süßer schienen ihnen Licht und Luft da draußen.

Alle, auch Silbermähne, träumten immer öfter und bald schon regelmäßig von der Außenwelt.

Sie wurden nach und nach immer müder und hatten immer weniger Lust, sich weiter in ihre Nachforschungen zu vertiefen.

Nichts mehr hier unten schien wirklich ihr Interesse zu wecken, trotz all der Pracht, in der sie lebten. Immer öfter schwärmten sie von den einfachsten Dingen, die es an der Oberfläche gab.

Kurz: So nach und nach näherten sie sich einem Höhlenkoller.

Dies blieb Klwik nicht verborgen.

So fragte er sie eines Tages, als sie ihn zu sich in die Höhle eingeladen hatten und er sah, wie alle drei gebannt und gedankenverloren auf den Sonnenstrahl starrten, der zu dieser späten Stunde von den Spiegeln in die Höhle geleitet wurde, mehr oder weniger geradeheraus: „Wisst ihr, es war ja so, dass die Elfen früher jede Wunde, jede Krankheit durch ihren Gesang heilen konnten. Das waren goldene Zeiten. Aber es gab drei Dinge, die zu tun nicht einmal sie imstande waren: eine Wunde zu heilen, die durch Waffengewalt entstanden war, und Tote ins Leben zu singen, und mit aller Schönheit ihres Gesanges gelang es ihnen auch nicht, die Sehnsucht eines Wesens von der Oberfläche nach der Außenwelt zu heilen, wenn es nur lange genug unter Zwergen weilte. Auch bei euch scheint es nun, da ihr bereits ein gutes Jahr lang bei uns seid, soweit zu sein."

Erst schien es, als beachteten sie seine Worte überhaupt nicht. Dann zuckte Merlin zusammen: „Was? Ein gutes Jahr? Wo ist denn diese Zeit geblieben? Ein Jahr! Und mehr! Wie mag es Schneebrust da wohl inzwischen gehen? Klar lässt sie immer wieder Botschaften ausrichten, aber was gäbe ich darum, über ihre Federn zu streichen!"

„Ja, und im Sonnenschein zu galoppieren! Ihr könnt ja wenigstens durch diesen engen Spalt auf den Balkon. Für mich ist er aber nicht weit genug", fügte Silbermähne hinzu.

Beryll saß seufzend da und sagte nur: „Wind im Haar, Sonne im Rücken, sich ins Gras setzen …"

„Ja, euch hat es erwischt. Ihr seid für mich nicht wiederzuerkennen", stellte Klwik da endgültig fest.

Keiner gab darauf direkt eine Antwort. Aber Merlin sah ihn auf einmal an, als sei er eben jetzt und urplötzlich vor ihm aufgetaucht, und fragte: „Sag, Klwik, der du unser bester Freund hier bist, hatte der Erzmagier recht? Können wir tatsächlich nach draußen und Schneebrust besuchen?"

Da beschloss Klwik einmal mehr, für seine Freunde von der Oberfläche zu handeln. Noch sagte er nichts, aber nach ein paar Tagen, als er sich mit dem König besprochen hatte, kam er wieder zu ihnen:

„Hört mir einmal zu: Wenn ihr wollt, könnt ihr in drei Tagen mit mir auf einen Besuch an die Oberfläche. Ich habe vor, in der Gegend des Tauschplatzes auf die Jagd zu gehen. Dabei könnte ich euch mitnehmen.

Ihr müsstet wieder mit verbunden Augen bis zum Tauschplatz reisen. Aber da der Ring der Wahrheit eure Integrität bewiesen hat, werdet ihr angenehmer reisen können. In Hundekutschen und nicht mehr gebunden auf der Ladefläche eines Handelswagens. Ich selbst werde Silbermähne diesmal führen. Wenn ihr eine Weile oben gewesen seid, so wird es euch wieder besser gehen und wir können alle wieder zurückkehren, sodass ihr eure Nachforschungen nach dem Stein erneut aufnehmen könnt. Über ein ganzes Jahr und darüber hinaus unter der Erde, das ist wohl doch sehr lange für euch, die ihr von der Oberfläche stammt."

Mehr zu sagen, hätte keinen Sinn gehabt, denn keiner hörte ihm länger zu.

Silbermähne, Beryll und Merlin wirbelten in einem Freudentanz um ihn herum und sangen dreistimmig immer wieder den einen Satz: „Wir reisen an die Oberfläche!"

Lange dauerte es allerdings nicht, bis sie ihre Würde wiedergefunden hatten.

Sie bedankten sich in aller Form bei Klwik, der dies kaum mehr für nötig empfand, denn ihr Freudenausbruch hatte Bände gesprochen und bedeutete ihm weit mehr als Dankesworte es tun konnten.

Sie setzten sich sogleich zusammen und besprachen, was für Vorbereitungen nötig sein würden.

Da ergriff Merlin die Gelegenheit, auf das Angebot des Erzmagiers zu sprechen zu kommen: „Was meint ihr? Sollte ich mich jetzt nicht doch beim Erzmagier melden, seine Gabe annehmen und das Öl für Schneebrust mitnehmen? Sie kann dann noch immer entscheiden, ob sie es anwenden mag oder lieber nicht. Aber wer weiß, wann sich eine zweite Gelegenheit ergeben wird?"

Klwik redete ihm zu, das zu tun.

Silbermähne äußerte Bedenken.

Beryll riet ihm, so zu handeln, wie er es in seinem eigenen Innersten für richtig hielt.

Merlin ließ noch einen weiteren Tag verstreichen, dann hatte er seinen Entschluss gefasst. Er ließ die anderen wissen, dass er das Geschenk des Erzmagiers annehmen würde. Er schickte eine Kreidetafel an ihn, die Klwik für ihn versiegelte, um mitzuteilen, dass er endlich wisse, dass er das großzügige Geschenk, das ihm der ehrwürdige Herr Erzmagier angeboten habe, gerne anzunehmen wünsche.

Postwendend, was eigentlich erstaunlich war bei einem so viel beschäftigten Zwerg, kam dessen Antwort.

Sie besagte, dass er hocherfreut sei, damit einen kleinen Beitrag zum Lebensglück der Gäste des Königs leisten zu dürfen. Merlin solle doch so gut sein und am nächsten Morgen die Phiole mit dem Öl bei ihm persönlich abholen.

Beryll und Silbermähne begleiteten Merlin bis kurz vor die Wohnhöhle des Erzmagiers, ließen ihn dann aber den Rest des Weges allein gehen. Aufgeregt klopfte er an die Tür.

Es wurde ihm gleich geöffnet und der Leibdiener brachte ihn direkt in das Arbeitszimmer des Erzmagiers.

Der kam ihm ein paar Schritte entgegen, begrüßte ihn aufs Herzlichste und reichte ihm sogar seine Hand zum Gruß. Die fühlte sich allerdings erschreckend kalt an, was Merlin aber nicht weiter beachtete.

„Ich freue mich sehr darüber, dass du dich entschieden hast, mein Geschenk anzunehmen. Glaube mir, es ist wirklich kein Risiko damit verbunden. Es wird weder dir noch Schneebrust schaden. Im Gegenteil, es wird euch dazu verhelfen, viele gemeinsame Jahre zu verbringen, was sicher größeres Glück bedeutet, als wenn sie lange vor dir sterben müsste."

„Hier ist die Phiole mit dem Öl."

Er nahm ein Gefäß aus Kristall von seinem Arbeitstisch, in dem sich eine rotviolette Flüssigkeit befand. Als er die kleine Flasche Merlin vor die Augen hielt, versetzte diese Geste die Flüssigkeit darin in Bewegung. Sie verhielt sich leicht träge, wie Öl das zu tun pflegt.

„Der Zauber ist so gut wie vollendet. Er muss nur noch auf euch beide zugeschnitten werden. Das wird folgendermaßen erreicht: Von dir, Merlin, sollten wir jetzt gleich ein Haar hineingeben. Dann ‚weiß' das Öl, um mich in der Sprache der Laien auszudrücken, dass du der eine Teil des Paares bist, für das es wirken soll. Sobald du bei Schneebrust angekommen bist, brauchst du dann nur noch ein wenig Flaum von ihrem Körper in das Öl zu tun. Dann ‚erkennt' es den zweiten Teil des Paares. Das Öl mit Flaum und Haar muss eine Nacht und einen Tag lang ruhen. Dann ist es vollendet. Du brauchst dann nur Schneebrusts Gefieder damit einzureiben und sie wird genauso lange am Leben bleiben wie du. Nun, wie gefällt dir das, mein Junge?"

Merlin brachte seinen Dank zum Ausdruck. Er zupfte ein Haar von seinem Kopf. Ohne dass er hätte sagen können, weshalb, bevorzugte er, dies selbst zu tun, und kam dem Erzmagier zuvor, der seine Hand in Richtung Merlins Kopf zu bewegen begonnen hatte. Ohne weiter zu reagieren, hielt der inne und nahm das Haar von Merlin dankend entgegen. Er murmelte ein paar unverständliche Worte, öffnete die Phiole und legte das Haar in das Öl hinein.

„So, nun brauchst du nur noch zu tun, was ich dir eben erklärt habe. Flaum ins Öl und eine Nacht und einen Tag abwarten, dann ins Gefieder des Falken reiben. Das sollte nicht allzu schwer sein, um es sich zu merken, und auch, um es zu tun. Oder, mein Junge?"

„Nein, es ist nicht schwer. Ich werde es mir gut merken können und genau so tun, wie der ehrwürdige Herr Erzmagier mir geraten hat", gab Merlin zur Antwort.

Der Erzmagier hatte sich inzwischen den Kreidetafeln zugewandt, die sich auf seinem Tisch häuften. „Gut, mein Junge. Dann wünsche ich euch beiden viel Glück in eurem gemeinsamen Leben. Es war mir eine Ehre, euch dieses Geschenk zu machen. Nun muss ich aber leider weiter an meiner morgendlichen Post arbeiten."

Damit war Merlin verabschiedet. Mit einem gemurmelten Abschied und nochmaligem Dank zog er sich zurück und eilte zu seinen Freunden.

Wieder rieb sich der Erzmagier zufrieden die Hände, kaum dass Merlin den Raum verlassen hatte.

Der zeigte Beryll und Silbermähne gleich die Phiole mit dem Öl und erzählte ihnen, was zu tun ihm aufgetragen worden war. Sie mussten alle unweigerlich die Farbe des Öls bewundern, das wie alter, roter Wein schimmerte und von dem sich nicht mit Sicherheit sagen ließ, ob es noch rot oder schon violett sei.

Silbermähne legte seine Nüstern vorsichtig an das Kristallglas, um nachspüren zu können.

„Erwartet habe ich das ehrlich gesagt nicht", gab er zu. „Aber ich kann nichts Negatives daran feststellen. Es ist ein guter Langlebigkeitszauber, soweit ich sie kenne. Es wird euch beiden tatsächlich nicht schaden, falls Schneebrust sich wirklich dazu entschließen kann, dabei mitzumachen. Aber das Gefühl, dass etwas nicht ganz stimmt, lässt mich einfach nicht los. Wenn ich nur darauf käme, was es ist! Nun, mag sein, es hat gar nichts mit *dem* Zauber zu tun."

Ja, da hatte er recht. Der Erzmagier hatte einen echten und guten Zauber zubereitet.

So plump handelte er nicht. Seine Pläne waren weitreichend und langfristig.

Sie wendeten sich wieder voller Vorfreude den Reisevorbereitungen zu. Am nächsten Tag sollte es ja losgehen. An die Oberfläche! Und auch wenn sie für eine Weile verbundene Augen haben würden, frische Luft und Sonnenlicht würden sie schon in wenigen Stunden spüren können.

Keiner von ihnen stellte sich die Frage, wie lange es dauerte, ein Langlebigkeitsöl herzustellen. Und warum der Erzmagier es sogleich bei der Hand gehabt hatte …

8

Draußen

Eben hatten sie das Tor zum Reich der Zwerge hinter sich gelassen.

Merlin und Beryll saßen mit verbundenen Augen in je einer von acht kräftigen Hunden gezogenen Kutsche.

Silbermähne wurde von Klwik geführt, der ihn an einem kurzen Zügel hielt. Silbermähne hatte ihm erlaubt, auch, so oft er es wünsche, auf ihm zu reiten, denn der Vorschlag des königlichen Gesandten, einen seiner Reithunde dicht neben ihm zu reiten und ihn durch Zurufe und über einen Leitstrick zu führen, war ihm als zu kompliziert erschienen.

Dieses Mal waren den dreien die Ohren nicht verstopft worden. Und auch ihre Nasen konnten sie gebrauchen.

So waren sie, kaum hatten sie den Torbogen hinter sich gelassen, völlig überwältigt.

Keinem von ihnen war es in ihren Träumereien von der Oberwelt tatsächlich gelungen, sich die Düfte und Gerüche, die es dort gab, genau in Erinnerung zu rufen. Und – so mussten sie sich erstaunt eingestehen – an die Vielfalt der Geräusche und besonders an die Stimmen der Vögel, wenn sie sich gegenseitig überlagerten, hatten sie nicht einmal mehr gedacht.

Es war eine gewisse Zeit nötig, bis sich ihre Sinne all diesen Eindrücken angepasst hatten. Erst danach konnten sie diese wirklich genießen.

Da der Gesandte diesmal nicht im Auftrag des Königs unterwegs war, sondern diese Reise sozusagen zu seinem Vergnügen unternahm, war sein Gefolge weniger groß und dessen Aufmachung weniger stattlich anzusehen, als es bei seinen offiziellen Reisen der Fall war.

Dennoch reisten sie nicht nur zu viert. Kurz hinter ihnen folgte ein Diener, der Klwiks Jagdwagen mit seinem Lieblingshund lenkte. Diesmal war der Wagen gleich ohne die ganzen Prunkbeschläge zusammengesetzt worden. Dann kam ein weiterer Bediensteter, der einen der persönlichen Reithunde Klwiks ritt und zwei weitere an Leitstricken mit sich führte. Dann ein Wagen mit Vorräten, Geräten für Küche, Lagerleben und Jagd, Kleidern zum Wechseln, Zelten und vielen anderen Dingen, die ihnen das Leben im Freien angenehm machen würden.

Dahinter folgten auf einem Planwagen der Koch, sein Gehilfe, die Jagdknappen und Klwiks Leibdiener.

Wachen mussten sie diesmal keine dabeihaben, denn die Fremden waren inzwischen keine Bedrohung mehr und hatten auch selbst nichts mehr von Seiten der Zwerge zu befürchten.

Sie hatten auch keine zusätzlichen Hundegespanne zum Wechseln dabei, denn auf dieser Reise würden sie regelmäßig an den Wachstationen haltmachen und die Zugtiere gegen erholte Gespanne austauschen können.

Sie verbrachten meistens auch einige Stunden in den Stationen, um selber zu schlafen. Dabei wurde jeweils nur das große Zelt für Beryll und Merlin aufgeschlagen. Klwik und seine Leute konnten in den Gasthöhlen der Stationen unterkommen. Aber anders, als es im Palast war, hatten diese keine Gemächer, die für Menschen oder Elfen groß genug gewesen wären. Nur das Büro des königlichen Gesandten der Station am Tauschplatz der Zwerge war mit Räumen versehen worden, die so groß waren, dass er dort menschliche Gäste mit allem eindrucksvollen Pomp empfangen konnte.

Beryll und auch Merlin konnten es fast nicht abwarten, bis sie endlich ganz unter freiem Himmel würden schlafen dürfen. Sie taten dies den Zwergen zuliebe nicht, bevor sie die Station am Tauschplatz erreicht haben würden, denn sie sollten ja möglichst wenig über die Umgebung, durch die sie reisten, erfahren. Im Zelt konnten sie aber doch jeweils für ein paar Stunden die Augenbinden ablegen.

In gemütlichem Tempo erreichten sie so die Station am Tauschplatz. Silbermähne, Beryll und Merlin durften sich nun mit unverbundenen Augen frei bewegen.

Sie begannen damit, dies in der Nacht zu tun, denn das Licht des Tages hätte ihren Augen nach so langer Zeit in den Höhlen zu sehr wehgetan.

So hielten sie es wie die Zwerge und stellen sich nach und nach auf das Wachsein am Tage ein. Die Zwerge wechselten ebenfalls dazu über, denn dies machte den exotischen Reiz einer solchen Jagdpartie aus: tagsüber draußen unterwegs zu sein.

Am Mittag des ersten Tages, an dem sie im vollen Sonnenlicht draußen waren, beschlossen Beryll, Merlin und Silbermähne nach dem Essen, das sie gemeinsam mit Klwik eingenommen hatten, einen Spaziergang zu machen. Dabei gingen sie in die entgegengesetzte Richtung von der, die Klwik mit seinem Jagdwagen und seinen Leuten eingeschlagen hatte. Es lockte sie ganz und gar nicht, direkt an der Jagd teilzunehmen. Sie wollten der Jagdgesellschaft aber auch nicht den Spaß verderben, indem sie ihr im Weg waren oder in die Quere kamen. Dies, obwohl Klwik ihnen mehrmals versichert hatte, dass es ihm bei dem Ganzen nicht darum ging, wirklich Tiere zu erjagen, sondern vielmehr darum, ein solches Abenteuer zu erleben: am Tage und an der Oberfläche Spuren zu verfolgen und mit seinen Hunden zu arbeiten, denen dies das größte Vergnügen bedeutete. Der Reiz liege darin, später am Hofe wieder etwas Aufregendes erzählen zu können. In Wirklichkeit hätte er noch nie mehr getan, als ein Tier gestellt. Getötet habe er auf der Jagd noch nie.

Trotz der Tatsache, dass die Hitze in den Stunden gleich nach dem Mittag am größten war, wollten sie ihre Zeit außerhalb der Höhle so gut als möglich nutzen, um sich auch wirklich draußen aufzuhalten.

Sie hatten kaum ein paar Schritte zurückgelegt, als plötzlich etwas – gleichzeitig mit dessen Schatten – auf sie herabstürzte.

Alle drei zuckten unwillkürlich zusammen und duckten sich. Als sie sich wieder gefasst hatten, blickten sie um sich, um festzustellen, was das gewesen sein konnte. Sie sahen nichts auf der Erde liegen. Also blickten sie wieder auf.

Da konnten Beryll und Silbermähne sehen, was Merlin schon gleich mitbekommen hatte: Schneebrust saß auf seiner Schulter.

Endlich, endlich hatten sie sich wieder.

In ihrer Freude war Schneebrust lautlos und ohne jede Warnung auf Merlin herabgestoßen, wie nur Falken dies tun können. So hatte sie allen dreien einen Schreck eingejagt, was sie ihr aber gar nicht übel nehmen konnten. Merlin schon gar nicht, denn er freute sich ebenso wie sie. Und Silbermähne und Beryll waren sehr erleichtert. Sie freuten sich mit, freuten sich, dass ihr nichts zugestoßen war, und darüber, dass Merlin nun weniger Sehnsucht nach ihr haben würde.

„Ich muss dir unbedingt etwas zeigen!", rief Schneebrust aus, kaum war sie gelandet. Sofort flog sie wieder auf und schoss davon. Als sie bemerkte, dass ihr die anderen nicht folgten, kam sie gleich wieder zurück.

„Entschuldigt! Ich habe vergessen, wie langsam ihr ungefiederten Geschöpfe doch seid. Aber bitte, kommt doch mit. Ich muss euch etwas zeigen. Und dann muss ich euch auch ganz unbedingt weitergeben, was Bussardfreundin hat ausrichten lassen. Aber erst müsst ihr kommen und schauen." Diesmal beherrschte sie sich und flog langsamer voraus, sodass es ihnen möglich wurde, ihr zu folgen und sie nicht aus den Augen zu verlieren. Sie hielt auf einen der Felstürme zu, die es hier gab. Als sie sich durch das kleine Gebüsch, das sich an seinem Fuß halten konnte, weil es dort etwas schattiger war, hindurchgezwängt hatten, konnten sie Schneebrust schon wieder nicht mehr sehen. Aber sie rief ihnen mit ihrer hellen Stimme zu: „Ich bin hier oben. Seht!"

Als sie nach oben in die Felsen sahen, die sie überragten, konnten sie sie ausmachen. Sie saß auf einem Felsvorsprung, der nur mit Fliegen zu erreichen war, und sah voller Stolz und Freude zu ihnen herab. Hinter ihr bewegte sich etwas.

Da dämmerte es den dreien, besonders als sie die Stimmen der Kleinen vernahmen: Schneebrust hatte ihnen ein Nest gezeigt. Ihr Nest! Ihre eigenen Jungen mussten es sein, die da oben piepsten und um Futter bettelten, da ihre Mutter zurückgekommen war, was sie noch nie ohne Nahrung getan hatte.

„Sieh, Merlin, meine Kinder!"

Begeistert sah der nach oben: „Sie sind einfach ganz wunderbar! Aber warum hast du mir denn nichts ausrichten lassen?" Da kam sie wieder zu ihm herabgestürzt und landete auf seiner Schulter. „Ich habe nichts ausrichten lassen, weil ich nicht wollte, dass jemand außer euch davon erfährt. Bevor die beiden sich nicht um sich selber kümmern können, sind sie zu verletzlich, und ich muss sie beschützen. Nur ihr, außer mir und ihrem Vater, sollt wissen, wo sie sind und dass es sie gibt. Noch können sie nicht einmal fliegen. Es drohen ihnen genug Gefahren. Da will ich nicht auch noch Verrat durch Schwatzhaftigkeit dazugeben."

„Dann ist es auch deswegen gewesen, dass in den letzten paar Wochen überhaupt keine Botschaft mehr von dir kam und die Botenvögel sagten, sie hätten dich nicht gefunden, um dir meine auszurichten? Das hat mich äußerst unruhig gemacht und ich war in großer Sorge um dich. Hätte ich nicht gewusst, dass wir hierherkommen und ich selber nach dir würde suchen können, so weiß ich nicht, was ich unternommen hätte."

„Wir mussten doch brüten! Und der Vater oder ich hielten Wache. Und als sie dann geschlüpft waren, fing das Füttern an. Da wagte sich keiner der Vögel mehr in die Nähe unseres Nestes, denen ich sonst die Botschaften an dich weitergeben konnte. Wenn sie mir auch zu Recht trauten, so war doch der Vater nicht ihr Freund. Er kann nicht verstehen, warum sie nicht gejagt werden sollen. Er ist ein wilder Falke. Er hatte nie Umgang mit Menschen, so wie es in unserer Gegend mit dem Stamm der Vogelmenschen üblich ist. So ist er auch jetzt vor euch geflohen und er wird sehr böse auf mich sein, dass ich euch das Nest gezeigt habe. Aber ich werde ihn schon beruhigen können. Das gelingt mir immer."

Silbermähne sagte: „Wir danken dir für dein großes Vertrauen in uns. Es ist ganz und gar nicht selbstverständlich, dass wir deine Jungen sehen dürfen. Wir werden euer Nest nicht verraten, das versprechen wir dir. Und herzlichen Glückwunsch! Ich freue mich mit dir über deine beiden wunderschönen Kinder!“ Beryll schloss sich dem an und Merlin war nicht imstande, noch weiter zu reden, nachdem er seine Sorgen ausgedrückt hatte. Die Freude übermannte ihn.

Sie blieben eine ganze Weile am Fuß des Felsens stehen und blickten bewundernd zum Nest mit den Jungen hinauf.

Als diese mit der Zeit aber immer hungriger nach Nahrung riefen, sagte Merlin schließlich: „Schneebrust. Ich glaube, sie haben inzwischen großen Hunger bekommen, und wir sind wohl hier viel zu nahe bei ihnen, als dass ihr Vater sich mit Nahrung heranwagen würde. Wir wollen doch ein wenig weggehen von hier. Ich freue mich aber riesig darüber, dass du eine Familie hast, und erst recht, dass du sie uns vorgestellt hast. Meinst du, du hättest Zeit, uns noch ein wenig zu begleiten? Es gibt so viel, was ich dich fragen möchte und was ich zu erzählen habe. Und ich will auch alles ganz genau wissen, was mit deiner Familie zu tun hat. So eine Überraschung!“

„Ja, du hast recht. Sie bekommen so langsam wirklich Hunger und ihr Vater traut sich nicht heran. So lasst uns von hier weggehen. Ja, ich habe auch noch ein wenig länger Zeit. Ich habe es so eingerichtet, dass der Vater sich um sie kümmert, bis es später Nachmittag ist. Dann bin ich wieder dran, damit er sich ausruhen kann. Es ist recht anstrengend, für die beiden und sich selber zu sorgen.“

Als sie weit genug weg waren, um nicht mehr zu stören, setzten sie sich im kurzen Schatten einiger karger Büsche, zu denen Schneebrust sie geleitet hatte, nieder und setzten ihr Gespräch fort. Es war sie, die dazu ansetzte:

„Es gibt etwas ganz Wichtiges und Dringendes, von dem ich nicht weiß, ob ihr es erfahren habt: Bussardfreundin hat die Bussarde gebeten, eine Nachricht an euch zu überbringen. Sie haben sie mir anvertraut, sind aber auch weitergeflogen in das

Land der Zwerge hinein, um zu sehen, ob sie euch direkt ausfindig machen können. Ich weiß nicht, ob ihnen dies gelungen ist."

Das war der Grund gewesen, aus dem der Bussard damals die Schlucht abgesucht hatte, als Beryll gerade den Balkon verließ. Leider hatten sich die beiden nicht gesehen.

So kam denn auch prompt die Antwort von Beryll: „Nein, wir haben mit keinem Wesen von der Oberfläche geredet, außer mit Krrgu, dem Täuberich, der uns die Nachricht von dir brachte, dass Bussardfreundin bereit sei zu kommen, wenn Mondsichel soweit sei. Ist es diese Nachricht, die du meinst?"

„Nein, die meine ich nicht. Krrgu hat mir eure Antwort darauf längst zuverlässig ausgerichtet und es gab ja schon weitere Nachrichten, die zwischen uns via Tauben hin- und hergingen. Nein, es war etwas, was wir nicht wagten, den Tauben zu übergeben, denn durch sie hätten die Zwerge es auch erfahren müssen. Und das darf nicht sein." Sie sah alle drei durchdringend an und fuhr dann fort: „So wie es aussieht, ist es noch nicht zu spät. Es scheint, dass ihr euch alle drei bester Gesundheit erfreut und dass euch an ganz und gar nichts fehlt."

Silbermähne antwortete darauf: „Ja. Das scheint nicht nur so zu sein. Es geht uns allen gut. Die Zwerge sorgen ausgezeichnet für unser Wohlergehen. Das Einzige, was uns in letzter Zeit geplagt hat, war die Sehnsucht nach der Oberfläche. Als Klwik, der Gesandte des Königs, dies bemerkte, hat er sogleich für Abhilfe gesorgt und uns auf diese Jagdexpedition mitgenommen. So haben wir Gelegenheit, uns wieder an der Oberfläche aufzuhalten und uns zu kurieren, damit wir nachher zurückkehren und mit der Suche nach der Wahrheit von Berylls Stein fortfahren können."

„Jagdexpedition ist gut! Alle Tiere hier wissen, dass sie dabei nicht zu Schaden kommen und spielen das Spiel mit, damit der gute Gesandte auch wirklich etwas erlebt. Er hat noch nie eins erwischt. Nur damals, als der Hund den Puma anfiel und Beryll dem Hund das Leben rettete, da wurde es für einmal ernster. Aber zurück zu euch. Das heißt also, dass ihr zu den Zwergen zurückkehrt. Dann ist es von größter Wichtigkeit, dass ihr erfahrt, was die Bussarde euch zu sagen hatten. Muss es denn sein, dass ihr wieder untertaucht? Ich wollte, ihr könntet hier bleiben, bis Bussardfreundin endlich da ist!"

„Nun", kam die Antwort von Merlin, „was den Stein betrifft, so haben wir vor Kurzem eine Spur gefunden. Aber es kann nicht gesagt werden, dass wir bereits viel erreicht hätten." Er seufzte tief auf: „Leider, leider wird es wohl noch eine halbe Ewigkeit dauern, bis wir wissen, worum es sich handelt, und somit weiterziehen können."

Da fiel Silbermähne ein: „Also eine halbe Ewigkeit ist übertrieben. Aber zwei, drei Jahre mehr könnten es wohl noch werden … im besten Fall."

„Ja, es ist ganz unglaublich, wie viel Wissen die Zwerge gesammelt haben, und doch konnten sie nicht gleich erkennen, was für ein Stein es ist. Und so suchen wir nun in der Bibliothek in den Diamanttafeln danach, ob er da beschrieben ist. Es gibt davon ganze Berge … Es gibt also mehr als genug Arbeit dort für uns und keinen Grund, nicht zu ihr zurückzukehren, nachdem es uns gelungen ist, die Unterstützung durch die Zwerge zu erwirken", fügte Beryll an.

„So wird es sein müssen, wie du sagst. Es ist schlussendlich deine Queste. Dein Entscheid. Aber nun hört, was Bussardfreundin euch sagen lässt und weswegen sie alle Bussarde losgeschickt hat. Das Erste ist nicht von so großer Dringlichkeit, aber es mag euch freuen: In diesem Sommer ist Mondsichel endlich allein unterwegs, um ihren Tierfreund zu finden. Es steht bereits fest, wer das ist. Sie weiß es auch schon, aber ihr Stamm wird es erst erfahren, wenn sie zu Anfang des Winters zu ihren Leuten zurückkehrt. Sie ist Rehfreundin geworden. Und sie macht ihre Arbeit sehr gut. Bussardfreundin ist erstaunt und erfreut, denn Rehfreundin lernt schneller, als sie es je für möglich gehalten hätte. Und da sie die Tiere versteht und so manches sehen kann, was ihr Volk sonst nicht sieht, findet sie oft Antworten zu Fragen, die Bussardfreundin selbst nicht kennt. Deswegen ist sie fest davon überzeugt, dass Rehfreundin eine gute Heilende für die Vogelmenschen werden wird und das auch noch in erstaunlich kurzer Zeit."

Sie fuhr fort: „Das Zweite ist das, worum es eigentlich geht: Bussardfreundin lässt euch sagen, dass sie einen Traum gehabt hat. Darin hat sie erfahren, dass ihr selbst dort, wo ihr seid, nicht auf diesem Weg erreicht werden könnt und dass sie euch Bescheid geben soll. In dem Traum wurde sie gewarnt. Einer unter den Zwergen sinne trotz der Gesetze der Gastfreundschaft und gegen den Willen und das Gesetz des Königs darauf, einem unter euch großen Schaden zuzufügen. Ja, mehr noch, es gehe um Leben und Tod. Leider hat sie nicht herausgefunden, wer unter euch dreien derjenige ist, um dessen Leben es geht. So bittet sie euch, äußerste Vorsicht walten zu lassen und auch alle euch zur Verfügung stehenden Mittel einzusetzen, um euch zu schützen und herauszufinden, wem unter euch und von welcher Seite die Gefahr droht. Nun werdet ihr verstehen, weswegen wir diese Botschaft nicht den Tauben anvertrauen konnten. Und auch, weshalb ich erleichtert bin, dass es euch allen gut geht."

Daraufhin überlegten sie eine Weile hin und her, wer wohl gemeint sein könnte. Aber sie wurden sich nicht schlüssig, denn es fanden sich keine stichhaltigen Argumente. Alle drei kamen überein, dass Klwik ehrlich und wirklich ihr Freund sei. Bei den anderen Bekanntschaften, die sie geschlossen hatten, waren sie sich weniger sicher und ganz und gar nicht einig. Am stärksten verdächtigten sie die steinweisen Gelehrten und den Erzmagier. Sie konnten sich aber nicht darauf einigen, wer genau unter ihnen gemeint sein könnte, und es gab auch keinen Hinweis, dass einer von ihnen wirklich etwas gegen sie hatte. Auch gegen wen unter ihnen sich diese nicht erkennbare Feindseligkeit richten sollte, ließ sich nicht herausfinden. So blieb ihnen nichts weiter übrig, als Schneebrust zu versichern, dass sie alle Vorsicht walten lassen würden.

Diese rief plötzlich aus: „Herrje! Es ist Zeit, dass ich den Vater ablöse. Ich würde ihn dir auch gern einmal persönlich vorstellen, Merlin. Mag sein, dass ich ihn dazu überreden kann.

Aber auf keinen Fall wird er kommen, wenn ihr alle drei da seid. Das macht ihm zu viel Angst. Ich komme morgen wieder, um euch zu sehen!“ Und weg war sie.

Die drei blieben in grüblerischer Stimmung zurück. Es war nicht einfach, sich aus der Erschütterung zu lösen, die Bussardfreundins Warnung ausgelöst hatte, besonders, da sie keine Antwort auf die Frage nach dem „Wer-will-wem-schaden“ finden konnten.

So dauerte es einen Moment, bis Beryll sagte: „Bei alldem haben wir ganz vergessen, Merlin, dass du ein Geschenk dabei hast, das für Schneebrust bestimmt ist.“

„Du hast recht. Vergessen habe ich es gerade nicht, aber bei all den Neuigkeiten dachte ich mir, es sei besser, wenn ich sie erst später darüber ins Bild setze. Stellt euch vor: Sie hat eine Familie gegründet! Sie hat ein eigenes Nest! Mit zwei Jungen!“ Er sagte dies mit dem gleichen Stolz, als sei er der Vater der beiden Jungen.

Ja, das mussten die beiden anderen anerkennen. Das war eine Tatsache, die nicht einmal durch das hehre Geschenk des Erzmagiers in den Schatten zu stellen war.

„Von mir aus kann das auch noch eine Weile warten. Ich traue ihm einfach nicht über den Weg und tippe auf ihn als Quelle der Gefahr, die uns droht, wenn ich es auch mit rein gar nichts begründen kann. Es wäre mir am liebsten, ihr würdet auf das Öl verzichten. Aber ich glaube auch, dass das gar nicht gehen wird. Ich wette, kaum sind wir zurück, wird er darauf bestehen zu erfahren, ob das Öl angewendet wurde, und, falls dies nicht der Fall sein sollte, keine Ruhe geben, bis es soweit ist. Er will es partout haben. Nur: warum?“, sagte Silbermähne.

„Kommt, lasst uns jetzt nicht weitergrübeln. Wir wollen Bussardfreundins Warnung ernst nehmen und gut aufpassen, wachsam sein im Hinblick auf das, was um uns vorgeht, und einander beschützen, aber mehr können wir nicht tun. Gerade in diesem Augenblick, jetzt, da wir unter uns sind, droht uns wohl keine Gefahr. So wollen wir für eine Weile von dem Thema, wer uns vielleicht Schaden zufügen möchte, ablassen.

Ich schlage vor, dass wir auf den felsigen Hügel dort drüben bei der Station der Zwerge steigen und uns von da oben die Landschaft besehen. Ich habe große Lust darauf, wieder einmal einen weiten Horizont vor Augen zu haben. Das hat mir unter der Erde doch recht gefehlt. Seid ihr dabei?“, schlug Beryll vor.

Ja, das waren sie. Und so stiegen sie auf den Hügel, besahen sich die weite Landschaft und genossen den Sonnenuntergang in all seinen Farben.

Am Tag darauf wünschte Merlin, sich für eine Weile allein zurückzuziehen. Er wollte nochmals über das Öl des Erzmagiers nachdenken und darüber, ob er Schneebrust überhaupt davon erzählen solle. So verließ er den Schlafplatz bei ihrem Zelt zeitig, während Beryll noch schlief und Silbermähne erst halb erwacht war.

Die beiden frühstückten ausgiebig mit Klwik, der erst gegen Mittag mit seinem Jagdwagen und den Hunden und Knappen loszog. Er erzählte ihnen, dass sie am Vortag die Spur eines Pumas gefunden hätten. Heute wolle er versuchen, sie weiterzuverfolgen und das Tier vielleicht gar zu erblicken. Dabei erinnerten sie sich natürlich an den Vorfall, bei dem sie einander kennengelernt hatten. Klwik musste den beiden versprechen, dass er besonders vorsichtig sein würde. Sein Hund versicherte ihnen mehrmals, dass er beim letzen Mal seine Lektion gelernt habe und sicher nicht nochmals so aus dem Häuschen geraten würde, dass er seinen Wagen vergäße.

Kurz vor dem Mittag kam dann auch Merlin wieder.

Er erzählte ihnen, zu welchem Schluss er gekommen sei:

„Also, ich habe lange hin und her überlegt.

Silbermähne kann nichts Schädliches an dem Öl finden.

Klwik hat uns einen guten Grund dafür angeben können, warum der Erzmagier so darauf versessen ist, Schneebrust zu einem Leben zu verhelfen, das gleich lange währt wie meines.

Was Bussardfreundins Warnung betrifft, so bin ich, wie ich gestern schon gesagt habe, der Meinung, dass, wenn es überhaupt eine Gefahr gibt, sie von den Offizieren kommt. Ihr wisst ja nur allzu gut, wie das mit Berylls Dolch von den Hochelfen gelaufen ist. Ich kann mir leicht vorstellen, dass das diese Gruppe von Traditionalisten eher in ihrem Stolz getroffen hat, als dass es sie wirklich davon überzeugt hätte, dass wir zu Recht unter den Zwergen weilen.

Das oder höchstens noch der Ehrgeiz eines der steinweisen Gelehrten sind die einzigen Motive, die ich mir vorstellen kann, weshalb uns jemand schaden will.

Und dabei geht es ganz sicher um Beryll und nicht um mich oder Schneebrust. Wir sind beide, was die Queste betrifft, nicht von geringster Bedeutung.

So wie ich das sehe, ist der Erzmagier gar nicht so sehr an der Queste interessiert, sonst hätte er sich doch danach erkundigt und nicht so viel Zeit auf mich und Schneebrust verwendet. Denn wie lange sie lebt – oder ich –, müsste für ihn doch eine Belanglosigkeit sein, wenn er wichtigere Interessen hätte.

Deswegen habe ich den Entschluss gefasst, Schneebrust noch heute, wenn ich sie wieder treffe, von dem Öl und dessen Eigenschaften zu erzählen. Sie ist sehr klug und weise. Sie soll es wissen und dann selber entscheiden, was sie wünscht. Ich traue ihr zu, dass sie das besser kann als ich selbst."

Beryll stimmte ihm zu. Und auch Silbermähne tat es, wenn auch zögernd. Damit Merlin in aller Ruhe und allein mit ihr würde sprechen können, trennten sie sich nach dem Essen und die beiden gingen auf ihrem Spaziergang in eine andere Richtung, als Merlin es tat.

Als Schneebrust also gleich nach dem Mittag zu Merlin herabgestürzt kam, hatte er sich fest vorgenommen, ihr von dem Öl zu erzählen. Er kam aber nicht gleich dazu, denn es war ihr tatsächlich gelungen, den Vater der Jungen dazu zu überreden, sich Merlin zu zeigen.

Obwohl er vor Merlin sehr eingeschüchtert wirkte, denn es war das erste Mal, dass er so nah an einen Menschen herankam und sogar mit ihm sprach, erwies er sich als tapfer und direkt, wenn er sich auch einige Meter von Merlin entfernt hielt und auf dem höchsten Ast eines Strauches sitzen blieb.

Merlin beglückwünschte ihn zu seiner Familie und den beiden gesunden Jungen. Das nahm er mit Würde entgegen und sprach zu Merlin, ohne zurückzuweichen oder zu zögern: „Ich danke dir für deine guten Wünsche und das Lob, das du für die Jungen findest. Ja, sie sind kräftig und gesund und werden bald fliegen und sich selber zurechtfinden können! Wir dürfen gewiss stolz sein auf sie. Ich war mir gar nicht so sicher, ob es eine gute Idee wäre, mit einer Falkenfrau aus der Fremde ein Nest zu begründen. Aber Schneebrust, die Freundin der Menschen, hat sich als würdige und geschickte Mutter bewiesen. Wenn ihr, wie sie sagt, eines Tages wieder von hier fortziehen werdet, so wird sie gewissermaßen in ihren Jungen hier zurückbleiben. Das wird nicht zum Schaden der Falken sein, die hier leben und die immer hier bleiben werden. Schneebrust hat eigenartige Gewohnheiten. Wir hier ziehen nie mit den Menschen."

Während der ganzen Zeit, da er sprach, saß Schneebrust auf Merlins Schulter und hörte ohne Kommentar zu.

Bald schon rief der Falkenmann aus, dass er sich jetzt aber dringend auf den Weg machen müsse, um die Jungen zu füttern, bevor diese allzu hungrig würden.

Er verabschiedete sich rasch und flog ebenso schnell davon.

„Sicher ist er jetzt erleichtert, dass er nicht mehr so nah bei einem Menschen zu sein hat. Aber du kannst ihm das sicher verzeihen", sagte Schneebrust.

„Aber sicher. Du kannst ihm ruhig sagen, wie sehr ich mich geehrt fühle, dass er seine Zurückhaltung überwunden und mit dir hierhergekommen ist. Ja, dass er sogar direkt zu mir gesprochen hat. Es ist ihm nicht leichtgefallen. Sicher ähnlich, wie es mir nicht leichtgefallen ist, den Kindern damals im Dorf davon zu erzählen, dass die Tiere meine Freunde sind. Ich habe es ja sogar ganz sein lassen, das zu tun. Ebenso hätte auch er es halten können und gar nicht erst mit dir mitkommen brauchen. Übrigens bin ich sehr erleichtert, dass er sagt, dass du mit uns weiterziehen wirst. Ich war mir nicht sicher, ob er davon wusste oder ob er denkt, dass du nun für immer hier bleibst." Und nach einer Pause: „Und was für mich noch viel schlimmer war, als ich die Jungen und das Nest gestern gesehen habe, da wusste ich es ja selber auch nicht … Ich bin froh, dass du dich dafür entschieden hast, bei mir zu bleiben und mich weiter zu begleiten."

Schneebrust bedankte sich bei ihm für sein Verständnis und lachte darüber, dass er hatte denken können, sie bleibe vielleicht hier. „Die Jungen sind in spätestens ein, zwei Wochen so weit, dass sie sich ganz allein durchbringen können. Dann bedeutet uns Falken die Familie nicht mehr das, was sie bei den Menschen ist. Wir werden alle unserer Wege ziehen. Ob diese nun hier sind oder von hier wegführen. Es war mir eine große Freude, diese Jungen zu haben, während ich auf dich gewartet habe. Nie hatte ich jedoch die Absicht hierzubleiben. Mir gefällt es, unterwegs zu sein."

Da erst fand Merlin die Gelegenheit dazu, ihr vom Erzmagier und dem Öl zu erzählen.

Sie hörte aufmerksam zu und ließ sich ganz genau beschreiben, wie das Gespräch abgelaufen war, was der Erzmagier für einen Eindruck auf Merlin und sogar auf Beryll und Silbermähne machte. Sie wurde sehr nachdenklich und fragte Merlin, ob es denn nicht sehr eigenartig sei, dass sie ein so großes Geschenk erhalten sollten, was wohl dahinter stecken könnte? Er erklärte ihr, dass Silbermähne dieselben Zweifel gehabt und wie Klwik sie beruhigt habe.

„Ja. Ich kann einsehen, dass er recht haben mag. Für den Erzmagier könnte es wirklich eine Frage des Prestiges sein. Für uns beide wäre es eine sehr große Veränderung. Besonders für mich." Merlin bestätigte das.

„So denke ich, dass du verstehen wirst, dass ich mich nicht auf der Stelle jetzt entscheiden mag. Ich möchte etwas Bedenkzeit haben."

Damit war Merlin einverstanden.

Als sie sich in den folgenden Tagen wieder trafen, sei es unter vier Augen oder zusammen mit Beryll und Silbermähne oder einmal sogar mit Klwik, kam sie nicht wieder auf das Öl zu sprechen.

Merlin gab sich alle Mühe, auch nicht davon anzufangen.

Dann aber kam der Tag, an dem Klwik ihnen unterbreitete, dass er dem Palast und seinen dortigen Pflichten nicht mehr viel länger würde fernbleiben können. Er müsse in zwei Tagen von hier aufbrechen und er gehe davon aus, dass sie nun wieder dazu imstande seien, ihn in das Reich der Zwerge zurückzubegleiten.

Wenn sie es auch gut noch eine Weile länger an der Oberfläche ausgehalten hätten, so mussten sie sich doch eingestehen, dass es keine absolute Notwendigkeit mehr war.

Ihre Sehnsucht nach der Welt an der Oberfläche war gestillt und in den letzten Tagen hatten sie immer öfter wieder an ihre Aufgabe gedacht, die in der Bibliothek weiterhin unvollendet auf sie wartete.

Zwei Tage!

Da blieb Merlin und Schneebrust kaum noch Zeit.

Noch am gleichen Tag, nachdem Klwik sie über die nahende Rückreise unterrichtet hatte, sprach Merlin Schneebrust wieder auf das Geschenk des Erzmagiers an.

Sie gestand ihm, dass sie sich sehr wünsche, die ganze Länge seines Menschenlebens mit ihm teilen zu dürfen, dass sie sich aber auch sehr davor fürchte, da sie sich einen so langen Zeitraum gar nicht vorstellen könne.

Am Ende schüttelte sie aber ihr Gefieder zurecht und stimmte zu. Merlin solle das Öl an ihr anwenden.

Der holte es sofort aus dem Zelt, um es ihr zu zeigen. Wie Silbermähne untersuchte auch sie das Öl und die Phiole und konnte nichts Schädliches feststellen. Also rupfte sie sich mit dem Schnabel ein wenig Flaum aus, sobald Merlin ihr erklärt hatte, wie sie vorzugehen hätten, und legte ihn in Merlins Hand. Der gab ihn in das Öl und verschloss die Phiole wieder. Da war es später Nachmittag.

Nun mussten sie ja eine ganze Nacht und einen ganzen Tag lang abwarten.

Es war also an dem Tag, an dessen Abend sie die Rückreise antreten sollten, als es soweit war.

Als Merlin das Öl, in dem sich nun sein Haar und Schneebrusts Flaum befanden, wieder hervorholte, da hatte es seine Farbe verändert. Es war nicht mehr rotviolett, sondern schimmerte ganz golden in seiner Phiole. Überrascht betrachteten sie es. Sie beschlossen, dass Silbermähne es auch nochmals prüfen solle, nachdem Schneebrust und Merlin nichts Schädliches hatten feststellen können. Silbermähne bestätigte es.

Da strich Merlin das Öl in Schneebrusts Gefieder. Da es anfangs ihre Federn etwas verklebte – zum Glück war es nicht sehr viel Öl –, hatte sie zunächst Schwierigkeiten mit dem Fliegen. Nach einer Weile zog das Öl aber entweder in ihre Haut ein oder verschwand auf anderem Wege. Jedenfalls gab sich diese Schwierigkeit bald und sie war in der Luft ebenso wendig wie zuvor.

Weiter geschah nichts.

Sie fühlte sich nicht anders. Sie sah nicht anders aus. Alles schien beim Alten geblieben zu sein.

Erst mit den Jahren zeigte sich, dass das Öl tatsächlich gewirkt hatte oder wirkte, denn sie sollte tatsächlich ebenso lange leben wie Merlin.

In dem Moment aber streifte beide, sie und Merlin, ein leichter Zweifel daran, ob denn wirklich ein Zauber in dem Öl gewesen sei. Als es golden und nicht mehr rotviolett gewesen war, hatte es ja auch ganz harmlos und wie ein beliebiges Öl ausgesehen.

Und doch machte sich Merlin Sorgen um sie. Es mochte ja sein, dass eine Wirkung mit Verzögerung eintrat. So versprach sie ihm, da er ja am Abend abreisen musste, dass sie ihm in den nächsten Tagen täglich über die Botenvögel Nachricht zukommen lassen würde.

Da die Zwerge und Beryll an dem Tag schliefen, um für die Reise während der Nacht munter zu sein, war nur Silbermähne als Zeuge zugegen gewesen, als Merlin Schneebrust mit dem Öl einrieb.

Auch er hatte nichts bemerken können, außer dem Langlebigkeitszauber. Alles war damit in Ordnung gewesen.

Der erste Schritt im Plan des Erzmagiers war geglückt.

Als die Nacht angebrochen war, verließ Klwiks kleine Karawane die Station und nahm Beryll, Merlin, Silbermähne und deren Gepäck mit auf. Wieder reisten Merlin und Beryll mit verbunden Augen in ihren Kutschen. Silbermähne ließ Klwik auch auf dem Rückweg auf sich reiten, damit der ihn führen konnte.

Sie kamen ohne Zwischenfälle wieder im Palast an. Und bis dahin hatte es auch keine beunruhigende Nachricht von Schneebrust gegeben. Sie erfreute sich bester Gesundheit.

9

Eine Entdeckung

Zurück im Reich der Zwerge nahmen sie ihre Suche danach, was Berylls Stein sein mochte, sogleich wieder auf. Die Tage an der Oberfläche hatten ihnen gutgetan und sie merkten, dass sie wieder viel mehr Schwung bei ihrer Arbeit in der Bibliothek hatten. Und doch sollte fast ein weiteres Jahr vergehen, bis sich etwas in der Sache tun sollte.

Nicht lange nach ihrer Rückkehr kam eine weitere Einladung vom Erzmagier. Diesmal zögerten sie nicht lange, zu ihm zu gehen.

Es war, wie sie erwartet hatten. Er schien sich vor allem und ausschließlich für Merlin zu interessieren und dafür, ob er Schneebrust mit dem Öl eingerieben hatte.

Merlin berichtete ihm genau, was das Öl betraf, schwieg sich aber über alles aus, was das Persönliche bei seinem Wiedersehen mit Schneebrust anging. Auch darüber, dass sie eine Familie hatte und gerade dabei war, ihre Jungen großzuziehen, sagte er nichts.

Der Erzmagier schien mit Merlins Bericht durchaus zufrieden zu sein. Das überraschte Silbermähne, der erwartet hatte, dass er weiter nachhaken würde. Aber der Erzmagier äußerte nur mehrmals, dass er darüber erfreut sei, den Gästen des Königs auf diese Weise ein Geschenk gemacht zu haben, und auch darüber, dass sie bereit gewesen seien, ein solches von ihm auch tatsächlich anzunehmen.

Aber wie bei ihrem ersten Besuch fühlten sich die drei bei ihm nicht sonderlich wohl.

Als sie aber wieder allein waren und sich unter sechs Augen darüber austauschten, was sie bei dem zweiten Besuch zu dritt alles empfunden und beobachtet hatten, und auch alles nochmals im Lichte von Bussardfreundins Warnung betrachteten, von der sie ja nun durch Schneebrust erfahren hatten, konnten sie keine Anhaltspunkte dafür finden, dass der Erzmagier es mit ihnen nicht ehrlich meinte.

Überhaupt beschäftigte sie die Warnung in der ersten Zeit nach ihrer Rückkehr sehr.

Mit der Zeit ließ ihre Aufmerksamkeit allerdings wieder nach, denn alles um sie herum ging weiter wie zuvor und nichts schien den Verdacht zu bestätigen, dass ihnen Gefahr drohe.

Ihr Leben verlief in ruhigen Bahnen, an die sie bereits gewöhnt waren, und so, wie es vor ihrem Ausflug an die Oberfläche verlaufen war.

Sie wurden weiterhin von Zeit zu Zeit zu einem Dinner, Fest oder Vortrag eingeladen.

Sie trafen sich auch ab und zu wieder mit den steinweisen Gelehrten zu einer Sitzung und sie lernten diese tatsächlich mit der Zeit nach und nach in ihrer Eigenart schätzen.

Jeder Einzelne von ihnen kam zwar weiterhin immer wieder auf seine eigene Hypothese zurück, sodass immer noch hart debattiert wurde, aber die Gelehrten nahmen sich nun auch die Zeit, die drei, die sie nun schon besser kannten, tiefer in ihre jeweiligen Spezialgebiete einzuführen.

Zyllk nahm sie mit in die Bibliothek und zeigte ihnen die rarsten Schätze des Wissens, die dort auf Weißtafeln und Diamanttafeln verborgen waren und die er über die Jahre gehoben hatte. So lernten sie von ihm viel über die seltensten Mineralien und Erze.

Xavl, der sich auf Innendekoration mit Kristallen und Gesteinen und auf Juwelen spezialisiert hatte, führte sie im Palast und in den Wohnhöhlen mehrerer angesehener, alter Familien herum, damit sie sehen konnten, wie die Zwerge die Eigenschaften der Steine beim Wohnen einsetzten. Sie sahen viele prächtig gestaltete Räume, lernten aber auch zu erkennen, aus welchem Grund welches Gestein am jeweiligen Ort eingesetzt worden war. Besonders interessant fanden sie es, wenn sie ihn zu Höhlen begleiten durften, die noch nicht fertig gestaltet waren und noch dekoriert wurden. Es war faszinierend, mit dabei zu sein, wenn Xavl aus seinem Wissens- und Erfahrungsschatz schöpfte und als Projektleiter solcher Unternehmungen mit Rat und Tat zur Stelle war.

Er machte sie auch mit den Zwergen bekannt, die in den Steinschneidereien und Steinschleifereien arbeiteten und die Stücke zum Einbau vorbereiteten.

Das ging von großen Platten und Drusen bis zu den ganz kleinen Edelsteinen, die als Verzierungen auf die Kleider aufgenäht wurden.

Sie sahen alle Verarbeitungsschritte, vom Rohstein bis zum geschliffenen und gefassten Juwel.

Und auch hier beeindruckte Xavl sie mit seinem genauen Wissen, mit dem er von jedem Stein und jedem Schliff sagen konnte, was er für Eigenschaften und Wirkungen hatte.

Kschk schließlich, der viel in den Minen unterwegs war, nahm sie mit auf eine seiner Exkursionen. So lernten sie auch die Orte kennen, an denen die Gesteine, Erze, Kristalle und Edelsteine gewonnen wurden, über die sie von den beiden anderen so viel gelernt hatten. Sie sahen in der Praxis, wie die Zwerge im Berg arbeiteten und mit welcher Sorgfalt, Hingabe und Geduld sie die Schätze aus der Tiefe der Felsen förderten.

Sie waren eben von dieser Reise in die Tiefe des Reiches der Zwerge zurückgekehrt und waren sehr müde.

Die Hin- und Rückreise hatte nicht nur jeweils mehrere Tage gedauert, sondern zusätzlich waren Beryll und Merlin zusammen mit Kschk auch tagelang durch Gänge, Spalten und Stollen gekrochen, wobei Silbermähne sie gar nicht begleiten konnte, denn er war viel zu groß, um dort hindurchzugelangen. Sie hatten die Kraft der Edelsteine und Erze so erfahren, wie sie sich im Stein zeigte, in dem sie gewachsen und mit dem sie noch verbunden waren.

Noch voller Eindrücke badeten sie und kamen dann zusammen, um noch etwas zu essen, bevor sie schlafen gehen wollten.

Kaum hatten sie mit ihrer Mahlzeit begonnen, da traf ein Bote von Kgo ein.

Der hatte ihn sofort losgeschickt, kaum dass er erfahren hatte, dass Kschk und mit ihm die drei wieder zurück waren. Er ließ ausrichten, sie sollten doch am nächsten Tag so früh als möglich zu ihm kommen. Es gebe da etwas Wichtiges, das er ihnen zu zeigen habe.

Sobald sie ausgeschlafen hatten, machten sie sich deshalb unverzüglich auf den Weg in die Bibliothek und standen schon bald vor Kgos Arbeitstisch in seiner Nische.

Kgo begrüßte sie ganz aufgeregt: „Zum Glück seid ihr endlich aus den Minen zurück! Viel länger hätte ich nicht mehr warten können und mögen!“ Er war ganz zappelig und wühlte mit beiden Händen in seinem Bart, den er so ganz durcheinanderbrachte. Ohne weiter darauf zu achten, fuhr er fort: „Als ihr mit Kschk abgereist wart, habe ich in aller Ruhe daran weitergearbeitet, all die Dinge und Notizen in der Arbeitsnische meines Bruders zu sichten und zu ordnen, die er von seiner jüngsten Reise zu den Waldleuten mitgebracht hat. Und da bin ich eines Tages auf das hier gestoßen!“

Er nahm seine Hände aus dem Bart und nestelte an seinem Kragen herum. Endlich hatte er den Lederbändel gefunden, den er um den Hals trug, und zog ihn über den Kopf. Daran war ein kleiner Lederbeutel befestigt. Den öffnete er. Er griff hinein und holte eine Handvoll langfaseriges Moos hervor, das er auf einem Tuch ausbreitete, das auf seinem Tisch schon bereitgelegen hatte. Dann verteilte er das Moos mit den Fingerspitzen, bis einige Steine sichtbar wurden, die darin gut geschützt verpackt gewesen waren.

Er trat einen Schritt zurück und sagte erwartungsvoll zu seinen drei Freunden: „Seht euch das einmal näher an. Was sagt ihr dazu?“

Sie kamen näher zum Tisch und beugten sich alle drei leicht vor, um besser sehen zu können, was er da vor ihnen auf dem Tuch enthüllt hatte.

Da lagen ein paar kleine gerundete Steine. Sie waren nicht viel größer als Bohnenkerne. Sie schimmerten matt, als ob sie ein eigenes Licht von innen heraus scheinen lassen würden. Die meisten Steine waren milchig weiß.

Das Besondere an ihnen war jedoch, dass sie samt und sonders alle Farben des Regenbogens trugen.

Und das Spiel der Farben dieser Regenbögen und das Licht dieser Steine glichen denen vom Stein in Berylls Anhänger auf den ersten Blick ganz genau.

Nur war an keinem von ihnen das tiefe Schwarz oder Blau zu sehen, das den größten Teil von Berylls Stein ausmachte, das das Licht ein wenig in sich eindringen ließ, aber nicht durchsichtig war. Nein, sie waren weiß mit den bunten Reflexen oder blau wie Wasser oder Himmel mit denselben bunten Reflexen oder grün und blau und den bunten Reflexen. Honiggoldene und rote Stellen hatten sie alle auch, wenn sie im Licht bewegt wurden, was sich zeigte, als Kgo sie mit einem Holzstäbchen etwas im Schein seiner hellen Tischlaterne bewegte, damit die drei das besser sehen konnten. Sie trugen aber viel weniger Rot und Gold in sich als Berylls Stein.

Und doch: Sie glichen ihm so, dass es sich wohl um dasselbe Mineral handeln musste.

Nachdem sie ganz genau hingesehen hatten, blickten sie zu Kgo hinüber und Beryll sagte für alle drei: „Die haben dasselbe Licht und dasselbe Farbenspiel wie der Anhänger. Für mich sieht es aus, als ob es auch derselbe Stein sei. Nur ist da kein Schwarzblau." Silbermähne und Merlin nickten dazu. Sie dachten genau das Gleiche.

„Ja, so habe ich das auch gesehen, als ich sie zum ersten Mal ausgepackt hatte und sie vor mir unter der Lampe sah. Daraufhin habe ich gleich alle Aufzeichnungen hervorgeholt, die wir gemacht haben, als wir Berylls Anhänger untersucht haben. War ich froh, dass wir damals Notizen gemacht haben und dass ich sie auch gleich finden konnte. Ich habe sie nach denselben Gesichtspunkten untersucht. Sie haben dieselben Eigenschaften, nur sind sie nie mit einem Zauber versehen oder gefasst worden. Es sind Rohsteine. Gki muss sie so eingepackt haben, wie sie gefunden wurden. Oder er hat sie gar selber gefunden.

Sie sind allerhöchstens gewaschen worden, als sie aus der Erde kamen. Das ist alles. Wenn …"

Hier unterbrach ihn Beryll: „Wo hat dein Bruder sie denn gefunden? Wo kommen sie her? Wie heißen sie?"

„Genau. Gerade wollte ich darauf eingehen. Wenn ich bloß schon herausgefunden hätte, wo er sie her hat! Wie immer hat er seine Gesteinsproben und seine Notizen nicht mit Querverweisen versehen und alles liegt so völlig ungeordnet in seiner Nische, wie er es bereits beim Sammeln durcheinandergebracht haben muss. Seit ich den Beutel mit den Steinen gefunden habe, bin ich auf der Suche nach der Beschreibung, die er dazu gemacht haben müsste. Da sollte dann drinstehen, wo er sie gefunden oder von wem er sie erhalten hat, wie er sie nennen würde und was für Eigenschaften er ihnen zugemessen hat. Eigentlich notiert er sich das immer. Nur eben nie so, dass es einfach in seinen chaotischen Notizen zu finden wäre.

Er muss sie von den Waldleuten mitgebracht haben. Da bin ich mir so gut wie sicher. Er war ja in den letzten paar Jahrzehnten auf keiner Reise zu einem anderen Ziel. Aber ich kann mir erst sicher sein, wenn ich seine eigenen Aufzeichnungen dazu gefunden habe. Eine Aufgabe, die ich zwar gern übernehme, um Klarheit und Ordnung in seine Funde zu bringen, aber manchmal wird es ganz schön beschwerlich. Und ich hätte mich so gefreut, wenn ich euch die Antwort schon hätte geben können!" Resigniert ließ er sich auf seinen Stuhl plumpsen.

Merlin beruhigte ihn: „Komm, reg dich nicht unnötig auf! Wir sind jetzt gut zwei Jahre bei euch Zwergen und auf der Suche und das, was du da gefunden hast, kommt der Lösung unserer Frage, so wie die Steine aussehen, näher als alles Bisherige. Du hast uns damit auch ohne die ganze Antwort eine große Freude gemacht. Ich schlage vor, dass wir dir ab heute bei der Suche nach den Notizen helfen und nicht weiter in der Bibliothek bleiben. Was meint ihr?"

Beryll und Silbermähne waren sofort einverstanden. Und Kgo nahm das Angebot gerne an.

Also gingen sie erst einmal ins Städtchen unter der Oberfläche zu Kgus Gasthaus, um sich mit einer Brotzeit zu stärken, und machten sich dann ans Werk.

Gkis Arbeitsnische war nicht groß genug, als dass alle vier gleichzeitig darin hätten arbeiten können. So holte Kgo einen kleinen Stapel von Gkis Notizen in seine Nische herüber. Silbermähne und Merlin nahmen sich dort ihrer an, während Beryll und Kgo als das zweite Team in Gkis Arbeitsnische blieben.

Es war fast so wie in der Bibliothek. Es waren sehr viele Notizen, die sie durchzugehen hatten. Es würde eine ganze Weile dauern, außer ein Glücksfall führte dazu, dass einer unter ihnen zufällig rasch auf das richtige Rindenstück stoßen würde.

Anders als in der Bibliothek hatten sie es hier nämlich nicht mit Diamanttafeln zu tun, sondern mit langen Rollen getrockneten Pflanzenmaterials, auf die Gki seine Notizen gemacht hatte. Silbermähne stellte fest, dass es sich dabei um die weiche Haut handeln müsse, die bei manchen Bäumen unter der Borke liegt und die leicht abgezogen werden kann. Kgo bestätigte, dass Gki es ihm auch so erklärt habe. Er sei davon abgekommen, die schweren Steintafeln auf seinen Reisen zu benutzen und bevorzuge dieses Material, das er bei den Waldleuten kennengelernt habe. Es sei sicher eine gute Idee, sich so unterwegs Notizen zu machen, aber zum langen Aufbewahren in Archiven tauge solches Material wohl doch viel weniger als Stein, fügte er etwas skeptisch an. Sein Bruder könne froh sein, dass er für ihn verlässlich und innert nützlicher Frist alles von Rinde auf Stein übertrage.

Diese langen, aufgerollten Rindenstreifen fanden sich zu Dutzenden in Netzen eingepackt. So hatten sie Traghunde jeweils von Gkis Expeditionen hierher zurückgebracht.

Es war spannend, eines der Netze nach dem anderen zu öffnen, die Rindenrollen zu entnehmen, aufzuwickeln und mit dem Lesen zu beginnen. Gki hatte sie mit Pflanzenfarbe und einem kleinen Pinsel beschrieben. Er hatte die Rinden mit derselben Technik mit Zwergenrunen beschriftet, mit der die Waldleute ihre Körper zu bemalen pflegten.

Zuerst hatten sie gedacht, dass es ausreichen würde, den Beginn des Textes auf einer Rolle zu überfliegen, um festzustellen, ob darin von den Steinen die Rede sein könnte.

Aber bald schon stellte sich heraus, dass Gki seine Rollen nicht nach Inhalten geordnet beschrieben hatte, sondern vielmehr wie bei einem Tagebuch alles der Reihe nach so aufgeschrieben hatte, wie es ihm im Verlaufe der Zeit begegnet war.

Das bedeutete, dass sie alle Streifen ganz aufzurollen und komplett zu lesen hatten.

Auf der einen Seite war das zwar ein Müssen, auf der anderen Seite hatten sie aber viel Spaß daran, denn Gki beschrieb sehr lebendig alles, was ihm unterwegs zu und bei den Waldleuten begegnet war. Es waren Bündel voller packender, abenteuerlicher Berichte über eine Welt, die keiner von ihnen kannte.

Es war warm weiter unten im Süden, wo die Waldleute lebten. Sogar heiß. Es regnete viel, sodass die Wälder dort von größter Dichte und Üppigkeit waren. Es gab Bäume, die sogar den Menschen als riesig erscheinen mussten.

Er beschrieb Vögel und Schmetterlinge, die wohl bunter waren als alles, was sie bisher gesehen hatten. Es war von Tieren die Rede, die sie sich trotz der akkuraten Beschreibung noch immer nicht vorstellen konnten. Die Skizzen, die er dazu angefertigt hatte, sahen unglaublich eigenartig aus. Und dennoch, wenn sie andere Dinge betrachteten, wie etwa die Waldleute selber und ihre Werkzeuge, die er auch skizziert hatte, so waren diese sehr detailliert und schienen ganz genau zu stimmen, soweit sie es beurteilen konnten. So musste es mit diesen seltsamen Tieren wohl auch seine Richtigkeit haben, denn es gab keinen Grund, weshalb Gki die Zwerge an der Nase herumführen sollte.

Ab und zu tauchten in dem Sammelsurium von Beschreibungen von Wesen und Erlebnissen tatsächlich auch eine Skizze und eine Beschreibung zu Mineralien auf. Und wenn er es nicht vergessen hatte, so hatte Gki jedes Mal vermerkt, wenn er eine Probe davon mit eingepackt hatte.

Dann ging jeweils die Suche nach dem Gegenstück zum Text in dem ganzen Haufen von Gesteinsproben und Kristallen los, der in Gkis Arbeitsnische war.

Wenn sie schon dabei waren, nach der Beschreibung der „Regenbogensteine" zu suchen, wie sie sie zu nennen begonnen hatten, so konnten sie dabei auch genauso gut andere Proben mit ihrer Beschreibung zusammenbringen und Kgo so weiterhelfen.

Nur das kleine Lederbeutelchen mit den Regenbogensteinen darin war, so schien es zumindest, nirgends beschrieben worden.

Aber noch hatten sie ja nicht alle Rindenrollen geöffnet und gelesen und so machten sie sich weiterhin gegenseitig Mut und fuhren mit ihrer Suche fort, was immerhin recht kurzweilig war, da Gki seine Forschungsarbeit, wie gesagt, sehr lebendig beschrieb.

So vergingen weitere Wochen und sogar einige Monate.

Da rief Silbermähne eines Tages die anderen zu sich:

„Hört mal, was hier steht!"

Er hatte gerade mit dem Lesen einer frisch geöffneten Rindenrolle begonnen und sie noch gar nicht weit abgewickelt. „Ein Beutel aus feinem Leder, Inhalt mit Moos gepolstert (wobei auch das Moos eine sehr interessante Art sein muss. Es sollte an die Pflanzenkundigen weitergeleitet werden, damit sie es untersuchen können. Habe so etwas noch nie gesehen. Moos mit so langen, blattartigen Fortsätzen und von derart zäher Beschaffenheit. Wirklich gutes Verpackungsmaterial.): 10 Steine von kieselsteinartiger Form, in allen Farben schillernd, Grundfarbe: opak, weißlich."

„Das müssen sie sein! Endlich haben wir die Beschreibung gefunden. Es sind ja genau zehn in dem Beutel", riefen Kgo und Merlin gleichzeitig aus.

„Schon, aber freut euch bloß nicht zu früh. Hört, wie es weitergeht:

Herkunft im eigentlichen Sinne unbekannt.

Aber ich muss und werde herausfinden, was dahintersteckt. Sie sind mir völlig neu. Hab bis jetzt noch nichts Derartiges gesehen. Auf keiner meiner Reisen und auch bei den Zwergen nirgends. War seltsam genug, wie ich dazu gekommen bin, sodass sie jetzt mir gehören. Der Beutel mitsamt Inhalt gehörte dem einen der Söhne der Königin des Waldvolkes. (Dem sollte ich auf einer weiteren Reise auch noch nachgehen: Wie kommt es, dass sie nur eine Königin und kein Königspaar haben? Die Zeit reicht nicht für alles, was ich wissen will. In zwei Tagen ziehe ich tiefer in den Wald. Die Waldleute wollen mir eine Smaragdmine zeigen. Ich soll ihnen raten, wie sie dort vorgehen sollen. Bis dahin wird die Königin noch nicht von ihrer Pilgerreise zur Küste zurück sein.) Also die Schillersteine: Gestern früh ging ich aus dem Dorf ein paar Schritte in Richtung der Pflanzungen. Dorthin führt ein Pfad durch den Wald, auf dem sich einer allein nicht verlaufen kann. Nur ein bisschen spazieren. Da ertönte auf einmal, nicht weit weg vom Weg, aber doch schon hinter dem Vorhang aus Schlingpflanzen, der ihn zu beiden Seiten von der Tiefe des Waldes abgrenzt, ein unterdrückter Schmerzenslaut. War mir sicher: Das war kein Tier. Muss einer meiner Gastgeber sein. Also weg vom Weg in die Richtung, aus der der Ruf kam. War nicht leicht, sich durch die Schlingpflanzen durchzuzwängen. Bin aber klein und hab es geschafft. Dahinter war es sehr duster, was unsereinen ja nicht daran hindert, gut zu sehen.

Ich hörte nochmals hin. Kein Laut. Aber doch. Da! Nach ein paar Minuten waren rasche Atemzüge zu hören. Also dorthin. Da fand ich den mittleren Sohn der Königin zusammengekrümmt vor Schmerzen am Fuße eines der großen Bäume mit der Silberrinde und den Wurzeln, die in der Luft hängen, sitzend. Er schien nicht mehr richtig atmen zu können. Sah wie gebannt auf seine Hand. Ich tat es ihm nach. Ein Schlangenbiss.

Das ist für unsereinen, der reisegewohnt ist, zwar eine unangenehme, aber keine völlig unerwartete Situation. Also Messer und Horndose heraus und nicht lange gezaudert. Viel Zeit blieb nicht. Hab ihn gleich behandelt, wie ich es bei mir oder einem anderen Zwerg getan hätte. Menschen sind uns ja ähnlich genug, was wahr ist, aber nicht gern gehört wird von den Palasthockern, die nie gehen, um es für sich selbst herauszufinden. Haben bloß noch festere Körper und stecken so sehr in ihnen fest, dass sie ohne gar nicht mehr klarkommen.

Sei's drum. Es war noch zeitig genug. Der Junge erholt sich. Kriegt nach einer Weile wieder Luft und kann mit mir ins Dorf zurück. Dort übernimmt der Heilende der Waldleute.

Am Abend kommt der zu mir und bittet mich, ihm in sein Baumhaus zu folgen. Ah, diese Baumhäuser! Wenn ich auch in Höhlen aufgewachsen bin, ich könnte mich glatt daran gewöhnen, in Baumhäusern zu leben.

Da liegt der Junge noch auf einem Blätterlager und erholt sich. Sagt, er habe Blumen gesucht für den Tanz am Abend. Habe eine Rispe besonders schöner oben in dem Baum erspäht und hinauf und sie pflücken wollen und sei dabei der grünen Schlange zu nahe gekommen, die nie warnt, sondern gleich beißt.

Meistens gelingt es den Waldleuten und den grünen Schlangen, sich aus dem Weg zu gehen. Zum Glück. Sind sehr giftig für die Menschen. Unser Allgegengift wirkt aber, wie geglückter Rettungsversuch ergibt. So meinten auf jeden Fall der Heilende und der Junge.

Der Junge gab mir zum Dank den Beutel.

Als ich später die Schillersteine darin fand, war meine Neugier geweckt. War aber schon Abend. Am nächsten Morgen fragte ich den Jungen, es ging ihm schon viel besser, was diese Steine seien und woher sie kämen.

Seine Antwort: ‚Es sind heilige Steine. Sie erinnern an den weltumspannenden Regenbogen. Sie helfen uns zu träumen. Sie sind Geschenke unserer südlichen Brüder. Sie wachsen jenseits des Wassers. Weit, weit im Süden. Sie sind fest gewordenes Wasser.'

Rätsel über Rätsel! Und keine Zeit, dem weiter nachzugehen. Gleich geht's los zu der Smaragdmine.

Muss mir unbedingt merken, dem Ursprung dieser neuen Schillersteine nachzugehen und herauszufinden, weshalb die Waldleute eine Königin, aber kein Königspaar haben."

Hier hielt Silbermähne inne.

„Das ist, was hier über die Regenbogensteine steht. Weiter geht der Text mit einer technischen Beschreibung der Smaragdmine. Von dort müssten sich auch Proben in Gkis Nische finden."

„Ja. Die Smaragde hatte ich schon gefunden, bevor ihr an die Oberfläche seid. Die Steinschneider werden überglücklich sein, dass ich sie ihnen jetzt endlich geben kann. Zumindest einen Teil davon. Bisher habe ich mich geweigert, das zu tun. Erst musste ich wissen, was Gki dazu festgehalten hat. Die Juweliere konnten es kaum abwarten, denn es sind besonders klare Exemplare. Aber Forschung geht vor. Und so haben sie sie nicht bekommen, bevor ich mehr über sie weiß. Da können sie noch so oft in Gkis Nische herumstöbern und Steine für sich reservieren lassen."

„Schade, dass Gki noch nicht von seiner Reise zurück ist! Diese Rindenrolle stammt doch aus einem Bündel von der Reise, die er unternommen hatte, bevor er auf die jetzige ging. Wenn er schon zurück wäre, so könnte er uns womöglich bereits mehr über die Schillersteine sagen. So wie er schreibt, ist es ja eines der Ziele dieser weiteren Reise, darauf eine Antwort zu finden, wo genau sie herkommen." Beryll fühlte eine gewaltige Enttäuschung darüber in sich aufsteigen, dass sie ein weiteres Mal sprungartig vorangekommen waren, um sich erneut einer Wartezeit gegenüberzusehen.

„Du hast recht, Beryll. So wird es sein. Aber da er noch nicht da ist, können wir ihn noch nicht befragen. Das Einzige, was für mich klar ist, ist die Verwandtschaft zwischen dem Stein, den du trägst, und den Schillersteinen, die Gki von dem Jungen geschenkt bekommen hat. Wir können sie weiter untersuchen. Ich glaube auch, dass es nun etwas bringen könnte, alle diese Steine meinen Kollegen zu zeigen und zu sehen, was sie darüber wissen könnten. Ansonsten bleibt uns nichts weiter übrig, als Gkis Rückkehr abzuwarten und solange weiter zu suchen, ob wir in der Bibliothek etwas über den Anhänger finden können."

Dem mussten alle zustimmen.

Die steinweisen Gelehrten zeigten sich höchst interessiert, als ihnen die neuen Steine, die Gki bekommen hatte, vorgeführt wurden. Auch sie waren der Überzeugung, dass es sich um ein Mineral handelte, das sie bisher nicht kannten, sei es aus den Diamanttafeln, sei es aus den Minen. Zum ersten Mal verfolgten sie mit Interesse, was Kgo über seine Untersuchungen mittels des neumodischen Krams und deren Ergebnisse zu sagen hatte. Und widerstrebend und unter zähem Debattieren ließen sie auch von ihren jeweiligen Hypothesen ab und kamen überein, dass Berylls Schmuck wohl aus demselben Mineral bestehe wie die Steine, die Gki geschenkt bekommen hatte.

Aber das alles brachte sie nicht weiter. Mehr ließ sich nicht herausfinden, ohne Gki befragen zu können.

Eine neue Zeit des Wartens begann.

Kgo war der Überzeugung, dass sein Bruder im Verlaufe des nächsten Jahres von selber zurückkommen würde. Vier Jahre Abwesenheit entsprächen seinem normalen Rhythmus. Da er erst kurz vor der Ankunft der drei abgereist war und ihr drittes Jahr unter den Zwergen gerade erst begonnen hatte, hieß dies, sich noch nahezu zwei weitere Jahre zu gedulden, was keine leichte Vorstellung war.

Um es seinen Freunden leichter zu machen, schlug Kgo vor zu versuchen, ob Botenvögel so weit in den Süden gelangen könnten, dass sie den Waldleuten eine Botschaft an Gki überbringen konnten. Er selbst mochte ja jetzt gerade wer weiß wo stecken, aber zu den Waldleuten war er ganz bestimmt gegangen. Wenn der Versuch erfolgreich wäre, so hätten sie womöglich eine Antwort, bevor er selber zurück sei.

So taten sie, was Kgo vorgeschlagen hatte, und gingen dann zu ihrer Routine über. Das heißt, ab jetzt teilten sie die Zeit so auf, dass sie einerseits in der Bibliothek weiterhin unter den Beschreibungen der Gegenstände mit einem Zauber, der sie zu Wunschunterstützern machte, suchten und andererseits Kgo weiterhin dabei halfen, die „Ernte“ auszuwerten, die sein Zwillingsbruder von seiner letzten und der Reise davor zurückgebracht hatte. Auf diese Weise konnten sie sich bei ihm am besten für seine Unterstützung bedanken.

Wieder begann die Zeit gleichmäßig zu verstreichen.

Als sie kaum noch daran dachten, kam eines Tages tatsächlich eine Botschaft für Kgo an. Sie war auch wirklich von Gki und war weit her aus dem Wald im Süden hierhergeflogen worden. Der Vogel hatte sich etwas geniert, denn statt dass er seine Botschaft mündlich übermitteln konnte, war ihm ein schmaler Rindenstreifen um den Fuß gebunden worden. Immerhin konnte er erzählen, dass er Gki selber gesehen habe, dass der, wie immer, von der Sonne verbrannt sei, am Tage reise und voller Unternehmungsgeist stecke.

Auf dem Rindenstreifen stand zu lesen, dass Gki bereits den Rückweg angetreten habe. Er könne auf ihre Bitte, mehr zur Herkunft der Schillersteine zu sagen, leider keine Antwort geben. Noch nicht. Er habe aber die Absicht, gleich nach seiner Rückkehr eine weitere Reise zu planen, die, so er Glück habe, das Geheimnis lüften werde.

Da beschloss Beryll bei sich bereits, dass er Gki auf dieser Reise begleiten würde. Als er in einem ruhigen Moment mit Silbermähne unter vier Augen darüber sprach, zeigte sich dieser einverstanden. Er erinnerte ihn aber nochmals daran, dass sie erst abwarten müssten, bis Bussardfreundin bei ihnen sei. Ohne sie sollten sie ja nicht weiterreisen. Merlin war über die Aussicht weiterzuziehen hocherfreut. Er lebte zwar gerne bei den Zwergen, aber seinen Wunsch, das Land seiner Herkunft zu finden, hatte er ebenso wenig aufgegeben wie Beryll seine Queste. Beide zog es nun kräftig weiter, damit sie die Waldleute befragen konnten.

Als sie Gelegenheit dazu hatten, nochmals einen Besuch bei Schneebrust, der es weiterhin gut ging, zu machen, schickten sie von der Station am Tauschplatz aus eine Botschaft an Bussardfreundin, um ihr zu sagen, dass sie an eine Weiterreise im übernächsten Jahr dachten.

Ihre Antwort darauf war erfreulich. Bis dahin, so ließ sie sagen, sei sie sich sicher, dass Rehfreundin ihrer Aufgabe auch allein gewachsen sein würde. Und da Rehfreundin inzwischen einen Mann habe und ihr erstes Kind unterwegs sei, könne sie selbst zu ihren alten Freunden kommen, ohne dass Rehfreundin sie allzu sehr vermissen würde. Sie versprach, mit der nächsten Gruppe mitzuziehen, die zu den Erdleuten wandere. Sie würde so in dem Zeitraum eintreffen können, für den die Weiterreise geplant war.

Als sie dies alles wussten, weihten sie Kgo in ihre Überlegungen ein. Der war einverstanden und unterstützte sie, indem er ihnen bereits Ratschläge erteilte, was sie für eine solche Reise vorzubereiten und mitzunehmen haben würden. Es war keine kurze Liste, die er da für sie zusammenstellte, und sie wunderten sich, wie Gki denn überhaupt reisen konnte, wenn er eine solche Ausrüstung dabei hatte.

Später wurde ihnen klar, dass Kgo es zu gut mit ihnen gemeint hatte und Gki durchaus mit leichtem Gepäck reiste. Mindestens auf dem Hinweg. Zurück kam er immer mit einer mittleren Karawane.

Sie gaben sich das Versprechen, niemand Weiterem ihre Reisepläne zu enthüllen. Dies fiel besonders Merlin nicht leicht, denn er freute sich so sehr und war eine Weile lang so ungeduldig, dass es sich schwer vor den Zwergen verbergen ließ. Manche fragten ihn, was er denn habe, und er musste sich ein paar Ausreden einfallen lassen.

Der Grund für ihre Verschwiegenheit war, dass Bussardfreundin sie nochmals an ihre Warnung erinnert und sie gebeten hatte, äußerst vorsichtig zu sein.

Obwohl es also einige innere Unruhe bei den Gästen des Königs gab, verlief ihr äußerliches Leben weiterhin ruhig wie bisher.

Ab und zu kam eine weitere Botschaft von Gki, der seinen Bruder vom Fortschritt seiner Heimreise unterrichtete. Er ließ ihm auch ausrichten, dass er hoffe, dass es in seiner Arbeitsnische genug Raum gebe. Er habe wieder eine große Ladung an „Schätzen“ und Aufzeichnungen bei sich.

Dies führte dazu, dass Beryll, Merlin und Silbermähne ganz dazu übergingen, Kgo bei seiner Arbeit zu unterstützen, denn der fürchtete nicht zu Unrecht, dass ein zu großes Chaos entstehen würde, in dem Erkenntnisse unwiderruflich verloren gehen könnten, falls er seine Aufgabe, die Dinge der letzten beiden Reisen zu ordnen, noch nicht erledigt habe, wenn die neue Ladung an Ergebnissen einträfe.

Es grenzte an ein Wunder, dass ihre Bemühungen, Ordnung zu schaffen, mit der Zeit fruchteten: Tatsächlich gelang es ihnen, Gkis Arbeitsnische nach und nach zu leeren und die Notizen zu ordnen und den Proben zuzuweisen.

Obwohl sie sich daraufhin wieder vermehrt in der Bibliothek mit ihrer Suche befassten, die trotz vieler interessanter Beschreibungen nichts für sie Bedeutendes zum Vorschein brachte, begann schon wieder eine Zeit des Wartens.

10

Abreise

In der Zeit, während derer sie auf die Rückkehr Gkis warteten, geschah nichts weiter Nennenswertes bis vielleicht auf einen Traum, den Merlin hatte.

Eines Morgens, als die drei in ihrer Amethysthöhle beim Frühstück waren, sagten Merlin und Beryll gleichzeitig: „Ich habe heute Nacht von dir geträumt!“

Silbermähne war interessiert und sagte, als ihr Lachen über die Gleichzeitigkeit und den gleichen Wortlaut ihres Satzes abgeklungen war: „Erzählt doch bitte, was ihr voneinander geträumt habt. Aber vorzugsweise nicht wieder beide zur gleichen Zeit. Ich kann anders auch besser folgen.“

So begann Merlin: „Wisst ihr noch? Als wir ganz unten in den Tiefenminen waren? Dort, wo uns die Meister des Erzabbaus sagten, dass sie nicht weiter hinab arbeiten würden, weil da der Urbereich der Erze und Kristalle begänne und die Hohepriesterin der Hüterinnen der Erde und ihrer Schätze ihnen verboten habe, weiter vorzudringen, denn dort sei die Erdmutter heilig?“ Die anderen nickten. Sie konnten sich gut daran erinnern. Auch daran, dass sie da zum ersten Mal davon gehört hatten, dass es Zwergenfrauen waren, die letztendlich die großen Geheimnisse der Tiefen der Erde hüteten. „Da unten war ich in meinem Traum heute Nacht“, fuhr Merlin fort. „Und es gab dort Gänge, die tatsächlich weiter hinabführten. Sie waren mir wie vertraut und weder fürchtete ich mich, noch hatte ich das Gefühl, dass es mir nicht erlaubt sei. So ging ich in dieses Labyrinth hinein. Immer weiter. Nach einer Weile wollte ich wieder umkehren. Da erschien aber auf einmal ein leuchtendes

Wesen vor mir in dem Gang, in dem ich stand. Ich erkannte, dass es eine Elfe war. Ohne dass sie ein Wort zu mir sagte, verstand ich, dass sie wollte, dass ich noch weiterginge. Das tat ich dann auch. Sie verschwand. Bis ich zu einer Stelle kam, an der der Gang durch Steinbrocken verschüttet war. Es gab kein Durchkommen. Da war die Elfe ebenso plötzlich, wie sie es zuvor gewesen war, wieder da. Sie trat hinter mich. Und dann war es, als ob sie in mich hineingehen würde. Alles wurde hell. Meine Hand streckte sich aus. Sie sah aus, als sei ich aus Licht. Sie berührte die Steinbrocken. Und da waren sie kein Hindernis mehr. Ich ging hindurch und kam bald schon aus dem Gang in eine große Höhle. Die erstrahlte im Glanz der Kristalle, mit der sie ausgekleidet war. Es waren alles dort gewachsene Kristalle. In der Mitte der Höhle stand ein ganz großer, einzelner Bergkristall. Ich ging zu ihm hin und erwartete, in ihm mein Spiegelbild zu sehen. Dabei bemerkte ich, dass Beryll auch in der Höhle war und mir aufmerksam zusah. Aber ich wusste, dass ich sofort zum Stein sollte, und es war keine Zeit, Beryll zu grüßen oder zu ihm zu gehen."

Hier wurde Beryll unruhig und Merlin hielt inne, damit er reden konnte. Beryll erzählte: „Ja, und genau das habe ich in meinem Traum gesehen. Dass du in einer großen, unerklärlicherweise hell erleuchteten Höhle standest. In ihrer Mitte gab es da einen großen Bergkristall und in den hast du wie verzaubert hineingesehen und gar nicht bemerkt, dass ich dir zusah, so dachte ich zumindest. Allerdings habe ich keine Ahnung, wie ich dorthin gekommen bin, wo das war und wie ich wieder von dort wegkam. Das hat sich in meinem Traum nicht gezeigt. Nur das eine Bild von dir vor dem Stein."

„Das finde ich äußerst interessant, dass ihr beide gleichzeitig einen Traum geteilt habt. Hast du denn etwas in dem Stein gesehen?", fragte Silbermähne.

„Ja, das habe ich! Hört gut zu", antwortete Merlin: „Ich habe in den Stein hineinsehen können und da war die Lichtung in der Nähe des Dorfes der Vogelmenschen, die Bussardfreundin so gern besucht. Und da war sie auch selbst. Sie hatte ein Feuer gemacht. Ich sah, wie sie ein Bündel getrockneter Kräuter ins Feuer warf. Da entstand ein dicker, weißlicher Rauch. Sie atmete ihn ein und ich erschrak, denn ihr Körper wurde ganz schlaff und sie saß zusammengesackt neben dem Feuer. Dann verstand ich. Sie besuchte die Welt der Vögel. Ihr Geist war in dem Rauch, ihr Körper war zurückgeblieben. Ich konnte sehen, dass er in einer Art Lichtkokon eingehüllt war. Sie war also nicht tot. Und der Rauch nahm tatsächlich die Form von riesigen Vogelschwingen an. Sie flog los in Richtung auf mich zu. Da verblasste das Bild. Ich stand wieder vor dem großen Kristall und war in der Höhle. Der Stein zeigte mir kein weiteres Bild. Auch nicht mein Spiegelbild, obwohl seine Oberfläche so klar und glatt war wie ein Spiegel. Und Beryll war verschwunden, als ich mich nach ihm umsah. Da begann ich durch den Gang zurückzugehen. Als ich an die Stelle mit den Steinblöcken kam, da war der Gang wieder verschlossen.

In dem Moment erwachte ich und fand mich in meinem Bett hier in unseren Gemächern wieder. Du, Beryll, warst wohl auch gerade erwacht, denn du sahst mich ganz verschlafen und erstaunt an." Er machte eine Pause und sagte dann: „Ich glaube, dass es bald weitergehen wird. Der Traum muss bedeuten, dass Bussardfreundin sich darauf vorbereitet, zu uns zu kommen! Oder, Silbermähne?"

Silbermähne meinte dazu: „Das will auch mir so scheinen. Sie muss sehr an uns gedacht haben, dass es ihr gelang, dich sogar hier zu erreichen, wo dies so gut wie unmöglich ist, sodass du sie im Stein gesehen hast und das bei einer Handlung, bei der sie sich im Grunde nicht beobachten lassen würde. Sie muss gewollt haben, dass wir es mitbekommen. Aber mir scheint es sehr bemerkenswert, dass du in dem Traum durch die Steinblöcke hindurchgekommen bist – zusammen mit der Elfe – und auch, dass ihr, du und Beryll, gemeinsam in dem Traum wart. Schade, dass mein Freund, der Drache, jetzt gerade nicht bei uns sein kann. Er ist immer auf der Suche nach Wesen, die dazu fähig sind, bewusst in der Traumwelt zu wandeln, damit er sie schulen kann. Es ist eine Lieblingsbeschäftigung von ihm.

Und ich glaube gar, Merlin, dass sich in dir, nun, da du ein erwachsener Mann bist, noch eine weitere Begabung zeigt. Du kannst in der Traumwelt handeln. Nochmals: Der ganze Traum scheint mir zu sagen, dass unser Aufenthalt hier bald zu Ende gehen wird. Innerlich hat unsere Weiterreise damit sozusagen begonnen.

Was dich betrifft, Beryll", er wandte sich Beryll zu, denn der war bei der Erwähnung des Drachens und der Traumwelt sichtlich unruhig geworden, „so wirst du dich eines Tages erinnern, wie du bewusst tun kannst, was dir heute Nacht einfach so passiert zu sein scheint. Ich kann dir nichts weiter sagen, als was ich schon oft gesagt habe."

Beryll nickte resigniert.

Es sollten nun aber nicht mehr allzu viele Jahre vergehen, bis er sich an das handelnde Träumen erinnern, er es wieder und Merlin es neu erlernen konnte.

Die Zeit des Wartens ging eines Abends, nicht viele Tage später, auch äußerlich abrupt zu Ende, als Kgo persönlich ganz aufgeregt zu ihnen in ihre Gemächer kam, um ihnen mitzuteilen, dass sein Zwillingsbruder innerhalb der nächsten Stunden bei ihnen zu Hause eintreffen würde. Er bat sie um Verständnis darum, dass seine Familie diesen zunächst allein begrüßen wolle. Er werde sie aber schon mitnehmen, damit sie seine Ankunft vor ihrer Wohnhöhle miterleben könnten. Dann sollten sie, wenn es ihnen recht sei, in einer Gasthöhle nicht weit davon warten, bis er sie in die Höhle seiner Familie rufen lassen würde.

Sie stimmten dem Vorschlag gern zu und machten sich fertig, um dem gespannten Kgo etwas später zu folgen, der, obwohl er von „mitnehmen" gesprochen hatte, bereits weit voraus und außer Sicht geeilt war. Zum Glück wussten sie, in welcher der Straßen des Höhlenstädtchens die Wohnhöhle seiner Familie lag, denn er hatte sie auch früher schon dorthin eingeladen, um sie seinen Verwandten vorzustellen.

Als sie in den entsprechenden Gang einbogen, sahen sie im Licht der Kristalllampen, dass noch ein paar andere Zwerge, Männer und Frauen, sich vor der Höhle versammelt hatten. Sie mussten sehr gespannt sein auf das, was da kommen sollte, und begierig, es aus erster Hand mitzubekommen, denn es war nicht üblich unter den Zwergen, seine Neugier so deutlich zu zeigen. Es waren zumeist jüngere Bewohner des Städtchens. Wie Kgo, den sie in dem Knäuel von bunten Mützen bald fanden, ihnen erklärte, hatte Gki viele Bewunderer in der jungen Generation.

Teilweise zum Leidwesen von deren Eltern gab es einige, die es so halten wollten wie er und die die Oberfläche direkt zu erkunden und zu bereisen gedachten. Diese Zwerge kamen immer zusammen, wenn er von einer seiner großen Reisen zurückkehrte, um ihn zu begrüßen, um dabei gewesen zu sein und um unter den Ersten zu sein, die zu sehen bekamen, was er dieses Mal mitgebracht hatte, denn er war zu früheren Gelegenheiten schon mit einem bunten Vogel auf seiner Schulter, seltsamen Tieren und noch seltsameren Werkzeugen zurückgekommen.

Die drei hatten sich auf eine lange Nacht und eine mühselige Warterei gefasst gemacht, denn sie waren äußerst ungeduldig und konnten es kaum abwarten, mit Gki reden zu können. Aber nun zeigte sich, dass es wohl recht kurzweilig werden würde.

Denn in der Menge der jungen, munteren und besonders aufgeregten Zwerge übertrumpfte einer den anderen mit lustigen, spannenden oder geheimnisvollen Anekdoten und Geschichten darüber, wie es gewesen war, wenn Gki von seinen früheren Reisen zurückgekommen war. Sie hörten ihnen zu und hatten viel Spaß daran. Und nach einer Weile gingen sie zusammen mit Kgo in die Gasthöhle.

Da waren alle vier und ein paar der jungen Bewunderer noch immer, als draußen gerufen wurde, dass er schon gleich um die Ecke käme. Das war nur drei Stunden, nachdem Kgo bei ihnen gewesen war, um sie zu holen.

Kgo stürzte allen voran auf die Straße und war um die Ecke verschwunden. Die anderen stellten sich zu beiden Seiten auf und bildeten eine Gasse. Da kamen schon die ersten Hunde um die Ecke gebogen. Es waren eine ganze Menge Hunde, keine kleine Meute, die er an der äußersten Station der Zwerge in Richtung Süden mit den Dingen beladen hatte, die er dieses Mal mitbrachte. Bis zur Station hatten ihn die Waldleute selbst begleitet. Jetzt waren ein paar Wachen, Freiwillige von der Station, dabei, die ihm mit den Hunden geholfen hatten. Diese wären zwar auch von selber brav mit ihm gegangen, aber es ging mit mehr als zwei Händen leichter, sie zu versorgen, sie beim Rasten zu entladen und wieder zu beladen, wenn es galt weiterzuwandern.

Es war tatsächlich eine exotische Karawane. Trotz der Übertreibungen und Ausschmückungen in den Geschichten über die Vergangenheit machte sie einen großartigen Eindruck. Es waren einige Hunde darunter, die Packen mit den Netzen voller Rindenrollen trugen, die Beryll, Merlin und Silbermähne ja nun gut kannten. Auffälliger waren die Hunde, die in Tragkörben seltsame Gebilde trugen, die wohl die Früchte unbekannter Bäume sein mochten. Und noch exotischer wurde es, als eine Gruppe um die Ecke kam, die in ihren Körben sogar Erde trug, in der noch lebende Pflanzen wurzelten. Andere hatten kleine Körbe, die sehr schwer sein mussten. Darin waren sicher Edelsteine und Erzproben. Ein seltsames Tier war dieses Mal leider nicht dabei, so wie etwa die beiden, die vorne schwarz und hinten weiß gewesen sein sollen, mit einer ganz scharfen Abgrenzung zwischen den beiden Flächen und die er von seiner ersten Reise mitgebracht hatte, wie eben erzählt worden war. Aber es kamen ein paar Hunde, die geflochtene Matten und Gegenstände trugen, die man in den Höhlen der Zwerge bisher noch nie erblickt hatte. Zum Schluss, zusammen mit den letzten Hunden, kam Gki selbst die kleine Straße herauf.

Er sah natürlich genauso aus wie sein Zwillingsbruder Kgo.

Obwohl sie dies aufgrund von Kgos Erklärungen erwartet hatten, überraschte es die drei, denn innerlich hatten sie sich ihn anders auszumalen begonnen. Verwegener, schlanker, sehniger – aber er war ganz genauso rundlich, eher klein und gemütlich aussehend wie sein Bruder, der in den Höhlen blieb. Jedoch war er der braun gebrannteste Zwerg, den sie je zu Gesicht bekommen hatten. Und es sah ganz so aus, als habe er seinen Bart gestutzt, was ebenfalls äußerst ungewöhnlich war. Er machte auch einen bescheidenen Eindruck, denn die Menge, die zu seinem Empfang gekommen war und ihn mit freudigen Zurufen und Fragen begrüßte, schien ihn eher verlegen zu machen als zu erfreuen. Er wirkte schüchtern, wenn er sich entschloss, zurückzuwinken oder kurz auf einen der Rufe zu antworten. So rasch als möglich strebte er dem Eingang der Wohnhöhle seiner Familie zu und war sichtlich erleichtert, als er deren Portal erreicht hatte und dahinter verschwinden konnte.

Aber die Menge war zufrieden. Alles in allem hatte es sich sehr gelohnt, diese Rückkehr gleich mit eigenen Augen gesehen zu haben. Darüber waren sich die jungen Zwerge und Zwergenfrauen einig, nachdem der letzte Hund zusammen mit Gki das Portal zum Vorhof der Familienhöhle von Kgo und Gki und ihren Verwandten und Vorfahren passiert hatte.

Man blieb noch eine Weile auf der Straße vor der Höhle, um das Gesehene zu besprechen. Nach und nach gingen die Jungen aber heim und die drei waren allein. Sie setzten sich wieder in die Gasthöhle, diesmal um zu warten, bis Kgo sie holen käme.

Sie fragten sich nach einer Weile, ob es denn überhaupt Sinn mache, noch zu so später Stunde und gleich nach seiner Ankunft Gki vorgestellt zu werden. Der würde doch vielleicht lieber erst mal ausruhen wollen. Aber Kgo kam tatsächlich zu ihnen, kaum dass eine weitere Stunde vergangen war.

„So“, sagte er. „Die Hunde, das, was sie mitgebracht haben, und ihre Begleiter sind versorgt und untergebracht. Es scheint jedes Mal ein großes Durcheinander zu sein, aber wir haben inzwischen gelernt, es in den Griff zu bekommen, und hatten alles bestens vorbereitet. Gki musste, wie er sagte, wegen der ganzen Karawane in einem so gemütlichen Tempo reisen und alles sei so locker gegangen, dass er sich nicht zu erholen brauche, weil er dies bereits auf dem Weg getan hätte. Schlafen könne er auch noch in ein oder zwei Stunden und er sei neugierig darauf, die drei Wesen vor sich zu sehen, die er über Botenvögel bereits kennengelernt, aber noch nie erblickt habe. Er hat sich etwas frisch gemacht und seine Familie begrüßt und würde nun gern noch mit euch sprechen.“

So brachte er sie in eine gemütliche Wohnnische seiner Familienhöhle, wo sein Ebenbild sie bereits erwartete. Gki erwies sich auch als ebenso freundlich und umgänglich wie sein Zwillingsbruder. Er begrüßte die drei freudig. Nach kurzer Zeit schon kam er direkt und neugierig auf ihre Queste zu sprechen. Silbermähne berichtete ihm in einer Zusammenfassung, worum es ging, und erzählte ihm vor allem von Berylls Anhänger, den sie ihm auch gleich zeigten.

Da meinte er:

„Ja, der scheint mir tatsächlich den Schillersteinen zu gleichen. Nur dass er bedeutend größer ist, dunkel und einen Zauber trägt. Aber das heißt noch lange nicht, dass er aus etwas anderem ist.

Ich möchte euch übrigens dafür danken, dass ihr mich mit eurer Botschaft an die Schillersteine erinnert habt! Ja, das hatte ich fest vor, deren Herkunft auf den Grund zu gehen. Das kann von großer Bedeutung für die Zwerge sein. Und auch für eure Queste, von der ich ja noch gar nichts wusste, als ich die ersten sah. Jedes Mineral ist uns wichtig und sehr selten finden wir noch welche, die uns nicht bekannt sind. Aber auf dieser jüngsten Reise hier hat sich nun wieder dies und das und das eine aus dem anderen ergeben. Kurz und mit anderen Worten, ich bin gar nicht bis in das Baumdorf der Königin gelangt, wo ich ihren Sohn weiter danach hätte befragen können. Ich verspreche euch aber, dass ich es auf der nächsten Reise tun werde."

Und kaum hatten sie sich zum ersten Mal gesehen, sagte ihm Beryll bereits, dass sie ihn auf dieser Reise zu begleiten wünschten. Er nahm das ohne weiteres an. Und so kam es, dass sie an demselben Abend, an dem er angekommen war, bereits Pläne für die nächste Reise schmiedeten.

Es wurde darüber sehr spät, sodass die Mutter von Kgo und Gki die drei bat, doch bei ihnen zu bleiben und dort zu übernachten, anstatt auf dem Rückweg noch weitere Zeit zu verlieren. Dankend nahmen sie ihr Angebot an.

Ebenso rasch, wenn nicht noch rascher wie bei Kgo waren sie auch zu Freunden seines Bruders geworden.

Am nächsten Morgen erwachten sie von dem Stimmengewirr, das sich daraus ergab, dass für all die Dinge, die Gki mitgebracht hatte, nun der Ort zu finden war, an dem sie aufbewahrt und ausgewertet werden konnten. Einige der Wachen, die ihn von der südlichsten Station begleitet hatten und die dort abgelöst worden waren, hatten es nicht eilig damit, in ihre eigenen Wohnhöhlen zu kommen, und waren auch über Nacht geblieben. Nun halfen sie dabei, die Körbe mit den Gesteinsproben zusammenzutragen und zusammen mit den Netzen mit den Rindenrollen in Gkis Nische in der Bibliothek zu tragen, damit Kgo sie dort bearbeiten konnte.

Die Pflanzen wurden nochmals von Kgo skizziert und kurz beschrieben, dann brachten sie die Hunde vor die Höhle. Dort, so erzählte er den dreien, die inzwischen zu ihm in das bunte Treiben gelangt waren, hatten die Zwerge, die sich mit Pflanzen befassten, die pflanzenweisen Gelehrten, einen großen Garten angelegt, wo sie wieder eingepflanzt, erforscht und beobachtet werden sollten.

Gki war damit beschäftigt, die Geräte und Matten auszupacken und zu bestimmen, in welchen Lagernischen in der Wohnhöhle sie unterzubringen seien. Als er die drei aber erblickte, da ließ er seine Aufgabe liegen und kam zu ihnen herüber.

Bald schon saßen sie über ein paar Krügen mit Bier am Stubentisch und fuhren damit fort, Reisepläne zu machen. Diesmal war Gki bereit, sofort wieder aufzubrechen und gar nicht erst abzuwarten, bis er sich wieder eingelebt hätte.

So dauerte es nur ein paar Tage, bis er, Beryll, Merlin und Silbermähne um eine Privataudienz beim Königspaar ersuchten. Die Majestäten ließen sie nicht lange warten. Sie wurden von den vieren darüber ins Bild gesetzt, was die Nachforschungen ergeben und dass sie nun eine Spur hätten, der sie nachzugehen wünschten, und dass sie planten, so bald als möglich mit Gki zu den Waldleuten aufzubrechen.

Das Königspaar zeigte sich damit einverstanden, wenn die Majestäten auch durchblicken ließen, dass sie die drei Fremden nur ungern ziehen lassen wollten, denn es hatte ihnen, besonders dem König und den Königskindern, sehr gefallen, von Beryll und seinen beiden Freunden immer mehr und immer Neues von der Welt an der Oberfläche und sogar von jenseits des großen, salzigen Wassers zu erfahren. Sie bedauerten, dass dies nun bald vorbei sein würde.

Sie hatten aber in all der Zeit von Silbermähne auch erfahren, wie wichtig Berylls Aufgabe für alle Lebewesen des roten Landes war, und so konnten und wollten sie ihn nicht daran hindern, sie zu lösen. Im Gegenteil, die königliche Familie war bereit, sie bei den Vorbereitungen für die Reise, die ganz diskret vor sich gehen sollten, nach Kräften zu unterstützen.

Mit ihrer Hilfe ging es denn auch gut und rasch mit den Reisevorbereitungen voran. Gki wurde vom Königshaus offiziell auf eine Reise zur Königin der Waldleute geschickt. Das war die Version nach außen. Und so war es nicht schwer für die drei Fremden, Gki, für den die Reise ja organisiert wurde, bei den Vorbereitungen zu helfen. Es fiel nicht weiter auf, dass Gki diesmal mehr Vorräte kaufte und verpackte. Und dass die Fremden und die Zwillinge dauernd in der Bibliothek zusammensaßen und berieten, war auch nicht weiter außergewöhnlich.

So kam der Tag der Abreise heran, ohne dass es sich weiter herumgesprochen hatte, dass Gki diesmal und zum ersten Mal überhaupt nicht alleine reisen würde. Und so war es auch geplant worden. Niemand brauchte zu wissen, dass sie gemeinsam unterwegs sein wollten.

Als endlich alles bereit war, geschah etwas recht Erstaunliches: Als sie die Majestäten darüber informierten, dass sie nun zur Abreise bereit seien und den Tag festzulegen wünschten, an dem sie den Palast verlassen könnten, da baten diese darum, ihnen bis zur Station am Tauschplatz das Geleit geben zu dürfen.

Anstatt mit Gki direkt zur südlichsten Station zu reisen, hatten die vier ausgemacht, dass Merlin, Beryll und Silbermähne zum Tauschplatz gehen und dort erst Bussardfreundins Ankunft abwarten sollten. Gki sollte nach Süden aufbrechen, aber bald schon zu ihnen stoßen und dann wollten sie gemeinsam um das Gebiet in der Nähe des Palastes herum in Richtung Süden gehen.

Dies hatten sie sich ausgedacht, weil sie noch immer Bussardfreundins Warnung im Kopf hatten und sich dachten, dass, wenn die Mehrheit der Zwerge davon ausginge, dass die drei wieder mit der nächsten Gruppe der Vogelmenschen zu ihrem Stamm zurückkehren würden, am wenigsten Gefahr bestünde, dass ihnen jemand folgte oder zu sehr über ihr Ziel nachdächte.

Von Anfang an planten sie also, ihre Absichten im Unklaren zu lassen und ihre Spuren zu verwischen.

Und demgemäß wurde erst einige Stunden vor ihrer Abreise bekannt, dass die Fremden zum Tauschplatz zurückkehren würden, um dort auf die nächste Gruppe vom Stamm der Vogelmenschen zu warten und dann mit ihnen zurückzukehren, während Gki gleichzeitig auf seine Mission zur Königin der Waldleute in Richtung Süden aufbrechen sollte.

Gki wurde durch das Königspaar offiziell verabschiedet und machte sich mit drei Hunden auf den Weg.

Gleich danach brachen die Fremden, geleitet von den Majestäten, nach Norden auf. Da sie keine Ruhe gegeben hatten, bis ihre Eltern endlich nachgaben, waren auch die Prinzen und Prinzessinnen mit dabei. Und selbstverständlich kam Klwik, ihr Freund und königlicher Gesandter, mit.

Die Reise bis zur Station am Tauschplatz verlief, wie es bisher gewesen war, und ohne Zwischenfälle.

Sie blieben alle zusammen am Tauschplatz und genossen die letzten gemeinsamen Stunden. Es fiel ihnen nicht leicht, von Klwik Abschied zu nehmen und auch nicht von den Königskindern, mit denen sie doch viele interessante Stunden verbracht hatten, insbesondere mit den Prinzen, mit denen sie das Stammepos der Zwerge gehört hatten. Und der König fand kein Ende damit, seine Fragen über ihre Erfahrungen an der Oberfläche und jenseits des Wassers zu stellen, denn er wusste, dass er wohl kaum je wieder Gelegenheit dazu haben würde, solche Gäste bei sich zu haben.

Merlin und Schneebrust waren endlich wieder Tag und Nacht zusammen.

Drei Tage waren sie nun dort und Schneebrust war ausgeflogen, um für sich etwas zum Essen zu erjagen, als sie rascher als erwartet zurückkam und berichtete, dass sie Bussardfreundin kommen gesehen hätte.

Diese hatte nun doch nicht abgewartet, bis die ganze große Gruppe, die in diesem Jahr aus dem Nordwesten kam, endlich beieinander und unterwegs war. Sie hatte plötzlich das Gefühl bekommen, dass es höchste Zeit sei loszugehen. Die Bussarde hatten ihr den Weg gewiesen. So war sie den anderen einen guten Monat voraus, was sich als sehr hilfreich erweisen sollte.

Obwohl Schneebrust sie bereits hatte sehen können, dauerte es noch bis zum nächsten Mittag, bis sie an der Station am Tauschplatz ankam.

Es gab eine freudige Begrüßung und niemand, nicht einmal Beryll, dachte dabei daran, wie heikel die Situation zwischen ihnen gewesen war, als sie sich das letzte Mal gesehen hatten. Auch Beryll freute sich sehr, sie wiederzusehen.

Sie wurde den Zwergen vorgestellt, die sie sehr freundlich begrüßten, denn ihre Freunde hatten viel Gutes von ihr erzählt.

Am Abend saßen sie gemeinsam an einem Feuer, wie sie es früher ja so oft getan hatten. Es gab unendlich viel zu erzählen. Alles, was in den ganzen Jahren im Dorf der Vogelmenschen geschehen war, wollten sie von Bussardfreundin erfahren. Und alles, was sie, Rehfreundin und dieser oder jene erlebt hatten. Lange Zeit hatten sie kaum noch an das Winterdorf oder die Sommerzelte gedacht, aber nun waren diese wieder so gegenwärtig, als seien sie gestern noch bei den Vogelmenschen gewesen.

Bussardfreundin erzählte geduldig.

Aber schließlich hatte sie doch genug und drehte den Spieß um. Sie wollte auch wissen, was die drei in all den Jahren, denn es sei doch ganz schön viel Zeit vergangen, getan hätten.

So gut sie konnten, ohne ihren Eid, die Zwerge nicht zu verraten, zu brechen, berichteten sie über ihre Zeit unter der Erde.

Bussardfreundin war erstaunt, denn sie begegnete den Erdleuten ja zum ersten Mal in der Wirklichkeit, außerhalb ihrer Visionen, und manches, was sie ihr erzählten, entsprach nicht ihren Vorstellungen.

Ganz deutlich wurde dies, als sich Klwik – es ging schon gegen Morgen – zu ihnen ans Feuer setzte und ihr persönlich davon erzählte, dass die Zwerge aus einem Urland jenseits des großen, salzigen Wassers gekommen seien und nicht einfach so aus dem Bauch der Erdmutter heraus.

Die Sonne ging auf, als sie sich schließlich doch hinlegten, um ein paar Stunden zu schlafen.

Als Bussardfreundin sich von ihrer langen Wanderung erholt hatte, waren sie schließlich bereit aufzubrechen.

Sie gingen alle in die Station in die Räume des Gesandten, um sich nun offiziell und in aller Form beim Königspaar ein letztes Mal zu bedanken und sich zu verabschieden. Sie hatten ihre Reisebündel gepackt und alles lag bereit.

Es war eine eindrucksvolle und berührende Szene.

In den Jahren bei den Zwergen war echte Freundschaft zwischen ihnen erwachsen.

Keiner, nicht einmal Bussardfreundin selbst, die die Warnung ja erhalten hatte, dachte mehr daran, dass sie hier unter alten Freunden einer Gefahr ausgesetzt sein könnten.

Sie tauschten Abschiedsworte aus und übergaben sich sogar kleine Geschenke als Andenken. Beryll hatte für die Königskinder Weißtafeln gemalt von Landschaften jenseits des Wassers, so gut er sie in Erinnerung hatte. Merlin hatte für jeden und jede der anwesenden Zwerge ein Gedicht geschrieben, das er auf kleine Diamanttafeln geritzt hatte. Er wurde sehr bewundert dafür, wie schön er die Runen der Zwerge inzwischen darzustellen verstand.

Und Silbermähne nahm jeden einzeln für ein paar Minuten zur Seite, um mit ihm oder ihr unter vier Augen zu sprechen. Er hatte mit seinem Freund, dem Drachen, beratschlagt und sie waren übereingekommen – ganz ausnahmsweise –, jedem eine Wahrheit auf seinen Lebensweg mitzugeben, die hilfreich werden konnte.

Beryll und Merlin erhielten je zu ihnen passende Edelsteine als Andenken an die Königsfamilie und Klwik. Sie sollten sie ihr ganzes Leben lang bei sich behalten und nie, auch wenn sie noch so sehr in Geldnot gerieten, dachten sie im Entferntesten daran, diese Steine zu verkaufen oder zum Handeln einzusetzen. Sie waren ihnen viel zu viel wert. Und es waren auch Steine, die einen Glückszauber für sie trugen, was sie mit der Zeit immer deutlicher merken sollten.

Die Königin streifte Silbermähne ein schmales Band über den Hals, das aus dem zarten, aber zähen Gewebe geflochten war, das die Edelfrauen trugen. Es war mit Silberfäden und Brillanten verziert.

Es sah wunderschön aus, wenn sich das Sonnenlicht darin brach.

Das Wunderbare daran war, dass Merlin schwor, er könne dieses Band auch dann sehen, wenn er Silbermähne mit den inneren Augen betrachte und nur sein Licht sehe. Bei Kleidern und allen anderen Schmuckstücken, die Lebewesen so trugen, war dies nicht so.

In das Band hatte die Königin selbst einen alten Zauber eingewoben, der sich in ihrer Familie, aus dem Urland stammend, weitervererbt hatte. Er ging zurück auf die Zeit, als Zwerge und Elfen noch aufs Engste befreundet waren, vor den Zeiten der Übel und des Krieges. Seine Kraft bestand darin, dass er für sehende Augen in allen Welten sichtbar war als ein Zeichen der Dankbarkeit für eine große Tat, solange er mit Bescheidenheit von demjenigen getragen wurde, der sie vollbracht hatte. Silbermähnes Band sollte bis zum Ende seines Lebens an seinem Hals funkeln.

Ein letzter Abschiedstrunk wurde herumgereicht und König und Königin wünschten ihnen alles Gute auf ihrer Reise.

Sie wurden von den Zwergen bis zum großen Tor begleitet, durch das man durch einen Gang im Felsen die Station verließ. Die wachhabenden Soldaten und Offiziere waren in Reih und Glied angetreten. Es war eine recht feierliche Zeremonie, sobald sie Klwiks Arbeitsräume verlassen hatten, wo es persönlicher zugegangen war.

Sie betraten den Gang unter dem Torbogen, voran Merlin mit Schneebrust auf der Schulter, dann Beryll und Bussardfreundin und als Letzter kam Silbermähne.

Bevor sie ganz durch das Tor traten, drehten sich alle vier um und winkten den Zurückbleibenden ein letztes Mal zu.

Dann schritten sie durch den Torbogen.

Merlin mit Schneebrust, dann Beryll und Bussardfreundin nebeneinander.

Zuletzt Silbermähne.

Der war mit seiner Hinterhand noch unter dem Torbogen, als ein seltsames Geräusch zu hören war.

Als hätte jemand eine Stahlsaite angeschlagen an einer Laute, die aber gar keinen wohlgestimmten Ton von sich gab.

Gleichzeitig zuckte Silbermähne zusammen.

Etwas hatte ihn gestochen. In seine Kruppe. Rechts.

Er schüttelte sich, denn das Gefühl war unangenehm, und ging dann weiter hinter den anderen her.

Sie kamen an die Stelle, an der sie ihr Lager aufgeschlagen hatten und an der jetzt ihre Bündel auf sie warteten.

Silbermähne sollte das meiste an Gepäck auf seinem starken Rücken tragen. Viel hatten sie nicht mitgenommen. Gki hatte ihnen geraten, so gut wie nichts einzupacken, denn je weiter sie nach Süden gelangen würden, desto wärmer würde es werden. Es gab eine kurze Liste mit wichtigen Werkzeugen wie Messern, Feuersteinen, Kochbeutel und Ähnlichem, das sie dabei haben sollten, aber es wog wirklich nicht viel. Er würde keine Mühe damit haben.

So sagte er zumindest noch, als sie berieten, wer was tragen sollte.

Er sagte kein Wort über den eigenartigen Schmerz, der sich von der rechten Seite seiner Kruppe nach und nach in seinem Körper des roten Landes ausbreitete. Er kannte Schmerzen sonst eigentlich gar nicht. Da er ein Einhorn in seinen besten Jahren war, hatte er so viel heilende Kräfte in sich, dass Verletzungen einfach heilten und kaum wehtaten. Auch damals, als Beryll ihm aus dem Sumpfloch geholfen und ihn so gut verarztet hatte, war die Wunde für ihn nicht schmerzhaft oder gefährlich gewesen. Aber das hatte er Beryll da ja noch nicht sagen können.

Er dachte gar nicht weiter an das, was er jetzt als Hitze in sich fühlte, die sich von der Stelle, an der es ihn unter dem Tor gestochen hatte, in ihm ausbreitete.

Als aber Bussardfreundin auf ihn zukam, um ihm das Bündel, das er tragen sollte, auf den Rücken zu legen, da verschwamm ihr Bild vor seinen Augen. Eigenartig. Was sollte das denn?

Sie sah ihn forschend an und fragte ihn schließlich: „Sag mal, Silbermähne, fühlst du dich nicht wohl?"

Aber da brach er schon zusammen, sackte langsam in die Knie, die unter ihm nachgaben, und legte sich schließlich mit letzter Kraft auf die Seite.

Es wurde ihm schwarz vor den Augen. Statt der Geräusche von außen war ein schrilles Pfeifen und Rauschen in seinen Ohren.

Er wusste nicht mehr, ob ihm viel zu heiß oder viel zu kalt war. Oder beides.

Er wusste gar nichts mehr. Dunkelheit.

Entsetzt starrten ihn die anderen an. Zuerst zeigte sich Schaum vor seinem Mund, dann wurde auch sein Fell feucht. Die Muskeln unter seiner Haut zuckten unruhig und krampfartig.

Daran ließ sich sehen, dass er noch am Leben war.

Das alles war sehr rasch gegangen.

Bussardfreundin ließ das Bündel fallen und beugte sich über ihn. Fühlte nach seinem Herzschlag.

Schneebrust flüsterte in Merlins Ohr: „Wie kann es sein, dass ein Einhorn krank wird? Denn das ist er doch: ein Einhorn. Und krank sieht er jetzt aus, sehr krank. Als Einhorn kann ich ihn sehen und du hast ihn auch so gesehen in diesem Ring der Wahrheit, von dem du mir erzählt hast. In seiner wahren Gestalt. Er hat zwar einen Körper des roten Landes. Aber er ist ihm nicht unterworfen. Das muss ein starker Zauber sein, der ihn in einem Moment erreicht hat, da er nicht gefasst war."

Beryll stand da wie angewurzelt. Er spürte einen unglaublichen Schmerz in sich aufsteigen. Es fiel ihm gar nichts ein, was er tun könnte, um seinem Freund zu helfen.

Tränen liefen über sein Gesicht, ohne dass er es merkte.

11

Verzögerung

„Bussarde!

Schnell!

Fliegt, was ihr könnt!

Holt mir die Wurzel, die die Schlange hütet, aus den höchsten Bergen, wo die Sonne untergeht!"

Bussardfreundin rief mit einer Stimme, die sehr der der Raubvögel glich.

Auf ihrem ganzen Weg bis hierher hatten sie Bussarde begleitet und bewacht und auch jetzt flog einer große Kreise über ihnen.

Augenblicklich schoss er davon.

Auch Schneebrust flog von Merlins Schulter auf und war pfeilschnell verschwunden. Sie wollte Bussardfreundins Bitte ebenfalls weitertragen.

Teil der Stafette sein.

Eines war der Falkenfrau nun klar. Es musste um Tod oder Leben gehen.

Sonst hätte Bussardfreundin niemals ein solches Begehren auszusprechen gewagt.

Die Berge des Sonnenuntergangs waren für Menschen tabu. Noch niemals hatte es ein menschliches Wesen gewagt, die Schlange der Berge des Sonnenuntergangs um Hilfe zu bitten.

Ob das überhaupt gehen konnte?

Da waren die drei Menschengestalten nun allein bei Silbermähne, der noch immer auf der Seite lag und dessen Atem stoßweise und unregelmäßig ging und sich sehr keuchend anhörte.

Bussardfreundin, die selbst kaum mitbekommen hatte, dass sie die Bussarde losgeschickt hatte und dies auch noch ohne jede Höflichkeit in ihrem Ton, und die schon gar nicht darüber nachgedacht hatte, was sie von jenen verlangte, war noch immer über Silbermähnes Körper gebeugt und versuchte herauszufinden, was genau mit ihm los war.

Merlin, der erschrocken war, als Schneebrust ihn ohne ein Wort so plötzlich verlassen hatte, ging zu ihr hinüber und sah genau zu, was sie machte.

Sie hatte bereits fast den ganzen Körper Silbermähnes abgetastet, um herauszufinden, ob es Anzeichen auf eine äußere oder innere Verletzung gäbe. Bisher hatte sie nichts gefunden.

Merlin wiederholte ihr, was Schneebrust zu ihm gesagt hatte, bevor sie mit dem Bussard auf und davon war: Dass Silbermähne seinem Körper des roten Landes nicht unterworfen sei und dass es sich wohl um einen Zauber handeln müsse.

Bussardfreundin nickte: „Zauber mag sein. Damit müssen wir uns auch befassen. Aber erst muss ich wissen, wo er in ihn hineingekommen ist. Falls es so war. Ich glaube, er hat irgendwo eine Verletzung. Und Gift dürfte auch im Spiel sein, soweit ich beobachten konnte.

Merlin, mach rasch ein Feuer! Rüttle Beryll durch, damit er endlich wieder zu sich kommt und mir hier helfen kann! Sag ihm, er soll die Mittel, die er in seinem Bündel hat, sofort auspacken und bringen.

Und dann, da dein Vogel weg ist, lauf zur Station, besorge Wasser und Tücher! Und sieh zu, dass du den Heilenden der Königsfamilie auftreibst. Ich weiß zwar nicht, ob ich den Erdleuten in dieser Sache trauen darf, aber falls es einen gibt, der sich mit Gift auskennt, müsste es eben der sein. Und ich glaube euch, dass die Anführer der Erdleute nicht gegen euch sind. Lass uns hoffen, dass ihr Heilender es ebenfalls nicht ist."

Bei ihren letzten Worten war Merlin bereits bei Beryll, packte ihn an den Schultern, rüttelte ihn kräftig und erteilte ihm den Befehl, den er von Bussardfreundin ausrichten sollte.

Endlich kam Bewegung in Beryll. Mit zitternden Händen, so rasch er konnte, nestelte er an seinem Bündel herum, holte die Mittel und vor allem die Einhorndosen hervor, von denen er mittlerweile erfahren hatte, was für eine seltene und besondere Gabe sie waren.

Inzwischen scharrte Merlin in der Asche ihres letzten Lagerfeuers. Er hatte Glück: Ein paar Funken waren noch lebendig.

Mit dürrem Gras und kleinen Zweigen weckte er das Feuer nochmals. Dann baute er gleich neben Silbermähne und Bussardfreundin einen kleinen Holzstoß auf, trug einen brennenden Ast vom Lagerfeuer hin und zündete ein neues Feuer an.

Noch nie hatte er so rasch gearbeitet. Dann rannte er los. Zur Station.

Unterdessen war Beryll neben Bussardfreundin.

„Er lebt. Noch. Aber ich glaube, dass das nur so ist, weil er kein gewöhnliches Geschöpf ist. Er hat Kräfte, die kein Wesen im Zelt der Erdmutter kennt. Das kann uns helfen, ihn vielleicht doch noch zu retten. Schau den Schaum an seinem Maul. Er wird bläulich. Es muss Gift sein. Gift, das jeden Erdbodenkörper sehr rasch tötet. Wenn ich herausfinde, wie und wo es in ihn hineinkam, kann ich mehr tun." Sie suchte ihn weiter ab. „Nichts."

„Nichts zu sehen, zu riechen, zu fühlen …", brummte sie gereizt vor sich hin.

Beryll hatte inzwischen die Einhorndosen ausgepackt und studierte verzweifelt ihre Inschriften. Es gab alles Mögliche. Aber etwas gegen Gift?

Bussardfreundin hatte sich inzwischen darauf besonnen, nicht nur mit ihren Händen und Augen zu schauen. Sie hatte doch auch andere Begabungen. Warum sonst war sie eine große Heilende geworden? In ihrem Schock hatte sie sich recht unreif benommen, fand sie.

Sie wurde still, fühlte nach, versenkte sich in Silbermähne.

Da! Ja! Da gab es eine Stelle auf seiner Kruppe. Rechts. Dieser Fleck fühlte sich total anders an.

Sie dankte den Silbervogelverwandten, dass Silbermähne auf die linke Seite gefallen war, worüber sie noch vor Kurzem ärgerlich gewesen war, weil sie so sein Herz nicht gleich hatte spüren können.

Sie öffnete ihre Augen wieder und sah von außen hin.

Die Stelle war winzig. Sie musste in seinem Fell danach suchen. Es war nur ein Tropfen Blut an der Oberfläche zu sehen. Sie tastete die Stelle ab. Da musste ein winziger Splitter sein.

Gerade wollte sie Beryll nach seinem Dolch fragen, um den Splitter herauszuschneiden, denn keines der Messer, die sie je gesehen hatte, war von so großer Schärfe gewesen, da hielt einer der kräftigen Hunde der Erdleute hechelnd und Staub aufwirbelnd neben ihr an. Es war ein schneeweißer Hund. Beinahe wäre er in Silbermähne hineingestolpert. Schon sprang ein alter Mann der Erdleute von seinem Rücken herab.

Ihr war klar, wer das sein musste. Merlin hatte ihn also gefunden und er war geritten, in gestrecktem Galopp, und so lange vor Merlin hier.

Sie sahen sich nur kurz in die Augen.

Dann zeigte sie ihm die Stelle auf Silbermähnes Kruppe. Der Alte sah genau hin. Hielt seine Hände darüber.

Sie fragte: „Gift? Es ist ein Splitter da drin. Der muss herausgeschnitten werden!“ Beryll verstand, warum sie in seine Richtung sah, und gab ihr unaufgefordert den Dolch der Hochelfen.

Sie nahm ihn und richtete ihn auf die winzige Wunde.

„Warte! Noch nicht!“, sagte da der Alte. „Du hast recht. Es muss ein Gift sein. Und zu meinem Leidwesen muss ich sagen, dass es wohl von uns Zwergen gekommen ist. Und deswegen sollten wir nicht gleich schneiden. Die meisten der Gifte, die unter uns verwendet werden, haben einen zusätzlichen Zauber. Sobald die Wunde, durch die sie eingedrungen sind, geöffnet wird, wird er wach und sorgt dafür, dass sich das Gift noch rascher ausbreitet. Das ist so, weil es logisch ist, eine vergiftete Wunde zu öffnen, zu erweitern und ausbluten zu lassen, um das Gift zu entfernen. So wird jemand, der in bester Absicht helfen will, alles nur noch viel schlimmer machen. Zu unserer Schande muss ich gestehen, dass einige unter uns also gefährlicher sind als die giftigsten Schlangen, deren Biss zumindest ehrlich ist und in der Weise behandelt werden kann.“

„Was ist denn dann zu tun? Könnte das hier helfen?“, fragte Beryll und zeigte den beiden eine der Einhorndosen. Die Aufschrift „Allheiler in der Not“ leuchtete geradezu auf ihrer Wölbung. Der Zwerg, der sie als Zwergenrunen sah, und Bussardfreundin, deren Kultur keine Buchstaben oder Runen verwendete, die sie also als Bildzeichen sah, verstanden beide.

„Mag sein“, antwortete der Zwerg. „Eine kühne Idee, die Wunde erst zu heilen, um sie dann zu öffnen und den Splitter herausholen. Daran hat wohl keiner von uns gedacht. Wir wollen das probieren, wenn sie einverstanden ist.“ Dabei sah er Bussardfreundin fragend an.

Sie nickte als Zustimmung.

Also öffnete Beryll die Dose, in der ein golden schimmernder Staub sichtbar wurde, und streute etwas davon in die kleine Wunde auf Silbermähnes Kruppe. Dort, wo der goldene Staub sein Fell in der Nähe der Stelle berührte, wurde er giftig grün. Sobald Bussardfreundin das sah, nahm sie eine Feder aus dem Beutel, den sie immer bei sich trug, und wedelte den Staub damit fort. Beryll streute mehr von dem Pulver auf die Stelle und nach einer Weile verfärbte sich der Staub nicht mehr. Die Stelle unterschied sich nicht länger von ihrer Umgebung.

„Nun kann ich wohl aufhören. Es ist kein Pulver mehr nötig?“, fragte Beryll. Zwerg und Menschenfrau nickten.

Sie beobachteten Silbermähne eine Weile ganz genau. Es schien ihm in keiner Weise besser zu gehen.

Aber sein Zustand schien sich auch nicht zu verschlechtern. Wenigstens blieb es, wie es war, und er entfernte sich nicht noch weiter von ihnen.

Während sie ihn noch genau beobachteten, kam Merlin zurück, in Begleitung von Klwik und dessen Lieblingshund, der auf seinem Wagen eine Ladung Tücher, zwei große Krüge voll Wasser, einen Kochkessel und die Tasche des königlichen Leibheilenden zog.

Beryll war sehr über das diplomatische Geschick Klwiks erleichtert, der entschieden hatte, diskret selbst zu helfen. So gab es doch eine große Chance, dass sich die Geschichte von

Silbermähnes Vergiftung nicht ganz so rasch ausbreiten und zumindest anfänglich unter ihnen bleiben würde.

Klwik begann auch sofort, weiter in der Richtung zu handeln. Er schlug ihnen vor, eines der Sommerzelte, die sie in ihrem Lager benutzt hatten und die zur Station gehörten, über Silbermähne aufzuschlagen. „Dann ist er nicht der Sonne ausgesetzt und dem Wind und Staub“, war alles, was er dazu sagte. Aber er wäre eben so auch keinen neugierigen Blicken ausgesetzt.

Merlin hatte inzwischen auf Geheiß von Bussardfreundin den Kessel aufs Feuer gestellt und erhitzte Wasser darin, dem sie einige Wurzeln und Kräuter beigab.

„Auch wenn wir noch nicht wissen, was genau für ein Gift es ist, so sollten wir sein Fell und Maul reinigen und sein Herz unterstützen, damit es diese schwere Arbeit weiter tun kann.“ Das gab sie als Erklärung ab. Beryll und der Alte nickten.

Sobald der Sud fertig war, rieben sie ihn damit ab. Sie versuchten auch, ihm etwas davon einzuflößen. Aber er schien zu schwach oder gar zu gelähmt, um schlucken zu können.

Da saßen sie nun im Zelt, das Merlin und Beryll gleich aufgeschlagen hatten, bei ihm. Ein halber Tag war bereits vergangen. Sie hatten weder Hunger noch Durst verspürt und grübelten nun darüber nach, was sie weiter tun konnten. Dabei fuhren sie fort, Silbermähnes Körper regelmäßig weiter mit dem Kräutersud zu waschen, um ihm dabei zu helfen, mit dem Gift fertig zu werden.

Der Alte, der Heilende der königlichen Familie, sagte schließlich: „Wenn ihr mich fragt, so sollten wir nun tatsächlich versuchen, den Splitter, der sicherlich darinsteckt, aus der Wunde herauszubekommen. Allerdings so, dass sie dabei so wenig als möglich blutet. Was gäbe ich drum, wenn es noch so wäre wie vor langer, langer Zeit und wir eine Elfe rufen könnten, damit sie Silbermähne gesund singe.“

Bussardfreundin sah ihn mit großen Augen an. „Ihr kennt die älteren Geschwister und auch euch haben sie gesund gesungen?“

Der Alte sah sie an: „Sie haben immer allen Wesen geholfen, warum sollten wir davon ausgenommen sein oder es vergessen haben? Mag sein, Menschen und Zwerge sind sich ähnlicher, als es dir scheint. Ihr sagt doch auch, dass die Erdleute eure Verwandten seien."

„Ja. Du hast recht. Verzeih mir bitte, dass ich so eng gedacht habe", entschuldigte sie sich und fragte dann: „Wie können wir es denn nun anstellen, da die Elfen nicht mehr da sind, um Silbermähne zu helfen. Ich denke auch, wir sollten den Splitter bekommen. Es kann sein, dass wir an ihm erkennen, was für ein Gift es war, und können dann ein Gegengift gebrauchen."

Beryll schlug vor: „Wenn die Elfen auch nicht mehr da sind, so habe ich doch den Dolch der Hochelfen. Ich glaube, dass dieser das beste Werkzeug ist, um den Splitter herauszuschneiden."

Der Alte schien aufzuleben: „Ja, das kann gut sein. Ich war dabei, als er im Palast geprüft wurde. ‚Was trennt, kann auch heilen.' Das ist ein alter Spruch, den ich von meinem Lehrer oft gehört habe. Gerade *der* Dolch wird, in heilender Absicht gebraucht, keinen Schaden anrichten. Es wird gar gesagt, dass die Albenklingen Gifte zerstören können."

„So will ich versuchen, ob ich an den Splitter herankomme."

Beryll trat an Silbermähne heran, der noch immer unverändert und schwer atmend dalag, und nahm den Dolch, den er von Bussardfreundin längst wieder zurückbekommen hatte, in die Hand. Er bewegte ihn auf Silbermähnes Haut entlang an der Stelle, wo zuvor der goldene Staub sich verfärbt hatte. Er berührte die Haut kaum mit der Spitze des Dolches, als sie sich dort sogleich ein wenig öffnete. Es sah aus, als ob die Klinge den Splitter anziehen würde. Ein winziges Stückchen Metall ragte ihm aus der Wunde entgegen, wo vorher gar nichts zu sehen, nur etwas zu spüren gewesen war. Beryll bat um ein sauberes Stückchen Stoff, damit er den Splitter darauflegen könne. Als es neben ihm lag, führte er die Dolchspitze vorsichtig unter den Splitter. Tatsächlich bekam er ihn heraus. Er blieb an der Klinge kleben. So legte er beides auf den Stoff, nahm ihn auf, ohne das Metall zu berühren, und kam zu den anderen zurück. Die Wunde blutete dabei kaum. Das goldene Pulver musste noch immer wirken, denn sie schloss sich sogar gleich wieder.

Sie betrachteten ganz genau, was sie da vor sich hatten. Es war ein winziger Dorn, der aber aus Metall sein musste. Eine klebrige Masse war an seiner Spitze zu sehen. Als sie diese noch näher betrachten wollten und sich vorbeugten, begann der Stoff darunter, sich zu verfärben. Er begann zu brennen. Der Alte blies sofort die kleinen Flammen aus, aber das meiste der klebrigen Masse war bereits aufgezehrt. Er verlangte nach einer sauberen Steingutschale voll Wasser und schüttelte den Dorn vom Stoff dort hinein.

„So ist das also! Nicht nur ein Gift, sondern sogar eines, das an der Luft in Flammen aufgeht. So bekommt meistens keiner mit, was es genau gewesen ist, weil die Reste davon einfach verschwinden. Das muss ein ganz raffinierter Kerl gewesen sein. Ich dachte, nur in den Tagen des ersten Königs im neuen Land hätte man solches Gift verwendet. Seitdem nie wieder.

Gift ist es also ganz sicher gewesen, das Silbermähne in diesen Zustand versetzt hat. Welches genau, werde ich sicherlich früher oder später herausbekommen, da ein wenig davon nun hier in der Schale ist. Ob ‚später' allerdings noch reicht, um ihm zu helfen, bezweifle ich."

„Gki hat in einer seiner Rindenrollen von einem Allgegengift geschrieben, mit dem er einen Schlangenbiss geheilt hat. Kann uns das etwas nützen?"

Der Alte sah von der Schale auf, deren Inhalt er gemustert hatte, denn das Wasser war nun trübe geworden: „Das kann sein, kann aber auch nicht sein. Das Allgegengift wirkt gegen alles, was sich in der Natur so findet. Aber es ist den Giftmischern seit alters her bekannt und sie haben sich Mischungen einfallen lassen, gegen die es machtlos ist. Aber wir sollten es nicht unversucht lassen. Ich schicke sofort meinen Hund los."

Er stand auf und ging vor das Zelt, um nach ihm zu rufen. Klwik begleitet ihn und bat ihn, diskret vorzugehen und seine Botschaft dem König direkt zukommen zu lassen.

Während sie auf die Rückkehr des Hundes warteten, versuchten sie nochmals, Silbermähne etwas Wasser einzuflößen. Wieder konnte er nicht schlucken. Sie konnten nur hoffen, dass es später gelingen würde. Die Gefahr für ihn zu verdursten war groß.

Noch bevor der Hund zurück war, flatterte eine erschöpfte Schneebrust ins Zelt und auf Merlins Schulter: „Die Bussarde sind unterwegs. Weil es schon Nacht wird, haben sie ihren Auftrag an die Eulen weitergegeben." Sie sah nachdenklich zu Silbermähne hinüber. „Wenn die Schlange, die die Wurzel hütet, ein Einsehen hat und sie die Wurzel bekommen, so mag er eine Chance haben, aber sie müssen rasch zurück sein. Es war eine gute Idee von dir, Bussardfreundin, daran zu denken. Ich wüsste nicht, was ihm sonst helfen könnte."

Alle sahen Bussardfreundin an. Sie sagte: „Was? Aber ja, tatsächlich. Ich erinnere mich noch kaum daran: die Bussarde. Ich habe sie tatsächlich nach der Wurzel geschickt. Es war das Erste, was mir einfiel. Aber gewagt hat das noch kein einziger Mensch, die Schlange um Hilfe zu bitten. Ich weiß nicht einmal sicher, ob es die Schlange und die Wurzel wirklich gibt. Es ist eine der Geschichten, von denen Mausfreund voll war und die er immer wieder erzählt hat. Darum glaube ich, dass wir nicht allzu große Hoffnung darauf setzen sollten und lieber nichts anderes, was helfen könnte, unversucht lassen."

Der alte Zwerg sah sie an: „Die Wurzel aus den Bergen des Sonnenuntergangs? Wir haben durch die Botenvögel davon gehört. Es soll ein Mittel sein, das jeden Körper wieder gesund machen kann, wenn er vergiftet oder verletzt wurde. Die Vögel sagten, dass die Elfen in dieser Wurzel eines ihrer Lieder für die Tiere zurückgelassen hätten. Wenn diese einmal in größter Not seien, so könnten sie auf sie zurückgreifen. Es mag gut sein, dass diese Situation hier der Moment dafür ist. Es war gut, dass dir das eingefallen ist."

Sie antwortete: „Eingefallen ist wohl zu viel gesagt. Ich hab das einfach im ersten Schreck gerufen. Warum, weiß ich ehrlich gesagt auch nicht. Und dazu kommt: Wenn wir Silbermähne kein Wasser zu trinken geben können, so wird es einfach zu lange dauern, bis die Vögel zurück sind, auch wenn sie die Wurzel bekommen." Sie seufzte: „Ich weiß nicht, ob es gelingen kann. Wenn wir doch nur mehr Zeit hätten!"

Klwik sagte: „Nun, Zeit machen, das kann ich nicht gerade, aber die Wirkung der Zeit bremsen, das ließe sich für ein paar Stunden verwirklichen."

Er nestelte an seinem Gewand herum und holte, wie er es damals bei Merlin und Silbermähne getan hatte, als er sie über die gefährliche Lage am Hofe informierte, hier und da und dort einen Kristall oder Edelstein hervor, bis er eine Handvoll vor sich hielt. „Das hier ist etwas mehr als bloße Dekoration, wenn man weiß, wie damit umgehen. Ich kann damit einen Schutzring um Silbermähne legen. Zeit wird ihn darin weniger berühren, und falls es so sein sollte, dass es mehr als nur Gift ist: Magie auch nicht. Vertraut ihr mir genug, dass ihr mich das tun lasst? Ich hätte gewiss auch schon früher daran denken können!"

Die anderen willigten ein und Klwik machte sich ans Werk.

Er war noch dabei, die Steine auszulegen, als der Hund des Alten zurückkam.

Er trug eine Dose um den Hals gebunden und ein versiegeltes Säckchen mit einer Kreidetafel.

In der Dose war das Allgegengift und auf der Tafel stand eine Botschaft des Königs.

Die ganze königliche Familie sei untröstlich über den Vorfall. Es müsse passiert sein, als Silbermähne unter dem Torbogen durchging. Einer der Prinzen hätte gesehen, wie er da zusammengezuckt sei. Auch hätten sie noch mehr Metallspitzen mit Gift dort gefunden, als sie nachgeforscht hätten. Er, der König, habe eine diskrete Untersuchung befohlen und werde der Sache auf den Grund gehen. Gern stelle er ihnen seinen Arzt, seine Ratgeber und alles, was sie von ihm an Unterstützung wünschten, zur Verfügung.

Während Merlin ihnen diese Botschaft vorlas und dann, wie es der König gewünscht hatte, die Schrift auf der Tafel löschte, vollendete Klwik den Kreis. Inzwischen hatte der Alte dem Hund die Dose abgenommen und sie geöffnet.

„Erst will ich sehen, wie das Wasser, in dem die Metallspitze ruht, auf das Allgegengift reagiert, bevor wir es mit Silbermähne in Berührung bringen."

Es sollte sich zeigen, dass das ein sehr weiser Entschluss gewesen war: Kaum hatte er ein paar Körner des Pulvers in die Schale gestreut, da begann die trübe Flüssigkeit darin geradezu zu brodeln und zu kochen. Ein stinkender Dampf stieg aus ihr auf. Der Alte brachte sie rasch vor das Zelt und stellte sie dort ab, damit niemand die Dämpfe einatmen konnte.

Alle sahen sich entsetzt an.

„Wie ich schon gesagt habe. Die Giftmischer haben sich Mischungen einfallen lassen, bei denen Allgegengift nicht hilft. Und, ehrlich, das hier sieht noch schlimmer aus. So, als ob dieses Gift hier erst so richtig arbeiten würde, wenn Allgegengift dazu kommt. So etwas Gemeines ist mir noch nie untergekommen. Aber leider überzeugt es mich vollends davon, dass an dem Metallsplitter kein gewöhnliches Gift war, wie es sich in der Natur findet, sondern einer, der sich auskennt, mehr als gut auskennt, muss es zusammengestellt haben. Silbermähne ist absichtlich vergiftet worden. Und auf keinen Fall dürfen wir ihm das Allgegengift geben. Zusammen mit dem, was er im Körper hat, würde es ihn augenblicklich töten."

Er setzte sich hin, stützte den Kopf in seine Hände, dachte eine Weile angestrengt nach und sagte dann: „Es tut mir leid! Wie ich die Sache auch drehe und wende, mir will nichts mehr einfallen, was wir tun könnten. Ich bin mit meinem Wissen und Können am Ende. Es ärgert mich, dass ich euch nicht helfen kann! Es ist wohl besser, ich ziehe mich zurück."

Beryll beruhigte ihn: „Ohne dich hätten wir Silbermähne wohl bereits zweimal getötet, weil wir seine Wunde hätten bluten lassen und weil wir ihm das Allgegengift gleich gegeben hätten. Du hast uns wohl geraten und ihn zweimal gerettet. Bitte ziehe dich nicht zurück. Bleib bei uns und rate uns weiterhin."

Darauf nickten die anderen. Der Alte, der schon aufgestanden war, setzte sich wieder zu ihnen.

Es war inzwischen ganz Nacht geworden. Niemand schlief. Niemand sagte etwas. Ab und zu wuschen sie Silbermähne weiterhin mit dem Kräutersud.

Das war alles.

Außer warten und das Feuer zu unterhalten, wussten sie nichts weiter zu tun.

Der nächste Morgen dämmerte. Silbermähne atmete noch. Sein Herz schlug noch, allerdings unregelmäßig und unsicher.

Sie saßen bei ihm und hielten Wache.

Es wurde Morgen, Vormittag, Mittag ...

Als die Sonne begann, wieder zum Horizont hinabzusteigen – noch immer hatte niemand unter ihnen ein Wort gesprochen –, sträubte sich Schneebrusts Gefieder. „Ein riesiger Vogel", sagte sie heiser, „aus Richtung Sonnenuntergang. Einer wie der, der mir damals den Flügel gebrochen hat. Ein Adler. Was will der hier?"

Beryll stand auf und ging vors Zelt. Noch eine ganze Weile konnte er nichts sehen. Aber dann tauchte in der Richtung, die Schneebrust genannt hatte, ein kleiner schwarzer Punkt am Himmel auf. Er wurde größer, kam näher. Es war ein riesiger Adler, größer, als er je einen gesehen hatte. Der stürzte sich nun direkt vor das Zelt hinab.

Er landete also genau vor ihm. Er sah ihn an und sagte: „Ist bei euch die Bussardfreundin, die nach der Wurzel geschickt hat? Stimmt es, dass sie nicht für einen Menschen, sondern für ein Einhorn bestimmt ist? Bring sie zu mir!"

Beryll nickte und drehte sich zum Zelt um, aber da stand Bussardfreundin schon hinter ihm: „Ja, und es stimmt. Was hast du mir von der Schlange zu sagen?"

Der Adler, der trotz seiner enormen Kraft außer Atem war, denn noch nie in seinem Leben war er eine solch lange Strecke in einem solchen Tempo geflogen, holte erst Luft und sagte dann: „Die Schlange hat auf dich gehört. Sie kennt euch durch den Rat der Tiere, sie weiß von Berylls Queste. Hier, das schickt sie dir.

Du sollst die Wurzel schälen und zerstampfen, bis sie wie ein Brei ist. Wenn Silbermähne nicht trinken kann, so sollst du ihm den Brei ins Maul reiben und auf die Nüstern. Die Rinde sollst du kochen. Den Sud muss er trinken. Dazu soll der Brei helfen. Kann er nicht trinken, so wird er noch immer sterben müssen."

Mit diesen Worten öffnete er seine rechte Klaue und trat ein paar Schritte zurück. Bussardfreundin hingegen ging ein paar Schritte vor und hob die Knolle auf, die er so aus seiner Klaue freigegeben hatte.

„Ich danke dir! Ich danke dir für deine Hilfe und ich danke der Schlange dafür, dass sie mir Gehör geschenkt hat. Ich danke allen Vögeln und Tieren, die den Bussarden geholfen haben, meinen Wunsch zu erfüllen. Was kann ich für dich tun?"

„Wir haben alle gern geholfen. Es ist wichtig, dass Silbermähne lebt! Die Bussarde sind zu langsam, so bin ich los geflogen. Sie sehen nicht in der Nacht, so sind auch die Eulen in der Stafette geflogen. Ich war noch nie so weit weg von den Bergen. Ich werde, sobald es geht, zurückkehren. Ich gehöre nicht hierher. Aber etwas Wasser wäre jetzt gut für mich."

Beryll ging sofort und holte Wasser für den Adler. Bussardfreundin war bereits dabei, die Knolle so zu verarbeiten, wie es der Adler ausgerichtet hatte.

Diese war rasch zu einem Brei zerstampft. Merlin kümmerte sich inzwischen nach ihren Anweisungen darum, dass die Rinde richtig auskochte.

Silbermähne konnte noch immer nicht trinken oder schlucken. Er rührte sich gar nicht. Außer den Zuckungen, die manchmal unter seinem Fell zu sehen waren, dem schwachen Atem und seinem Herzschlag deutete nichts darauf hin, dass er lebte.

Er war noch immer bewusstlos und lag in dem Ring aus Steinen, mit denen Klwik ihn umgeben hatte.

Bussardfreundin rieb ihm also den Brei ins Maul und auf die Nüstern.

Alle sahen ihr wie gebannt zu und warteten dann aufs Äußerste gespannt, was geschehen würde.

Zunächst einmal: nichts. Gar nichts.

Für mehrere Stunden blieb alles, wie es war.

Dann wurde Silbermähnes Herzschlag langsamer und regelmäßiger. Seine Atmung vertiefte sich. Ab und zu war etwas wie ein Seufzen zu vernehmen. Da versuchten sie, ob er trinken könne. Der erste Versuch misslang noch. Aber eine weitere Stunde später schluckte er zum ersten Mal, als sie ihm Wasser ins Maul gaben.

Nun sollte es gehen können. Bussardfreundin gab ihm etwas von dem Sud der Wurzelrinde ins Maul.

Tatsächlich konnte er ihn schlucken.

Sie konnte ihm mehrere Schlucke davon einflößen.

Noch geschah nichts weiter.

Aber nach einer Weile hörten die Zuckungen unter seinem Fell auf und er schien eher in einem tiefen Schlaf, als in einer Ohnmacht zu liegen.

Weiter weg, hinter einem großen Felsblock, warf ein Schatten leise fluchend einen kleinen Kristall in den Sand.

Es wurde wieder Abend. Silbermähnes Freunde waren jetzt alle so müde, dass sie beschlossen, nur je einer solle Wache halten. Die anderen schliefen, nachdem sie auch etwas getrunken und ein wenig an den Brotfladen geknabbert hatten, die sie ursprünglich als Reiseproviant eingepackt und bei sich hatten.

Es wurde Nacht. Die Morgendämmerung kam wieder.

Es war Beryll, der mit dem Wachen dran war, als die Sonne aufging. Da bewegte sich Silbermähne zum ersten Mal. Beryll reichte sofort zu ihm hin und berührte ihn mit der Hand am Kopf. Silbermähne öffnete ein wenig die Augen. Er sah Beryll und sagte: „Was ist bloß mit mir passiert? Wo war ich denn? Wo bin ich jetzt? Eben war doch mein Bruder noch bei mir und die Königin der Hochelfen auch? Aber weißt du, es ist gut, dich zu sehen!“ Unvermittelt und zusammenhangslos fügte er dann an: „Ich habe Durst.“ Beryll sprang freudig auf: „Ich hol dir sofort Wasser.“

Er ging die paar Schritte zu einem der großen Wasserkrüge, die Klwiks Hund auf dem Wagen hergezogen hatte, füllte eine Schale und nahm ein Stück Tuch.

Es war, wie er sich gedacht hatte. Silbermähne konnte sich noch nicht aufrichten, um selbst zu trinken. Es gelang ihm auch nach mehreren Versuchen nicht. So gab er schließlich auf und ließ sich von Beryll das triefende Tuch ins Maul auswinden. Auf diese Weise hatten sie auch das bisschen Sud, das er schlucken konnte, in sein Maul gebracht.

„So gibt's zwar nur wenig, aber besser als nichts. Ich habe solchen Durst“, krächzte er.

Das weckte Bussardfreundin und den Alten gleichzeitig auf. Sie sahen zu Silbermähne und Beryll hinüber und waren sichtlich erleichtert, dass das Einhorn nicht mehr bewusstlos war. Beide kamen heran und Bussardfreundin riet ihm, lieber langsam und öfter zu trinken, als viel auf einmal. Der Alte nickte dazu.

„Ja, du hast recht. Ich muss wohl vorsichtig sein. Ich habe mich noch nie so elend gefühlt. Was ist bloß passiert?“, fragte Silbermähne.

Der alte Zwerg erklärte ihm: „Als du unter dem Torbogen aus der Station hindurchgegangen bist, muss dich ein Splitter getroffen und vergiftet haben. Und schlimmer. Da es ein mit einem ganz ausgefeilten Gift versehener Splitter war, muss es jemand in vollster Absicht getan haben. Ich schäme mich dafür, dass es unter uns Zwergen geschehen ist, denn vermutlich ist der Schuldige unter uns zu suchen.“

Die Stimmen hatten auch Klwik, Merlin und Schneebrust geweckt. Alle saßen nun bei Silbermähne und waren froh, dass die Wurzel offensichtlich gewirkt hatte.

„Heilender der Königsfamilie“, sagte Silbermähne mit noch immer schwacher Stimme. „Mache dir keine Vorwürfe. Wohl wird es Gift gewesen sein. Aber es gehört mehr dazu, wenn einem Einhorn der Erdbodenkörper genommen werden soll. Ich hätte jedoch nicht gedacht, dass ich je so weit von ihm weggedrängt werden könnte. Lange stand ich an der Brücke des Todes. Aber da ich wusste, dass ich Beryll nicht würde weiter begleiten können, denn ich kann nicht nochmals einen festen Körper annehmen und anders kann er mich nicht erfassen, wehrte ich mich, wie ich nur konnte. Da war eine Kraft, die mich auf die Brücke schob, da waren auch Kräfte, die mich zurückhielten. Mein Bruder, glaube ich, und die Königin der Hochelfen. Und sicherlich ihr alle hier. Dafür danke ich euch von Herzen. Ich hatte die Lage völlig unterschätzt. Als ich den Stich spürte, nahm ich ihn gar nicht ernst. Gewöhnliches Gift kann mir nicht schaden und ich glaubte nicht mal an eine Vergiftung. Denn da war doch nur der jüngste Sohn des Königs in der Nähe gewesen. Aber lasst mich bitte noch ein wenig ausruhen." Schon sank sein Kopf zurück und er war fest eingeschlafen.

Da erst sagten sie einander, wie sehr sie sich freuten, dass er überlebt hatte.

Bussardfreundin überlegte, ob er wohl noch mehr von dem Wurzelsud trinken sollte. Sie ging vor das Zelt, um den Adler zu fragen. Der war aber schon längst nicht mehr dort. „Ach", seufzte sie und sagte halblaut vor sich hin. „Wenn doch bloß Mausfreund da wäre. Ich glaube, er hat in seiner Geschichte ganz genau gesagt, wie oft der Trank, von dem ich jetzt erst weiß, dass er aus der Rinde der Wurzel gemacht wird, zu trinken sei. Aber ich kann mich nicht erinnern." Da zwitscherte es neben ihr in einem Busch und der kleine Vogel, der dort saß, sang: „Trink einmal und du lebst, trink zweimal und du stirbst. So heißt es in dem Lied von der Zauberwurzel, die die Schlange hütet. Sei froh, dass du eben laut gedacht hast, denn es ist wirklich besser, das zu wissen." Da bedankte sie sich herzlich bei dem Vogel und vergrub sofort alle Reste der Wurzel im Boden und schüttete den Sud mit in das Loch, bevor sie es wieder schloss. „So kann es keinem mehr einfallen, davon Gebrauch zu machen", sagte sie dazu.

Als Silbermähne nach vielen Stunden ein weiteres Mal erwachte, konnte er sich bereits ein wenig bewegen. Aber es reichte noch immer nicht zum Aufstehen. Er wurde wieder von seinen Freunden getränkt und knabberte auch schon an ein paar zarten Grashalmen, die sie für ihn gesammelt hatten. Er sagte: „Nie hätte ich gedacht, dass ich mich in einem Erdbodenkörper so schwach fühlen könnte. Es ist ganz unwahrscheinlich, was ihr vom roten Land so durchzumachen habt."

Bald schlief er weiter.

Am nächsten Morgen jedoch konnte er wieder auf seinen Beinen stehen und sogar einige Schritte machen. Da wurde es einfacher, ihn zu pflegen. Sie konnten ihn aus einer großen Schale selbst trinken lassen und er nahm das Gras zu sich, das sie vor ihn hinlegten.

Inzwischen hatte besonders der Alte daran herumgerätselt, was Silbermähne genau gemeint hatte, als er sagte, da sei doch nur der jüngste Sohn des Königs in der Nähe gewesen. War das, als er den Splitter spürte? Meinte er, der Junge, der ja gerade erst laufen gelernt hatte, habe etwas damit zu tun?

Er selbst konnte die Antworten dazu nicht finden, und da er bei sich beschlossen hatte, dass er die Wahrheit wissen müsse, nahm er sich fest vor, Silbermähne zu befragen, sobald dieser wieder bei Kräften wäre.

Aber er musste dies gar nicht erst tun.

Sie blieben für ein paar Tage alle zusammen bei Silbermähne, der sich nach und nach erholte.

Die Königsfamilie hatte ihre Abreise auch verschoben, denn der König wollte in der Nähe sein, um überwachen zu können, wie die Untersuchung, die er angeordnet hatte, vorankam.

Ab und erkundigte er sich nach Silbermähnes Gesundheitszustand.

An dem Tag, als Silbermähne wieder selbst vors Zelt gehen und draußen ein paar Schritte machen konnte, kam ein Hundewagen von der Station herüber.

Der jüngste Sohn des Königs und sein Erzieher stiegen aus und gingen zu ihm.

12

Eine Untersuchung

Der Junge, der Silbermähne schon immer sehr gemocht hatte, stürzte auf ihn zu und hing sich an seinen Hals, als das Einhorn seinen Kopf zu ihm hinunterbeugte. Mit seinen kleinen Armen umarmte er seinen großen Freund mit aller Kraft und brachte von Schluchzern geschüttelt heraus: „Ich bin so froh, so froh, dass du noch lebst! Dass du an dem bösen Gift nicht gestorben bist! Ich bitte dich, verzeihe mir! Was geschehen ist, war keine Absicht!“

Erstaunt fragte Silbermähne, was er denn meine?

Da kam die folgende Geschichte heraus, die das Kind zum größten Teil selbst in einfachen Worten erzählte – mithilfe seines Erziehers, der dazugetreten war und hier und da ergänzte, denn der Kleine konnte sich noch gar nicht so gut ausdrücken:

Der jüngste Spross der königlichen Familie hatte mit seinen beiden nächstälteren Brüdern die Station aufs Genaueste erkundet. Es war abenteuerlich gewesen, sich die große Zeit nach der Ankunft aus dem Urland vor Augen zu führen. Selbst Pioniere zu werden und die Soldaten und Wachen von damals. Genau das hatten sie im Spiel getan. Die Station gegründet, sie erbaut, sie geleitet. Der Jüngste war an einem Tag auch Wachsoldat gewesen und hatte die Aufgabe gehabt, das Tor auf das Strengste zu bewachen, damit kein Feind sich nähern könne.

Während dieser Wache hatte er die Nischen entdeckt.

Im Felsen des Torbogens gab es Aushöhlungen. Er konnte sich gerade noch hineinquetschen.

Und als sie einmal statt Soldaten Verstecken spielten, da hatte ihn niemand finden können, schon gar nicht seine großen

Brüder, denn er befand sich in einer dieser Nischen über dem Torbogen.

Bis auf ein paar Metalldrähte, die uralt sein mussten, war nichts darin zu sehen. Die meisten enthielten nicht einmal Drähte. Genau genommen war es nur eine, in der er diese gesehen hatte.

Als nun sein großer Freund, der Einhörnige, mit den anderen fortgehen wollte, da ging der Kleine mit, so weit es ging. Laut elterlichem Gebot durfte er die Station an dem Tag nicht verlassen. Also kletterte er rasch zu einer der Nischen herauf, damit er Silbermähne noch so lange als möglich nachsehen konnte.

Auf Drähte hatte er da nicht im Geringsten geachtet.

Aber er hatte plötzlich neben sich ein eigenartiges Geräusch gehört.

Und er hatte gesehen, wie Silbermähne sich kurz schüttelte.

Dann waren sie fort gewesen und er sehr traurig darüber.

Später waren seine Eltern sehr aufgeregt. Warum, wusste er nicht.

Auf der Station wurde jeder und alles genauestens untersucht, allerdings mehr im Geheimen und sehr diskret.

Auch er wurde gefragt, wo er denn gewesen sei, als die Fremden abreisten, und was er an dem Tag alles gesehen habe. Da musste er seinem Vater, der ihm versprach, es nicht an seine Brüder zu verraten, von dem idealen Versteck erzählen. Der ließ es sich sofort zeigen.

Als er die Nischen gesehen hatte, wurde er sehr aufgeregt. Der vertrauteste unter seinen Ratgebern musste kommen und sie sich genau ansehen. Sie hielten lange Rat.

Dem Jungen wurde zunächst nur erklärt, dass Silbermähne etwas zugestoßen sei, dass er sich verletzt haben müsse und dass das unter dem Torbogen geschehen sein könnte, als er hindurchging.

Da erinnerte er sich an das Geräusch und daran, dass Silbermähne sich geschüttelt hatte, als ob ihn etwas gestört habe.

Er erzählte es seinem Vater.

Daraufhin wurden die Nischen noch genauer untersucht. Vom König persönlich. Er fand die Drähte und er fand die übrigen Splitter, die am Boden verstreut waren und im Felsen auf der anderen Seite des Torbogens steckten. Er ließ sie untersuchen und fand heraus, dass sie giftig waren.

Besonders hier ergänzte nun der Erzieher des Jungen: Da der königliche Heilende bereits bei Silbermähne war, konnte der König nicht mit dessen Hilfe herausfinden, was genau für ein Gift es war. Der Erzmagier, dem er es zeigte, denn dies war auch dessen Gebiet, erklärte ihm, dass es ein sehr altes Gift sein müsse. Nicht einmal er würde die Zusammensetzung kennen. Ein sehr gefährliches Gift. Die Nischen stammten aus der ganz alten Zeit, als die Zwerge aus dem Urland hier gerade angekommen waren. Der erste der Könige dieses Palastes, so berichten die Zweige des Stammepos, habe zur Verteidigung solche Gifte und die raffiniertesten Fallen verwendet. Später aber, als sie sich eingelebt hatten, ein neuer König regierte und sie mit den Menschen, die hier lebten, vertrauter waren, seien alle diese Fallen und Gifte entfernt worden, denn man habe sie für zu gefährlich und bösartig gehalten.

Nun müsse aber diese eine Nische hier, in der noch Drähte und Splitter waren, zufällig übersehen worden und übrig geblieben sein. Es sei ein schreckliches Malheur passiert, denn der junge Prinz habe wohl aus Versehen die Falle ausgelöst und Silbermähne sei von einem der Splitter mit dem bösartigen Gift getroffen worden.

Der Junge konnte sich nicht erinnern, an dem Tag die Drähte berührt zu haben. Aber wer weiß? Er hatte ja nur Augen für seinen Freund gehabt. Auch ließ sich keine andere Erklärung finden.

Es musste ihm aus Versehen passiert sein.

Er war untröstlich darüber und kam nun, um seinem Freund von dem Drama zu erzählen und um Vergebung zu bitten.

Der Prinz und sein Erzieher blieben nun auch draußen bei Silbermähne. Der verbrachte während dieser Zeit, in der er sich erholte, viele Stunden mit dem Kind. Es war nicht gerade leicht, dem Prinzen seine Schuldgefühle abzunehmen und ihn dazu zu bringen, dass er ihm auch glaubte, dass er ihm verziehen hatte.

Es war für Silbermähne kein Problem, die Entschuldigung anzunehmen und zu vergeben, aber es war sehr schwer für den Prinzen, das auch zu glauben. Es dauerte ein paar Tage, trotz aller Bemühungen Silbermähnes, der alles anwendete, was er konnte und wusste, bis der Junge wieder so unbefangen mit ihm herumtollte, wie es zuvor gewesen war.

Es kam auch der Tag, an dem der König selbst herauskam und eine Erklärung abgab und sich in aller Form auch im Namen seines Volkes entschuldigte. Auch seine Entschuldigung konnte Silbermähne leicht annehmen. Es war ganz klar, dass der König es ehrlich meinte und auch, dass niemand etwas dafür gekonnt hatte. Es war ein dummer Zufall gewesen.

Und das war auch das, was alle glaubten.

Bis auf Merlin, der diesbezüglich Zweifel hegte. Als er aber tiefer darüber nachdachte, beschloss er bei sich, diese nicht vor allen zu äußern, denn Silbermähne, der ja sehr weise war, hatte die Erklärung akzeptiert und er hatte dem Prinzen geholfen, über seine Schuldgefühle hinwegzukommen. So sprach er nur mit Silbermähne darüber und war über dessen Antwort zunächst sehr erschüttert. Als er dann aber so handelte, wie Silbermähne es gewünscht hatte, war er erstaunt darüber, wie viel Ruhe er darin fand. Einen Frieden in der Angelegenheit, den er auf anderem Wege nicht hätte erreichen können.

Silbermähne hatte gesagt: „Merlin, wie gut verstehe ich dich! Es scheint unmöglich, dass das Kind die Splitter aus Versehen losgeschickt hat, ohne es gemerkt zu haben, wenn er doch mich selbst so genau beobachten konnte, dass er sah, wie ich getroffen wurde und mich schüttelte. Und auch das Geräusch hat er ja gehört. Da müsste er auch gespürt haben, wenn er einen Draht berührt hätte. Lügen tut er nicht. Es ist sehr wahrscheinlich, dass da etwas mehr dahintersteckt.

Nur, wenn es so ist und wir nicht Ruhe geben, so werden wir den König mit Hochverrat konfrontieren. Er selber hat nichts mit der Sache zu tun und seine Getreuen auch nicht. Das weiß ich ganz sicher. Dahinter steckt ein Konflikt, der den Zwergen sehr schaden kann, wenn wir es nicht auf sich beruhen lassen.

Und ehrlich gesagt, ich liebe sie inzwischen so sehr, dass ich ihnen das nicht antun möchte. Ich bin eher bereit, dem Wesen, das die Splitter tatsächlich ausgelöst haben mag, ebenso zu verzeihen, wie ich es bei dem Jungen tun kann. Der es getan hat, muss es aus einem Grund getan haben, der ihn mehr leiden lässt als jede Strafe, die auch uns nichts bringen würde. Versuche Mitleid zu empfinden, wie es dir bei dem Kind leicht gelingt, und keine Rachegedanken zu hegen. Denn sogar der König selbst ist überzeugt, dass es so gewesen ist.

Lass uns also keine Zweifel säen, die Verzweiflung über ihn und sein Volk bringen. Sobald wir hier weg sind, kann niemand mehr über mich oder uns Schaden anrichten, der sie betrifft. Das Leben hier wird in Frieden weitergehen können."

So kam es, dass keine umfassendere Untersuchung angeregt wurde. Und auch nachdem die Fremden auf ihrer Queste doch weitergereist waren, blieb unter den Zwergen alles ruhig.

Nur ein Lebewesen des roten Landes sollte je erfahren, was die Wahrheit gewesen war.

Da es sich um die Hohepriesterin der Hüterinnen der Erde handelte und sie sich an ihr Gelübde hielt, ein im Tode anvertrautes Geheimnis, das ihr zur Entlastung des Sterbenden anvertraut wurde, niemals zu verraten, erfuhr auch wirklich niemand außer ihr davon.

Es war viele Jahrhunderte nach der Zeit, als Silbermähne, Beryll und Merlin auf ihrer Queste bei den Zwergen zu Gast gewesen waren. Die Hohepriesterin kannte die Geschichte von deren Aufenthalt unter ihnen nur noch aus den Gesängen. Sie selbst und auch ihre Mutter und ihre Großmütter waren noch gar nicht geboren gewesen, als sie dort unter ihnen geweilt hatten.

Eines Abends kam ein selbst für einen Zwerg uralter Mann zu ihr und bat sie herzerweichend, doch so gut zu sein und mit ihm zu kommen. Es ginge seinem Herrn gar nicht gut, er gehe davon aus, dass er in den nächsten Stunden sterben würde. Er leide sehr und vielleicht könne sie ihm den Übergang erleichtern. Er bestand aus einem Grund, den er nicht gleich erklären wollte, denn sie würde dann schon verstehen, darauf, dass sie selbst käme und keine ihrer Schülerinnen oder der Priesterinnen, die diese Pflicht sonst übernahmen.

Schließlich ließ sie sich erweichen, gab nach und ging mit ihm.

Der uralte Zwerg führte sie lange Zeit, zuerst sogar in einer Hundekutsche, durch Gänge und Höhlen. Es ging immer weiter weg vom Palast, wo die meisten des Zwergenvolkes lebten. In immer ältere und stillere Teile ihrer Höhlen. Es ging tief hinab und mit der Zeit mussten sie zu Fuß gehen, denn für die Kutsche waren die Durchlässe zu eng geworden.

Wäre sie nicht die Hohepriesterin der Hüterinnen der Erde selbst gewesen, sie hätte sich in einem so abgelegenen Teil der Höhlen vielleicht gar gefürchtet. So aber war sie mit den Tiefen vertraut, wunderte sich jedoch, dass jemand beschlossen hatte, so weit weg von den anderen zu leben. Nicht einmal sie und ihre Priesterinnen hatten davon gewusst und sie wurden eigentlich überallhin gerufen.

Endlich, nach Stunden, bog der Uralte plötzlich von einem Gang, der sich bereits unendlich oft verzweigt zu haben schien, in eine kleine Höhle ab.

Darin war offensichtlich ein Krankenlager errichtet worden, aus Dingen, die einmal bessere Tage gesehen haben mussten. Es gab auch ein paar wunderschöne, aber uralte und nicht länger gepflegte Möbel in der kleinen Höhle. Besonders ein großer, antiker Arbeitssessel mit Armlehnen, die in geschnitzte Eulenköpfe ausliefen, der einmal sehr kostbar gewesen sein musste, fiel ihr auf.

Aber statt sich noch lange weiter umzusehen und neugierig zu sein, wandte sie sich dem Lager zu, auf dem, in scharlachrote Stofffetzen gehüllt, der Körper eines Zwerges lag, der so alt sein musste, dass es gar nicht möglich sein konnte. Sein Körper bestand nur noch aus Haut und Knochen, seine Haut war zerfurcht und wirkte zugleich seltsam wächsern. Er hatte wohl viele Jahre lang getan, was er konnte, um sie jung zu erhalten, hatte jedoch in seinem Bemühen schließlich scheitern müssen.

Obwohl sie sich alle Mühe gab, ganz gelassen zu wirken, war sie zutiefst erschüttert, als sie zu demjenigen trat, der sich da auf dem Lager befand.

Er musste es trotz allem gemerkt haben, denn seine ersten an sie gerichteten und mit versagender Stimme geflüsterten Worte waren: „Ja, sieh dich nur satt daran, wohin ein verfehltes Leben führen kann! Statt ewig zu leben, sterbe ich nun elender, als ich es je bei den anderen, die ich verlachte, erlebt habe."

Mit einer beruhigenden Geste legte sie ihre Hand auf die seine, und bevor sie etwas sagen konnte, fuhr er fort: „Ich weiß. Ihr großen Hüterinnen der Erde betrachtet alles mit Mitleid und Mitgefühl und werdet noch da von Liebe sprechen, wo es unmöglich ist zu lieben. Ich aber habe einen klaren Blick auf meine Situation. Hätte dieser da nicht einfach gehandelt und getan, worauf er bestand, so wärst du nie bis hierhergekommen, um mich zu plagen."

Da traten ihr die Tränen in die Augen. Sie sagte erst einmal gar nichts, denn sie kannte den Zorn, den manche verspürten, wenn sie ihre letzte Stunde nahen fühlten. Nicht umsonst war sie Hohepriesterin geworden. Aber wenn sie auch nichts sagte, so behielt sie doch die knöcherne Hand des Sterbenden in der ihren.

Der hörte mit der Zeit auf zu schimpfen. Sei es, dass ihm das Reden zu schwer fiel, sei es, dass ihre Ruhe auf ihn überging.

Er dämmerte ein wenig vor sich hin. Als er wieder wacher wurde, schien er gelassener, ruhiger und etwas versöhnlicher gestimmt.

„Wenn du schon da bist: So hör denn meine Geschichte. Wer weiß, wozu das gut ist. Mag sein, sie hilft dir selbst dabei, den Tod zu überwinden, was mir am Ende nicht gelang. Und ich war so nahe daran!"

Die Erinnerungen schüttelten ihn. „Ja. Das Geheimnis soll offenbar an dich weitergegeben werden. Eigenartig, denn du dienst dem Tod ja, als sei er ein guter Freund. Sei's drum! Höre:

Der, den du hier vor dir siehst, ist tatsächlich alt, sehr alt, viel älter als jeder der Ältesten hier unter der Erde. Und er hatte einst große Macht. Der Sessel dort drüben war mein von Amtes wegen. Ich war der Erzmagier des Königs, der die drei Fremden hier aufnahm, die nach dem Stein Berylls suchten. Das wirst du aus den Gesängen kennen. Es war vor der Versöhnung des roten und des grünen Landes, die nun auch schon mehr als die Länge eines normalen Zwergenlebens zurückliegt. Als der Einhörnige mit seinen beiden Begleitern unter uns lebte, da war ich schon alt. Jung ist noch keiner Erzmagier gewesen. Das ist bis heute so.

Aber ich war anders – etwas Besonderes.

Ich hatte Jahrhunderte nach dem Schlüssel des ewigen Lebens gesucht. Wozu sterben auf der Höhe der Macht? Ich wollte die Ewigkeit, ich wollte die Gesänge überdauern und zugleich in sie eingehen. Früh schon war dies mein Ziel. In jungen Jahren bereits begann ich nach dem zu forschen und zu suchen, was dir nun so leicht zufallen soll. *Nur:* Ich bekam die Gelegenheit dazu, es auszuführen, was dir wohl kaum gelingen wird, denn heute sind die Beziehungen zwischen rotem und grünem Land anders. Was damals möglich wurde, war einmalig. Und es hat nicht gelingen wollen! Trotz all der Mühen, all der Planerei und Plackerei.

Dieses Raubvogelweib musste die einzig rettende Lösung finden! Es ist so ein Jammer.

Schon als ich noch kaum erwachsen war, wurde entschieden, dass ich die hehre Kunst der Magie würde erlernen dürfen. Etwas anderes hätte ich auch nie tun wollen, das stand für mich fest. Da schon, in meinen ersten Lehrjahren, begann ich mich für die Langlebigkeitszauber zu interessieren. Warum mit dem Leben aufhören, wenn es doch so schön war. Und erst die Macht, die zu erlangen ist, wenn man das Leben verlängern kann. Immer mehr vertiefte ich mich in dieses Gebiet. Ich tat das allerdings so, dass es keiner meiner Kollegen und auch sonst niemand mitbekam. Geteilte Macht ist keine mehr.

Daran musst du ersehen können, dass ich nun doch aufgeben musste: Ich will lieber sterben, als weiter in dieser elenden Hülle zu leiden. Zudem habe ich weder die Kraft noch die

Macht, den Tod weiterhin aufzuhalten. Sonst würde ich dir nichts sagen von meinem Geheimnis.

Also, erst lernte ich, das Leben von Tieren zu verlängern, dann arbeitete ich an mir selbst. Und wie eins zum anderen führt, wenn schon lange leben, warum dann nicht gar für immer? Das wäre ein lohnendes Ziel! Und so forschte ich weiter, fand und sammelte alle Hinweise, die in Richtung Ewigkeit führten. Eine edle Beschäftigung.

Und eines Tages fand ich eine Schriftrolle aus der Zeit der ersten Blüte, als die Elfen mit uns lebten. Die handelte vom ewigen Leben. Dass es nicht möglich sei. Dass es die Kreisläufe unterbräche. Nicht möglich? Mir war nichts unmöglich in meinem Eifer. Und in eben der Schrift, die aussagte, dass es nicht möglich sei, genau da fand ich den Hinweis darauf, wie es möglich ist. Denn der alte Elf hatte geschrieben: Nur wer das Herz eines kräftigen Einhorns in den besten Jahren isst, das sich freiwillig dazu entschieden hatte, einen Körper des roten Landes anzulegen, kann seinen eigenen Körper des roten Landes auf ewig erhalten. Und warum sollte ein Einhorn so etwas jemals tun?

Nun, ich habe erlebt, dass eines es getan hat. Und ich sollte ihm sogar begegnen. Aber das wusste ich da noch nicht. Ich begann nun, mich mit allem zu befassen, was mit Einhörnigen, wie wir sie nennen, zu tun hat. Ich lernte viel und lange und in all der Zeit fuhr ich mit meinem Langlebigkeitszauber fort. Ich wurde wahrlich ein Experte für Einhörnige. Und ich fand heraus, dass sie nicht zu töten waren, wenn sie einen Körper des roten Landes anlegen sollten. Das ließ mir keine Ruhe.

Und schließlich fand ich den Weg, fand das Gift, das den Körper vom Einhörnigen trennen konnte, auch wenn er nicht ganz daran sterben würde. So müsste ich an ein solches Herz herankommen können. Nun, das war alles Theorie, solange da kein Einhörniger war, an dem ich es beweisen und der mir zur Unsterblichkeit verhelfen konnte.

Aber mein Tag kam.

Rotes und grünes Land wurden getrennt. Beryll ging auf seine berühmte Queste, die du aus den Liedern kennst.

Und ich, ich war noch unter den Lebenden, als sie doch alle drei tatsächlich bis vor meine Nase marschierten.

Da begann ich zu handeln. Vorsichtig, bedacht, denn ich hatte Zeit. Aber dennoch, was für eine Geduldsprobe war es, so nahe am Ziel noch Jahre ausharren zu müssen!

Als Erstes gewann ich ihr Vertrauen. Das gelang mir, indem ich Merlins Falken das größte Geschenk machte, das ein Wesen erlangen kann. Ich verlängerte ihr Leben auf die Länge des Lebens von Merlin. Ich glaube, sie wussten es zu schätzen und sie waren mir dankbar dafür.

Ich verstehe das gut, denn wenn schon nicht ewig leben, so ist lange leben immer noch besser als nichts. Da ich ein sehr Mächtiger unter den Zwergen war, äußerte sich ihre Freundschaft eher in Respekt als in Nähe, aber wir sahen uns doch ab und zu. Das war wichtig, denn um an Silbermähne heranzukommen, musste ich ihn in Sicherheit wiegen. Einhörnige haben eine unglaublich feine Wahrnehmung. Und ich brauchte sogar eines seiner Haare für das Gift, das ihn von seinem Körper des roten Landes trennen sollte. Das Haar bekam ich schon, als sie mich zum ersten Mal besuchten. Er hatte es verloren, als er beim Gehen an meinem Stuhl entlangstreifen musste. Es ist mir gelungen zu verhindern, dass er sich dessen bewusst wurde.

So konnte ich das Gift herstellen.

Aber wann und wie anwenden?

Wenige Male gingen sie mit Klwik, dem damaligen königlichen Gesandten, an die Oberfläche. Aber es gelang mir nicht dabei zu sein. Als ob der König etwas merke, behielt er mich jedes Mal mit einem Auftrag zurück. Es war wie verhext, aber doch nur Zufall.

Erst als sie abreisten, kam meine Stunde.

Die Prinzen haben mich darauf gebracht.

Als sie mit uns in der Station am Tauschplatz waren, da waren sie so begeistert über unsere Vergangenheit, dass sie nur noch über den ersten hiesigen König und dessen Taten redeten. Dann sah ich zufällig, wie sich der jüngste Prinz beim Versteckspiel in einer Nische im Torbogen verkroch.

Da wusste ich, wie ich an Silbermähne herankommen konnte.

In dem Moment, da sie uns verlassen würden, gerade da würde er nicht an Gefahr denken, sondern an seine Freunde und an sein Ziel. Die waren ja alle so romantisch. Seinen Schutz würde er da sicherlich für einen Moment vor Sentimentalität vernachlässigen.

Ich nahm mir also den ersten hiesigen König zum Vorbild. Eine der Nischen erfüllte wieder den Zweck, für den sie geschaffen worden war.

Ein Splitter traf.

Was beinahe Pech gewesen wäre, nämlich dass der jüngste Prinz es mitbekommen hatte und beinahe selbst getroffen worden wäre, erwies sich dann als *die* Lösung.

Alle glaubten meiner Version, dass es eine alte Falle war, die aus Versehen von dem Kind ausgelöst wurde. So ging es gar in unsere Gesänge ein. Ein tragischer, bedauerlicher, aber unbeabsichtigter Zwischenfall.

Ich schlich dem vergifteten Einhörnigen nach und versteckte mich in den Felsen in der Nähe der Stelle, an der er zusammenbrach. Ich arbeitete daran, die Wirkung des Giftes zu beschleunigen.

Das Gift enthielt diverse Zauber und war eine echte Meisterleistung. Keiner könnte es nachmachen. Und diesen Teil werde ich dir auch jetzt nicht verraten. Warum sollst du es so leicht haben? Ich konnte es von außen beeinflussen. So etwas hat vor mir noch keiner erfunden. Alles ging nach Plan. Bald schon wollte ich als Helfer zu ihnen stoßen und mir die Position sichern, die mich schließlich an sein Herz heranlassen würde.

Ja. Und dann begann alles schrecklich schiefzulaufen.

Da war diese Frau zu ihnen gestoßen und die schickte die Bussarde los nach der Wurzel, die die Schlange hütet in den Bergen des Sonnenuntergangs. Sie hatte richtig geraten. Das war das Einzige, was das Gift aufhalten und vernichten konnte.

Aber das war kein Grund zur Sorge, denn die Zeit würde nie ausreichen.

Kein Vogel flog rasch genug. Bis die Wurzel kommen würde, falls die Schlange sie herausrücken sollte, wäre es bereits zu spät.

Dann kamen aber der königliche Heilende und Klwik dazu. Der Heilende hinderte sie zweimal daran, dem Gift kräftig nachzuhelfen. Und dieser Klwik, der legte dann den Schutzkreis. Verlangsamte die Zeit. Und: Er hinderte mich daran, weiter von außen einzuwirken. Der Trottel hat es endgültig verdorben. Ich hatte übersehen, dass er sich auf Kristalle verstand. Er, der sich ja um ganz anderes hätte kümmern müssen. Was musste er sich auch einmischen!

Der Einhörnige überlebte schließlich und sie gingen weiter auf die so berühmt gewordene Queste der Versöhnung.

Ich bekam keine zweite Chance mehr.

Von da an wurde es immer schwerer für mich, meine Langlebigkeitszauber aufrechtzuerhalten. Es beanspruchte so viel Zeit, dass ich nach und nach alle anderen Arbeiten und Ämter niederlegen musste. Und auch für das Verlängern des Lebens meines Leibdieners reichte meine Kraft bald schon nicht mehr aus. So musste er lange vor mir sterben. Denn wenn schon nicht ewig, so wollte ich doch nun so lange als möglich leben.

Fragt sich jetzt allerdings, wozu? Denn es war bald kein lohnendes Leben mehr.

Das Aufgeben der Ämter war leicht.

Als der König gestorben war, wählte sein Nachfolger damals neue Ratgeber. So konnte ich es ihm auch ausreden, weiter in seinen Diensten zu bleiben. Nach und nach verschwand ich ganz sachte von der Bildfläche. Immer weniger Zwerge kannten mich persönlich. Immer weiter zog ich mich zurück. Ich ließ absichtlich zu, dass ich in Vergessenheit geriet.

Vier Mal musste ich meinen persönlichen Diener noch wechseln, nachdem ich bereits hier unten eingezogen war. Ich ging nicht mehr selber zu den anderen. Das machte mein Leibdiener für mich, der sich auch jedes Mal rechtzeitig um einen Nachfolger zu kümmern hatte.

Sie alle versorgten mich mit dem Lebensnotwendigen und starben nach und nach weg. Ich versank hier in Grübeleien und wurde langsam dann doch zu schwach, um den eigenen Langlebigkeitszauber aufrechtzuerhalten.

Das unwürdigste Leben, das ich mir denken kann, musste ich so für lange Zeit führen. Denn der Langlebigkeitszauber musste jetzt ja in mir abklingen, nachdem ich ihn nicht mehr verlängern konnte.

Und nun ist es so weit gekommen, dass der da den Spieß umgedreht hat. Gutgläubig, wie er ist, hat er dich geholt, weil er mich überleben wird.

Nun weißt du es: Iss das Herz eines Einhörnigen in seinen besten Jahren, der freiwillig gewählt hat, einen Körper des roten Landes zu tragen, und du wirst ewig leben.

Aber da ist noch eine Kleinigkeit: Erst musst du das Gift wieder erfinden, das ihn so weit von seinem Körper des roten Landes trennt, dass du ans Herz herankommst, um es zu essen. Ha!"

So viele Worte sollte er nie mehr sprechen. Er schien danach noch tiefer in seinem Lager zu versinken. Noch knochiger und müder zu sein, als es überhaupt möglich war.

Die Priesterin blieb bei ihm sitzen. Sie gab ihm zu trinken und sie fütterte ihn mit dem wenigen, das er noch essen mochte. Sie säuberte ihn.

Sie blieb mehrere Tage.

Und nach und nach begann sie zu ihm zu sprechen. Von der Erdmutter, von den großen Kreisläufen des Lebens. Von den beiden Welten, die ineinander verwoben waren, die beide erreicht werden konnten: durch die Pforte der Geburt und durch die Pforte des Todes.

Zu Anfang schien er sie gar nicht zu hören, dann zeigte sich ein höhnisches, ungläubiges Lächeln auf seinen Lippen.

Aber als sie eines Tages darüber sprach, dass der Körper eben altere, weil darin etwas anderes heranwachse, das im Herzen lebe, und das es dies sei, das dann durch die Todespforte ginge, dass der Körper danach von der Erdmutter verwandelt würde und sie daraus die Körper neuer, junger Geschöpfe bilde, da sah er sie plötzlich mit aufgerissenen Augen an und fragte:

„Hat das mit dem zu tun, was der Elf meinte, wenn er schrieb, es sei nicht möglich, ewig in einem Körper zu leben? So meinst du gar, dass wir alle Körper tragen aus Erde, die uns mit allen anderen verbinden? Dass die Erde uns die Körper leiht?“

Sie bejahte.

Da versank er in tiefes Nachdenken.

Er begann, ihr Fragen zu stellen.

Am Ende der wenigen Tage, die sie gemeinsam verbracht hatten, war er bereit, seinen Körper der Erdmutter zurückzugeben und zu gehen, um die andere Welt durch die Pforte, die er nun im Herzen spürte, zu erkunden. Er war aus seiner Einsamkeit herausgekommen und bereit, wieder in den Kreislauf des Lebens einzutreten. Sich durch die Pforte des Todes erneut unter die Lebenden einzureihen.

Er starb in Frieden und erleichtert, denn sie hatte ihn von dem Leiden seines Lebens entlasten können. Er hatte zugelassen, dass ihm vergeben wurde, und so sich selbst vergeben können.

Der Uralte und sie vollzogen die Riten und gaben seinen Körper an die große Erdmutter zurück. Sie begleiteten sein Leben in die andere Welt hinüber.

Die Hohepriesterin war erschöpft, als sie zurückkehrte. Sie war auch zutiefst aufgewühlt, denn es war eigentlich unmöglich, dass ihr ein Wesen aus jenen Tagen noch begegnen konnte und sie mit der großen Queste selbst zu tun haben sollte.

Und sie hatte ihre Liebe zu den Wesen, zu diesem Alten, vertiefen müssen, ihr Herz weiter werden lassen müssen, als sie es je von sich erwartet hätte.

Denn, um ehrlich zu sein, in den ersten Tagen hatte sie ihn gehasst und war nur aus Pflichtgefühl geblieben.

Je mehr es ihr aber gelungen war, das Leben in seinem Herzen doch für wahr zu nehmen und zu würdigen, desto mehr Zuneigung hatte sie für ihn empfunden. Das war am Ende der Schlüssel für seine Befreiung und ihr Wachsen gewesen.

Es war ihr ebenso gegangen wie Merlin bei dem Gespräch mit Silbermähne, aber davon wussten beide nichts. Mindestens zwei Geschöpfe hatte der Erzmagier liebevoller werden lassen.

Nie erzählte sie jemandem, was sie in diesen Tagen von ihm erfahren hatte.

Das sollte aber alles erst viel später geschehen.

In Silbermähnes Zeit ging es weiterhin darum, dass er sich erholen konnte.

Beryll, Bussardfreundin und der Heilende der königlichen Familie bemühten sich gemeinschaftlich darum, ihm dabei zu helfen, das Gift endgültig zu überwinden und wieder zu Kräften zu kommen.

So sehr, dass er sich bald einmal wehrte, als sie am Abend um ein Feuer saßen und Beryll ihm einen weiteren Kräutersud kochen wollte.

„Lasst es doch mal gut sein! Glaubt mir, ich schwebe in keiner Gefahr mehr. Ich brauche keine Medizin mehr zu nehmen. Zeit, frische Luft, gutes Gras und Wasser, genug Bewegung ohne Anstrengung: Das ist alles, mehr brauche ich wirklich nicht, um innert Kürze wieder ganz der Alte zu werden." Er fuhr so lange fort, sich zu beschweren, bis sie ihn schließlich in Ruhe ließen und aufhörten, ihn weiterhin zu verarzten. Und das war wohl ganz in Ordnung so, denn er erholte sich tatsächlich rasch. Vor allem, indem er mit dem jungen Prinzen herumtollte, denn das tat beiden gut.

Nach zehn Tagen fand Silbermähne, dass er nun für die Reise mit Gki bereit sei.

Sie packten also nochmals ihre Bündel und verabschiedeten sich endgültig von den Zwergen, die mit ihnen im Lager vor der Station abgewartet hatten:

Dem jungen Prinzen, seinem Erzieher, Klwik und dem Heilenden der königlichen Familie, die der König dafür freigestellt hatte, und einer alten Priesterin der Hüterinnen der Erde, die der König zu Bussardfreundin geschickt hatte, als er bei seinem Besuch merkte, dass sie eine Heilende war und dass sie sich sehr dafür interessierte, wie die Erdleute denn nun wirklich waren und lebten.

Die beiden Frauen hatten sich stundenlang an ein kleines Feuer gesetzt und sich unter vier Augen unterhalten. Sie hatten viel Wissen auszutauschen gehabt.

Diese Zwerge blieben zurück und sahen ihnen noch eine ganze Weile nach, als sie mit ihren Bündeln zunächst einmal in die Richtung wanderten, aus der die Vogelmenschen jeweils zum Tauschen kamen.

Aber bald schon änderten sie die Richtung und gingen in einem weiten Bogen um das Gebiet des Palastes herum in südlicher Richtung, wie sie es mit Gki ausgemacht hatten.

Sie waren etwas unruhig und hofften, dass sie ihn noch antreffen würden, denn in all der Aufregung hatten sie zuerst nicht daran gedacht, ihm eine Nachricht zu schicken, und später, als Klwik daran gedacht hatte, hatten die Botenvögel den Zwerg nicht finden können, was eigentlich höchst seltsam war.

Am ersten Abend erreichten sie eine Stelle, an der sie übernachten wollten. Dort fanden sie auch eine Feuerstelle, die vor noch gar nicht langer Zeit benutzt worden sein musste.

Ob es Gki gewesen war? Sicher hatte er genug Zeit gehabt, ihnen bis dorthin entgegenzugehen. Wenn ja, wo war er denn nun bloß? Hier hatte er jedenfalls nicht auf sie gewartet.

Da sie wussten, dass sie auf jeden Fall zu den Waldleuten wollten, beschlossen sie am nächsten Morgen, einfach in der eingeschlagenen Richtung weiterzugehen. Entweder Gki wartete weiter südlich auf sie und sie sollten ihn noch finden, oder sie würden sich eben ohne ihn zurechtfinden und durchfragen müssen.

So kamen sie noch eine Tagesreise weiter nach Süden und lagerten dort ein zweites Mal. Hier fanden sie keine Spuren davon, dass vor Kurzem jemand hier gewesen war.

Im Verlauf der zwei Tagesreisen, die sie nun bereits zurückgelegt hatten, war ihre Umgebung bereits eindeutig viel trockener geworden. Gki hatte sie davor gewarnt, dass sie als erste Etappe ihrer Reise eine Wüste zu queren haben würden.

Langsam wurde ihnen klar, dass das ohne seine Hilfe vielleicht nicht so ohne Weiteres möglich war.

„Wo mag er bloß stecken?", fragte sich Beryll. „Ob er einfach nicht warten konnte? Oder ist ihm gar auch etwas zugestoßen? Denn er hat uns ja auch keine Nachricht zukommen lassen."

Silbermähne gab ihm Recht. Das war eigenartig. Denn wenn sie sich auch nicht auf den Tag genau verabredet hatten, so hätte er sie doch sicher wissen lassen, dass und wohin er aufgebrochen war. So war es mindestens zu vermuten.

„Er hat uns ja auch eine Nachricht hinterlassen! Seht nur!", rief da Merlin auf einmal, denn Schneebrust hatte hoch oben auf einem Baum etwas entdeckt und war hinaufgeflogen.

Als sie zurückkam, trug sie eine kleine Rindenrolle bei sich. Ja, außer ihr und Bussardfreundin kannten alle diese Rindenrollen und auch die Handschrift, die sich darauf zeigte.

Silbermähne las vor: „An meine Freunde, die schon wissen, wer gemeint ist. Ich nehme an, dass der Falke das da oben gefunden hat. Es wäre nicht klug, ab hier alleine weiterzugehen. Wo habt ihr denn bloß gesteckt? Ich war zwei Tagreisen weiter nördlich und habe eine Woche auf euch gewartet. Die Abschiedsfeier muss ja unendlich lange gedauert haben. Am Ende bin ich wieder bis hierher zurück, denn bis hier konntet ihr gefahrlos kommen. Aber das Warten dauerte mir zu lang. Ich bin inzwischen los, um den Gnomen in der Oase einen Besuch abzustatten. Geht aber ja nicht vor meiner Rückkehr und alleine weiter. Wartet hier, bis ich zurückkomme, sonst werdet ihr verdursten, statt euer Ziel zu erreichen. Euer Freund."

Bussardfreundin sagte: „Zum Glück haben wir das wirklich gefunden. Der ist ja wohl ein rechter Optimist."

„Das ist er wohl", antwortete Merlin. „Und Sitzfleisch hat er auch keines. Immer Neues herausfinden, das treibt ihn an. Aber so weit ich es verstehe, hätten wir die Rolle auf jeden Fall bekommen. Falls wir sie nicht von selbst gesehen hätten, so hätte sie uns einer der vielen Vögel hier sicher vor die Füße geworfen. Wie ich ihn kenne, hat er dafür gesorgt, dass nichts schiefgehen konnte."

Bald hatten sie von den Vögeln, die hier lebten, herausgefunden, dass Merlin sich nicht geirrt hatte.

Sie übernachteten an der Stelle und blieben dann auch dort, um auf Gki zu warten.

13

Zu den Waldleuten

Der übernächste Morgen brach an, als Schneebrust sie warnte, denn sie sah zwei riesige Vögel auf sie zuhalten, aus der Wüste heraus, an deren Rand sie lagerten.

Es sollte sich herausstellen, dass es sich um Reittiere handelte.

Als sie nämlich bei ihrem Lagerfeuer landeten, das sie in der Nähe der Quelle gemacht hatten, die hier entsprang und einen winzigen, von Büschen und Bäumchen überschatteten Teich füllte, saß Gki auf dem Rücken des einen und auf dem anderen ein Wesen, das einem Zwerg so ähnlich sah, dass es sich nur um einen Gnom handeln konnte.

Das konnten zumindest Silbermähne, Schneebrust und Merlin sehen. Bussardfreundin spürte die Gegenwart des Gnoms, sah ihn aber nur wie einen Schatten am Rande ihres Gesichtsfelds.

Beryll sah ihn gar nicht und wunderte sich über das Benehmen der anderen, die erst Gki begrüßten und dann interessiert zu einer Stelle am Boden neben dem zweiten der beiden großen Vögel mit kahlen Köpfen hinsahen. Erst als er Gki zuhörte, der mit einem freudigen Redeschwall ihre Begrüßung erwiderte, und aufnahm, was der sagte, begriff er. Und nun, da er es wusste, spürte er, dass da jemand war. Von sehen konnte allerdings keine Rede sein.

Gki hatte gesagt: „Meine lieben und geschätzten Freunde aus der Fremde und aus anderen Reichen! Was bin ich froh, dass ich euch gesund und munter hier vor mir sehe und dass ihr tatsächlich selber bis zu diesem Ort gelangt seid! Wie ihr ja wisst, unter Tieren sprechen sich Neuigkeiten rasch herum, und so hat mich die Nachricht von Silbermähnes Leiden bereits in der Oase erreicht. Als ich dahin aufbrach, dachte ich, dass eure Freundin vom Stamm der Vogelmenschen wohl Verspätung habe. Das muss die Dame sein, die neben Beryll steht. Meine Hochachtung, gnädige Frau! Aber es ging ja um Silbermähne. Und sie war pünktlich zur Stelle und hat ihn gerettet! Was für eine schreckliche und heikle Angelegenheit muss das gewesen sein. Später müsst ihr mir alles ganz genau schildern. Fürs Erste bin ich froh zu sehen, dass Silbermähne munter ist. Sobald ich erfuhr, dass ihr unterwegs seid, haben wir uns mithilfe der Vögel auf den Weg hierher gemacht.

Und bevor ich es vergesse: Das hier ist mein Freund Hutzel, der Gnom!“ Er deutete eine kleine Verbeugung in dessen Richtung an. „Da es mir nur allzu sinnvoll erschien, hielt ich mich an das Stammepos und sagte mir: Was sich früher als gut erwiesen hat, könnte sich auch heute als passend herausstellen. Auf meinen Reisen, weit von den anderen Zwergen entfernt, suchte ich den Kontakt zu unseren Brüdern, den Gnomen, von denen ja ein großer Teil bei den Wesen des roten Landes geblieben ist, um ihre Aufgabe hier weiterhin erfüllen zu können, und erneuerte die alte Freundschaft, wobei ich es im Grunde nur schaffte, beinahe zu verdursten, alles andere hat Hutzel für mich getan.

Ich kann euch sagen, es sind wunderbare Freunde und ich kann sie nur wärmstens empfehlen. Nicht nur Hutzel, nein, alle seiner Art sind die aufmerksamsten und liebenswürdigsten Geschöpfe, die man sich denken kann. Immer darum bemüht sicherzustellen, dass es den Pflanzen und Tieren in ihrer Umgebung gut geht, immer bemüht zu schlichten. Und kein bisschen verbohrt.“

Hutzel kicherte längst verlegen ob der Lobrede Gkis, die er einerseits schon für ganz gut, weil nicht ganz und gar unwahr, andererseits aber für viel zu ausgeschmückt hielt.

Sein rundes, warmes Apfelgesicht wurde noch eine Spur röter, als ihn alle ansahen oder doch zumindest ihre Wahrnehmung auf ihn richteten. Die Menschenfrau war fast blind für seine Welt und der eigenartige Mann sogar ganz, wie er bald einmal feststellte. Aber fühlen konnte ihn auch der Mann. Das war gut so. Für die Zukunft.

Während die Gruppe den Gnom nun höflich begrüßte, hatte Gki munter weitergeredet: „Mein Dank geht auch an unsere beiden braven Reitvögel hier." Und er sagte das mit einer Verbeugung auch für sie. „Sicher könnt ihr allein schon daran, dass einer unter ihnen bereit ist, auch mich zu tragen, ersehen, wie gut die Gnome zu mir sind. Es hat meine Reisen gewaltig beschleunigt, die Wüste so rasch und im Flug zu überwinden. So bin ich null Komma nichts bei den Waldleuten!" Nachdenklich fügte er an: „Zumindest auf dem Hinweg. Zurück ist meist eine andere Sache mit all den Gesteinsproben, Tieren und Pflanzen. Da geht es dann nur langsam und mühsam voran und es ist nur dank der Hilfe der Gnome überhaupt zu überleben."

Als Gkis Überschwang etwas abgeklungen war, verabschiedeten sich die beiden riesigen Vögel von ihnen, erhoben sich wieder in die Luft und verschwanden bald schon weit im Süden.

Gki und Hutzel setzten sich vor Silbermähne und Bussardfreundin hin und hörten sich genau und mit ernsthaften Mienen an, was Silbermähne ihnen über die vergangenen Ereignisse zu erzählen bereit war.

Beryll und Merlin machten sich inzwischen am Feuer zu schaffen und kochten eine Mahlzeit für ihren Gast und die Reisegefährten; eine Suppe aus Mehl, Wurzeln und getrockneten Gemüseflocken, die sie von den Zwergen mitgebracht hatten.

So bekam Beryll Gelegenheit, sich unauffällig bei Merlin nach dem Gnom zu erkundigen.

„Merlin, sicherlich kannst du den Gnom sehen. Es sah jedenfalls so aus, denn du hast die ganze Zeit dahin geschaut, wo er gestanden haben muss."

„Was? Heißt das, dass du ihn nicht sehen kannst?"

Beryll antwortete betreten: „Das heißt es. Einmal mehr kann ich euch nicht folgen. Ich habe mir gedacht, dass da etwas sein muss. Als Gki ihn vorgestellt hat, wusste ich, wer da ist. Aber beim besten Willen kann ich Hutzel nicht sehen. Nur dass er da ist, das kann ich fühlen, wenn ich gut aufpasse. Es ist wie eine Ahnung, die ich leicht verdrängen könnte. Ich frage mich, ob ich ihn hören könnte. Hat er schon gesprochen? Und wie sieht er denn für dich aus?"

„Ich vermute, dass du ihn hören können wirst. Du kannst ja inzwischen auch die Tiere hören und verstehen. Hutzel muss sich ganz ähnlich mit uns verständigen, wie die es tun. Und ich glaube übrigens fest daran, dass du eines Tages auch so sehen können wirst wie Silbermähne und ich. Da du einst im grünen Land warst, denke ich, ist das einfach nur logisch.

Wie Hutzel aussieht? Er ist etwas kleiner als Gki. Kleiner als die meisten Zwerge, die wir gesehen haben. Er ist schlanker als Gki. Aber dünn passt auch nicht auf ihn. Soweit ich es bis jetzt mitbekommen habe, bewegt er sich wieselflink. Ich kann ihm mit den Augen nicht folgen, wenn er von einer Stelle zur anderen geht, so schnell kann er das. Er ist gekleidet, wie die Zwerge es sind, wenn sie die alten, einfachen Alltagstrachten aus dem Urland tragen. Er trägt Hosen aus grobem Tuch, die in weichen Stulpenstiefeln stecken, eine Art Tunika und eine Zipfelmütze. Die Farben seiner Kleider sind gedeckt. Tarnfarben, die ganz mit der Umgebung hier verschmelzen. Aber seine Zipfelmütze ist knallrot. Wie seine Backen. Er hat ein rundes, freundliches Gesicht voller Lachfalten, lichtvolle, muntere, kleine Augen und einen langen, dichten, weißen Vollbart. Seine Haut ist wettergegerbt. Anders als die Zwerge muss er wohl meistens draußen sein. Im Grunde könntest du ihn dir wie einen Bruder von Gki und Kgo vorstellen. So bekämest du ein treffendes Bild."

Inzwischen war die Suppe fertig geworden und so unterbrachen sie ihr privates Gespräch und riefen die anderen zum Essen zu sich.

Alle, auch Silbermähne, der sich dazustellte, kamen bei ihnen zusammen, um zu essen.

Beryll fand es höchst seltsam, dabei zuzusehen, wie eine kleine Schale mit Suppe sich vor ihm in der Luft bewegte, auf geringer Höhe über dem Boden haltmachte, und wie ein für ihn unsichtbares Geschöpf ihren Inhalt austrank, denn sie neigte sich immer mehr und wurde dabei rasch leer. Es konnte nur bedeuten, dass Hutzel bei ihnen war und ihm die Suppe schmeckte.

Kaum waren sie mit Essen fertig, ergriff Gki das Wort: „Es wird wohl nun Zeit, dass wir an die nächste Etappe unserer Reise denken. Zeit, aufzubrechen zu den Waldleuten, um das Ziel eurer Queste finden zu können. Aber es wird nicht möglich sein, von hier einfach loszumarschieren.

Da wir ab hier durch eine echte Wüste gehen müssen, will alles gut bedacht, geplant und vorbereitet sein.

Aus diesem Grund bin ich ganz besonders froh, dass Hutzel bereit war, mit mir zu euch zu kommen. Es gibt niemanden, der diese Wüste so gut kennt wie er. Ich möchte ihm schon jetzt dafür von Herzen danken, dass er seine Hilfe zur Verfügung gestellt hat. Ja, er hat sich sogar dazu bereit erklärt, die Wüste mit uns zu queren und uns dabei zu führen. Dies, obwohl er bei sich zu Hause vieles zu behüten hat und er während einer so langen Abwesenheit sehr vermisst werden wird. Denn bedenkt: Wäre er für sich unterwegs, so könnte er jetzt im Nu im Vogelflug die Strecke wieder hinter sich bringen.

Ich möchte nun dich, Hutzel, da ich erklärt habe, was du für uns zu tun bereit bist, darum bitten, den hier noch Fremden auseinanderzusetzen, was auf sie zukommt."

Damit übergab er das Wort an Hutzel, den Gnom, der also fortfuhr: „Nun, mein guter Gki. Ich danke dir für deine Erläuterung und dafür, dass du mich so positiv darstellst. Aber häufe bitte nicht zu viel der Ehre über mich."

Beryll seufzte innerlich erleichtert auf, denn wenn er den Gnom auch nicht sehen konnte, so konnte er seine Worte doch hören. Leise, aber deutlich vernehmbar erklangen sie in seinem Kopf und Herzen, wenn er genau hinhörte. Beruhigt verfolgte er weiter, was Hutzel sagte:

„Dort, wo ich herkomme, gibt es noch viele weitere Gnome. Für eine Weile werden sie es gut und gerne übernehmen können, sich auch um das Wohl meiner Schutzbefohlenen zu kümmern. Und sicher könnte ich die Strecke im Flug im Nu überwinden, aber wie soll ich dann wissen, dass für euch alles zum Besten steht? Denn, meine lieben neuen Freunde, Gki hat vollkommen recht, diese Wüste zu durchqueren, um zu den Waldleuten zu gelangen, ist ganz und gar kein Unterfangen, das leichtfertig anzugehen ist. In der großen Hitze und Trockenheit, die hier herrschen, zu überleben, ist sogar für die Lebewesen, die dafür besonders ausgestattet sind, nicht ganz einfach. Nicht zu reden von menschlichen Geschöpfen oder einem Pferd.

Bitte verzeih mir, Silbermähne. Es ist mir ganz klar, dass du ein Einhorn und kein Pferd bist, aber dein Erdbodenkörper wird hier nicht mehr ertragen können als der eines Pferdes, während du an anderen Orten deiner Umgebung viel mehr Kräfte entgegensetzen kannst falls nötig. Das kommt daher, dass es hier zur vollen Entfaltung deiner Kräfte nicht genug Wasser gibt. Am leichtesten wird es die Falkenfrau haben, denke ich, denn für Bussardfreundin, Merlin und Beryll wird es auch schwierig werden, weil sie nur sehr wenig trinken dürfen. Wir müssen genau abmessen, was wir hier an Wasser der letzten Quelle am Rande der Wüste entnehmen und mittragen dürfen.

Zum Ersten darf es nicht so viel wiegen, dass wir deswegen langsamer als notwendig vorankommen. Zum Zweiten dürfen wir nicht so viel aus dem kleinen Teich hier schöpfen, dass sein Spiegel absinkt, weil die Quelle ihn nicht rasch genug aufzufüllen vermag. Das würde den Pflanzen, die um ihn herum wachsen, und den Tieren, die hierherkommen, um zu trinken, Schaden zufügen.

Ich werde die Wassermenge, die wir mitnehmen, also genau einschätzen und abmessen. Und ich möchte euch bitten, euch an meine Vorgabe zu halten.

Es ist in mehr als einer Hinsicht und für viele Lebewesen unerlässlich, dass der Quelle hier kein Schaden zugefügt wird.“

Er sah wohl alle in der Runde einen nach dem anderen an, denn Beryll sah, dass alle reihum mit dem Kopf nickten, um ihr Verstehen und ihr Einverständnis zu erklären. Da tat er es ebenso.

„Gut“, fuhr Hutzel da fort. „Noch heute Nachmittag sollten wir also das Wasser messen und schöpfen. Dann ein paar Stunden ruhen. Und eine Weile nach Sonnenuntergang, so schlage ich vor, sollten wir aufbrechen. Der Mond wird heute Nacht scheinen und er ist beinahe voll. Es wird also nicht an Licht für die Menschenaugen mangeln und ihr werdet sehen können, wo ihr hintretet. Ja, was das Treten betrifft, so möchte ich euch bitten: Wenn wir in der Wüste draußen sind, werden Pflanzen immer spärlicher wachsen. Darum gibt es viel Platz um sie herum, wo ihr hintreten könnt. Vermeidet also, so gut es geht, direkt auf Pflanzen zu treten. Sie haben es sehr schwer, sich da draußen davon wieder zu erholen, denn es ist zu trocken, als dass sie abgebrochene Teile so ohne Weiteres wieder nachwachsen lassen können.

Trotz unserer Unterstützung bleibt es für sie eine schwierige Sache."

Ein zweites Mal nickten alle.

„Ich halte es für das Beste, dass wir jeweils in der Nacht gehen und am Tage ruhen, weil wir so der Hitze besser entgehen können. Soweit ich mitbekommen habe, habt ihr euch gut an Gkis Anweisungen gehalten und nur wenig und leichtes Gepäck dabei. Das wird es uns viel leichter machen, gut voranzukommen.

Aber ich hab euch jetzt wohl genug Vorschriften gemacht. Es reicht. Ich will nun zu der Quelle gehen und sehen, wie viel Wasser uns zusteht."

Eine Stille trat ein, die Gki unterbrach, indem er vorschlug: „Solange Hutzel an der Quelle ist und das Wasser befragt, könnten wir doch schon die gepichten Lederbeutel auspacken und bereitmachen, die ihr in eurem Gepäck haben müsstet."

Merlin antwortete ihm: „Ja. Wir haben sie dabei, wie du es gewünscht hast. Ich werde sie gleich holen gehen."

Der aufgehende Mond fand sie alle schlafend vor. Der Gnom hatte ihnen erklärt, dass sie keine Wache brauchen würden, da die Nachtvögel ihm sofort Bescheid geben würden, falls Gefahr drohe.

Ihr Gepäck war reisefertig gebündelt. Die Anzahl der Wasserbeutel, die Hutzel als die richtige und ausreichende bestimmt hatte, war mit verpackt. Alles lag bereit, um geschultert oder auf Silbermähnes Rücken getragen zu werden.

Kaum berührten die ersten Mondstrahlen die Gruppe, da sprang Hutzel auf, um die anderen zu wecken. Er besah sich den Teich, und da er feststellte, dass sich dessen Spiegel gut genug von ihrem Eingriff erholt hatte, erlaubte er allen, sich nochmals satt zu trinken aus dem Sandloch, das sie neben dem Ufer ausgehoben hatten, um gefiltertes Wasser zu erhalten.

Dann nahm jeder den Teil der Ladung auf, den er zu tragen hatte. Silbermähne trug den größten Teil auf seinem Rücken. Aber doch nur so viel, dass er es kaum merkte. Hutzel hatte ihm nicht erlaubt, eine ernsthafte Last zu übernehmen.

„Du wirst schon noch erleben, wie viel das wiegt, was du jetzt als leicht empfindest, wenn du durch Sand gehen musst und wenn die Hitze auf uns drückt. Außerdem müssen wir lange durchhalten können“, hatte er gesagt und es ihm verwehrt.

So hatten Beryll, Merlin und Bussardfreundin alle auch ein Bündel mit zwei Wasserbeuteln. Auch bei ihnen war es so, dass sie jetzt nicht das Gefühl hatten, damit belastet zu sein. Gki und Hutzel selbst trugen gar ein wenig von den Lebensmitteln und jeder eine Wasserration.

So war Schneebrust die Einzige, die ohne Gepäck reiste. Da es Nacht war, saß sie schläfrig auf Merlins Schulter, als sich die Gruppe in Bewegung setzte.

Alle gingen im Gänsemarsch hinter Hutzel her, der sie führte. Sie waren sich sicher, dass sie so seiner Bitte, nicht auf Pflanzen zu treten, am einfachsten nachkommen konnten. Auch hatte er sie davor gewarnt, sich zu weit voneinander zu entfernen und vom Weg abzukommen.

Schweigend liefen sie im Mondlicht, das die Umgebung versilberte. Es war ein friedvoller Anfang eines langen Weges.

Beryll genoss es, wieder draußen und unterwegs zu sein. Er fühlte jetzt ganz deutlich, dass ihm all die Jahre des sesshaften Lebens in den Höhlen der Zwerge nicht eigentlich entsprochen hatten. Aber er spürte auch bald schon, dass er eine Zeit lang würde üben müssen, um sich an das lange Laufen zu gewöhnen.

Als er sich mit Merlin und Silbermähne darüber unterhielt, stellte sich heraus, dass es für die beiden genauso war.

Vier Nächte lang trotteten Hutzel und Gki vor ihnen allen durch die meist sandige Wüste.

Vier Tage lang taten sie ihr Möglichstes, um sich trotz der sengenden Sonne etwas zu erholen.

In der fünften Nacht erreichten sie, drei Stunden, nachdem sie aufgebrochen waren, eine Oase. Uralte und ehrwürdige Bäume wuchsen dort um eine Quelle herum, die so viel Wasser gab, dass sogar ein kleiner Bachlauf aus ihrem Teich heraus entsprang und sich für ein paar hundert Meter durch den Sand schlängelte, bis er dann doch versiegen musste.

Aber wie viel Leben rief er auf dieser Strecke doch aus dem Boden hervor.

Im und auf dem Wasser selbst gab es Fische, Schnecken, Wasservögel und ganze Schwärme von Libellen und anderen Insekten, die das Wasser lieben.

Am Rand wuchs ein undurchdringliches Gewirr von Schilf und Binsen. Darin quakten mehrere Sorten von Fröschen so laut sie nur konnten.

Dann gab es auch Gras, das sich bis zu einer gewissen Entfernung vom Wasser und im Schatten der alten Bäume halten konnte. Und darin wuselten kleine Tiere herum, die zwischen den Grashalmen unsichtbar blieben. Es waren wohl Mäuse und vielleicht ab und zu auch Schlangen.

Große Tiere schien es hier keine zu geben.

Aber in den Kronen der Bäume saß eine Vielfalt von Vögeln und schlief. Einige davon piepsten, nur halb erwachend, als die Gruppe, tief beeindruckt von so viel Leben inmitten der Kargheit der Wüste, unter die Bäume trat und vorsichtig zum Teich ging.

An dessen Ufer lagen Steinbrocken, auf die sich die großen Zweibeiner setzten.

Silbermähne blieb regungslos in der Nähe des Wassers stehen.

Der Zwerg und der Gnom gingen weiter vor bis zum Quellbecken.

Schneebrust nickte auf Merlins Schulter vor sich hin.

Alle waren von der Stimmung verzaubert.

Der Gnom holte eine kleine Flöte aus seiner Tunika hervor und blies eine einfache, klare Melodie, die über das Wasser dahinstrich und unter den großen Bäumen am anderen Ufer verklang.

Es dauerte nicht lange, da konnte Beryll hören, wie eine ähnliche Melodie nicht weit entfernt antwortete. Und dann eine weitere. Und noch eine. Und noch eine.

Innert kürzester Zeit ertönte ein vielstimmiger Flötenchor aus allen Richtungen.

Hutzel und die Gruppe, die er bis hierher gebracht hatte, wurden von den Seinen begrüßt.

Nach zwei Liedern verstummten die Flöten.

Merlin, der gleich neben Beryll saß, beugte sich zu ihm und flüsterte ihm leise zu: „Jetzt kommen sie von überall her zum Teich gelaufen. Und von denen, die über das Wasser rudern, wirst du wohl nur die Blätter sehen können, die sie als Boote benutzen. Sieh, sie treiben alle zu uns hin. Ich sehe nicht nur Gnome, es sind auch etliche Blütenfeen dabei und die Baumgeister beugen sich vor, um auch alles mitzubekommen." Er blickte immer faszinierter um sich.

Beryll war Merlin sehr dankbar für diese Erklärung, denn er fühlte, dass es um ihn herum von Wesen nur so zu wimmeln begann.

Und so war es auch tatsächlich. Sie drängten sich alle um Hutzel und die Gäste. Wenn möglich nicht weit weg von Hutzel, der im Mittelpunkt zu stehen schien. Alle wollten hören, was er ihnen zu sagen hatte.

Beryll vernahm ihr leises Stimmengewirr, das verstummte, als Hutzel das Wort ergriff:

„Bis hierher haben sie es also geschafft. Bis zur Oase im Herzen der Wüste sind Beryll und sein Freund auf ihrer Queste gelangt." Er stellte sie alle einzeln den Oasenbewohnern vor. Dann fuhr er fort: „Wir wollen ihnen einen würdigen Empfang bei uns bereiten. Aber ihnen auch die Ruhe gönnen, die sie brauchen werden, um sich zu erholen, damit sie den nächsten Teil ihrer Reise angehen können, denn Beryll hat noch nicht einmal die Hälfte seiner Reise hinter sich."

Silbermähne nickte dazu gedankenverloren mit dem Kopf.

Oh ja, wie recht der Gnom doch hatte. Es lag noch ein weiter Weg vor ihnen, das war die Wahrheit.

Hutzel hatte inzwischen weitergesprochen: „Wir wollen es unseren Gästen also hier gemütlich machen. Ich schlage vor, dass wir ihnen erst mal Essen und Trinken geben. Auf dem Weg hierher mussten wir ja, wir ihr alle wisst, sehr sparsam mit unseren Vorräten umgehen. Dann wollen sie wahrscheinlich eine Weile ruhen. Aber morgen zum Sonnenuntergang und danach lasst uns feiern!" Mit diesem Ruf schloss er seine kleine Rede.

Deutlich waren die zustimmenden, jubelnden Rufe um die Gruppe herum zu vernehmen.

Bald schon bedauerte es Beryll erneut schmerzlich, dass er die Gnome nicht sehen konnte.

Für ihn schien es, als tauchten vor ihm aus dem Nichts, das allerdings ein für ihn fühlbar belebtes Nichts war, kleine Tonschüsseln und Krüge aus Silber auf. Gefüllt mit den zartesten und feinsten Speisen. Frische, saftige Salate, Gemüse und Früchte erschienen da vor ihm. Kühles Wasser aus der Quelle, dessen Geschmack einmal mehr den Anflug einer Erinnerung wachrief.

Seit er von der Quelle im Wald aufgebrochen war, hatte er nie solches Wasser geschmeckt. Aber davor? Da musste er Wasser von dieser Frische und Süße gekannt haben. Wo war das bloß gewesen? War er schon einmal hier gewesen?

Aber die Freude an den saftigen, frischen Speisen nach all den Tagen mit getrockneter Nahrung und wenig Wasser war so stark, dass er den Schatten der Erinnerung nicht festhalten konnte.

Als sich alle satt gegessen und getrunken hatten, trugen die Gnome und Feen wieder ab.

Hutzel sprach zu seinen Gästen: „Hier wird auch niemand von uns wachen müssen. Meine Familie wird aufpassen. Ihr könnt so lange schlafen, wie ihr alle wollt. Sucht euch eine weiche Stelle unter den Bäumen dort drüben aus. Sie haben eine Sorte Nadeln, die nicht sticht und ein weiches Lager abgibt. Auch werden sie euch schöne Träume schenken, denn das ist ihre besondere Gabe."

Es gab kein langes Zögern.

Bald lagen alle in tiefem Schlaf. Der Mond zog über sie hinweg und spiegelte sich im Teich, was ein wunderschönes Bild war. Sie sollten es aber erst gegen Morgen der nächsten Nacht zu sehen bekommen. Jetzt hatte niemand von den Reisenden die Augen noch offen.

Unter den Wesen, die in der Oase lebten, dauerte in dieser Nacht das Raunen und Staunen, das Lauschen und Fragen noch eine lange Weile fort.

Hutzel und Gki übernahmen es, den anderen den ganzen bisherigen Verlauf von Berylls Queste und ihren Sinn zu erzählen.

Es wurde eigentlich die ganze Nacht lang nicht still, denn als die letzten Frager zufrieden waren und verstummten, begann der erste Vogel im Geäst des ältesten der Bäume das allererste, zarte Morgenlicht zu begrüßen.

Ein Weilchen war er das einzige wache Wesen in der Oase.

Aber bald schon stimmte eine Vielzahl von weiteren Vögeln in seinen Gesang ein. Und noch ein wenig später weckte die Sonne, die nun ganz aufgegangen war, die Reisenden. Das muntere, kleine Völkchen hingegen, das in der Oase lebte, schlief tief und fest weiter, bis der Abend dämmerte.

Somit waren die Reisenden an dem Tage sich selbst überlassen.

Jeder genoss den Tag auf seine Weise.

Bussardfreundin, Merlin und Beryll streiften gemeinsam durch die Oase und konnten sich nicht satt sehen an den Formen der Bäume, deren Rinde und Stämme aussahen, als sei Erdboden zu einer zähen Flüssigkeit geworden und habe sich in die Luft zu erheben begonnen, ohne dass es ihm bisher gelungen wäre, sich ganz zu lösen. Sie riefen sich gegenseitig leise an, um sich die bizarrsten Formen zu zeigen, die sie entdeckten. Sie tauschten sich aus über all die Heilpflanzen, die hier wuchsen, als habe jemand einen Garten angelegt. Und das war gar kein abwegiger Gedanke, denn sie verstanden rasch, dass die Gnome wohl tatsächlich tatkräftig mitgeholfen hatten, um die Oase zu gestalten. Aber weder Hutzel noch Gki, der es auch gewusst hätte, zeigten sich den ganzen Tag über und so konnten sie nicht danach fragen.

Alle drei genossen es sehr, so umherzustreifen. Es war ein Augenblick der Sorglosigkeit. Sie fühlten sich wie in der Zeit, als Mausfreund noch lebte, und sie gemeinsam im Sommer unterwegs gewesen waren.

Schneebrust war eine ganze Weile auf Merlins Schulter mitgeritten, beschloss dann aber, einen Flug zu machen, um die Umgebung von oben betrachten zu können.

Silbermähne hatte etwas von dem frischen Gras und den vielen Kräutern geweidet und stand lange am Teich, in dem sich sein Spiegelbild abzeichnete.

Er dachte über vieles nach. Nach einer Weile schüttelte er sich und ging vorsichtig, ohne dessen Boden sehr aufzuwühlen, in das Quellbecken hinein, um ein Bad zu nehmen. Er hatte erkannt, wie reinigend und wohltuend dieses Wasser war.

Als es gegen Abend ging, stieß er zu Bussardfreundin, Merlin und Beryll. Er erzählte ihnen von dem besonderen Wasser im Quellbecken.

So nahm einer nach dem anderen auch ein kurzes Bad darin. Sogar Schneebrust, die ganz am Rand im Wasser mit ihren Flügeln schlug.

Und tatsächlich, nachher fühlten sie sich so gut, wie schon lange nicht mehr. Die lange Wanderung, die Angst und Aufregung um Silbermähne, die lange Zeit unter der Erde – das alles hatten sie nicht vergessen, aber die Last, die dadurch noch auf ihnen gelegen hatte, war fortgespült.

Als die Sonne am Untergehen war, saßen sie alle am Quellbecken beisammen und sahen auf den Wasserspiegel, der nun wieder ruhig und klar war.

Da trat Gki, unter einem Felsen hervorkommend, zu ihnen.

„Einen guten Abend wünsche ich euch. Wie habt ihr den Tag verbracht?“

Merlin sprach für alle: „Es war der friedlichste und erholsamste Tag, den man sich nur denken kann.“

„Das will ich euch gern glauben. Es geht mir genauso. Die Gnome und Feen haben hier einen Ort erschaffen, der einem dabei hilft, die größte Erschöpfung rasch hinter sich zu lassen. Beim ersten Mal, als ich von den Waldleuten nach Hause reiste, war ich ganz allein und zu Fuß unterwegs. Aber ich hatte von der seltsamen Oase gehört und dass es hier viele Gnome geben solle. Also wollte ich sie dort finden, um sie kennenzulernen und zu sehen, ob es sich zusammenarbeiten ließe. Da ich noch meine Aufzeichnungen mithatte, konnte ich nicht genug Wasser und Nahrung bei mir haben. Das wusste ich nicht, denn mir war gar nicht klar, wie groß die Wüste war und wie trocken, denn auf dem Hinweg hatte ich sie in einem ausnehmend feuchten Jahr und im Winter gequert.

Hätte Hutzel mich nicht gefunden und mehr tot als lebendig hierherverfrachten lassen, so wäre ich einen Tag von hier gestorben. Seine Vögel hatten ihm von mir erzählt. So begann unsere Freundschaft. Und es war ein Wunder, wie rasch ich mich hier erholt habe.“

Er erzählte ihnen, wie er und Hutzel mit ihrer Zusammenarbeit begonnen hatten. Und ja, er konnte ihnen bestätigen, dass die Gnome tatsächlich die Samen vieler Heilpflanzen zusammengetragen und sie in der Oase gepflanzt hatten. Der Ort war zu einer Art Kräuterschule und Erholungsort für Gnome geworden, die per Vogel von weit her hierherkamen, um zu lernen und um sich zu erholen, wenn sie sich über alle Maßen hatten anstrengen müssen, was nach einem strengen Winter, großer Dürre, Überschwemmungen, Erdrutschen und weiteren derartigen Ereignissen schon mal passieren konnte.

Während er noch sprach und sie ihre Erfahrung von heute mit dem in Zusammenhang brachten, was er zu berichten wusste, kamen von überall her immer mehr Gnome und Blütenfeen zu ihnen.

Bald schon mussten alle Bewohner der Oase um sie versammelt sein.

Da begann Hutzel zu sprechen: „Wie es aussieht, habt ihr euren Ruhetag bei uns gut zu nutzen verstanden. Ihr scheint mir wieder viel kräftiger zu sein. Das ist gut so, denn so werdet ihr während des Festes von heute Nacht nicht einschlafen.

Lasst uns beginnen!"

Kaum hatte er das gerufen, da zogen einige unter den Gnomen ihre Flöten hervor. Gemeinsam mit den Stimmen der Feen machten sie eine wunderschöne Musik, zu der die übrigen zu tanzen begannen.

Und dann stellte sich heraus, dass die Gnome wohl nicht ganz so unvorbereitet gewesen waren, wie es wirken mochte. Die Reisenden wurden in einen Teil der Oase jenseits des Teiches geführt. Und dort stand eine große mit vielen Köstlichkeiten gedeckte Tafel bereit. Alles war so angelegt, dass drei große Menschen, ein Einhorn, ein Zwerg und eine Menge von Gnomen und Feen es sich dort bequem machen konnten. Das konnten sie an diesem einen Tag gar nicht alles geschafft haben, denn sie hatten ja geschlafen. Oder?

Als sich Silbermähne und Beryll, die sich beide darüber wunderten, bei Hutzel erkundigten, erklärte er ihnen: „Ja, heute haben wir uns zurückgezogen, denn ihr solltet die Kraft und Schönheit dieses Ortes für euch haben. Nur diese Ecke hier haben wir mit einem kleinen Zauber vor euch versteckt. Und tatsächlich haben wir den größten Teil des Tages geschlafen. Aber ein paar Stündchen haben einige von uns mit dem Vorbereiten des Essens und Tischdecken verbracht. Die Tafel haben meine Freunde hier aber schon eingerichtet, als wir noch unterwegs waren. Die beiden großen Vögel konnten ihnen ja genau berichten, was für Plätze für welche Art von Gast nötig waren. Ich freu mich, dass die Überraschung gelungen ist und ihr es bemerkt habt." Begeistert klatschte er in die Hände.

Das ergab das Missverständnis, dass sofort alle schwiegen und erwartungsvoll zu ihm hinsahen.

„Nein, nein!", rief er da. „Eine Rede will ich jetzt ganz und gar nicht halten. Guten Appetit, esst, trinkt, tanzt und freut euch alle!"

Und so kam es denn auch.

Sie aßen und tranken von den wunderbar frischen Speisen. Dann tanzten sie, wobei Beryll sich aus lauter Furcht, aus Versehen auf jemanden, den er nicht sehen konnte, zu treten, sehr zurückhielt.

So lange, bis die Gnome in seiner Nähe so sehr über ihn mit seinen verklemmten Bewegungen lachen mussten, dass Hutzel zu ihm kam, um ihn zu fragen, was denn los sei. Als er von Berylls Ängsten hörte, konnte auch er ein Lächeln nicht unterdrücken und sagte: „Tanz du nur, was du kannst. Das Gnomenvölkchen, Männlein, Weiblein und Kinder, ist flink genug, um dir auszuweichen. Die Feen tanzen sowieso hoch über deinem Kopf. Wer sich von dir treten ließe, der wäre wahrlich ungeschickt."

Also begann Beryll genauso übermütig zu tanzen wie alle anderen. Ja, sogar Silbermähne wiegte sich im Takt der Flöten- und Geigenmusik.

Dann gab es eine Pause, in der wieder gegessen und getrunken wurde. Und dann wurde weiter getanzt.

Und so ging es fort, bis der Mond so stand, dass er sich im Quellbecken spiegelte. Es sah zauberhaft aus. Die Musik hörte auf.

Merlin kam und erklärte Beryll, dass nun alle Gnome zum Ufer des Teiches gingen. Die Gruppe der Reisenden folgte ihnen.

Zum Abschluss des Festes, denn langsam begann die Morgendämmerung sich heranzuschleichen, obwohl der Mond noch am Himmel stand, wollten die Feen über dem Wasser einen Blütentanz aufführen.

Für Beryll, der auch die Feen nicht sehen konnte, war es ein kleines Wunder, vom Tanz das zu sehen, was er auf Merlins Gesicht ablesen und verstehen konnte. Es war wie ein Spiegel dessen, was sich über dem Teich im Licht der schwindenden Nacht und des heraufdämmernden Morgens abspielte.

Als der Glanz von Merlins Gesicht verschwunden war und das Stimmengewirr der Gnome um ihn herum wieder hörbar wurde, wusste er, dass der Tanz der Feen beendet war.

Auf einmal fühlte er sich sehr müde. Und er sah seinen Gefährten an, dass es diesen ebenso erging. Da hörte er Hutzel neben sich rufen: „Eine wunderbar lustige Nacht war dies. Aber nun lasst uns in den kühleren Morgenstunden schlafen, eh die Hitze uns überfällt." Alles wurde nach und nach still um Beryll herum.

Die Stimmen der Gnome erklangen von immer weiter weg und immer leiser. Sie zogen sich zu ihren Schlaf- und Wohnplätzen zwischen den Wurzeln der alten Bäume und unter den Felsen zurück. Merlin erzählte ihm, wie die Feen in die Blumen schlüpften und es sich dort bequem machten.

Da legten sich auch die Reisenden an ihren Lieblingsplätzen nieder, die sie in der Nacht zuvor gewählt hatten, und schliefen ein.

So unbeschwert und glücklich hatten sie sich seit Langem nicht mehr gefühlt.

Hutzels Stimme weckte sie auf.

Über ihnen, jenseits der Baumwipfel, spannte sich ein sternklarer Himmel voller leuchtender Punkte.

Hutzel sagte: „Erwacht! Seht, die Sterne scheinen. Es wird bald Zeit weiterzugehen. Ihr habt euch bei uns erholen und erfreuen dürfen, aber länger ist euch nicht Zeit gegeben. Berylls Queste muss weitergehen. Trinkt noch einmal von unserer Quelle und esst von unseren Früchten. Dann müssen wir aufbrechen. Ich werde euch weiterhin durch die Wüste führen bis zu den Waldleuten, die euch hoffentlich weiterhelfen können!"

Sie taten, wie er ihnen geraten hatte.

Bald schon zogen sie unter den hellen Sternen im Gänsemarsch hinter ihm weiter durch die Wüste.

14

Die Waldleute

Noch fünf weitere Nächte marschierten sie hinter Hutzel und Gki her. Als sie nach ihrem fünften Ruhetag am Abend weitergingen, begannen die Pflanzen – zunächst fast unmerklich – häufiger zu werden.

In der siebenten Nacht wanderten sie bereits durch eine steppenartige Landschaft mit einer nahezu geschlossenen Pflanzendecke.

Gegen Morgen sahen sie nicht nur ab und zu Büsche, sondern bereits erste kleine Bäume.

Sie machten sogar am Tage Rast unter dem Laubdach einer Baumgruppe.

Obwohl es eindeutig feuchter wurde, wurde es ganz und gar nicht kühler. Im Gegenteil. Die feuchte Hitze machte ihnen mehr und mehr zu schaffen.

Nach acht Nächten befanden sie sich in einer Gegend mit Grasland, auf dem viele große Bäume standen. Es waren immer mehr geworden und sie nahmen an Größe zu. Immer dichter standen sie beisammen.

Am Morgen konnten sie vor sich so etwas wie eine grüne Mauer erkennen.

„Dort beginnt der große, warme Wald. Das Land der Waldleute. Bald werden wir ihren ersten Außenposten erreicht haben", erklärte Hutzel. „Es gibt dort einen Fluss und in den Bäumen an seinem Ufer haben sie ihre Baumhäuser gebaut.

Lasst uns jetzt nochmals rasten, aber dann trotz der Hitze kurz vor dem Mittag weitergehen. Wenn wir es so machen, werden wir bei Sonnenuntergang bei ihrem Dorf sein."

Obwohl sie vor lauter Neugier darauf, wie die Waldleute wohl sein mochten, vermutlich eine Nacht und einen Tag hintereinander ohne Pause hätten gehen können, folgten die Reisegefährten Hutzels Ratschlag. Denn was würde es schon nutzen, bereits am Mittag bei den Waldleuten zu sein, dann aber vor lauter Müdigkeit nicht mehr mitzubekommen, wie sie waren.

Tatsächlich schliefen alle rasch ein, Neugier hin oder her. Sie schliefen so fest, dass Hutzel und Gki, der leicht zu wecken gewesen war, sich gegen Mittag alle Mühe geben mussten, um die anderen wach zu bekommen.

Die Stunden bis zu der Zeit, da die Sonne dem Horizont nahe kam, gingen sie weiter auf die grüne Mauer zu. Je näher sie an sie herankamen, desto besser konnten sie erkennen, dass sie aus großen, dicht stehenden Bäumen bestand.

Eine Stunde vor Sonnenuntergang standen sie direkt davor.

Außer Hutzel und Gki hatte noch niemand unter ihnen je solche Bäume gesehen.

Selbst die groß Gewachsenen mussten den Kopf weit in den Nacken legen, um die Wipfel sehen zu können. Die Stämme der ausgewachsenen Bäume waren alle so dick, dass die ganze Gruppe nötig gewesen wäre, um einen davon zu umfassen – sogar einschließlich von Silbermähnes Körperlänge mitsamt seinem Schweif.

Zwischen diesen Baumriesen gab es junge Bäume, dichtes Unterholz und ein Gewirr von Lianen.

Es war unmöglich, hindurchzublicken und den Fluss zu sehen, der gleich hinter den Bäumen vorbeifließen musste, denn er war deutlich zu hören. Vermutlich gab es hier Stromschnellen.

„So, da sind wir also. Hier ist der Außenposten der Waldleute“, sagte Hutzel und sah dabei verschmitzt in die Runde. Und Gki nickte bestätigend, wobei er ein breites Grinsen auf dem Gesicht trug.

Alle anderen sahen suchend um sich.

Endlich sagte Bussardfreundin: „Ich zweifle zwar nicht an deinen Worten, die Gki ja auch bestätigt hat, denn ihr beiden kennt euch hier aus. Aber ehrlich gesagt bemerke ich nichts von Leuten oder einem Außenposten. Kannst du mir das bitte erklären?"

Da kicherten Hutzel und Gki beide los. Gki sagte: „Können wir gleich. Werden wir auch gleich. Aber seht euch zuvor nochmals genau um."

Noch während sie dies taten und Silbermähne dabei auch versuchte, die Witterung der Waldleute aufzunehmen, aber nur das Wasser des Flusses und die Blumen riechen konnte, die hoch oben in den Baumkronen blühten und stark dufteten, begann Hutzel, auf seiner Flöte eine kurze, sich wiederholende Melodie zu spielen, die einem Vogelruf glich.

Es musste ein Zeichen, eine Erkennungsmelodie für die Waldleute gewesen sein.

Denn plötzlich senkte sich direkt vor ihnen eine Liane zum Boden und ein Mensch hangelte sich rasch und geschickt daran herab.

Bald schon stand er vor ihnen. Er war von eher kleinem Wuchs, noch jung, mit Blättern, Blüten, Federn und farbigen Zeichen geschmückt und trug einen Lendenschurz aus Rindenfasern. Sein Haar war glatt, kurz geschnitten und glänzend schwarz. Unter den weißen, schwarzen und roten Zeichen war seine Haut vermutlich von einem tiefen Nussbraun.

Er stellte sich vor sie hin und sah sie alle aus tiefen, ruhigen Augen an, ohne zu erkennen zu geben, was er empfand. Er wirkte dabei freundlich und sanft, aber auch sehr ernst.

In seinem Inneren ging viel vor, was von außen nicht zu erkennen war.

Schon seit einiger Zeit hatten er und seine Leute, die vom Flusswald, die Gruppe auf sich zukommen sehen. Alle hatten bereits aufgeregt über sie diskutiert, denn noch nie hatten sie solche großen, hellen Menschen gesehen, ein solches Tier wie das, das bei ihnen ging, und auch noch nie eine Frau mit langen, schwarzen Zöpfen und Kleidung aus so heller Rinde mit bunten Borten. Die Einzigen, die sie kannten und rasch auch wiedererkannt hatten, waren der Gnom Hutzel und sein Freund Gki, der Zwerg, der auch ihr Freund war. Das hatte zum Glück ausgereicht, um zu verhindern, dass sie zuvor die Flucht ergriffen und sich in eines ihrer Verstecke ein Stück flussaufwärts begeben hatten.

Obwohl es ihnen nicht ganz geheuer vorkam, hatten sie beschlossen, zu bleiben und herauszufinden, was Hutzel ihnen zu sagen haben würde, wer die Wesen waren, die er mit sich brachte, und weswegen er sie bis zu ihnen gebracht hatte. Aber keiner hatte sich als Erster zeigen wollen. Sie hatten schließlich mit dem Schneckenhausorakel gelost. Es hatte ihn getroffen und so stand er nun hier, allein vor den Fremden. Er musste sich alle Mühe geben, seine Wurzeln nicht aus dem Boden zu reißen, seinen Stamm und seine Krone gerade zu halten, nicht zu schwanken im Wind der neuen Farben, Gerüche und Geräusche, die Eindrücke an sich heranzulassen, ohne sich zu verlieren.

Eine kurze Weile herrschte Schweigen.

Auch die anderen sahen ihn an und schienen nicht zu wissen, wer er war.

Dann begann Hutzel zu sprechen: „Sei mir herzlich gegrüßt, Astkind! Ich freue mich, dich gut verwurzelt und voller Blüten wiederzusehen. Wie geht es deinen Leuten, denen vom Flusswald? Mögen sie meinen Segen annehmen und gut gedeihen. Viele Tage sind wir durch die Wüste zu euren Baumhäusern gewandert, denn diese drei Menschen hier, die neben mir und Gki stehen, und der Einhörnige, der sie begleitet, sind auf der Suche nach der Lösung eines großen Geheimnisses. Einer unter ihnen hat seinen Wald verloren und seine Leute. Er muss sie wiederfinden, um wieder wurzeln zu können.

Aber es geht dabei nicht um ihn allein: Er muss seine Wurzeln finden, um allen Wald, alle Wesen, alle Bäume besser wurzeln zu lassen. Auch ihr habt die Veränderungen wahrgenommen, die mit dem Fluss und dem Meer und dem Wald geschehen. Er soll die Antwort finden, wie die verletzte Rinde der Welt zu heilen ist, so ist es bestimmt. Dazu erbittet er die Hilfe der Mutter der Bäume, eurer Königin. Die mit ihm sind, sind seine Freunde und bis in ihr Kernholz und in ihre kleinsten Zweige und die Blumen darauf würdig, auch von euch aufgenommen zu werden. Dafür steht das Wort aus meinem Herzen."

Der junge Waldmensch stand ganz gerade da, hörte genau zu, hielt dann inne, um zu überlegen, und verneigte sich am Ende mit auf der Brust gekreuzten Armen vor ihnen.

Wie Hutzel erwiderten alle diesen feierlichen Gruß. Auch Silbermähne, der mit den Vorderbeinen einen Knicks machte, als ob er eines seiner ältesten und ehrwürdigsten Einhorngeschwister grüßen würde.

Ja, sie hatten die Veränderungen mitbekommen, der Fluss, die Wellen am Strand, die Äste der Bäume erzählten davon in ihren gerauschten Liedern, die Tiere hatten davon gesprochen und die Waldwesen, und sogar er selbst hatte es in seinen Träumen gesehen.

In den Baumkronen hatten die Alten seine Träume mit ihm besprochen. Ja, die meisten der Waldleute hatten sie auch geträumt und sie waren darum allen mitgeteilt worden. Vor ihm musste also der Suchende stehen, von dem sie bereits wussten, der, der den Wald wieder beruhigen könnte, wenn er ans Ziel seiner Reise gelangte.

Das war ein großes Glück.

„Für den Wald, den Fluss, das Meer, die Leute vom Flusswald und alle Waldbewohner heiße ich euch willkommen." Er verneigte sich ein zweites Mal. „Wenn ihr erlaubt, so werde ich rasch zu meinen Leuten zurückkehren und ihnen berichten, wer zu uns gekommen ist. Wir werden euch gerne bei uns aufnehmen und euch helfen, denn wir wissen um das, was Hutzel eben gesagt hat. Wir werden euch gerne weiterhelfen, das fühle ich. Jedoch erlaubt mir, als Erstes mit meinen Leuten zu teilen, was ich eben erfahren habe." Er antwortete Hutzel in der Hofsprache der Zwerge, in der auch dieser gesprochen hatte. So konnten ihn alle verstehen.

Hutzel verneigte sich.

Schon war der Junge an der Liane nach oben geklettert und rasch und flink wie ein Eichhörnchen ihrer Sicht entschwunden.

So angestrengt ihm auch alle nachblickten, es war nichts zu sehen außer Blättern, Ästen und noch mehr Blättern, zwischen denen die Liane verschwand.

Beryll fühlte sich erleichtert, offensichtlich ging es hier weniger streng zu als im Reich der Zwerge und sie würden bald aufgenommen sein. Gut so, denn er hatte immer stärker das Gefühl, nicht mehr viel Zeit zu haben, um ans Ziel zu kommen.

Er sah, dass Gki und Hutzel es sich im Schatten der Bäume bequem gemacht hatten. Auch die anderen saßen bei ihnen und so ging er ebenfalls dorthin und setzte sich zu Merlin. Silbermähne stand nicht weit weg von ihnen.

Obwohl alle an nichts anderes denken konnten als an ihren ersten Eindruck von den Waldleuten, an Astkind und wie es nun weitergehen würde, sprach niemand darüber. Eine tiefe Ruhe und ein feierliches Schweigen hatten sich über sie gesenkt.

Nur die vielen Stimmen des Waldes waren zu hören.

Nicht so oben in den Kronen der Bäume, unter denen sie saßen.

Unter den Leuten vom Flusswald herrschte helle Aufregung. Allerdings äußerte sie sich nicht darin, dass sie laut wurden oder sich achtlos bewegten. Kein Geschöpf des Waldes würde jemals so handeln.

Ihre Sprache bestand nicht aus vielen lauten Worten wie die der Zwerge. Aber ihre Augen und ihre Hände verrieten, dass hier etwas für sie ganz Außergewöhnliches geschehen sein musste.

Sie waren alle auf der großen Plattform in der Mitte des Baumdorfes zusammengekommen und saßen im Kreis.

Astkind hatte allen ganz genau erzählt, was er am Fuß der Bäume von Hutzel gehört, was er selbst gesehen und gespürt hatte. Ja, auch dass der Mann dort unten fast so aussah wie der, von dem er geträumt hatte, nur noch heller und noch größer. Sein Geist sei aber der aus dem Traum. Auch von seinen Begleitern habe er ein gutes Gefühl empfangen. Sie seien Geschöpfe, die nicht ohne Weiteres Leben zerstören würden. Auch wenn er nicht von ihnen geträumt habe, so traue er ihnen doch. Ja, und was würden sie alle dazu fühlen?

Und so waren sie nun dabei, einander ihre Empfindungen zu zeigen. Mit den Augen, mit den Händen, mit dem Atem und Gesten des Körpers.

Die Erfahrensten unter ihnen und die Weisen fassten schließlich zusammen.

Die Leute vom Flusswald waren zwar vorsichtig, aber sie fühlten sich den Neuen gegenüber, die da gekommen waren, offen und bereit, sie als Gäste aufzunehmen.

Der Alte, der mit der Mutter der Bäume in Verbindung stand, sprach es aus.

Danach wurden die Hände wieder ruhig.

Er verteilte Aufgaben. „Holt Wasser vom Fluss für das große Tier, das Astkind Einhörniger nannte. Bringt den Gästen Früchte und Baumwasser. Bereitet die Gästenester vor. Und wohl auch die Strickleiter. Es sind Bodenbewohner."

Inzwischen war die Sonne fast ganz untergegangen.

Die Gruppe der Reisenden saß noch immer wie verzaubert unter den riesigen Bäumen und sah wortlos in das Farbenspiel des Abends hinein.

Kaum bemerkten sie, dass sich jetzt mehrere Lianen aus den Baumkronen herabsenkten. Astkind und ein paar seiner Leute vom Flusswald glitten an ihnen herab. Sie trugen geflochtene Netze auf dem Rücken. Zwei von ihnen kamen aus der Richtung, in der der Fluss lag, und trugen ein Stück von einem dicken Ast. Alle kamen zur Gruppe hin und verneigten sich.

Ihre Begrüßung wurde von der Gruppe freundlich erwidert.

Sie legten die Netze ab und öffneten sie. Die Früchte, die darin lagen, brachten sie zu diesen Wesen, die nun ihre Gäste waren. Sie reichten ihnen auch ausgehöhlte Nüsse oder Kürbisse, in denen sich Wasser befand.

Das Aststück legten sie vor Silbermähne hin. Es zeigte sich, dass es ausgehöhlt war und mit Wasser gefüllt. So konnte er einfach trinken, ohne sich durch den dichten Wald bis zum Fluss durchkämpfen zu müssen.

Die anderen aßen von den Früchten, die sie, bis auf Hutzel und Gki, denen die Freude des Wiedersehens anzumerken war, noch nie gesehen hatten. Bald schon brachen sie in erstauntes Murmeln aus.

Es war eine für sie neue und hervorragend schmeckende Nahrung, die sie hier erhalten hatten. Auch das Wasser, das sie nun, nach ihrer Reise durch eine Wüste, umso mehr zu schätzen wussten, kam ihnen als etwas ganz Besonderes vor. Nie hatten sie solches Wasser gekostet. Und so war es tatsächlich.

Hutzel und Gki erklärten ihnen später, dass die Waldleute bei Sonnenaufgang den Tau sammelten, der sich in manchen Blüten und Pflanzen, die hoch oben in den Bäumen wuchsen, über Nacht ansammelte. Es war also weder Regenwasser noch Fluss- oder Quellwasser. Sie bedankten sich herzlich bei ihren Gastgebern für diese Köstlichkeiten.

Astkind stellte sie vor. Mit ihm waren Blumenrispe, Baumpilz, Wurzel und Blattspross gekommen. Die beiden, die Wasser vom Fluss gebracht hatten, wurden Astgabel und Blatt genannt.

Darüber war es ganz dunkel geworden.

Erstaunlich rasch, gleich nach Sonnenuntergang kam hier bereits die Nacht.

Da sagte Astkind: „Bevor die jagenden Tiere des Waldes sich nun auf den Weg machen, denn ihnen vor allem gehört die Nacht, folgt uns nun bitte in unser Dorf. Dort ist inzwischen alles zum Übernachten für euch bereit. Nur der Einhörnige wird hier am Fuß der Bäume bleiben müssen. Zwei von uns werden in seiner Nähe sein, damit er nicht allein ist, wenn wir auch wissen, dass er geschickt genug ist, sich aller Gefahren, die ihm hier drohen könnten, selbst zu erwehren. Auch werden wir eure Bündel hier über Nacht bewachen. Erst morgen bei Tageslicht macht es Sinn, sie auf die Bäume zu hieven.“

Silbermähne bedankte sich feierlich bei Astkind und seinem Freund Blatt, die beide bei ihm bleiben wollten.

Merlin wunderte sich, wo denn das Dorf sein sollte. Klar, auch er hatte begriffen, dass sie auf den Bäumen lebten. Aber von einem Dorf gab es dennoch keine Spur zu erahnen. Da erging es ihm ebenso wie Bussardfreundin.

Astgabel gab nun einen schrillen Vogelruf von sich. Gleich darauf senkte sich aus dem übernächsten Baum eine bequeme Strickleiter zu ihnen herab. Darüber waren sie alle insgeheim erleichtert, denn niemand unter ihnen konnte sich vorstellen, mit derselben Leichtigkeit so viele Meter an einer Liane hochzuhangeln, wie sie es von Astkind gesehen hatten.

Für Gki waren die Tritte zu weit auseinander, als dass er sie ohne Gefahr hätte erklettern können. Auf Astkinds Bitte hin nahm Beryll ihn also auf seine Schultern. Hutzel wurde von Merlin getragen, der ihn ja sehen konnte.

Sie wünschten Silbermähne und seinen beiden Wachen eine gute Nacht und verabschiedeten sich von ihnen. Als Beryll mit Gki auf den Schultern am Fuß der Strickleiter stand, auf der Bussardfreundin bereits über ihm verschwunden war, fragte er sich, wie er denn bloß sehen würde, wo er hintrat. Wie hatte sie es nur geschafft, mit so katzenhafter Sicherheit nach oben zu gelangen?

Erstaunt stellte er fest, dass jeder der Tritte der Strickleiter beleuchtet war.

In kleinen, aus Gras geflochtenen Kugeln saßen Leuchtkäfer, die markierten, wo die Tritte waren.

„Da staunst du, was?“, bemerkte Gki. „Du wirst noch mehr staunen! Es ist einfach fantastisch, wie diese Leute in den Baumkronen leben. Ich freue mich schon so auf ihr Dorf, dass ich es kaum noch aushalten kann.“

„Na, dann werd ich wohl besser losklettern“, brummte Beryll gutmütig. „Halt dich gut fest. Es geht los.“

Er trat auf den ersten Tritt der Strickleiter, dann auf den nächsten und wieder auf den nächsten …

Erst hatte er bedauert, dass sie wegen der Dunkelheit nur wenig vom Dorf würden sehen können, aber jetzt, wo er sich immer höher über dem festen Boden befand, war er froh, dass er nur den nächsten Tritt vor sich erkennen konnte. Die Leiter wollte und wollte nicht enden. Tief unter sich hörte er Merlin, der ihm folgte und sich leise mit Hutzel unterhielt. Worüber, war nicht zu verstehen. Über ihm lagen noch weitere Tritte.

Aber Bussardfreundin musste schon oben angekommen sein. Jedenfalls war von ihr auf der Leiter nichts mehr zu spüren.

Endlich – der Baum musste unendlich hoch sein – stand er auf einem Tritt, der unterhalb eines Brettes lag. Nachdem Gki seinen Oberkörper durch das Loch manövriert hatte, das in dem Brett war, streckte sich Beryll so, dass er mit seinem Kopf auch durch das Loch kam. Ja, nun waren sie oben angekommen.

Gki kletterte von Berylls Schultern auf das Brett, das zwischen großen Ästen lag und mit Lianen fest an ihnen angebunden war.

Er ging auf einem dicken Ast weiter, der links und rechts mit einem ebenfalls aus Lianen geflochtenen Geländer versehen war. Das Wunderbare daran war, dass dieses Geländer lebte, denn die Lianen waren so zusammengewoben, dass sie dabei nicht gebrochen waren, und dazu kam, dass noch viele andere Pflanzen daran wuchsen. Und so ging Gki zwischen weiteren Bällchen mit Leuchtkäfern wie durch einen blühenden Garten weiter.

Beryll hielt bei diesem Anblick ganz verzaubert inne, bevor er sich schließlich selbst auf die Plattform hinaufzog. Oben stand er nochmals still. Er ließ die Pflanzen und Lichter auf sich wirken, den Tanz der Nachtfalter. Er atmete den Blütenduft der Nachtblüher ein. Er lauschte auf die Stille und die wenigen Nachtgeräusche. Baumfrösche, die wie Glöckchen klangen, Insektengesirr. Von keinem der Geräusche kannte er den Ursprung. Aber sie rührten etwas tief in seinem Inneren an.

Diese exotische Welt in den Baumkronen rief nach etwas, das tief in seinem Herzen lag und an das er sich dennoch nicht klar erinnern konnte.

Wahrhaftig, die Siedlungen der Elfen und die Baumdörfer der Waldleute hatten viel Gemeinsames. Nur lag noch immer der Schleier des Vergessens über Berylls Geist. Aber sein Herz erinnerte sich.

Wie zu anderen Zeiten zuvor seufzte er schließlich tief auf, akzeptierte sein Nichtverstehen und das Heimweh, das er spürte. Langsam machte er sich auf den Weg, um Gki über den mächtigen Ast zu folgen.

Er war erst ein paar Schritte weit gekommen, als er hinter sich hörte, wie Merlin in lauten Jubel ausbrach, sowie er mit Hutzel oben angekommen war und die Pracht erblickte, die sich dort zeigte. Hutzel stimmte mit einem hellen Gelächter ein. Bald schon wurden die beiden aber wieder still, ließen sich vom Zauber der Nacht einfangen.

Beryll folgte dem vorgegebenen Weg, der ab und zu, bevor der jeweilige Ast in einen Stamm überging, über ein Brückenbrett auf einen neuen Ast führte, bis er zur großen Plattform in der Mitte des Dorfes kam, auf der die Leute vom Flusswald erst kurze Zeit zuvor beratschlagt hatten.

Bussardfreundin saß bereits dort, umringt von den Waldleuten vom Fluss, und sah mit großen Augen um sich. Sie sah ganz begeistert aus. Selten hatte Beryll die eher strenge und ernsthafte Frau so gelöst gesehen. Gki, den er fast eingeholt hatte, eilte gerade auf sie zu und nahm neben ihr Platz. Als sich Beryll neben ihn setzte, hörte er ihn zu ihr sagen: „Na, Bussardfreundin, wie ist es so in einem Baumdorf? Auch wenn Bussarde die Weite lieben, müsste es dir in so einem Nest doch auch ganz gut gefallen." Sie sah in strahlend an und nickte begeistert. Gki hatte eindeutig jemanden gefunden, der vom ersten Moment an seine Begeisterung für die Baumsiedlungen teilte.

Und auch Beryll ging es so, bereits seit er den Kopf durch das Loch im Brett gesteckt hatte und noch viel mehr jetzt, wo er etwas Zeit hatte, sich umzusehen, bis Merlin und Hutzel herangekommen waren. Dass die beiden auch begeistert waren, hatte er ja bereits gehört.

Ja, es war wirklich ein traumhaft schönes Bild, das sich ihm im schwachen Licht der Leuchtkäferlampen bot, die auch hier am Geländer der Plattform hingen.

Da waren zunächst die Waldleute, die sich mit ihnen auf der Plattform im Kreis gesetzt hatten. Sie waren alle zierlich und beweglich und eher klein. Sie waren alle mit Blüten, Blättern, Federn und Farben geschmückt, wie er es bereits an Astkind und denen bewundert hatte, die ihnen Früchte und Wasser gebracht hatten. Sie hatten die anmutigsten Bewegungen, die er außerhalb seines Traumes von der Hochelfendame je zu sehen bekommen hatte. Und ihre dunklen Augen leuchteten ab und zu im Schein der Leuchtkäfer auf, von denen auch einige frei herumflogen. Die Waldleute schienen sich vor allem mit den Augen und den Händen zu verständigen. Und wenn sie in ihrer Sprache, die nicht viele Worte benötigte, zueinander sprachen, so klang dies wie klares Wasser, das in einem kleinen Fluss über runde Steine fließt. Besonders ihre Namen waren voller Vokale und klangen wie Lieder. Mit der Zeit sollte er auch erfahren, dass diese Namen immer mit Bäumen verbunden waren.

Und jenseits der Waldleute vom Fluss konnte er mit der Zeit schwach einen Teil ihrer „Häuser“ erkennen. Sie waren klein und dienten wohl vor allem als Orte zum Schlafen. Zum Teil hingen sie frei von Ästen herab, zum Teil waren sie in Astgabeln auf Bretterböden errichtet wie Nester.

Alle passten zusammen. Aber keine zwei waren gleich.

Auch sie waren geflochtene Gebilde aus Pflanzen. Um sie gegen Regen dicht zu machen, waren sie oben mit getrocknetem, grobfaserigem Gras gedeckt, das weiter unten zu Strähnen geflochten und mit den Lianen, aus denen die Formen gebildet waren, verwoben war. Es gab frisch gedeckte und ältere von diesen nestartigen Behausungen. Auf den Hauben der älteren wuchsen viele Pflanzen. Um die Wände rankten sich ebenfalls blühende Girlanden und grüne Blattvorhänge. Es sah gar nicht so aus, als ob dies alles in dieser Dichte von selbst so gewachsen wäre. Eher musste es so sein, dass die Waldleute viel Zeit darauf verwendeten, Pflanzen in ihre Dörfer zu bringen und auf den Dachhauben anzusiedeln. Und auch die Schlingpflanzen und Ranken, mit denen die Bäume üppig behangen waren, mussten sie wohl in ihren Dörfern zu zähmen und zu gestalten wissen.

Beryll hatte recht, so war es auch. Hier oben zwischen den Ästen in den Baumkronen war ein großer, hängender Blumengarten entstanden, in dem die Leute vom Flusswald lebten.

Gerade als er sich zu fragen begann, wie das alles wohl bei Tageslicht wirken würde, fing einer der Waldleute in der Zwergensprache zu reden an. Merlin und Hutzel hatten sich inzwischen auch zu ihnen gesetzt.

„Nun, da ihr alle bis auf den Einhörnigen zu unserem Dorf heraufgestiegen seid, möchten wir euch hier begrüßen. Es mag euch ungewohnt vorkommen, dass wir uns hier nicht um ein Feuer versammelt haben, wie es die Bodenbewohner gewohnt sind.

In unseren Dörfern entzünden wir keine Feuer, denn die Bäume fürchten es. Wenn wir Feuer gebrauchen, so tun wir dies nur unten auf dem Boden und in sicherem Abstand zu den Bäumen. So nehmt denn bitte mit dem wenigen Licht, das es hier gibt, vorlieb und mit den Früchten, die wir euch heute Abend als Nahrung anbieten können. Wir haben erfühlt, dass wir euch gerne und mit offenen Herzen bei uns begrüßen. Wir fühlen, dass ihr auch uns helfen könnt, denn die Veränderungen, die wir wahrnehmen, verlangen nach einer Erneuerung des Gleichgewichts. Wir werden euch gerne dabei helfen. Mit größter Freude haben wir Hutzel und Gki wiedererkannt und freuen uns sehr darauf, mit ihnen Gefühle auszutauschen. Ihre Freunde, die auch unsere Freunde sind, werden wir auch bald erfühlt haben.

Mögen die neuen Bande das Gewebe verstärken."

Wieder wunderte sich Beryll über die Direktheit dieser Leute, die, wenn auch mit großer Sanftheit, gleich auf den Kern seiner Aufgabe Bezug nahmen und so ganz und gar keine Beweise für seine Identität zu brauchen schienen. Aber jetzt blieb ihm keine Zeit, seinen Gedanken weiter nachzuhängen, denn er wollte dem Gespräch folgen.

Hutzel, der sie am längsten kannte, war der, der auch als Erster antwortete: „Habt Dank für eure Wärme! Gerne sitzen wir bei euch in den Armen der Bäume unter dem Schutz des grünen Daches. Gerne sind wir eure Gäste. Wie ich sehe, habt ihr seit meinem letzten Besuch euer Dorf noch mehr erblühen lassen. Mögen noch viele Blumen zu euch gelangen und euer Leben mit euch teilen.

Ihr fühlt richtig: Den, den ich mit seinen Freunden mit mir bringe, zieht es in ein fernes Land, weil es seine Aufgabe ist, den Schlüssel zu finden, der das Gleichgewicht wiederherstellt.“ Dabei wies er auf Beryll. „Und ihr erfühlt richtig, dass euer Volk ihm dabei helfen können wird. Er trägt einen Stein bei sich, der ihn leiten soll. Wir fühlen alle, dass er, wenn er den Ursprungsort des Steines erreicht, seine Aufgabe lösen können wird. Gki, der, wie ihr ja wisst, die Steine, die Blüten des Erdbodens, gut kennt, glaubt, dass ihr Steine haben könntet, die sind wie Berylls Stein. Wir bitten euch zu erfühlen, ob ihr uns auch wirklich helfen wollt, ihre Wurzeln zu finden.“

Da senkte sich wieder dieses tiefe, friedvolle Schweigen über alle. Für eine ganze Weile war es still. Dann begann das Gespräch unter den Leuten vom Flusswald – mit den Augen, mit den Händen, mit wenigen Worten in ihrer gesungenen Sprache.

Es dauerte nicht lange, da sprach eine Frau unter ihnen für alle zu den Gästen: „Es ist gut für uns hier. Wir vom Flusswald fühlen, dass wir euch helfen wollen. Es ist aber eine Angelegenheit, die alle Waldleute betrifft. Wir fühlen, dass ihr zu unserer Königin gelangen solltet. Wir senden aus zu den Leuten bei der Mutter der Bäume. Wir werden auf Antwort warten. Bleibt bei uns für die Nacht. Morgen werden wir Antwort wissen. Ihr müsst müde sein, denn ihr wart lange unterwegs. Wir wollen alle ruhen und dann handeln.“

Es schien, dass es für die Leute vom Flusswald nicht einmal nötig war, dass ihnen ihre Gäste genauer vorgestellt oder ihre Namen genannt wurden.

Denn alle standen jetzt auf und verschwanden nach und nach in den kleinen gewobenen Schlafhäusern.

Nur ein Alter blieb zurück.

„Kommt, ich zeige euch, welche Nester für euch bereit sind.“

Sie sagten also zu den blühenden Gebilden tatsächlich Nester, wenn sie die Sprache der Zwerge benutzten.

„Du, Frau mit den langen, schwarzen Haarflechten, dir sollte es in dem hängenden Nest dort drüben, das voller violetter, rosaroter und blauer Blüten ist und wie ein Tropfen aussieht, am besten gelingen, Schlaf und Ruhe zu finden.“

„Du, jüngerer Mann, wirst am besten in dem Nest voller goldgelber Blumen liegen, das die Form eines gedeckten Bootes hat. Mögest du vom Land deiner Eltern träumen. Gehe diesen Pfad entlang und du wirst das Nest vor dir sehen. Auch deiner Vogelfreundin wird es gefallen."

„Du, der der bist, den Hutzel Beryll nennt, gehe hinüber auf die Plattform dort drüben. In der Astgabel steht ein festes Dach unter fuchsiaroten Blumenranken. Möge es dir Träume von den Deinen bringen."

„Und ihr zwei!", sagte er mit einem Lächeln zu Hutzel und Gki. „Ihr kennt wohl euer grünes Zwillingsnest noch, das wir für eure Größe passend gewoben haben. Es ist noch immer hier und erwartet euch. Wir haben es ein bisschen fester eingeflochten, sodass es nicht mehr so sehr im Wind schwingen kann. Es war euch ja beim letzten Mal etwas zu luftig. Genießt es, bei euren Freunden zu sein."

An alle gewandt wünschte er ihnen dann nochmals eine gute Nacht mit hilfreichen Träumen. Dann verneigte er sich anmutig vor ihnen und zog sich in ein Nest voller dunkelblauer und weißer Blüten zurück.

Die Freunde nickten sich daraufhin nur kurz zu und gingen zu den Nestern, die ihnen der Alte gewiesen hatte. Obwohl sie sich in dem Moment einander sehr nahe fühlten, gab es keinen Anlass, laut darüber zu sprechen. Ein Nicken und ein Blick genügten.

Erst als sie es sich in ihren Nestern, die innen mit einem wohlriechenden Gras und den duftenden Blättern der jeweils passenden Blüten ausgepolstert waren, gemütlich gemacht hatten, ging ihnen nochmals durch den Kopf, was der Alte zu jedem von ihnen gesagt hatte.

Alle drei wunderten sich darüber, wie genau er sie erfasst haben musste.

Merlin, der ja immer an das Boot dachte, das er finden wollte, um das Land seiner Eltern zu entdecken.

Bussardfreundin, der es enorm schwergefallen wäre zuzugeben, wie sehr sie sich nach Geborgenheit sehnte. Erst als sie in dem Tropfen lag, der sanft schaukelte, war ihr selber klar, dass sie genau dieses Gefühl herbeigesehnt hatte und genau diesen süßen Blütenduft am meisten liebte.

Beryll, der innerlich erleichtert war, dass er nicht in einem hängenden Nest liegen musste, sondern die Bretter in der Astgabel unter sich haben durfte. Wenn das auch nicht der Waldboden war, so war er hier doch den Wurzeln näher, als wenn er in einem Nest schaukeln müsste. Es kam ihm so vor, als hinge er eh in der Luft und sehne sich nach festem Boden unter den Füßen seit dem Tag, an dem er an der Quelle in jenem fernen Wald erwacht war.

Er dachte an Silbermähne und war hocherfreut, als er spürte, dass Silbermähne ihm Antwort gab.

„Alles in Ordnung?"

„Ja, alles in Ordnung. Schade, dass du nicht mit hier herauf konntest! Das Dorf der Leute vom Flusswald ist wirklich etwas ganz Besonderes. Gki hatte recht damit, dass er so von den Baumhäusern der Waldleute geschwärmt hat. Sie nennen sie Nester, wenn sie in der Sprache der Zwerge reden. Und das passt am besten dazu. Meines liegt wie ein anständiges Nest in einer Astgabel. Aber die anderen haben gar hängende Nester, die im Wind schaukeln. Jedes mit Blumen in einer anderen Farbe und jedes hat eine andere Form. Alles hier ist voller Blumen und Ranken und Grün. Und es gibt Leuchtkäfer, sodass man gerade noch sehen kann, wo man hintritt." Beryll lachte: „Ein Nest für dich! Wie müsste das wohl sein? Ich denke, voller großer, weißer Blüten, in Eiform und größer als alle, die hier sind. Und dann viel Spaß beim Schaukeln." Beide lachten.

„Du weißt ja, Strickleitern sind nichts für mich. Und geschaukelt hab ich auf dem großen, salzigen Wasser schon genug. Nein, ich bleib lieber hier unten unter den Bäumen. Auf ihren herabgefallenen Blättern liegt es sich auch ganz gut. Und Grün tut es auch. Außerdem habe ich ja meine beiden neuen Freunde hier bei mir. Es sind sehr nette junge Burschen. Nein. Danke. Es müssen keine schwebenden Eier voller weißer Blüten sein." Er kicherte wieder los.

„Sicher. Aber schon schade, dass du das Dorf nicht zu sehen bekommst."

„Wer sagt das denn? Merlin hat so viele Bilder in seinem Kopf gehabt. Als ihr noch alle auf der großen Plattform wart, hat er mich auch gerufen. Da waren sein Kopf und sein Herz aber so voll von diesen neuen Eindrücken, dass sie mit rüberkamen."

So kam es, dass Beryll sich jedes der Schlafnester seiner Freunde deutlich vorstellte und Silbermähne sie auf diesem Weg sehen konnte. Ohne es zu bemerken, hatte Beryll auf einmal seine Fähigkeit, sich mit Silbermähne austauschen zu können, sehr vertieft. Bilder und Gedanken gingen, seit er in seinem Nest saß, sehr viel klarer und leichter zwischen ihnen hin und her.

„Danke, Beryll. Jetzt kann ich mir die Nester genau vorstellen. Passen gut zu euch. Aber sag mal, erinnert dich das alles denn nicht an etwas, was du schon gesehen hast?"

Da spürte Beryll wieder das Gefühl, das er gehabt hatte, als er mit seinem Kopf durch das Loch in der kleinen Plattform gekommen war und einen ersten Blick auf die Welt da oben in den Baumkronen geworfen hatte. „Ja", seufzte er. „Es ist wie schon mehrmals zuvor. Es gibt da etwas. Aber ich kann es wieder nicht fassen."

Silbermähne, der genau wusste, wie ähnlich das Dorf manchen Orten der Elfen war, antwortete: „Quäl dich nicht. Aber du hast recht. Mich erinnert es auch an etwas aus unserer Vergangenheit. Aber schlaf jetzt. Und achte auf deine Träume. Die Waldleute sehen und sprechen mit dem Herzen und sie verstehen es meisterlich, einen an seine großen Träume heranzuführen."

Da war Beryll schon eingeschlafen.

Aus dem kleinen Zwillingsnest, das von außen aussah wie zwei Kirschen an einem Stiel und das ganz und gar mit grünen Blättern und Ranken bedeckt war, waren noch die leisen Stimmen von Hutzel und Gki zu hören, die Erinnerungen an frühere Reisen austauschten.

Überall sonst war es still. Und bald verstummten auch sie.

Der Flusswald schlief.

15

Flussfahrt

Vogelstimmen weckten sie am Morgen, noch bevor die Sonne aufgegangen war.

Der Morgenwind wiegte sanft die beweglichen Nester. Bussardfreundin und Merlin hingen noch ihren Träumen nach.

Sie hatte von einem neuen Leben geträumt. Hier, unter den Waldleuten, war sie gewesen. Heilende auch hier. Aber nicht mehr allein, sondern in einer großen Familie. Es war ein schöner Traum gewesen und sie hatte sich darin sehr glücklich gefühlt, frei und doch geborgen und erfüllt. Auch dass sie statt der Kleidung, die sie kannte, auch Blüten, Federn und Farben getragen hatte, hatte ihr gefallen. Sie staunte darüber, dass sie es so locker genommen und sich so leicht gefühlt hatte. Schließlich legte sie die Gedanken daran beiseite. In Träumen war vieles möglich, das es in der Realität nicht gab. Für Kinder war sie sowieso schon zu alt, also konnte der Traum nicht eins zu eins gemeint gewesen sein. Daher legte sie ihn zu anderen in die Schatzkammer ihres Herzens, um sich in grauen Tagen an ihm zu erfreuen.

Merlin hatte tatsächlich von einem prächtigen Schiff geträumt. Es war groß gewesen. Größer als die Boote der Leute vom Dorf der Fischerbauern. Mit riesigen, roten Segeln, die sich wie Fächer öffnen ließen. Es hatte anders ausgesehen als jedes Boot, das er je gesehen hatte, und auch solche Fächersegel schienen ihm unmöglich zu sein, und doch wusste er, dass Schiffe eigentlich genauso auszusehen hatten. Es hatte hinten einen Aufbau, hohe Verschanzungen an den Seiten und vorne lief es in einen prächtig geschnitzten Drachenkopf aus. Und darunter war ein Falke in das Holz geschnitzt gewesen. Genau so einer wie auf seinem Amulett.

Drache und Falke waren gemeinsam über die Meere geflogen.

Viele Männer bildeten die Besatzung des Schiffes. Sie hatten eine ähnliche Gestalt wie die Waldleute, aber ihre Augen standen anders in ihren Gesichtern und sie trugen ihr Haar in einem langen Zopf auf dem Rücken. Es war ihm vorgekommen, als seien es seine Brüder. In dem Aufbau achtern lebte eine schöne Frau mit dem Kapitän des Schiffes, der ein sehr weiser Mann war. Sie hatte einen Säugling in den Armen gewiegt und ihm ein Lied vorgesungen. Aber als er hören wollte, was sie sang, da konnte er ihre Sprache nicht verstehen.

Als er wach wurde, trug er aber die Melodie des Liedes noch in sich. Auch er behielt sie im Herzen wie Bussardfreundin.

Hutzel und Gki hatten sich nicht mit Träumen beschäftigt. Sie waren als Letzte eingeschlafen und doch als Erste wieder munter geworden. Der Schlaf in diesen Nestern zählte einfach doppelt für sie, so erholsam war er. Nun waren sie bereits seit zwei Stunden mit den ersten Tausammlern vom Dorf unterwegs. Sie kletterten munter in den Baumkronen herum, liefen auf den Schlingpflanzen, schauten in Blumen.

Und Gki war in hellste Forscherfreude geraten, als er im Wasser, das sich in einer der Pflanzen gesammelt hatte, die auf den Bäumen wuchsen, eine Familie von winzigen, grellbunten Fröschen entdeckte, wie sie noch nie ein Zwerg zu Gesicht bekommen hatte. Mithilfe von Hutzels Übersetzung erklärten sie ihm, dass sie seit Generationen in dieser Pflanze lebten und nichts von Dingen begriffen wie Boden und Erde und woher sie kamen, Dinge, nach denen Gki sie zu fragen versuchte.

Dass er seine Neugier stillen konnte, half sehr dabei, dass er sich so hoch über dem Boden, egal wie unvertraut das einem Zwerg vorkommen musste, genauso locker und sicher bewegte, als sei er in den tiefsten Gängen einer Mine. Er kam gar nicht dazu, darüber nachzudenken.

Außer den Waldleuten, die mit Hutzel und Gki unterwegs waren, um Tau einzusammeln, hatten sich auch schon weitere aufgemacht, um Früchte ins Dorf zu bringen.

Ein paar Frauen, junge und offensichtliche Groß- oder gar Urgroßmütter, und ein paar Väter saßen in ihren Nestern und massierten ihre Kleinkinder. Männer streckten und reckten sich beim Verlassen ihrer Nester. Manch ein Pärchen lag noch eng umschlungen in seinem gemeinsamen Nest. Die jungen Leute des Dorfes waren lachend und einander in ihrer Sprache zusingend damit beschäftigt, die geflochtenen Kugeln einzusammeln und die Leuchtkäfer aus ihnen zu befreien, die in der letzten Nacht darin als Lampen gedient hatten. Gegen Abend würde es auch ihre Aufgabe sein, mit den frisch aufblühenden, schwer duftenden Blüten einer der Ranken andere Leuchtkäfer anzulocken, sie in die Kugeln zu setzen und für die kommende Nacht als Lampen in den Baumkronen zu verteilen.

Das Dorf war zu seinem Alltag erwacht.

Beryll fand es am schwersten, aus seinen Träumen wieder aufzutauchen. Er war weit weg gewesen. Sehr weit. Wie in einer anderen Welt. Er hatte sich dort zu Hause gefühlt. Er hatte diese andere Welt ganz genau verstanden. Da hatte es keinen Riss durch sie hindurch gegeben. Dieses Gefühl war noch in ihm. Aber er konnte sich an keine einzige Handlung, an kein einziges Bild oder Wort erinnern.

Er brauchte lange, bis er wusste, wo er war.

Und erst als Bussardfreundin und eine junge Frau vom Dorf mit Früchten und Wasser zu seinem Nest kamen, um nach ihm zu sehen, riss er sich von seiner Nachdenklichkeit los. Er war froh, dass die beiden gekommen waren und ihm halfen, sich wieder zurechtzufinden. Sie setzten sich alle drei auf die kleine Plattform, die vor seinem Nest lag, und frühstückten gemeinsam. Wieder waren es die Früchte, die ihnen gestern noch neu gewesen waren und die ihnen jetzt schon als unentbehrlich erschienen. Beryll mochte besonders die länglichen, die eine gelbe Schale hatten und aussahen wie ein Beiboot. Und auch die violetten, fast schwarzen Kugeln, die innen voller kleiner, schwarzer Kerne waren, die in einem goldgelben, sauren Schleim steckten.

Als er sich umsah, entdeckte er, dass solche Kugeln von einer Ranke hingen, die sich gar nicht weit von seinem Nest an einem Geländer festhielt und neben den Kugeln auch große, weiße Blüten trug.

Als er die junge Frau danach fragte, bestätigt sie, was er gestern gedacht hatte: „Ja. Es stimmt, was du fühlst. Wir bringen Blumen und auch manche Pflanzen mit Früchten von weit weg hierher, um unser Dorf schön zu machen. Die Ranke mit den violetten Früchten liebt es, hier zu wachsen. Die gelben Früchte aber kommen von einem kleinen Baum, der im Boden bleiben will. Er steht in unseren Gärten am Fluss und kommt nicht mit ins Dorf hinauf."

Dann war sie wieder still. Beryll und Bussardfreundin sahen sich um. Am Tage wirkte das Dorf einerseits weniger geheimnisvoll, andererseits war mehr von der Schönheit, die hier entstanden war, zu sehen. All die Ranken, die die Strukturen der Wege und Nester des Dorfes bildeten und sie zugleich verhüllten, all die Blumen und ihre Farben waren nun besser zu erkennen. Wie groß das Dorf war, ließ sich allerdings nicht erfassen. Nur ein paar Nester in ihrer Nähe waren zu sehen. Es gab aber auch weitere Stege und Brücken, von denen nicht zu erkennen war, wohin sie führten. Zur Schönheit am Tage gehörten auch die Tiere, die in den Bäumen lebten. Da gab es bunte Vögel. Die großen hatten zwar eine laute, unangenehme Stimme, waren aber mit ihren vielen Farben prächtig anzusehen. Dann gab es winzig kleine, die in der Luft schwebend vor den Blüten haltmachten und aus ihnen tranken. Und um die Blumen auf Berylls Nest flatterten ein paar handgroße, himmelblaue Schmetterlinge.

Und dort! War es denn die Möglichkeit? Da hingen doch tatsächlich ein gutes Dutzend geflochtene Nester an einem dürren Ast. Sie waren klein wie Kinderspielzeug. Und die hatten wohl tatsächlich die gelben Vögel gebaut, die unter großem Gezwitscher von unten in sie ein- und ausflogen, denn an manchen arbeiteten sie sogar jetzt noch. Es gab verschiedene Bauetappen zu bestaunen. Zum Glück hatten ihre eigenen Schlafnester ihren Eingang nicht unten. Aber wer hatte es wohl wem abgeguckt?

Diese hängenden Nester waren ihnen neu.

Als ein lautes Gekreische und Gelächter ertönte, war der Zauber gebrochen. Nicht weit von ihnen turnten ein paar pelzige Tiere geschickt an langen Armen durchs Geäst.

Die junge Frau lachte auch: „Sie versuchen immer wieder, an die Früchte heranzukommen, die wir selbst essen wollen. Und dann gibt es Zank. Aber keiner meint es wirklich böse. Wir bewundern eher, wie schlau und geschickt unsere Freunde sind. Wir müssen uns immer wieder Neues einfallen lassen, damit es ihnen nicht gelingt, an unsere Früchte zu kommen. Jeder soll seine eigenen ernten und nicht die der anderen stibitzen."

Wieder saßen sie schweigend da und bewunderten die Schönheit, die sie umgab, bis sie sagte: „Es wird Zeit. Der Alte ruft nach uns allen. Lasst uns zur großen Plattform gehen."

Für Beryll war nichts zu hören gewesen. Aber das hieß ja noch lange nicht, dass niemand gerufen hatte. Es hätte ein Signal gewesen sein können, das er nur als Tierstimme erkannte, die ihm nichts sagte, solange er nicht genau hinhörte, oder die junge Frau konnte den Alten so hören, wie er sich gestern noch mit Silbermähne unterhalten hatte. Warum auch nicht?

So wenige Worte, wie er bis jetzt als Austausch zwischen den Waldleuten gehört, und das, was er beobachtet hatte, als er bei ihnen saß, machten es wahrscheinlich, dass sie auch noch auf andere Weise zueinander sprachen.

Bussardfreundin war schon dabei, hinter der jungen Frau über einen Ast zu gehen. Beryll folgte ihnen.

Nach ein paar Schritten waren sie auf der großen Plattform angekommen. Sie waren die Letzten.

Kaum hatten sie sich zu den anderen gesetzt, da begann der Alte in der Zwergensprache zu reden: „Euch allen hier einen guten Tag. Mögen die Träume der Nacht euch heute nähren und tragen.

In der Morgendämmerung haben die Bäume mir Nachricht überbracht: Die Mutter der Bäume, unsere Königin, hat unsere Fragen von gestern Nacht erhalten.

Sie möchte die Fremden sehen. Sie glaubt, Beryll trage einen der Traumhelfer bei sich. Einen der Steine, die an den weltumspannenden Regenbogen erinnern. Wenn es so sei, so solle er rasch zu ihr gebracht werden. Die Zeit sei reif. Nur der Fluss könne ihn jetzt rasch genug zu ihr tragen. Wir werden heute also die Boote bereit machen und losfahren. Und wir müssen eine Lösung dafür finden, wie der Einhörnige mitgenommen werden kann. Die Königin sagt, er müsse auf der Reise unbedingt dabei sein. Schwimmen wird er so weit nicht können. Auch nicht wegen der bissigen Fische im Fluss. Die würden ihm zu sehr zusetzen. Wisst ihr eine Lösung?", wandte er sich schließlich an seine Gäste.

Die waren wieder überrascht darüber, wie die Dinge hier in Fluss kamen.

Kaum waren sie bei den Waldleuten, sollte alles plötzlich ganz rasch geschehen. Dabei machten diese ganz und gar keinen gestressten oder abgehetzten Eindruck. Sie nahmen die Botschaft gelassen auf. Es war nur an ihren Gesten zu erkennen, dass sie zustimmten. Dann wurde es still, weil alle über eine Lösung nachdachten, wie Silbermähne würde mitreisen können.

Und doch war die Stimmung ganz anders als am Abend zuvor.

Die Waldleute waren im Licht des Tages, oder weil die Fremden nun doch schon einige Stunden unter ihnen weilten, längst nicht mehr so zurückhaltend.

Zuerst waren es die Kinder. Sie kamen zu den Fremden und berührten sie vorsichtig. Als keines von ihnen weggescheucht wurde, wurden sie immer mutiger. Sie betasteten die Stoffe der Kleider. Solche hatten sie noch nie gesehen und gefühlt. Und auch als sie an ihnen schnupperten, waren ihnen diese Gerüche neu. Auch manche der erwachsenen Männer und Frauen gingen zu den Fremden hin, um sie zu berühren oder an ihnen zu schnuppern. Das wirkte schon eigenartiger auf die drei

Menschen, aber sie fühlten deutlich, dass es gut gemeint war. Merlin schnupperte schließlich seinerseits an einem der Kinder. Das wurde mit viel Lachen quittiert. „Nun", dachte er sich. „Es ist doch im Grunde ein ganz direkter Weg herauszufinden, ob man sich gut riechen kann. Warum also nicht?"

Am interessantesten fanden sie das lange, geflochtene Haar von Bussardfreundin. Alle wollten es einmal berühren, durch ihre Hände fließen lassen. Beryll und Merlin waren erstaunt darüber, mit wie viel Offenheit und Weichheit Bussardfreundin das über sich ergehen ließ. Wo war die raubeinige Art ihrer Freundin geblieben?

„Sie müsste einen neuen Namen bekommen", flüsterte Merlin Beryll zu. „Die Bussarde können da doch wohl kaum folgen? Sie muss irgendwo noch kleine, niedliche, pelzige Tierchen als Freunde haben und hat uns das nie gesagt."

Am Ende waren alle außer Hutzel und Gki, welche die Anwesenden bereits kannten, völlig von der anfänglichen Frage abgelenkt.

Merlin hatte begonnen, mit den Kindern zu spielen, die jetzt alle von ihm beschnuppert werden wollten.

Bussardfreundin war von Frauen umringt, die ihr beibrachten, wie sie ihre Namen in der Sprache der Waldleute singen konnte und ihr zeigen wollten, was sie bedeuteten. Auch wollten sie nun wissen, wie ihr Name lautete.

Zu Beryll waren die meisten der Männer gekommen. Sie wunderten sich über den Dolch, den er trug und den sie bald entdeckt hatten. Noch nie hatten sie so viel Metall gesehen. Gki hatte zwar das eine oder andere Werkzeug bei sich getragen, aber sie hätten nicht gedacht, dass es davon noch mehr geben würde, und er hatte verhindert, dass Zwergenhändler zu ihnen gelangten.

Das war eines der großen Probleme der Diplomatie, die die Majestäten, Klwik und die Zwillinge am Hofe in geheimen Sitzungen wälzten. Wie sollte nach den Erfahrungen, die die Zwerge in ihrer Vergangenheit gemacht hatten, mit Menschen umgegangen werden, die Metall gar nicht kannten und sogar kaum Werkzeuge aus Holz oder Stein benutzten?

Keinem unter den Männern kam es in den Sinn, so etwas wie diesen Dolch für sich selbst besitzen zu wollen.

Für sie war es einfach ein Zeichen dafür, wie außergewöhnlich dieser große, zu hell geratene Mann war und auch dafür, dass es sich bei ihm tatsächlich um denjenigen handelte, der bereits durch ihre Träume gegangen war, denn einige hatten den Dolch in den Träumen schon an ihm gesehen.

Inmitten all dieser Geschehnisse ertönte da wieder die Stimme des Alten: „Können wir eine Lösung erfühlen?"

Da fiel allen wieder ein, was die Königin für eine Botschaft geschickt hatte, und das ernsthafte Nachdenken begann aufs Neue. Es dauerte eine ganze Weile, in der niemand etwas sagte. Endlich meinte Beryll: „Wenn ich richtig verstanden habe, so wünscht ihr, dass wir noch heute in Booten reisen sollen. Silbermähne, das ist der Name des Einhörnigen, ist bereits auf einem Boot gewesen. Wenn eure Boote groß genug sein sollten, kann er es auch hier tun."

„Unsere Boote sind dafür nicht groß genug", kam sofort die Antwort vom Alten. „Ihr müsstet sie gesehen haben, dann würdet ihr es fühlen können."

„Vielleicht sollten wir genau das tun, um eine Antwort zu finden? Könnt und wollt ihr uns zu den Booten bringen?", fragte Gki.

Nachdem sich alle Dorfbewohner wieder kurz gemeinsam besonnen hatten, kam ein Ja als Antwort darauf.

Alle zusammen wollten nun zu den Booten gehen. Die Strickleiter wurde für die Gäste herabgelassen. Als sie gut unten angekommen waren, standen alle Waldleute und Hutzel, der diesmal auch auf deren Art an einer Liane herabgehangelt war, bereits am Fuß des Baumes, aus dem die Strickleiter herabkam, und erwarteten sie. Auch Silbermähne, Blatt und Astkind waren dort. Alle folgten nun dem Alten auf einem schmalen Weg, der kaum zu erkennen war, zum Ufer des Flusses.

Beryll fiel dabei die Beschreibung von Gki ein, die Silbermähne ihnen in Kgos Nische vorgelesen hatte. Es musste ein ganz ähnlicher Pfad gewesen sein, auf dem Gki damals seinen Spaziergang gemacht hatte.

Und auch dieser führte zu der Pflanzung des Dorfes. Hier sah Beryll den kleinen Baum, an dem die gelben Boote wuchsen. Ob Baum aber das richtige Wort war? Die Pflanze hatte zwar wirklich einen Stamm, aber der war nicht aus Holz und sah eher aus wie ein riesiger Stängel. Aber wie stark der sein musste! Es hingen große Bündel von den Früchten daran, in Gruppen angeordnet, Stockwerk für Stockwerk übereinander.

Da wuchs auch noch vieles andere, was er noch nie gesehen hatte. Leider gab es jetzt keine Zeit, sich das alles genau anzusehen. Merlin und Bussardfreundin, die ebenso an all den Pflanzen und Früchten interessiert waren, ging es gleich.

Schneebrust, die, seit sie bei den Waldleuten angekommen waren, immer dicht bei Merlin geblieben war und auch jetzt auf seiner Schulter mitritt, flüsterte ihm ins Ohr: „Ob das an der Hitze liegt, dass die Pflanzen hier alle so riesig sind? Dieser Wald ist mir unheimlich. Er überbordet vor lauter Leben und Farben und alles ist so knallig und krass. Ist der Wald jenseits des großen Wassers auch so?"

„Nein. Ich hab auch noch nie solchen Wald gesehen. Und Hutzel sagte, dass wir hier erst ganz am Rand sind. Wie muss es da erst im Herzen dieses Waldes sein?"

Als er mit dem Satz zu Ende gekommen war, sahen beide den Fluss vor sich. Die anderen hatten bereits an dessen Ufer haltgemacht und bestaunten ihn. Das heißt, die Leute vom Waldfluss begrüßten ihn eher wie einen alten Freund. Sie traten ganz nahe an sein Ufer heran, hockten sich hin und strichen mit den Händen über seine Oberfläche, so wie man ein Lebewesen streichelt. Die Kinder nahmen ein paar Bündel aus getrockneten Blättern, die länger waren als sie selbst, und schlugen damit an einer flachen Stelle auf das Wasser. Dann sprangen sie alle dort in den Fluss, um zu baden.

Die Fremden standen noch immer da und sahen sich den Fluss an. Er war riesig. So weit lag sein anderes Ufer entfernt, dass der Wald dort kaum noch zu erkennen war.

Er floss breit dahin und tatsächlich hatten sie gestern richtig gehört, nicht weit unterhalb der Stelle, an der die Kinder badeten, jetzt auch von den Großen gefolgt, ragten einige Felsen aus dem Fluss. Daher kam das Rauschen. Aber von Stromschnellen konnte nicht die Rede sein, denn nur der kleinste Teil des Flusslaufes wurde durch sie gestört.

Nicht alle von den Waldleuten waren am Baden.

Der Alte und ein paar Frauen und Männer waren bei den Gästen stehen geblieben und machten ihnen nun Zeichen, dass sie ihnen folgen sollten. Der Alte ging ein paar Schritte flussaufwärts voraus. Sie kamen an eine Stelle, wo die Bäume ihre Äste weit über das Wasser hinaus reckten. Das Unterholz reichte bis ganz ans Wasser. Einige Waldleute sprangen hier in den Fluss, nachdem sie ebenfalls mit den großen Blättern darauf geschlagen hatten, und schwammen in die grünen Schatten unter dem Geäst.

„Mit den Blättern sagen sie den bissigen Fischen, dass sie sich verziehen sollen, weil hier Menschen schwimmen wollen. Solange keiner verletzt ist, funktioniert das auch", flüsterte Gki den anderen zu.

Es dauerte nicht lange, da kamen die Schwimmenden wieder zum Vorschein, jeder zog ein Boot hinter sich.

Die Boote waren tatsächlich winzig gegenüber dem, was Beryll sich vorgestellt hatte.

Sie waren alle aus Baumstämmen. Schmal und kippelig lagen sie hoch auf dem Wasser. Nein, das waren keine Boote für Silbermähne. Und dass der in dem großen Fluss nicht so einfach würde schwimmen können, leuchtete nun auch ein.

Als sie die Boote zu ihnen aufs Ufer gezogen hatten, sah Beryll, dass die Bäume wohl mit Feuer nach und nach vorsichtig ausgebrannt worden waren, bis nur noch wenig Holz außen dran war, um den Hohlraum der Boote zu gestalten. Ein Baum ein Boot. Das war ihm neu.

„Wie lange werden wir denn in den Booten reisen, bis wir bei der Mutter der Bäume sein werden?", fragte er den Alten.

„Die Mutter der Bäume möchte, dass wir eilen. Wir werden also paddeln, auch wenn wir mit der Strömung reisen werden.

So werden wir zwei Tage auf diesem Wasser schwimmen. Dann kommen wir zum großen Fluss. Auf dem werden wir einen Tag lang weiterpaddeln. In den Nächten werden wir am Ufer ruhen. Es ist gut, dass es zwischen hier und dort kein weißes Wasser gibt. Wir müssen nicht zu Fuß gehen. Am dritten Tag, wenn die Sonne schon im Wald verschwunden ist, werden wir im Dorf der Mutter der Bäume sein."

Der große Fluss? Wie groß musste der wohl sein, dass der Alte ihn groß nannte? Für Beryll war dies hier schon ein Riese von einem Fluss. Und so stark, wie die Strömung hier war, würden sie in der Zeit eine weite Strecke zurücklegen. Erst recht, wenn sie dazu noch paddelten.

„Stimmt. Es ist weit. Auch wenn ich glaube, dass mir diese bissigen Fische nicht viel anhaben können, weil sie es einfach nicht wagen werden, ist das zu lange, um mit euch zu schwimmen. Aber wir müssen uns schon etwas einfallen lassen. Ich kann niemals tagelang so still stehen, dass ich es in einer dieser Bohnenhülsen aushalten könnte, ohne dass sie dauernd kentert. Und das würde bedeuten, dass wir nicht vorankommen, was nicht sein darf. Ich fühle, dass die Königin einen guten Grund dafür hat, dass sie uns bald bei sich sehen will", gab Silbermähne seine Meinung kund.

Irgendwie schien die Sprache der Waldleute bereits auf ihn abgefärbt zu haben, dass er nun auch von fühlen sprach. Und wieder hatte er Berylls Gedanken viel klarer verstehen können. Er fühlte sich wohl bei den Waldleuten, obwohl die Gegend für ihn gar nicht ideal war, wenn es um Fortbewegung ging. Viel zu viele Gewächse überall. Da war es in der Wüste einfacher gewesen, was das betraf. Denn auch die Lösung, am Ufer mitzuhalten, was mit seiner Kraft, was das Tempo betraf, durchaus zu schaffen gewesen wäre, kam nicht infrage. Die Pflanzen standen so dicht und verheddert am Ufer, dass es für ihn kein Durchkommen geben konnte. Den Vorschlag brauchte er nicht einmal zu äußern.

Merlin kam schließlich ein Gedanke: „Silbermähne und Beryll, ihr habt das doch sicher auch im Dorf der Fischerbauern mitbekommen, damals auf dem Fest des höchsten Sonnenstandes, als sie die vielen Baumstämme in das Dorf auf Pfählen gebracht haben? Irgend so etwas müssten wir bauen."

Da der Alte und die Waldleute, die bei ihm standen, ihn fragend ansahen, erklärte er: „Da haben die Fischerbauern einfach die Holzstämme zusammengebunden, mit einer Spitze vorne und dann dahinter immer ein paar nebeneinander. So …" Er ritzte einen Plan in den Sand vor ihm. „Das schwamm dann alles und es konnte so viel Gewicht tragen, dass sich alle Leute vom Dorf auf Pfählen, die zu Fuß gekommen waren und auf Ponys, mitsamt ihrem Gepäck und den Tieren darauf von der Strömung nach Hause treiben lassen konnten."

Ja, dachte Beryll bei sich. Im Prinzip hatte Merlin recht. Ein Floß zu bauen, müsste eine gute Lösung sein. Aber wie würden die Waldleute dazu stehen?

„So viele Stämme? Niemals können wir zulassen, dass so viel junges Holz für den Einhörnigen sterben muss. Es muss einen anderen Weg geben", brach es sofort aus einem der Männer der Waldleute heraus, als er verstanden hatte, was Merlin da für sie aufgezeichnet hatte.

Betretenes Schweigen.

Nach einer Weile sagte Hutzel: „Wir verstehen alle, dass wir nur dafür, dass der Einhörnige reisen kann, keine Bäume töten dürfen. Aber die Lösung müsste trotzdem ähnlich aussehen können. Wie viele Boote habt ihr übrig, wenn die belegt sind, die wir zum Reisen brauchen?"

„Vier", kam die Antwort rasch von allen Seiten.

„Könnten wir dann nicht diese vier irgendwie so zusammenbekommen, dass Silbermähne darauf stehen kann, ohne dass sie kippen? Vielleicht ähnlich wie ihr die Nester baut?"

Stirnrunzeln und angestrengtes Nachdenken auf allen Seiten.

Gki stellte die nächste Frage: „In den Dörfern habt ihr doch Bretter? Ginge es denn nicht auch damit? Eine Art Plattform auf den Booten?"

Er hatte sich schon oft gefragt, wie sie zu den Brettern kamen, die seltsamerweise auf beiden Seiten noch Rinde trugen und außer an den Außenrändern ganz und gar nicht von Werkzeugen bearbeitet zu sein schienen. Er wusste ja, dass sie keine Metallgeräte hatten. Gerade weil er sich das schon so oft gefragt hatte, waren ihm jetzt diese Bretter in den Baumkronen eingefallen.

Da sprudelte eine der Frauen los: „Die kommen von den ganz alten Bäumen, die innen schon so hohl sind, dass sie in sich zusammensinken. Ist dies geschehen, so hat der Geist des Baumes ihn verlassen. Dann dürfen wir uns die Bretter holen, mit denen sie ihr Gewicht auf dem Boden abgestützt haben, als sie noch unter uns weilten. Wir lösen sie mit dem Zackenstock, den einer der Meerfische trägt, vom Boden ab. Es ist harte Arbeit und es dauert viele Tage. Aber wir können so Bretter ernten und zurechtschneiden. Bloß …", sie zögerte, „viele Tage haben wir nicht Zeit."

„Nein. Haben wir nicht", stimmte ihr der Alte zu.

„Aber wir haben Bretter bereit", kam da die Stimme einer Alten.

„Wir haben doch gestern noch, bevor wir die Gäste kommen sahen und ihre Nester vorbereitet haben, die Bretter für die neue Plattform für die drei jungen Familien aus dem Wald zu unseren Bäumen getragen."

„Könnten wir nicht die nehmen? Wärt ihr einverstanden?" Sie wandte sich an ihre Leute.

Einmal mehr tauschten sie sich mit Händen, Augen und ihrem Gesang untereinander aus.

Dann gab der Alte bekannt, was sie beschlossen hatten: „Ja. Wir sind uns einig. Wenn es so gehen könnte, werden wir eine Plattform auf den Booten bauen, auf der Silbermähne stehen kann." Er hatte Mühe, den fremdartigen Namen auszusprechen, tat es aber, weil es ein Beweis des Wohlwollens war, den Namen eines Wesens in seiner Anwesenheit zu nennen, wenn er einem bekannt war.

Darauf verteilte er wie am Vortag die Aufgaben.

Es war erstaunlich, wie rasch jetzt eine schwimmende Plattform für Silbermähne entstand. Die einen holten die Bretter, die anderen die Äste, Keile, Rindenstücke und Lianenseile, die für den Bau der Plattform in der Baumkrone gedacht und schon bereit gewesen waren. Vor dem Heck zweier Einbäume und hinter dem Bug der zwei anderen wurden dicke Äste so angebracht, dass sie Bretter tragen konnten. Dabei verbanden sie auch je zwei Boote zu einem Paar.

Merlin hatte die Idee ausgearbeitet und zeigte sich sehr geschickt darin, sie den anderen zu erklären und bei der Umsetzung zu helfen. Beryll hatte nie bemerkt, wie praktisch veranlagt sein „Lehrling" war, wenn es um Holz ging.

Es war beinahe so, als ob irgendwo in ihm ein Bootsbauer oder Zimmermann stecken würde.

Merlin und seine vielen Helfer brachten dann mit den Stricken eine Reihe von Brettern auf den Ästen so an, dass sich in jeder Ecke ein Boot befand, dazwischen die Plattform. Es gab Lücken zwischen den Brettern, die sie mit Rindenstücken und feineren Stricken füllten. Diese lagen quer zu den Brettern. Oben drauf kam eine Lage getrockneten Grases, wie es in den Nestern benutzt wurde. So konnte Silbermähne nicht mit den Hufen in die Lücken geraten. In jedem der vier Boote war je nachdem, vorne oder hinten, noch ein Platz zum Paddeln frei. Dazwischen die Plattform, die Silbermähne tragen sollte.

Während Beryll und so viele der Waldleute wie möglich, ohne sich gegenseitig im Weg zu sein, beim Bau der Plattform halfen, trugen die übrigen Wasser und Nahrung und Fischspeere zusammen und beluden die Boote damit für die Reise.

Sie kamen auch nochmals kurz zusammen, um zu erfühlen, welche unter ihnen zum Paddeln mitfahren sollten.

Es war erst kurz nach Mittag, als das seltsame Gebilde auf dem Wasser lag. Sie hielten es ganz am Rand des Flusses fest und Silbermähne betrat es vorsichtig.

Es konnte sein Gewicht tragen.

Wenn er aufpasste und sich in der Mitte hielt, schaukelte es gar nicht so sehr, auch wenn er sein Gewicht etwas verlagerte. Es würde nicht einfach werden für ihn, aber für drei Tage würde es gehen. Zumal es ja möglich war, während der Nächte an Land zugehen.

Er fühlte unter seinen Hufen, dass die Struktur, die ihn trug, nicht ganz starr war, sondern seinen Bewegungen etwas nachgab.

Als er das Merlin besorgt sagte, antwortete der: „Das ist kein Problem, Silbermähne. Dass die Lianen und das Holz Spiel haben, macht nichts. Im Gegenteil, auf dem Wasser wird das Ganze so sogar noch sicherer sein, denn das Floss, oder wie das Ding heißen soll, da die Bretter ja eigentlich nicht im Wasser schwimmen, kann sich so an die Bewegungen des Flusses anpassen. Wäre es ganz steif, könnte es viel leichter zerbrechen."

Da wunderte sich auch Silbermähne, woher Merlin so viel über schwimmende Gefährte wusste. Aber er beschloss, Merlin zu vertrauen.

Sie picknickten alle am Ufer des Flusses bei den Einbäumen. Da schlug der Alte vor: „Wie wäre es, wenn wir noch heute aufbrechen würden, obwohl der Tag schon halb vorüber ist? Wenn wir etwas in die Nacht hineinpaddeln und keine Pausen machen, können wir den Rastplatz des ersten Tages doch noch erreichen. Das mag besser sein, als erst morgen bei Sonnenaufgang aufzubrechen. Fühlt es sich für euch sicher an?"

Als er bestätigt bekommen hatte, dass es sich für die Waldleute sicher anfühlte, dauerte es nicht mehr lange und alle waren auf die Boote verteilt und die Flussfahrt begann.

Für Bussardfreundin war es am schwierigsten, denn sie hatte noch nie so viel Wasser auf einmal erlebt, außer am Spechtfest das Ufer des großen, salzigen Wasser, das sie hier wohl meinten, wenn sie das eigenartige Wort „Meer" sagten wie gestern bei der Begrüßung oder heute im Wort „Meerfisch".

Sie hatte nie schwimmen gelernt.

Aber entspannt, wie sie sich hier unter den Leuten vom Waldfluss fühlte, vertraute sie bald darauf, dass dieser hohle Baumstamm sie trug. Sie blieb schön in der Mitte sitzen und bewegte sich so wenig wie möglich, wie es ihr das Paar erklärt hatte, das in dem Boot paddelte, in dem sie untergekommen war. Es dauerte gar nicht lange, bis sie jede Gefahr und jedes Gefühl des Fremdartigen vergessen hatte.

Alle Boote und auch die vier, die Silbermähnes Plattform steuerten, paddelten nicht weit vom Ufer entfernt. Das war der Grund dafür, dass sie bald in den Zauber versank, den das vorbeigleitende und sich im Wasser spiegelnde Grün hervorrief. Dazu die Vögel, die um sie aufflogen. Und die, die sie am Ufer erkennen konnten. Nein, es gab so viel Schönes für die Sinne, dass die Angst keinen Platz mehr hatte.

Beryll und Merlin fühlten sich bald wie zu Hause.

Es war nicht viel anders als in den Beibooten der Leute vom Fischerdorf, wenn auch die Umgebung viel reizvoller und die Boote ranker waren. Sie hatten bald schon Spaß daran, ihre Begleiter ab und zu beim Paddeln abzulösen. Bussardfreundin gelang das erst am dritten Tag, dafür hatte sie aber lange genug beobachtet und war von Anfang an sicher bei dem, was sie tat.

Hutzel hatte sich entschlossen, mit Gki, der endlich die Königin der Waldleute, die Mutter der Bäume, befragen wollte, mitzureisen.

Es war keine Notwendigkeit. Aber es fiel ihm schwer, sich jetzt schon auf den Rückweg zu machen, und so blieb er noch eine Weile bei seinem alten und seinen neuen Freunden. Die beiden saßen, anders als die Menschen, zu zweit bei einem paddelnden Paar im Boot. Immer wieder machten sie sich gegenseitig auf Tiere oder besondere Pflanzen aufmerksam und Gki kritzelte, so viel er in dem Tempo konnte, von dem, was Hutzel und die beiden im Boot ihm erklärten, auf seine Rindenstreifen. Ab und zu warf er eine flüchtige Skizze hin, die seinem Erinnerungsvermögen nachhelfen sollte.

Der Sonnenuntergang, den sie heute vom Fluss aus erlebten, machte sie alle sprachlos. Schweigend glitten sie durch flüssiges Gold und Kupfer in die Nacht. Es war sternklar. Sie schienen auf einem Stück Nachthimmel unterwegs zu sein, so deutlich spiegelte die Wasseroberfläche das Licht der Sterne wider.

Wie in der Nacht zuvor veränderten sich die Stimmen des Waldes zwischen Tag und Nacht.

Seit es dunkel geworden war, blieben die Boote dicht beisammen. Es galt, weder die Raststelle zu verpassen, noch sich gegenseitig zu verlieren. Aber es war in jedem Boot mindestens einer von den Waldleuten dabei, die diesen Weg schon oft hinter sich gebracht hatten. Sie waren mit dem Fluss vertraut.

Bussardfreundin fragte sich, wie sie es anstellen könnte, um einen Halt zu bitten, da sie es nicht mehr länger aufschieben konnte, ihre Blase zu leeren, als einer der Waldleute denen in den anderen Booten etwas zurief.

Sie hielten sofort auf das Ufer zu. Was für ein Glück für sie. Sie würde nicht alle aufhalten müssen.

An der Stelle, an der sie landeten, gab es eine dem Ufer vorgelagerte Sandbank, hinter der sich ein schmaler Flussarm befand. Sie konnten die Boote im ruhigen Wasser dahinter lassen. Sie stiegen auf die Sandbank, die gerade weit genug aus dem Wasser ragte. So gab es dort einen breiten Streifen Sand und auf ihrer höchsten Stelle wuchsen Gras und viele Büsche. Die Waldleute ließen die Gäste erst bei den Booten warten und suchten die Sandbank ab. Es könne sein, dass einige der großen grünen Flussechsen dort lagerten, und es sei nicht gut, denen zu nahe zu kommen. Bald riefen sie den Gästen zu, dass sie keine gefunden hätten. Bussardfreundin und auch die anderen konnten beruhigt im Gebüsch verschwinden. Dann kamen alle wieder in der Nähe der Boote zusammen. Müde, wie sie waren, teilten sie die Wachen ein und machten sich gleich Schlafgruben im Sand. Silbermähne ging noch ein paar Schritte, um etwas von dem zu weiden, was sich vom Grün hier essen ließ. Morgen wollten sie gleich bei Sonnenaufgang weiter und es würde dann keine Zeit dafür geben.

Als sich die ersten der Waldleute vom Fluss auf der Sandbank rührten, war die Sonne noch unter dem Horizont. Aber sie würde schnell aus dem Wald aufsteigen. Sie hielten ihre Andacht, lauschten dem Gesang des Flusses und des Waldes. Dann, als es bereits ein klein wenig hell wurde, machten sie die Boote bereit.

Von den anderen war Beryll der Erste, der wach wurde. Silbermähne war seltsamerweise noch am Schlafen, denn meistens war er der früheste.

Hutzel hatte die Wache bis zum Sonnenaufgang übernommen.

Beryll sah zu Gki hinüber, der in seiner Sandmulde schnarchte. Da bemerkte er gleich daneben ein seltsames Flimmern im ersten Morgengrauen, aus dem heraus plötzlich Hutzels Stimme ertönte: „He, hör auf zu sägen, du alter Zwerg. Die Waldleute mögen es gar nicht, wenn Kleinholz gemacht wird. Es ist Zeit zum Aufstehen. Kikerikiii!!!"

Er musste sogar an Gkis Schultern gerüttelt haben, so wie der jetzt hochschoss. Auch Silbermähne und Bussardfreundin hatte Hutzels Krähen geweckt. Merlin hingegen brauchte noch einen kleinen Stups. Er war noch tief in seinen Träumen gewesen. Wasser war darin vorgekommen, aber er konnte sich nicht erinnern, von einem Schiff geträumt zu haben.

Beryll begriff, dass er da eben einen Hauch von Hutzels Körperhaftigkeit hatte sehen können. Er hätte es Silbermähne gerne gleich mitgeteilt, aber inzwischen herrschte Aufbruchsstimmung und so verschob er es auf später. Es war vielleicht sowieso besser abzuwarten, ob es ihm auch weiterhin gelingen würde, bevor er es an die große Glocke hängte.

Die Waldleute erklärten, dass sie gerne gleich aufbrechen würden, damit sie den Tag gemütlicher nehmen könnten als gestern. In wenigen Stunden wäre so eine erste Pause zum Essen möglich, eine weitere am Nachmittag und sie wären am Abend sogar noch bei Tageslicht an der Raststelle. Dann hätten sie Zeit, Fische zu fangen, ein Feuer zu machen und ein richtiges Festessen zu genießen.

Beinahe schon bevor sie das alles erklärt hatten, saßen alle wieder in ihren Booten. Silbermähne war als Letzter auf seiner Plattform. Auch ihn erfreute die Aussicht auf zwei Unterbrechungen der heutigen Fahrt sehr.

Gki saß längst mit seinen Rindenstreifen, dem kleinen Kürbis voll Pflanzenfarbe und dem Pinsel bereit.

Die Waldleute hatten sich ihren Weg gut eingerichtet.

Sie fuhren wohl oft zum anderen Dorf, denn bei der ersten Pause machten sie an einer Stelle halt, die extra dafür angelegt sein musste. Es gab auch hier eine Sandbank, hinter der die Boote geschützt waren, eine freie Stelle am Ufer zum Aussteigen und sogar eine Pflanzung, aus der sie sich verpflegen konnten.

Am Nachmittag, nach ihrer zweiten Pause, sahen sie lange Schnauzen und kleine Augen aus dem Wasser schauen, die sie mit ihren Blicken verfolgten.

Die Waldleute warnten sie, denn das seien die großen Echsen, nach denen sie gestern gesehen hätten, bevor sie sich für die Nacht hinlegten, und wegen derer sie auch Wachen eingeteilt hätten.

Besser nicht ins Wasser fallen, wenn diese in der Nähe seien.

Nicht viel später beratschlagten die Waldleute unter sich.

Dann erklärten sie ihren Gästen, dass es Zeit sei, auf die andere Seite des Flusses zu gelangen.

Sie merkten bereits, dass sich die Strömung veränderte, weil die Einmündung in den großen Fluss näher kam. Das Dorf, das sie am Abend des dritten Tages erreichen sollten, lag auf der anderen Seite des großen Flusses. Sie wollten sich von der Strömung bei der Einmündung gleich weit auf den großen Fluss hinaustragen lassen, damit sie den leichter queren konnten.

So hielten sie zum ersten Mal auf die Mitte des Flusses zu. Es dauerte eine ganze Weile, bis das andere Ufer näher zu kommen schien. Aber endlich hatten sie es geschafft und paddelten in seiner Nähe weiter flussabwärts.

Eine Stunde später erreichten sie die Mündung.

Der Fluss war tatsächlich unvorstellbar groß. Der, an dem die Leute vom Waldfluss wohnten, war schon so breit, dass es nicht leichtfiel, den Wald am anderen Ufer zu erkennen. Was sie aber hier vor sich sahen, ließ sie an das große, salzige Wasser, das die Leute hier Meer nannten, denken. Gerade noch, wenn man es glauben wollte, war hier etwas zu erkennen, was vielleicht ein anderes Ufer sein konnte. Eine Art Schatten am Horizont, der sich in seiner Farbe von der des Flusses abhob.

Gleich an der mit Sand und angetriebenen Baumstämmen bedeckten Landspitze an der Mündung, die weit in den großen Fluss hinausragte, machten sie Rast.

Sie baten ihre Gäste, in der Nähe zu bleiben und zunächst nicht zu baden, weil sie fischen gehen wollten. Niemand sollte sie den Fischen schon durch Plantschen verraten. Die Reisenden warteten gerne. Sie vertieften sich in den Anblick des mächtigen Stromes, der da an ihnen vorbeifloss.

Bloß nicht daran denken, wie es sein musste, ihn in diesen kleinen Einbäumen zu queren.

Merlin ging zur anderen Seite der schmalen Landspitze und tauchte vorsichtig seine Hand ins Wasser, um davon zu probieren. Tatsächlich, es war Süßwasser. Er hatte Zweifel daran gehabt. Als er zurückkam, beruhigte Gki gerade die anderen: „Ihr werdet sehen. Es ist halb so wild, da draußen in der Mitte des großen Flusses zu sein. Wenn ich das mehrmals gut überstanden habe, so bringen sie euch auch ohne Probleme hinüber."

Sie brachen das Gespräch ab, weil einer der Waldleute zu ihnen kam und sie bat, ihm beim Feuermachen zu helfen. Das lenkte sie ab.

Es dauerte nur so lange, bis sie ein gutes Feuer vor sich brennen hatten, was in der Hitze gar nicht so erfreulich war, bis die anderen Waldleute mit mehreren großen Fischen kamen. Bussardfreundin war auch bei ihnen.

Keiner hatte bemerkt, dass sie ihnen ganz leise gefolgt war, um zu sehen, wie sie fischten. Sie hatte zugesehen, wie sie die Fische mit Speeren jagten. Eine Idee, von der sie glaubte, dass sie ihr nie gekommen wäre, weil das Wasser die Dinge ja verzerrt wiedergab. Die Leute hier aber hatten gelernt, damit zu rechnen.

Die Sonne war schon fast untergegangen. Hier gab es dabei noch mehr Gold und Kupfer zu bewundern. In ihrem letzten Licht waren auch die Fische und Knollen gar und sie konnten essen. Wie versprochen, war es tatsächlich ein Festessen.

Aber kaum waren sie satt, merkten sie, wie müde sie waren, obwohl sie sich zum Glück an diesem zweiten Tag weniger hatten anstrengen müssen. Bis auf die Wache lagen bald alle in ihren Sandkuhlen und schliefen tief. Ein Bad konnte bis zum nächsten Tag warten.

Vor Sonnenaufgang wurden sie von der Feuchtigkeit geweckt.

Da sie aber sowieso beim ersten Licht aufbrechen wollten, machte das weiter nichts. Sie waren bereits auf dem Wasser, als die Sonne aufging. Hier kam sie aus dem Fluss und nicht wie am Tag zuvor aus dem Wald. Ein Ball aus rotem Licht.

Die Waldleute hatten gesagt, gegen Mittag wären sie auf der anderen Seite und könnten rasten. Das erschien jetzt, da sie all das Wasser vor sich sahen, unvorstellbar.

Es fielen kaum Worte.

Als sie weit draußen waren und beide Ufer in weiter Ferne, erhob sich Schneebrust zum ersten Mal, seit sie bei den Waldleuten waren, von Merlins Schulter und flog ein paar Runden. „Ich muss meine Flügel üben, sonst werde ich bald gar nicht mehr fliegen können", hatte sie ihm zugeflüstert.

Bussardfreundin sah ihr versonnen nach.

Sie hatte seit Tagen keinen Bussard mehr gesehen.

Es gab hier viele Vögel und alle möglichen Sorten, auch Raubvögel. Aber ihre Bussardfreunde hatten sie nicht so weit in den Süden begleiten wollen. Merlin hatte es gut. Schneebrust würde bei ihm sein, solange er lebte. Sie hingegen war nun ganz allein, ohne Mausfreund, ohne Rehfreundin, ohne die Vogelmenschen, ohne einen Geliebten, denn sie hatte ihre Gefühle für Beryll wirklich hinter sich lassen müssen, um erst zu ihnen und dann mit ihnen reisen zu können, was ihr unter größter Selbstaufopferung, Anstrengung und Anwendung aller Disziplin, die sie von Mausfreund gelernt hatte, gelungen war.

Und jetzt waren auch die Bussarde nicht mehr da.

Eine eigene Familie hatte sie ja nicht, ihre Eltern lebten nicht mehr. Sie hatte sie früh verlassen und war bei Mausfreund gewesen. Geschwister hatte sie keine.

Da gab es nichts mehr zu verlieren.

War sie nun eigentlich traurig? Oder hatte sie die Freiheit, die sie sich immer wünschte, erlangt und war an nichts mehr gebunden? Fühlte sie Freude?

Sie schaute tief in sich hinein und sah und hörte nichts. Nicht außen. Nicht innen. Sie kannte sich nicht.

Leere.

Sie blickte um sich auf die Weite des Wassers. Hier war auch Leere. Es war unheimlich.

Ein wenig später kamen dann die Bilder zu ihr.

Bilder von den ersten Stunden bei den Waldleuten auf der Plattform, von der ersten Nacht in einem Nest, Bilder aus dem Traum, den sie dort gehabt hatte. Da fühlte sie, wie sie von Wärme, Ruhe und einer stillen Freude erfüllt wurde.

Es gab da eine neue Bussardfreundin in der Leere, in ihrem Herzen.

Sie beugte sich über sie mit all der Aufmerksamkeit und Zuneigung, die sie für ein Neugeborenes hatte.

Nach und nach kam das andere Ufer tatsächlich näher und gegen Mittag hatten sie es erreicht.

Bussardfreundin, die immer still war, wirkte so in sich gekehrt, dass es Beryll auffiel.

Als er sie besorgt beobachtete, ließ er seine Bedenken aber schließlich los. Ja, sie war in sich gekehrt, aber sie hatte ein weiches Licht in ihren Augen, das ihn beruhigte und das er noch nie gesehen hatte.

Merlin hatte recht, seit sie hier waren, schien sie ihre wilde Raubvogelart immer mehr zu verlieren. Aber was er da sah, passte auch nicht zu einem pelzigen Tierchen, von dem Merlin im Scherz gesprochen hatte.

Da hörte er Hutzels leise Stimme neben sich: „Lass gut sein. Es ist alles in Ordnung mit ihr. Sie verändert sich hier sehr. Sie ist eine geborene Träumerin und hier kommt sie näher an die Quelle des Träumens. Da lernt sie sich neu kennen."

Auch an dem Tag gab es am Ufer des Stromes eine Nachmittagsrast. Dabei badeten alle ausgelassen im Strom.

Danach paddelten sie weiter, bis in den Abend hinein, durch den Sonnenuntergang und in die Nacht. Es hatte über dem Wald, seit sie hier waren, immer große Wolkentürme gegeben. In dieser Nacht zogen sie sich jedoch zusammen und wurden schwer.

Als sie das Feuer sahen, das am Ufer des Stromes brannte und ihnen sagte, dass dort ihr Ziel sei und dass sie erwartet würden, begann es zu regnen.

Sie landeten in einem Wolkenbruch.

16

Mutter der Bäume

Klatschnass standen sie am Ufer bei dem Feuer, das diejenigen, die sie erwartet hatten, nun rasch ausgehen ließen.

Die Boote wurden an Land gezogen und verschwanden unter Gebüsch. Silbermähnes Floß wurde gut angebunden.

Sie konnten kaum etwas erkennen.

Gestalten standen im Dunkel unter den Bäumen vor ihnen. An ihren Stimmen und Gesten konnten sie erahnen, dass sie den Leuten vom Flusswald gleichen mussten. Unsicher tapsten sie in der Dunkelheit hinter ihnen her. Immer wieder wischten sie sich den Regen aus den Augen.

Es ging nur ein paar Dutzend Schritte weit, bis sie einen Lichtschimmer vor sich sahen. Sie kamen auf eine Lichtung.

Überraschenderweise sahen sie hier ein riesiges Nest vor sich, das sich am Boden befand. Darin brannte ein Feuer, in dessen Lichtschein sie die Leute sehen konnten, die darin saßen.

Es war ein großes, bewachsenes Dach, das wohl von einem Kreis junger Stämme getragen wurde, die lebten, denn ihre Kronen ragten darüber hinaus. Das Dach war an ihren Ästen festgemacht. Zwischen den Stämmen hingen Girlanden und Vorhänge aus blühenden Ranken herab. Büsche waren zu zierlichen Säulen geflochten, die mit Pflanzen bewachsen waren. Sie bildeten zarte Bögen.

„Voilà!“, sagte Gki feierlich mitten im Regen: „Die Empfangshalle der Königin.“

Sie wurden hineingeführt, zum Feuer in der Mitte, über dem das Dach offen war, sodass es keine lebenden Pflanzen bedrohte. Sie wurden gebeten, ihre durchnässten Kleider abzulegen und in Umhänge aus Blättern zu schlüpfen, um sich am Feuer zu trocknen. Kürbisse mit Tauwasser wurden ihnen zum Trinken gereicht.

Dann bat sie ein junger Mann, den Gki freudig als den mittleren Sohn der Königin, der ihm damals die Steine geschenkt hatte, erkannte, auf die andere Seite des Feuers zu treten und die Mutter der Bäume zu begrüßen.

Sie standen vor einer Frau, die nicht viel älter als Bussardfreundin war.

Klein von Gestalt, zierlich, aber leicht rundlich.

Sie musste von großer Kraft sein, das war in ihren dunklen, großen Augen zu sehen. Neben ihr saß ihr Mann und zu beider Seiten die Kinder, die alle bereits junge Erwachsene waren. Drei Söhne und zwei Töchter.

Alle saßen auf Graspolstern auf dem Boden wie auch alle anderen Waldleute, die hier versammelt waren. Es gab keinen Thron, keine äußeren Zeichen der Herrschaft.

Wer sich aber in der Runde umsah, konnte deutlich erkennen, dass die Fäden bei dieser Frau zusammenliefen, die, ebenso wie alle Leute hier, mit Blüten, Federn und Farben in ihren persönlichen Mustern geschmückt war.

Sie sah die Fremden freundlich an. Niemand störte sich daran, dass Silbermähne mit unter das Dach gekommen war und auch vor ihr stand.

Nach einer Weile nickte sie.

Sie bat wohl ihren Sohn mit einem Blick und einer Geste, Platz zu nehmen, denn er neigte kurz seinen Kopf und setzte sich zu seinen Brüdern.

Dann sprach sie in der Sprache der Zwerge: „Willkommen unter dem Schutzdach der Waldleute. Der Wald wächst. Der Wald freut sich über den Regen, der mit euch gekommen ist. Der Wald hat großen Durst und muss oft trinken. Bitte setzt euch zu uns.“

Da brachten ihre Töchter und ein paar ihrer Freundinnen Bündel von dem duftenden Gras und legten diese vor sie hin, sie konnten nun weich und bequem sitzen. Ein geflochtener Teller mit Früchten wurde herumgereicht.

„Erfreut euch an den Geschenken des Waldes. Esst", sagte die Mutter der Bäume.

Nachdem sie ihnen etwas Zeit gelassen hatte, damit sie Früchte wählen konnten, fuhr sie fort: „Seid mir nicht böse, wenn ich noch heute Abend auf den Sinn eurer Reise zu sprechen komme. Ich fühle, dass es nicht aufgeschoben werden sollte. Die Zeit will es. Der Herzschlag der Bäume wünscht es. Solltet ihr aber zu müde sein, so sagt es mir, damit ich euch ruhen lasse und wir doch erst morgen darüber reden."

Beryll antwortete: „Wir danken dir für deine Freundlichkeit. Wir sind durch Wasser und Früchte, die ihr uns geschenkt habt, erfrischt genug, um gleich über die Reise sprechen zu können. Was musst du erfahren?"

Und er hatte recht. Am Ufer waren sie alle erschöpft gewesen. Aber hier unter dem Dach, vor dieser Frau dachte niemand mehr an Schlaf. Sie fühlten sich wach und munter.

„Danke", sagte sie da. „So werde ich damit beginnen zu erzählen, was wir erfühlt und geträumt haben. Dann wirst du sehen, was du ergänzen kannst.

Es hat begonnen, nachdem Gki Orchidee, meinen mittleren Sohn, gerettet hatte. Die grüne Schlange hatte ihn gebissen und Gki verstand es, das Gift zu bekämpfen, gegen das wir kein Mittel wissen. Da hat mein Sohn etwas Außergewöhnliches getan, das sich aber richtig anfühlt. Er schenkte Gki seine Traumhelfer zum Dank.

Lange geschah dann nichts.

Aber eines Nachts träumte er.

Er saß in einem seiner Traumhelfer und sah aus ihm heraus. Er war tief unter der Erde. In einem Raum voller unbekannter Dinge. Über ihn beugten sich fremde Gesichter. Das eines Tieres mit einem langen Gesicht, das ein Horn in der Mitte der Stirne trug, das zweier Menschen, ein helles Gesicht und eines von der Farbe der Waldleute, aber mit anderen Augen, und Gki, den er erkannte, der aber doch nicht Gki war. Sie waren ganz aufgeregt darüber, die Traumhelfer vor sich zu sehen. Sie sagten, sie würden ihnen helfen können, den Ort zu finden, von dem Berylls Stein kam.

Orchidee hat den Waldleuten von dem Traum gesprochen. Wir haben ihn geteilt. Wir haben unsere Träume zusammengetragen. Dabei haben wir gefunden, dass es vielleicht um mehr geht als den Ort, von dem Berylls Stein kommt.

Der mit dem hellen Gesicht hat eine Aufgabe zu erfüllen, so hatten manche unter uns geträumt. Es geht ein Riss durch die Rinde der Welt. Er soll das Gleichgewicht wieder ermöglichen, den Riss verschwinden lassen. Aber dafür, so fühlen wir, muss er dorthin reisen, wo die Traumhelfer herkommen. Träumen lernen, sehen lernen, leben lernen.

Was sagst du dazu? Du mit dem hellen Gesicht, Beryll?“

Beryll, der es zum Glück nicht zum ersten Mal mit der Direktheit der Waldleute zu tun bekam, blieb offen: „Es ist so, wie Orchidee es geträumt hat. Ich trage einen Stein, der den Traumhelfern gleicht. Das Ziel meiner Reise ist der Ort, von dem sie kommen, danach suche ich. Darüber hinaus soll ich eine Aufgabe lösen. Sie lässt sich vielleicht so beschreiben, wie du es getan hast. Es ist wahr.“

Die Hände und Augen aller Waldleute begannen sich zu bewegen. Sie tauschten sich untereinander aus.

Als dies getan war, sagte sie: „Ja. So fühlen wir es alle. Willst du mir den Stein zeigen?“

Ohne zu zögern zog er die Kette über den Kopf und reichte ihr den Stein.

Kaum hatte sie ihn berührt, ging ein Zittern durch alle Waldleute. Silbermähne sah, dass ihre großen Augen noch feuchter wurden. Er fühlte, dass sie tief berührt waren. Sie konnten alle den Stein fühlen, den ihre Königin in den Händen hielt, und er übertrug seine Kraft auf sie.

Sie verwurzelten sich fest im Boden, sie achteten auf ihre Stämme und Kronen, dennoch seufzten einige leise auf. Sie erinnerten sich alle an die Welt ohne Riss, von der ihre Vorfahren gesprochen hatten, die sie selbst aber schon nicht mehr kannten. Es war schön dort. Die Träume waren klarer und nicht so weit weg.

Die Mutter der Bäume hielt den Anhänger.

Sie hatte ihre Hände darüber geschlossen. Sie sah in die Ferne, nicht auf den Stein. Erst als sie zu sprechen begann, öffnete sie ihre Hände und berührte ihn mit den Augen. Beryll konnte ihn da erst von seinem Platz aus sehen – die dunkle Matrix mit dem Farbenspiel der Kugel, die darin zu schweben schien.

„Es ist ein Stein von der Art und aus der Heimat der Traumhelfer. Aber er ist mehr als sie. Er kann helfen, Wirklichkeiten zu weben. Träume nicht nur zu schenken, sondern zu erfüllen. Den großen Traum, den, der für alle Wesen geträumt wird. Dazu muss er mit seinem Freund zusammenkommen, der ihn fühlen können muss. Es ist gut, dass ihr heute hier seid. Wir haben richtig gefühlt. Die Zeit ist da."

„Wunschunterstützer", ging es Beryll durch den Kopf.

Sie hatte in der Essenz beschrieben, was Kgo ihnen mit diesem Wort zu verstehen geholfen hatte. Und sie hatte ihn mit mehr verbunden als dem Finden der Seinen. Mit viel mehr. Aber es stimmte so, das wusste er.

Er sagte nichts auf ihre Worte. Sie sahen sich dafür in die Augen. Dann hoben sich seine Hände. Sie legte den Stein hinein. Sie verneigten sich gegenseitig. Ein Dank.

Wieder die tiefe, friedvolle Stille.

Schließlich sprach sie doch noch. „Wir werden die Träume dieser Nacht begrüßen. Schlaft alle gut und findet die Träume, die euch nähren. Meine Kinder werden die Gäste zu den Nestern bringen, die für sie bereit sind. Morgen werden wir weiterreden."

Die drei Söhne kamen zu Merlin, Bussardfreundin und Beryll, eine der Töchter zu Silbermähne und eine ging zu Hutzel und Gki.

Diesmal schlief Merlin in einem Nest, das die Form eines Vogels mit ausgebreiteten Schwingen hatte. Es war voller weißer Blüten. Schneebrust war hingerissen.

Bussardfreundin wurde zu einem Nest gebracht, das kugelrund war und ganz grün.

Silbermähne fand sich in einem geschützten Raum zwischen Senkwurzeln unter einem dichten Blätterdach.

Beryll hatte diesmal ein hängendes Nest, zu dem er hoch hinaufsteigen musste. Es hatte die Form eines Kegels. Die Farbe der Blüten war wieder fuchsiarot.

Er fand es schon weniger schlimm, in einem hängenden Nest zu schlafen. Er hatte gefühlt, wie tief die Wurzeln der Mutter der Bäume reichten, und vertraute den Waldleuten und ihrer Lebensweise. Er überließ sich dem Schwingen des Nestes.

Hutzel und Gki waren diesmal am Boden untergebracht, in zwei Nestern, die eine ganz erstaunliche Ähnlichkeit mit Fliegenpilzen hatten. Nicht nur in der Form, denn die Blumen auf ihren Dächern waren rot und weiß. Weiße Tupfer auf rotem Grund.

Der Regen trommelte auf die Blätter. Aber die Nester waren dicht. Und auf dem Weg zu ihnen hatten die Blattumhänge verhindert, dass die Gäste wieder nass wurden. Sie lagen warm und geborgen in den Nestern und hörten auf den Regen.

Am nächsten Morgen regnete es nicht mehr.

Sie stellten fest, dass es auch hier ein Baumdorf gab, wie sie es von den Leuten am Flusswald kannten. Darin spielte sich das morgendliche Leben ganz so ab, wie es dort gewesen war.

Sie fanden sich aber dennoch unten in der Halle der Königin wieder – gleichzeitig, als hätten sie sich verabredet. Und es ging auch nicht lange, da stand die Mutter der Bäume bei ihnen.

Sie kam alleine und aß mit ihnen ein Frühstück, zu dem diesmal auch ein warmer Wurzelbrei gehörte, den sie in einem Korb und portionsweise in grüne Blätter eingewickelt mitgebracht hatte.

„Ich möchte heute meine Zeit mit euch teilen. Es gibt viel, das mich ruft. Aber dafür habe ich mich entschieden. Es ist wichtig, dass wir uns jetzt fühlen."

Sie sah einen nach dem anderen lange an.

Dann rief sie eine ihrer Töchter herbei, die sie bat, die Kleidung der Gäste zu bringen.

Sie stiegen wieder in ihre trockenen und sonnendurchwärmten Kleider.

Aber ob das in der Hitze wirklich so bequem war?

Besonders Bussardfreundin mochte gar nicht in ihre alte Haut schlüpfen. Amüsiert stellte sie fest, dass sie sich am liebsten mit dem schönen Muster bemalt hätte, das sie in der Nacht vor sich gesehen hatte, und wie die Waldleute herumgelaufen wäre. Es passte einfach hierher.

Aber noch stand sie nicht dazu und zog ihre Kleider, die in den Wald des Nordens gehörten, wieder an.

„Viele von uns haben in dieser Nacht geträumt. Ihr vielleicht auch. Aber darüber wollen wir uns am Abend alle austauschen. Jetzt ist Zeit für anderes. Etwas müsst ihr noch wissen: Die Zeit ist reif. Die Traumhelfer gibt es nicht hier bei uns. Sie kommen über das Meer zu uns. Unsere südlichen Geschwister bringen sie. Sie kommen auf den Binsenschiffen. Sie sind unterwegs. Sie sind schon auf dem Fluss. Sie sind fast hier. Mit ihnen müsst ihr sprechen. Beryll wird mit ihnen gehen. Er wird weit reisen. Wir wollen sie gemeinsam erwarten.

Aber nun lasst uns nicht weiter nach den Traumhelfern fühlen. Erzählt mir etwas von euren Welten."

So ergab sich ein langes Gespräch über die Erlebnisse, die diese so verschiedenen Wesen gehabt hatten.

Es wurde Mittag darüber. Dann war Gki am Erzählen. Er kam auch auf seine Reisen zu den Waldleuten zu sprechen, darauf, dass er beim letzten Mal die Königin gar nicht gesehen hatte, weil sie noch nicht von der Pilgerreise ans Meer zurück war.

Das erinnerte ihn an die Fragen, die er ihr hatte stellen wollen. Das tat er nun: „Warum, Mutter der Bäume, wirst du die Königin der Waldleute genannt, dein Mann aber nicht König? Warum pilgerst du zum Meer und weshalb heißt du ‚Mutter der Bäume'?" Sie lächelte.

„Oh, verzeih! Bitte entschuldige meine große Neugier und die vielen Fragen." Gki wurde nicht nur rot, weil es heiß war.

„Das ist schon gut. Wir kennen hier alle deinen wachen Geist, der Fragen stellt, wo keiner von uns sie sieht. Ich will dir auch Antwort geben. Aber diese Geschichte ist lang und ich weiß nicht, ob alle sie hören wollen."

Da ihr alle zuredeten, dass sie genau das wollten, begann sie: „Wir haben nicht immer hier gelebt. Vor langer Zeit kamen wir auch auf Binsenbooten über das Meer. Aber nicht alle von uns. Manche von uns leben nicht im Wald, sie sind weit nach Süden gewandert. Es sind die, die jetzt mit den Traumhelfern zu uns unterwegs sind.

Einst waren wir ein Volk und haben am selben Ort gelebt.

Es war ein Wald zwischen Gebirge und Meer. Aber dann kamen die blauen Reiter. Sie drängten uns immer mehr zusammen. Sie wurden immer herrischer. Sie wollten, dass wir für sie in ihren Oasen arbeiteten. Wir wollten unser Leben leben. So gingen die von uns, die mehr nach dem Urvater kamen, zurück über die Berge in das Sandland, wo es keine Bäume gibt. Immer weiter nach Süden. Wir, die wir mehr nach der Urmutter kamen, nach der Mutter aus dem Baum, blieben im Wald.

Eines Tages fanden wir uns mit dem Meer vor uns und zu unserer Rechten, mit dem heißen, baumlosen Sand zu unserer Linken und den blauen Reitern hinter uns. Da fuhren die Mutigsten unter uns über das Meer vor ihnen. Sie fanden diesen Wald hier, in dem sie niemand störte. Sie holten die Ihren und so kam es, dass wir jetzt hier leben.

Wir haben die Königin, weil wir mehr nach der Urmutter kommen.

Die im Süden kommen mehr nach dem Vater, dennoch haben sie keinen König. Sie haben den Stammesrat.

Ich heiße Mutter der Bäume, um an die Urmutter zu erinnern, von der wir stammen. Es sollte eigentlich heißen ‚Tochter der Mutter aus dem Baum'.

Diese ist immer für das Gleichgewicht verantwortlich. So ist das mit uns."

Silbermähne fragte: „Gibt es eine Geschichte über Urmutter und Urvater?"

„Ja. Eine Geschichte, die wir unseren Kindern erzählen, wenn sie heranwachsen. Sie ist für uns. Aber ich fühle, dass ich sie euch erzählen darf." Sie hielt inne und sagte dann: „Ja, ihr solltet sie kennen. Ihre Sprache ist nicht so, wie wir jetzt reden. Sie kommt aus einem anderen Land. Es kommen Dinge darin vor, die wir hier nicht mehr kennen. Sie ist alt. Hört zu:

In einer Wüste lebte ein junger Mann.

In einer Höhle, in deren hinterster Kammer Tropfen um Tropfen Wasser von der Decke in eine kleine Schale fiel, die sich das Wasser selbst geformt hatte.

Immer schon waren diese wundersamen Wassertropfen da von der Decke gefallen.

So lange schon, dass seit Menschengedenken immer einige Dattelpalmen vor dem Eingang der Höhle zu gedeihen verstanden.

Der junge Mann lebte dort als einziger Mensch. Er war übrig geblieben. Als er ein kleiner Junge war, lebte dort eine kleine Gruppe. Die Überlebenden einer alten und angesehenen Familie, die, während eine ansteckende Krankheit alle anderen ihres Stammes hinwegraffte, hier Zuflucht gefunden hatte.

Seine Eltern, die Mutter war mit ihm schwanger, waren die jüngsten in dieser Gruppe gewesen. So hatte er als Kind die wenigen Alten seines Stammes gekannt, ihren Geschichten zuhören dürfen und erlebt, wie einer nach dem anderen aufbrach zu den Herden im Himmel, die er jede Nacht über sich glänzen sehen konnte.

Für den Jungen hier in der Wüste hieß das, dass einer nach dem anderen seiner alten, weisen Spielgefährten einschlief, kalt und steif wurde, weil seine Seele ihr Erdenhaus verlassen hatte. So war ihm gesagt worden. Sie bekamen ein Bett im Sand der Wüste, mit dem sie auch würdig zugedeckt wurden.

Sie wurden immer weniger.

Und da er seiner Mutter spät in ihrem Leben geschenkt worden war, blieb er der Jüngste. Eines Tages nahm sein Vater Abschied und ging als Hirte zu den leuchtenden Herden im Himmel. Und viele Jahre später, als letzte, entschlüpfte dann die Seele seiner Mutter.

Er blieb allein mit dem tropfenden Wasser, das er von klein auf kannte, den Dattelpalmen und einer wilden Ziege, die er als junges Tier verletzt gefunden und aufgezogen hatte und der es gelang, sich noch inmitten der Wüste nähren zu können.

Allein lebte er in den Rhythmen der Natur. Allein …

Als dann eines Tages auch die Ziege zu alt war und beschloss, ihr Leben bei ihren funkelnden Gefährten im Himmel fortzusetzen, blieben ihm nur die fernen Freunde am Himmel, die Palmen und das Wasser.

Manchmal begann er sich fremd zu fühlen in dieser Umgebung, die er schon immer und als einzige gekannt hatte.

Etwas schien ihn fortzuziehen. Besonders wenn er nachts zum Himmel schaute, zu diesem einen großen, bunten Stern, den die Alten den ‚Wegweiser' genannt hatten.

Aus dem Fell seiner letzten beweglichen Gefährtin hatte er sich eine Decke gemacht, für die kalten Nächte und auch, um etwas von ihrer Nähe und Wärme zu behalten.

Eines Tages nähte er sich mit einer alten Knochenahle und Streifchen, die er aus der Haut herausgetrennt hatte, einen Sack aus diesem Fell. Haut nach innen, Haare außen, wie er sie gesehen hatte, vereinzelt noch, bei den Alten, die nicht mehr hinausziehen wollten in die nun menschenleere Wüste.

Sie hatten ihm jedoch erzählt von den Wanderungen. Wie man Wasser und trockene Datteln mitgenommen habe und dem Wegweiser gefolgt sei.

So trocknete er sich einige Datteln, legte den Sack unter die tropfende Stelle der Höhlendecke und nach vielen Tagen, als der voll war – die Datteln waren in der Zeit längst trocken –, machte er sich auf, dem Ruf des Wegweisers zu folgen.

In den kalten Nächten lief er, dem Stern folgend, sich warm haltend. An den heißen Tagen hielt er Ruhe, sich so gut es ging vor der Sonnenglut verbergend.

Und eines Tages dann, die Sonne war nach und nach kühler geworden, sah er vor sich etwas, das ihn wieder an seine Zeit in der Höhle erinnerte.

Als kleiner Junge, als er im Spiel jeden Winkel der Höhle erkundet hatte, war er in einem Seitengang auf spitze, leuchtende, ganz besonders geformte, durchsichtige Steine gestoßen.

‚Kristalle' hatte sie die Alte genannt, die damals seine engste Vertraute gewesen war. Er hatte sie an diese Stelle der Höhle geführt, um sie in sein Geheimnis einzuweihen.

Nun sah er in der Morgendämmerung, nach vielen, vielen durchwanderten Nächten, wieder solche Kristalle vor sich glänzen. Riesige, kilometerhohe, die Flanken grün und die Spitzen blendend rosig und weiß in der aufgehenden Sonne funkelnd, als lägen die Himmelsherden hier Rücken an Rücken gelagert.

Fasziniert ging er in den nächsten Nächten näher. Welch ein Wunder ihm der Wegweiser doch gezeigt hatte!

Als er am Fuß der riesigen Kristalle angekommen war, sah er, dass das Grüne Pflanzen waren. Kleine, kurze, die wie Haare aus dem Boden kamen. Es gab auch manchmal Rinnsale von Wasser, die so einem Kristall entlang nach unten flossen.

Nicht Tropfen nach Tropfen, sondern Mengen von Tropfen gleichzeitig!

Er wollte wissen, ob es da auch eine Höhle gäbe, wo all diese Mengen von Tropfen herkamen. Er beschloss, einem ihrer Pilgerzüge zu folgen, aber in die Richtung, aus der sie kamen.

Mühsam war es, bergauf zu wandern für ihn, der nur einige Felsen – in wenigen Minuten zu erklettern – mitten in der flachen Wüste gekannt hatte. Aber er gewöhnte sich bald daran, jung und kräftig, wie er war.

Und so gelangte er zur Spitze eines seiner Kristalle.

Es gab dort keine Höhle. Es war so kalt, dass er zitterte und sich wünschte, er hätte mehr als ein Ziegenfell. Rasch hatte er den Sack nämlich wieder aufgetrennt, da er ja hier viel Wasser hatte, mehr als in seinem ganzen Leben zuvor. Aber die Kälte war enorm.

Das Wasser kam aus keinem Felsen. Es kam aus dem Material, aus dem die kantige Spitze des Kristalls gemacht war.

Nie zuvor hatte er so etwas gesehen oder davon gehört.

Blendend weiß, kalt wie die kälteste Wüstennacht beim Berühren, und wenn er mutig etwas davon in die Hände nahm, wurde die weiße Substanz in seinen Händen zu Wasser!

Er war so versunken in dieses Wunder, dass er nicht bemerkte, wie es Abend wurde … Und dort oben wurde die Kälte nun unerträglich. Anders als in der Wüste konnte er in diesem Gelände nicht einfach in der Dunkelheit ausschreiten. Er sah zu wenig, fiel immer wieder über Steine und kullerte bergab, weil er gestolpert war.

So gab er schließlich auf und begann sich umzusehen, ob er einen Schutz vor der Kälte finden könne.

Er sah einen dunklen Schatten vor sich. War es ein Fels, der ihm Schutz geben würde?

Er ging näher und sah ungenau im Dunkel etwas, das er noch nie gesehen hatte. Da er nur Dattelpalmen und seit Kurzem das Gras aus dem Pflanzenreich kennengelernt hatte, wusste er nicht, dass er dem König der Dornbüsche begegnet war, der hier oben in den Bergen an der Schneegrenze thronte.

Er war der mächtigste unter den Dornbüschen. Nicht nur dass er riesige Stacheln hatte, nein, sie waren auch giftig und jedes warmblütige Wesen, das sich daran verletzte, musste an ihrem Gift zugrunde gehen.

Staunend ging der junge Mann auf den König der Dornbüsche zu. Mit großen Augen und offenem Herzen. ‚Es ist sicher kein Fels. Was mag das wohl für ein Wesen sein?', dachte er.

‚Wirst du mir Schutz gewähren bis zum Morgen?', so sprach er dieses unbekannte Wesen an.

Der König der Dornbüsche verstand die Welt nicht mehr. Alle hatten Angst vor ihm. Aber ihn um Schutz bitten? Das war noch nie jemandem eingefallen, da alle seine Nähe mieden. Könnte *er* jemanden schützen? Berührt ob diesem Gedanken, bewegte der alte, sonst eher zornige und grausame König ganz sachte einige seiner Ranken, drehte sie vorsichtshalber so, dass auch ja kein Dorn ins Innere der entstehenden Höhlung wies, und zeigte damit dem Neuankömmling, dass er zum ersten Mal in seinem Jahrtausende alten Leben jemanden willkommen hieß.

‚Danke! In dieser Höhle werde ich so geborgen sein wie in derjenigen, die meine Kinderstube war', sagte der junge Mann erfreut und legte sich im Dornbusch nieder. Er bedeckte sich mit dem Ziegenfell und schlief sofort ein.

Der König der Dornbüsche hingegen schlief nicht in dieser Nacht. Er wunderte sich, was ihm geschehen war, und über die seltsame Wärme, die ihn durchfloss. – Noch mehr wunderte er sich in der Morgendämmerung, als er sehen konnte, dass er von Kopf bis Fuß, Ranke für Ranke, mir zarten, rosa Blüten bedeckt war, die im Morgenlicht dem Schnee an Farbe und Frische gleichkamen. So etwas!?

Als der Morgen an Kraft zunahm und die Sonnenstrahlen den Jüngling in seiner Dornenhöhle erreichen und wärmen konnten, weckten sie ihn auf.

Er war entzückt über die Blumen, die er nun auf seinem Gastgeber entdeckte, und ob einer weiteren neuen Bekanntschaft. Was für eine interessante Welt ihm der Wegweiser doch gezeigt hatte. Schnell dankte er ihm und wandte sich dann dem Wesen zu, das er da im Geranke des Königs der Dornbüsche erblickt hatte.

Ja, was könnte es wohl sein?

Etwas Grünes, Langes, mit grünen Flächen, die in regelmäßigen Abständen aus ihm herausragten. Aber es gab nicht nur eines davon, sondern ganz viele! Und auf den grünen Flächen gab es den zartesten Pelz. Gar nicht wie die rauen Ziegenhaare, die der junge Mann als das Weichste, was ihm geblieben war, kannte, da er das Haar seiner Mutter nicht mehr berühren konnte. Feinste Härchen, silbrig glänzend. Wenn er näher hinsah, war da nicht nur Grün, sondern die Kanten der Stängel trugen Gelb wie der Wüstensand und eine dunkle Farbe wie die letzte am Himmel beim Sonnenuntergang.

Nun ja. Wer würde wohl mit dem König der Dornbüsche gemeinsame Sache machen? Wer sein Gift nicht fürchten, sondern sogar für sich nutzen? Wer, wenn nicht die Brennnesseln? Die einzigen Wesen, die zu seinem Hofstaat gehörten.

Heute Morgen waren sie schon irritiert genug ob der Blütenpracht des doch sonst so düsteren und würdigen Königs, der nun schier lächerlich aussah in seiner Zartheit. Und als der junge Mann nun gar die Hände ausstreckte, um ihre pelzigen Blätter sachte zu streicheln, wichen sie zunächst entsetzt zurück.

Dabei gaben sie das Geheimnis des Königs der Dornbüsche, das sie mit ihrem Feuer zu hüten halfen, frei.

Ein Gefäß aus Metall, um das herum diese giftigste aller Pflanzen gewachsen war.

Ein böser Zauberer hatte es geformt, um einen Bannfluch auszuüben.

Der Zauberer war lange tot. Niemand wusste mehr um seine grausame Tat, sodass auch niemand mehr versuchte, das arme, gebannte Wesen zu befreien. Aber noch immer lebte der Dornbusch, der damals zum Ergötzen des Zauberers um dieses Metallgefäß herum gewachsen war, das er hinauf in die höchsten Berge geschleudert hatte, auf dass niemand es je finde.

Erneut staunte der Jüngling. Seit er die Höhle seiner Kindheit verlassen hatte, war ihm nichts von Menschenhand Gestaltetes mehr unter die Augen gekommen. Metall kannte er von den Alten, hatte aber noch nie einen derartigen Gegenstand erblickt.

Spontan ergriff er das vasenförmige Gefäß, wandte sich dann aber wieder seiner ursprünglichen Absicht zu, die Zartheit des Pelzes auf den grünen Wesen liebevoll zu streicheln.

Den Brennnesseln war inzwischen ein ganz eigenartiges Gefühl geboren worden. Nie zuvor gekannt. Wenn dieses Wesen das Metall des Zauberers berühren konnte, ohne zu vergehen, so konnte es spielend auch das Herz der Brennnesseln erweichen. Sie ließen sich streicheln und gaben sich alle Mühe, dass auch nicht ein Härchen brach und den jungen Mann brannte.

Nachdem er also mit der neuen Pflanze auch Bekanntschaft geschlossen hatte, saß er sinnend da im blühenden Dornbusch in der Morgensonne und betrachtete dieses Gefäß aus Eisen. Es sah aus wie ein Krug, war aber von allen Seiten verschlossen. Es war schwer und kalt zu berühren. Trotz der Wärme des Tages und des Blütenduftes, den der Dornbusch verströmte, wurde der junge Mann traurig.

So lange war es her, dass er eine menschliche Stimme vernommen hatte, einen Menschen gesehen oder gar berührt hatte.

Ach, wenn doch nur jemand bei ihm wäre, ihm ähnlich, sodass er nicht einsam wäre.

Das Gefäß in seinen Händen wurde warm, wurde heiß, wurde glühend heiß.

Er achtete dessen nicht. So tief war er in seinem Wünschen versunken.

Schließlich schmolz das deckellose Gefäß und etwas wurde so befreit, dass es ihm zu Füßen purzelte und laut zu schnaufen und zu schmatzen begann.

Diese Geräusche schließlich erreichten den jungen Mann in seiner Sehnsucht. Erstaunt fragte er sich, wo denn das Gefäß geblieben war. Und neugierig wollte er herausfinden, was denn da so einen Lärm machte.

Ach, wie sehr hatte er sich gewünscht, jemanden, ihm ähnlich, zu finden! Aber war das, was er da sah, ihm ähnlich? Oje!

Zuerst erschrak er zutiefst.

Es war ein warmblütiges Wesen, da es ja deutlich vernehmbar atmete und schmatzte. Aber es sah eher so aus, als wäre es mit dem Dornbusch verwandt, dessen Dornen er nun im Tageslicht gemeinsam mit den Blüten entdeckt hatte. Dieses Wesen war kugelrund und voller Stacheln. Weit davon entfernt, menschliche Gestalt zu haben.

Nach einer Weile überwand der Jüngling seine Enttäuschung, da er ein großes Herz hatte, und wandte sich dem warmen Wesen zu seinen Füßen zu.

Sachte stupste er es und sagte: ‚Du brauchst nicht so zu schnaufen.'

Das Wesen verstummte, rollte sich noch stärker zusammen und schien vor Angst erstarrt.

Geduldig versuchte der junge Mann weiter, das Wesen anzusprechen, zu beruhigen, ihm die Angst zu nehmen. Bis es sich schließlich dazu entschloss, die Kugel zu öffnen, zu der es sich geformt hatte. Eine spitze Schnauze und zwei glänzende, feuchte Knopfaugen kamen in einem, dem Himmel sei Dank, völlig stachelfreien Gesichtchen zum Vorschein. Traurige Augen, die den Jüngling seine Einsamkeit und seine Enttäuschung endgültig vergessen ließen. ‚Warum bist du so traurig?'

‚Eingeschlossen war ich auf ewig vom großen Zauberer.'

Der Jüngling, der das Zuhören in der Wüste gelernt hatte, fand es nicht schwer, die Sprache dieses Wesens zu verstehen.

‚So warst du im Metall? Wo ist es hingekommen?'

‚Ja', seufzte der Igel. ‚Ich war in der Büchse. Gebannt vom bösen Zauberer. Aber *war!*'

Jetzt erst begriff das Geschöpf, dass es frei war! Ein Leuchten kam in seine Knopfaugen, eine Freude ob des blauen Himmels, der Bewegungsfreiheit. Eine Freude, die es sich überschlagen ließ, sodass es auf dem Rücken landete, Stacheln im Boden. Aber nicht einmal das schien dem zuvor so ängstlichen Wesen einen Schrecken einzujagen. So kam es, dass der junge Mann, angesteckt von des Igels Übermut, ihn mit dem Zeigefinger leicht in den Bauch stupste, ihn sachte kitzelte und sagte: ‚Da sind ja gar keine Stacheln, sondern weicher Pelz.'

Das Kitzeln brachte den Igel zum Lachen. So sehr, dass er zu ersticken drohte, und der junge Mann ihn schließlich erschrocken wieder auf die vier kleinen Füßchen stellte.

Er hatte ihn schnell lieb gewonnen. Obwohl er kein Mensch war, war er doch ein Wesen, mit dem er sprechen konnte und das warm und beweglich war. So machte er sich nun Sorgen um ihn.

Der Igel röchelte und spuckte, schnappte nach Luft und würgte. Es war beängstigend.

Plötzlich spie er etwas aus und beruhigte sich dann wieder.

‚Dem Himmel sei Dank', seufzte er. ‚Nur wenn jemand mich von meiner Trauer und Angst erlöste, konnte ich die Nuss ausspucken, die mich in meinem Inneren plagte. Dir ist das gelungen. Hab Dank!'

‚Was hat es denn damit auf sich? Was ist überhaupt eine Nuss?', fragte der Jüngling.

Der Igel wusste keine Antwort. So legten sie sich für eine Weile in die Sonne, und als der Jüngling hungrig wurde, da nahm er einige Datteln und bot dem Igel davon an. ‚Das ist es!', rief dieser da aus. ‚Diese Dinger hier sind außen weich und innen hart. Die Nuss, die ich ausgespuckt habe, ist außen hart und innen weich.' ‚Aus dem Harten in der Dattel, so heißen diese Dinger', sagte der junge Mann amüsiert, ‚wachsen neue

Dattelbäume.' Und nach einer Weile sinnend: ‚Meinst du, aus deiner Nuss wächst auch etwas, wenn du doch sagst, es sei dasselbe?' ‚Natürlich! Aus Nüssen wachsen Nussbäume. Das ist doch klar', sagte der Igel überzeugt, schaute sich dann um und fügte nachdenklich hinzu, ‚jedenfalls im Wald, wo ich herkomme, ist das so. Hier sehe ich keine.' ‚Was ist ein Wald?', fragte der Mann aus der Wüste. ‚Ein Wald sind Tausende von Bäumen.' ‚Das muss fantastisch sein. Wie ein Traum!' ‚Es ist jedenfalls schöner als hier, wo es bloß Gras, Sträucher und Schnee gibt', antwortete der Igel und begann wieder traurig zu werden, weil er Heimweh bekam. ‚Und ich weiß nicht einmal, wo der Wald geblieben ist und wie ich hierhergekommen bin.' Als er das sagte, begannen seine Tränen zu fließen.

‚Du wärest also froher, wenn du wieder bei den Tausenden von Bäumen – im Wald – wärst?', fragte der Mann, das neue Wort vorsichtig auskostend und bereits wieder von Neugier bewegt. ‚Da ich ja sowieso bereits unterwegs bin, vielleicht kann ich dich begleiten und den Wald kennenlernen?' ‚Das wäre toll!' Der Igel vergaß seine Tränen und führte einen Freudentanz auf. ‚Ja, ja, lass uns den Wald finden!' – ‚Aber *wie?*'

Nun war er wieder voller Sorgen und zog sein Gesichtchen in Falten. Das brachte den jungen Mann aber sehr zum Lachen. ‚Mach dir keine Sorgen! Wir folgen dem Wegweiser. Er wird uns deinen Wald zeigen', sagte er und erzählte dem Igel vom Erfolg, den er bisher gehabt hatte auf seiner Reise, indem er dem großen, bunten Licht am Himmel gefolgt war.

So war ihr Entschluss bald gefasst, weiterzuziehen und dem Wegweiser zu folgen. Es hieß also Abschied nehmen von den Brennnesseln und dem König der Dornbüsche. Würde der denn nun nicht einsam sein? So dachte dieser selbst im ersten Moment auch, als der Jüngling sich bei ihm bedankt und verabschiedet hatte und mit dem Igel auf den Fersen bergab gewandert war in die Richtung, in der er den Wegweiser am Morgen hatte untergehen sehen.

Der Dornbuschkönig seufzte und merkte dann, dass er gar nicht alleine war. Nicht nur die Brennnesseln waren bei ihm geblieben. Es waren auch noch mehr Wesen, neue, dazugekommen. Viele Bienen umsummten ihn geschäftig und gaben ihm ein Gefühl von Geborgenheit und Nützlichkeit. Das kam, weil er blühen gelernt hatte.

Und später im Jahr, als er dann Früchte trug, zeigte es sich, dass diese nicht giftig waren wie seine Stacheln. Viele kleine Tiere, die seinen Stacheln leicht ausweichen konnten, kamen zu ihm um der Gabe seiner Früchte willen. So war er schließlich ein beliebter und geachteter König, der sein Volk Jahr für Jahr zu nähren verstand. Auch sein Hofstaat, die Brennnesseln, gab etwas von sich. Sie erlaubten runden, grünen Wesen, von ihren Blättern zu fressen, was ihnen früher nie eingefallen wäre. Diese runden, grünen Würmer fraßen sich voll, bis sie satt und müde waren und sich im Herbst ein weiches Bett spannen. Im Frühjahr erlebten die Brennnesseln und der Dornbuschkönig dann mit Freude und Erstaunen, wie sie von bunten Schmetterlingen umflattert wurden.

Der junge Mann und der Igel indessen zogen weiter, dem Wegweiser folgend.

Sie kamen zum Fuß der Berge in ein weites Tal. Ein Bach floss darin, der immer mehr Wasser bekam von Freunden, die von den Hängen herab zu ihm stießen. Er wurde zu einem Fluss, dem sie folgten. Die Pflanzen im Tal wurden, je tiefer sie kamen, desto größer und dichter. Zum Erstaunen des jungen Mannes, der noch nie so viel Grün gesehen hatte.

Als seine Datteln verzehrt waren, lehrte ihn der Igel, was für Geschenke diese Pflanzen den Tieren und Menschen zum Essen gaben. So hatte er einen Freund, der ihm half, sich in dieser neuen Welt zurechtzufinden.

Nach etlichen Tagen waren die Pflanzen so hoch wie die ihm vertrauten Dattelpalmen, sahen aber ganz anders aus. Es wurden weiterhin immer mehr. Der Igel wurde immer fröhlicher, bis er schließlich vor Freude hüpfend sang: ‚Dies ist mein Wald, wir sind schon bald, das sag ich dir, bei mir!‘ Der Jüngling folgte ihm bis zu einem großen Haufen abgestorbener Blätter am Fuße eines mächtigen Baumes. Dort war das Haus des

Igels. Er war sehr glücklich, nach all den Jahren den Baum noch vorzufinden. Aus dem zarten Bäumchen, das er gekannt hatte, als er mit der verschluckten Nuss in das Gefäß des Zauberers gebannt worden war, war ein Methusalem von einem Baum geworden. Uralt, riesig, dick und innen bereits hohl.

So hatte auch der junge Mann eine Wohnung im Wald, denn er fühlte sich im hohlen Baum geborgen wie in der Wüstenhöhle seiner Kindertage.

Die geheimnisvolle Nuss hatten sie auf ihrem Weg nicht gegessen, sondern der Jüngling hatte sie mit sich getragen und war nun neugierig, ob wohl wirklich ein Baum aus ihr wachsen würde. Einige Tage nach ihrer Ankunft zeigte ihm der Igel auf einer Lichtung nicht weit von ihrem Heim eine geeignete Stelle. Er grub dort ein Loch und legte die Nuss hinein.

Tag für Tag, ein ganzes Jahr lang, ging er zu der Stelle, um zu sehen, ob sich etwas rührte. Der Igel hatte in der Zwischenzeit eine nette, hübsche, zu ihm passende Igeldame kennengelernt und eine Familie gegründet.

Zu der Zeit, als die jungen Igelchen geboren wurden und niemand von den Igeln Zeit hatte für den jungen Mann, war der darob manchmal sehr traurig. Denn so sehr er die Igel und nun besonders die Igelkinder mochte, weil sie nun eine Familie waren, hatten sie doch alle Hände voll zu tun. Wohl half er ihnen, spielte mit den Kleinen, wenn die Alten auf Futtersuche waren, oder brachte Leckerbissen für sie, die er auf seinem täglichen Gang zur Lichtung fand. Aber es war wie damals in der Wüste, wo er das einzige Kind unter Erwachsenen gewesen war, nur dass er hier der einzige Mensch unter Igeln war.

So begann er wieder, sich nach einem menschlichen Wesen zu sehnen. Vielleicht gar einer Menschenfrau? Einer Familie, wie er das bei den Igeln miterlebte?

Und eben zu der Zeit, als all dies mit ihm geschah und er sich manchmal sehr in sich zurückzog, tat sich etwas dort, wo er die Nuss gepflanzt hatte.

Ein Spross! Blättchen!

Er vergaß seine Traurigkeit und war Tag für Tag dabei, das Wachstum des Baumes zu beobachten, der da entstand. Es mit dem Wachstum der Igelkinder zu vergleichen, das so viel rascher war. Bald schon spielten sie nicht mehr Verstecken mit ihm, sondern waren erwachsene Igel, die in die Welt hinausgingen und eigene Familien gründeten.

Der Baum war immer noch ein Baby.

Es dauerte Jahre, bis er einen Stamm hatte, bis man von einem Baum sprechen konnte, der ein richtiger Baum war, zwar noch immer jung und biegsam, aber schon mit Ästen und Krone. Und eines Tages entdeckte der Mann im Frühjahr, dass der Baum eine Blüte trug. Im Laufe des Jahres wurde eine Frucht daraus. Tatsächlich wurde sie außen immer holziger, immer härter – es war eine Nuss.

Seltsamerweise aber nicht kugelrund wie die, die er gepflanzt hatte, sondern sie hatte die Form eines Herzens.

Als der Herbst kam und die Frucht reifte, saß er oft am Fuß des jungen Nussbaumes und geriet wieder ins Sinnieren. So viele Jahre war er nun schon unterwegs. Noch immer hatte er kein einziges menschliches Geschöpf gefunden. Es machte ihn traurig. Tiefer kuschelte er sich an den Stamm seines Nussbaumes, rückte näher zu ihm, und – autsch – er hatte sich dabei auf etwas Hartes gesetzt. Da, wo der Stamm in die Erde überging, der Ansatz der Wurzeln sichtbar wurde, hielt ihm der Baum etwas mit seinen Wurzeln entgegen.

Dieses Etwas war scharfkantig, wie er eben gemerkt hatte. Er hob es auf. Es sah aus wie ein Stein, aber ein flacher, runzeliger Stein. ‚Was ist das bloß?', fragte er sich. In seiner Einsamkeit achtete er nicht darauf, dass er laut gesprochen hatte – es machte ja doch keinen Unterschied.

‚Das ist die Auster, die in dem Kern in der Nuss eingeschlossen war, die im Igel war, der im Metallgefäß war, das du in den Brennnesseln im König der Dornbüsche vor Jahren gefunden hast!', sprach eine Stimme zu ihm aus der Krone des jungen Nussbaumes. Eher erstaunt als erschrocken blickte er auf, um zu sehen, wer ihm da Antwort gab. Er sah einen blauen Vogel im Baum sitzen. ‚Was ist eine Auster?', fragte er den Vogel, der ja die ganze Geschichte zu kennen schien. ‚Eine Auster lebt im Meer. Hier ist sie wie tot. Sie kann sich erst öffnen, wenn sie wieder in ihrem Element ist.' ‚Was ist das Meer?' ‚Das Meer ist der Ort, zu dem alle Wassertropfen reisen. Die Mutter des Wassers.' Er staunte: ‚Alle Wassertropfen haben eine Mutter?' ‚Ja', sagte der Vogel. ‚Sogar die Tränen, die du manchmal weinst, wenn du dich nach einem Menschen sehnst, der dir ähnlich, vielleicht sogar eine Frau ist. Und salzig ist die Mutter des Wassers – wie die Tränen.'

‚Das weißt du alles, blauer Vogel?', wunderte sich der Mann. ‚Sag, kannst du mir denn auch helfen, dieses Menschenwesen zu finden?' ‚Glücklicher, dass du fragst. Nur ich allein kann dir dabei helfen!' ‚Was muss ich tun?' ‚Du musst die Auster nach Hause bringen, zum Meer, damit sie lebendig werden und sich öffnen kann. In ihr wirst du finden, wonach du suchst, seit du von deiner Wüstenhöhle aufgebrochen bist.' ‚Habe Dank dafür', sprach der Mann. ‚Aber bitte, sage mir noch, wie ich die Mutter des Wasser finden kann?'

‚Folge dem Fluss', zwitscherte da der Vogel und flog davon.

Der Mann sah ihn in seinem ganzen Leben nie wieder.

Ob er ihm wohl später wieder begegnet ist, als er die funkelnden Herden hütete mit den Alten, die er von Kind auf kannte?

Nachdenklich hielt er dieses Ding, genannt ‚Auster', in der Hand. In Gedanken versunken verließ er den Stamm seines jungen Nussbaumes, als ihm dessen herzförmige Frucht – pautz – auf den Kopf fiel. Sie war reif. Er nahm die harte Nuss vom Boden auf, wohin sie von seinem Kopf gehüpft war und steckte sie mit der Auster zu sich.

Er ging zu seiner Höhle im alten Baum und zu seiner Igelfamilie, um sich zu verabschieden. Unter Tränen, die aber auch vermischt waren mit Glückwünschen, auf dass er endlich finden möge, was er so sehr suchte, ließen sie ihn ziehen. Herr und Frau Igel wussten ja nur zu gut, was es bedeutete, zu zweit durchs Leben zu gehen. ‚Und wer weiß?', dachte der Igel bei sich, ‚vielleicht ist es meine Schuld, dass er so sehnsuchtskrank geworden ist.' Aber da war auch diese Auster, diese Geschichte mit dem Baum.

‚Was wird dabei noch alles herauskommen?', fragte er sich.

Der Mann wanderte durch den Wald. Tag um Tag, dem Fluss folgend, wie er früher dem Wegweiser gefolgt war. Der Fluss wuchs und wuchs. Hätte er je an den Worten des Vogels gezweifelt, was seiner Art fremd war, so hätte ihn allein das viele Wasser im Fluss überzeugt. War das nicht schon die Mutter des Wassers? Aber nein, immer mehr Wasser kam dazu. Und salzig wie Tränen war das Wasser des Flusses nicht, so oft er auch davon probierte und trank.

So wanderte er weiter.

Bis der Fluss eines Tages so breit war, dass er das andere Ufer kaum noch sehen konnte. Da hörten auch langsam die Bäume auf. Es wuchs nur noch Gras und ein ihm völlig fremder Geruch lag in der Luft. Auch ein Geräusch wie den Atem eines unendlich großen Wesens konnte er vernehmen. Er merkte, dass er auf Sand lief, dass hier kein Gras mehr wuchs, sondern Dünen da waren.

War er zurück nach Hause zur Wüste gekommen?

Aber da waren dieser Geruch, dieses Geräusch. Das hatte er in der Wüste nie erlebt und kühl war es auch.

Er fragte sich im Weitergehen, was dieses Geräusch wohl sei? Regelmäßig wie der Atem. Als er über den Kamm der nächsten Düne blicken konnte, da sah er es – es konnte nichts anderes sein als die Mutter des Wassers!

Eine Fläche aus Wasser grenzte an den Sand, berührte ihn in regelmäßigen Abständen und zog sich wieder zurück.

Das bewirkte dieses Geräusch.

So viel Weite an Wasser, wie er es an Sand aus seiner Wüste kannte! Er rannte zum Wasser und probierte es.

Ja! Er war da! Salzig war es, wie der blaue Vogel gesagt hatte.

Er nahm die Auster und benetzte sie mit dem salzigen Wasser.

Es geschah nichts.

So legte er sie ganz in eine Grube, die er im Sand aushob und die sich mit dem Wasser füllte, der Mutter des Wassers.

Und nach einigen Stunden, berührt vom Meer, erweichte sich die Auster, bewegte sich sachte, begann sich zu öffnen.

Voller Hoffnung beobachtete sie der Mann.

Er erinnerte sich daran, was der Vogel versprochen hatte.

Nie hatte er darüber nachgedacht, wie es möglich sein sollte, dass etwas so Großes wie er selbst in der Auster Platz haben sollte. Jedenfalls war sie nicht gewachsen im Meer – und jetzt öffnete sie sich. Er hatte einfach getan, was der Vogel gesagt hatte. Jetzt überkamen ihn Zweifel, etwas, das er nie zuvor gekannt hatte.

Nun war die Auster offen.

Er beugte sich über sie – darin lag eine Perle.

Groß, rund und wunderschön in ihren schillernden Farben. ‚Wie die Farben des Wegweisers', dachte er, als er sie aus der Auster hob. Wieder hatte er etwas Unbekanntes gefunden und war bereit es anzunehmen, zu bestaunen, zu erfahren.

Aber sein Wunsch, sein sehnlichster Wunsch fiel ihm wieder ein.

Und da verzweifelte er.

Was immer das hier war, es war kein ihm ähnliches, menschliches Geschöpf, erst recht keine Frau.

Er vergaß die Perle, die er in den Händen hielt, und begann über seinen eigenen Schmerz bitterlich zu weinen.

Warum nur hatte er dem Vogel geglaubt?

Er würde immer ohne Menschen sein müssen ...

Traurig warf er sich neben der Mutter des Wassers in den Sand.

Nach einer Weile wollte er sich die Tränen aus dem Gesicht wischen, hielt dabei aber noch immer die Perle in der einen Hand, sodass er sie mit seinen Tränen benetzte.

Als er merkte, dass er etwas in der Hand hielt, warf er sie vor sich in den Sand. Was sollte ihm dieses prächtig schillernde Ding?

Plötzlich aber bewegte sich die Perle, verschwamm, wurde wie flüssig und wuchs. Sie nahm eine andere Gestalt an. Die eines Menschenwesens. Die einer Frau, deren Konturen langsam immer deutlicher wurden, bis sie schließlich wirklich und nicht nur wie aus Licht gemacht vor ihm stand.

Eine Frau, ihm ähnlich ..."

17

Ein besonderes Nest

Klein kamen sie sich vor, als die Mutter der Bäume schwieg. Ihre Erzählung hatte sie weit weggebracht – tief in ihre Herzen.

Jeder hatte dort etwas entdeckt. Außer Hutzel, der als Gnom solche Gefühle des Mangels nicht kannte, denn er lebte ein volles Gnomenleben mit allem, was dazu gehörte, und hatte nie eine Lücke in sich entdeckt, hatte das, was die Königin da erzählt hatte, sie alle an den Rand jener Stelle geführt, wo es in ihnen so etwas wie ein Loch gab. Sie sahen nicht oft und auch nicht gern dorthin. Aber jetzt fühlten sie alle mit großer Deutlichkeit, womit sie dieses Loch gern gefüllt sehen wollten.

„Sie war die erste Mutter der Bäume. Die Prinzessin, die der Mann aus der Wüste aus ihrem Bann erlöste. Sie wurde unsere erste Königin", sagte die heutige Mutter der Bäume. „Seit der Zeit unserer Ureltern lieben wir alle den Wald. Die beiden lebten für den Rest ihres Lebens für eine Weile am Meer und für eine Weile im Wald. Darum pilgern wir noch heute ans Meer. Darum gehen wir auch oft bis an den Rand der Wüste. Sie war dem Meer verbunden, er der Wüste und das Land ihrer beider Träume war der Wald. Wir hielten uns an ihre Lebensweise, bis der Riss durch die Rinde der Welt entstand. Danach wurde es dort, wo wir lebten, immer trockener, immer weiter zog sich der Wald zurück.

Und das erlaubte den blauen Reitern überhaupt erst, bis zu unserem Land vordringen zu können. Schließlich teilten wir uns auf, so wie ich es euch bereits erzählt habe."

„So mag es sein, Gki, dass das, was ich da erzählt habe, auch meine Antwort auf deine Fragen vertieft hat", fügte sie noch an.

Er nickte.

„Und wie!“, dachte er bei sich. „Es wird unsere Debatten am Hof wohl beendet haben.“ Denn in seinem Herzen hatte er verstanden, dass es nicht so war, dass die Waldleute Metalle nicht oder noch nicht kannten. Eher war es so, dass sie dem Fluch des Eisens bereits vor langer Zeit begegnet waren. Sie mussten sich bereits damals entschieden haben, es mit Absicht aus ihrem Leben wegzulassen. In einem ruhigeren Moment, so nahm er sich vor, würde er die Königin darauf ansprechen.

Jetzt war nicht der richtige Augenblick, denn urplötzlich war ein weinender Mann der Waldleute vor der Königin erschienen. Mit flatternden Handbewegungen erklärte er ihr etwas in ihrer singenden Sprache.

Sie nickte ernsthaft und wurde selbst auch sehr traurig.

„Ein Fieber hat eines unserer Kinder ergriffen. Er ist der Heilende für alle Wesen im Bereich unserer Nester, aber auch der Großvater des Mädchens. Dieses Fieber bricht ab und zu unter uns aus. Aber niemand von uns kann etwas dagegen ausrichten“, erklärte sie ihren Gästen, wobei sich auch ihre Augen mit Tränen füllten.

„Wollt ihr mir das Mädchen zeigen?“, fragte da Bussardfreundin. „Als ich noch die Bussarde um mich hatte und bei meinem Volk lebte, da war ich dort auch Heilende. Mein Lehrer hat mich viel über das Feuer gelehrt, das die Menschen verzehrt, denn es hatte ihm seine ganze Familie genommen, und so tat er, was er nur konnte, um seine Leute davor zu schützen. Ich möchte euch meine Hilfe anbieten, falls ich etwas tun kann. Dafür müsstet ihr mir aber erlauben, das Kind zu sehen.“

„Bitte. Ja“, sagten die Mutter der Bäume und der Mann gleichzeitig und er noch dazu: „Komm mit mir. Ich werde dich zu ihr bringen.“

Sie stand auf, um mit ihm zu gehen. Als sie die ersten Schritte machte, fielen Beryll seine Einhorndosen ein. „Soll ich mit euch kommen, Bussardfreundin? Ich habe ein gutes Mittel gegen Fieber bei mir.“

Sie drehte sich zu ihm um, sah ihn ernst und freundlich an, mit diesen neuen Augen, die noch tiefer schienen seit dem

Tag, als sie den großen Fluss gequert hatten, und antwortete: „Nein. Ich kann es allein tun. Und – ich muss es allein tun. So habe ich es geträumt. Später erst darfst du mir helfen, denn wir werden allen Waldleuten den Rauch der Kräuterbündel geben, wie es uns Mausfreund gelehrt hat. Ich habe welche mitgenommen, als ich aufbrach, um zu euch zu kommen. Jetzt muss ich das Kind sehen."

Beryll nickte und setzte sich wieder hin.

Sie hatte es geträumt? Sie also auch? Der Impuls, ihr zu helfen, war so stark gewesen, dass er für einen Augenblick den Traum verdrängt hatte, den er in der letzten Nacht gehabt hatte.

Er hatte von Bussardfreundin geträumt. Sie war über ein krankes Kind gebeugt gewesen. Sie hatte es retten können. Sie hatte das Nest des Heilenden angenommen. Da war auf einmal die Hochelfendame, die sein Herz eingenommen hatte, als er sie in seinem Traum bei den Vogelmenschen sah, zu ihnen getreten und hatte ihrer beider Wege gesegnet, die sich hier trennen würden.

Es war das erste Mal gewesen, dass er sie wieder gesehen hatte. Sein Herz begann wild zu klopfen, als er jetzt den Traum der letzten Nacht wieder vor sich hatte. Die Erzählung der Mutter der Bäume rührte sich auch in ihm. Für diese Frau der Hochelfen würde er mit Freuden erdulden wollen, was der Mann aus der Wüste gelitten hatte. Sie war es. Sie hatte mit dem Loch in seinem Herzen zu tun. Sein Herz brannte wie Feuer.

Hatte Bussardfreundin denselben Traum gehabt? Hatte sie die Hochelfe auch gesehen? Wusste sie, was er wusste? Über sich selbst und über ihn, so wie er?

Er hatte alle Mühe, bei sich zu bleiben.

Stumm und versonnen saß er bei den anderen.

Silbermähne sah ihn lange an. Den Übrigen fiel nichts Besonderes auf, denn sie dachten, es ginge auch bei ihm darum, dass er sich wegen des Fiebers Sorgen mache.

Wie dankbar war er, als es zu regnen begann und die Mutter der Bäume deswegen vorschlug: „Der Regen hilft den Träumen. Wir wollen uns in unsere Nester zurückziehen, bis die Sonne wieder hervorkommt, und unsere Träume zu Bussardfreundin und dem Kind schicken. Der Regen wird nicht lange dauern. Aber so können wir alle am besten helfen. Wenn die Sonne wieder scheint, werden wir etwas essen. Bis dahin wird Klärung geschehen."

So zogen sich alle im Dorf in ihre Nester zurück und dachten an das Kind und an die Heilenden, um für sie zu träumen.

Beryll hatte damit allerdings sehr Mühe. Immer wieder tauchte das Gesicht der Hochelfe vor ihm auf. Schön und erhaben. Ihre Augen auf ihn gerichtet. Sein Herz blutete ob ihrer Unerreichbarkeit. Schließlich wiegte ihn sein hängendes Nest in einen wirklichen Schlaf. Ohne Traum.

Er erwachte, weil eine Gruppe der großen, bunten Vögel in den Ästen bei seinem Nest gelandet war und einen ordentlichen Krach veranstaltete. Sie waren besser als Hähne oder gar Hutzels Krähen.

Es hatte wohl schon vor einer Weile zu regnen aufgehört. Es tropfte nur noch selten Wasser von den Blättern. Das meiste war bereits abgelaufen. Die Sonne stand schon tief.

Beryll kletterte aus seinem Nest und ging unter das Dach der Halle der Mutter der Bäume.

Die anderen waren bereits dort versammelt. Sie waren längst mit dem Essen fertig.

„Die Königin hat gesagt, dass Bussardfreundin und Blüte des wohlriechenden Baumes, das ist der Name des Heilenden, bald zurück sein werden. Du kommst also gerade rechtzeitig", flüsterte Merlin ihm zu, als er sich leise neben ihn setzte. Kaum saß er, kam Gki zu ihm und flüsterte aufgeregt auf ihn ein.

Beryll nickte. Ja, kein Problem. Er verstand. Er würde es der Königin gleich mitteilen. Bussardfreundin hatte es ihm ja schon gesagt, als sie mit dem Heilenden gegangen war.

Blüte des wohlriechenden Baumes hatte Bussardfreundin fast im Laufschritt an den Fuß eines Baumriesen geführt, dessen Stamm silbern und glatt hoch über ihren Köpfen im Blätterdach verschwand. Der Mann von den Waldleuten stieß einen lauten Pfiff aus, der sich wie ein Vogelruf anhörte. Sofort senkte sich eine Strickleiter zu ihnen herab. Er kletterte als Erster los und ließ Bussardfreundin weit, weit hinter sich. Oben wartete er auf einer Plattform auf sie. Von dort ging es über die gleiche Art von Verbindungswegen, die sie im Dorf der Leute vom Flusswald kennengelernt hatte, zu einer viel kleineren Plattform, von der aus sieben Nester zu erreichen waren. Er kletterte ihr voran auf die noch kleinere Plattform, die sich unter dem kleinsten Nest befand. Darin lag die jüngste Tochter seiner eigenen Tochter. Von der Plattform aus konnten sie in das Nest hineinschauen.

Das kleine Mädchen bemerkte sie nicht.

Es war in seinem Fieber versunken und bereits weit von seiner äußeren Umgebung entfernt.

Bussardfreundin stellte sich vor Blüte des wohlriechenden Baumes und beugte sich zu dem Kind herab. Sie sah genau hin. Sie berührte dessen Haut an mehreren Stellen. Sie fühlte nach.

„Es ist eines der Feuer, die wir auch kennen. Ich habe eine Rinde dabei und Blätter, die dem Mädchen helfen können, es abzuschütteln. Es muss aber rasch gehen. Sie ist sehr heiß."

Sie kramte in dem Beutel, den sie am Gürtel trug.

Bitte bring das hier zu Merlin, dem jüngeren der Männer. Er weiß, wie er daraus einen Tee machen muss. Den soll er gleich machen und dir einen Kürbis voll mitgeben. In der Zwischenzeit gehe zum kleinen Mann und bitte ihn, dir eine der Tuniken des älteren Mannes zu geben." Der Heilende sah sie fragend an.

„Eines der Dinger, die er über der Haut trägt", sie zupfte an ihrem Obergewand, um es ihm klarzumachen. „Aber eines, das sauber ist, das er gerade nicht trägt. Der kleine Mann wird dich verstehen. Sag ihm: zum Kühlen. Wir brauchen auch eine ordentliche Menge Wasser, so zehn oder zwanzig Kürbisse voll. Könntest du das besorgen? Ich bleibe solange hier und rede zu den Unsichtbaren, die beim Kind sind, und zu seinem Geist." Das schien der Mann gleich zu verstehen. Er nickte zu allem und rannte diesmal los, da er nicht auf Bussardfreundins langsame Fortbewegung Rücksicht nehmen musste.

Sie sah ihm nach und fragte sich, ob sie es je würde lernen können, sich so weit weg vom sicheren Erdboden so zu bewegen. Es kam ihr halsbrecherisch vor. Er aber lebte hier. Sie wandte sich wieder ganz dem Kind zu. Sie sang für es.

„Es tut ja wohl kaum etwas zur Sache, dass ich hier meine Lieder singe. Das Feuer ist dasselbe und die Kleine ist ein Lebewesen wie alle. Sie und die Unsichtbaren werden mich verstehen", fand sie.

Es dauerte nicht lange, da kam er zurück.

Er brachte den Kürbis mit dem Rinden- und Kräutersud und ein paar Kürbisse voll Wasser mit. Merlin und Gki kamen eine ganze Weile später mit so vielen weiteren Wasserkürbissen, wie sie schleppen konnten, nach. Und mit einer der Tuniken, die Beryll von den Zwergen für die Reise erhalten hatte. Sie war noch ganz neu und aus schneeweißem Stoff.

Bussardfreundin nahm sie. Sie sah Gki kurz an und zerriss sie dann mit einer kräftigen Bewegung in zwei Teile.

Dann gab sie dem Kind vorsichtig von dem Sud aus dem Kürbis zu trinken. Es war nicht einfach, die Kleine zum Schlucken zu bewegen. Aber schließlich nahm sie ein wenig davon auf. „Bitte versuch du jetzt, ihr immer wieder davon zu trinken zu geben", sagte sie zu dem Mann der Waldleute.

Gki hatte verstanden, was sie mit der Tunika wollte. Er hatte sie in weitere kleinere Stücke zerrissen und machte die ersten mit dem Wasser aus einem Kürbis nass. Sie nahm ihm das erste nasse Stoffstück ab und streute noch etwas von dem Rindenpulver darauf. Dann weitere. Sie machte dem Kind Wickel um die Beine.

„Hast du noch mehr von dem Tee gekocht?", fragte sie Merlin.

„Ich habe es so gemacht wie bei Mausfreund. Für jedes Lebensjahr ein Maß." Er zeigte mit seiner Hand, wie hoch ihr Reisekochbeutel gefüllt gewesen war. „Gut! Ich danke euch für eure Hilfe."

„Bringt mir bitte noch den Rest des Tees. Dann könnt ihr uns alle drei allein lassen. Ich werde es gut selber schaffen, ihr die Wickel zu wechseln und den Tee zu trinken zu geben, wenn du, Merlin, mir ab und zu neues Wasser bringst. Das ist alles, was in den nächsten Stunden zu tun bleibt. Blüte des wohlriechenden Baumes, du solltest dich jetzt am besten etwas ausruhen. Du warst sehr erschüttert. Es wird jetzt gut werden. Nur Zeit braucht sie und dann Schlaf."

„Gki, könntest du der Mutter der Bäume in der Zwischenzeit erklären, dass wir hier alle den Rauch bekommen sollten? Du weißt schon, wie beim Fest in der Spechtbucht. Frage sie, ob sie so gut sei, ihr Volk dafür zusammenzurufen." Gki nickte und ging. Er wusste zwar nichts vom Fest in der Spechtbucht, aber er würde Beryll auftreiben und der musste wissen, worum es ging.

Der Heilende zog sich in sein Nest zurück, das auf demselben Baum hing.

Die Fremde hatte recht gehabt. Er fühlte sich zerschlagen. Er hatte, wie damals bei seiner Frau, nichts tun können. Jetzt war die Fremde hier und hatte handeln können. Er durfte jetzt loslassen.

Merlin brachte ihr ab und zu Wasser, mehr von dem Tee hatte sie auch von ihm bekommen.

Sie wachte bei dem Kind bis zum Abend. Da sah sie, dass die Kleine anders zu atmen begann und vom Fieberwahn in einen ruhigen Schlaf überging.

Sie war erleichtert. Es hätte auch anders ausgehen können. Aber sie hatte ihrem Traum vertraut. Die Unsichtbaren hier hatten sie gehört.

Sie merkte, dass Blüte des wohlriechenden Baumes wieder neben ihr stand. Sie hob den Kopf und sah ihn an: „Sie schläft jetzt einen gesunden Schlaf. Sie braucht noch weiter ab und zu von dem Tee, wenn sie wach wird. Sie wird sagen, dass sie durstig sei. Ist ihre Mutter in der Nähe? Sie könnte jetzt bei ihr wachen, damit sie keine Fremde bei sich hat, wenn sie aufwacht." Er nickte und rief nach seiner Tochter. Sie war sofort da. Sie hatte aus dem nächsten Nest heraus alles genau beobachtet, hatte sich aber nicht getraut, von selber dazuzukommen.

Sie lächelte Bussardfreundin dankbar an und nahm deren Platz ein.

„Wenn etwas ist, lass mich sofort rufen! Und gib ihr noch nicht gleich etwas zu essen.“ Bussardfreundin und Blüte des wohlriechenden Baumes machten sich auf den Weg zur Halle der Mutter der Bäume.

Dort war Beryll eben damit fertig geworden, der Mutter der Bäume zu erklären, dass Bussardfreundin vorhabe, alle mit dem Rauch der Pflanzen zu reinigen, wie sie es bei ihrem Volk gegen das Fieber taten.

Sie war einverstanden und handelte sofort. Als sich die beiden zu den anderen setzten, hatte sie gerade ihre Kinder ausgeschickt, damit sie es allen im Dorf sagten.

So waren schon kurz darauf alle, außer dem kranken Mädchen und seiner Mutter, in der Halle der Mutter der Bäume versammelt.

Diese erklärte ihrem Volk, was Beryll ihr gesagt hatte. Inzwischen hatte Beryll mit Bussardfreundin die nötigen Kräuterbündel aus deren Gepäck geholt.

Nun stellten sich alle auf Anweisung der Mutter der Bäume in eine Reihe, die Kräuterbündel wurden entzündet und mit ihren glimmenden Enden gingen die beiden Schüler von Mausfreund die ganze Reihe ab, um die Waldleute und deren Gäste mit dem Rauch zu reinigen.

„Wir danken euch dafür, dass ihr bereit wart, auf uns zu vertrauen. Der heilende Rauch möge verhindern, dass das Feuer, das das Kind erreichen konnte, auf euch übergreift“, sagte Bussardfreundin zum Schluss. Dann bat sie Blüte des wohlriechenden Baumes, mit einem glimmenden Bündel zum Kind und zu dessen Mutter zu gehen, um auch sie den Rauch einatmen zu lassen.

Die Mutter der Bäume dankte ihr im Namen aller Waldleute, nachdem sie sich kurz mit diesen beraten hatte: „Wir danken dir! Wir kennen die Pflanzen, die du weit aus dem Norden mit dir gebracht hast, hier nicht. Aber wir fühlen, dass sie uns stärken. Unser Urvater kannte den König der Dornbüsche nicht, aber er hat ihm großes Glück gebracht. Zum Dank mag es sein, dass du hier bei uns Pflanzen kennenlernst, die euch im Norden unbekannt, aber hilfreich sein mögen. Das wünschen wir uns."

Sie fuhr fort: „Da wir nun bereits fast alle hier versammelt sind, lasst uns die Träume der letzten Nacht austauschen. Es war die erste Nacht, die unsere Gäste hier verbracht haben. Unsere Träume könnten für uns alle Wichtiges zu uns gebracht haben. Es ist eine besondere Zeit. Die Welten sprechen zueinander über den Riss in der Rinde hinweg."

Die Waldleute setzten sich im Kreis um das Feuer. Die Gäste wurden mit in den Kreis aufgenommen. Auch Blüte des wohlriechenden Baumes war wieder dazugekommen, während die Mutter beim Mädchen geblieben war.

Einmal mehr senkte sich die tiefe Stille über alle. Dann begannen die Augen, die Hände, die Gesichter zu sprechen.

Die Leute im Kreis verschmolzen zu einem Wesen mit vielen Händen, vielen Augen, vielen Köpfen, einem Bewusstsein. Auch die Gäste, die darin nicht geübt waren, konnten erahnen, dass sie selbst auch in einem gewissen Ausmaß wie über ein Wurzelwerk mit der Gruppe als ein Kreis verbunden waren.

Silbermähne gelang es, über diese Wurzeln seine Gefühle, seine Träume den Waldleuten zukommen zu lassen. Es war schon lange her, dass er so mit anderen hatte sprechen können. Die Bewohner des roten Landes verstanden sich nicht mehr so recht auf diese Kunst. Er war glücklich darüber, dass es hier noch möglich war, den Kreis der Versenkung zu schließen.

Die Sonne war bereits untergegangen, das Feuer heruntergebrannt. Die Waldleute gingen dazu über, von Worten Gebrauch zu machen. Sie bedienten sich der Zwergensprache, damit alle sie verstehen konnten.

„Aus meinem Traum kann ich euch schenken: das Bild von den Schiffen unserer südlichen Geschwister. Sie sind nahe. Sie sagen, sie bringen uns Traumhelfer und holen Traumschüler von uns."

„Aus meinem Traum kann ich euch schenken: das Bild vom Riss in der Rinde der Welt. Er klafft tief. Kleine, dünne, zarte

Fäden wie das Gewebe einer Spinne beginnen ihn zu überbrücken."

„Aus meinem Traum kann ich euch schenken: das Bild von dem jungen Mann unter unseren Gästen. Er steht auf einem Schiff, wie ich es nie gesehen habe. Sein Vogel ist bei ihm. Er reist in ein fernes Land."

„Aus meinem Traum kann ich euch schenken: das Bild vom Land jenseits des Risses durch die Rinde der Welt. Seine Bewohner sind wie der ältere unserer Gäste. Sie grüßen ihn."

Bei jedem der Bilder stimmten mehrere Waldleute ein und meinten, dass sie dasselbe gesehen hätten.

Silbermähne sagte: „Aus meinem Traum kann ich euch schenken: das Bild meines Freundes, der zu den Wesen des weltumspannenden Regenbogens gehört. Er grüßt euer Volk und dankt euch für eure Hilfe."

Merlin sagte: „Auch wenn es mir wehtut, es will mir nicht gelingen, mich an ein Bild aus meinem Traum der letzten Nacht zu erinnern. So kann ich euch jetzt nur meinen Dank, aber kein Bild schenken."

Hutzel, Gki, Bussardfreundin und einige unter den Waldleuten schwiegen. Als Beryll das bemerkte, war er innerlich sehr dankbar und erleichtert und beschloss, ebenfalls nicht laut über seinen Traum zu sprechen.

Nachdem sich niemand mehr äußerte, trat für eine Weile wieder die tiefe Ruhe ein.

Dann sagte die Mutter der Bäume: „Ich danke euch. Für die Bilder, die geschenkt wurden, für die Träume, die heute nicht erinnert werden durften, dafür, dass ein Wesen von weither unsere Sprache kennt, und besonders auch für den Traum, der in den Herzen dreier Leute lebt, der nicht ausgesprochen ist. Auf dass er rascher sichtbar werden möge."

Sie musste wohl von jedem wissen, was sein Traum gewesen war, ging es Beryll durch den Kopf.

Aber es machte seinem Herzen nichts aus. Es gab keinen Grund, weshalb er sich vor ihr verstecken oder schämen müsste.

Er hatte begonnen, ihr ebenso tief zu vertrauen, wie es bei Mausfreund der Fall gewesen war. Aber er spürte auch, dass er hier nicht so lange bleiben würde, um sie ebenso gut kennenzulernen. Das sagten auch die aus den Träumen geschenkten Bilder, bei denen ihm ganz deutlich war, dass sich einige auf ihn bezogen.

So tief versunken die Waldleute beim Schenken der Traumbilder gewesen waren, so lustig und locker ging es kurz darauf in der Halle der Mutter der Bäume zu.

Das Feuer war wieder mit Nahrung versehen worden und brannte hell und freundlich. Scheinbar aus dem Nichts waren auch Früchte und Speisen für die Waldleute und ihre Gäste aufgetaucht. Alle außer den Gästen hatten im Verlaufe des Tages etwas gesammelt oder zubereitet und es mit hierhergebracht. Körbe und Schalen und Kalebassen wurden herumgereicht. Jeder suchte sich aus, worauf er oder sie Appetit hatte. Es wurde gelacht und es wurden Lieder gesungen. Lieder, die in den Gästen Bilder vom Wald und vom Fluss und von deren Bewohnern aufsteigen ließen. Lieder wie Träume.

Als die Nacht bereits vorangeschritten war, wurde es langsam wieder stiller in der Halle der Mutter der Bäume.

Die Waldleute zogen sich nach und nach in ihre Nester zurück.

Auch die Gäste machten Anstalten schlafen zu gehen und wünschten der Mutter der Bäume eine gute Nacht.

Als sie auf dem Weg zu ihren Nestern waren, trat Blüte des wohlriechenden Baumes zu Bussardfreundin und sagte: „Gerne würde ich dir etwas zeigen, wenn du noch ein paar Schritte gehen magst und nicht zu müde bist.“ Sie nickte: „Ja, zeige mir das, von dem du wünschst, dass ich es zu sehen bekomme, wenn jetzt der richtige Augenblick dafür ist.“

„Ja. Jetzt ist die richtige Zeit dafür.“

So folgte sie ihm ein paar Schritte auf einem Weg entlang, den bisher noch keiner der Gäste gesehen oder erkundet hatte.

Und obwohl er keinen von ihnen darum gebeten und auch Bussardfreundin kein Wort zu ihnen gesagt hatte, liefen Beryll,

Silbermähne, Merlin, Gki und Hutzel wie an einer Schnur gezogen hinter ihnen her.

Staunend blieben sie alle am Rand einer kleinen Lichtung stehen. Ihnen gegenüber befand sich ein großer, alter Baum. Eine Kaskade von rotblauen Blüten ergoss sich wie ein Wasserfall von seinen untersten Ästen und an seinem Stamm entlang hinab.

Am Stamm waren in diesem Blütenfall Tritte eingeflochten.

Wenn der Blick an ihnen entlang nach oben wanderte, war ein Nest zu sehen, das wie eine Schale geformt war, aus der die Ranken herausquollen. Es war ebenfalls voll mit rotblauen Blüten. Darüber lag ein Dach aus langen, zarten, hellgrünen Ranken.

Sichtbar war das alles, obwohl es bereits Nacht war, weil überall am Nest und am Blütenfall die Kugeln mit den Leuchtkäfern angebracht waren.

Blüte des wohlriechenden Baumes war stehen geblieben. Bussardfreundin hatte sich neben ihn gestellt.

Ihre Freunde, die ein paar Schritte hinter ihnen angehalten hatten, erwachten plötzlich aus ihrer Faszination. Die Schnur band sie nicht mehr. Sie verstanden. Sie hatten hier nichts zu suchen. Sachte kehrten sie um und gingen auf dem Weg, den sie gekommen waren, zurück zu ihren Nestern. Keiner sagte etwas.

„Dieses Nest wollte ich dir zeigen. Ich hoffe, es ist lang genug. Du bist größer, als ich fühlte."

Erstaunt sah sie ihn an: „Wie? Größer als du fühltest?"

„Ich habe dich herbeigeträumt, während ich das Nest für dich habe wachsen lassen. Für die Frau, die das Fieber zähmen konnte, gegen das ich als Heilender nichts auszurichten vermochte."

Da sah sie ihm in die Augen. Tief ließ er sie sehen. Sie fand darin Mausfreunds Schmerz, der Spinnenfreundin auch so verloren hatte. An das Feuer, das Menschen verzehrte. Der war aber dann allein geblieben.

Sie spürte auch wieder etwas Ähnliches wie mitten auf dem großen Fluss. Auch etwas wie Schmerz. Obwohl sie viel für ihre

Leute getan hatte, hatte sie sich immer von ihnen ferngehalten. War frei und anders gewesen. Weil sie früh verwaist war? Auch Beryll fiel ihr ein. Ja, sie hatte sich damals in ihn verliebt. Und gewusst, dass sie nie mit ihm zusammen sein würde. Hatte sie denn je Nähe zugelassen in ihrem Leben? In ihrem Lieben?

Und nun stand dieser Mann vor ihr, der es genauso hätte machen können. Und was hatte er getan? Sie herbeigeträumt, wie er sagte. Ein Nest für sie wachsen lassen. Eine Brücke über all den Schmerz so vieler gebaut. Zu den Waldleuten.

Ja, sie hatte es geträumt in der letzten Nacht.

Wenn sie wollte, könnte sie über die Brücke gehen. Bleiben. Hier leben. Mit ihm.

Sie hatte schon immer mit den Bäumen gesprochen, war eine Träumerin gewesen unter den Vogelmenschen.

Sie dachte auch an die Geschichte, die sie am Morgen von der Mutter der Bäume gehört hatte.

Sie wusste, was es bedeutete, ihr Nest anzunehmen. Es hatte mit dem Loch in ihrem Herzen zu tun.

Vieles hatte Raum in dem Blick in die ruhigen Augen von Blüte des wohlriechenden Baumes.

Er sagte nichts. Er bewegte sich nicht.

Schließlich dankte sie ihm und stieg die Tritte im Blütenfall am Stamm hinauf.

Er wünschte ihr eine gute Nacht.

So kam es, dass Bussardfreundin tatsächlich ganz aufhörte, Bussardfreundin zu sein. Merlin hatte recht gehabt.

Die Waldleute träumten ihren neuen Namen. Sie wurde Blatt des wohlriechenden Baumes.

Am Abend des nächsten Tages wurde ihr der neue Name geschenkt.

Beryll saß nachdenklich in seinem Nest.

Nachdem sie sich von der Lichtung mit dem Nest für Bussardfreundin losgerissen hatten und alle in ihre Nester gekrochen waren, hing nun jeder von ihnen seinen eigenen Gedanken nach.

Silbermähne war es zufrieden. „Es ist gut, wie es ist“, teilte er seinem Freund, dem Drachen mit.

Hutzel witzelte erst ein wenig herum. Aber weil Gki ganz nachdenklich geworden war, ließ er das schließlich bleiben. Es musste da etwas geben, was seinem Zwergenfreund zu schaffen machte.

Und so war es auch.

Es war das Loch in Gkis Herz. Er, der ganz und gar in seinen Reisen aufzugehen glaubte, dachte zum ersten Mal daran, dass er im Grunde keine junge Familie hatte, kein eigenes Kaminfeuer, das auf ihn wartete, wenn er heimkam. Er würde darüber nachdenken und eine wichtige Entscheidung treffen müssen.

Merlin dachte an dem Abend nicht weiter über Bussardfreundin nach. Er wünschte sich mit aller Kraft, sich an den Traum dieser Nacht erinnern zu können.

Beryll ging den Tag nochmals durch. Es war so viel gewesen. Die Geschichte der Waldleute, die die Mutter der Bäume erzählt hatte. Das Fieber. Das Schenken der Traumbilder. Das Nest für seine Freundin Bussardfreundin.

Ja, seine Freundin war sie, wenn er sie auch nicht in dem Sinne liebte wie die Hochelfendame. Er erinnerte sich an das Loch im Herzen, das er gespürt hatte, nachdem die Mutter der Bäume mit ihrer Geschichte zu Ende gekommen war.

Er hatte es nicht zum ersten Mal gefühlt. Auch damals an der Quelle, als er nicht mehr ein noch aus wusste, weil er sich nicht erinnern konnte. Und vor allem damals bei den Zwergen im Kerker. Da war er fast völlig darin untergegangen. Nur die Erinnerung an den Traum von der Elfendame und dass ihm diese Erinnerung die Idee und den Mut gegeben hatte, die Erinnerungen an alles, was ihm auf seiner Reise begegnet war, zusammenzusetzen, hatte es ihn überstehen lassen. Und letzte Nacht, da hatte er sie wieder gesehen.

Lange Zeit wollte es ihm nicht gelingen einzuschlafen. Schließlich sank er müde zurück und legte seinen Kopf auf den einen Arm. Da spürte er die Manschetten, die er von Bussardfreundin geschenkt bekommen hatte, als er zu den Zwergen aufgebrochen war. Er hatte sie am Morgen angelegt, um die

Mutter der Bäume damit zu ehren, dass er sich in seinem besten Schmuck zeigte.

Er würde mit Bussardfreundin reden müssen. Das nahm er sich noch fest vor, bevor er sie abzog und gleich darauf einschlief.

Am Morgen war er früh wach und fühlte sich trotz der schmerzhaften Gedanken, denen er beim Einschlafen nachgegangen war, gut ausgeruht und wohl.

Er ging zur Halle der Mutter der Bäume, wo noch niemand zu sehen war.

Aber es dauerte nicht lange, da kamen einige der Waldleute dazu. Sie erzähltem ihm, dass es dem Kind viel besser gehe. Die Frau, die mit ihm gekommen sei, hätte schon vor Sonnenaufgang nach ihm gesehen und seine Mutter abgelöst. Sie seien gekommen, um Essen für das Kind zu holen, denn es sei hungrig und dürfe jetzt wieder essen. Schon waren sie wieder verschwunden.

Er blieb in der Halle sitzen und hörte all den vielen Stimmen zu, die vom Erwachen des Waldes sprachen.

Bussardfreundin kam und setzte sich zu ihm. „Blüte des wohlriechenden Baumes hat mich abgelöst. Die Kleine hat es geschafft. Bald wird sie wieder auf den Bäumen herumturnen."

Beryll fragte sie, ob sie mitkommen wolle zum Fluss.

Sie stimmte zu und bald saßen sie am großen Fluss nebeneinander auf einem angeschwemmten Baumstamm und sahen in die Wasserweite vor sich.

„Bist du gestern in das Nest für dich gestiegen?", fragte er sie, nachdem sie eine Weile still gewesen waren. Er hatte sich vorgenommen, das Thema sachte anzugehen, aber nun war er doch gleich mittendrin gelandet. „Weißt du, ich hatte davon geträumt. Und von dem Mädchen."

„Ja", sagte sie. „Mag sein, wir hatten denselben Traum. Er geht ja schließlich auch uns beide an. Ist die Frau, die unsere Wege gesegnet hat, mit dir verwandt?"

Sie hatte also die Hochelfe auch gesehen.

„Wie sehr wünschte ich, mich zu erinnern, wer sie ist und wie ich zu ihr stehe“, seufzte Beryll. „Ich weiß es nicht, aber sie bedeutet mir sehr viel.“

Sie nickte. „Ja. Ich glaube, ich verstehe dich. Und seit ich hier in diesem Wald angekommen bin, schäme ich mich nicht mehr, solche Dinge zu verstehen. Sie ist wunderschön und stark. Aber weißt du eigentlich, wie sehr sie dir gleicht? Ob ihr wohl aus demselben Land stammt, aus demselben Volk?“

„Auch da kann ich mich nicht erinnern. Und du kennst Silbermähne ja. Er sagt nur, dass ich es schon herausfinden werde. – Und dass sie meiner Liebe würdig sei, aber ich noch zeigen müsse, ob ich ihrer Liebe würdig sei. So steht es.“

Sie nickte nachdenklich.

„Du hast einen harten Weg vor dir.“ Dann sah sie ihn direkt an: „Und ich habe das Gefühl, nachdem ich alles im Fluss habe wegschwimmen lassen, ein neues Leben bekommen zu haben.“

„Du wirst hier bleiben? Bei Blüte des wohlriechenden Baumes?“

„Ja.“

„Ich fühle, dass das gut ist. Ich wünsche euch viel Glück und dir ein glückliches Leben hier.“

Er kramte in einem Bündel herum, das er mit sich getragen hatte.

„Ich denke … Es mag sein … Vielleicht möchtest du diese hier wieder in deine Obhut nehmen?“

Er streckte ihr den silbernen Armschmuck mit den Türkisen entgegen.

Sie strahlte und sagte fast sofort: „Wärst du bloß früher gekommen, so hätte ich sie nicht für dich verwahren müssen und mein Vater hätte sie dir noch selbst geben können, Bruder.“

An dem Abend fanden sich Blüte und Blatt des wohlriechenden Baumes gemeinsam im Nest der herbeigeträumten Frau ein.

18

Die Binsenschiffe

Am nächsten Tag kamen die Kinder, die im Fluss gebadet hatten, schon vor dem Mittag zur Halle der Mutter der Bäume gerannt und riefen aufgeregt: „Die Baumboote, die nach den Binsenschiffen sehen sollten, kommen zurück!"

Dass sie sich statt ihrer Hände lauter Rufe bedienten, zeigte an, wie aufgeregt sie waren.

Innert Kürze waren die Waldleute in der Halle zusammengekommen. Die Mutter der Bäume ließ sich von den Kindern genau berichten: „Wir haben gesehen, dass zwei Baumboote den Fluss hinauf kommen. Wurzel und Zweig, Orchideenrispe und Knospe des Baumes mit der silbernen Rinde paddeln sie, was das Zeug hält. Sie sind alle dabei. Die Binsenschiffe müssen also schon ganz nahe sein."

„Wenn sie alle zurückkommen, so wird es wohl das heißen, was ihr da sagt. Sie müssen die Schiffe unserer südlichen Geschwister gestern getroffen haben. Sie haben mit ihnen übernachtet und paddeln nun voraus, damit wir erfahren, wann die Schiffe kommen und alles vorbereiten können. So fühlt es sich zumindest an. Wie ihr es auch sagt. Lasst uns aber dennoch warten, um zu hören, was die vier zu sagen haben, wenn sie hier sind. Bis zum Fluss können wir ihnen entgegengehen."

Eine aufgeregte Menge von Waldleuten, die so viel mit Händen und Augen sprachen, dass es ein rechter Lärm gewesen wäre, wenn sie ihre Stimmen ebenso häufig benutzt hätten, und ihre Gäste standen am Ufer des großen Flusses. Auch Blüte des wohlriechenden Baumes und die neue Frau der Waldleute, die auch seine neue Frau war, Blatt des wohlriechenden Baumes, waren gekommen und standen Arm in Arm neben Silbermähne bei ihren Freunden. Alle waren sie da, um die Ankunft der Baumboote zu erwarten.

Sie befanden sich nur noch ein kleines Stück weiter flussabwärts und waren fast schon angekommen. Es war deutlich zu sehen, dass sie sich alle Mühe gaben, rasch voranzukommen. Es sah aus wie ein Wettrennen, aber beide Boote berührten das Ufer genau gleichzeitig.

Die beiden Frauen und die beiden Männer, die gepaddelt hatten, sprangen ins seichte Wasser am Ufer und brachten als Erstes die Boote sicher unter. Dann kamen sie zur Mutter der Bäume.

„Drei Binsenschiffe unserer südlichen Brüder sind diesmal zu uns gekommen. Unser Träumen, unser Fühlen hat uns nicht getäuscht. Wir haben sie gestern kurz vor der Stunde, da die Sonne sich zur Ruhe begibt, erreicht. Wir haben die Nacht bei ihnen verbracht. Sobald es hell wurde, sind wir heute losgepaddelt, um euch Nachricht zu geben, damit ihr Empfang vorbereitet werden kann. Es sind vor allem Junge auf den Schiffen, die die Route der Reise und das Lenken und Bewegen der Binsenschiffe erlernen. Es sind erfahrene Schiffsleute dabei. Aber auch einer der Traummeister ist mit ihnen unterwegs. Das ist eigenartig. Im Ganzen sind es sechzig Leute. Alle haben die Reise gut überstanden. Niemand ist verletzt oder krank. Sie sind unterwegs, den Fluss hinauf. Kurz vor der Nacht werden sie hier sein."

Die Mutter der Bäume nickte. Sie würden viel zu tun haben, bis die Schiffe hier waren. Dass ein Traummeister bis hierher mitgereist war, bestätigte ihr, dass ihre Träume angekommen waren und dass die Geschwister im Süden zur selben Überzeugung gelangt waren wie sie.

Sie begann, die Aufgaben zu verteilen. Das Holz für das Feuer am Abend besorgen. Früchte sammeln. Mehr Blütenwasser zusammentragen. Mehl aus Grassamen und aus den gelben Körnern mahlen, die in ihren Gärten wuchsen. Fladen backen. Duftendes Gras für Sitzpolster schneiden. Fische fangen? Nein. Eher nicht. Auf der Reise mussten ihre Verwandten so lange von Fischen gelebt haben, dass sie sie für heute wohl eher missen mochten. Aber Eier. Ja. Und sogar einige der zahmen Vögel, die sie im Dorf hielten, braten lassen, das würden sie zu schätzen wissen. Auch sollten ihnen ein paar Boote entgegenpaddeln, um ihnen flussaufwärts zu helfen.

Es dauerte nicht lange, da war außer ihr und den Gästen kaum noch jemand am Ufer. Alle hatten sich verstreut und gingen ihren Aufgaben nach.

Die Gäste waren dabei zu überlegen, was sie beitragen könnten. Silbermähne war bereits mit denen gegangen, die zur Pflanzung und zum Grasschneiden waren. Er wollte ihnen beim Tragen helfen.

Hutzel und Gki boten an, am Abend auf Flöten zu musizieren. Den Vorschlag nahm sie gerne an. Die beiden verschwanden, um sich Flöten zu schneiden.

Blatt des wohlriechenden Baumes war bereits mit einer Gruppe verschwunden, um Früchte zu sammeln.

Merlin, Schneebrust und Beryll aber wussten nicht so recht, was mit sich anfangen. Sie standen noch immer, Merlin mit Schneebrust auf der Schulter, nachdenklich bei der Mutter der Bäume.

„Gut, dass ihr noch dageblieben seid", sagte da die Mutter der Bäume. „Ich fühle, dass ich mit euch reden sollte, bevor die Binsenschiffe hier sind. Lasst uns zur Halle zurückkehren."

Sie folgten ihr auf dem Pfad, den sie bei ihrer Ankunft im Dunkeln zum ersten Mal gegangen waren. Bei Licht und ohne Regen war es so einfach. Überhaupt hatten sie sich in der kurzen Zeit erstaunlich gut eingelebt.

In der Halle angekommen, ließen sie sich neben der Mutter der Bäume nieder.

Sie begann zu sprechen: „Nun wird bald hier geschehen, was wir geträumt haben. Die Waldleute, die mit den Baumbooten kamen, haben uns davon erzählt, dass auf dieser Fahrt ein Traummeister zu uns gekommen ist.

Dazu will ich euch etwas erklären: Es kann niemals sein, dass er zu uns Waldleuten kommen will.

Ein Traummeister verlässt das Gebiet seiner Wurzeln nicht ohne einen ganz gewichtigen Grund. Ein Traummeister wurzelt tief an dem Ort, der sein Leben trägt.

Wenn er oder sie – die Traummeister sind Frauen oder Männer – noch lernen, dann sind sie viel unterwegs. Wenn sie aber die Wurzel ihres Traumes erreicht haben, so vertiefen sie diese, wachsen an wie ein Baum. Bleiben dort, wo sie ihre Wurzeln haben, und unsere Geschwister und wir Waldleute suchen sie auf.

Unter uns gibt es jeweils auch eine Person für das Bewahren und Deuten der Träume, diejenige unter uns, die für das Träumen am begabtesten ist. Sie wird jeweils zu dem Traummeister gesandt, der ihrer Art gleicht, um dort zu lernen. Aber dafür reisen unsere Waldleute mit den Binsenbooten mit ins Land des Regenbogenvolkes. So nennen sich unsere südlichen Geschwister: Volk des Regenbogens.

Die Traumbewahrer und Traumdeuter suchen dort nach ihrem Traummeister, und wenn sie ihn finden, so lernen sie bei ihm und kommen erst nach Jahren wieder.

Unser jetziger Traumbewahrer und Traumdeuter hat bereits ein hohes Alter erreicht. Es war daher vorgesehen, dass ein neuer Schüler ins Land des Regenbogenvolkes reisen sollte. Und zwar sollte es Orchidee, mein Sohn, sein, denn er ist der Begabteste unter uns.

Aber dann wurde er von der Schlange gebissen, Gki heilte ihn und Orchidee schenkte ihm dafür seine Traumhelfer.

So etwas gibt es sonst nicht bei uns. Niemand würde seine Traumhelfer weggeben. Niemand würde sie gar einem anderen zeigen, nachdem sie ihn oder sie gefunden haben. Ohne sie würde mein Sohn den Traummeister, der der Einzige ist, der ihn lehren kann, nicht finden können. Es machte also keinen Sinn mehr, dass er überhaupt zu unseren südlichen Geschwistern reiste.

Als wir mit ihm fühlten, um verstehen zu können, warum er seine Traumhelfer verschenkt hatte, da nahmen wir alle wahr, dass er nicht anders gekonnt hatte.

Er hatte spontan und ohne zu überlegen gehandelt, aber in Übereinstimmung mit den Traumhelfern, die bereit waren, mit Gki zu reisen. Die es sogar gewollt hatten.

Wir konnten das damals nicht verstehen. Später kam aber dann sein Traum, von dem ich euch erzählt habe. Der Traum, in dem er euch gesehen haben muss. Die Träume anderer waren ähnlich, ohne dass ihre Traumhelfer bei euch waren oder euch kannten. Auch das war uns neu. Wir glaubten, dass wir nur träumen konnten, was wir kannten oder was unsere eigenen Traumhelfer uns zeigten.

Wir befragten die Bäume. Sie waren aufgeregt, aber erfreut. Auch sie sagten, dass es so gestimmt habe, und auch, dass die Fremden aus den Träumen kommen würden. Der eine unter ihnen sei der Träger eines ganz besonderen Steines. Er sei den Traumhelfern ähnlich, aber er könne Wirklichkeit weben. Das habe ich euch auch schon gesagt.

Seitdem haben wir euch erwartet.

Wir haben auch Nachricht zu unseren südlichen Geschwistern geschickt. Wir haben über die Traumhelfer des Bewahrers unserer Träume bereits Antwort erhalten: Die Binsenschiffe, die ab und zu kommen, seien unterwegs. Wir sollen euch darauf vorbereiten, dass ihr mit ihnen fahren sollt. Das habt ihr bereits verstanden, denke ich.

Wie ihr seht, seid ihr nicht zu früh bis zu uns gelangt. Und zum Glück auch nicht zu spät. Die Zeit ist reif.

Nun kommt aber zum allerersten Mal ein Traummeister zu uns.

Es wird bald Wichtiges zu Erfühlen geben.

Seltsam ist, dass unsere Träume, der Wald und sogar der Regen und der Fluss darüber geschwiegen haben.

Ich frage mich, ob ihr etwas wisst?“

Beryll und Merlin konnten ihr dazu auch nichts erklären. Ja, sie hatten zum ersten Mal davon gehört, dass es Traummeister und Traummeisterinnen und Bewahrerinnen und Bewahrer der Träume gab.

Sie schlugen vor, Silbermähne, Hutzel und Gki dazuzubitten und sie zu befragen.

Als sie alle bei der Mutter der Bäume waren und gehört hatten, dass sich etwas ganz Außergewöhnliches anbahnte, sagte Silbermähne, er würde vorschlagen, abzuwarten, um zu erfahren, was der Traummeister selbst zu erzählen habe. Er vermute, dass es einen Grund gebe, weshalb sie nicht vorher von ihm erfahren hätten, und den wolle er respektieren.

Mit Recht ließ dies die Mutter der Bäume erahnen, dass Silbermähne mehr wusste, aber nichts darüber verlauten lassen wollte. Sie verbeugte sich leicht vor ihm und sagte: „Du sprichst weise. Da wir ihn bald werden fühlen können, wollen wir uns nicht zuvor mit Spekulationen abgeben. Meine Unruhe und Neugier haben mich mitgerissen."

Da war es klar, dass auch Hutzel und Gki nichts über den Traummeister sagen würden.

Auch die übrigen ließen das Thema fallen.

Immer mehr Waldleute kamen in die Halle, um zu bringen, was sie für den Empfang der Schiffe gesammelt und vorbereitet hatten. Ein reges Treiben begann, als das Feuerholz aufgeschichtet und die Speisen angerichtet wurden.

Gki und Hutzel gingen wieder ans Werk und schnitzten ihre verschiedenen Flöten für den Empfang fertig.

Es dauerte aber nicht lange, da schlich sich Gki zum Ufer des großen Flusses davon.

Bald fand er den, nach dem er suchte. Einen der rosaroten, langbeinigen Vögel, die an den seichten Stellen herumstaksten.

Er sprach mit ihm.

„Du wirst da wohl besser statt meiner den Fischadler schicken, der kann sich besser mit den Adlern der Wüste verständigen. Er fürchtet sie und auch die Wüste nicht, so wie ich es tue. Ich werde ihn zu dir schicken", antwortete der und flog davon.

Es dauerte keine Minute, bis es über Gkis Kopf rauschte und der Fischadler sich auf dem Ast eines angeschwemmten Baumstammes neben ihm niederließ. Gki erklärte ihm, was er eben schon dem rosaroten Vogel gesagt hatte. Der Adler nickte nur und erhob sich sofort in die Luft. Mit kräftigen Flügelschlägen verschwand er flussaufwärts.

Gki kehrte zu Hutzel zurück, der so tat, als sei sein Freund nie verschwunden gewesen. Im Inneren freute er sich aber über Gkis Entscheidung, die er sehr wohl mitbekommen hatte.

Hätte Gki am Ufer nicht nur dem Adler nachgesehen, sondern auch noch flussabwärts geschaut, bevor er zu Hutzel zurückging, hätte er die Binsenschiffe als Erster zu sehen bekommen.

Majestätisch kamen sie im Licht des späten Nachmittags langsam den Fluss hinauf. Sie hatten eine Form, die großen Blättern mit nach oben gekrümmten Seitenrändern glich. Es gab je ein großes Segel, das an einem Mast, der in ihrer Mitte stand, an einer diagonalen Stange so befestigt war, dass es längs zum Rumpf stand. Bug und Heck waren gleich geformt, hochgezogen, wie die Spitzen eines Blattes es sein können. Ein schwacher Wind, nur ein Lüftchen, vermochte gerade knapp, die Segel der drei Schiffe zu füllen. Er war nicht stark genug, um sie tatsächlich gegen den Strom vorankommen zu lassen. Aber er unterstützte die Boote, die vor die Schiffe gespannt worden waren und in denen kräftig gepaddelt wurde. Es gelang ihnen, die Schiffe langsam flussaufwärts zu bewegen. Es waren die Baumboote und je zwei Boote von jedem Schiff, die den Binsenschiffen genau glichen. Nur trugen sie weder Mast noch Segel. Sie wirkten wie Kinder der großen Schiffe, die ihnen übermütig vorauseilten.

Gki hatte die Schiffe nicht bemerkt, wohl aber eines der Kinder der Waldleute.

Es lief sofort zur Halle und benachrichtigte alle.

Daraufhin beeilten sie sich noch mehr damit, alles bereitzumachen. Wer soweit war, ging zum Ufer, um die Schiffe zu sehen.

Bald waren alle dort versammelt.

Die Schiffe waren nun nicht mehr weit entfernt. Nach einer weiteren Stunde hatten sie die Stelle erreicht, wo sie erwartet wurden. Nach Art der Waldleute ging es bei der Begrüßung nicht lautstark zu. Aber die Hände der Leute am Ufer, in den Booten und auf den Schiffen flogen nur so.

Bald waren die Schiffe so dicht am Ufer wie möglich festgemacht, die Baumboote wie immer wohl versteckt unter den überhängenden Ästen. Die kleinen Boote waren an Bord gehoben worden und lagen dort sicher vertäut an Deck. Die Leute auf den Binsenschiffen sprangen ins Wasser und schwammen die paar Meter, die sie von ihren nördlichen Geschwistern am Ufer trennten.

Im Licht der untergehenden Sonne waren die Rümpfe der Schiffe gut zu sehen. Beryll traute seinen Augen aber trotzdem nur widerwillig. Was er da sah, hielt er für unmöglich.

Er musste sich eingestehen, dass er nie weiter darüber nachgedacht hatte, warum die Waldleute die Schiffe Binsenschiffe genannt hatten. Aber wie in allem, waren sie auch darin sehr genau gewesen. Diese Schiffe waren aus langen Bünden von Binsen gebaut worden. Und was noch merkwürdiger war: Sie waren nicht gezimmert, sondern genäht worden. Deutlich konnte er die Seile und Schnüre sehen, die die einzelnen Bündel und diese untereinander zusammenhielten.

Aber ein Schiff hatte doch aus Holz zu sein!

Das waren doch sogar die Baumboote der Waldleute, auch wenn es einfacher nicht ging, als ein Stück Holz auszuhöhlen.

Vermutlich lag das Land der südlichen Geschwister nicht weit von hier entfernt, dass sie auf solchen schwimmenden Grasbündeln reisen konnten.

Wie sehr er sich doch täuschte!

Um ihn herum am Ufer begrüßten sich die Waldleute und die Regenbogenleute freudig. Es waren auf beiden Seiten nur wenige, die sich bereits gesehen hatten. Die jungen Leute, die auf den Schiffen waren, um zu lernen, waren noch nie hier gewesen. Nur ein paar von der Besatzung, die Bootsmeister, bei denen sie lernten, waren schon im Dorf der Mutter der Bäume gewesen und kannten es. Der Traummeister hatte es bisher erst in seinen Träumen besucht. Da er sich dabei aber niemandem gegenüber bemerkbar gemacht hatte, wurde er auch von niemandem erkannt. Trotzdem ging es zu, als sei eine Familie nach langen Jahren der Trennung endlich wieder zusammengekommen.

Im letzten Licht des Tages gingen schließlich alle zur Halle der Mutter der Bäume.

Das Feuer wurde entzündet. Getränke und Früchte herumgereicht, warme Speisen, gegart und gebraten, deren Düfte allen verlockend in die Nase stiegen.

Blüte und Blatt des wohlriechenden Baumes gesellten sich zu Beryll, Merlin, Gki, Hutzel und Silbermähne. Alle wussten, dass sie nun nicht mehr viel Zeit würden gemeinsam verbringen können, und so wollten sie so oft als möglich beieinander sein. Aber sie sprachen nicht darüber, sondern genossen es, an diesem Abend die Freude der Waldleute zu teilen.

Während bald schon alle am Essen waren, konnten sie die Leute vom Regenbogenvolk in aller Ruhe näher betrachten.

Sie waren groß, jedenfalls deutlich größer als die Waldleute. Mit langen Gliedern, schlank, ja gar dünn, mit Knien und Ellbogen, die sich deutlich an den Gliedmaßen abzeichneten. Fast wie Knoten. Sie wirkten zäh im Vergleich zu den eher rundlichen Waldleuten. Sie waren in fein geflochtene, mit schönen Mustern versehene Tücher gekleidet, die ebenfalls aus Binsen oder Bast waren und die sie um die Hüften geknotet hatten. Ihre Haut war wettergegerbt und wohl deswegen dunkler als die ihrer nördlichen Geschwister, weil sie Sonne und See ausgesetzt gewesen waren. Ihre Bewegungen erinnerten an Reiher. Ihre Gesichter wirkten wie aus Erde geformt und ernst, als seien sie fortwährend dabei zu lauschen, ob etwas Ungewohntes um sie vorginge. Sie wirkten wachsam und fast unsicher. Vermutlich war der Wald nach der Reise auf den Schiffen eine Erfahrung, an die sie sich wieder gewöhnen mussten.

In Wirklichkeit war das für sie gar nicht schwierig, sie lauschten aber auf den Puls der Erde. Darum herrschte auch ganz und gar keine gespannte oder von Misstrauen geprägte Atmosphäre. Sobald sie mit jemandem in ihrer Nähe Kontakt aufnahmen, zeigte sich die Freundlichkeit ihres Wesens als ein Lächeln in den Augen.

Auch sie sprachen mit Körper, Augen, Gesten und, wie sich bald zeigen sollte, über die Wurzeln und Gefühle. Die Sprache der Zwerge kannten sie aber nicht. Sobald sie jedoch herausbekommen hatten, dass die fremden Gäste ihrer nördlichen Geschwister es verstanden, mit Tieren zu reden, bedienten sie sich dieser Verständigungsart.

Als der erste Hunger und Durst und die erste Neugier, sich gegenseitig kennenzulernen, gestillt sein mussten, sprach die Mutter der Bäume zu allen. Sie begrüßte die südlichen Geschwister, die den weiten Weg auf den Binsenschiffen zurückgelegt hatten. Sie zögerte einen Moment, raffte sich dann aber sichtlich auf, um ihre Frage zu stellen: „Die Leute, die euch gestern getroffen haben und uns heute Morgen von eurer Ankunft benachrichtigten, erwähnten, dass ein Traummeister unter euch sei. Da wir aber alle weder durch unsere Träume noch den Wald, den Regen oder den großen Fluss davon erfahren haben und ich auch jetzt, wo ihr alle bei uns seid, nichts davon zu erfühlen vermag, so möchte ich – der Traummeister möge mir dieses ungewöhnliche Vorgehen verzeihen – ihn darum bitten, dass er sich vorstellen möge, um daraufhin unseren Wurzelkreis zu knüpfen, denn wir halten dies so, wie es immer war, dass es der Begabteste einer Gruppe tun soll. Und da ein Traummeister hier ist, steht außer Zweifel, dass ihm diese Rolle zufällt."

Es war einen Moment lang still in der Halle. Keine Bewegung. Kein Wort.

Dann stand ein Mann des Regenbogenvolkes langsam auf. Er war weder alt noch jung zu nennen. Weder größer noch kleiner als die anderen. Weder dünner noch dicker. Noch unterschied er sich in Kleidung, Bewegung oder Auftreten von ihnen. Es sei denn, er wäre unscheinbarer, unauffälliger gewesen. Er schien am angestrengtesten gelauscht zu haben.

„Vergebt mir, Mutter der Bäume, Volk des Waldes, dass ich so ungewöhnlich vorging. Ich bin der Traummeister, der mit den Schiffen bis zu euch gereist ist. Ich habe über mein Kommen Schweigen bewahrt, denn wenn die Zeiten nicht zusammengekommen wären, der Träger des Steins nicht für diese Reise bei euch eingetroffen wäre, so hätte es nur Schmerz bereitet. Später, als mir der Fluss dann davon sprach, dass er und seine

Begleiter bei euch eingetroffen seien, waren wir nur noch wenig Zeit von euch entfernt. Da war es nicht mehr nötig, die Ruhe weiter zu wecken. Die Zeiten haben sich berührt."

„Nun, da du gesprochen hast, verstehe ich. Ich begrüße dich unter uns und bitte dich, den Wurzelkreis jetzt zu knüpfen, wenn du es für richtig hältst."

Der Traummeister nickte ihr freundlich zu.

Obwohl Beryll es nun schon öfter erlebt hatte, erstaunte es ihn erneut, wie rasch und tief es ging, als sich gleich darauf ein weiteres Mal die tiefe Stille und innere Ruhe über alle senkte.

Dann begannen die Hände zu sprechen. Dann sanken die Hände herab, die Augen schlossen sich. Da verflochten sich die Wurzeln und begannen ebenfalls auszutauschen.

Beryll spürte es diesmal viel stärker als je zuvor. Vor seinen inneren Augen tauchten Bilder auf, deutlicher denn je.

Er würde mit Silbermähne, Merlin und Schneebrust weiterreisen. Das war ihnen ja schon gesagt worden. Nun aber sah er sich tatsächlich wie in einem Traum auf den Binsenschiffen. Es würde eine lange Fahrt werden. Nein, die Regenbogenleute lebten nicht ganz in der Nähe von hier, sondern unglaublich weit weg. Sie waren nicht nur Meister des Träumens geworden, sondern hatten es auch gelernt, das große Wasser in ihren scheinbar so zerbrechlichen Schiffen zu meistern. Er sah sich und Silbermähne und die drei Schiffe im Land des Regenbogenvolkes ankommen. Er sah, wie sie alle an Land gingen.

Außer Merlin und Schneebrust. Die sah er dort nicht.

Als nach einer Weile keine weiteren Bilder mehr kamen und er merkte, dass er nicht mehr so stark mit dem Kreis der Wurzeln verbunden war, öffnete er seine Augen wieder. Er sah, dass alle im Kreis auch dabei waren, wieder nach außen zu schauen, die Hände zu bewegen, einander anzusehen.

Als er gedankenleer um sich blickte, sah er für einen Moment lang Hutzel ganz deutlich. Der saß da neben Gki und sah genauso aus, wie Merlin es ihm beschrieben hatte, und zwinkerte ihm zu. Es wollte Beryll aber nicht gelingen, ihn länger als ein paar Sekunden sehen zu können.

Beim Schenken der Bilder sprach Beryll davon, dass er gesehen habe, wie die drei Schiffe wieder gut im Land des Regenbogenvolkes angekommen wären. Darüber, dass er Merlin und Schneebrust nicht mehr gesehen hatte, schwieg er.

Auch an dem Abend gab es ein Fest.

Nach dem Wurzelkreis wurde gesungen und musiziert. Als Hutzel, Gki und die Kinder, mit denen sie am Nachmittag schon zusammen musiziert hatten, spielten, begannen einige der Waldleute und der Regenbogenleute zu tanzen. Auch Blatt des wohlriechenden Baumes, die vor ein paar Tagen noch mehr oder weniger Bussardfreundin gewesen war, tanzte mit. Ihre Bewegungen waren bereits fließender geworden. Sie machte ihrem neuen Namen Ehre.

„Wirklich wie das Blatt eines Baumes im Wind. Möge sie hier glücklich bleiben", dachte Beryll gerade, obwohl ihn seine Bilder noch immer traurig machten, als er neben sich eine Stimme hörte.

Er sah sich um und war erstaunt, als er feststellte, dass es tatsächlich nicht Silbermähne gewesen war und er sich nicht getäuscht hatte, als er das Gefühl hatte, dass die Stimme anders klang.

„Danke für das Bild, das du uns geschenkt hast! Das Bild einer glücklichen Heimkehr wird allen die weite Reise zurück erleichtern. Aber sag, war das genau das, was du gesehen hast? Hast du auch nichts weggelassen? Etwas, was dich und deine Freunde bedrücken könnte?"

Der Traummeister war neben ihm und hatte ihn angesprochen.

Berylls Vermutung bestätigte sich hiermit. Es musste so sein, dass der Knüpfer des Wurzelkreises von allen Bildern wusste. Das hatte er schon neulich beim Kreis mit der Mutter der Bäume vermutet. Nun schien es ihm aber vollends bestätigt.

„Du hast richtig gesehen. Und ich habe wirklich etwas nicht gesagt, weil es mich bedrückt. Ich sah meinen Freund Merlin, der schon so lange mit mir unterwegs ist, und Schneebrust, seinen Falken, mit uns abreisen. Aber ich sah sie nicht unter denen, die in eurer Heimat von Bord gingen. Ich habe es nicht übers Herz gebracht, das zu sagen."

„Das verstehe ich, denn du hast noch wenig Erfahrung mit dem Kreis der Bilder. Das Vertrauen in das Ganze ist dabei wesentlich. So habe ich in diesem Fall gesehen, dass Merlin noch während der Reise den Faden aufnehmen wird, nach dem er so lange schon sucht. Ihm und Schneebrust wird nichts geschehen, aber sie werden tatsächlich nicht dort an Land gehen, wo du uns gesehen hast. Sei also unbesorgt. Und verzeih, dass ich es angesprochen habe. – Es musste gesagt werden. Auch dieses, mein Bild, soll ausgesprochen werden, auf dass es keimen kann. Möge es heranwachsen zu dem großen Baum, der es werden soll."

„Ich danke dir, Traummeister. Soeben hast du mir bereits ein klein wenig beibringen können. Ich sollte wohl die Bilder nicht mit meinen eigenen Emotionen färben. Es mag sein, dass sie nicht sind, was ich zu verstehen glaube. Erst der Kreis in seiner Gesamtheit bringt das Ganze hervor, fühlt, wie es gemeint ist. Und unterstützt es in seinem Werden. War es auch deshalb, dass die Mutter der Bäume im Wurzelkreis nach unserer Ankunft auch für die unausgesprochenen Bilder einen Segen erbeten hat?" Er dachte an das Nest, das Blüte des wohlriechenden Baumes für seine Freundin hatte wachsen lassen. Bilder dazu waren ja da gewesen, jedoch unausgesprochen geblieben. Die Mutter der Bäume aber hatte am Ende die unausgesprochenen Bilder einbezogen.

„Ja. Du hast verstanden." Der Traummeister nickte und sah ihn an.

„Danke dafür, dass du mich lehrst. Es wird wohl noch einiges vor mir liegen, nicht nur die Reise über das Wasser."

„Das wird es. Wieder hast du recht. Aber lass mich eines gleich richtigstellen: Ich habe die Reise hierher zwar wegen euch gemacht. Aber dich kann ich höchstens ein wenig auf deine Reise in unserem Land vorbereiten. Ich bin nicht dein Traummeister. Den wirst du ganz alleine finden müssen, wenn du bei uns bist.

Ich bin wegen Merlin gekommen. Da er diesmal nicht bis in unser Land gelangen wird, ist das Außergewöhnliche geschehen. Ein Traummeister reist seinem Schüler entgegen. Zum ersten Mal soll ein Schüler auf dem Wasser lernen. Aber auch er muss selbst herausfinden, wer ich für ihn bin und was ich ihm bedeute. Sonst kann ich ihn nicht lehren. Diese Regel lässt sich nicht ändern. Mehr konnte ich ihm nicht entgegenkommen. Wortwörtlich", lachte er. „Dich, dem ich dies alles nun anvertraut habe, muss ich allerdings bitten, mir zu versprechen, dass du ihn selbst entdecken lässt, wer ich bin. Keiner von außen darf ihm das sagen! Das war mit ein Grund dafür, weshalb ich mich nicht angemeldet habe. Bei niemandem. Und sogar Wald, Regen und Fluss um ihr Schweigen gebeten habe. So konnte niemand über mein Kommen nachgrübeln. Und das ging auch alles so lange gut, bis die Mannschaft mit den Waldleuten geklatscht hat, die uns entgegengepaddelt sind. Aber natürlich kann ich das nicht sagen, wenn Merlin dabeisitzt. Es ist schon genug, dass ich mich heute als ein Traummeister vorzustellen hatte, was verständlich ist, denn ich muss die Mutter der Bäume sehr verwirrt haben."

Beryll verstand das natürlich gut. Mit einem traurigen Lächeln dachte er daran, dass er ab nun besser verstehen würde, wie es für Silbermähne sein musste, ihn zu begleiten und ihn nach und nach herausfinden zu sehen, was das Einhorn bereits längst wusste.

Leichten Herzens und dankbar dafür, dass ihm die Last, die das Bild verursacht hatte, genommen worden war, konnte er sein Versprechen geben.

„Das werde ich gern einhalten, denn es steht mit meinem Erinnern ja ganz ähnlich. Immer wieder sagt Silbermähne zu mir, dass ich es selbst tun muss und mir all sein Wissen nichts nützt, wenn ich nur aus Worten erfahre, worum es geht. Ich danke dir, dass du mein Bild ergänzt hast, denn jetzt ist mein Herz wieder ruhiger."

„Das war der Grund, aus dem ich es dir gesagt habe. Das und dass es so werden möge. Denn es ist ausgesprochen zur rechten Zeit, am Ort, an den es gehört. Möge dein Herz eines Tages ganz von seinen Lasten erleichtert sein. Das wünsche ich dir, wenn auch der Tag, an dem dies möglich sein wird, noch in weiter Ferne liegt."

Der Traummeister verneigte sich leicht vor Beryll, der ihm dankbar zulächelte, und ging zu ein paar Leuten von dem Schiff, auf dem er gereist war. Sie hatten sich gerade um einen flachen Korb voller Früchte niedergelassen. „Früchte haben wir lange missen müssen", sagte er noch zu Beryll, im Gehen über die Schulter gewandt.

So wurde es für alle ein schöner Abend. Erst spät in der Nacht fanden sie sich in ihren Nestern oder auf ihren Binsenschiffen ein und träumten ihre Nachtträume.

Am Tag darauf brachten die Leute vom Regenbogenvolk an Land, was sie aus ihrem südlichen Gebiet mitgebracht hatten. Es waren keine Werkzeuge, Esswaren oder Gegenstände dabei. Die Waldleute hatten, was sie zum Leben brauchten, und sie konnten es selbst finden oder herstellen.

Darum lagen auf den weichen Binsentüchern, die die Regenbogenleute in der Halle ausbreiteten, einzig und allein die Traumhelfer, die es nur in ihrem Land gab und die sehr dabei halfen, dass sich die beiden Geschwistervölker nicht aus den Augen verloren.

Es war eine Augenweide.

Lauter Steine, die ganz wie Berylls in allen Farben des Regenbogens schimmerten. Es gab hellere und dunklere, welche mit Pastelltönen und andere mit satten Farben. Es gab verschiedene Formen und Größen.

Die Waldleute und ihre Gäste gingen an den auf den Tüchern ausgebreiteten Steinen vorbei. Ab und zu kauerte sich jemand bei einem Stein hin, um ihn näher anzusehen. Manchmal wurde die Erlaubnis von dem Regenbogenmenschen erbeten, der auf der anderen Seite des Tuches saß und abwartete, den Stein in die Hand nehmen und für eine Weile halten zu dürfen.

Es ging ruhig zu und feierlich. Eher so wie bei einer Zeremonie als wie bei einem Tauschhandel.

Die Mutter der Träume saß am Ende der Halle. Ab und zu ging jemand mit einem ausgewählten Stein zu ihr, sodass sie gemeinsam nachfühlen konnten.

Niemand unter den Waldleuten, der schon Traumhelfer hatte, suchte sich weitere aus, es sei denn, die Träume hätten es verlangt. So waren es vor allem die jungen Leute aus dem Dorf, die sich bei den Tüchern einfanden. Und auch Blatt des wohlriechenden Baumes.

Ihr Mann hatte ihr erklärt, wie sie vorgehen solle, um ihren Traumhelfer zu finden, falls er dabei sein sollte. „Nicht zu sehr wollen. Mehr mit dem Fühlen. Wie halb im Traum. Geh an ihnen vorbei. Einer oder gar mehrere könnten zu dir sprechen. Du wirst schon merken, wie deine Aufmerksamkeit hängen bleiben wird, denn du bist eine Träumerin seit Geburt, egal ob viel geschult oder weniger geübt“, hatte er zu ihr gesagt.

Und richtig, sie fand zwei Steine, die sie der Mutter der Bäume brachte. Die befand sie auch als richtig und schenkte ihr einen kleinen, mit Federn und leeren Schneckenhäusern verzierten Beutel, in dem sie sie tragen konnte.

Als Gegengabe überreichte sie den Regenbogenleuten bunte Federn. Noch hatte sie diese zwar von ihrem Mann geschenkt bekommen, damit sie ihre Steine erhalten könnte, aber schon bald würde sie selber Federn finden und für andere aufbewahren können.

„Was meinst du, Hutzel?“, fragte Merlin, der neben ihm ging, während beide dem Tausch zusahen. „Federn gegen die Traumhelfer? Es scheint mir ein eigenartiger Gegenwert.“ Er dachte dabei an seine Erfahrungen am Tauschplatz der Vogelmenschen und der Fischerbauern. Schneebrust war gleicher Meinung.

„Wisst ihr, für die Traumhelfer, die Regenbogensteine oder Schillersteine, wie Gki und ihr sie nennt, gibt es keinen wirklichen Gegenwert. Seht es so an: Sie kommen aus freien Stücken hierher. Sie lassen sich vom Regenbogenvolk finden. Und sie sind zwar von unendlicher Wichtigkeit, aber auch das Schönste, was sie haben. Die Federn sind das Schönste, was es hier gibt. So tauschen sie eben das Äußerste an unvergänglicher

Schönheit, was sie zu geben haben. Für andere Menschen mag das gar keinen Wert haben. Für sie macht es aber Sinn. Darin liegt das Maß, dass etwas gegeben wird, nicht nur genommen, und dass dieses Etwas von großer Schönheit ist."

Während Merlin noch am Zuhören war, zuckte Hutzel zusammen, denn Gki war hinter ihn getreten und hatte ihm kräftig auf die Schulter gehauen. „Du wirst es nicht glauben! Die Königin hat mich zu sich gerufen und mir gestattet, ein ganzes Dutzend Regenbogensteine auszusuchen. Sie hat zwölf im Traum gesehen, die zu mir sollen, sagt sie. Ich kann mein Glück kaum fassen!" Aufgeregt war er schon wieder am Weggehen, als er noch Hutzels Frage vernahm: „Und was wirst du mit denen tun, die Orchidee dir geschenkt hat?" Er hatte das einfach sagen müssen, um seinen Freund ein wenig zu zwacken.

„Wart es ab, du wirst schon sehen", war dessen knappe Antwort. Dann war er sozusagen bereits verschwunden und schwebte beinahe an den Tüchern entlang.

Bis zum Nachmittag waren alle fündig geworden bis auf Orchidee, der aufgefordert worden war, sich nochmals danach umzusehen, ob er neue Traumhelfer für sich finden könne, da er seine ja nicht mehr hatte. Niemand wusste allerdings genau, ob es überhaupt möglich war, dass er nochmals welche fände, nachdem er seine verschenkt hatte.

Nun, zumindest bei diesen hier hatte er keine gefunden, nicht einen, nicht den kleinsten.

Und den Traummeister, der ja mitgekommen war auf den Schiffen, was auch ein erstes Mal war, hatte er nicht befragen können. Der war den ganzen Tag lang nicht erschienen.

So war er als Einziger an dem Abend traurig, denn seine Hoffnung, doch noch auf der Rückreise der Schiffe dabei zu sein und nach seinem Traummeister suchen zu dürfen, um vielleicht eines Tages der würdige Nachfolger des alten Bewahrers und Deuters der Träume der Waldleute ihres Dorfes zu werden, war geschwunden.

Es war eine schwierige Zeit gewesen, nachdem er sein Geschenk gemacht hatte: zu erkennen, dass er damit zwar den

Retter seines Lebens sehr wohl gewürdigt, aber dieses Leben zugleich seinen Sinn verloren hatte.

Jedenfalls sah es ganz so aus, als könne er nun nicht werden, wozu ihn die Träume bestimmt hatten.

Er würde erträumen müssen, was er denn nun zu tun hatte. Diese Hoffnung blieb ihm, dass die Träume doch noch über ihn sprechen würden.

Nein, an dem Abend war ihm wahrlich nicht leicht ums Herz.

19

Flussabwärts

Die Mutter der Bäume hatte die Regenbogenleute bereits am ersten Abend eingeladen, sich so lange bei ihnen von ihrer Reise zu erholen, wie sie es wünschten.

Sie gingen gerne darauf ein.

Allerdings nur für ein paar Tage, denn, so erklärten sie, der Rückweg sei weit und sie müssten auf den Stand der Sonne und die Winde achten, wenn sie am Ende ihres Weges nicht in die großen Stürme geraten wollten.

Nach dem Tag, als die Regenbogensteine ausgebreitet wurden, wollten sie drei Tage rasten, dann ihre Schiffe ausbessern und mit frischem Wasser und Vorräten beladen.

Nach einem Mondviertel würden sie aufbrechen müssen.

Darum begannen die Waldleute schon an den drei Tagen, an denen die anderen ruhten, damit, Vorräte zu sammeln, Früchte zu trocknen oder in Honig einzulegen, damit sie haltbar wurden. Sie schnitten auch von den langen Binsen, die in den toten Armen des Flusses wuchsen, und trockneten sie. Auch wenn es nicht genau dieselbe Art von Pflanzen war wie die, aus der die Binsenschiffe gemacht worden waren, waren sie zum Ausbessern gut genug geeignet.

Beryll und seine Gefährten hatten eine weitere Unterredung mit der Mutter der Bäume. Es wurde nochmals ausgesprochen, dass Beryll und Silbermähne, Merlin und Schneebrust mit den Binsenschiffen ins Land des Regenbogenvolkes reisen würden. Unter all den Steinen, die hierhergebracht worden waren, hatte sich kein einziger befunden, der so dunkel war wie Berylls. Erst dort würde er also genau erfahren können, ob sein Stein ursprünglich aus dem Land der Regenbogenleute kam.

Der Traummeister war mit zu diesem Gespräch gebeten worden und auch gekommen. Er hatte sich Berylls Stein angesehen und alles bestätigt, was sie bereits über ihn wussten. Dann hatte auch er gesagt, Beryll solle so rasch als möglich mit seinem Stein ins Land des Regenbogenvolkes reisen, um dort weiterzusuchen. Wenn es eine Lösung für seine Aufgabe gebe, so sei sie sehr wahrscheinlich dort zu finden.

Silbermähne hatte sich erleichtert gezeigt, aber kein Wort darüber verloren, wie schwer es ihm fiel, sich schon wieder auf eine Reise über das große Wasser zu begeben. Er mochte gar nicht dran denken, denn sein Freund, der Drache, hatte ihm erzählt, wie weit sie zu reisen hatten. Wieder so lange stillhalten zu müssen, war hart. Lieber würde er ein weiteres Mal durch eine Wüste von Stein und Sand reisen, wo er wenigstens seine Hufe gebrauchen konnte, als wieder eine Wüste aus Wasser zu queren. Aber er wusste auch, dass er beides wieder tun musste, wenn Berylls Suche Erfolg haben sollte. Und zwar zu wiederholten Malen. Also würde er es eben über sich ergehen lassen.

Somit war es beschlossene Sache, dass vier von ihnen mit den Binsenschiffen weiterreisen würden, um ihre Queste zu vollenden.

Hutzel und Gki wollten nun nicht weiter mitkommen, denn sie hatten ihre eigenen Aufgaben, zu denen sie zurückkehren mussten und wollten.

Eine Bussardfreundin würde allerdings nicht mit ihnen zurückreisen können, so viel stand fest. Sie versprachen aber, Rehfreundin ausrichten zu lassen, wo sie sei und dass es ihr gut gehe – ja, und auch, dass sie nun einen neuen Namen und einen Mann hätte.

Und Blatt des wohlriechenden Baumes, die sie geworden war, nun, die würde auch nicht weiter mit ihnen in ferne Länder ziehen wollen. Sie war angekommen und würde bleiben.

Es stand also fest, dass die Reisegefährten, die so viel gemeinsam erlebt hatten, sich in wenigen Tagen trennen würden.

Die Vorbereitungen für die Reise der vier auf den Binsenschiffen waren sogar schon im Gange.

Gras wurde für Silbermähne geschnitten und getrocknet. Denn nur solange sie noch auf dem Fluss waren, würde er zum Weiden an Land können. Der Wasservorrat auf dem Schiff, auf dem er reisen würde, musste entsprechend vergrößert werden.

Einmal mehr mussten sich Silbermähne und Beryll Gedanken darüber machen, wie sie Silbermähne auf einem Schiff unterbringen sollten. Diese Binsenschiffe waren zwar sogar etwas größer als die Boote der Fischerbauern, dafür waren aber auch mehr Leute darauf. Platz würde es kaum geben. Aber Silbermähne würde einen Unterstand brauchen und Streu wie bei seiner ersten Reise auf dem großen, salzigen Wasser.

Also gingen sie zu den Regenbogenleuten, um zu sehen, wer für die Schiffe verantwortlich war, um mit ihm über diese Dinge zu sprechen. Es stellte sich heraus, dass eine Frau für das Schiff verantwortlich war, das sie mitnehmen sollte. Sie erklärten ihr, was an Vorbereitungen nötig sein würde.

Und erlebten eine Überraschung.

„Kommt und seht selbst, was wir bisher vorbereitet haben." Sie ging ihnen voran auf das Schiff zu, das sie unter sich hatte. Es war an einer geeigneten Stelle ganz dicht ans Ufer gezogen worden. Drei Baumstämme lagen schräg zwischen Bord und Land. Darauf liefen Waldleute und Regenbogenleute behände auf und ab und brachten Dinge an Bord. Kurz davor blieb sie plötzlich stehen. „Aber halt! Silbermähne wird nicht über einen Baumstamm gehen können. Habt noch einen Moment Geduld."

Gerade hatten die beiden, die ihr gefolgt waren, ganz genau dasselbe gedacht. Sie sagte etwas zu einem Mann der Regenbogenleute, der eben mit einem Büschel Binsen an ihr vorbeiging. Der nickte, ohne anzuhalten. Und kaum war er an Bord verschwunden, wurden dort vier Männer sichtbar, die eine Art Planke trugen. Die legten sie zwischen Bord und Land. Da war zu sehen, dass sie aus den Brettwurzeln gemacht worden war, auf denen Silbermähne auf dem Fluss bis hierher gelangt war. „Seht, ihr selbst habt das Nötige mitgebracht."

Die Planke war gerade so breit, dass Silbermähne sicher darauf gehen konnte. An Deck traute er sich zunächst kaum, seine Hufe zu setzen, denn es waren ja bloß Binsenbündel, auf denen er stand. Aber sie trugen ihn. Und dazu all die Leute, die Dinge brachten, und die Kalebassen, Krüge, Körbe und Packen, die gerade festgebunden wurden, um bei Stürmen gut gesichert zu sein. Er stellte fest, dass er auf einer Art Rost stand. Der war aus geglättetem Holz und lag über den Binsen als Deck. Es waren mehrere Teile, die sich auch anheben ließen, sodass ein Teil der Vorräte darunter verstaut werden konnte.

Es gab nur für ein paar wenige Schritte Platz. Vor ihm standen zwei Hütten aus Matten auf diesem Rostdeck. Eine längere hinter dem Mast und eine kurze, kleinere direkt davor.

„Das ist das Haus für dich“, sagte die Schiffsfrau zu ihm und wies auf die kleinere Hütte. „Auf unserer Fahrt wird es nicht immer Sonnenschein geben. Und wenn, dann wird der auch oft so unerträglich heiß sein, dass du Schatten bevorzugen wirst. Wir werden auch mehr Wasser mitnehmen und getrocknete Pflanzen für dich.“

Silbermähne und Beryll drückten ihre Freude und ihr Erstaunen darüber aus, dass alles bereits so gut vorbereitet war. Sie bedankten sie bei der Frau. „Die Mutter der Bäume hat uns schon Nachricht von euch über die Bäume geschickt, als wir noch weiter unten auf dem Fluss waren. Sie hat das Geschöpf mit dem einen Horn genau beschrieben und uns auch sagen lassen, dass es mitreisen würde. Da haben wir uns bereits ein paar Gedanken gemacht und begonnen, Matten zu flechten. Die Leute von allen drei Schiffen haben dabei geholfen und so hatten wir das Haus bald zusammen.“

Später erst fiel ihnen auf, dass es auf den anderen Schiffen jeweils nur ein Mattenhaus hinter dem Mast gab. Der Platz davor war bei den anderen frei. Einem großen Sturm würde Silbermähnes Haus auf dem Binsenschiff wohl kaum standhalten können. Aber das galt im Grunde für das ganze Schiff selbst. Beryll konnte sich noch immer nicht vorstellen, wie es auf dem großen, salzigen Wasser segeln sollte. Auf dem Fluss? Ja, das mochte angehen. Aber auf dem offenen Wasser?

Nun, es würde ihm nichts anderes übrig bleiben, als sich den Regenbogenleuten, ihren Schiffen sowie ihrem Wissen und Können anzuvertrauen, wenn er seine Suche weiterführen wollte. Und dass er das wollte, stand für ihn fester denn je. Also behielt er seine Zweifel für sich und schwieg. Auch Silbermähne ließ nichts von dem verlauten, was in ihm vorging. Er würde sich mit der Situation abfinden und sich in Vertrauen üben. Es gab keinen anderen Weg, wenn er Beryll weiterhin unterstützen wollte. Und das wollte er und musste es auch. Es kam nicht infrage, dass er hier zurückblieb und seiner eigenen Wege ging.

So bedankten sich beide bei der Frau dafür, dass sie bereits so gut vorgesorgt und alle nötigen Vorkehrungen getroffen hatte, und gingen über die Planke bald wieder an Land, denn sie waren den vielen Leuten, die auf dem Schiff zu tun hatten, eindeutig im Weg gewesen.

Wie sie es in diesen Tagen zu tun pflegten, so oft sich eine Gelegenheit dazu ergab, gingen sie zur Halle der Mutter der Bäume, um zu sehen, wer von den übrigen Reisegefährten Zeit gehabt hatte, sich dort einzufinden.

Heute waren sie die Letzten, die zu den anderen stießen. Alle waren sie nun hier unter dem schattigen Dach der Halle.

Sie saßen bis zum Abend allein dort zusammen, dann kamen die Waldleute und Regenbogenleute zu einem gemeinsamen Mahl, zum Träumen und Tanzen dazu. Bis dahin hatten sie Zeit, sich zu unterhalten, gemeinsam zu schweigen, einander Fragen zu stellen, Erinnerungen auszutauschen.

Und sie lernten Blüte des wohlriechenden Baumes immer näher kennen, denn er hatte sich entschlossen, Blatt des wohlriechenden Baumes zu diesen Treffen zu begleiten, was sie ihm gerne gewährte. Er wollte ihre Freunde besser kennenlernen, damit er auch später nach ihrer Abreise sich gemeinsam mit seiner Frau an sie erinnern könne. Es gab auch vieles, dass er ihnen allen erklären konnte: über das Leben der Waldleute, über die Traumhelfer, über die Pflanzen und Tiere, die ihnen hier begegneten, über das, was er von den Regenbogenleuten wusste. Sie lernten seine bedachte und freundliche Art sehr zu schätzen.

Als Beryll und Silbermähne an dem Tag nach ihrem Besuch auf dem Binsenschiff zu ihnen kamen, war Hutzel gerade am Sprechen. Er erzählte von der Zusammenarbeit der Gnome mit den Waldleuten: „Wir kennen einander schon lange und sehr gut, die Leute in den Baumdörfern im großen, südlichen Wald und wir Gnome. Nicht nur in den Träumen begegnen wir uns, sondern wir helfen einander auch bei der Pflege und Betreuung der Lebewesen. Ganz besonders, wenn es um die Bäume geht, aber auch in den Pflanzungen der Waldleute. Viele von uns leben hier in den riesigen Wäldern, aber besonders gerne leben wir in der Nähe der Siedlungen der Waldleute. Denn wir lieben die vielen Blumen, die sie in ihren Dörfern wachsen lassen, die Schmetterlinge, die Käfer, die Vögel, all das viele Leben, das sie damit anziehen. Jedenfalls die meisten von uns. Denn es gibt unter uns auch immer Einzelgänger, die sich am liebsten in das Herz des Waldes zurückziehen, wohin sich keine Menschenleute wagen und wo sogar die Tiere selten werden, denn dort im Herzen des Waldes ist das Königreich der Bäume." Alle sahen ihn überrascht an. Gki und Blüte des wohlriechenden Baumes baten gleichzeitig. „Bitte erzähl uns mehr vom Herzen des Waldes. Ich habe noch nie etwas davon gehört …", sagte Gki. „… nie etwas gefühlt und auch nicht geträumt", sagte Blüte des wohlriechenden Baumes.

„Nun gut, wenn ich niemanden damit langweile, so will ich euch gern etwas darüber erzählen." Alle bestätigten sofort, dass er sie auf gar keinen Fall damit langweilen würde. Nein, sie würden alle gern mehr darüber erfahren wollen! „Ihr müsst wissen, dass dieser Wald hier riesig ist. Er ist auch der älteste im roten Land, wie ihr es nennt. Es gab ihn, seit wir zurückdenken können. Und glaubt mir, das ist weit zurück, denn wir haben alle Wälder des Nordens heranwachsen sehen. Haben gesehen, wie Kälte und Eis sie manchmal vernichtet haben, und haben immer wieder erlebt, wie sie in anderen Zeiten wieder nachgewachsen sind. Wie die großen Wellen des salzigen Wassers ging das hin und her. Wobei wir auch immer kräftig dabei mitgeholfen haben, dass die Wälder sich auch ja wieder neu ausdehnen konnten. Dieser Wald hier war hingegen schon immer da und er ist nie auch nur für eine kurze Zeit verschwunden. Er mag sich verändert haben, denn er lebt. Aber Wald war er immer, sobald einmal seine ersten Bäume groß waren. Und Wald, der voller Leben ist. Ihr, die ihr mit mir durch die Wüste gewandert seid, habt gesehen, wie es ist, wenn Leben rar wird, wenn Pflanzen kaum noch wachsen können, weil das Wasser fehlt. Die großen Ströme in diesem Land, die von den hohen Bergen weit zum Sonnenuntergang hin kommen, haben den Wald hier schon immer genährt. In seinem Herzen nun gibt es die Hüter der Bäume. Sie sind die allerältesten unter den Betreuern der in Körpern wachsenden Lebewesen des roten Landes. Sie sind strenger als wir, hager und knorrig, wenn sie alt sind. Sie sind auch größer gewachsen als wir. Baumgroß. Sie sind unsere ersten Lehrer gewesen. Sie und die Elfen kennen sich gut. Sie haben die Elfen gelehrt, ihre Wohnungen in den Wald zu singen.

Ach, leider kann keiner mehr unter uns, die wir nun im roten Land leben, eine Siedlung der Elfen in ihren Wäldern besuchen. Sie sind von unglaublicher Schönheit. Das wird Silbermähne bestätigen können. Er mag es noch selbst gesehen haben, während Gki nur noch die Beschreibungen aus dem Stammepos kennt. Und Menschen – nun, die haben nicht einmal mehr eine Erinnerung daran. Nur den Waldleuten ist es gelungen, mit ihren Dörfern das zu erschaffen, was den Wohnungen der Elfen hier im roten Land am ähnlichsten sehen mag. Das ist ein weiterer Grund, warum Gnome gerne hier leben.

Aber ich schweife ab.

Ich wollte euch vom Herzen des Waldes erzählen, wo die Hüter der Bäume leben. Im Herzen des großen Waldes hier, das auch das Herz aller Wälder, die Wurzel aller Bäume ist, sind die Bäume so groß, dass die Riesen, die ihr hier um euch habt, wie Kinder wirken würden. Ihre Stämme sind unvorstellbar dick. Ihre Kronen so dicht geschlossen und so sehr ineinander verwoben, dass nicht mehr genug Licht bis zum Boden dringen kann, um andere Pflanzen wachsen zu lassen. Nur wenn einer der Großen, der Alten am Ende seines fast unendlichen Lebens fällt, gibt es Platz für Nachkommen. Es ist dunkel unter den Baumkronen der Bäume im Herzen des Waldes. Grüne Dämmerung zwischen Tag und Nacht herrscht hier, solange es Tag ist. In der Nacht sieht man die Hand vor Augen nicht. Es ist still unter dem Dach dieses uralten Waldes. Nur Moose können dort noch wachsen. Andere kleine Pflanzen haben sich an den Rand und in die Kronen der Bäume zurückziehen müssen. Dorthin sind ihnen die Tiere gefolgt. So ist es still im Herzen des Waldes. Wenn es einem gelänge, bis dorthin zu kommen, würde man im Dämmerlicht auf dem weichen Moos in tiefster Stille zwischen den ehrwürdigen Stämmen hindurchgehen können. Durst müsste man keinen haben, denn es ist feucht dort. Wasser tropft von den Kronen, wenn es regnet, und hält sich lange im Moos oder in Höhlungen an den Bäumen.

Dort, in dieser Dämmerstille, leben die Hüter der Bäume. Sie haben alle Zeit der Welt erlebt, seit es Bäume gibt. Darum ist ihre Weisheit groß. Sie kümmern sich um die Bäume, dass sie nicht verletzt werden, dass sie Kraft erhalten, dass sie gedeihen. Sie tun das nicht nur im Herzen des Waldes. Nein, sie kennen alle Bäume. Jeden einzelnen. Von den größten im Herzen des Waldes bis zu den kleinsten, am Boden kriechenden der Schneeregionen. Alle Bäume sind miteinander verbunden. Alle Bäume einer Art verstehen sich. Und die Arten untereinander verstehen sich, wie es auch bei den Tieren die Sprache der einzelnen und die gemeinsame Sprache gibt. Und die Hüter der Bäume verstehen diese Sprache aller Bäume. Es mag sogar sein, dass sie die Ersten waren, die sie sprachen und es die Bäume lehrten. Die Waldleute haben diese Sprache auch zu hören gelernt. Im Puls des Saftes unter der Rinde, tief in den Wurzeln, in den Bewegungen der Äste und Blätter drückt sie sich aus. Der Wind trägt die Worte der Baumsprache weiter, ebenso wie das Wasser im Boden und in den Bächen und Flüssen. Alles können die Hüter der Bäume im Herzen des Waldes so erfahren. Alles, was die Bäume bewegt. Alles, was die Bäume beobachten, was sie erfahren. So können ihre Hüter ihnen auch Rat geben, wo immer sie auch wachsen mögen. Ihre Worte erreichen die Bäume ebenso, wie diese zu ihnen sprechen. Es ist eines der großen Muster im Gewebe des Lebens.

Nicht immer müssen sich die Hüter der Bäume im Herzen des Waldes, die Ältesten, um alles kümmern. Es gibt auch uns Gnome, wir können viel für die Bäume tun, besonders, wenn sie noch ganz klein sind, wenn sie keimen und sprossen, bis ihr Baumgeist wach und stark genug ist. Denn jeder Baum hat seinen eigenen, jüngeren Hüter, den Baumgeist, der in ihm lebt. Er und der Baum leben zusammen. Einer ist Teil des anderen. Der Baumgeist unterstützt den Baum. Spricht. Es gibt ganz unterschiedliche. Aber die ältesten, erfahrensten, die Meister der Baumgeister, sind die Hüter im Herzen des Waldes."

Blüte des wohlriechenden Baumes seufzte und fand: „Gerne würde ich dorthin gehen und diese Bäume und die Hüter der Bäume kennenlernen."

Hutzels Antwort darauf war: „Dabei müsstest du dich aber sehr in Acht nehmen, denn die Hüter der Bäume sind den Menschen nicht sehr gewogen. Ihr Waldleute, das mag noch angehen. Immerhin sprecht ihr mit den Bäumen, versteht ihre Sprache. Ja, sie tragen sogar Nachrichten für euch weiter. Und ihr würdet nie einen Baum verletzen, wenn ihr es nicht unbedingt tun müsst. Es ist aber so, dass in anderen Gegenden des roten Landes die Menschen nicht einmal mehr die Sprache der Tiere verstehen, nicht zu reden von der der Bäume. So glauben sie denn, ein Baum, das sei einfach Holz, aus dem sie etwas zimmern können und das ihnen gehört. Sie verletzen die Bäume oft achtlos und sie fällen sie, wann immer es ihnen gefällt. Das verursacht viel Leiden unter den Bäumen und deshalb sind die Hüter den Menschen nicht gewogen. Es mag vorkommen, dass sie einen den Weg nicht finden lassen, dass einer in den Wurzeln hängen bleibt und nie wieder weiterkommen kann. Aber seit die Menschen dort die Sprache der Bäume nicht mehr sprechen, wissen sie auch nichts mehr vom

Herzen des Waldes, und da die Hüter es beschützen, ist nie einer dorthin gelangt."

Als er mit dem Erzählen zu Ende war, merkten die Reisenden, die ihm gespannt zugehört hatten, dass inzwischen alle Waldleute und Regenbogenleute auch in die Halle gekommen waren. Auch sie hatten Hutzel genau zugehört. Sie wussten: So wie er sagte, so war es. Sie fühlten es. Und sie wussten von der Sprache der Bäume und den Baumgeistern, denn die kannten sie selbst.

Früh am nächsten Morgen ging Gki, wie er es jeden Tag getan hatte, seit er mit dem Fischadler geredet hatte, ans Ufer des Flusses.

Und heute war es soweit. Der Adler war zurück. Er landete auf dem gleichen Ast wie zuvor, nicht ohne Gki vorher ein kleines Säckchen zugeworfen zu haben. Gki fing es geschickt auf, wobei er einen rechten Satz machen musste. Er bedankte sich sehr bei dem Adler, der gleich darauf wieder abflog und über den großen Fluss verschwand.

Gki steckte das Säckchen in eine der Taschen an seiner Tunika und machte sich auf die Suche.

Er brauchte trotz seiner feinen Sinne eine ganze Weile, bis er den gefunden hatte, zu dem er wollte, denn der hatte sich weit weg von den anderen an einer versteckten Stelle am Fluss hingesetzt. Niemand sollte ihn finden. Er wollte nicht, dass jemand mitbekam, wie elend ihm zumute war.

„Hallo, mein junger Freund! Hier bist du also. Erlaube mir bitte, dir ein Geschenk zu machen als Gegengabe zu der großen Freude, die du mir damals gemacht hast."

Gki hielt ihm das Säckchen hin, das der Adler ihm eben gebracht hatte. Orchidee blickte nicht gleich auf. Es dauerte eine Weile, bis er merkte, dass jemand zu ihm gesprochen hatte, und noch länger, bis er verstanden hatte, was diese Stimme da zu ihm sagte, und die Hand, die ihm das Säckchen hinhielt, vor sich sah. Da besann er sich doch all der Höflichkeit, über die er verfügte, sah Gki an, nahm das Säckchen entgegen und bedankte sich.

Dann wollte er es neben sich legen. Achtlos. Das konnte Gki nicht ertragen: „Ich bitte dich sehr, schau doch erst einmal nach, was in dem Säckchen ist, damit es nicht in Vergessenheit geraten kann oder, noch schlimmer, einfach verloren geht. Es handelt sich um etwas, was nicht ganz bedeutungslos für dich sein dürfte, soweit ich die Dinge verstanden habe." Wieder nahm sich Orchidee zusammen und tat ihm eben den Gefallen. Er öffnete das Säckchen, nahm das Moos heraus, das darin war, und wickelte dessen Inhalt aus.

Da kam Leben in seine Augen – und wie! Es waren seine Traumhelfer.

Mit großen Augen sah er Gki an. „Ich habe sie dir geschenkt. Und dies aus gutem Grund, denn du hast mein Leben gerettet. Sie gehören doch dir. – Und außerdem hast du sie zu den Zwergen gebracht, wie hätte ich sonst die Fremden dort sehen und wie hätten sie den Weg zu uns finden können?"

Gki antwortete: „Ja, du hast sie mir geschenkt. Es war wohl das größte Geschenk, das ich jemals erhalten habe! Dafür danke ich dir, nun, da ich es besser verstehe, noch ein weiteres Mal und aus noch tieferem Herzen, falls so etwas möglich sein sollte. – Aber eben habe ich dir etwas geschenkt. Und du hast es mit einem Dank entgegengenommen. Nach unseren Regeln bedeutet das, dass du mein Geschenk angenommen hast und es behalten möchtest! Bitte versuche nicht, es an mich zurückzugeben, sogar wenn es vielleicht auch bei euch als unhöflich gelten mag, etwas zurückzuschenken, was einem geschenkt wurde. Lass uns darüber hinweggehen. Denn lass mich ehrlich sein, was nützt es, wenn ich dir dabei helfe, länger zu leben, und du dann mit diesem Leben nichts mehr anzufangen weißt? So wie ich es verstanden habe, solltest du doch zu deinem Traummeister reisen, um hier der neue Traumdeuter und Traumbewahrer zu werden. Dazu brauchst du doch deine Traumhelfer. Ich habe ja nun bei den Regenbogenleuten meine eigenen gefunden, während für dich keine neuen aus dem Süden gekommen sind. Also können sie nun endlich zu dir zurückkehren nach ihrem langen Ausflug. Und du berede mit deinem Volk, ob du nun doch auf den Binsenschiffen mitfahren wirst."

Orchidee sah in an und begann zu strahlen: „Das werde ich tun. Aber erlaube mir, dass ich dir die Traumhelfer wieder zurückgeben darf, wenn sie mich nicht gehen lassen wollen." Gki blieb nichts anderes übrig als zu nicken.

Orchidee rannte durch den Wald davon, so schnell er konnte.

Sofort tauchte Hutzel aus dem Gebüsch auf: „Gut gemacht, alter Freund! Aber sag mal, wenn du doch die Steine die ganze Zeit bei dir hattest, wieso und weshalb hast du ihn so lange zappeln lassen, den Ärmsten?"

„Du kriegst ja wohl immer alles mit, du Wichtel, du", schnauzte Gki ihn da an. Aber es war nicht ganz ernst gemeint, denn er erklärte ihm bereitwillig: „Die hatte ich nicht die ganze Zeit dabei. Sie sind per Vogel eben erst hier angekommen. Ich habe an Kgo geschrieben, dass er sie herausrücken soll."

Grinsend schlug ihm da Hutzel auf die Schulter. Er wusste, dass es eher Gki gewesen war, der sie hatte „herausrücken" müssen. Welchem Zwerg fiel es schon leicht, sich von so schönen Steinen zu trennen? Und erst recht, wenn es die ersten Exemplare einer neuen Sorte waren und er sie entdeckt hatte. Kgo hatte bloß auf den Befehl seines Zwillingsbruders hören müssen. Das war ganz sicher leichter gewesen.

Einträchtig zottelten die beiden gemütlich zurück zur Halle der Mutter der Bäume. Da sie dabei oft stehen blieben, um sich mit kleinen Tieren zu unterhalten und Pflanzen zu betrachten, die Gki neu waren und über die Hutzel viel zu sagen wusste, kamen sie erst an, als der Entscheid gefallen war.

Der Wurzelkreis, den die Leute vom Walddorf gleich gebildet hatten, als Orchidee zur Halle gestürmt war, hatte erfühlt, dass die Steine noch immer mit ihm arbeiten wollten und dass er noch immer der Nachfolger des Traumbewahrers werden sollte, falls er mit der Hilfe dieser Steine seinen Traummeister finden würde. Er war gerade dabei, bei den Regenbogenleuten herauszufinden, auf welchem der Binsenschiffe er noch unterkommen könnte.

Alles Schwere war von ihm abgefallen.

Das war am Tag vor der Abreise gewesen.

An ihrem letzten gemeinsamen Abend saßen die Reisegefährten noch eine Weile zusammen um das Feuer in der Halle, nachdem die Waldleute bereits in ihren Nestern und die Regenbogenleute auf ihren Schiffen verschwunden waren. Keiner wollte als Erster die Runde verlassen. Aber schließlich mahnte sie Silbermähne zur Vernunft. Er fand, dass es doch besser sei, wenigstens ein paar Stunden Schlaf gehabt zu haben, wenn es auf eine so lange Reise gehen sollte.

So wünschten sie einander eine gute Nacht und verzogen sich in ihre Nester.

Für Beryll und Merlin war es die letzte Nacht in diesen bequemen Schlafstellen. Viele Nächte auf den Schiffen sollten folgen. So viele, dass sie sich sehnsüchtig an die Nester erinnern sollten, die zwar auch im Winde schaukeln konnten, von denen aus aber ganz leicht fester Boden zu erreichen war.

Schneebrust gab sich alle Mühe, nicht vorauszudenken, denn sie hatte noch nie das feste Land unter sich zurückgelassen, wenn sie flog, und wollte sich nicht beunruhigen mit den Gedanken an das Unbekannte, das da auf sie zukam.

Silbermähne stemmte seine Hufe besonders fest auf den Boden, als er endlich am Einschlafen war.

Gki und Hutzel konzentrierten sich vor dem Schlaf auf die Dinge, die sie nach ihrer Rückkehr tun wollten, denn sie würden die anderen noch lange und oft genug vermissen können.

Blatt des wohlriechenden Baumes erzählte Blüte des wohlriechenden Baumes noch einmal davon, wie Beryll und Merlin zu ihrem Volk gekommen wären und sie sie erst später getroffen hätte, denn sie wäre damals gerade im Wald gewesen und hätte versucht, die Sprache der Bäume zu erlernen, wobei ihr niemand von ihrem Volk habe helfen können. Aber sie habe schon immer gewusst, dass Bäume sprächen. So hatte Hutzel es ja auch erzählt vor Kurzem. „Ja, es ist wahr und hier werde ich dir helfen können, sie verstehen zu lernen und ihnen antworten zu können!“, sagte Blüte des wohlriechenden Baumes noch, bevor sie beide aneinander gekuschelt auch einschliefen in dem Nest, das er hatte wachsen lassen in der Hoffnung, sie würde ihn finden und bei ihm und den Waldleuten bleiben wollen. Ja, sie war hergekommen und ihnen beiden stand nun ein Lebensweg offen. Blatt des wohlriechenden Baumes sollte bald schon verstehen können, was ihr die Bäume vom Volk der Vogelmenschen weit im Norden erzählten, und ab und zu würden sogar die Vögel Nachrichten und kleine Bündel mit der Rinde, die so gut gegen das Feuer half, das das kleine Mädchen fast aufgezehrt hatte, und anderen Kräutern, die hier nicht wuchsen, bis zu ihr tragen.

Heute Nacht war es aber noch nicht soweit.

Am Tag der Abreise waren die Waldleute und die Regenbogenleute schon in der Morgendämmerung dabei, sich am Ufer zu versammeln. Die Binsenschiffe sollten kurz nach Sonnenaufgang ablegen. Die einen trafen letzte Vorkehrungen, die anderen kamen, um dabei zuzusehen und selbst Zeugen dabei zu sein, wie diese für sie alle wichtige Fahrt begann.

Nicht nur sollte ihr künftiger Traumbewahrer heute abreisen, um eines Tages seine Berufung erfüllen zu können, sondern auch die Fremden, Beryll und Merlin mit ihren Tierfreunden, die alle von dem Stein, der ihm helfen konnte, Wirklichkeiten zu weben, bis zu ihnen gebracht worden waren. Sie hofften inständig, dass die Reise des Fremden erfolgreich sein möge und der Riss in der Rinde der Welt sich würde schließen können.

Darum herrschte eine feierliche Stimmung, als die Fremden, die beinahe verschlafen hatten, als Letzte ans Ufer kamen. Zum Glück hatte Schneebrust begriffen und war von Nest zu Nest geflogen, um mit ihrer Raubvogelstimme Alarm zu schlagen.

Da standen sie nun alle am Fluss.

Die Mutter der Bäume trat zu den Gästen und verabschiedete sich im Namen der Waldleute von Beryll, Silbermähne, Merlin und Schneebrust. Sie schickte ihnen die besten Wünsche für das Gelingen ihrer Suche mit auf den Weg.

Dann trat die Frau, die das Binsenschiff führte, auf dem die vier mitfahren sollten, vor und hieß sie als ihre Gäste und

Mitreisenden willkommen. Sie verabschiedete sich im Namen des Regenbogenvolkes von den Waldleuten. Dabei erwähnte sie auch, dass es viele Jahre gedauert hatte zwischen der letzten Fahrt der Regenbogenleute zur Halle der Mutter der Bäume und der jetzigen und es auch wieder etliche Jahre dauern würde, bis sie ihre nördlichen Geschwister würden besuchen können.

Da wurde den Reisenden erst mit aller Deutlichkeit klar, dass sie tatsächlich zum richtigen Zeitpunkt zu den Waldleuten gekommen waren.

Beryll sprach dann im Namen der Reisenden, der Gruppe, die zu den Waldleuten gekommen war, und im Namen der vier, die nun auf das Binsenschiff steigen würden. Er bedankte sich für die große Unterstützung, die sie erfahren hatten, für die Gastfreundschaft, die sich nicht nur in den gemütlichen Nestern geäußert hatte, und für die Erlaubnis, mit den Regenbogenleuten über das Wasser zu dürfen.

Dann war der Augenblick gekommen, in dem die Freunde sich voneinander verabschieden mussten. Für lange Zeit. Vielleicht gar für immer.

Beryll und Merlin schüttelten Hutzel und Gki die Hände und drückten sie kurz an sich. Dann kamen Blatt und Blüte des wohlriechenden Baumes an die Reihe, die auch umarmt wurden. Die beiden steckten Beryll und Merlin je eine Handvoll bunter Federn als Andenken zu.

Silbermähne verneigte sich vor jedem Einzelnen und so taten sie es vor ihm.

Die Zurückbleibenden würden bald noch weiter Abschied nehmen.

Hutzel, so war ausgemacht, wollte sich noch am selben Tag auf einem der Fischadler aufmachen, um bald wieder bei seinen Gnomen in der Oase zu sein und dort seinen Aufgaben nachzugehen.

Gki hatte entschieden, noch ein paar Wochen zu bleiben, um weiter zu forschen. Dann würde er auf demselben Weg mithilfe der Vögel über die Oase zum Palast der Zwerge zurückreisen. Er würde dort viel zu erzählen und zu erledigen haben.

Schneebrust umkreiste sie alle mit hellen Rufen und flog dann mit allem Mut, den sie aufbringen konnte, als Erste auf das Binsenschiff, auf dem Silbermähnes kleines Haus bereitstand. Sie setzte sich auf den Mast und überblickte von dort alles.

Dann war es an Orchidee, sich von seiner Familie und den Waldleuten für lange Zeit zu verabschieden. Er war sehr gefasst und trug stolz sein kleines Reisebündel auf der Schulter.

Die Bündel von Beryll und Merlin waren längst auf dem Schiff verstaut, da sie ja nicht in letzter Minute hatten packen müssen.

Die Leute von der „Blauer Vogel", so nannten sie das Binsenschiff, das Hüpfende Frau leitete und auf dem die vier mitfahren sollten, legten die Planke für Silbermähne zwischen Bord und Land.

Es war Zeit. Sie wollten den Moment der Abreise nicht hinauszögern. Er stimmte.

Silbermähne ging auf der Planke an Deck. Lange würde er nun nicht mehr über weites Grasland galoppieren und durch Wälder streifen können …

Merlin und Beryll folgten, sehr darum bemüht, an das Ziel ihrer Reise zu denken und nicht an all das, was sie hinter sich ließen und was nun Erinnerung wurde.

Schneebrust erwartete sie. Orchidee folgte ihnen.

Als sie auf dem Schiff waren, wurde die Planke aus den Brettwurzeln eingezogen. Die Regenbogenleute waren nun auch alle auf ihren Schiffen.

Die Waldleute lösten die Leinen und warfen sie ihnen zu.

Baumboote zogen die Schiffe vom Land weg in den Fluss hinaus, bis die Strömung sie erfasste. Dort draußen musste sich Schneebrust einen neuen Platz zum Sitzen suchen, denn die Segel wurden gesetzt.

Berylls Herz war, anders als an dem Tag, als er von den Fischerbauern abgereist war, schwer und leicht zugleich. Ja, er wollte seine Suche zu Ende führen und es verlangte ihn ungeduldig danach, seine Aufgabe zu lösen. Aber dieses Mal ließ er so viele zurück, die ihm über lange Zeit ans Herz gewachsen waren. Merlin stand neben ihm und sagte nichts, denn ihm erging es genauso.

Sie hoben ihre Hände zu einem Abschiedsgruß, wie es die an Land Gebliebenen auch taten. Wie es für die Waldleute so typisch war, ließen sie auch hier ihre Hände sprechen, ihre Gesichter und ihre Körper. Es gingen keine Rufe zwischen dem Land und den Schiffen hin und her. Dennoch war der Abschied herzlich.

Als die Segel gesetzt waren, half der Wind mit, die Schiffe flussabwärts zu bewegen. Sie nahmen rasch Fahrt auf, entfernten sich von den Zurückbleibenden, segelten immer rascher mit Wind und Strömung in die noch tief stehende Sonne hinein.

Die Queste ging weiter.

20

Wasserweiten

Viele Tage lang waren sie noch auf dem Fluss unterwegs. Obwohl Strömung und Wind halfen, sie in die gewünschte Richtung zu bewegen, war es noch weit bis zum großen, salzigen Wasser.

Alle zwei oder drei Tage, je nachdem, wo sich dafür geeignete Stellen fanden, machten sie die Schiffe am Ufer fest, übernachteten und versorgten sich an Land, um sich noch nicht ganz auf ihre Vorräte stützen zu müssen.

Außerdem hatte Hüpfende Frau Stabilen Mann und Mann von der Wasserstelle, die Kapitäne der beiden anderen Schiffe, davon überzeugt, dass sie auch so noch rechtzeitig zum großen, salzigen Wasser gelangen könnten, um den Wind zu treffen, der ihnen helfen würde, es zu queren.

Warum sollten sie es Silbermähne also nicht etwas leichter machen.

Der war wirklich jedes Mal dankbar dafür, wenn er sich die Beine vertreten konnte.

Endlich erreichten sie eines Tages die Mündung des Flusses und kamen in salziges Wasser. Eine ganze Weile trug sie die Strömung des Flusses trotzdem noch weiter. Dann hielten sie nach Süden und segelten der Küste entlang.

Auch hier auf dem großen, salzigen Wasser blieben sie zunächst in Sichtweite des Landes und legten weiterhin alle paar Tage an.

An allen Stellen, an denen sie haltmachten, fand sich noch immer der große Wald. Aber sie begegneten keinen Leuten mehr.

Eines Abends erklärte ihnen Hüpfende Frau, als alle am Strand um ein Feuer saßen, auf dem sie eine Mahlzeit aus frischen Fischen gebraten hatten: „Morgen, wenn wir hier ablegen, wird der Weg über das offene Wasser beginnen. Wir haben hier den Wind getroffen, der uns dabei helfen wird, zum großen Land am anderen Ufer zu kommen. Wenn uns das gelungen ist, haben wir ein Drittel des Weges hinter uns gebracht. Nun werden also viele Tage folgen, an denen wir kein Land in der Nähe haben werden. Macht euch darauf gefasst."

Am Nachmittag des nächsten Tages versank das Land hinter ihnen unter dem Horizont.

Immer weiter hielten die Binsenschiffe auf das offene Wasser hinaus. Die Kapitäne hatten ihnen erklärt, dass sie sich an den Sternen orientierten, um den Weg nicht zu verfehlen. Außerdem sei der Wind, mit dem sie reisten, sehr stetig und zuverlässig, wenn er in der rechten Jahreszeit getroffen werde.

Das Wetter war meistens sonnig, ab und zu gab es einen kräftigen Regenguss und mit Gewittern hatten sie bisher Glück gehabt, denn es war keines in ihrer Nähe losgebrochen.

In den Nächten konnten sie aber oft ferne Blitze sehen und den Donner vernehmen.

Beryll verbrachte Stunden um Stunden mit dem Traummeister, der auch auf der „Blauer Vogel" reiste. Manchmal sagte keiner von ihnen auch nur ein Wort und viele Stunden verstrichen in Schweigen. Manchmal stellten und beantworteten sie einander Fragen. Sie fühlten sich wohl, einer in der Gegenwart des anderen. Beryll fand es schade, dass dieser Mann, der Träumer genannt wurde, nicht sein Traummeister war, denn mit ihm zu lernen fiel ihm leicht.

Merlin gesellte sich ab und zu zu ihnen und nahm an den Gesprächen oder am Schweigen teil.

Es war ihre Hauptbeschäftigung, seit sie auf dem offenen Wasser waren.

Wie schon auf dem Fluss und als sie der Küste entlang gesegelt waren, konnten sie auch oft baden. Die Regenbogenleute liebten es sehr zu schwimmen und konnten es auch sehr gut.

Beryll machte es auch viel Freude und so sprang er oft mit ihnen ins Wasser und erfrischte sich. Dabei banden sich alle mit einem aus Binsen geflochtenen Tau am Schiff an, denn sonst hätten sie es nicht wieder eingeholt. So ließen sie sich mitziehen und konnten nicht verloren gehen. Das Wasser war eine Wohltat, denn es war sehr heiß und die Sonne brannte kräftig. Es war, wie Hüpfende Frau gesagt hatte, sie waren froh über den Schatten, den die Hütten auf dem Deck gaben. An manchen Tagen ließen die Regenbogenleute nicht zu, dass jemand schwimmen ging. Dann waren große Raubfische in ihrer Nähe, denen sie nicht trauten.

Oft versuchten sie, wenn ihnen keine Aufgabe für den Unterhalt oder das Segeln des Schiffes zugeteilt und es somit möglich war, die heißesten Stunden des Tages zu verschlafen, dafür saßen sie dann oft nachts an Deck. Sie konnten nicht aufhören, die Sterne über sich zu bewundern.

In solchen sternklaren Nächten, besonders wenn der Wind fast oder sogar ganz eingeschlafen war und sie in klarem Wasser kaum noch dahintrieben, hörten sie fernen, sehnsüchtigen Gesang. Die Melodien waren kurz, wiederholten sich oft mehrmals. Der Klang war von einer Art Traurigkeit und Verlorenheit, die das Herz sich öffnen ließen. Beim ersten Mal hatte Merlin gefragt, was das für Stimmen seien, die da zu hören wären.

„Es ist das Meervolk, das singt und das seine Herden ruft. Hört: Die mehr pfeifenden Töne und das Knarren sind die Antwort der sanften Riesen, die mit dem Meervolk schwimmen“, hatte Träumer ihnen erklärt.

In manchen Nächten leuchtete das Wasser hell auf, dort, wo es vom Bug der Schiffe zerteilt wurde und auch im Kielwasser. Auch daran konnten sie sich nicht satt sehen. Sogar Silbermähne kam dann aus seinem Haus und schaute über Bord ins funkelnde Wasser.

Auf dieser Reise gab es einiges, was sie bei ihrer ersten Fahrt über das große, salzige Wasser nicht erfahren hatten.

Dazu gehörten auch die Fische, die manchmal die Wasseroberfläche durchbrachen und ihre Flossen wie Flügel gebrauchten, eine Strecke weit durch die Luft flogen und dann wieder im Wasser untertauchten. Sie glänzten wie blaues Silber.

Am allermeisten freuten sie sich jedoch, wenn die Delfine kamen, um mit ihnen zu schwimmen und zu spielen. Es gab hier mehr von ihnen als weiter im Norden. Die Regenbogenleute erzählten ihnen viel über sie. Sie seien zwar Reittiere des Meervolkes, wenn dieses an der Oberfläche reisen wolle. Aber sie seien trotzdem immer frei. Sie lebten meistens in Gruppen, jagten und spielten zusammen. Sie seien sehr gesprächig.

Das entsprach der Wirklichkeit, denn wann immer sie kamen, flogen die Sätze nur so hin und her. Sie lachten auch viel und gern. Besonders amüsierte es sie immer, wenn die Menschen von den Booten zu ihnen ins Wasser kamen und es sich zeigte, wie drollig sie mit ihren Hinterbeinen zappelten, um zu schwimmen.

Einmal sahen sie die Wasserfontäne eines der sanften Riesen, der zum Atmen aufgetaucht war. Aber es war zu weit weg, als dass sie ihn kennengelernt hätten.

So waren schon etliche Tage und Nächte vergangen, als Merlin eines Nachts erwachte. Alles war still um ihn.

Er wunderte sich darüber, was ihn geweckt haben konnte, denn er war sehr müde gewesen, als er sich hingelegt hatte. Gemeinsam mit Beryll und einigen der Regenbogenleute hatte er am Tag während der größten Mittagshitze gewacht, um das Binsenschiff auf Kurs zu halten. Dementsprechend war er am Abend erschöpft. War es ein Geräusch gewesen? Eine Bewegung des Schiffes? Er konnte sich an nichts mehr erinnern. Aber da er nun einmal nicht mehr einschlafen konnte, stand er schließlich von seinem Platz an Deck auf. Er stieg über Beryll und die anderen seiner Wache hinweg, die alle im tiefsten Schlaf lagen. Er ging zum Bug des Schiffes. Außer ihm, dem Steuermann und dessen Gehilfen war in der Nacht niemand wach. Das Wetter und das Wasser waren still und eine Veränderung nicht zu erwarten und so schliefen sich alle, die es konnten, einmal aus. Die Wachen waren von Hüpfende Frau auf das Minimum reduziert worden.

Merlin stellte sich an den Bug und sah über Bord.

Genau in dem Moment begann das Wasser wieder so eigenartig zu leuchten. Er versank in diesem Anblick. Geriet ins Träumen. Da sprach ihn eine sanfte, sehr melodiöse Stimme an. Er hob den Kopf und sah sich um. Niemand war bei ihm. Nun war er wieder hellwach. Noch nie hatte er eine solche Stimme gehört. Und da ertönte sie wieder, als sänge sie ein Lied, klangen die Sätze: „Nein, bin kein Traum. Bin nicht Schaum. Bin nicht, wo du suchst. Aber nicht, dass du mir deswegen fluchst. Bin hier. Nah bei dir. Schwimme in Wasserlicht. Denn ein Schiff brauch ich nicht." Das waren nun so viele Worte, dass Merlin herausfinden konnte, woher sie kamen. Tatsächlich nicht vom Schiff!

Nein, sie kamen aus dem Wasser. Er sah wieder in das leuchtende Wasser beim Bug des Schiffes. Dort schwamm ein Delfin. Aber die Stimme war eindeutig nicht Delfinsprache gewesen. Die hatte er bereits gut genug kennengelernt, um das zu wissen. Die Stimme hatte Menschensprache gebraucht, wenn auch mit einem ihm neuen Akzent. Nun erklang ein perlendes, silbernes Lachen.

Und da sah er ihn!

Auf dem Delfin ritt jemand. Ein Mensch.

Ein Mann mit langen, nassen, fließenden Haaren. Seine Haut schimmerte hell im Licht des Wassers. Es war von keinem Menschenschlag, den Merlin bisher gesehen hatte. Seine Augen sahen denen des Delfins sehr ähnlich. Er hielt sich an dessen Rückenflosse fest und sah lächelnd zu Merlin hinauf.

„Wie bist du denn ins Wasser geraten? Soll ich dir an Bord helfen?", rief ihm Merlin leise zu. „Nein, nein. Halt ein. An Bord geh ich nicht. Verlier dort das Gleichgewicht. Gehör nicht aufs Feste. Wasser ist mir das Beste." Noch während er das sagte, sprang der Delfin für einen Bogen aus dem Wasser und Merlin konnte das Unglaubliche für einen kurzen Augenblick deutlich erkennen.

Der Mann hatte keine Beine!

Er saß auf dem Delfin nicht so, wie Männer Pferde oder Maultiere ritten, sondern seitlich, wie Merlin es bei der Frau des Händlers gesehen hatte, die einmal mit ins Dorf der Fischerbauern gekommen war und ihre langen Röcke getragen hatte. Nur, der hier trug keine Röcke. Nein. Er hatte ja gar keine Beine – sein Körper lief in einen kräftigen Fischschwanz aus. Ein Meermann?

Jetzt schwamm der Delfin wieder ruhig und mühelos neben dem Schiff her, das kaum Fahrt machte. „Hast du's erkannt? Bin nicht vom Land! Ein Mann der See bin ich seit je.“ „Du gehörst zum Meervolk!“ „Ja, tue ich und suchte dich. Trägst du nicht das Amulett, das einen Vogel zeigt, sehr adrett? Dass Delfine so viel reden, gereicht dir nun zum Segen.“

Aufgeregt nickte Merlin da, zog den Anhänger mit dem geschnitzten Vogel hervor und hielt ihn so, dass der Mann vom Meervolk ihn sehen konnte: „Weißt du etwas über den Vogel? Wo kommt er her? Sag es mir bitte. Haben dir die Delfine denn erzählt, dass ich einen solchen Vogel trage?“

„Haben sie. Sie irren nie. Wo kommt er her? Ne lange Mär! Kann dir gleich jetzt nicht all das sagen, aber weisen dir doch, wen du kannst fragen.“

„Ich bitte dich! Tue das. Sage mir, wen ich fragen kann!“ Merlin konnte sein Glück nicht fassen.

„Das will ich gern. Doch dein Ziel ist fern. Sag dem rechten Mann, der dich lehren kann: Halten sollt ihr auf der Insel noch weit von hier. Wo der Vogel lebt, der nicht fliegt, ein sicherer Hafen liegt. Wartet dort, bis kommt an den Ort ein Schiff sturmgetragen. Die sollst du fragen. Die kennen den Vogel aus alten Tagen. Die Fahrt mit ihnen sollst du wagen!“ Sein Lied war noch nicht verklungen, da schlug er dem Delfin schon mit seinem starken Fischschwanz in die Flanke. Der machte einen gewaltigen Satz und preschte mit dem Meermann auf seinem Rücken in weiten Sprüngen freudig schnatternd davon.

Merlin sah ihnen entgeistert nach. Noch hörte er das helle, perlende Lachen des Meermannes. Aber als er ihm endlich hinterherwinkte, um ihm zumindest so noch seinen Dank auszusprechen, war der schon sehr weit weg.

Merlin war sich gar nicht sicher, ob seine Geste noch gesehen wurde.

Es wird niemanden erstaunen, dass er in dieser Nacht kein Auge mehr zutat. Wort für Wort erinnerte er das Lied, das der Meermann für ihn gesungen hatte, und wiederholte es so oft, bis er sich sicher war, dass er es auswendig wusste. Dann beschloss er, es auf ein Stück Matte zu schreiben, mit was immer er finden konnte, sobald es hell genug sein würde. Und dann erst begann er, über den Inhalt des Liedes nachzudenken.

Die Delfine mussten den Anhänger gesehen haben, als auch er sich einmal mit ihnen im Wasser tummelte. Dann hatten sie dem Meervolk wohl davon erzählt. Und so war der Meermann deswegen extra zu ihm gekommen. Welch ein Zufall! Oder mehr als Zufall?

Ob es dem Meermann gar gelungen war, ihn im Schlaf zu erreichen, und er ihn geweckt hatte, damit er mit ihm sprechen konnte?

Er sollte also mit einem Mann sprechen, der ihn lehren konnte. Aber es musste der richtige Mann sein. Wo würde er den bloß finden? Er hoffte mit aller Kraft, dass ihm das gelingen möge.

Sie sollten halten, weit von hier, auf einer Insel, auf der es einen sicheren Hafen gab. Eine Insel, auf der ein Vogel lebte, der nicht flog. Ob die Regenbogenleute wussten, welche Insel damit gemeint war? Ob sie ihm den Gefallen tun würden, dorthin zu segeln?

Und dann müssten sie dort gar warten, bis ein Sturm ein Schiff dorthin verschlagen würde. Und die Leute auf diesem Schiff würden wissen, was es mit dem Vogel auf sich hatte. Und er, ja, er sollte es dann wagen, mit ihnen zu reisen!

Alles in allem eine abenteuerliche Geschichte. Und es war gar nicht gesagt, ob all das sich verwirklichen würde.

Noch während er darüber nachdachte, erhob sich die Sonne vor dem Schiff aus dem Wasser. Schnell und ohne Übergang wurde es heller Tag. Die neue, größere Wache kam, um ihre Arbeit aufzunehmen. Kaum schien die Sonne, war es auch schon gleich wieder brütend heiß.

Merlin stand weiterhin am Bug und hing dem nächtlichen Gespräch nach.

Gegen Mittag fand Beryll ihn dort.

Er hatte ihn bei der Morgenmahlzeit nicht gesehen. Später, als er mit Träumer gesprochen hatte, war er auch nicht dazu gekommen. Bei Silbermähne war er nicht. Der hatte ihn an dem Tag noch gar nicht gesehen, was sehr außergewöhnlich war. So hatte Beryll sich endlich auf die Suche gemacht. Auch wenn das Schiff nicht groß war, gab es doch viele Winkel, in denen jemand sich verkriechen konnte. Aber er sah ihn bald am Bug stehen. In Gedanken versunken. Nichts von dem, was um ihn vorging, schien er zu bemerken.

„Hey, Merlin! Wo steckst du denn? Ist was?“, sprach er ihn an. Merlin zuckte zusammen, sah sichtlich erschrocken auf, dann erst schien er Beryll zu erkennen und grüßte ihn seinerseits. „Hallo Beryll! Guten Tag. Wie spät ist es denn? Es muss wohl schon eine ganze Weile Tag sein?“ „Aber sicher. Du warst nicht beim Frühstück und gleich ist schon Mittag. Silbermähne hat dich heute auch noch nicht zu Gesicht bekommen. Träumer wusste nichts von dir. Da hab ich mir gesagt, ich such dich, damit du das Mittagessen nicht auch noch links liegen lässt. Hast du denn gar keinen Hunger?“

Doch, den hatte er schon. Aber er bemerkte es erst jetzt, als Beryll von Mittagessen sprach. Gemeinsam gingen sie, um ihre Ration in Empfang zu nehmen.

Als sie auf Deck saßen und mit Essen fast fertig waren, sagte Merlin: „Entschuldigt, dass ich euch heute Morgen alle vernachlässigt habe. In der Nacht hatte ich ein merkwürdiges Erlebnis und das geht mir noch nach.“ Er erzählte Beryll, was er gesehen und gehört hatte.

„Das ist ja wirklich etwas Besonderes! Das glaub ich dir gern, dass du da alles andere vergessen hast.“ „Ja, nicht wahr? Aber nun denke ich, dass ich etwas unternehmen sollte. Ich müsste herausfinden, wo dieser Mann ist, der mich lehren soll. Das wäre wohl das Erste. Ob der hier auf einem der Schiffe ist oder an einem Ort, zu dem wir noch kommen werden. Wie soll ich das bloß wissen können?“

Wie schwer fiel es da Beryll, sein Versprechen zu halten und Merlin nichts davon zu sagen, weshalb der Traummeister mitgereist war, denn der konnte ja wohl nur gemeint sein. Nachdem er eine Weile nachgedacht zu haben schien, sagte er zu Merlin: „Ich würde so anfangen, dass ich es den Regenbogenleuten sagen würde. Sie wissen viel über das Meervolk, wie sie es nennen, und sie müssten auch wissen, ob sie die Insel mit dem Vogel, der nicht fliegt, kennen und wo sie ist. Und auch, ob wir dorthin gelangen werden. Wenn du das einmal weißt, dann wird vielleicht klarer, wo der Mann ist, den du auch finden sollst." „Du glaubst also an das, was der Meermann zu mir gesagt hat? Du meinst nicht, dass er mir einfach eine Geschichte erzählt haben könnte, um mich zu täuschen? Denn stell dir vor, auch das ist mir in diesen Stunden durch den Kopf gegangen, obwohl ich gestern Nacht nie geglaubt hätte, dass er nicht die Wahrheit sagte."

„Für mich fühlt es sich wahr an. Aber so, wie du ihn beschreibst, ist er eine rechte Frohnatur. Also könnte vielleicht etwas dran sein, dass er sich einen Spaß erlaubte. Ich glaube, auch das werden die Regenbogenleute uns besser sagen können, denn ihnen ist das Meervolk sicher schon oft begegnet."

„Gut. Bei der nächsten Gelegenheit werde ich es ihnen also erzählen."

Die kam beim Untergang der Sonne, als sich alle bis auf den Steuermann einen Moment Zeit nahmen, sie unter den Horizont sinken zu sehen.

Hüpfende Frau, Träumer und die Besatzung standen alle dicht beieinander und sahen sich die Farben des Sonnenuntergangs an. An dem Abend war der Himmel klar und es gab keine Wolken, die die Sonne golden, orange und magentarot hätte färben können. Dafür schickte sie zum Abschied mit ihrem letzten Strahl einen smaragdgrünen Blitz zu den Menschen auf dem Binsenboot. „Habt ihr das grüne Licht gesehen?", fragte Hüpfende Frau ihre Besatzung. „Es hat sich gelohnt aufzupassen. Wenn es keine Wolken gibt, so schickt die Sonne uns manchmal diese seltene Farbe vom Rand der Welt. Aber es geht immer so schnell, dass man es leicht verpasst oder glaubt, es geträumt zu haben, darum bin ich nun froh, dass ich euch fragen kann."

Doch ja, fast alle hatten es gesehen. Auch Merlin, der jetzt sagte: „Bisher habe ich diese Farbe noch nie an der Sonne gesehen, aber eben jetzt war sie ganz sicher da. Ein kräftiges Grün. Und in der letzten Nacht habe ich noch etwas gesehen, was ich nie zuvor sah, und ich möchte euch gern davon erzählen: Es war ein Meermann."

Alle waren sofort interessiert, sodass Hüpfende Frau diejenigen, die sich um das Schiff zu kümmern hatten, mit barschen Worten wegweisen musste, damit sie zu ihrer Pflicht zurückkehrten. Alles hatte sich um Merlin gedrängt und wollte hören. „He da, ihr zur Wache Eingeteilten, was fällt euch ein? Länger kann ich euch nicht erlauben, die „Blauer Vogel" zu vernachlässigen. Geht wieder an eure Arbeit, aber plötzlich!" Dann fügte sie aber leise noch etwas versöhnlicher an: „Ich weiß genau, dass auch ihr alles erfahren werdet, was Merlin jetzt erzählen wird. Eure Kumpel von der Freiwache werden es sich genau merken, es euch erzählen und dann werdet ihr tagelang etwas zu klatschen und zu übertreiben haben. Eine ganze Geschichte werdet ihr alle, vom Ersten bis zum Letzten, daraus machen. Da bin ich mir völlig sicher."

Merlin beschrieb nun vor Hüpfender Frau und der Freiwache, wie der Meermann ausgesehen hatte, wie er auf einem Delfin geritten war und dass er mit ihm gesprochen habe. „Hat er gelacht?", wurde er von einer Frage unterbrochen, gerade als er erzählen wollte, was der Meermann gesagt hatte. „Ja." „Dann ist es gut. Dann hat er unserer „Blauer Vogel" Glück gebracht." „War es tatsächlich ein Meermann? Keine Meerfrau?" „Ja. Es war ganz sicher ein Meermann." „Die zeigen sich viel seltener. Sind viel scheuer als ihre Frauen." „Er hat mir erzählt, dass …" „Halt ein!", rief da einer der alten, erfahrenen Matrosen. „Sag nicht hier vor allen, was er dir anvertraut hat. Es hat sich gezeigt, dass solches Tun das Glück, das sie bringen, wieder zum Verschwinden bringt. Behalte es lieber für dich, damit wir den guten Wind und die sichere Fahrt erlangen mögen."

Da schwieg Merlin betreten.

Er durfte ihnen zwar noch Fragen über das Meervolk stellen, die sie bereitwillig beantworteten, aber zu erwähnen, was er und der Meermann gesprochen hatten, war nicht erlaubt. Dabei beruhigten sie ihn dennoch, indem sie sagten, dass der Mann ihm ganz sicher die Wahrheit gesagt habe, denn wenn das Meervolk auch sonderbar flatterhaft wirke, so würde es doch immer die Wahrheit sagen.

Nach einer Weile war die Neugier der Besatzung befriedigt. Sie zerstreuten sich, um zu schlafen oder an Handarbeiten weiterzumachen, denn es war eine Mondnacht, hell genug, um Matten flechten zu können.

Merlin, Beryll, Hüpfende Frau und Träumer blieben allein zurück. Merlin war bedrückt. Wenn er nicht sagen durfte, was er gehört hatte, wie sollte er denn Antworten bekommen? Und schlimmer noch, wie sollte er von den Regenbogenleuten erreichen können, dass sie ihn zu der besagten Insel brachten?

Er seufzte und sagte halblaut eher zu sich selbst als zu den anderen: „Wie soll ich denn nun weiterkommen? Ich dachte, Träumer könne mir vielleicht helfen. Aber nun soll ich nichts von dem sagen, was ich gehört habe." Warum er dabei gerade Träumer erwähnte und keinen anderen, wusste er selbst nicht.

Träumer hingegen hatte es wohl gehört, hatte wohl auch eine Ahnung, warum gerade sein Name gefallen war. Voller Dankbarkeit, dass er den weiten Weg, so wie es aussah, doch nicht vergeblich unternommen hatte, sagte er zu Merlin: „Was für Hilfe wünschst du dir denn von mir?"

„Du bist ein weiser Mann und in mir ist so ein Durcheinander. Ich möchte seit langer Zeit herausfinden, wo ich hergekommen bin und wo ich demnach vielleicht auch hingehöre. Wer meine Leute sind, denn ich bin ein Findelkind. Du, der die Träume kennst, magst vielleicht auch meine verstehen. Dann könntest du mich ihre Sprache lehren. Und da du dich mit den Schiffen und euren Reisen auch auskennst, hättest du mir sicherlich auch helfen können zu verstehen, was der Meermann genau gemeint hat mit seinem Lied und wie ich es wahr werden lassen kann."

„Das ist viel auf einmal. Aber ich sage Ja dazu, denn es ist wahr, dass ich dich lehren kann. Endlich können wir nun beginnen. Als Erstes möchte ich dich bitten, mir das Lied des Meermannes anzuvertrauen, denn wenn der alte Matrose auch recht haben mag, so ist das wiederum nicht zu eng zu sehen. Alle, die viel auf den Schiffen unterwegs sind, werden etwas eigen in ihren Gebräuchen. Deinem Traummeister darfst du erzählen, was dich bewegt, das bringt kein Unglück. Dass es nicht auch alle anderen mitbekommen, ist aber ganz sicher nicht zum Schaden. Sie würden nur allzu viel daran verdrehen und ändern in den langen Stunden, die sie hier zusammen mit Reden und weit vom Land verbringen. Es ist gut so. Und nun sag es mir, wenn du es mir sagen willst."

Merlin wandte sich ihm zu und erzählte es ihm, während Beryll und Hüpfende Frau sich leise von den beiden entfernten. Es ging bei diesem Gespräch nicht an, dass sie dabeiblieben.

So begann die Zeit, in der Merlin das Träumen erlernte, wie es sich in seinem Traum im Palast der Zwerge bereits angekündigt hatte.

Nachdem Merlin Träumer die Worte des Meermannes und seine Fragen dazu erzählt hatte, hatte ihm der nicht, wie erhofft, gleich eine Antwort gegeben, sondern nur gesagt: „Gut, dass das nicht alle gehört haben, da er von einem Sturm spricht. Wer weiß, was daraus hätte werden können, wenn alle an Bord darüber reden würden. Was er dir gesagt hat, kann wahr werden. Ganz sicher bin ich mir, dass es ihm sehr ernst war damit, da er selber so nahe zum Schiff gekommen ist. Nein, er hat dir ganz sicher nicht bloß einfach was erzählt. Aber wenn du dir wirklich wünschst, dass es sich verwirklicht, dann haben wir jetzt viel zu tun, denn du musst lernen, deine tiefsten Wünsche und Träume zu verstehen, damit du dich immer von ihnen leiten lassen kannst, ohne dass dich irgendetwas davon ablenken könnte. Das ist keine leichte Kunst. Erst recht nicht der Anfang, wo es darum geht herauszufinden, was denn wirklich deine Träume sind, und sie aus all dem herauszuschälen, was du dir vormachst, weil du gesehen hast, dass andere es wichtig finden. Du musst dich selber kennenlernen. Bis auf den Grund deines Herzens. Bis zu den Wurzeln deiner Träume.“

Danach war von alledem nicht mehr die Rede.

Träumer sprach wenig, aber er gab Merlin Anweisungen, nach denen er sich zu richten hatte. Einmal sollte er stundenlang das Wasser am Bug des Schiffes betrachten. Ein andermal die Segel beobachten. Dann beim Einschlafen seinen Atem nicht vergessen. Merlin hatte damit ordentlich zu tun. So sehr, dass Hüpfende Frau ihn zur Seite nahm und ihm mitteilte, dass sie ihn von der Mitarbeit bei der Besatzung freistelle, damit er sich ganz auf seine Übungen konzentrieren könne. Dankbar nahm er das an, denn es war viel gewesen, beides auf einmal zu tun.

Obwohl ihm manche der gestellten Aufgaben gar nicht gut gelingen wollten, schien Träumer mit ihm zufrieden zu sein. Jedenfalls ging er nie fordernd mit ihm um und übte keinen Druck aus. Und Merlin begann nach einigen Tagen, bereits Veränderungen zu bemerken.

Da war zum Beispiel Silbermähne. Schon lange konnten sich die beiden ja über Distanz miteinander austauschen. Aber bis jetzt war das immer am Tage gewesen, wenn Merlin wach war. Jetzt träumte er immer öfter von Silbermähne. Redete mit ihm in den Träumen. Und wenn er ihn dann am Tag danach fragte, so wusste Silbermähne genau, was sie miteinander gesprochen hatten. Sie konnten sich in ihren Träumen berühren.

Es dauerte etwas länger, bis er merkte, dass das auch mit Träumer der Fall war. Als er ihn fragte, erklärte dieser ihm: „Silbermähne kennst du gut. Du liebst ihn sehr und ihr seid viele Jahre miteinander unterwegs gewesen. Dazu kommt, dass er selbst meisterhaft zu träumen versteht. Er kann dir dabei helfen, ihm in der Traumwelt zu begegnen. Ich habe das nicht getan. Ich war da, aber erst als du es ohne Hilfe tun konntest, hast du mich bemerkt. So soll es sein.“

Bald übte Merlin, von seiner Seite aus seine Freunde und seinen Lehrer in der Traumwelt bewusst aufzusuchen. Manchmal kam es dabei auch zu witzigen Zwischenfällen, wie zum

Beispiel einmal, wo er es endlich geschafft hatte, Beryll zu finden, und so freudig auf ihn einredete, dass der vor Schreck aus dem Schlaf hochschreckte, weil Merlin so laut gewesen war.

Je mehr Merlin übte, desto mehr schien auch Beryll mitzubekommen. Immer länger wurden die Begegnungen, die sie in der Traumwelt hatten. Immer besser konnten sie sich erinnern und sogar bestimmen, wem sie wann begegnen wollten. Bald trafen sich alle vier. Merlin, Träumer, Silbermähne und Beryll. Träumer machte ihnen Angaben zu Dingen, die sie am Tag dann zu finden hatten. Und mit der Zeit klappte das immer.

Dann kam eine neue Phase. Jetzt lernte Merlin, seine Freunde auch auszugrenzen. Es kam eine Zeit, in der er von Träumer ganz isoliert wurde, tagelang mit niemandem reden durfte, und auch in den Nächten war er nicht zu erreichen. Er sollte nun zu seinem Wurzeltraum finden. Dazu musste er so still werden, dass er sich selbst hören konnte. Und zwar wirklich seine wahre innere Stimme.

Das alles dauerte viele Tage, in denen die drei Schiffe weiterhin über offenes Wasser segelten. Merlin und Beryll wussten inzwischen, dass sich die Schiffe nie aus den Augen verloren, weil sich ihre Kapitäne auch in der Traumwelt erreichen konnten, falls es nötig war. Die drei Schiffe, ihre Besatzungen und ihre Kapitäne waren enger verbunden, als es den Anschein haben mochte.

Kurz bevor Merlin damit beginnen musste, seinen Weg nach innen ganz allein zu gehen, waren sie wieder in die Nähe von Land gekommen. Während er dabei war, an seinen Aufgaben weiterzuarbeiten, segelten sie nun wieder an einer Küste entlang. Auch hier gab es zunächst dichte Wälder.

Ab und zu legten sie an, um an Land zu übernachten, Wasser und Vorräte aufzufüllen und sich von der langen Zeit auf dem offenen Wasser erholen zu können. Silbermähne war überglücklich, auch außerhalb der Traumwelt wieder einmal seine Hufe gebrauchen zu können.

Aber sie blieben nie lange an einer Stelle an Land.

Die Kapitäne der drei Schiffe mahnten zur Eile. Sie hätten noch einen weiten Weg und sie sollten die guten Winde nicht verpassen und schon gar nicht in die Zeit der Stürme geraten. Während Merlin weiter übte, segelten sie immer noch an der Küste entlang.

Der Wald wurde weniger dicht. Sie kamen an einer Art Grasland vorbei, das sehr trocken war. Und dann gab es wieder mehr Gebüsch und Bäume. Aber es war nicht mehr so heiß. Es gab öfter trübe Tage und rauere Winde.

Merlin übte und übte.

Eines Tages sprachen Beryll und Träumer zusammen, denn sie hatten nicht aufgehört, einander aufzusuchen. „Es ist eine harte Zeit für Merlin. Ich bewundere, mit wie viel Kraft und Durchhaltevermögen er seine Aufgabe angeht! Ich hoffe, dass du mit seinen Fortschritten zufrieden bist, denn ich wünsche ihm allen Erfolg."

Träumer sagte darauf: „Er macht gute Fortschritte. Er ist ein sehr besonderer Mensch. Bisher ist mir noch keiner begegnet, der die Traumwelt so sehr auch am Tage erkennen kann. Fast immer gelingt es ihm, die Farben der Wesen zu sehen, und Silbermähne hat mir gesagt, dass Merlin schon als Kind, und ohne dass es ihn jemand lehren musste, die Tiere verstand. Er hat einen mächtigen Traum in sich. Ich wünsche ihm auch sehr, dass er ihn finden und leben kann." Beryll nickte. Träumer sagte dann noch: „Ich werde weiterhin hart mit ihm arbeiten müssen. Zum Glück hat er diese angeborene Begabung, denn er hat sehr wenig Zeit. Noch nie hat einer von unserem Volk auf dem Wasser lernen müssen, so weit gelöst vom Puls der Erde. Und noch nie hatte jemand so wenig Zeit. Aber so wie es aussieht, wird sein Traum wacher. Was der Meermann ihm anvertraut hat, keimt. Bald werde ich mit Hüpfende Frau sprechen, denn meine Träume sagen mir, dass wir zur Insel der laufenden Vögel segeln sollten, wie es Merlin wünscht."

Beryll brachte diese Antwort tief ins Nachdenken. Was meinte Träumer mit dem Puls der Erde? Wie konnte er erkennen, ob ein Traum wacher wurde, ob eine Situation, von der gesprochen worden war, keimte? Er wusste, dass Träumer sie bis in ihre Träume verstand. Aber es schien ihm, dass da noch viel mehr war, dass Träumer aus dem, was er und andere träumten, Taten wob, Kreise schloss.

Damit hatte er nicht Unrecht. Taten weben, war es nicht gerade. Eher die Fäden finden und zueinanderbringen, die sich dann von selbst verwoben, wenn der Puls der Erde, die Wesen und die Träume zusammenpassten.

Träumer ließ noch ein paar Tage vergehen. Als sie aber fast am Ende des zweiten großen Landes waren und er Merlin und dessen Freunde weiter sorgfältig beobachtet hatte, war er sich so gut wie sicher. Nun, Hüpfende Frau und die beiden anderen Kapitäne bildeten die Fäden, die den Ausschlag geben würden.

Eines Morgens war es soweit: Er ging zu Hüpfende Frau und sprach sie mit seinen Händen und Augen, mit seinen Gedankenbildern an: „Sei gegrüßt, Hüpfende Frau. Möge es dir und der ‚Blauer Vogel' noch lange wohl ergehen. Möget ihr noch viele Male zu unseren nördlichen Geschwistern über das Wasser fliegen. Ich komme zu euch und den beiden anderen Schiffen, ‚Tänzer des Wassers' und ‚Springender Delfin' und ihren Kapitänen, wegen der Träume. Du hast damals auch gehört, was Merlin uns gesagt hat: dass er einen Meermann getroffen hat, dass der ihm ein Lied gesungen hat. Luft und Wasser, Wellen und Träume erzählen mir nun, dass sie dieses Lied zu singen wünschen. Das Lied des Meermannes für Merlin passt zu seinem Wurzeltraum. Es will zur Wahrheit heranwachsen. Das aber betrifft uns alle, die wir mit ihm reisen.

Es ist jetzt an der Zeit, dass ich dir sage, dass der Meermann Merlin gesungen hat, er solle auf der Insel der Vögel, die laufen, auf das Schiff warten, das der Sturm dorthin verschlagen will. Auf dem Schiff soll er dann zu den Seinen fahren. Du aber weißt, was das für uns bedeutet. Ich bitte dich, in deinen Träumen nachzusehen. In den Träumen deines Schiffes. Ich bitte dich, auch die beiden anderen Schiffe und ihre Kapitäne nach ihren Träumen zu fragen. Erinnere dich bitte auch an Berylls Bild, das er bei den Waldleuten mit uns geteilt hat: eine gute Ankunft im Regenbogenland. In unserem Land. Da habe ich auch gesehen, dass Merlin und sein Vogel nicht mehr mit uns waren. Und so hat es Beryll auch gesehen.

Am übernächsten Tag umsegelten sie ein Kap und ließen das zweite große Land hinter sich.

An dem Tag kam Hüpfende Frau zu Träumer, als niemand in seiner Nähe war, und sagte zu ihm: „Wir haben geträumt. Es ist seltsam. Meist meiden wir die südliche Route und segeln lieber den längeren, nördlichen Bogen. Die Winde sind dort zuverlässiger. Dazu kommt, dass in diesem Sonnenlauf ein viel zu später oder viel zu früher Sturm kommen wird. Außer seiner Zeit. Und doch weisen uns unsere Träume und die der Schiffe dorthin, wo du sagst. Wir werden auf diesem Weg sicher sein.

Wir haben die südliche Route gewählt und werden zur Insel der laufenden Vögel segeln.

Himmel und Erde mögen uns segnen, auf dass unsere Träume uns richtig leiten."

21

Schiff aus fernen Landen

Silbermähne bedauerte es unendlich, als er das Kap hinter ihnen verschwinden sah. Er wusste ganz genau, denn seine Träume hatten es ihm gesagt, dass sie wieder lange Zeit auf dem offenen Wasser verbringen würden.

Und tatsächlich, nachdem sie einige Tage nicht weit vom Land in nördliche Richtung gesegelt waren, richteten die drei Schiffe „Blauer Vogel", „Tänzer des Wassers" und „Springender Delfin" eines nach dem anderen seinen Bug aufs offene Wasser hinaus.

Tagelang waren sie nur noch vom salzigen Wasser und dem Himmel darüber umgeben.

Dann änderte sich die Stimmung.

An einem Tag gegen Mittag wurde das Wasser schwer. Es wirkte, als würden sie in flüssigem Blei schwimmen. Der Wind schlief ein. Der Himmel überzog sich mit einem weißlich grauen Dunst, durch den die Sonne nur noch ein fahles Licht scheinen ließ. Dadurch begann das Wasser noch mehr dem Blei zu ähneln, denn es wirkte nun grau und zeigte nicht mehr das tiefe Ultramarin, das sie an Sonnentagen zu sehen gewohnt waren. Die Schiffe machten keine Fahrt, dümpelten aber in unangenehmen Bewegungen in einer starken Dünung.

Es war schwül und drückend.

Schneebrust ließ ihr Gefieder hängen und sah starr vor sich hin. Sie hatte eine schreckliche Stimmung. In der Laune mochte sie sich nicht einmal Land vorstellen, über dem sie schwebte, was ihr sonst gutgetan hatte. Das war ja doch nur geschummelt. Wasser, Wasser, Hitze und diese Schaukelei. Es gab nur das. Auf ewig. Keine Hoffnung auf Veränderung.

Es ging nicht nur ihr so. Allesamt schlichen an Bord der drei Schiffe nur so herum, sahen sich mit langen Gesichtern an. Es war das erste Mal, dass die Regenbogenleute gereizt waren, unfreundlich zueinander sprachen.

Beryll wurde wütend über sie, er fand sie unmöglich. Und so lange musste er nun schon mit ihnen zusammengepfercht leben. Er verging vor Selbstmitleid.

Merlin saß mit düsterem Gesicht an den Mastfuß gelehnt und ging ausnahmsweise seiner Aufgabe nur mit halbem Herzen nach. Wozu eigentlich das ganze Theater? Was dachte er sich denn eigentlich dabei?

Silbermähne war erschöpft und hatte auch schlechte Laune. Es war viel zu heiß für ihn. Und er konnte sich heute ganz und gar nicht an die Bewegungen des Schiffes anpassen. Es wollte ihm einfach nicht gelingen. Alle Knochen und Muskeln taten ihm weh. Gäbe es doch nur wieder Land unter seinen Hufen. Er seufzte. Zum ersten Mal hatte er den leisesten Anflug eines Zweifels daran, ob seine Entscheidung, Beryll zu begleiten und zu beschützen, klug gewesen war.

Träumer saß in einer stillen Ecke und war tief in seine innere Welt versunken. Er war der Einzige, der nicht unruhig wirkte. Er und die drei Kapitäne, denn auch die alten Hasen in der Besatzung waren zumindest nervös zu nennen.

Vor Sonnenuntergang sprachen die drei Kapitäne zu ihren Besatzungen, die sich mit düsteren Mienen auf ihren ausdrücklichen Befehl vor ihnen versammelt hatten. Alle drei sagten sie fast wortwörtlich dasselbe. Sie sprachen in einem ruhigen, freundlichen Tonfall, obwohl dies auch ihnen eine unendlich große und vergebliche Mühe zu sein schien. Sie taten es dennoch, denn sie hatten oft schon erfahren, was hier geschah, und wussten, was zu tun war.

„Leute, Frauen und Männer, Tiere, hört mich an", begannen sie. „Heute ist ein Tag, wie ihn viele von uns noch nie erlebt haben, denn die meisten unter euch sind noch jung und erst dabei, die Kunst der Seefahrt zu erlernen. Meer und Himmel sind heute schwer geworden. Eine graue Decke, die auf uns erstickend wirkt. Trübsal und Zorn erwachen da. Diejenigen unter euch, die nicht zum ersten Mal auf dem Meer sind, dem großen, salzigen Wasser, wie unsere Gäste es nennen, haben es schon erlebt. Sie wissen, was es bedeutet, und haben es den Jüngeren sicher auch schon gesagt.

Ein Sturm wird kommen.

Himmel und Meer künden ihn an. Bald werdet ihr erleben, wie die Wellen sich verändern, wie der Wind sich wieder erheben wird. Aber er wird in harten Stößen und ungleichmäßig wehen. Stärker, als es die meisten von uns je erlebt haben. So wie es jetzt in euren Gefühlen tobt, so wird es bald um uns toben. Es ist deswegen jetzt an der Zeit, uns wieder aneinander zu erinnern. Unsere Aufgewühltheit zu bezähmen. Wir müssen uns und die Schiffe vorbereiten."

Dann hagelte es Befehle. Auch die Freiwache musste mit an Deck arbeiten.

Alles, was sie unter den Deckrosten und hinter den Bordwänden verstaut hatten, wurde überprüft. War es nicht mehr gut gesichert, so musste es besser festgemacht werden, damit es sich in den Wellen nicht losreißen konnte. Auf jedem Schiff wurde das große Segel eingeholt. Ein kleines wurde gesetzt, das lächerlich winzig wirkte. Silbermähne musste sich in seinem Haus hinlegen und wurde so sehr mit Seilen vertäut, dass er sich wie gefesselt vorkam.

Es war der Gipfel seines Ungemachs – dachte er.

Aber er stellte auch erstaunt fest, dass er weniger trüber Stimmung war. Vor einer Stunde noch wäre er bereit gewesen, die Leute zu beißen, die ihn da banden. Jetzt aber hatte er ein Einsehen. Schließlich und endlich musste es ja sein. Daher sperrte er sich nicht.

Entweder die Ansprache der Kapitäne hatte die Veränderung bewirkt oder das Gewusel, das daraufhin überall losgebrochen war. Jedenfalls waren alle wieder umgänglicher miteinander, nicht allein Silbermähne.

Die Kapitäne ließen auch noch eine kalte Mahlzeit und Wasser außer der Zeit verteilen, damit alle satt waren und der Durst fürs Erste gelöscht war. Solange sie im Sturm sein würden, wäre es nicht möglich, sich um Mahlzeiten zu kümmern. Alle Feuer mussten gelöscht werden: die zum Kochen auf jedem Schiff und die kleinen Öllampen, die im Dunkeln bei der Orientierung halfen. Es würde eine finstere Nacht werden. Über Deck wurden zusätzlich Taue gespannt, an denen sie sich später während des Sturms festhalten sollten. Die kleinen Boote wurden gut gesichert, aber mit einer Art von Knoten, die zuließen, dass man sie rasch vom großen Schiff befreien konnte. Jedem wurde sein Posten zugewiesen. An Schlaf dachte niemand.

Die Dünung hatte sich bereits verändert. Kleine, wütende Wellen ritten auf den großen mit.

Während all der Vorbereitungen war es stockfinster geworden. Mond und Sterne waren keine zu sehen. Die Schiffe hatten sich bereits aus den Augen verloren, zumal keine Lampen brannten. Die Kapitäne hatten verabredet, auf der Insel der laufenden Vögel aufeinander zu warten, falls sie weit auseinander getrieben würden.

Zwei Stunden vor der Mitte der Nacht kamen die ersten Sturmböen.

Plötzlich war alles eine Mischung aus salzigem Wasser, heulendem Wind und tiefer Finsternis.

Die Steuerleute mussten die Ruder – jedes Schiff hatte zwei davon, eines auf jeder Seite, die je nach Bug, auf dem sie lagen, eingesetzt wurden – zu zweit oder gar zu dritt bändigen. Sie taten, was sie konnten, um die Schiffe vor dem Wind zu halten, denn so überstanden sie die Wellen am besten. Das bedeutete, mit beiden Rudern zu arbeiten. Die kleinen Segel dienten nur dazu, die Schiffe zu stabilisieren. Trotzdem schienen sie über das Wasser zu fliegen. Der Wind packte die Rümpfe und trieb die Schiffe vor sich her.

Die Leute bekamen kaum noch Luft, der Wind riss sie ihnen vor dem Mund weg und oft erwischten sie statt des erwünschten Atemzuges eine Ladung Gischt und salzigen Wassers mitten im Gesicht.

Zu alldem kamen später auch noch Donner und Blitz dazu.

Alle bewegten sich so wenig als möglich, hielten sich an den Sicherheitsleinen fest und hofften.

Die Sturmnacht dauerte eine Ewigkeit.

Es wurde nur widerwillig hell. Es war ein bewölkter Tag. Die Schiffe hüpften wie Korken auf dem aufgewühlten Wasser. Doch der Wind schien auf einmal nachgelassen zu haben. Die Wellen wurden kleiner und gleichmäßiger.

Dies war nicht der Fall, weil der Sturm vorbei war, sondern weil sie ins Lee einer Insel getrieben und gewirbelt worden waren. Grau in Grau, in tief hängende Wolken gehüllt, zeichnete sich ihr Umriss vor ihnen ab.

Das Nachlassen von Wind und Wellen erlaubten es der „Blauer Vogel", näher ans Land heranzusegeln. Dabei galt es, einem Streifen mit wilder Brandung nicht zu nahe zu kommen und eine Lücke darin zu finden. Hüpfende Frau schien genau zu wissen, wo sie waren, und wies ihnen erst eine Lücke in der Brandung, hinter der noch ruhigeres Wasser lag, und dann eine enge Öffnung am Ufer, durch die die Strömung sie hereinsaugte. Dahinter lag eine weite, geschützte Bucht mit einem Sandstrand. Sie konnten bis dicht zum Ufer segeln und das Schiff dort sicher festmachen. Hier tobte der Sturm weiterhin, aber zum größten Teil über sie hinweg.

Doch die beiden anderen Schiffe waren nicht bei ihnen.

Beryll bemerkte das nicht gleich. Durchgeweicht bis auf die Knochen, zerschlagen und erschöpft lag er erst einmal eine Weile auf dem Deckrost an der Stelle, an der er sich ans Sicherungsseil geklammert hatte. Er wunderte sich über die Regenbogenleute. Er fand sie überhaupt nicht mehr unmöglich. Wie hatten sie es bloß schaffen können, hier unterzukommen? Ihm war einfach nur schlecht gewesen. Er hätte sich nicht auch noch um das Schiff kümmern können.

Wie viele unter ihnen schlief auch er ein, kaum dass sie in Sicherheit waren.

Als er erwachte, war es wieder Nacht. Er staunte darüber, dass er Hunger und Durst verspürte, denn er hatte sich nicht vorstellen können, je wieder zu essen. Nun verlangte sein gut geleerter Magen aber deutlich nach Arbeit.

Er sah, dass am Ufer ein Feuer brannte.

Die anderen waren, bis auf die Wache, gar nicht mehr auf dem Schiff. Er war als Letzter erwacht. Er schwamm zu ihnen.

Da stand auch Silbermähne, den sie längst losgebunden hatten, und genoss den festen Boden unter seinen Füßen. Merlin war dort mit Schneebrust auf seiner Schulter. Sie trocknete ihre Flügel, denn eben hatte sie in einem Bach das viele Salz aus ihren Federn spülen können.

Einer der Regenbogenleute reichte ihm gleich eine Schale mit warmem Knollenbrei. Als er sich hinsetzen wollte, um zu essen, machte er eine komische Bewegung, denn der Boden schwankte unter seinen Füßen, als sei er noch auf dem Schiff. Zum Glück verschüttete er den Inhalt der Schale nicht.

Als er dann saß, sagten die anderen lachend zu ihm: „Dir geht es wie allen, die lange auf dem Wasser waren. Kommst du an Land, geht das Schaukeln erst mal weiter. Aber glaube uns, der Boden hier ist fest. Du wirst dich daran gewöhnen."

Sie schliefen am Strand. Von den anderen Schiffen war noch keines aufgetaucht.

Als Beryll in der Morgendämmerung sah, dass die „Blauer Vogel" noch immer allein in der Bucht lag, ging er zu Hüpfende Frau, um sie zu fragen, ob seine Befürchtungen Grund hatten. Sie beruhigte ihn: „Noch ist nichts zu fürchten. Meine Träume sagen mir, dass ihnen nichts weiter Schlimmes geschehen ist. Sie haben länger gebraucht, um die Insel zu erreichen. Keiner kann genau wissen, wo der Sturm einen hinträgt, und wir hatten da einfach ein riesiges Glück. Es war, als hätte das Meervolk uns hierhergezogen. Wir sind genau im Morgengrauen vor der Lücke im Riff gelandet. Das kann der beste Kapitän in einem solchen Sturm nicht mit Absicht erreichen. Es war eine glückliche Fügung.

Um die anderen brauchen wir uns erst zu sorgen, falls sie in ein paar Stunden mit der nächsten Flut nicht hier eintreffen sollten. In der Nacht ist es zu gefährlich, sich dem Riff zu nähern, um die Lücke zu queren, also mussten sie auf das Tageslicht warten. Und jetzt haben sie die Strömung der Gezeiten gegen sich. Erst mit der nächsten Flut können sie in diese Bucht einlaufen. Das wird etwa am Mittag der Fall sein. Dann werden wir sehen. Bis dahin habe ich sicher alle Hände voll zu tun, denn als Erstes muss ich nun sehen, wie es der „Blauer Vogel" geht, und mich darum kümmern, dass sie instandgesetzt wird." Damit ging sie zu ihren Leuten, um mit ihnen die Wachen neu einzuteilen. Der Rhythmus, der ihr Leben auf den Schiffen bestimmte, sollte so rasch als möglich wiederhergestellt werden.

Bald schwammen einige Leute mit ihr zum Schiff, andere machten sich mit den beiden Booten, die den Sturm also überstanden hatten, auf, um in der Bucht, wo sie geschützt waren, Fische zu fangen.

Beryll blieb mit der Freiwache und Silbermähne am Strand.

Sie hatten vorgehabt, Merlin aufzusuchen, aber als sie ihn am Waldrand fanden, war er offensichtlich zusammen mit Träumer ganz in eine Übung vertieft, sodass sie ihn nicht stören wollten. „Die sind schon wieder an der Arbeit. Träumer hat Merlin genauso fest im Griff wie Hüpfende Frau ihre Leute. Die lassen nie nach. Dabei hätte ich doch zu gerne von Merlin erfahren, ob wir denn nun auf der Insel sind, zu der er wollte." Silbermähne antwortete ihm: „Ja, mir geht es auch so, aber vielleicht weiß es ja auch einer von der Freiwache. Los, steig auf. Ich hab Lust, endlich mal wieder zu galoppieren, und da kannst du zu Fuß nicht mithalten."

Sie erschreckten die Regenbogenleute, die noch am Strand waren, als sie in gestrecktem Galopp auf sie zupreschten. Eine von den erfahrenen Schiffsfrauen sprang auf. Silbermähne hielt vor ihr an. „Ist etwas geschehen? Habt ihr eine Gefahr entdeckt?", fragte sie sofort. Beryll beruhigte sie: „Nein. Silbermähne ist nur aus Spaß so gelaufen. Es liegt in seiner Natur und er hat sich lange nicht recht bewegen können in dem Sturm. Uns ist keine Gefahr begegnet."

„Dann ist es gut. Ich kenne die Marotten der Schiffe, aber ein Tier wie er ist mir zum ersten Mal untergekommen. Es wird dauern, bis ich mich an ihn gewöhnt haben werde. Was den Sturm betrifft, so ist der noch nicht ausgestanden. Wir sind hier zwar besser vor ihm geschützt, als ich es für möglich gehalten hätte, aber er wird noch eine Weile brauchen, bis er sich ausgetobt hat. Er und Silbermähne sind womöglich verwandt. Nur hab ich bis jetzt nicht erlebt, dass dieses Tier wirklich etwas zur Unzeit tut. Das lässt sich von dem Sturm nicht sagen. Um diese Jahreszeit hätte es gar keinen geben sollen. Aber seit dieser Riss durch die Welt geht, hat die Erde ihren Puls verändert. Die Stürme sind schlimmer geworden und, so sieht es aus, halten sich nicht mehr an ihre Zeit. Wir hatten unglaubliches Glück, dass wir zur rechten Stunde diese Bucht erreicht haben. So sind wir nun vor der vollen Wucht des Sturms geschützt. Was wir draußen durchgemacht haben, war nur der Anfang. Da hat er noch nicht seine ganze Kraft gezeigt."

Beryll und Silbermähne sahen sich erstaunt an: Das war also nicht die ganze Kraft gewesen? Nicht vorstellbar, was ihnen also noch hätte blühen können.

Beryll sagte das auch: „Das kann ich mir gar nicht vorstellen. Für mich hätte es nicht schlimmer werden können." Die Schiffsfrau lachte: „Das glaub ich dir gern. Es war ja wohl auch dein erster Sturm in diesem Teil des Meeres." Ja, da hatte sie recht und bei dem Sturm im Land der Vogelmenschen waren sie an Land gewesen. Sie konnten also nicht vergleichen. „Die hier sind prächtig, ohnegleichen", fuhr sie fort. „Und übel genug war dir ja auch schon so, ohne dass du ihn ganz mitbekommen musstest. Nein, es hat gereicht. Keiner von uns würde es wirklich schlimmer erleben wollen. Mögen die beiden Schiffe, die noch draußen sind, bald hier sein. Wir versuchen alle, sie herzuträumen. Wollt ihr uns dabei helfen?"

Gerne stimmten beide zu. Sie fügten sich in den Wurzelkreis der Freiwache ein und schickten ihre Gedanken mit in den Sturm hinaus. Darüber vergaßen sie ganz, dass sie nach der Insel hatten fragen wollen.

Ob es nun ihre Bemühungen gewesen waren, das Können der beiden Kapitäne oder ein Wunder der Meerleute. Womöglich gar alles zusammen. Jedenfalls kamen tatsächlich die beiden Binsenschiffe, „Springender Delfin" und „Tänzer des

Wassers", gleich hintereinander durch die enge Einfahrt in die Bucht geschossen, gerade noch rechtzeitig, bevor die Strömung wieder ihre Richtung wechselte.

Als sich zeigte, dass alle den Sturm überlebt hatten, es nur leichte Verletzungen gegeben hatte, Hunger, Durst und Müdigkeit leicht zu beheben waren, waren die Erleichterung und die Freude groß. An den Schiffen würde es freilich einiges zu tun geben, bevor sie wieder weitersegeln konnten. Aber auf dieser Insel konnten sie finden, was sie an Material dafür nötig hatten. Und Hände waren genug da.

Aber sie konnten sich nicht gleich an die Arbeit machen. Die Schiffsfrau hatte recht gehabt. Der Sturm war noch nicht zu seiner vollen Kraft herangewachsen. Sogar hier, wo sie doch gut geschützt waren, nahm der Wind in der folgenden Nacht so zu, dass sie sich alle auf die Schiffe begaben. Dort fühlten sie sich sicherer als am Strand, wo die Wellen immer weiter auf das Land kamen, oder gar im Wald, wo viele Bäume zersplitterten.

Geduldig ritten die Schiffe auf den Wellen.

Am Morgen war alles ruhig und sogar die Sonne wieder zu sehen. Aber die Kapitäne erlaubten niemandem, von Bord zu gehen.

Hüpfende Frau erklärte den Fremden: „Der Sturm ist noch immer nicht vorbei! Diese Ruhe, diesen Sonnenschein trägt er in seinem Herzen. In ein paar Stunden wird es um uns herum wieder toben."

So unglaublich sich das anhörte, stimmte es doch. Bald bewölkte sich der Himmel wieder und der Wind nahm zu, wurde wieder zum Sturm. Sie mussten weiter ausharren.

Erst als danach die Wolken verschwanden und der Wind abflaute, erklärten die Kapitäne, dass der Sturm nun wirklich vorbei sei.

Nun richteten sie sich darauf ein, ein paar Tage auf der Insel zu bleiben. Sie machten sich Hütten am Strand, sammelten Vorräte und besonders all die Pflanzen, die sie zum Reparieren der Schiffe brauchten.

Silbermähne und Beryll gingen mit, um Binsenbündel zum Strand zu schleifen.

Jetzt, da der Sturm vorbei war, hörten sie auch die Vögel der Insel rufen und singen. Es musste eine große Menge davon geben. Und plötzlich stolperten sie fast über die Antwort auf die Frage, die sie ob des Sturmes vergessen hatten: Vor Silbermähnes Hufen fand sich ein großer, dicker Vogel, der etwas an eine Taube erinnerte, nur dass er sehr viel größer und plumper war. Er war dabei gewesen, an den Früchten einer Palme zu picken, die der Sturm auf den Boden geweht hatte, und sah sie mit einem neugierigen Blick an. Er machte keine Anstalten, sich zurückzuziehen oder gar wegzufliegen. Die beiden mussten brüsk anhalten. „Ja, warum machst du denn nicht, dass du wegkommst? Mach doch Gebrauch von deinen Flügeln!", entfuhr es Silbermähne. Der Vogel gab gar nicht scheu zurück: „Warum sollte ich? Ihr seid dabei, in meinem Essen herumzutrampeln! Außerdem will ich wissen, wer ihr seid. Solche wie ihr sind mir noch nie untergekommen. Und was die Flügel betrifft: Seht selbst." Er schlug mit einem Paar winziger, flaumiger Flügelstummel, die ihn auf gar keinen Fall, fett wie er war, in der Luft tragen konnten. Beryll empfand Mitleid: „Wer hat dir denn das angetan?" „Was angetan?", echote der Vogel fragend. „Na, deine Flügel so zugerichtet!" „Wie zugerichtet? Denen fehlt ganz und gar nichts. Wir sind nicht so wie die anderen, die in der Luft herumturnen. Wir sind alle bodenständig und brauchen nicht herumzusausen. So wie ich bin, kommen wir alle aus dem Ei und das hat seine Richtigkeit", sagte er mit Stolz in der Stimme.

„Die Insel der Vögel, die laufen!", wieherte Silbermähne. „Wir sind da, wo Merlin hinwollte. Nun wissen wir es."

Sie kamen nicht gleich weiter, denn der Vogel war sehr neugierig und stellte ihnen Fragen über Fragen. Als er hörte, dass sie mit den Regenbogenleuten gekommen waren und drei Schiffe in der Bucht lagen, war sein Kommentar: „Die werden wir uns ansehen. Die Regenbogenleute waren schon jahrelang nicht mehr hier. Dass dieser unselige Sturm zur falschen Zeit sie hergebracht hat, ist endlich mal eine Abwechslung. Die anderen hatten so etwas schon behauptet, aber wir waren nicht ganz sicher. Und nur wegen eines Gerüchtes machen wir den weiten Weg nicht. Nun aber kann ich weitergeben, dass da was dran ist."

Tatsächlich tauchten im Laufe des Tages immer mehr von diesen flauschigen, nicht fliegenden Vögeln am Strand auf, beguckten sich alles und waren im Weg. Keiner tat ihnen etwas.

Merlin war überglücklich, als er all diese Vögel ohne Flügel sah. Sie waren auf der Insel, zu der das Schiff kommen sollte, das ihn mitnehmen würde! Das war nun klar. Aber er wunderte sich darüber, dass diese Tiere so zahm waren und dass die Regenbogenleute sie nicht jagten. Sie sahen ja doch verlockend gut gemästet aus und er erinnerte sich noch genau an die Fischerbauern. Er fragte Träumer danach. „Diese Vögel, die laufen, laufen wie wir auf zwei Beinen. Wir essen nichts, was auf zwei Beinen geht und nicht fliegen kann, sei es Vogel, Tier oder Mensch."

Das Wetter blieb nun gut. Es war warm, eine angenehme Brise wehte. Es war schön auf dieser Insel.

Das salzige Wasser beruhigte sich. An einem Morgen, bald nach dem Sturm, war es sogar ganz glatt.

Da erlebte Beryll ein Wunder.

Die Boote der Schiffe sollten, weil das Wasser so ruhig war, aus der Bucht hinauspaddeln und gleich hinter dem Riff fischen. Beryll fuhr in einem der Boote von der „Blauer Vogel" mit. Was er am Riff sah, versetzte ihn trotz alldem, was er sonst noch zu tun bekommen sollte, tagelang ins Träumen. Das Wasser war ruhig, kristallklar und türkis, nicht ultramarin, wie es auf dem offenen Wasser gewesen war. Er konnte weit in das Wasser hinabsehen. Am Grund gab es weißen Sand und ein Netz aus Licht, das darüber weghuschte. In dem Sand wuchs ein Wald. Ein Wald aus weißen, gelben, rosaroten, kleinen, reich verzweigten Bäumen. Manche sahen den Bäumen an Land sehr ähnlich. Es gab aber auch Knollen in unterschiedlichen Farben oder Formen, die ihn an Pilze, Fächer und Schirme erinnerten. Schwämme wuchsen dort auch, die erkannte er, weil er sie früher schon gesehen hatte. Es gab bunte, vielarmige Geschöpfe, die auf diesen Bäumen saßen und ihn an Blumen erinnerten.

In diesem Wald schwammen Fische in allen Größen, Formen und Farben herum. Sie trugen Muster, die alles in den Schatten stellten, was er bisher gesehen hatte. Kein Schmetterling, kein Vogel, keine Blume des Waldes der Waldleute kam an sie heran. Es gab einen Fisch, der rote Federn zu tragen schien, die er in der Strömung entfaltete. „Hier bin ich. Hier ist meine Stelle des Waldes“, schien er damit zu sagen. Es gab getupfte, gestreifte, schillernde, einfarbige Fische. Alles, was er sich ausmalen konnte, fand er auch tatsächlich früher oder später vor. Es überwältigte ihn. Er war froh, dass die Regenbogenleute nur große und nur wenige Fische mit Speeren erlegten. Nur so viel, wie sie brauchten, um satt zu werden. Ein Netz, wie er es kannte, hätte hier viel zu viel Schaden angerichtet.

Stundenlang hing er mit dem Kopf über Bord, um diese Wunderwelt zu betrachten. So merkte er eine ganze Weile nicht, dass die Regenbogenleute aufgeregt waren und sich über etwas den Kopf zerbrachen, das sie im ruhigen Wasser treiben sahen. Einer der Regenbogenleute kam aber dann zu ihm, klopfte auf seinen Rücken und sagte: „Wir freuen uns, dass dir der Wasserwald so gefällt, und sind glücklich darüber, dass wir ihn dir als Erste zeigen dürfen. Wir glauben aber, jetzt deinen Rat zu brauchen. Bitte schau dir an, was wir auf dem Wasser gesehen haben.“

Da richtete Beryll sich auf und sah dorthin, wo der Mann hinzeigte.

Obwohl er ja wusste, was Merlin vom Meermann gesagt wurde, erschrak er trotzdem. Auch, weil es ein solches Bild des Jammers war.

Vor ihnen schwamm ein Haufen Holz im klaren Wasser hinter dem Riff. Das war zumindest sein erster Eindruck. Aber dann konnte er doch erkennen, dass es sich um den Rumpf eines Schiffes handeln musste. Der Sturm hatte ihm übel mitgespielt. Es musste zwei Maste gehabt haben. Davon ragten nur noch zwei Stümpfe in die Luft. Die Bordwände waren nicht mehr glatt, sondern zerrissen und zersplittert. Taue und Holzstücke hingen in einem Gewirr an seiner Seite herab. Niemand war zu sehen. Aber es war auch noch ein gutes Stück von ihnen entfernt. Sie hatten es überhaupt eben erst erblicken können, denn zuvor war es hinter einer Landzunge verborgen gewesen. Sie waren beim Fischen an dem Riff entlanggepaddelt und hatten sie in einem Bogen umrundet. Da hatten sie dieses Ding, das noch weit von ihnen entfernt war, vor sich gehabt.

„Sollen wir in die Nähe dieses schwimmenden Dings paddeln?“, fragten die Regenbogenleute Beryll. Und: „Was ist das?“ Alle im Boot gehörten zu den Jüngeren, die zum ersten Mal auf einer längeren Reise auf dem großen, salzigen Wasser waren. Keiner von ihnen hatte je Schiffe gesehen, die nicht so waren wie die ihren. Nur Beryll konnte sich denken, dass es sich um das Schiff handeln musste, das der Sturm zur Insel des Vogels, der nicht fliegt, verwehen sollte, wie der Meermann es Merlin gesagt hatte. „Es ist ein Schiff“, sagte er deshalb. „Eines, das im Sturm sehr gelitten hat und das, anders als eure, aus Holz gebaut ist. So sind die Schiffe dort, wo ich hergekommen bin, auch. Aus Holz gemacht. Aber es sieht nicht aus wie eines von den Schiffen meiner Bekannten. Ich denke, wir sollten hinpaddeln, um zu sehen, ob dort noch Menschen sind und ob wir ihnen helfen können.“

„Wir sind einverstanden, nun da wir wissen, dass es ein Schiff ist und kein Ungeheuer des Meeres. Lasst uns hinpaddeln und nach der Besatzung sehen.“ Darin waren sich alle einig.

Lange brauchten sie nicht, um ihr leichtes Boot in die Nähe des Schiffes zu bringen.

Beryll konnte nun mehr erkennen. Es war tatsächlich ein Schiff, wie er es noch nie gesehen hatte. Seine Form war anders als die der Schiffe, die die Fischerbauern hatten. Es war größer, länger gezogen und hatte am Heck einen großen Aufbau. Er konnte jetzt auch sehen, dass es einmal bunt gestrichen gewesen sein musste. Es waren aber nur noch Reste von Farben zu erkennen. Das salzige Wasser hatte sie fast ganz weggewaschen. An dem angeschlagenen Rumpf war auch zu sehen, dass er mit sehr schönen Schnitzereien verziert worden war. Zum Teil waren sie noch zu erkennen. Ein Drache am Bug. Und, Berylls

Herz machte einen Satz, unter dem Drachen ein Vogel, im Flug dargestellt. Es musste ein Vogel von der Art sein, wie Merlin ihn trug. Zumindest war er im gleichen Stil geschnitzt.

Auch als sie schon ganz dicht bei dem sturmgezausten Schiff waren, sahen sie noch immer keinen Menschen.

Sie machten ihr Boot an dem treibenden Rumpf fest und Beryll kletterte an Bord des großen Schiffes.

Da sah er sie.

Oder vielmehr, wie sich später herausstellte, einen Teil von ihnen. Sie bewegten sich kaum. Sie lagen völlig erschöpft an Deck. Nur einer hob den Kopf und sah ihn aus blutunterlaufenen, entzündeten Augen an. Er krächzte etwas, das Beryll nicht verstand. Dann sank sein Kopf kraftlos zurück. Er war ohnmächtig geworden.

Es war keine Minute mehr zu verlieren. Die Leute waren am Verdursten.

Beryll rief die Regenbogenleute zu sich. Er bat sie, das Wasser mitzubringen, das sie dabeihatten. Sie gaben denen, die sie finden konnten, zu trinken. Beryll fragte, ob es möglich sei, dass zwei von den Regenbogenleuten bei ihm bleiben könnten. Die anderen sollten in die Bucht zurückpaddeln, so schnell sie konnten, den dort Gebliebenen Bescheid geben und mit mehr Wasser, wenn möglich auch Essen, seinem Bündel und Verstärkung zurückzukommen. Er bat sie, wenn es ginge, nicht gleich Merlin mitzubringen. Er wollte ihm diesen traurigen Anblick ersparen und hoffte, er würde sich davon abhalten lassen, gleich mitzukommen.

Kaum hatte er seine Wünsche ausgesprochen, saßen auch schon bis auf zwei alle im Boot, machten los, warfen ihnen ein paar der Fische auf Deck, die sie gefangen hatten, und paddelten davon, wie er sie noch nie hatte paddeln sehen. Das Boot flog nur so.

Er und die zwei anderen sahen sich nun genauer auf dem fremden Schiff um.

Am wichtigsten war wohl zuerst, Schatten für die Leute zu machen, die so völlig erschöpft und ausgedörrt waren. Beryll sah, dass eine Tür in dem Aufbau am Heck war. Er konnte sie öffnen und ging hinein. In dem Raum dahinter standen Kisten und geschnitzte Möbel, alle an die Wände geschoben und fest verzurrt. Am Boden lagen noch mehr Menschen. Er rief die beiden Regenbogenleute zu sich, damit sie auch denen ein wenig Wasser gäben. Er ging eine steile Treppe hinab, die er im Halbdunkel des Raumes erkennen konnte. Er kam in einen weiten Raum, der sich unter dem Deck befand. Es gab durchbrochene Roste, die über ihm im Deck eingelassen worden waren, und so hatte er genug Licht, um sehen zu können. Hier lagen weitere Menschen. Sie waren in Verschläge an der Bordwand eingekeilt. Sie waren aber nicht nur am Verdursten und erschöpft, sondern sie hatten auch Verletzungen. Dann gab es hier große Bündel, die aufeinandergestapelt und festgezurrt waren. Es musste also ein Handelsschiff sein. Das war das Handelsgut. Er ging hin und sah sich genauer an, was es war. Stoffe! Es waren lauter Ballen fein gewebter Stoffe. Zart, wie er sie noch nie gesehen hatte.

Damit würde sich gut Schatten machen lassen!

Er schleppte einen Ballen davon an Deck. Einer der Regenbogenleute half ihm, mithilfe von ein paar Holztrümmern und den beiden Maststümpfen eine Art Zelt zu bauen, während der andere unter Deck ging, um auch den Verletzten Wasser zu bringen. Sie mussten das Wasser sehr knapp bemessen, denn sie hatten nicht genug für so viele Menschen. Beryll hoffte, die anderen würden bald wiederkommen. Als das Zeltdach fertig war, trugen sie alle in dessen Schatten. Sie holten auch die aus dem Aufbau und legten sie unter das Tuch, denn inzwischen war ein leichter Wind aufgekommen und es war an Deck weniger drückend als in dem Aufbau.

Obwohl ihm eigentlich keine Zeit dazu blieb, wunderte sich Beryll über den Stoff, den sie beim Aufspannen von seinem Ballen abgewickelt hatten. Er hatte ein prächtig gewobenes Muster voller Blumen in vielen Farben. Beryll wusste aber nicht, woraus er gemacht worden war. Wolle war es ganz sicher nicht, auch nicht ein anderes Tierhaar, denn dazu war er viel zu glatt und glänzend.

Sie mussten unbedingt bald mehr Wasser haben. Da fielen ihm die Fische ein. Er fragte die beiden Regenbogenleute, ob sie auch roh gegessen werden könnten. Sie sagten, dass diese hier nicht giftig seien, aber es schmecke nicht besonders. Richtig. Aber es wäre etwas mehr Wasser darin.

So nahmen sie die Fische aus und zerteilten sie in kleine Stücke. Dazu nahm Beryll eines der Messer, das jeder der Leute an Bord im Gürtel stecken hatte.

Es waren lange, gekrümmte und sehr scharfe Messer.

Sie fütterten die Menschen mit den Fischstückchen.

Beryll erkundete den Bauch des Schiffes weiter. Er fand einen Verschlag, der einem Heilenden gehören musste. Es gab darin Stoffe zum Verbinden und viele Tonkrüge, die Pflanzenpulver enthielten. Keine der Pflanzen war ihm vertraut. Aber die Verbände waren nützlich. Er ging, um sich um die Verletzten zu kümmern, so gut er konnte.

So wie die Menschen gekleidet waren, musste es unter ihnen Unterschiede in Stand und Ansehen geben. Eine Handvoll unter ihnen trug Kleidung, oder besser gesagt, die Fetzen, die davon noch übrig waren, aus Stoffen, die denen ähnlich sahen, die er als Ballen im Bauch des Schiffes gefunden hatte. Unter ihnen waren drei Frauen, die lange Wickelkleider mit weiten Ärmeln anhatten. Die meisten Menschen hier waren aber Männer und trugen Hosen und Kittel aus grobem, dunkelblauem Tuch, die der harten Arbeit auf dem Schiff standhalten konnten.

Gegen Ende des Nachmittags hatten Schlaf, Wasser und Fisch ihre Wirkung so weit getan, dass die kräftigsten unter den Leuten erwachten. Sie versuchten, in sich aufzunehmen, was um sie vorging.

Die Worte, die sie zu Beryll und den Regenbogenmenschen sprachen, konnten diese nicht verstehen.

Einer der reich Gekleideten versuchte, sich in mehreren Sprachen mit ihnen zu verständigen, so hörte es sich zumindest an, aber auch das half nicht. Sie verstanden keine davon. Beryll versuchte, ihm mit Handzeichen klarzumachen, dass sie auf Hilfe warteten und Wasser und Essen auf dem Weg zu ihnen seien. Das schien er verstanden zu haben. Er musste ganz besonders zäh sein, denn während die anderen noch immer zu erschöpft waren, um sich zu bewegen, kroch er die Stufen hinab zu dem Verschlag mit den Heilpflanzen. Beryll verstand. Er half ihm, indem er ihn stützte und die Tongefäße mitnahm, auf die er zeigte. Gemeinsam schleppten sie sich zu den Verletzten. Der Unbekannte musste der Heilende sein. Er schien zufrieden über die neuen Verbände, die Beryll gemacht hatte, obwohl er sie öffnete und Pulver aus den Gefäßen in die Wunden streute. Da erst stellte Beryll fest, dass einige Schnitte zusammengenäht worden waren. Wenn der Mann jeweils fertig war, legte Beryll die Verbände wieder an. Sie verstanden sich bei dieser Art von Arbeit ohne viele Worte.

Mit dem letzten Licht des Tages kamen die Boote von den Binsenschiffen an. Die Kapitäne hatten alles und alle, die sie irgendwie entbehren konnten, mitgeschickt.

Es hatte zwar fast einen großen Krach gegeben, aber Merlin war tatsächlich nicht dabei. Hüpfende Frau hatte stur darauf bestanden, dass er in der Nacht mit auf die „Blauer Vogel" aufpassen müsse. Nur er und kein anderer könne das tun. Als er dagegen Einspruch erhob, hatte sie ihn daran erinnert, dass sie Kapitän sei und er zu gehorchen habe. Da blieb ihm nichts weiter übrig, denn dass ein solcher Ton angeschlagen wurde, war auf den Schiffen der Regenbogenleute selten und es war ihm klar, was er bedeutete.

Beryll war Hüpfender Frau dankbar, denn obwohl er Merlins Wunsch, hier dabei zu sein, verstand, war es ihm auch klar, wie sehr es ihm zu schaffen machen würde.

Nun hatten sie fürs Erste genug Wasser – nicht nur das, was die Boote mitgebracht hatten, sondern auch welches aus zwei großen, unversehrt gebliebenen Behältern, die sie ganz unten im Schiff gefunden hatten –, eine Mahlzeit für alle, und Beryll hatte seine Einhorndosen, die in dem Bündel waren. Er hatte auch die Küche des Schiffes gefunden und konnte nun dort mit gesplittertem Holz ein Feuer machen und einen Sud kochen, der die Leute wieder etwas beleben würde. Als er das Holz auf die Feuerstelle packte, war er erstaunt, wie leicht es war und wie zäh, wie eigenartig seine Maserung und wie dunkel seine Farbe. Er hatte solches Holz noch nie gesehen. Er ahnte nicht, dass ein Stück von solchem Holz ihn auf dem größten Teil seiner Reise begleitet hatte. In Merlins Gepäck. Seit dem Tag, als der den Falken auf der „Falke“ besucht hatte.

Im Schein einiger Öllampen, die sie angezündet hatten, kümmerten sich die Regenbogenleute um die erschöpfte Besatzung des fremden Schiffes.

Am nächsten Tag schleppten sie den Rumpf zu sich in die geschützte Bucht. Dies schien bei den Fremden zunächst Angst auszulösen. Es hatte sich noch immer keine Sprache gefunden, in der sie miteinander reden konnten. Da die Besatzung des Holzschiffes noch zu schwach war, musste sie sich aber so oder so den Regenbogenleuten überlassen.

Dass diese ihnen ihre Messer gelassen hatten, war ja auch als Zeichen zu deuten, dass sie ihnen nicht schaden wollten. Und weshalb sollten sie ihnen Wasser und Essen geben und sie am Leben erhalten, falls sie es nur auf die Ladung abgesehen hätten? Außerdem machten ihr Schiffsarzt und der seltsam helle Fremde gemeinsam ihre Arbeit, also konnten sie wohl beruhigt sein. So dachte sich auch der Kapitän der „Meeresdrache“ in den wenigen Momenten, da er wach genug war, um denken zu können. Und so ließ er seine Mannschaft wissen, dass keiner ohne seinen Befehl und bevor sie überhaupt stark genug dazu waren, kämpfen durfte. Er kannte sie gut genug.

Als sie den engen Einlass in die Bucht passiert hatten, konnte Merlin endlich das verheißene Schiff sehen. Hüpfende Frau schickte ihn sogar hochoffiziell als Helfer zu Beryll.

Er sah, dass das Schiff genauso aussah wie das Schiff, das er im Traum damals im Nest bei den Waldmenschen gesehen hatte. Nur war dieses hier in einem traurigen Zustand, während das andere in seinem vollen Glanz gestrahlt hatte. Der Unterschied trieb ihm die Tränen in die Augen. Ein stolzer Vogel mit gebrochenen Flügeln wurde da zu ihm hergezogen. Wie sollte dieses Schiff je wieder aufs große, salzige Wasser hinauskönnen?

Das sollte rascher gehen, als man es sich ausmalen konnte. Als Merlin an Bord kam, stand bereits fest, dass alle, die sie auf dem Schiff gefunden hatten, überleben würden, auch wenn es einigen noch sehr schlecht ging. Er und bald auch die kräftigsten von der Besatzung der „Meeresdrache“ halfen mit, sie zu versorgen.

Die Regenbogenleute kehrten zum größten Teil wieder zur Arbeit an ihren eigenen Schiffen zurück und kümmerten sich darum, nun noch viel mehr Verpflegung zusammenzubekommen.

Zwei Tage später kam einer von der „Meeresdrache“ wieder zu sich, der besonders weit gereist war und den sie extra als Dolmetscher an Bord genommen hatten. Er schließlich kannte eine Sprache, die der Kapitän der „Springender Delfin“ auch verstand, denn er war ab und zu zum Handeln zu den Gewürzinseln gesegelt. Er war gerade auf die „Meeresdrache“ herübergekommen, um sich ein Bild zu machen, als der Dolmetscher versuchte, ob er mit einer seiner Sprachen Anklang finden könne.

Ab da ging es einfacher.

Merlin erging es sehr seltsam, wenn er mit der Mannschaft der „Meeresdrache“ zusammen am Arbeiten war. Nur an seiner Kleidung war er von ihnen zu unterscheiden. Diesen Leuten hier war er ganz und gar ähnlich! Immer wieder redeten sie ihn in ihrer Sprache an und wurden wütend, wenn er sie nicht verstand. Mithilfe des Dolmetschers stellte sich heraus, dass sie beleidigt waren, dass einer der Ihren nicht mit ihnen reden wollte. Merlin selbst hatte jedes Mal, wenn er in ihrer Sprache angesprochen wurde, das Gefühl, dass er diese Sprache kenne, aber er verstand dann doch kein Wort.

Er war sich auch aus einem anderen Grund sicher, dass er bei seinen Leuten angekommen war, denn er hatte sein heimlich erworbenes Holzstück mit dem Holz des Schiffes verglichen. Es war dasselbe.

So erzählte er ihnen mithilfe des Dolmetschers seine Geschichte. Als die sich herumsprach, da wollte der Kapitän der „Meeresdrache“ ihn sehen. Er fragte ihn, ob er denn kein Klanzeichen bei sich gehabt habe, als er als kleines Kind gefunden worden sei.

Ob er damit dieses Amulett meine.

Merlin zeigte ihm seinen Vogel. Der Kapitän strahlte: „Der Falkenklan! Du hast sicher den Vogel an unserem Bug bereits entdeckt. Die ‚Meeresdrache' gehört dem Falkenklan. Du gehörst auch zu ihm. Es ist eine uralte Geschichte. Du musst zu dem verlorenen Schiff gehört haben, das zu den Menschen im Nordwesten fuhr, nach der Katastrophe. Eure Familie ist sehr mächtig, denn ihr Blut ist gemischt mit dem derer, die vom Himmel kamen. Den Herren der Natur. Der Herr deiner Familie ist auch mein Herr. Er wird glücklich darüber sein, wenn ich dich zu ihm bringe. Aber erst muss das Schiff wieder in Ordnung gebracht werden."

Und das ging die Besatzung der „Meeresdrache" mit viel Geschick und Ausdauer an, sobald sie wieder kräftig genug war.

Die Regenbogenleute hatten inzwischen ihre eigenen Schiffe wiederhergestellt. So halfen sie nun den Fremden, soweit sie es konnten, denn das meiste, was es auf deren Schiff zu tun gab, war ihnen unvertraut. Aber für Wasservorrat und Nahrung konnten sie sorgen. So blieb den anderen mehr Zeit für das Schiff.

Merlin verbrachte nun fast die ganze Zeit beim Kapitän der „Meeresdrache". Er begann, seine Muttersprache zu lernen. Träumer sah er immer seltener. Ebenso Beryll und Silbermähne. Die wussten ja, dass es nun soweit war, und gaben sich alle Mühe, sich mit der Tatsache abzufinden.

Einmal nur noch gingen sie gemeinsam an Land spazieren. Dabei sahen sie, wie einer von der „Meeresdrache" einen der Vögel, die laufen, einfing, was der sich erstaunt gefallen ließ. Merlin rief dem Mann sofort etwas zu, und zwar in dessen Sprache. Augenblicklich verneigte der sich und ließ den Vogel laufen.

„Sie essen einfach alles! Ich habe ihm sagen müssen, dass es Unglück bringt, diese Vögel anzurühren. Das wird er nun auch den anderen sagen. Wir müssen nicht mehr für unsere Freunde fürchten." Er hatte sich offensichtlich bereits in seiner neuen Rolle eingelebt.

Bald hatte die „Meeresdrache" auch wieder zwei stolze Maste. In ihrem Bauch hatte sie Hölzer mitgetragen, die dazu gedacht waren, und Taue und so war sie bald wieder in Form. Als neue Segel angeschlagen waren und sie sie zum ersten Mal entfaltete, sahen sie tatsächlich aus wie Fächer.

Außer dass es nicht frisch gestrichen war, zeigte das Schiff kaum noch Spuren des Sturmes.

Der hatte es viel zu weit nach Westen gejagt. Sie hatten auf den Gewürzinseln Stoffe gegen Gewürze handeln wollen und waren in diesen Sturm geraten, der zur falschen Zeit gekommen war. Und er hatte sie mit seiner vollen Wucht getroffen. Kein Schiff, keine Besatzung wären da heil entkommen. Auch sie hatten schon vier Mann verloren, bevor sie die Vögel mit den langen Federn im Schweif gesehen und so gewusst hatten, dass eine Insel in der Nähe sein musste. Sie mussten fast alles über Bord werfen, was sie an Wasser, Nahrung und Ladung dabei hatten, um nicht zu sinken. Schließlich hatten sie es mit letzter Kraft geschafft, in Sichtweite dieser Insel zu kommen. Dann hatte auch diese sie verlassen und es war allein Wind und Strömung zu verdanken gewesen, dass sie zufällig durch eine Lücke hinter das Riff getrieben worden waren. Sie waren ihren Göttern sehr dankbar dafür, denn meistens zerschellten Schiffe an den Riffen und fanden die rettenden Lücken nicht von selbst.

Merlin hatte einmal mehr das Meervolk im Verdacht. Wie mochte es ihnen gelingen, Schiffe zu lenken? Ob sie von unten schoben?

Der Kapitän der „Meeresdrache" hatte es eilig, seine Reise nun vielleicht doch noch erfolgreich zu Ende zu führen.

Zum Dank für ihre Rettung schenkte er den Regenbogenleuten ein paar von den Stoffballen. Er hatte übrigens nie ein Wort darüber verloren, dass Beryll ausgerechnet seine beste Ware, die er auch deswegen nicht hatte über Bord werfen lassen – denn allein diese Stoffe waren mehr wert als alles, was sie sonst dabei hatten –, erwischt und als Zeltplane aufgespannt hatte.

Die Sonne hatte dem Stoff nicht gerade gutgetan. Aber sein Herr würde da nachsichtig sein. Besonders, weil Merlin gefunden worden war. Und wer weiß, wenn er es geschickt anstellte, so konnte er auf dem Rückweg vielleicht sogar noch etwas für den letzten Rest der kostbaren Stoffe erhandeln.

So war der Tag, da Merlin und Schneebrust sich von Beryll und Silbermähne trennen sollten, viel rascher herangekommen, als sie es sich jemals hätten vorstellen können. Merlin verbrachte einige Stunden ganz allein mit Silbermähne und ging dann nochmals zu Träumer, der ihm sehr viel bedeutete.

An ihrem letzten Abend schleppten sie die „Meeresdrache" aus der Bucht hinaus. Beryll und die drei Kapitäne der Regenbogenleute blieben noch bis am Morgen auf dem Schiff.

Bei Sonnenaufgang verabschiedeten sich Merlin und Beryll.

Vom Boot der „Blauer Vogel" aus sah Beryll noch lange zu, wie die „Meeresdrache", nachdem sie die Lücke im Riff gut hinter sich gelassen hatte, auf dem großen, salzigen Wasser immer kleiner wurde.

Wohl war Merlin der Abschied nicht leicht gefallen. Er liebte seine Gefährten sehr, das hatte er gut spüren können. Da gingen sie hin, all die gemeinsamen Jahre. Aber dennoch. Es war gut zu merken gewesen, wie sehr es Merlin beflügelt hatte, endlich seine Leute gefunden zu haben und seinem Ziel nahe zu sein.

Wie sehr wünschte er sich doch, dass er das auch endlich von sich selbst sagen könnte.

Beryll seufzte tief.

22

Land der Regenbogenleute

Die Regenbogenleute wollten sich nun auch nicht mehr allzu lange Zeit nehmen. Ihre Schiffe lagen bereit. Den Fremden war geholfen worden. Sie waren sogar schon wieder auf dem Wasser.

Noch zwei Tage wollten sie sich an der Insel erfreuen, ihren Puls spüren. Beryll hätte zu gerne nochmals den Unterwasserwald hinter dem Riff besucht, aber es war zu windig. Als sie dort waren, um nochmals zu fischen, konnte er zwar schon etwas von der Welt dort unter ihm erkennen, aber da das Wasser bewegt war, bekam er keine so klaren Bilder mehr zu sehen wie beim ersten Mal. Er hatte nicht mehr das Gefühl, wie ein Vogel über dieser Welt zu schweben. Die Wellen verzerrten, was er sah.

Er vermisste Merlin mehr, als er gern zugeben wollte.

Silbermähne und Träumer musste es ähnlich gehen, denn wann immer sie zusammen waren, redeten sie über alles Mögliche, nur die „Meeresdrache" erwähnten sie nicht und Merlins Name fiel auch nie.

Am übernächsten Tag verließen sie mit der Strömung der Ebbe, die am Vormittag einsetzte, Bucht und Riff. Bald waren sie wieder im tiefen Blau des offenen Wassers, denn das Wetter war gut.

Silbermähne war wieder in sein Häuschen eingezogen. Schluss mit dem lustigen Landleben auf der Insel, wo ihn die Vögel, die laufen, so oft zum Lachen gebracht hatten. Wieder hatte er einen langen Weg auf dem Wasser vor sich, musste sich von den Wellen tragen lassen und einmal mehr konnte er nichts weiter dazu tun. Er hatte sich nie vorgestellt, dass eine Queste so viel Geduld benötigen und so viele eintönige Tage umfassen würde. Sein Freund, der Drache, machte sich über ihn lustig. Zu Recht, denn der musste ja am Tor des grünen Landes wachen. Da gab es gar keine Ablenkungen äußerer Natur.

Auf diesem Teil der Reise vertieften sich Träumer und Beryll immer öfter in lange Gespräche. Eines Tages fragte Beryll Träumer auch nach Merlin, denn was half es im Grunde genommen, wenn er nicht über ihn sprach, wo er doch so oft an ihn dachte?

„Merlin hat bei mir lernen können, was er jetzt braucht. Dass er die Kraft hatte, dem Meervolk dabei zu helfen, seinen großen Traum zu verwirklichen, zeigt es. Die Dinge haben sich so herausgebildet, wie der Meermann es gesungen hat. Dabei hätte es auch noch viele andere Lösungen gegeben. Er hat die Fäden geschickt gewoben, nicht mit zu viel, nicht mit zu wenig Kraft. Aber er hat seinen Wurzeltraum noch nicht gefunden. Wenn er nicht vergisst, was er von mir gelernt hat, und wenn er weiter übt, wird er ihn eines Tages entdecken. Denn noch hat er ihn nicht geträumt. Es ist ein Traum, der ihn zu dir zurückführen wird, denn ihr seid Verwandte, wenn auch weit entfernt. Darum auch vermisst du ihn so sehr. Du ahnst außerdem, dass eure Geschichte noch weitergeht. Aber jetzt hat sie zu ruhen, denn Merlin muss zu seinem Volk zurückkehren, wenn er zu sich selbst kommen soll."

„Ja. Ich weiß, dass das für ihn und auch für mich wichtig ist. Er ist schon seit vielen Jahren nicht mehr das Kind, als das ich ihn kennengelernt habe. Er hat seine eigene Geschichte, hat seinen eigenen Weg zu gehen. Aber es tut mir gut, von dir zu hören, dass wir uns wieder begegnen sollen. Es beruhigt mein Herz."

„Wie fühlt sich denn dein Herz an?"

Beryll erklärte es ihm, und so begann Träumer, ihm beizubringen, was er konnte und durfte, da er ja nicht Berylls Traummeister war. Bald war nun Beryll mit Übungen beschäftigt. Auch kamen Beryll und Träumer an den Abenden fast immer zu Silbermähne und Träumer erzählte ihnen von seinem Land.

Denn ihr nächstes Ziel war nun das Land der Regenbogenleute und sie hatten nicht vor, auf dem Weg dorthin nochmals anzulegen.

Tag für Tag ging ihre Reise weiter, dem Rhythmus der Binsenschiffe folgend.

Die Zeit wurde nun auch Beryll lang, nicht nur Silbermähne. Auch wenn er viel von Träumer lernte, wurde er immer ungeduldiger, denn dessen Erzählungen hatten ihn auch sehr neugierig auf das Land der Regenbogenleute gemacht.

Uralt sei das Land, auf dem sie leben durften. Das älteste der roten Welt. Groß sollte es ein, unendlich weit, nur am Rand mit Wald bestanden, zur Mitte hin werde es immer trockener. Darum lebten die Menschen dort auf sehr unterschiedliche Weisen, wenn sie auch ein und dasselbe Volk wären. An den Küsten gebe es Fischer und Seeleute wie die, die er bereits getroffen hatte. Dort, wo Wald war, lebten sie sehr ähnlich wie die Waldleute, bei denen sie gewesen waren. Sie richteten sich nach den Bäumen und den Wasserläufen und hätten Pflanzungen. Wo es weniger Wald gebe, aber noch immer genug Regen fiel, wohnten Bauern und Hirten. Aber diejenigen, die im Herzen des Landes lebten, wo es trocken sei, verständen es meisterhaft, in Steppe und Wüste zu existieren. Das sei für sie die höchste Kunst von allen, so erklärte Träumer. Diese Leute pflegten das Erbe ihres Urvaters, der ja aus der Wüste gekommen sei und den Igel, die verzauberte Nuss, die Auster und schließlich ihre Urmutter erlöst habe. Darum ständen sie bei allen in hohem Ansehen.

Gemeinsam hätten sie alle, dass sie die Kunst des Träumens verstanden und dass sie auf den Puls der Erde hörten.

Über das Träumen zu sprechen, war Träumer bereit. Hatte er doch sogar mit ihnen daran gearbeitet, dass sie Träumen übten, solange Merlin noch dabei war. Aber auch jetzt mit Beryll allein. Doch er weigerte sich jedes Mal, etwas zu sagen, wenn Beryll ihn nach dem Puls der Erde fragte. Es gehe nicht an, dass er ihm dazu etwas beibringe. Nur Berylls Traummeister könne bestimmen, ob Beryll diese Dinge erfahren dürfe. Er, Träumer, habe kein Recht dazu, in Beryll diesbezüglich nachzuforschen. Ihre Gesetze seien eben heilig. Er wolle sie nicht brechen.

Beryll fühlte sich mit der Zeit fast wieder ebenso entmutigt wie zu Beginn seiner Queste. Er würde zu lange brauchen, bis er sich erinnern konnte. Er würde es nicht schaffen. Immer wieder kamen ihm trübe Gedanken.

Wie froh war er da, als Hüpfende Frau eines Tages, Wochen nachdem sie die Insel der Vögel, die laufen, verlassen hatten, zu ihm kam und sagte: „Hast du es bemerkt? Die Dünung hat ihren Rhythmus geändert. Sie kommt auch in einem anderen Winkel auf uns zu. Vor zwei Stunden hat einer von der ‚Tänzer des Wassers' einen Vogel gesehen. Das alles sind Zeichen dafür, dass wir bald ankommen werden." Nach zwei weiteren Tagen fischten sie von der „Blauer Vogel" aus einen großen Ast voller Seegras auf, der an ihnen vorbeitrieb. Noch ein Zeichen für Land.

Und nach zwei weiteren Tagen sahen sie es.

Nachdem der Erste laut ausgerufen hatte, damit es jeder mitbekam, hatten es bald schon alle selbst gesehen. Noch war es ein schwacher Strich in weiter Ferne am Horizont, fast gar nicht zu erkennen.

Aber am Abend kamen viele Vögel an ihnen vorbei, die alle auf das Land zuhielten. Einer der alten Matrosen sagte: „Seht. Sie fliegen heim, um ihren Jungen Fisch zu bringen und damit ihre Frauen nun hinausfliegen können, die die Kleinen am Tag bewacht haben. Morgen sind wir an Land, denn diese Sorte von Vögeln fliegt nicht tagelang vom Land weg. Am Abend kehren sie heim. Am Morgen fliegen sie aus. Und ihre Frauen tun es umgekehrt."

Er sollte Recht behalten. Am Nachmittag des nächsten Tages erreichten sie das Land. Es war das Land der Regenbogenleute.

Da sie die südliche Route gewählt hatten –, erklärte Hüpfende Frau Beryll und Silbermähne, die enttäuscht waren, dass sie keine Siedlung vorfanden, als sie an Land kamen –, seien sie in einer abgelegenen Gegend angekommen. Aber es sei ganz sicher ihr Regenbogenland. Sie wisse haargenau, wo sie seien. Zwei Tage müssten sie nun noch an der Küste entlang in Richtung Sonnenaufgang. Dort sei ihr Heimathafen, ein Dorf an der Mündung eines kleinen Flusses. Aber in den Nächten wolle sie nicht weiterreisen wegen der Untiefen und Sandbänke. Darum habe sie bestimmt, dass sie an Land gingen, um sich endlich die Beine vertreten zu können, anstatt weiterzuhetzen und womöglich im letzten Moment auf Grund zu laufen. Dabei sah sie Silbermähne an: „Und wir werden an Land übernachten." Keiner unter ihnen würde heute Nacht auf einem Schiff bleiben wollen. Nach so langer Zeit verlange es sie alle zu sehr danach, den Puls der Erde zu fühlen, auf der sie geboren worden waren.

Da war es also wieder. Was meinte sie bloß genau damit?

Jedenfalls war allen deutlich anzumerken, wie sehr sie sich freuten, ihr Land erreicht zu haben. In dieser Nacht blieben sie nicht einer in der Nähe des anderen, sondern jeder und jede suchte sich einen Ort zum Schlafen unabhängig davon, wo sich die anderen befanden. Es musste damit zu tun haben, dass sie nun wieder im Land ihrer Geburt angekommen waren.

Beryll blieb gleich am Strand. Er legte sich bei Silbermähne hin, drehte sich auf den Rücken und sah sich die Sterne an. Der Himmel war klar, überstreut mit glitzernden Funken. Wie sehr hatten sich doch ihre Muster verändert, seit sie sich auf den Weg gemacht hatten. Der Himmel hier hatte nur noch wenig gemeinsam mit den Sternenmustern, wie er sie vom Beginn seiner Queste erinnerte. So waren die Sterne, die aussahen wie das Bild eines Bären, von denen die Alte bei den Vogelmenschen erzählt hatte und die er auch vorher auf der anderen Seite des salzigen Wassers hatte sehen können, hier nicht zu finden.

Er hatte noch auf der Fahrt mit Hüpfende Frau darüber gesprochen, dass sich die Muster der Sterne änderten, gleich, als ihm das aufzufallen begann. Er hatte sich gefragt, ob das mit dem Riss in der Welt zu tun haben könnte. Sie aber hatte ihn beruhigt und erklärt, dass sie von ihren Vorfahren die gleichen Muster und Veränderungen zu erkennen gelernt hatten. Seit Urzeiten. Da habe sich ihres Wissens nichts verändert, es sei auf all ihren Reisen so gewesen und in der Vergangenheit. Je nachdem, wo sie waren, sah der Himmel anders aus, aber diese Andersartigkeit blieb gleich. Da hatte er sich beruhigt.

Jetzt betrachtete er ihr Muster und freute sich daran.

„Wie wird es nun wohl weitergehen“, fragte er Silbermähne, „unter einem anderen Himmel?“ „Hauptsache, nicht auf einem Schiff“, antwortete der. „Ich hoffe, der Stein, der Regenbogenstein, wird uns nun weiterhelfen. Du hast ihn schon lange nicht mehr gespürt. Nicht wahr?“ „Ja. Er ist nicht mehr heiß geworden, seit wir zu den Zwergen aufgebrochen sind. Und bei den Zwergen sind Kgos Kristalle heiß geworden, als er ihn untersucht hat, der Stein selbst aber nicht. Ob er wohl noch lebt?“ „Ich glaube, er gibt dir nur ein Zeichen, wenn es nötig wird, darum blieb er so lange still. Wir waren ja auf dem Weg hierher. Ich bin gespannt, was er hier tun wird.“

Nun, vorläufig sollte er gar nichts Merkwürdiges tun. Es war allein Berylls Sache, mit dem nächsten Schritt zu beginnen. Aber einmal mehr würde es nichts nützen, wenn Silbermähne ihm das so sagen würde. Also fügte er noch hinzu: „Wie gesagt, wahrscheinlich wirst du dich darauf verlassen können, dass er sich meldet, wenn es sein muss, und nicht, solange du auf dem Weg zum Ziel bleibst.“ Mehr oder weniger stimmte das so schon.

„Sicher sind wir bald an der Stelle im Gespräch angelangt, an der du immer sagst, dass es keinen Sinn hat zu grübeln und dass die Zeit, von der wir genug zur Verfügung haben, schon zeigen wird, was zu tun ist. Also wünsche ich dir lieber gleich eine gute Nacht und höre auf, weiter nachzudenken. Schlaf gut. Zum ersten Mal im Land der Regenbogenleute.“

Am nächsten Tag segelten die Schiffe an der Küste entlang weiter. Eine weitere Nacht schliefen sie an Land. Gegen Abend des nächsten Tages kamen sie zu einer Bucht, in die ein Fluss einmündete, ganz wie Hüpfende Frau gesagt hatte. Sie hielten auf den Fluss zu und die Boote wurden ins Wasser gelassen. Bald war die Strömung des Flusses so stark zu spüren, dass sie die Schiffe mit den Booten zu ziehen hatten. Aber je zwei pro

Schiff hätten dazu nie ausgereicht und wenn sie noch so angestrengt gepaddelt hätten. Die Strömung war zu stark.

Sie waren jedoch längst gesehen worden.

Eine ganze Flottille von Binsenbooten kam ihnen entgegen. Sie spannten sich alle vor die drei Schiffe und so erreichten sie das Dorf, das etwas oberhalb der Mündung lag, noch bevor es ganz dunkel wurde.

Obwohl er noch nie hier gewesen war, kam Beryll alles bekannt vor. Als sie festmachten, als sie an Land gingen. Er hatte das schon einmal gesehen.

Dann fiel es ihm ein: Er hatte es im Wurzelkreis in der Halle der Mutter der Bäume gesehen. Ihre Ankunft im Regenbogenland.

Damals hatte er es wie ein Vogel aus der Luft beobachtet. Aber jetzt ging er mitten unter den anderen.

Wie mochte es Merlin inzwischen ergangen sein? Ob es ihm und Schneebrust gut ging? Ob er schon beim Falkenklan angekommen war?

Er musste sehr an ihn denken, gerade weil er nicht hier dabei war. So hatte er es auch im Traum gesehen.

Er sah zu Träumer hinüber, der nicht weit von ihm ging. Der lächelte ihn an. Auch er dachte gerade an ihr erstes Gespräch damals bei den Waldleuten wegen des Bildes, das Beryll geschenkt hatte, bei dem er aber wegließ, was er zu Merlin gesehen hatte.

Nur ein paar Schritte von der Anlegestelle weg stand das Dorf, aus dem Hüpfende Frau und die „Blauer Vogel“ kamen.

Anders als bei den Waldleuten war die Pflanzung gleich um das Dorf herum angelegt. Auch standen hier Hütten auf dem Boden anstatt der Nester in den Bäumen. Bei jeder Hütte gab es einen Garten, der sich bis in den Wald hinein erstreckte.

Die vielen runden Hütten des Dorfes bestanden aus Binsen. Sie schienen wie zufällig angeordnet. Oft standen sie in Gruppen, scharten sich aber alle um einen eiförmigen Platz in der Mitte. Dorthin gingen sie jetzt alle.

Die Dorfleute freuten sich sehr, dass die Schiffe zurück waren. Sie hatten lange auf ihre Freunde und Familienangehörigen warten müssen. Nicht nur Hüpfende Frau, sondern etliche aus den Besatzungen lebten hier. Andere, wie auch die Kapitäne der „Tänzer des Wassers“ und der „Springender Delfin“, kamen aus Dörfern, die ganz in der Nähe lagen. Da sich Träume über ihre Ankunft verbreitet hatten, waren auch viele Bewohner dieser Dörfer hierhergekommen, um ihren Leuten entgegenzugehen und sie hier schon begrüßen zu können.

Auf dem Dorfplatz kamen also viel mehr Menschen zusammen, als sonst hier lebten. Es war ein richtiges Gewimmel.

Grasmatten waren ausgelegt worden, auf denen sich alle hinsetzen konnten. Die älteren unter den Kindern rannten zwischen ihnen herum und verteilten Trinkschalen oder kamen mit Kalebassen, aus denen sie diese füllten. Bereits am Tage waren viele Fladen gebacken worden. Sie waren mit einer dicken Soße bestrichen und zusammengerollt, der untere Rand nach innen geschlagen. Große Berge davon wurden herumgereicht.

Solange gegessen wurde, herrschte ein munteres Stimmengewirr. Alle erzählten, fragten, riefen und redeten durcheinander.

Als niemand mehr hungrig zu sein schien, wurde es ein wenig stiller. Da erhob sich eine Frau, die sehr alt sein musste: „Wir wollen nun Hüpfende Frau reden lassen und von ihr hören, was sie von der Reise zu berichten hat.“

Da begann diese zu erzählen: Von der Hinfahrt, vom Dorf der Waldleute, von der ersten Begegnung mit den Fremden, von denen zwei bis hierher mitgekommen waren, von der Rückreise, dem Sturm, der Insel der Vögel, die laufen, und von dem seltsamen Holzschiff und dessen fremdartiger Besatzung.

Am meisten wunderten sich die Leute über Beryll und Silbermähne. Die sahen sie ja schließlich hier vor sich und die waren auch wirklich ganz anders als alles, was sie kannten.

Die Kinder und auch manch ein Erwachsener konnten nicht aufhören, sie anzustarren. Und da sie offensichtlich niemandem etwas taten, wagten es die mutigsten unter den Kindern bald, sie anzufassen. Das komische, gerade Haar, das der viel zu hell geratene Mann hatte. Warum war es denn nicht kurz und kraus wie das ihre? Und war er so hell, weil er sich mit der weißen Erde eingerieben hatte, wie ihr Heilender es manchmal tat? Aber nein, die Haut blieb hell, auch wenn sie daran rieben. Und das Fell des großen Tieres, das bei ihm stand inmitten all der Menschen. Wie fühlte sich das wohl an?

Es kostete Beryll und Silbermähne einiges an Nerven, dieses neugierige Erkunden in Ruhe über sich ergehen zu lassen. Es würde hoffentlich bald aufhören. Niemandem fiel es jedoch ein, die Kinder zurückzuhalten.

Es dauerte bis weit in die Nacht, bis Hüpfende Frau mit ihrem Bericht fertig war und alle die Fragen beantwortet hatte, die ihr dazu gestellt wurden.

Als sie die letzten Worte gesprochen hatte, wurde es still.

Es war die gleiche Art Stille, die Beryll von den Waldleuten kannte.

Auch hier kamen sie jetzt zu einem Wurzelkreis zusammen.

Danach sahen sich alle an und verschwanden einer nach dem anderen in den Hütten oder gingen Richtung Wald davon. Bald waren nur noch Silbermähne und Beryll auf dem Platz.

Sie überlegten gerade, in welcher Richtung sie sich ihren Schlafplatz suchen sollten, als Hüpfende Frau zu ihnen kam: „Wenn es euch zusagt, so kommt mit zu meiner Familie. Es muss anstrengend gewesen sein heute Abend für euch. So viel Neugier. Aber sie werden sich alle rasch an euch gewöhnen. Ihr werdet Freunde werden." Mit diesen Worten ging sie ihnen zu einer Gruppe von Hütten voran. Wie es bei vielen anderen auch der Fall war, standen diese Hütten nicht einzeln. Es gab eine große in der Mitte und darum herumgeschart und zum Teil angebaut eine ganze Menge von kleineren. Sie wies Silbermähne eine der kleinen: „Wenn du gern ein Dach über dir haben möchtest, so gehört dir diese Hütte. Magst du die Nacht lieber unter freiem Himmel verbringen, so kannst du das gern tun." Beryll zeigte sie eine andere kleine Hütte, die nicht weit davon für sich stand: „Das ist unsere Hütte für Besuch. Du wirst ein Lager darin finden." Sie selbst verschwand in einem Anbau der großen Hütte, nachdem sie sich an dessen Eingang nochmals umgedreht und ihnen zugewinkt hatte.

Am nächsten Tag gingen alle im Dorf ihren üblichen Beschäftigungen nach. Die Besatzungen der Schiffe hatten sich in alle Winde zerstreut. Erst nach Tagen würden sie nochmals zur Anlegestelle kommen, um sich um die Schiffe zu kümmern. Jetzt waren ihre Familien wichtiger.

Beryll wusste nicht recht, was mit sich anfangen.

Die er auf der Reise kennengelernt hatte, waren weg oder mit anderem beschäftigt. Er kannte das Dorf noch nicht gut genug, um zu wissen, wo er sich nützlich machen konnte. Auch waren die Leute zurückhaltender, als es die Waldleute gewesen waren, und obwohl sie am Vortag viel Neugier gezeigt hatten, bezogen sie ihn nicht gleich in ihr Leben ein. Schließlich ging er zur Anlegestelle und setzte sich bei den Schiffen ans Ufer des Flusses.

Da war er also. Im Land seines Steines. Die Leute, die er gestern getroffen hatte, schienen ihm gar nicht sehr ähnlich zu sehen, wie es auch bei denen auf den Schiffen gewesen war. Waren denn die Seinen wirklich in diesem Land zu finden? Er fühlte sich fremd und verloren.

Daran änderte sich auch nichts, als Silbermähne zu ihm kam.

Der spürte die Stimmung, in der Beryll war, sagte aber nichts weiter.

Lange Zeit sahen sie schweigend auf das Wasser.

Dann kam Träumer zu ihnen. Er wollte sich verabschieden, denn er kam nicht aus der Gegend hier, sondern aus dem Inneren des Landes: „Ich gehe nun los. Als Erstes dem Fluss entlang, dann über die Hügel und ins Innere, wo ich hergekommen bin, zu meiner Wurzelstätte. Darum will ich mich von euch beiden verabschieden."

„Wir wünschen dir eine gute Heimkehr, leichte Wege und Glück, wo immer du bist. Möge deine Zukunft gesegnet sein. Und hab Dank für alles, was du uns gelehrt und für uns getan hast", sagte Silbermähne da zu ihm. Beryll schloss sich mit einem Nicken an. Ihm fiel nicht so recht ein, was er zu Träumer sagen könnte. So sah er ihn stumm an und suchte nach Worten.

Träumer merkte das: „Beryll, du fühlst dich nicht wohl in deiner Haut. Hast viel von diesem Land erwartet und hast nun das Gefühl, ein Fremder zu sein, nicht dazuzugehören. Lass mich dir einen letzten Rat geben, denn dein Schweigen gilt mir als Frage: Wenn ich du wäre, so bliebe ich eine Weile hier in der Nähe der Schiffe, die dich ja nun schon lange kennen. Erkunde mit Silbermähne die Umgebung von hier aus, aber reist nicht gleich weiter. Warte darauf, ganz hier anzukommen. Das Land hat dich noch nicht erfühlt. Der Puls der Erde kennt dich noch nicht. Gib dem Boden Zeit, deinen Schritt zu erkennen, der Luft, deine Form zu erfassen, dem Wasser, dich zu umfließen, und lass die Wärme dieses Landes auf dich wirken. Es ist ein altes Land, ein uraltes Land. Nichts geht hier rasch. Du hingegen bist wie ein Sturmvogel bis hierher geeilt. Nun ruhe dich am Ufer aus, bis das Land dich rufen wird. Du wirst genau wissen, wann es soweit sein wird. Dazu habe ich dich genug gelehrt. Aber handle jetzt bitte nicht überstürzt. Lass die Hast der Reise an dir ablaufen, bevor du weitergehst."

„Du hast recht. Ich fühle mich sehr verloren hier und ganz anders, als ich erhofft und erwartet hatte. Gern will ich deinen Rat annehmen. Den letzten, bevor du uns verlassen wirst. Er erscheint mir sinnvoll, auch wenn ich nicht alles verstehen kann. Ich werde also nicht gleich weiterreisen. Werde hier abwarten. Es wird gut sein, dieses Land kennenzulernen und auch, wie du sagst, zu erlauben, dass es mich kennenlernt. Dir aber wünsche ich eine gute Reise und eine gute Zukunft und ich danke dir auch für all deine Hilfe und alles, was du mir über dieses Land gesagt hast."

„Mache deine Übungen weiter. Wende an, was du gelernt hast. Dann werden du und das Land euch umso rascher und leichter verstehen können. Ich danke dir für deine guten Wünsche."

Sie umarmten einander und drückten sich fest. Dann ging Träumer seiner Wege.

Beryll, der sich noch immer wie gestrandet vorkam, und Silbermähne, der bei ihm stand, blieben zurück und sahen ihm nach. Er aber drehte sich nicht ein einziges Mal nach ihnen um. Er folgte seiner Spur im Land, um zurückzukehren, wo er hingehörte, nachdem er das Ungewohnte glücklich hinter sich gebracht hatte.

Hüpfende Frau und deren Familie kümmerten sich gut um Beryll und Silbermähne und auch die anderen im Dorf waren freundlich. Trotzdem blieb Berylls Stimmung trübe.

Er hatte den Eindruck, dass er nichts mehr fühlen könne. Er war leer und doch war da immer dieses Drängen in ihm, sich endlich zu erinnern, endlich etwas zu unternehmen.

In seinem Herzen aber blieb es still. Nichts von alldem, was er zu unternehmen plante, stieß dort auf ein Ja.

So tat er, wie Träumer ihm geraten hatte. Er wartete ab. Er machte weiter seine Übungen und begegnete Silbermähne in den Träumen, um dies nicht zu verlernen. Er wusste ihm aber nie etwas Wichtiges zu sagen und er sah auch nichts Besonderes. Er schien auf der Stelle zu treten.

Was ihn am meisten aufheiterte, waren die Ausflüge in die Umgebung, zu denen Träumer ihm geraten hatte. Wie seltsam und fremd er sich auch fühlen mochte, das Land war schön. Es gefiel ihm ganz unglaublich. Aber es war anders als alles Land, das er bisher gesehen hatte.

Nur Silbermähne war klar, dass auch noch dazukam, dass Beryll nach der Reise und all der Aufregung sehr erschöpft war, denn er konnte dessen Farben ja sehen. Er sah auch, wie viel Kraft das Land, die Pflanzen und Tiere Beryll schenkten, wenn sie zusammen unterwegs waren. Er freute sich darüber, denn es zeigte ihm, dass sie sehr wohl am rechten Ort waren. Beryll würde das schon auch noch merken, wenn er sich einmal erholt haben würde. Er war ja für so lange Zeit nie zur Ruhe gekommen. Und der Wunsch, seine Aufgabe zu erfüllen, verbrannte ihn innerlich noch immer durch und durch. Er würde seine Kräfte sehr schonen müssen, um sich endlich erholen zu können. Silbermähne hoffte sehr, dass Beryll dies gelingen möge.

Darum trug er Beryll, so oft es nur ging, wenn sie ihre Streifzüge unternahmen. Mal trabten sie am Strand entlang zwischen

Wasser und Wald. Mal ging es durch den Wald flussaufwärts auf die Hügel zu. Und manchmal bahnten sie sich einen Weg durch den Wald, immer der Nase nach.

Sie blieben oft tagelang draußen, suchten sich ihre eigene Nahrung und lebten, als wüssten sie nicht, dass es Menschen in ihrer Nähe gab. Ja, es fiel Beryll nicht einmal ein, dass er jemanden vom Dorf hätte bitten können, sie zu begleiten und sie mit dem Land vertraut zu machen.

Es gefiel ihm, mit Silbermähne allein zu sein.

Mit der Zeit bemerkte er auch, dass sie zu manchen Orten immer wieder gern zurückkehrten.

Da gab es die Bucht am salzigen Wasser mit den runden Felsen. Nirgends fühlte er sich so sicher. Nirgends konnte er so gut schlafen wie dort. Oder der abgeschnittene Flussarm, vier Stunden weit weg vom Dorf. Wie gern sah er auf diese ruhige Wasserfläche, über der Insekten schwebten und in der sich die Bäume und der Himmel spiegelten. Nirgends konnte er besser träumen, seine Übungen machen oder einfach seinen Gedanken nachhängen als dort. Und im Wald hatten sie einige von den schlanken, hohen Bäumen mit den roten Blütenbäuschen gefunden, unter die er sich am liebsten hinsetzte. Und jedes Mal, wenn sie von dort zurückkehrten, hatte er mehr Kraft, fühlte er sich wie aufgeladen.

Das war kein Zufall. Er begann zu merken, dass das Land wohl auf diese Weise zu ihm sprach. Ob das mit dem Hören des Pulses der Erde zu tun hatte?

Aber es war ihm nicht danach, jemanden vom Dorf zu fragen. Bisher hatten sie ja immer eng mit den Menschen zusammengelebt, zu denen sie gekommen waren. Hier schien es anders zu sein.

Aber immer, wenn sie für eine kurze Zeit ins Dorf kamen, wurden sie dort freundlich aufgenommen. Immer waren ihre Hütten bei der Familie von Hüpfende Frau für sie bereit und sie wurden mit allem versorgt, was den anderen auch zur Verfügung stand. Keiner schien von ihnen zu erwarten, dass sie dafür etwas taten oder dass sie sich anders hätten verhalten sollen.

An einem Morgen, als sie zu Berylls Lieblingsstelle am Fluss aufbrachen, tauchte plötzlich die alte Frau auf, die am Abend ihrer Ankunft gesprochen hatte. Sie stellte sich vor Beryll und Silbermähne und begann zu reden: „Ich wünsche euch einen guten Gang dort draußen mit den Liedern des Landes. Ich glaube, Beryll, du beginnst langsam, sie zu hören und zu verstehen. Worum das Land uns gebeten hat, erweist sich als lohnend. Wir halten nicht aus Unfreundlichkeit so viel Abstand zu euch. Sicher könnt ihr euch noch an den ersten Abend hier erinnern. Da hielten alle viel zu wenig Abstand. Und so wart ihr zunächst sicher über eure Freiheit erleichtert. Nun aber mögt ihr beginnen, euch zu fragen, warum wir euch nicht mehr einbeziehen. Es ist, weil das Land uns darum gebeten hat. So hat es an meinem Platz zu mir gesungen und so hat es auch anderen an ihren Plätzen davon erzählt. Die Erde wünscht, dich hier selber zu lehren. Sie will dich kennenlernen und du ganz allein sollst sie aus eigener Kraft hören lernen. Darum lassen wir dich einfach machen. Dein Freund mit den vier Beinen, der kennt den Puls der Erde und er kann dich notfalls beschützen. Dazu ist er bei dir. Wenn du sicher genug darin sein wirst, die Erde zu verstehen, so wird der Stein, den du trägst, dir deinen Weg weisen. Das wird für alle Wesen hilfreich sein.

Es klingt hart und es fällt uns schwer: Am besten können wir dir helfen, indem wir nichts für dich tun.

Dafür möchte ich dich um Verzeihung im Namen aller und um dein Verständnis bitten. Wir alle wünschen dir, dass du dein Ziel erreichen mögest und deine Wege leicht und schön sind."

So viele Worte sagte die alte Frau, die doch sonst sehr schweigsam war.

Beryll antwortete: „Ich danke dir von Herzen, dass du gekommen bist und zu mir gesprochen hast. Ich danke dir und allen anderen für das, was ihr für mich tut. In meinen Augen gibt es nichts zu verzeihen, denn ich verstehe und begrüße euer Handeln. Damit es aber gesagt sei: Wenn es auch nur das Geringste zu verzeihen gibt – ich verzeihe euch. Deine Worte haben mich sehr erleichtert, denn du hast recht: Ich hatte damit angefangen, mich zu fragen, was vor sich geht. Auch habe ich begonnen zu bemerken, dass hier nicht ein Ort so ist wie der andere. Durch das, was du sagst, verstehe ich, worum es geht, dass ich richtig gespürt habe und dass ich auf dem Weg weitersuchen kann. Es nimmt mir auch eine Last ab, weil ich selber das Gefühl hatte, ich kümmere mich zu wenig um die Arbeiten, die im Dorf anfallen, und um euch, die ihr dort lebt. Mögt ihr mir dies nun auch verzeihen."

„Es ist gut so, wie es ist. Auch wir ziehen immer wieder los durch das Land, wenn es das möchte. Auch wenn wir hier ein Dorf gebaut haben. Viele von unserem Volk sind sogar immer unterwegs und bauen erst gar keine Dörfer. Vor allem die im Inneren des Landes, wo es noch stärker ist. Wir alle verstehen, wie es dir ergeht. Wenn wir jung sind, erleben wir es ähnlich. Wir lernen, der Erde zu folgen, und sind wir einmal sicher geworden im Hören des Pulses der Erde, so gehen wir erst recht, wohin sie uns ruft. Darum sehe ich auch nicht, was dir zu verzeihen wäre. Aber wie du für uns gesagt hast, so sei es auch für dich gesagt: Es sei dir verziehen."

Sie sahen sich lange an. Es lag ein tiefes, dunkles Feuer in den Augen der alten Frau. Beryll konnte sehen, wie es pulsierte. Es ließ ihren Blick zugleich unendlich alt und ewig jung erscheinen. Es fühlte sich an wie die Stelle mit den runden Felsen in der Bucht. In ihrer Nähe fühlte er sich ebenso sicher und geschützt wie dort.

Die Frau hingegen sah das Grün des Waldes und die Frische einer Quelle in Berylls Augen. Erst dahinter erkannte sie ein Feuer. Ein Feuer, das wie das der Sterne war.

Ja, wenn einer den Riss würde heilen können, so müsste er es sein. Sie war beruhigt.

In den nächsten Wochen waren Beryll und Silbermähne fast nur noch draußen unterwegs. Beryll fühlte sich frei und erleichtert, seit er die Erklärung der Frau gehört hatte, und es machte ihm immer mehr Freude, „seine" Plätze aufzusuchen. Er lernte sie immer besser verstehen und nutzen.

Es kam ein Morgen nach einer Nacht, die sie am abgeschnittenen Flussarm verbracht hatten. Beryll saß schon seit Stunden am Ufer des Wassers, ging seine Übungen durch und sah auf die glatte Fläche hinaus. Silbermähne war gegangen, sich etwas zu essen zu suchen. Vor Beryll flatterten ein paar Libellen. Nicht weit von ihm ließ sich gerade eine Schar der weißen Vögel auf einem Baum nieder, die einen Schopf trugen und sehr gesprächig waren, wobei sie leider nicht die angenehmen Stimmen der Singvögel hatten.

Sie wollten wohl später hier trinken.

Beryll sah zu ihnen auf. Und erkannte sie kaum wieder.

Er hatte sie doch schon oft gesehen, denn es gab viele von ihnen in unterschiedlichen Sorten und Farben im Regenbogenland. Diese hier waren die weißen. Aber sie hatten alle eine Hülle aus Licht um sich.

Dann bemerkte Beryll, dass auch die Bäume in Lichthüllen gekleidet waren.

Er richtete seinen Blick auf die Wasserfläche. Ja, auch die Libellen hatten Licht um sich. Und er sah viele winzige Lichtpunkte. Das mussten die ganz kleinen Mücken und Fliegen sein, deren Körper er kaum erkennen konnte. Aber was für ein kräftiges Licht sie doch um sich hatten!

Er blinzelte, aber das änderte nichts an dem, was er da sah.

Und dann bemerkte er sie.

Es waren auch Wesen da, die weder Tiere noch Pflanzen waren. Er sah zwei Gnome neben sich sitzen. Wie sie aussahen, wusste er, weil er Hutzel ja einmal kurz hatte sehen können. Und vor ihm: Da schwebten kleine Gestalten wie Kugeln aus Licht. Das mussten Feen sein. Und hinter jedem Baum stand dessen Baumhüter.

Da drehten sich die beiden Gnome um und sahen auf etwas, was sich hinter Beryll befinden musste. Die Feen wurden ganz aufgeregt und neigten sich in dieselbe Richtung. Beryll drehte sich auch um. Sein Atem stockte.

Vor sich sah er ein Wesen aus weißem und goldenem Licht von der Gestalt eines Pferdes, jedoch größer, stärker und viel prächtiger als jedes Pferd, das er je gesehen hatte. Auf seiner Stirn trug es ein glänzendes Horn aus funkelndem Licht.

Es musste ein Einhorn sein.

Es war Silbermähne!

Natürlich war es Silbermähne.

Er hatte ihn doch genau so in seinem Traum im See gespiegelt gesehen. Und Merlin hatte ihm erzählt, dass er im Ring der Wahrheit so ausgesehen hatte. Und – es gab da noch etwas – Beryll wusste jetzt ganz sicher, dass er selbst Silbermähne unzählige Male in dieser Form begegnet war. So hatte er ihn schon immer gekannt. Was war nur mit ihm geschehen, dass er es nicht mehr gewusst hatte? So war die Welt doch immer gewesen. Die Welt, die er kannte.

Als er mit Silbermähne zu sprechen begann, verblasste das Licht nach und nach. Nach wenigen Worten sah alles so aus, wie es war, seit er damals im fernen Wald an der Quelle erwacht war und sich nicht mehr hatte erinnern können. Hier, in diesem so weit davon entfernten Land, war es ihm zum ersten Mal gelungen, wieder zu sehen. So zu sehen, wie es für ihn einst natürlich gewesen war. So zu sehen wie Merlin, Mausfreund, Rehfreundin, Silbermähne, die Zwerge und die Gnome sahen.

Er war zunächst einmal sehr durcheinander.

Silbermähne war sehr erfreut.

Und dann begann eine Zeit, ganz ähnlich wie damals, als es ihnen zum ersten Mal gelungen war, miteinander zu sprechen. Eine Zeit des Übens, Übens, Übens.

Bald schon merkte Beryll, dass es ihm nicht jederzeit und überall gelingen wollte, das Licht um die Wesen und die Lichtwesen zu sehen.

Am leichtesten ging es immer an der Wasserfläche. Als Nächstes gelang es ihm in der Bucht mit den runden Felsen. Dann auch im Wald. Wenn er im Dorf war, bei den Menschen, war keine Spur davon übrig.

Es schien ihm auch, dass meistens gar nicht er derjenige war, der bewirken konnte, dass er das Licht sah. Vielmehr, so hatte er den Eindruck, geschah es dann, wenn er etwas sehen sollte. Beim ersten Mal war es wie ein Zufall gewesen, später geschah es aber immer dann, wenn eines der Wesen, die für ihn früher unsichtbar gewesen waren, zu ihm kam, weil es sich bei ihm bemerkbar machen wollte. Wenn er in so einem Moment bei sich war und auch das Land gut spürte, dann sah er dieses Wesen und hörte es nicht nur.

Das war eigenartig, dass er dazu das Land beachten musste. Das musste etwas mit dem Puls der Erde zu tun haben. Die alte Frau hatte doch gesagt, dass Silbermähne den Puls der Erde kenne. Also unternahm er einmal mehr einen Versuch, seinen Freund zu befragen: „Silbermähne, sag, hat es mit dem Puls der Erde zu tun, ob ich die Wesen aus Licht und das Licht um die Wesen sehen kann oder nicht? Kannst und darfst du es mir erklären?"

Silbermähne antwortete: „Ja. So wie ich es verstehe, hat es etwas damit zu tun. Das Land gibt dir Kraft. Es geht dir ja inzwischen auch schon wieder besser als damals, als wir hier angekommen sind. Dein eigenes Licht ist stärker geworden. Jedes Mal, wenn du an einen der Orte gegangen bist, an denen es dir besonders gefällt, ist dein Licht kräftiger geworden. Die Erde, das Land, hat es genährt. Das geht aber nur, wenn du die Orte findest, die das für dich tun können. Orte, zu denen du passt. Orte, an denen du so sehr bei dir bist, dass du ihre Nahrung aufnehmen kannst. Wenn du den Puls der Erde spürst, kannst du diese Orte fühlen. Das ist aber nur ein Teil dessen, was mit dem Puls der Erde zu tun hat. Aber so viel hast du schon entdeckt.

Wenn dein Licht selber stark genug ist, hast du die Kraft, das Licht der anderen zu sehen. Darum gelingt es dir an ‚deinen' Orten. Dass es im Dorf nicht geht, hat eher damit zu tun, dass du da bei den Menschen bist, weniger beim Land, und dass die Unsichtbaren dich dort eben bei den Menschen leben lassen. Wäre es für sie dringend, sich dir zu zeigen, so würden sie es jetzt auch dort tun können. Dazu hast du nun genug Kraft gesammelt.

Nicht lange nach diesem Gespräch befanden sie sich in der Bucht mit den runden Felsen und Beryll hatte den Traum.

23

Das Innere

Es waren einige Monde über das Land gegangen, seitdem sie an der Küste des Regenbogenlandes angekommen waren, als diese Nacht endlich kam, in der Beryll den Traum hatte.

Es war, wie gesagt, in der Bucht mit den runden Felsen. Es war eine sternklare Neumondnacht. Beryll war lange mit Silbermähne am Strand gewesen. Sie hatten die Sterne bewundert. Dann hatte Beryll sich an seinen Ort zwischen den Felsen zurückgezogen. Der Ort, an dem er immer schlief, wenn sie hier waren. Er hatte sich mit Silbermähne in der Nacht für eine Begegnung im Traum verabredet, damit er nicht aus der Übung käme.

Als er Silbermähne in seinen Träumen fand, stand dieser an demselben Strand bei einem Feuer. Es war dasselbe Feuer, das Beryll früher in derselben Nacht gemacht hatte. Sie hatten es herunterbrennen lassen und dann die Sterne betrachtet. Silbermähne hatte noch am Feuer eine Bemerkung gemacht. Darüber, dass Berylls Stein den Feuerschein sehr stark aufnahm und dazu noch ein Licht in ihm wie von innen herauszuleuchten schien. Beryll hatte das gar nicht weiter beachtet, sondern nur kurz nach dem Amulett gegriffen und sich versichert, dass alles beim Alten war.

Nun fand er sich im Traum mit Silbermähne an genau der Stelle wieder. Hier im Traum aber handelte er nach Silbermähnes Bemerkung anders. Er zog das Amulett über den Kopf, um es sich genau ansehen zu können.

Tatsächlich hatte es ein Licht in sich, wie er es noch nie gesehen hatte. Die Schwärze glich wie immer der des Nachthimmels. Aber der bunte, kugelartige Fleck in der Mitte strahlte von innen heraus, als sei er aus buntem Feuer. Beryll sah noch genauer hin, auf den Fleck in der Mitte.

Entweder wurde der nun immer größer oder Beryll selbst bewegte sich auf ihn zu.

Es ging alles rasend schnell. Er fiel in den Stein hinein. Flog auf den bunten Fleck zu. Immer näher. Der Fleck war wirklich eine Kugel. Sie wurde immer größer. Bis er sie gar nicht mehr als Kugel erfassen konnte. Er hatte nur noch eine Fläche vor sich, die sich in den Farben des Regenbogens vor ihm ausbreitete. Vom Schwarz war nichts mehr zu sehen. Immer näher kam er auf die bunte Fläche zu. Dann wusste er, dass er auf das Land sah, dass er hoch über der Bucht schwebte. Er sah das Regenbogenland vor sich ausgebreitet. Er wusste, dass es so war. Auch sah er viele Silberfäden, die das bunte Land unter ihm durchliefen. Sie bildeten ein großes Netz mit vielen Schnittstellen. Ein Faden interessierte ihn besonders, ohne dass er einen Grund dafür hätte nennen können. Er ließ sich von ihm anziehen. Sobald er sich dazu entschloss, begann genau dieser Faden unter ihm zu glitzern. Er ließ sich noch näher zu ihm herabsinken. Er sah, dass der Faden vor einer Bucht begann, zu einem Dorf führte, dann an einem Fluss entlang über Hügel und im Inneren des Landes verschwand. Von Tiefblau zu Wassergrün und Waldgrün und hinein in das Gold, Ocker, Orange und Rostrot. Fasziniert ließ er sich noch näher herab.

Da beschleunigte sich seine Bewegung. Er fiel nicht mehr nur, er stürzte herab. Eine Kette von Bildern schoss an ihm vorbei. Das Wasser der Bucht, in der sie waren, er und Silbermähne an einem Feuer am Strand, das Dorf, in dem Hüpfende Frau lebte, wo sie zu Gast waren, der Fluss, an dem er mit Silbermähne gewesen war, der abgetrennte Flussarm, dann Hügel, er sah ganz deutlich, wie ihre Kämme aussahen, ein Pass, ein Abhang voller Gebüsch, eine sehr trockene Landschaft, eine Wasserstelle. Alles bewegte sich immer rascher an ihm vorbei. Bis es so rasend schnell ging, dass er nichts weiter erkennen konnte als verwischte Feuerfarben, die an ihm vorbeischossen. Dann wurde es schwarz. Und in dem Schwarz explodierte ein Licht. Heller, als er je welches gesehen hatte. Es wurde ihm davon so schwindlig, dass er sich irgendwo festhalten musste.

Da erwachte er.

Seine Hände waren in den Sand unter ihm gekrallt. Er lag ganz verdreht da. Der Stein lag unter ihm. Genau dort, wo sein Herz war. Er hatte sich tief in seine Haut gedrückt. Und obwohl der Stein nicht – oder vielleicht auch nicht mehr – heiß war, sondern sich sogar eiskalt anfühlte, brannte ihm die Haut, wo er ihn berührt hatte.

Mit Mühe rappelte er sich auf. Er wollte ein paar Schritte gehen. Sich erholen. Etwas trinken, um wieder zu sich zu kommen.

Kaum kam er zwischen den Felsen hervor, sah er Silbermähne auf sich zukommen. Der sah sehr besorgt aus und fragte ihn gleich: „Ist alles in Ordnung mit dir? Was ist bloß geschehen? Ich habe dich, wie verabredet, im Traum getroffen. Wir waren gemeinsam an dem Feuer von heute Abend. Das war, weil ich mir gewünscht hatte, dass du doch noch sehen mögest, wie schön dein Amulett da aussah. Aber als du hineingeschaut hast, wurde ein riesiger, feuriger Farbwirbel daraus, der dich verschlang. Du warst urplötzlich einfach weg aus meinem Traum und um nichts in der Welt wollte es mir gelingen, dich wieder zu fühlen. Darum bin ich so rasch ich konnte hierher, um nach dir zu sehen."

„Lass mich erst etwas trinken. Dann erzähle ich dir", antwortete Beryll, noch immer ganz benommen.

Silbermähne musste sich eine Weile gedulden, bis Beryll getrunken hatte und es ihm nicht mehr schwindlig war, sodass er sich in Ruhe hinsetzen und erzählen konnte. Beryll gab sich alle Mühe, Silbermähne alles so genau wie möglich mitzuteilen. Er hatte das Gefühl, dass hier etwas passiert sei, das den Rahmen dessen sprengte, was Träumer ihnen beigebracht hatte. Er hoffte sehr darauf, dass Silbermähne verstehen würde, dass er eine Erklärung haben würde.

Silbermähne hörte sehr konzentriert zu. Dann ließ er sich alles nochmals erzählen und dann nochmals. Dann stellte er

Fragen. Vor allem über den Teil, als Beryll die Bilder von der Landschaft gesehen hatte. Schließlich war er noch eine ganze Weile still und meinte dann erst: „Hat nicht die alte Frau damals gesagt, der Stein würde dir den Weg zeigen? Haben wir das nicht auch gedacht? Ich würde sagen, dass der Stein das eben getan hat, wenn auch auf eine sehr überraschende Weise. Denn wenn die Bilder, die du erkennen konntest, wie du sagst, zum Teil genau zeigen, wo wir hier sind und was wir kennen, so nehme ich einmal an, dass der Rest, den du erkennen konntest, genauso real ist. Der Stein hat dich zu seinem Land geführt. Etwas stürmisch und feurig. Aber ich habe das Gefühl, dass das euch beiden im Grunde liegt. Ich glaube, er hat uns gezeigt, wo wir hingehen sollen, um zu seiner Wurzel zu finden. Was meinst du?"

„Es ist Zeit zum Aufbrechen, meine ich. Die Bilder von hier habe ich genau erkannt. So ist es. Einen Teil der anderen habe ich mir genau merken können. Wenn wir bis zu den Hügeln gehen, werden wir erfahren, ob es den Pass, den ich gesehen habe, dort wirklich gibt. Die beiden Berge links und rechts von ihm waren unverwechselbar. Sie müssten aussehen wie ein Paar Schildkröten, die ihre Köpfe zueinander strecken, aber ihre Füße eingezogen haben. Dazwischen lag der Pass. Und auch an andere Hügel und Baumgruppen kann ich mich erinnern, bevor dann alles zu schnell ging. Lass es uns einfach ausprobieren, ob das die Art ist, wie der Stein uns den Weg zeigt. Seit Orchidee bereits vor zwei Monden aus dem Nachbardorf losgezogen ist, um seinen Traummeister im Inneren zu suchen und zu finden, hält es mich sowieso kaum noch hier."

Silbermähne stimmte zu. Aber er war vorsichtig. Es hatte ihn aus der Fassung gebracht, mit welcher Wucht Beryll in diesen Strudel gezogen worden war. So besprach er sich mit seinem Freund Topas, dem Drachen, sobald Beryll sich nochmals hingelegt hatte, um sich nach dem wilden Traum auszuschlafen. Der Drache schickte seine Gedanken zu Silbermähne: „Wenn Feuer auf Feuer trifft, besonders das Feuer der fünf Elemente, beschleunigt sich alles. Ihr habt recht entschieden. Der Stein hat Beryll den Weg gezeigt. Zum ersten Mal hat Beryll seinen Stein als Traumhelfer erreicht. Der Stein hat ihm seinen Traum gezeigt. Er hat ihm den Ort seiner Wurzel gezeigt. Nun möchte er dorthin getragen werden. Er war wohl ein wenig ungeduldig, was verständlich ist. Jetzt, wo er nach so langer Zeit so nah ist. So hat Beryll es fast nicht ausgehalten. Kein Wunder, dass ihm schwindlig war. Aber es wird ihm ab jetzt leichterfallen. Er kann nun mit seinem Stein wie mit einem Traumhelfer träumen und der wird sich schon zu einem ruhigeren Tempo bequemen, wenn die erste Aufregung vorüber ist." Er kicherte: „Man sollte es nicht für möglich halten, aber auch wenn die Regenbogensteine zu den ältesten der roten Welt gehören und dazu noch im Wasser gelöst waren, wieder fest werden mussten und manche dann vom Wind geschliffen wurden, so haben sie doch das Feuer ihrer Jugend bei Weitem nicht verloren. Heißt es nicht, dass immer jedes Alter in einem verborgen ist? Der Stein im Amulett hat sich aufgeführt wie am Tag seiner Entstehung. Das mag ihm mehr Freude bereitet haben als Beryll, der da kaum mithalten konnte. Aber du brauchst dir keine Gedanken um Berylls Sicherheit zu machen. Der hält das aus. Es ist nichts daran, was gegen ihn gerichtet ist. Feuer kennt Feuer. Wie du selbst zu Beryll gesagt hast: Im Grunde liegt es beiden. Dazu kommt, dass sich der Stein, wie gesagt, auch noch abkühlen wird. Folgt den Bildern, soweit sich Beryll erinnern kann. Wenn er unsicher wird oder ihr dorthin kommt, wo es für ihn zu rasch wurde, um etwas erkennen zu können, so soll er ruhig wieder den Stein fragen. Er kann das wachend oder im Traum tun. Ähnlich wie er mit dir redet. Aber er soll dabei auf die Kugel schauen und *nicht* in den schwarzen Teil, wenn er das Regenbogenland erreichen will."

Das verstand Silbermähne genau.

Beruhigt verabschiedete er sich von seinem Freund und ging zum Strand, um den Sonnenaufgang zu erwarten.

Sie zauderten nicht lange. Nachdem Beryll erholt erwacht war, machten sie sich gleich auf ins Dorf, um sich zu verabschieden. Beryll erklärte Hüpfender Frau und der Dorfältesten, die mit ihm damals über das Land gesprochen hatte, warum sie fort wollten. Sie verstanden ihn genau. Sie schenkten ihnen etwas Mehl und getrocknete Früchte für ihren Weg. Vorläufig würden sie diese nicht brauchen, denn solange sie auf dieser Seite der Hügel waren, gab es Wald, gab es den Fluss. Sie kannten sich inzwischen gut genug aus, um sich hier versorgen zu können. Sollten sie jedoch weit in das trockene Land jenseits der Hügel gehen müssen, so wären sie wohl bald froh um die Vorräte. Dort war es nicht leicht zu überleben. Das war auch der Grund, weshalb die Alte sich versicherte, dass sie mehr als zwei große Beutel für Wasser in ihrem Bündel dabei hatten.

Bevor sie endgültig aufbrachen, schliefen sie noch eine Nacht im Dorf. Als sie am Morgen fertig waren und Silbermähne mit ihrem Gepäck beladen neben Beryll auf den Platz in der Mitte des Dorfes hinaustrat, waren dort alle Bewohner versammelt. Alle waren gekommen, um ihnen einen Segen auf ihren Weg mitzugeben. Die beiden bedankten sich für ihre Gastfreundschaft und ihre guten Wünsche.

Dann gingen sie aus dem Dorf.

Beryll war nun richtig froh, dass die Dorfleute Abstand von ihnen gehalten hatten, denn schon so fiel ihm dieser weitere Abschied schwer genug. Wie wäre es erst gewesen, wenn er alle noch näher gekannt hätte? Nicht das Weitergehen war das Schwierige am Unterwegssein. Nein. Es war, dass er immer wieder die Kraft finden musste, sich von dem zu lösen, was er zurückließ.

Als Erstes gingen sie zu Berylls Platz an der ruhigen Wasserfläche. Dort machten sie Rast, damit er ihn nochmals gut spüren und sich auch von den Wesen dort verabschieden konnte. Dann gingen sie etliche Tage flussaufwärts. Der Fluss wurde nach und nach schmaler. Sie querten einige seiner Zuflüsse. Aber immer wieder erkannte Beryll Stellen, die er gesehen hatte, als er in den Stein gefallen war. So waren sie sich sicher, noch immer dem Fluss zu folgen, den der Stein ihm gezeigt hatte. Sie kamen zu den Hügeln und der Weg wurde mühsamer, weil es immer weniger Platz zwischen den Hängen und dem

Bergbach, zu dem der Fluss inzwischen geworden war, gab. Es ging ordentlich bergan, bis sie endlich in ein Hochtal kamen, nachdem sie ein sehr steiles Stück Weg überwunden hatten.

Vor ihnen sahen sie den Kamm der Hügelkette, der ihren Horizont begrenzte. Aber in den letzten Tagen hatten sie nie einen so weiten Blickwinkel gehabt, weil sie in dem tief eingeschnittenen Bachbett unterwegs gewesen waren.

Beide blieben erschrocken stehen und lachten dann. „Fast hab ich geglaubt, dass die beiden dort hinten lebendige Tiere sind. Ich wusste nicht, ob sie uns gefährlich sein könnten", sagte Silbermähne.

„Nein, Tiere sind sie wohl nicht. Aber sie sehen wirklich so aus. Und sie sehen ganz genauso aus wie die, die ich auf meinem Flug in den Stein gesehen habe. Zwei Schildkröten mit ausgestrecktem Kopf und eingezogenen Füßen. Da vorn ist der Pass, den ich gesehen habe. Der Weg stimmt also noch immer."

Sie brauchten noch einen Tag, bis sie auf der Passhöhe waren. Von dort oben sahen sie die Sonne untergehen. Vor ihnen dehnte sich ein weiter, gleichmäßiger Abhang, der weit unter ihnen in eine große Ebene überging, aus der ab und zu rote, rund geschliffene Felsgebilde hervorsahen. Je weiter weg das Land von den Hügeln war, desto spärlicher wuchsen Bäume und Büsche. Es war nicht mehr weit bis dorthin, wo das Land zu einer Wüste wurde. Beryll fragte sich, ob sie diese würden queren müssen und ob sie dies ohne Hutzel schaffen könnten.

Aber das lag noch in der Zukunft. Als Nächstes galt es, einen Platz für die Nacht zu finden.

Am Fuße des linken Schildkrötenkopfes fanden sie einen Felsvorsprung, der sie vor dem Wind schützte.

Es mussten schon Menschen hier gewesen sein, denn es gab Reste von Feuern. Auf ihrer Wanderung waren sie bisher noch niemandem begegnet. Und auch hier musste es schon lange her sein, als das letzte Mal ein Feuer gebrannt hatte. Das Land, durch das sie vom nächsten Tag an gingen, war anders als die Gegend, die sie jenseits der Hügel monatelang erkundet hatten. Nur aus Berylls Bildern und aus Träumers Erzählungen kannten sie es.

Das nächste Bild, an das er sich nach dem Schildkrötenpass erinnern konnte, waren drei alte, zerzauste Bäume, um die herum dicke, abgestorbene Äste lagen, die sie verloren hatten, und deren Rinde sich in Streifen von den Stämmen ablöste. Wie sie vom Pass dorthin gelangen sollten, war ihm nicht klar.

Also versuchte er auf Silbermähnes Rat hin, seinen Stein zu befragen. Silbermähne hatte ihm alles erzählt, was der Drache dazu gesagt hatte.

Beryll setzte sich hin, mit dem Rücken an den Felsen gelehnt, und sah in die bunte Kugel in seinem Amulett hinein. Wie beim Träumen stellte er sich vor, dass er den Stein treffen wolle, und stellte ihm die Frage, auf die er eine Antwort wünschte. Diesmal geschah lange Zeit überhaupt nichts. Auf gar keinen Fall leuchtete der Stein oder zog ihn die Kugel darin an. Nach einer Weile legte er den Anhänger wieder um seinen Hals und gab es auf, ihn zu fixieren. Er war davon ganz müde geworden.

Sie beschlossen, als Nächstes einfach auf gut Glück den Abhang weiter hinabzugehen. Sie wählten einfach den Weg, der sie am einfachsten zwischen den Bäumen hindurchgelangen ließ. Aber je weiter sie sich dem Fuß der Hügel näherten, desto größer wurden die Abstände zwischen den Baumgruppen, desto mehr Möglichkeiten gab es, einen Weg einzuschlagen.

Da versuchte Beryll es noch einmal. Diesmal nickte er dabei tatsächlich ein, denn sie waren ein paar Stunden gelaufen. Und im Schlaf sah er sie unter dem Baum, unter dem sie waren, und er sah die Silberlinie, die sich vor ihnen durch das Land zog. Wie beim ersten Mal flimmerte sie vor ihm. Bevor er ihr im Traum folgen konnte, wurde er wieder wach.

„Die Silberlinie ist hier. Ich habe sie im Schlaf eben sehen können“, sagte er zu Silbermähne. „Es müsste mir doch gelingen, sie auch zu spüren, wenn ich wach bin. Wie könnte ich das anstellen?“ Während er darüber nachdachte, spielte er mit dem Anhänger, wie er es oft tat. Er zog ihn über den

Kopf und sah ihn an. „Vielleicht zeigt sie mir der Stein ja auch, wenn ich wach bin; vorausgesetzt, ich finde heraus, wie. Wie diese eiserne Nadel, die ich auf der ‚Meeresdrache' gesehen habe, die immer nach Norden zeigt." Er nahm den Stein in die Hand und ging langsam einmal um den Baum herum. An einer Stelle begann es ihn in der Hand, in der er den Stein hielt, zu kribbeln. War das wegen des Steins oder war es einfach so, ohne Grund? Nochmals ging er um den Baum. Wieder war es ganz genauso und an derselben Stelle. Er versuchte es noch ein paar Mal. Er erinnerte sich noch genau an den Traum. Ja. Das Kribbeln kam an der Stelle, an der die Linie vom Baum wegführte. Er lief ein paar Dutzend Meter in dieser Richtung. Dann ging er quer dazu über die Linie wie beim Baum. Wieder das Kribbeln.

Und auf einmal war da noch etwas: Der Stein fühlte sich kühler an, je weiter er von der Linie wegging. Immer wieder probierte Beryll es aus. So tasteten sie sich für eine ganze Weile in einer Schlangenlinie auf ihrem Weg weiter.

Bald wurde es Nacht und sie rasteten.

„So kann das aber nicht wirklich weitergehen. Wir kommen ja gar nicht voran und vor allem macht es keinen Spaß, sich so konzentrieren zu müssen. Es fällt mir zu schwer", beklagte sich Beryll bei Silbermähne.

„Ich frage mich, warum du die Linie im Traum siehst, aber nicht, wenn du wach bist? Willst du nicht einmal versuchen, es so anzugehen wie am abgeschnittenen Flussarm, als du mich und die anderen Lichtwesen zu sehen gelernt hast?"

Das tat Beryll noch, bevor sie einschliefen.

Dabei erlebte er eine Überraschung. Er konnte die Linie, nur einen ganz kurzen Moment lang, auch wach sehen. Er sah, wo sie war, und stellte sich darauf, um ihr zu folgen. Da verschwand sie wieder. Aber er merkte, dass er sie mit den Füßen hören konnte. So beschrieb er es Silbermähne. Es war wie ein Puls, den er durch die Fußsohlen wahrnahm. Ging er von der Linie weg, so war das Klopfen nicht mehr da, stand er darauf, so wusste er, dass es da war.

„Da hast du noch etwas über den Puls der Erde dazugelernt. Wenn du das weiter übst, werden wir bald wieder rascher vorankommen“, sagte Silbermähne und war erleichtert, denn auch er hatte den ganzen Tag über das Gefühl gehabt, trödeln zu müssen, was er gar nicht mochte.

Er hatte recht. Beryll übte am nächsten Tag weiter und hatte es bald heraus, dem Puls in seinen Füßen zu folgen.

Nach zwei weiteren Tagen gelang es ihm sogar, die Linie zu spüren, wenn er auf Silbermähne ritt. Das war nun leicht möglich, denn das Gelände war nicht mehr steil und es gab auch keinen dichten Wald mehr. Die Linie führte sie immer weiter in das steppenartige Land am Rand der Wüste hinein. Sie waren vorsichtig gewesen und hatten ihre Wassersäcke bereits gefüllt, als sie am Pass bei der Quelle des Baches angelangt waren, der sie dorthin geführt hatte. Aber sie hatten sie bisher noch nicht wirklich nötig gehabt, denn sie kamen immer dann an eine Wasserstelle, wenn es unumgänglich wurde zu trinken. Die Linie schien zu wissen, was ein Mensch und ein Einhorn aushalten konnten. Trotzdem hielten sie ihre Wasservorräte frisch und aufgefüllt.

Mit dem Finden von Nahrung begann es für Beryll bereits schwierig zu werden. Silbermähne fand noch längst genug, wenn auch trockene Nahrung in der kargen Steppenvegetation. Es war ganz erstaunlich, wie wenig Nahrung er brauchte. Er erklärte Beryll, dass er als Einhorn hier in diesem uralten Land viel Kraft direkt aus dem Boden und von der Sonne bekäme und so weniger zu weiden brauchte. Beryll waren viele Pflanzen hier gänzlich unbekannt, sodass er nicht recht wusste, ob sie essbar waren oder nicht. Was er im Wald jenseits der Hügel kennengelernt hatte, wuchs hier nicht mehr. Dankbar griff er auf die Vorräte zurück, die sie im Dorf geschenkt bekommen hatten. Aber die würden bald zur Neige gehen.

Er wünschte sich sehnlichst, auf einen Gnom zu treffen, damit er ihn darüber befragen könnte, welche Pflanzen er essen konnte. Aber wie sehr er auch einen herbeirief, keiner zeigte sich ihm. Das Land um sie herum wurde nun wirklich immer karger und auch die Abstände zu den Wasserstellen immer größer. Inzwischen waren ihre Wassersäcke meist bereits schon halb geleert, wenn sie an die nächste kamen. Es galt, immer sparsamer mit Essen und Wasser umzugehen.

Eines Tages griff Beryll bereits auf eine der Trockenfrüchte vom Baum der Sommerkraft, ein Geschenk der Elfen, zurück, von denen ihm noch einige wenige geblieben waren, damit er durchhalten konnte. Er war ordentlich abgemagert, seitdem sie ins Innere losgezogen waren. An dem Abend kamen sie zu einer Gruppe von Felsen. Breite Spalten, die bis zum Boden reichten, trennten sie voneinander.

Silbermähne witterte das Wasser als Erster. Sie folgten seiner Nase und kamen durch eine der Spalten an eine Stelle, wo sie Wasser tropfen hörten. Nach einer Biegung konnten sie es sehen. Die Spalte erweiterte sich zu einem winzigen Tal zwischen den Felsen. Das war zum größten Teil von einem Teich ausgefüllt. Das Wasser tropfte langsam und stetig aus einer Öffnung im Felsen, nicht weit oberhalb des Wasserspiegels des Teiches. Der war vom üppigsten Grün umstanden, das sie je gesehen hatten. Sogar ein paar Bäume gab es hier. Viele der Vögel mit dem Schopf hatten sich in deren Geäst niedergelassen. Am Rand des Teiches wateten Reiher und es gab eine Tränke, bei der gerade eine Familie der menschengroßen Tiere, die auf ihren Hinterbeinen liefen und so weite Sprünge machen konnten, dabei war sich zu erfrischen. Erstaunt sahen sie auf und betrachteten Beryll und Silbermähne ohne jede Scheu, um dann weiter zu trinken. Der Teich wirkte tiefblau, da sich der Himmel darüber in seinem klaren Wasser widerspiegelte.

Beryll und Silbermähne wurden unweigerlich an Hutzels Heimat, die Oase in der Wüste jenseits des vielen Wassers und des großen Flusses erinnert. Hier wimmelte es ebenso von Leben, wie es dort der Fall gewesen war.

Als die Tiere genug getrunken und gebadet und sich zurückgezogen hatten, erfrischten sich Beryll und Silbermähne in dem Teich.

Dann setzte sich Beryll ganz still unter einen der Bäume am Rand des Wassers. „Es muss hier doch Gnome oder Feen geben! Ich hoffe, dass sie mit mir sprechen werden."

Er konzentrierte sich und vertiefte sich in das Land unter ihm. Nach einer Weile konnte er das Licht um die Wesen sehen. So war der Ort noch zauberhafter, als es bereits für seine „Augen des roten Landes", wie er und Silbermähne seine andere Art zu sehen getauft hatten, gewesen war. Sicher gab es an einem solchen Ort auch Lichtwesen. Und nach einer Weile kamen sie dann auch aus ihren Verstecken. Ja, es gab hier Lichtwesen. Die Baumhüter waren natürlich da. Aber auch Feen schwebten über dem Wasser, ganz ähnlich wie am abgeschnittenen Flussarm.

Beryll bat darum, dass ein Gnom sich ihm zeigen möge. Nach einer Weile löste sich wirklich einer aus dem Schatten unter einem großen Stein und kam zu ihm. Er stellte sich in sicherer Entfernung vor ihn hin und musterte ihn genau. Da spürte Beryll auch, dass sein Stein warm wurde.

„Du bist der Träger des Wirklichkeitswebers? Ja, so muss es sein. Er glänzt auf deiner Brust. Endlich bist du gekommen. Der Riss zwischen den Welten darf nicht mehr viele Gnomenleben andauern, wenn er nicht auf ewig bestehen bleiben und den langsamen Untergang des roten Landes besiegeln soll. Möge dein Weg dich ans Ziel führen, das wünsche ich dir. Aber du siehst mager aus, du warst wohl lange unterwegs und bist ermüdet. Wessen bedarfst du jetzt? Was kann ich für dich tun?"

„Ich danke dir, dass du meiner Bitte nachgegeben hast und gekommen bist. Du hast richtig gesehen. Ich bin auf einer Queste, den Wurzelort des Steines zu finden und damit die Meinen, so hoffe ich. Der Stein kann mir vielleicht dazu verhelfen, mich wieder daran zu erinnern, wer ich bin und woher ich komme. Auf meiner Reise bis hierher habe ich bereits erfahren, was meine Aufgabe ist, aber auch, dass ich sie nur dann vollbringen kann, wenn ich mich erinnere. Es war ein weiter Weg bis an diesen Ort. Wir, Silbermähne und ich, waren viele Jahre unterwegs, die letzten Wochen hier in der Steppe und immer weiter in die eigentliche Wüste hinaus. Und so findest du mich jetzt wirklich hungrig und ermüdet von der Anstrengung des Weges vor. Wenn du mich fragst, was du für mich tun kannst, so möchte ich dich bitten, mich zu lehren, wie ich mich von diesem Land hier, dessen Pflanzen ich nicht kenne, ernähren kann. Ich habe zwar von Menschen aus einem Dorf des Regenbogenlandes einen Vorrat an Nahrung geschenkt bekommen, als wir von der Küste aufgebrochen sind, der ist jetzt aber so gut wie aufgezehrt. Es ist für mich bitter nötig zu lernen, wie ich mich selbst durchbringen kann."

„Da du bis hierher gelangt bist, musst du ein Freund des Landes geworden sein, musst du auf deinen Wirklichkeitsweber gehört haben. Also will auch ich dir helfen, da die beiden es auch tun. Hier am Teich wird es nicht schwer sein, für dich Nahrung zu finden. Da wollen wir beginnen. Ich glaube, es wird dir gut tun, ein paar Tage hierzubleiben und zu Kräften zu kommen. Ich werde auch von hier aus mit dir ins Land gehen können, um dir zu zeigen, wie du es anstellen musst, um dort draußen nicht zu verhungern. Diese Bitte erfülle ich dir gern, denn wie sollst du sonst deine Aufgabe vollenden?"

Beryll bedankte sich bei dem Gnom, der sich einfach Gnom von unter dem Stein nannte. Dieser begann gleich, sein Versprechen einzulösen. Er zeigte Beryll einen Busch, der Beeren trug, von denen er essen konnte. Sie waren sauer, saftig und schmackhaft. Er wies ihm eine Stelle im feuchten Boden, wo eine Pflanze mit sehr nahrhaften Knollen wuchs. Diese konnte er essen, nachdem er sie in heißer Asche gegart hatte. So war er an dem Abend einmal so richtig satt, wie er es schon lange nicht mehr gewesen war.

Dazu hatte er einen neuen Freund gewonnen. Und einen Platz auf seiner Silberlinie erreicht, der ihn mit Freude und Zuversicht erfüllte und dessen Schönheit ihn tief berührte. Sehr gern wollte er den Rat des Gnoms befolgen, hier eine Pause einzulegen und sich zu erholen. Er konnte sich gar nicht vorstellen, gleich von hier wegzugehen, ohne all diese Schönheit genossen zu haben.

Am nächsten Morgen kam der Gnom schon früh zu Beryll. Der stellte fest, dass es ihm in der Stille dieses Ortes zwischen den Felsen leichter denn je fiel, die Lichtwesen zu sehen. Er konnte ihm also gut folgen, als er ihn an eine Stelle führte, wo ein großer Vogel sein Nest hatte. Es war ein Vogel mit langen, muskulösen Beinen, auf denen er fast ebenso rasch rennen konnte wie Silbermähne. Aber auch er konnte nicht fliegen wie die kurzbeinigeren Vögel, die sie auf der Insel nach dem Sturm getroffen hatten.

„Sie hat ein Geschenk für dich", erklärte der Gnom Beryll.

„Ja", sagte der Vogel. „Der Gnom von unter dem Stein hat uns Tieren von dir erzählt: Dass du müde bist und eine Weile hierbleiben wirst, um zu Kräften zu kommen. Dass du den Wirklichkeitsweber trägst. Damit du rasch zu Kräften kommst, wirst du als Mensch mehr brauchen als die Pflanzen, die hier wachsen. Ich habe heute früh ein Ei gelegt, das ich dir schenken will. Die anderen von den Tagen zuvor werde ich allerdings weiter ausbrüten." Sie erhob sich kurz von ihrem Gelege und rollte Beryll ein Ei zu. Es war das größte Ei, das er je zu Gesicht bekommen hatte. „Ich danke dir! Es wird mich mehr als einmal satt machen können, ohne dass ich lange nach Nahrung suchen muss. Und das ist eine große Erleichterung für mich. Du hast mir damit sehr geholfen. Wenn ich auch etwas für dich tun kann, so lasse es mich bitte wissen." „Ich wüsste nicht, was du für mich tun könntest. Aber ich werde darauf zurückkommen, falls eines unter uns Tieren dich braucht."

Beryll trug das Ei zur Feuerstelle, die er angelegt hatte, und garte es dort vorsichtig in der Asche. Er hatte recht gehabt. Leicht wurde er mehr als einmal davon satt. Zusammen mit den Beeren und etwas von dem Salz, das sie vom Dorf mitgenommen hatten, schmeckte es köstlich.

Es sollte nicht lange dauern, bis er tatsächlich etwas für die Tiere tun konnte, denn schon zwei Tage später kam der Gnom von unter dem Stein zu ihm. Er bewegte sich so rasch er konnte, was bei Gnomen sehr rasch ist, und sprach schon mit Beryll, bevor er noch bei ihm angekommen war: „Beryll, rasch! Eines der Jungen muss eine Pflanze gegessen haben, die giftig ist. Ich hab kein Gegenmittel. Kannst du helfen?“ Beryll sprang von seinem Platz unter dem Baum auf, wo er gerade seine Übungen gemacht hatte. Er rannte die paar Schritte zu der Nische im Felsen, wo er sein Gepäck untergebracht hatte, und griff nach dem Bündel mit den Einhorndosen.

Dann rannte er so schnell er konnte hinter dem Gnom her.

Der verschwand um eine Ecke im Felsen und lief in Richtung Teich. Nicht weit vom Ufer sah Beryll ein Jungtier liegen. Es war eines der Jungen von der Familie der hüpfenden Tiere, die er bei seiner Ankunft hier am Teich hatte trinken sehen. Als er bei ihm war, sah er, dass es Schaum vor dem Mund hatte und ganz steif geworden war.

Er packte seine Einhorndosen aus und ähnlich, wie es damals bei Silbermähne der Fall gewesen war, leuchtete hier ebenfalls eine der Beschriftungen auf: „Gegen das Krampfgift“ war da zu lesen. Beryll öffnete sie und rieb dem Jungtier etwas von ihrem Inhalt ins Maul. Dann löste er etwas davon in Wasser auf, das er vom Teich holte, und versuchte, es ihm zu trinken zu geben.

Erst nach einer Weile, als das eingeriebene Pulver zu wirken begonnen hatte, konnte es überhaupt schlucken. Aber es schien durstig zu sein und trank eine ordentliche Menge von dem Wasser mit dem Gegenmittel. Dann schlief es ein.

Die anderen Tiere seiner Familiengruppe, die sich auf eine gewisse Distanz zurückgezogen, aber ganz genau zugesehen hatten, näherten sich nun.

Beryll erklärte ihnen und dem Gnom: „Das Kleine hat tatsächlich von einer Giftpflanze gegessen. Das Pulver, das ich ihm gegeben habe, wird die Krämpfe lösen, sodass es wieder besser atmen und sich bewegen kann. Wenn es ausgeschlafen hat, wird es wieder so gut wie ganz gesund sein. Und ich glaube, es wird kein zweites Mal von diesem Kraut naschen wollen. Das hat es nun gelernt. Falls es wach wird und es ihm doch noch nicht gut gehen sollte, so gebt mir Bescheid. Dann werde ich sehen, was noch zu tun ist.“ Damit verabschiedete er sich und ging zu seinem Lagerplatz zurück, wo der Gnom ihn aufgestöbert hatte. Die Mutter des Jungen sah ihm dankbar nach.

Sobald Beryll sich am Lagerplatz und an der Wasserstelle auskannte und sich von der Anstrengung des letzten Teils der Reise bis dorthin erholt hatte, begann der Gnom damit, ihn mit der Halbwüste, in der sie sich nun befanden, vertraut zu machen.

Er begleitete Beryll und Silbermähne auf immer weiteren Streifzügen in die Umgebung der Felsen, die die Quelle mit dem Teich in sich bargen.

Er zeigte ihnen, welche der dünn gesäten Pflanzen Knollen bildeten, die sich ausgraben ließen und nahrhafte Mahlzeiten ergaben. Er lehrte Beryll, wie er an dazu geeigneten Orten im Boden nach Wasser graben konnte und woran solche Stellen zu erkennen waren. Er zeigte ihm die Sterne, an denen er sich orientieren konnte, denn auch dies musste Beryll hier neu erlernen, da sie ja ganz andere Muster zeigten, als dort, wo er hergekommen war.

Er zeigte ihm auch, welche Insekten und Larven, die im Boden lebten, er in der größten Not würde essen können. Denn, so sagte er, wenn Beryll je wirklich weit hinaus in die Wüste müsse, so reichten dort die Pflanzen allein nicht mehr aus, um ihn zu ernähren, und er würde wohl oder übel auf diese Art von Nahrung zurückgreifen müssen, wenn er nicht mehr genug Vorräte hätte, um überleben zu können.

Bald schon überließ er Silbermähne und Beryll sich selbst, damit sie sich allein zurechtfinden konnten. Er ging mit den beiden mit, half aber nur noch, wenn sie in Schwierigkeiten gerieten oder unsicher wurden. Das war immer seltener der Fall.

Als die beiden so weit waren, dass sie eine ganze Woche entfernt von der Wasserstelle allein zurechtkamen, meinte der Gnom: „So. Ich glaube, dass ihr jetzt soweit seid. Ihr habt genug von mir gelernt und kennt das Land nun gut genug, um hier leben zu können. Wir waren jetzt einen Viertelmond lang unterwegs und kein einziges Mal musste ich einspringen. Alles habt ihr selber fertiggebracht. Ich schlage vor, dass ihr mich jetzt sicher zur Wasserstelle und meinem Stein zurückbringt. Dann ist eure Lehrzeit bei mir zu Ende."

Das taten sie auch, und als sie gut an ihrem Lagerplatz angekommen waren, bedankten sich Beryll und Silbermähne herzlich bei dem Gnom von unter dem Stein und begleiteten ihn noch bis zu seiner Wohnung.

Von da an sah Beryll ihn nur noch selten.

24

Meister des Träumens

Nun waren sie schon zwei ganze Monde bei der Felsgruppe und die meiste Zeit davon hatte Beryll an seinem Lagerplatz verbracht. Er hatte gelernt, in der kargen Umgebung zurechtzukommen.

Also begann er daran zu denken, seine Suche fortzusetzen.

Er ging um die Felsen herum, um seine Silberlinie im Boden wieder zu finden und ihr weiter folgen zu können.

Aber er fand sie nicht.

Da sah er nochmals in den Stein und wollte sie erträumen.

Diesmal antwortete auch der Stein mit nichts weiter als Bildern von Berylls Lagerplatz und dem Teich.

„Silbermähne, ich verstehe das nicht! Bis hierher hat uns die Linie gebracht, die der Stein mir gezeigt hat. Aber nun kann ich die Linie nicht mehr finden. Der Stein gibt mir auch keine Antwort.“

„Vielleicht sind wir angekommen? Und du musst hier nach dem Wurzelort des Steines suchen?“

„Nein, das glaube ich nicht. In dem ersten Traum, da gab es ein Bild von diesem Teich hier. Aber es war nicht das letzte Bild. Es muss noch weitergehen. Ich kann mich noch an Bilder aus der Wüste und an andere Felsen mit einer viel kleineren Quelle erinnern. Das war alles noch, bevor die Bilder zu rasch wurden, um ihnen zu folgen. Und ich bin mir sicher, dass es ganz am Ende eine Höhle gab. Hier gibt es zwar ein paar Löcher im Fels, von einer richtigen Höhle kann aber ganz und gar keine Rede sein. Ich bin noch nicht am Ziel angekommen, auch wenn die Farbe der Steine hier ganz ähnlich ist, wie es bei der Höhle war.

Es gelingt mir aber nicht herauszufinden, in welche Richtung ich weitergehen muss."

„Könnte es sein, dass es ganz einfach noch nicht Zeit ist zum Weitergehen? Dass du die Linie später wieder fühlen wirst? Vielleicht bist du einfach noch zu erschöpft. Ich denke, wir sollten noch ein paar Tage abwarten und es dann wieder versuchen."

Beryll hörte das gar nicht gerne, denn es drängte ihn weiter. Aber es war immer noch besser zu hoffen, dass Silbermähne recht hatte, als davon auszugehen, dass die Linie endgültig versiegt war. Und so gab er sich damit zufrieden, noch ein wenig abzuwarten.

Er verbrachte viel Zeit damit, die Tiere zu beobachten, die hier lebten, und die Übungen zu machen, die er von Träumer erlernt hatte. Besonders viel Zeit setzte er dafür ein, sich darauf einzustimmen, das Licht um die Wesen und die Lichtwesen sehen zu können. Tiere, Pflanzen und die Baumhüter, Steine und auch viele der Lichtwesen schienen bereit, mit ihm zu üben, denn in der Zeit gelang es ihm meistens, dass sie sich auf seinen Wunsch hin zeigten und auch bereit waren, mit ihm zu reden.

Das ließ ihn ab und zu an Bussardfreundin, die Blatt des wohlriechenden Baumes geworden war, denken. Er begann zu verstehen, wie anders sie sich gefühlt haben musste als die anderen Menschen ihres Stammes im Norden, denn sie hatte ja nicht nur mit den Tieren sprechen können wie diese, sondern sich auch mit den Pflanzen und den Steinen austauschen wollen und dies mit der Zeit auch gelernt. Sie musste ganz Ähnliches wahrgenommen haben, wie es ihm jetzt auch gelang. Manchmal bedauerte er, dass er sich nicht mit ihr oder gar Merlin austauschen konnte, und war dann jedes Mal umso glücklicher darüber, dass Silbermähne noch immer bei ihm war.

Dann kam der Morgen, an dem er einen großen Schrecken erlebte.

Er war gerade an der Stelle am Teich, an der er sich immer wusch und wo er seinen Wasservorrat auffüllte. Eben hatte er einen ihrer Wasserbeutel gefüllt, denn er hatte vor, nochmals von den Felsen wegzugehen, um zu sehen, ob er die Linie dort wieder würde fühlen können, wo sie hergekommen waren.

Da hörte er eine raue, unwirsche Stimme: „Was tust du hier? Du wagst es, Wasser aus meinem Teich zu nehmen, von meiner Quelle zu zehren? Was gibt dir ein solches Recht? Du hast hier wahrlich nichts zu suchen!"

Beryll legte den Wassersack hin, richtete sich auf und sah in die Richtung, aus der er die Stimme hatte kommen hören.

Da sprang eine schreckliche Gestalt hinter einem Busch hervor.

Es musste ein Mensch sein, denn er bewegte sich auf zwei Beinen und schwang seine Arme in der Luft. Aber er sah aus wie ein Geist.

Er war sehr groß, hager und langknochig. Seine Gelenke sahen an seinen Gliedern aus wie dicke Knoten oder die Auswüchse eines knorrigen Astes. Sein Haar stand in langen, verzottelten Strähnen von seinem Kopf ab. Er hatte es mit einem Streifen aus einem roten Material gebändigt, was aber nur gerade so viel bewirkte, dass sein Gesicht frei blieb, damit er sehen, atmen und essen konnte. Er war von oben bis unten mit weißer Farbe bedeckt, durch die seine lederartige, alte, verrunzelte Haut hindurchschimmerte, die sehr wettergegerbt und dunkel war. Um die Hüften hatte er einen Lederstreifen geknotet. Um den Hals trug er eine Reihe von Amuletten. Mehr hatte er nicht an.

Aufgeregt baute er sich nun vor Beryll auf und fuhr fort, ihn zu beschimpfen: „Du kommst einfach hierher und störst den Frieden mit deiner plumpen Art. Scher dich fort! Aber rasch, und nimm dieses komische Tier mit dir, das mich von da drüben so lang anschaut. Verschwindet beide. Dies ist nicht euer Platz. Dieses Land gehört mir."

Beryll war erst erschrocken, dann sprachlos. Er fühlte sich überwältigt.

Dann kam eine große Wut in ihm hoch, die er sich ganz und gar nicht erklären konnte. Aber er dachte gar nicht erst darüber nach, denn auch er begann zu schreien: „Was fällt dir ein? Wie kannst du sagen, das Land gehöre jemandem? Gehört nicht das Land, die Erde, sich selbst? Hat sie nicht für jedes Wesen eine Silberlinie bereit? Wenn deine Linie dich hierhergeführt hat und die meine mich, so sind wir beide nur Gäste dieses Ortes. Niemals dürfen wir sagen, dass er uns gehört. Es gibt genug Raum hier für dich und Silbermähne, mich und alle Wesen, die hier wohnen.

Und überhaupt: Hör auf, so zu toben. Das steht dir nicht. Deine Wut passt nicht zu deinen Augen. Die sind still wie der Teich und leuchten wie die Sterne. Sie sind voller Weisheit. Statt Schwierigkeiten zu machen, solltest du mich lieber lehren, was du mich zu lehren hast, damit ich endlich mein Ziel erreiche, meiner Silberlinie weiter folgen und zum Wurzelort meines Steines gelangen kann. Das ist auch der sicherste und schnellste Weg, uns loszuwerden!

Ich will nichts weiter, als endlich dorthin gelangen. Meine Zeit wird knapp."

„Das ist gut! Das werde ich tun", lachte da der Alte freundlich.

Er setzte sich unter Berylls Lieblingsbaum gleich am Ufer des Teiches, der einen so liebevollen Baumhüter hatte. Er winkte Beryll, er möge sich zu ihm setzen.

Beryll hatte nun doch Zeit gefunden, sich über seinen Wutanfall zu wundern. Selten war er so wütend gewesen. Als er aber nochmals durchging, was er alles geschrien hatte, da fand er, dass er nichts Falsches gesagt hatte und dass er noch immer dazu stehen konnte. Nur der Ton war zu scharf gewesen. Das tat ihm nun, da der Mann auf einmal so ganz anders wirkte, leid.

Versöhnlich gestimmt kam er also dessen Aufforderung nach und setzte sich zu ihm unter den Baum.

Silbermähne gesellte sich zu ihnen. Die ganze Zeit und auch jetzt noch war das Einhorn still geblieben. Weder Worte noch Gedanken noch Bilder hatte es sich entschlüpfen lassen. Aber es stellte sich ganz nahe zu dem Mann und berührte als Gruß dessen Schulter mit der Spitze seines Hornes in einer respektvollen Geste.

Der Mann ließ sich das ganz ruhig gefallen.

Beryll war seinem Traummeister begegnet.

Das wurde ihm aber erst nach und nach klar.

Nach einem langen gemeinsamen Schweigen sprachen sie weiter miteinander und diesmal in aller Ruhe.

Der eigenartige Mann begann als Erster: „Du hast das eben ganz richtig gesehen. Und auch vorher hast du es verstanden, dich hier einzupassen. Ich habe dich nun lange genug beobachtet. Viele Tage lang. Bin euch überallhin gefolgt, um mir sicher zu sein, dass du den Puls der Erde bereits ein wenig vernehmen kannst.

Zunächst einmal bist du auf deiner ‚Silberlinie', wie du das genannt hast, hierhergekommen. Du hast gelernt, ihr zu folgen. Dann hast du das Wasser zu finden verstanden. Du hast die Tiere und Pflanzen, die hier leben, nicht verschreckt. Es ist dir gelungen, den Gnom zu rufen, damit er dich lehrt. Das war recht weise. Du hast auf ihn gehört und gelernt. Du hast das Geschenk der Vogelmutter angenommen, dir aber keine weiteren Eier beschafft. Du hast dem Jungtier geholfen, ohne dich in die Angelegenheiten seines Volkes einzumischen. Wenn ich richtig gesehen habe, so hast du fleißig an deinen Übungen gearbeitet, wenn ich auch nicht herausfinden konnte, wer sie dir gezeigt haben könnte. Und du bist dabei, das Sehen in den Tag hinüberzuholen. Seit ich dir zusehe, gelingt es dir immer besser, das Licht um die Wesen und die Lichtwesen zu sehen.

So habe ich mich endlich entschlossen, dich persönlich kennenzulernen, wobei du meinen kleinen Trick recht rasch durchschaut und mir die Wahrheit laut, klar und deutlich zu verstehen gegeben hast.

Ich habe gelernt, deinen Zorn zu fürchten", fügte er lächelnd an.

Beryll hatte all das mit Erstaunen gehört.

Dieser Mann hatte ihn auf das Genaueste beobachtet und er selbst hatte nicht im Geringsten das Gefühl gehabt, dass noch ein Mensch hier in der Nähe sein könnte. Nicht einmal Silbermähne hatte es bemerkt. Oder hatte er und hatte es nicht gesagt?

Er nahm sich vor, ihn später danach zu fragen. Der Mann hatte auch viel mehr beobachtet, als äußerlich sichtbar war. Wie hätte er sonst das mit der Silberlinie, dem Gnom, den Übungen und dem Sehen auch nur erwähnen können? Wer war dieser eigenartige Mann, der zwar sehr alt wirkte, aber wohl gar nicht so alt war? Denn nun, da Beryll in seiner Nähe war und ihn länger ansehen konnte, stellte er fest, dass dessen Haut am Körper zwar alt und runzlig war, nicht aber der Ausdruck seiner Augen und auch nicht sein Gesicht. Vielleicht lag es daran, dass er immer hier draußen gelebt hatte, dass sein Körper zwar alt schien, er in Wirklichkeit aber jünger war. Oder war es umgekehrt? War er so alt, wie sein Körper sagte, und sprachen Augen und Gesicht davon, dass er sich die Kraft der Jugend bewahrt hatte? Es war Beryll ein Rätsel. Noch mehr aber als Antworten auf diese Fragen wünschte er zu verstehen, wer dieser Mann war. Was wäre wohl, wenn er ihn direkt fragte? Einen Versuch war es wert:

„Ob meiner Heftigkeit war ich selber überrascht. Ob du es glauben willst oder nicht, ich werde nicht rasch wütend."

Der Mann lachte darüber hell auf: „Das glaub ich dir schon. Ich hab dich ja lange genug beobachtet. Aber Feuer, das hast du."

„Verzeih mir also bitte den harten Ton. Das jedoch, was ich gesagt habe, will und kann ich nicht zurücknehmen.

Aber es will mir scheinen, nachdem wir hier so sitzen und nach dem, was du eben gesagt hast, dass du im Grunde auch nicht so fühlst, wie du da vorhin behauptet hast. Was ist also der Grund dafür, dass du so gesprochen hast? Wer bist du? Warum hast du mich beobachtet und bist mir offensichtlich tagelang gefolgt? Was ist deine Aufgabe? Und weißt du etwas über den Ort, zu dem ich eigentlich gelangen will? Denn wenn mir eben schon so unbedacht herausgerutscht ist, was ich hier wirklich will, so mag das einen Grund haben und es könnte sein, dass du mir einen Hinweis geben kannst, durch den ich klären kann, wie es weitergehen soll."

„Genau. Könnte ich. Aber nun erst deine Fragen der Reihe nach. Und nimm dich in Acht: Ich werde dir ebenso viele, wenn nicht noch mehr Fragen stellen. Und dann sei ehrlich, wie ich es jetzt sein werde.

Hier meine Antworten: Ich habe so gesprochen, weil das Überraschen dabei hilft, zum Kern eines Menschen zu gelangen. Ich werde von den Meinen Mann vom roten Felsen genannt. Ich gehöre hierher, seit ich meinen Ort gefunden habe. Ich bin der menschliche Hüter dieser Quelle. Meine Familie und ich leben in dieser Gegend, meine Frau, meine Kinder mit Frau oder Mann, meine Enkel. Bis auf die, die ihre Wurzeln am Ende anderer Silberlinien gefunden haben. Wir gehören zu diesem Land hier und ziehen darin umher.

Das fürs Erste dazu, wer ich bin und was meine Aufgabe ist.

Wer ich bin, erklärt das zwar nicht wirklich, aber eine Oberfläche ist so gegeben. Ein Name, ein Klan, ein Ort.

Warum ich dich beobachtet habe und dir gefolgt bin? Weil das Land seit Monden von deiner Ankunft singt. Weil ich mich bereithalten sollte, dich zu begrüßen. Weil ich dich kennenlernen wollte, so, wie du bist, wenn du dich allein wähnst. Das sagt am meisten über einen Menschen aus.

Ob ich etwas über den Ort weiß, an den du gelangen sollst? Nun, ich denke schon. Wenn es dir gelingt, die richtigen Fragen zu stellen. Und an Fragen scheint es dir nicht zu mangeln.

Aber nun erzählt mir von euch, du und das eigenartige Wesen, das dein Freund ist. Wer seid ihr? Wo kommt ihr her? Was ist eure Aufgabe? Warum und wie seid ihr deiner Linie bis hierher gefolgt? Keiner von uns kann sich erinnern, dass je einmal jemand von anderer Art, als wir es sind, einen Puls in diesem Land hatte."

Es dauerte bis weit in den Nachmittag, bis Beryll und Silbermähne erzählt hatten und Mann vom roten Felsen keine weiteren Fragen mehr stellte.

Als sie wieder still beieinander saßen, wusste er von Beryll alles über dessen Reise im roten Land, alles, was Beryll über seine Aufgabe erfahren hatte und erahnte, und von Silbermähne, dass er aus dem grünen Land kam, warum er Beryll begleitete und alles, was der zu ihrer Queste vor Beryll erklären durfte.

„Mehr weiß ich über mich beim besten Willen nicht zu sagen. Auch haben wir schon sehr viel Zeit mit Reden verbracht. Ich habe Durst und Hunger. Ich schlage vor, dass wir jetzt mit den vielen Worten aufhören, zum Trinken zur Quelle gehen und dann etwas essen. Seit ich bei den Zwergen im Ring der Wahrheit stand, habe ich nicht mehr so viel über mich geredet. Im Grunde wundere ich mich sehr darüber, dass du das alles so genau wissen willst. Inwieweit betrifft es dich überhaupt, da du hier ja wohl ein beschauliches Leben führst?"

„Nun. Darüber denke mal in Ruhe etwas nach. Ich bin sicher, dass du es herausfinden wirst. Wenn es dir eingefallen ist, frag mich ruhig, ob deine Lösung dieses Rätsels auch meiner Wirklichkeit entspricht. Aber nun lass uns trinken und essen – und vor allem eine Weile schweigen."

Nach dem Essen, das Beryll an seinem Lagerplatz für Mann vom roten Felsen und sich zubereitet hatte, saßen sie noch eine Weile schweigend und in Frieden zusammen. Beryll fühlte sich wohl in der Nähe dieses Menschen, der ihn noch vor ein paar Stunden so erschreckt und wütend gemacht hatte. Jetzt war es ganz anders zwischen ihnen.

Als es auf die Nacht zuging, sagte der Mann: „Nun will ich dich aber für eine Weile allein lassen und sogar unbeobachtet. Da wir uns jetzt gesehen und miteinander gesprochen haben, brauche ich dir nicht mehr zu folgen. Endlich kann ich wieder mein übliches Leben aufnehmen. Ich werde also für die Nacht ins Lager meiner Familie gehen. Wenn du es wünschst, besuche ich dich morgen wieder."

„Ja. Komme morgen wieder. Ein Besuch von dir würde mich freuen."

Sie verabschiedeten sich bereits wie Freunde.

Bevor Mann vom roten Felsen in dem schmalen Gang zwischen den Felsblöcken verschwand, drehte er sich nochmals um und rief Beryll zu: „Vergiss nicht, über die Antwort auf deine Frage, weshalb ich das alles so genau wissen will, nachzudenken." Dann winkte er und tauchte in den tiefen Schatten zwischen den Felsen ein, um zu seiner Familie zu gehen.

Beryll saß für eine Weile weiter im Schatten seines Lieblingsbaumes, bei dem er sein Lager aufgeschlagen hatte, und schaute auf eine Stelle im Sand vor seinen Füßen. Es war ihm, als habe er keinen einzigen Gedanken mehr übrig. Sein Kopf war leer, sein Herz still.

Lange dauerte dieser Zustand jedoch nicht an, denn schon nach ein paar Minuten kam Silbermähne zu ihm zurück, der sich schon vor Stunden von den beiden verabschiedet hatte und weggegangen war, um zu weiden, wie er erklärte.

Er sah Beryll einen Moment lang an und dann sagte er: „So. Was für ein Gespräch! Hast du dich von dem Schreck heute früh und all den Fragen gut erholt?"

Beryll sah auf: „Ich habe mich so gut erholt, dass ich jetzt gar nicht mehr erschrocken bin, als du so plötzlich hier aufgetaucht bist. Sag, hast du uns auch den ganzen Tag beobachtet? Nein, im Ernst: Du bist doch sehr wachsam und hast sogar schärfere Sinne als das besorgteste unter den kleinen Tieren – hast du ihn denn in all den Tagen wirklich nicht bemerkt? Das kann ich mir einfach nicht vorstellen. Hast du mich absichtlich nicht auf ihn aufmerksam gemacht?"

Silbermähne senkte seinen Kopf, sodass die Spitze seines Horns den Boden vor Berylls Füßen leicht berührte. Er sah beinahe schuldbewusst aus: „Lange habe ich ihn tatsächlich nicht bemerkt. Vor ein paar Tagen aber sah ich im Sonnenuntergang seinen Schatten, als er hinter einen Felsbrocken huschte. Als er das merkte, denn er hat wirklich geschulte Sinne, mehr als jeder Mensch, der mir je begegnet ist, hat er mir sofort Gedanken des Friedens geschickt. Dann, in der Nacht, kam er im Traum und bat mich, ihn dir noch nicht zu verraten. Es sei wichtig, dass er den Moment wählen könne, an dem er sich dir zeigen würde. Er versicherte mir, dass er dir nichts Böses wolle. Und dass es wahr war, konnte ich gut erkennen. Er sagte nur, er müsse dich gut erfasst haben, bevor er und du einander begegnen dürften. Das hat mir eingeleuchtet und so habe ich über ihn geschwiegen."

„Oh, Silbermähne", sagte Beryll mit einer Spur Enttäuschung in der Stimme. „Wem soll ich denn trauen, wenn nicht dir? Darum hast du ihn also so vertraulich begrüßt."

„Beryll, verzeih mir. Du kannst mir trauen. Ich bin mir ganz sicher, dass du bereits in ein paar Stunden verstehen wirst. Mehr …“

„… kannst du jetzt nicht sagen. Ich weiß. Ich weiß. Es ist immer dasselbe Lied. Wenn ich mich doch nur endlich erinnern könnte, dann würde es diese ewigen Zusammenstöße zwischen uns nicht mehr geben müssen“, unterbrach ihn Beryll gereizt.

Lange sahen sie sich daraufhin stumm und betrübt in die Augen.

Schließlich erhob sich Beryll von seinem Platz unter dem Baum, ging die paar Schritte zu Silbermähne und tätschelte ihn am Hals. „Verzeih mir, alter Junge. Es wird schon werden. Ich glaube, es hat mir einfach Angst gemacht, im Nachhinein zu erfahren, dass ich beobachtet wurde. Es soll kein Misstrauen zwischen uns bleiben. Bitte.“

Silbermähne rieb seinen Kopf an Berylls Schulter: „Schon gut. Lass uns jetzt ruhen. Es ist schon stockdunkel. Und wer weiß, vielleicht fällt dir schon in dieser Nacht ein, weshalb der Mann so viel von dir wissen muss. Dann werden wir schon einen großen Schritt weitergekommen sein.“

Daraufhin senkte er seinen Kopf und schien schon nach Sekunden eingenickt zu sein.

Beryll legte sich unter „seinen“ Baum. Er konnte nicht gleich einschlafen. Aber nach einer Weile fielen ihm die Augen zu.

Er träumte vom Binsenschiff „Blauer Vogel“: Er sah sich wieder an Deck, zusammen mit Merlin und Träumer. Er hörte Merlin noch einmal, wie er zu Träumer sagte: „Du bist ein weiser Mensch und in mir ist so ein Durcheinander. Ich möchte seit langer Zeit herausfinden, wo ich hergekommen bin und wo ich demnach vielleicht auch hingehöre. Wer meine Leute sind, denn ich bin ein Findelkind. Du, der die Träume kennst, magst vielleicht auch meine verstehen. Dann könntest du mich ihre Sprache lehren.“

Dann sah er Orchidee vor sich. An dem Tag, als er aus dem Nachbardorf gekommen war und sich von ihnen verabschiedet hatte, um sich auf die Suche nach seinem Traummeister zu begeben. Da hatte er gesagt: „Ich habe nun lange genug in dem Dorf gelebt, in dem die meisten meiner Freunde vom Binsenschiff ‚Tänzer des Wassers' zu Hause sind. Es ist schön dort. Aber meine Traumhelfer sagen mir, dass sich mir mein Traummeister dort nie zeigen wird. So lasse ich das alles jetzt zurück und gehe, ihn zu finden, damit er sich mir zeigen kann, wenn es mein Traum so will."

Da durchfuhr es Beryll wie ein Blitz.

Er fuhr aus dem Schlaf hoch und saß kerzengerade da. Silbermähnes Kopf war genau vor ihm. Silbermähne sah ihn hellwach und munter an. Weniger erstaunt, als es Beryll erwartet hätte.

„Du hast die Antwort?", fragte ihn das Einhorn.

„Ich glaube schon", antwortete ihm Beryll. „Ich habe doch zu Mann vom roten Felsen heute Morgen gesagt: ‚Statt Schwierigkeiten zu machen, solltest du mich lieber lehren, was du mich zu lehren hast, damit ich endlich mein Ziel erreiche, meiner Silberlinie weiter folgen und zum Wurzelort meines Steines gelangen kann.' Und eben habe ich im Traum Merlin gesehen, wie er damals auf der ‚Blauer Vogel' Träumer erkannt hat. Und im Traum habe ich auch nochmals gehört, was Orchidee bei seinem Abschied zu uns gesagt hat. Was glaubst du? Kann es sein, dass Mann vom roten Felsen mein Traummeister ist?"

Silbermähne schmunzelte: „Das hört sich für mich gut an. Wenn er morgen kommt, dann frag ihn. Er wird dir ehrlich antworten. Du verstehst sicher, dass es nicht an mir ist, ihm diese kleine Freude zu nehmen."

„Schon wieder keine klare Antwort von meinem engsten Vertrauten. Dann eben gute Nacht! Ich werde geduldig sein." Diesmal lag ein unterdrücktes Lachen und keine Spur von Groll in Berylls Stimme. Bald schon lag er in einem tiefen, erholsamen Schlaf.

Als Mann vom roten Felsen am nächsten Tag gegen Mittag tatsächlich zu Beryll kam, der im Schatten des Baumes auf seinem Lager saß, dauerte es nicht lange, bis Beryll ihm die Lösung des Rätsels, die er in der Nacht gefunden hatte, in Form einer Frage offenbarte.

Mann vom roten Felsen nickte mit dem Kopf: „Ja. Ich bin dein Traummeister. Nach dem, was wir nun übereinander wissen, kann ich dazu stehen und mich dir zeigen. Lass uns also mit der Arbeit beginnen, denn du fühlst selbst, dass du nicht mehr lange zögern solltest. Der Wurzelort deines Steines wartet auf dich."

Und wie sie arbeiteten!

Bald hatte Beryll gelernt, nicht nur Silbermähne, sondern auch Mann vom roten Felsen in seinen Träumen zu besuchen. Sobald es soweit war, war er Tag und Nacht damit beschäftigt, sich seinem Wurzeltraum zu nähern. Täglich traf er Mann vom roten Felsen, der ihm dann Fragen zu den Begegnungen in den Träumen stellte und ihn weiterhin ganz genau beobachtete. Diesmal aber mit Berylls Wissen und Einverständnis. Der Traummeister gab ihm nach kurzer Zeit auch die Aufgabe, jeden Tag zu prüfen, ob er seine „Silberlinie" wieder finden könne, die ihn hierhergebracht hatte. Aber nie fand er deren Puls wieder, obwohl er sich viel Mühe gab.

Dafür gab es viele weitere Aufgaben: Nahrung finden, Brennmaterial zum Kochen zusammentragen, die Übungen, die vielfältig waren und von denen er oft nicht im Geringsten verstand, wozu sie gut sein sollten, die Begegnungen in der Traumwelt, wo er auch unterrichtet wurde, und zwar sowohl von Mann vom roten Felsen als auch von Silbermähne. Die beiden lösten sich ab, damit der Traummeister auch seinen Aufgaben in seiner Familiengruppe nachgehen konnte.

Beryll kam es vor, als hätte er nie Ruhe.

Zum Glück gab es Übungen, bei denen er ganz still für sich sein durfte, und jede Nacht auch ein paar Stunden einfachen Schlafes.

Immer sicherer wurde er darin, das Sehen aus den Träumen in die Tageswelt hinüberzuholen.

Immer leichter fiel es ihm, seinen Traummeister und Silbermähne in den Träumen zu finden und sie zu verstehen.

Sobald er das gut konnte, ging Mann vom roten Felsen dazu über, ihm am Tag einen Auftrag zu erteilen, den er dann im Traum an ihn und Silbermähne weiterzugeben hatte.

Und als es Beryll fast jedes Mal gelang, diese Botschaften richtig abzuliefern, begann wie bei Merlin die Zeit, da er lernte, sich abzugrenzen. In der Phase sollte gar nichts aus seiner Traumwelt die anderen erreichen, so sehr sie auch versuchten, in Berylls Träume zu gelangen. Dabei verwendeten sie viele Tricks und Verkleidungen. Aber mit der Zeit gelang es ihm immer, sie zu erkennen.

Mann vom roten Felsen lehrte ihn auch, den Puls der Erde noch besser zu fühlen und zu verstehen. Er ließ ihn verschiedene Orte in der Umgebung der Felsbrocken mit der Quelle und dem Teich finden, die ganz bestimmte Eigenschaften haben sollten. Beryll begann, Orte auseinanderhalten zu können, die ihn ruhig werden ließen, die ihn nährten, die ihn müde machten, die ihn leichter träumen, die ihn besser mit den Wesen austauschen ließen. Er verstand, dass jeder Flecken Erde seinen ganz eigenen Charakter hatte, und er lernte, sich auf diesen einzulassen, als hätte er einen Menschen vor sich.

Dabei lernte er auch die Hüter von Felsen, von Gräben, von Orten kennen. Nicht nur die Bäume hatten Hüter, nein, auch die Landschaft.

Er fühlte mit der Zeit auch andere, von seinem unterschiedliche Pulse in der Gegend. Sie gehörten zu Mann vom roten Felsen und seiner Familie. Als Beryll gelernt hatte, sie zu erkennen und auseinanderzuhalten, ließ sie der Traummeister wieder verschwinden. Er zeigte Beryll auch, wie ein Puls vor jedem Außenstehenden versteckt oder eben auch fühlbar gemacht werden konnte, falls erwünscht war, dass einer ihm folgen sollte.

An manchen Tagen ließen sie all diese Dinge einfach sein und Mann vom roten Felsen erzählte Beryll die Geschichten, die zu diesem Ort gehörten. Davon, wie die Felsblöcke dorthin gelangt waren, warum und wann die Quelle zu fließen begonnen hatte und auch von den Pflanzen und Tieren, die hier lebten. Beryll gefielen diese Geschichten sehr, wenn er sie auch nicht so ganz verstehen konnte, denn er war sich nie sicher, wie wörtlich er nehmen sollte, was ihm da erzählt wurde. Waren es nun Bilder für Ereignisse im übertragenen Sinn oder war es ganz genau so gewesen, wie er es zu hören bekam? Dazu kam, dass er mit der Zeit merkte, dass es Geschichten waren, die in der Traumwelt ganz anders wirkten, als es die Worte vermittelten, die er von Mann vom roten Felsen hörte.

Das verwirrte ihn zunächst einmal sehr. Aber mit der Zeit begann er, den Geschichten in seinen Träumen nachzugehen, und so machten sie immer mehr Sinn für ihn.

Je länger er dort war und mit seinem Traummeister arbeitete, desto lieber wurde ihm dieser Flecken Erde – diese Felsen mit der Quelle, die den Teich füllte, und ihre Umgebung mit all ihren Bewohnern. Immer mehr fühlte er sich hier zu Hause und zugehörig.

Er wollte am Ende gar nicht mehr so recht von hier fort. Immer öfter fragte er sich, ob er sich vielleicht getäuscht habe, als er meinte, noch weiter zu müssen, weil die Höhle, die der Wurzelort seines Steines war, anders ausgesehen hatte. Mag sein, dass er sie sich bei der großen Geschwindigkeit, in der die Bilder an ihm vorbei geschossen waren, nicht richtig gemerkt hatte. Es musste doch auch einen Grund geben, weshalb seine Silberlinie ihn hierher, aber nicht von hier weggeführt hatte.

Nachdem ihm dies für einige Tage durch den Kopf gegangen war, beschloss er, Mann vom roten Felsen zu fragen. Aber ausgerechnet an dem Tag ließ der sich nicht, wie sonst meistens, am Morgen blicken.

Das beunruhigte Beryll nicht weiter, denn es kam, wenn auch nicht oft, so doch ab und zu vor. Und er wusste auch, dass er Nachricht bekommen würde, wenn etwas nicht in Ordnung sein sollte.

Also begab er sich auf seine tägliche Runde, um nachzuprüfen, ob er seinen Puls der Erde fühlen könne.

Und tatsächlich, an dem Tag und wie aus heiterem Himmel fühlte er den Puls in seinen Fußsohlen, der ihm bis zu ihrer Ankunft hier vertraut gewesen war. Das war keiner von denen, die zu den Menschen in der Gegend hier gehörten. Nein, es war sein Puls. Seine Silberlinie.

Stark und deutlich konnte er sie jetzt spüren.

Als er gegen Abend in sein Lager zurückkehrte, saß Mann vom roten Felsen dort und erwartete ihn. Das Erste, was er zu ihm sagte, war: „Na, wie denkst du jetzt darüber, dass du dich vielleicht doch nicht recht erinnern kannst und dass du womöglich von hier aus gar nicht weiterziehen solltest?"

„Du hast also bereits mitbekommen, dass ich meinen Puls eben wieder gefunden habe? Er ist ganz deutlich zu spüren, gegenüber der Gruppe von Büschen am ausgetrockneten Wasserlauf. Also ganz und gar nicht an der Stelle, an der wir hier angekommen sind. Bedeutet es, ihm nun zu folgen?"

„Was meinst du selber?"

„Ich meine, dass es das heißt. Ich verstehe jedoch nicht, warum ich den Puls vorher nicht dort gespürt habe, denn ich war jeden Tag auf meiner Runde ganz genau an dieser Stelle, ohne dass da etwas gewesen wäre."

„Nun, das lässt sich leicht beantworten: Es war noch zu früh. Dein Puls macht sich erst heute wieder bemerkbar, weil es eben erst heute so weit ist, dass du auch das Zeug dazu hast, deiner Silberlinie von hier aus weiter zu folgen. Es ist ganz einfach: Erst wenn du gelernt hast, was du für deine Weiterreise brauchst, kannst du sie wieder spüren. Jeder Tag, den du hier verbracht hast, hat dich deiner Weiterreise zum wirklichen Wurzelort deines Steines näher gebracht. Trotz deiner jüngsten Zweifel daran, ob dieser Ort nicht ein Irrtum deinerseits gewesen ist. Glaub mir, es war keiner. Es gibt die Stelle und, genau wie du sagst, jetzt ist es Zeit weiterzuziehen."

„Manchmal denke ich, dieses Land hier weiß mehr über mich als ich selber. Wie kommt es bloß, dass es so lebendig ist und mir solche Dinge zu verstehen geben kann?"

„Es ist der älteste Teil des roten Landes. Hier haben Urkraft und ihre Helfer zuerst gewirkt. Die Wesen ins Leben gesungen. Darum ist es auch der Teil des roten Landes, der am längsten mit dem grünen Land verwoben war. Dadurch hatte es mehr Zeit als andere Orte, sich dem grünen Land anzugleichen. Darum fühlst du dich hier so wohl. Es ist das Land, das sich unter allen am besten an das grüne Land erinnert, und es hilft auch dir, dich zu erinnern.

Morgen wollen wir deine Reise zum Wurzelort des Steines vorbereiten."

Kaum hatte er das gesagt, war er im spärlichen Licht der einbrechenden Nacht verschwunden.

In der Nacht sprachen Beryll und Silbermähne lange zusammen. Aufmerksam nahm Silbermähne auf, was Beryll über das Wiederfinden seines Pulses und das Gespräch mit Mann vom roten Felsen erzählte. Dann sagte er: „Ich gratuliere. Mit anderen Worten bedeutet das ja auch, dass du rasch und viel gelernt hast, wenn du den Puls nach so kurzer Zeit wiedergefunden hast. Ich sehe es auch so wie Mann vom roten Felsen. Es ist Zeit für dich, zu dem Ort zu gehen, von dem der Stein ursprünglich kam. Dort wird sich herausstellen, wie es weitergeht und ob du selbst vielleicht doch zu dieser Wasserstelle hier zwischen den Felsen gehörst, wo du dich immer wohler fühlst. Aber nur du kannst es herausfinden, zusammen mit deinem Stein."

„Du hörst dich an, als müsste ich das ganz allein tun? Wirst du denn nicht mit mir gehen?"

„Da hast du recht gehört. Du musst es allein tun. Ich werde nicht mit dir dorthin gehen, aber hier für dich bereit sein, jeden Augenblick, jeden Atemzug, bis du wieder hier sein wirst."

Als Silbermähne das gesagt hatte, wusste Beryll genau, dass es wahr war. Aber er mochte die Idee, sich von seinem Reisegefährten, und sei es nur vorübergehend, zu trennen, ganz und gar nicht. Lange hing er dem Gedanken nach, bis er endlich eingeschlafen war. Im Traum wusste er es auch: Diesen Teil seiner Queste musste er ganz für sich allein mit seinem Stein überstehen.

Am nächsten Tag bestätigte Mann vom roten Felsen, was Beryll und Silbermähne bereits wussten.

Alle drei gemeinsam bereiteten Berylls Reise vor. Er würde von hier weiter in die Wüste hinausgehen müssen. Das ließ sich aus der Richtung erkennen, in der sein Puls ihn wies. Wie weit, wusste allerdings niemand von ihnen. Und auch nicht, wie lange. Es sei denn, Mann vom roten Felsen hatte eine Ahnung. Wenn es so war, so schwieg er sich darüber aus.

Am Abend war Beryll bereit. Er trug so viele gefüllte Wasserbeutel, wie er tragen konnte, ohne sich zu ermüden, zusammen mit seinem Bündel mit den Einhorndosen, etwas getrockneter Nahrung, seinem Umhang und ein paar Strängen aus mit Fett getränkten Fasern, um in der Höhle, die er ja finden wollte, Licht zu haben. Auch den Ledergurt mit den Taschen und dem Dolch der Hochelfen trug er. Und Stiefel. Es war ihm noch nicht gelungen, wie Mann vom roten Felsen barfuß im Sand zu gehen, wenn der sich in der Hitze des Tages aufgeheizt hatte. Noch immer brannte er ihn dann.

Er verabschiedete sich von Silbermähne und Mann vom roten Felsen.

Dann ging er, seinem Puls in der Erde folgend, den er gut spüren konnte, in die Wüstennacht hinaus.

Er wollte es so halten, wie er es bei seiner ersten Wüstenwanderung von Hutzel gelernt hatte: Wenn immer möglich, in der Nacht unterwegs sein und in der Hitze des Tages rasten, ganz besonders, wenn er einen Ort finden konnte, der etwas Schatten bot.

Die beiden, die bei den Felsbrocken zurückgeblieben waren, konnten seiner Silhouette im Mondschein noch lange nachblicken.

25

Wurzelort

Beryll war nun wieder so allein unterwegs wie an dem Tag, da er an der Quelle im Wald erwacht und auf seinen Weg weg und hin aufgebrochen war.

Er ging viele, sternklare, warme und trockene Nächte seiner Silberlinie entlang. Sie führte ihn immer tiefer in die Wüste hinein. Bald schon wuchs kaum noch etwas an seinem Weg. Es wurde für ihn immer schwieriger, seine Nahrung unterwegs zu finden. Schon nach ein paar Tagen hatte er weit von seinem eigentlichen Weg abweichen müssen, um genug zu essen zu finden, und nun war es ganz unmöglich geworden, von dem satt zu werden, was er finden konnte.

Er begann, von seinen Vorräten zu leben.

Gerade als auch seine Wasservorräte sehr knapp geworden waren, brachte ihn seine Silberlinie zu einer Wasserstelle.

Dort konnte er seinen Wasservorrat auffüllen und dort fand er auch genug an essbaren Knollen, um seinen Vorrat zu ergänzen. Er kochte sie zu einem Brei, aus dem er dann Fladen formte, die er in der Sonne trocknete. Dazu hatte er genug Zeit, denn er musste lange warten, bis seine Wassersäcke gefüllt waren. Die Quelle hier floss nur spärlich.

Als er sie fand, konnte er sich nicht erinnern, sie unter den Bildern von der Reise zum Wurzelort des Steins gesehen zu haben. Die Höhle, an die er eine klare Erinnerung hatte, gab es hier auch nicht.

So suchte er schon am ersten Tag danach, ob sich die Silberlinie fortsetzte.

Diesmal fand er sie gleich, folgte ihr aber erst, nachdem er wieder Wasser und Nahrung bei sich hatte.

Sie führte ihn noch weiter in die Wüste hinaus.

Sein Weg wurde immer einsamer.

Menschen hatte er schon an der Wasserstelle, wo ihm Mann vom roten Felsen begegnet war, außer dem Traummeister selbst, keine gesehen, denn dessen Familie hatte sich nie zu dieser Quelle begeben, als er dort war. Menschen sah er auch auf dieser Wanderung nicht und Tiere wurden immer seltener, in dem Maß, wie es auch mit den Pflanzen der Fall war.

Mit der Zeit schien er das einzige Lebewesen in der Weite dieses Landes zu sein.

Als er die Felsen vor sich auftauchen sah, erkannte er sie sofort wieder, wenn es da auch schon rasend schnell gegangen war: Das mussten die bunten Felsenkuppen sein, auf die er damals zugerast war. Wenn er recht hatte, so müsste er dort die Höhle finden, in deren Schwärze er versunken war.

Der Ort, von dem sein Stein kam.

Er konnte es kaum abwarten, dort anzukommen und herauszufinden, was bei diesen Felsen auf ihn wartete. Auch fürchtete er eine große Enttäuschung, falls er sich geirrt haben sollte.

Dennoch hielt er sich an das, was er vom Gnom von unter dem Stein gelernt hatte: Niemals sollte er in der Wüste hetzen. Oft sei es so, dass ein Ziel bereits auf große Distanz sichtbar werde und bei Weitem nicht in so kurzer Zeit zu erreichen sei, als man dann abschätze. Und manch ein Fels oder eine Baumgruppe oder gar ein See, die man zu sehen bekomme, seien gar eine Sinnestäuschung und gar nicht wirklich vorhanden. Also sei es am besten, gelassen seinem Weg zu folgen, um schließlich sicher und gesund anzukommen und sich nicht zu verirren oder zu erschöpfen. Es mache ganz und gar keinen Sinn, unterwegs in der Wüste den Kopf zu verlieren.

Wenn es ihm auch schwerfiel, machte er also auch an dem Morgen Rast, als er die Felsen in der Ferne auftauchen sah. Erst am Abend und die Kühle der Nacht nutzend ging er weiter seiner Silberlinie entlang. Jetzt, im Dunkeln, konnte er die Felsen nicht mehr erkennen. Dazu waren sie noch viel zu weit weg gewesen.

Aber am nächsten Morgen sah er sie in der gleichen Richtung und etwas größer und deutlicher als am Vortag vor sich.

So handelte es ich sehr wahrscheinlich nicht um eine Illusion, die die heiße Wüstenluft ihm vorgaukelte.

Auch an dem Tag machte er halt und wartete den Abend ab.

Tatsächlich führte ihn seine Silberlinie zu dieser Felsgruppe und nicht an ihr vorbei. Etwa gegen Mitte der Nacht hatte er sie erreicht.

Nun galt es, wieder abzuwarten.

Erst wenn es hell genug für ihn sein würde, konnte er herausfinden, ob die Höhle, die er suchte, sich in diesen Felsen befand, ob es hier Wasser gab, was entscheiden würde, wie lange er bleiben könnte, und ob er hier ganz allein war.

Also setzte er sich am Fuß eines Felsens hin, um den Sonnenaufgang abzuwarten.

Als der kam, verzauberte er Berylls Umgebung ganz und gar.

Das erste Tageslicht ließ ihn erkennen, dass diese Felsen hier wie die im Traum und wie sie es auch aus Distanz hatten erahnen lassen, bunt waren. Eine ganze, warme Palette von Ocker, Goldgelb, Gelb, Orange, Rot, Braun, Blaurot, Violett und Schwarz wurde auch hier aus der Nähe sichtbar.

Das goldene Licht der aufgehenden Sonne ließ diese Farben der Bänderungen in den Felsen noch leuchtender erstrahlen, als sie es von sich aus bereits waren.

Eine Pracht, die er atemberaubend fand.

Für eine gute Stunde saß er da und sah sie an. Dann besann er sich auf seine Übungen, die er weiterhin machte, um seine Wahrnehmung nicht zu verlieren. Danach nutzte er die kurze Zeit, bevor es zu heiß wurde, um nach seiner Silberlinie zu suchen, indem er die Felseninsel in der Wüste achtsam umrundete.

Er konnte nur den Teil der Silberlinie finden, auf dem er gestern hierhergekommen war. Sie führte auf keinem anderen Weg von hier fort.

Entweder hieß dies wie bei der Quelle im roten Felsen, dass er auch hier bleiben musste, bis sie ihn weiterleitete. Oder er war an seinem Ziel angekommen. Er würde sich sicher sein, wenn er die Höhle finden konnte.

So weit war er gekommen, als es endgültig Zeit war, sich einen Schattenplatz zu suchen, um die Zeit der größten Hitze vom Mittag bis zur kurzen Abenddämmerung besser zu überstehen.

Bald hatte er eine Stelle zwischen ein paar nahe beieinander liegenden Felsbrocken gefunden, deren Schatten ihn bis zum Abend schützen würden.

Erst schlief er eine Weile. Dann überprüfte er seine Vorräte. Er hatte nicht mehr sehr viel Wasser. Sollte er hier keine Quelle finden, worauf bisher alles hindeutete, denn es waren ihm keine Tiere begegnet und der Pflanzenwuchs war sehr kümmerlich, so musste er nach zwei weiteren Tagen von hier weg. Dann würde das Wasser noch reichen, bis er zu der kleinen Quelle, die an seinem Weg hierher lag, zurückgegangen war.

Er hoffte sehr, dass ihn sein erster Eindruck doch getäuscht habe und er hier noch Grün und Wasser fände. Zwei Tage erschienen ihm doch als sehr knapp.

Er war froh, dass er daran gedacht hatte, die Knollen, die er gefunden hatte, bereits zu verarbeiten und Fladen daraus zu machen. Hier hatte er bisher auch nicht genug Brennbares für das kleinste Kochfeuer gesehen. Da er aber die Fladen hatte, würde er auch so zu essen haben. Sie müssten sogar für längere Zeit reichen als sein Wasservorrat, wenn er sie sparsam einteilte.

Da er nun wusste, wie begrenzt seine Zeit hier wahrscheinlich sein würde, konnte er es kaum erwarten, bis die Stunde kam, zu der er seinen Schattenplatz verlassen konnte.

Endlich war es soweit. Bis die Nacht ganz hereinbrechen würde, blieb ihm noch ein wenig Zeit.

Er suchte nach der Höhle, dem Wurzelort des Steins.

Seine Silberlinie schien ihm dabei nicht mehr helfen zu wollen. Sie hatte ihn zwar bis an diesen Ort gebracht, als er ihr aber jetzt zwischen den Felsen folgen wollte, stellte er überrascht fest, dass sie in viele, kleine Linien ausfranste, denen allen zu folgen ihm bald als sinnlos erschien. Es waren einfach zu viele und alle, denen er zu folgen versuchte, verliefen nach kurzer Zeit im Sand.

Damit war der größte Teil der Zeit, in der er noch genug hatte sehen können, vergangen. Also beschloss er, sich nicht länger damit zu befassen, sondern die Felsen mit seinen Augen gründlich abzusuchen.

Bald war es dazu zu dunkel. Er musste warten.

Erst als der Mond aufging, konnte er sich in dessen Licht wieder bewegen. Aber da der Mond nicht voll war, sondern noch nicht einmal im ersten Viertel, war sein Licht nicht stark genug, um Beryll erkennen zu lassen, was er finden wollte.

Er nutzte das schwache Mondlicht aber, um an einer Stelle, an der die trockenen Pflanzen etwas dichter standen, mit einem im Feuer gehärteten Holzspatel, den er bei Mann vom roten Felsen gemacht hatte, nach Wasser zu graben. Sollte er Glück haben, so könnte es sein, dass sich in diesem kleinen Loch, in das er einen Becher aus Speckstein stellte und das er mit einem wasserdicht gemachten Stück Tierhaut abdeckte – in der Mitte mit einem Stein beschwert –, während der Nacht etwas Wasser sammeln würde. So hatte es ihm Mann vom roten Felsen erklärt. Manchmal sei es so möglich, in vielen Stunden ein paar Schlucke Wasser zu sammeln. Er dürfe sich niemals darauf verlassen, dass er so genug zum Überleben finden könne, aber es könne helfen, etwas länger zu leben und den Wasservorrat, den er dabei haben müsse, zu strecken.

Dann war er zu müde, um weiter zu suchen. Ein paar Stunden musste er in dieser Nacht einfach schlafen.

Mit dem ersten Morgenlicht war er schon unterwegs. In dem Loch, das er gemacht hatte, fand er einen winzigen Schluck Wasser, eigentlich bloß ein paar Tropfen. Sollte er keine ergiebigere Stelle für dieses Vorgehen finden, so würde es also bei den zwei Tagen bleiben. Übermorgen ganz früh oder, vernünftiger noch, morgen Abend musste er dann spätestens fort.

Eifrig suchte er jetzt die Felsen weiterhin ab. Innerhalb der nächsten paar Minuten hatte er mehrere Öffnungen an der Grenze zweier Steinbänder erblickt.

Er kletterte zu allen, die er erreichen konnte, und sah sie sich genauer an. Die meisten waren keine eigentlichen Höhlen, denn sie waren nicht tief genug. Die zwei, die tiefer waren, waren zu eng. Er konnte sich nicht weiter in sie hineinzwängen als die ersten paar Meter.

Also weitersuchen.

Er fand bald schon weitere Höhlungen, wieder am Rand derselben Steinschichten, deren eine seltsamerweise von der gleichen Farbe war wie die Felsen an der Quelle mit dem Teich, was seiner Erinnerung entsprach. Wieder war keine der Höhlungen groß genug für ihn.

Aber jetzt hatte er das Gefühl zu wissen, wie er suchen musste. Es gab anscheinend nur Öffnungen in dieser bestimmten Steinschicht. Er würde ihr also nachgehen und gar nicht erst zu Felsen, an denen er sie nicht erkennen konnte.

Als es schon gegen Mittag ging und ordentlich heiß war, musste er sich etwa in der Mitte der Felsengruppe befinden. Das konnte er erahnen, da er ja am Tag zuvor auf der Suche nach seiner Silberlinie den ganzen Ort umrundet hatte.

Jetzt war er also sozusagen am Herzen dieser Felsen angelangt. Das Steinband hatte ihn direkt dorthin geführt.

Auch hier gab es viele Höhlungen, die nur flach waren. Er wusste aber aus seiner Erinnerung, dass er eine richtige Höhle finden musste.

Schließlich fand er eine Vertiefung, an deren Ende sich ein Riss tiefer in den Felsen hineinzog. Er zwängte sich in die Spalte. Nach ein paar Schritten verlor sie an Höhe, sodass er kriechen musste. Dann erweiterte sie sich aber bald schon zu einer richtigen Höhle, die sich vor ihm im Dunkel verlor. Da, wo er stand, drang noch ein Lichtschimmer von außen durch denselben Spalt, den er auch benutzt hatte. Vor ihm aber lag tiefe Finsternis.

Aber er spürte, dass sein Stein warm wurde.

Also kehrte er nochmals rasch nach draußen zurück. Er war jetzt froh, dass er sich entschlossen hatte, sein Gepäck den ganzen Morgen mit sich zu tragen, denn jetzt musste er nur ein paar Schritte bis zu ihm zurückgehen. Sein Bündel wartete gleich vor der engen Spalte auf ihn.

Er nahm einen Wasserbeutel, ein paar Fladen und die in Fett getränkten Faserstränge. Mit Feuerstein und Zunder aus seiner Gürteltasche würde er sie anzünden und so etwas Licht haben.

Bald schon stand er also wieder in der Höhle. So weit es ohne Licht noch ging, tastete er sich vor. Dann entzündete er den ersten der Faserstränge. In dessen Licht ging er weiter.

Erst durch den großen Höhlenraum, dann in einen Gang, der am anderen Ende weiterführte.

Diese Höhle war offensichtlich tief. Er kam aus dem Gang in einen weiteren Saal. Nichts war zu hören. Also gab es hier leider auch keine Quelle.

Als er in der Mitte dieses zweiten Saales stand, geschah etwas Seltsames mit seinem Anhänger. Nicht nur war der Stein warm, nein, er begann zu leuchten.

Oder Beryll hatte in der Höhle begonnen, mit dem Traumlicht zu sehen.

Er selbst hätte nicht zu sagen gewusst, was genau es war.

Er dachte auch gar nicht weiter darüber nach, sondern verspürte nur eine unendliche Erleichterung darüber, dass er nun mit diesem Licht weiter in die Höhle vordringen konnte. Die Fasern hätten nicht mehr lange gereicht. Er hätte umkehren müssen, bevor er ans Ende der Gänge gekommen war.

Jetzt aber konnte er getrost weitergehen.

Und sicherlich war er auf dem richtigen Weg, denn der Stein sprach auf den Ort an.

Aus dem zweiten Saal führten fünf Gänge weiter.

Beryll stellte sich vor den Eingang jedes einzelnen und beobachtete den Stein. Er wählte den Gang zum Weitergehen, an dessen Eingang sein Licht stärker wurde.

In diesem Gang musste er an mehreren Stellen wieder kriechen. Auch war er gerade weit genug, um ihn noch durchzulassen.

Er erreichte schließlich einen dritten Saal. Der war kleiner als die beiden zuvor. Die Höhle sah ganz rund aus, fast wie ein

Ei. Das Licht des Steins reichte aus, um sie ganz mit einem schwachen Schein auszuleuchten. Quer über ihren Boden verlief ein glänzendes Band.

Beryll hielt es für stehendes Wasser.

Und wurde enttäuscht, als er sich herabbeugte, um zu trinken.

Es war kein Wasser, auch wenn es schillerte, als sei es welches. Es war Stein.

Es war derselbe Stein wie der, den er nun so lange schon mit sich trug. Schwarz und mit Stellen, die in allen Farben des Regenbogens im Licht seines Anhängers aufglänzten. Es war eine Ader von schwarzem Regenbogenstein. Seiner musste auch von hier gekommen sein.

Ja, der Stein war wohl an seinem Wurzelort angelangt, denn er schien ihm hier auf einmal unerträglich schwer geworden zu sein. Er zog ihn zum Boden und auf die Ader zu.

Er streifte also die Kette mit dem Anhänger über den Kopf und legte den Stein auf die Ader.

Dessen Licht blitze auf.

Beryll war geblendet.

Als er dachte, jetzt müsse er wieder etwas sehen können, war es stockfinster.

Er setzte sich hin, um zu überlegen, was wohl zu tun sei.

Nach einer Weile begann die ganze Ader schwach zu leuchten. Es war wieder genug Licht da, um die Höhlenwände zu sehen.

Ohne zu einem Entschluss gekommen zu sein, beugte Beryll sich vor, um sich diese leuchtende Ader näher anzusehen.

Auch sein Stein leuchtete wieder.

Er nahm ihn auf und drehte ihn so, dass er in seine Oberfläche hineinsehen konnte, ließ ihn aber auf der Ader liegen.

Da wusste Beryll, dass er hier mit dem Stein träumen sollte.

Wie er es seit dem ersten Mal in der Bucht mit den runden Felsen gemacht und seitdem immer wieder geübt hatte, konzentrierte er sich auf den kugelartigen, bunten Fleck in der Mitte des Steines.

Er ließ sich hineinsinken.

Wieder flog er auf die Kugel zu, die in der schwarzen Weite schwebte. Sie kam immer näher. Bilder leuchteten in ihm auf: Bilder von der Höhle hier, wie er dasaß, dann die Felsgruppe, auf die er zuging, der Lagerplatz an der Quelle, Silbermähne, Mann vom roten Felsen, der Pass mit den Schildkröten, das Dorf der Regenbogenleute, die Bucht mit den runden Felsen, dann viel Wasser, eine winzige Insel, noch mehr Wasser, der große Fluss, der Wald der Waldleute, die Wüste mit der Oase der Gnome, der Tauschplatz der Zwerge, das weite Grasland, das Winterdorf der Vogelmenschen, die Hügel, der Weg zur Spechtbucht, der Tauschplatz bei den drei Inseln und wieder Wasser, das Dorf der Fischerbauern, der Hügel mit den Steinen, Wald, Wald, Wald …

In rasendem Tempo hatte er nochmals seine ganz Reise gemacht. In umgekehrter Richtung. Kaum war es ihm gelungen, sich an die einzelnen Orte auch nur zu erinnern, so rasch war es gegangen.

Aber nun verlangsamten sich die Bilder:

Er ging durch Wald, ein Lagerplatz an einem Bach, wo seine Hängematte hing. An einem Baum, der über den Bach hinausragte.

Dann …

Ja! Die Quelle, der Teich, an dem er erwacht war und von wo aus diese Reise begonnen hatte.

Er sah den Ausgangspunkt seiner Queste deutlich vor sich. Dann stand er sogar mittendrin.

Da war die Quelle, die sich in einer kleinen Kaskade in den Teich ergoss, der von bemoosten Steinen und dicken, alten Baumwurzeln umgeben war.

Da waren die alten Bäume. Die Linde, auf deren Wurzeln er erwacht war.

Und diesmal konnte er das ganze Bild erkennen.

Er sah auch das, was er damals nicht hatte sehen können: Gleich neben der Stelle, an der er erwacht war, befand sich der Fuß eines riesigen Geschöpfes.

Es lag da, angepasst an die Wurzeln und Felsen der Umgebung, sodass es auch für seine jetzigen Augen fast unsichtbar war.

Aber es war eindeutig ein großes Wesen da.

Er konnte genau sehen, wo sein Kopf war, suchte seine Augen mit den seinen. Da hob es den Kopf.

Der Drache sprach: „Sei mir gegrüßt, Prinz Beryll!"

Berührt hielt er inne und holte tief Luft, um dann fortzufahren: „Mit größter Freude sehe ich, dass es dir gelungen ist, über die innere Welt bis zur Pforte unseres Landes zurückzukehren. Du bist also dem Weg gefolgt, den der Stein im Elfenschmuck dir gewiesen hat, und bist bis zu seinem Wurzelort gelangt, wo er dir die Kraft geben konnte, auf dem inneren Wege hierher zurückzugelangen. Das alles spricht sehr dafür, dass der Riss, der die Welten trennt, nun doch geheilt werden wird zum Wohle aller Wesen." Er neigte seinen großen Kopf achtungsvoll vor Beryll, bis er den Boden sachte berührte.

Und noch während der Drache diese Worte sprach, zerriss der Schleier in Beryll, der über seine Erinnerungen an das grüne Land gebreitet gewesen war. Die Wirkung des Tranks des Vergessens aus der Quelle am Hof des Königs der Elfen war aufgehoben.

Eine Flut von Bildern, Wissen und Erkennen überwältigte Beryll.

Ja. Er war Prinz Beryll. Er war am Königshof des grünen Landes aufgewachsen. Zusammen mit den beiden Elfenmädchen Aran und Elfira, den Königstöchtern.

Er wusste nun auch, wo und weshalb er Silbermähne als Einhorn gekannt hatte, wie es ihm an dem abgeschnittenen Flussarm eingefallen war, als er ihn wieder als Lichtwesen hatte sehen können. Er hatte damals recht gehabt. Hier, hinter der Pforte, die der Drache hütete, hatte er eine unermessliche Anzahl von Jahren verbracht. Hier war er tagelang auf Silbermähne, dem Einhorn, durch die Wälder geritten.

Er war für einen Elf noch sehr jung gewesen, als Silbermähne aus den geheimnisvollen Tiefen des Waldes, in dem die Einhörner sich meistens aufhielten, an den Hof gekommen war und gewünscht hatte, dass er sein Reiter werden solle. Er sah wieder ganz genau vor sich, wie er gelernt hatte, Silbermähne zu reiten. Und auch, wie er das Bogenschießen erlernte, die Zwergenrunen und sogar die Elfenschrift, die er bisher nicht mehr hatte erkennen können, zu lesen und zu schreiben gelernt hatte. Er sah die Elfenmänner und Elfenfrauen wieder vor sich, die ihn in diesen Künsten ausgebildet hatten. Er erinnerte sich an ihre Namen und ihre Art.

Auch die Alte, die ihn die Trommel schlagen gelehrt hatte, den Puls des Lebens, sah er vor sich. Oft hatten die drei Jüngsten am königlichen Hof zusammen musiziert: die Luft der Flöte, das Wasser der Harfe, das Lebensfeuer der Trommel.

Das waren die ersten kindlichen Anfänge gewesen, wie sie alle drei begonnen hatten, an ihrer Aufgabe, zu Hütern der Kreisläufe zu werden, zu arbeiten.

Ja, und dann war die Zeit seiner ersten großen Reise gekommen. Auch darin war er anders gewesen, früher dran als die anderen Elfen am Hof. Er hatte, kaum war er ein Jüngling zu nennen gewesen, bereits den Hof verlassen wollen, um einen Beruf im roten Land zu erlernen. Was er am Hof von den Heilenden und im Wald von den Einhörnern und anderen Tieren über die Kräfte der Pflanzen gehört hatte, hatte ihn Tag und Nacht beschäftigt. Das gesamte Feuer seiner Aufmerksamkeit hatte sich darauf gerichtet, mehr darüber zu erfahren. Und als der alte Hofgärtner eines Tages, halb im Scherz, zu ihm gesagt hatte: „Weißt du, junger Prinz Beryll, all das, was du über meine Schützlinge zu wissen begehrst, geht weit über das hinaus, was ich in einem langen Leben über sie in Erfahrung bringen konnte. Und, was noch weiter geht, du willst auch alles über die Kräfte der Steine und das Gleichgewicht in jedem Wesen erfahren. Vielleicht solltest du zu den großen Weisen des roten Landes ziehen, denn da sie in festen Körpern leben und kürzere Leben haben, ist die Kunst des Heilens und des Lebens im Gleichgewicht diejenige, mit der sie sich am intensivsten befasst haben. Wir leben einfach, und wenn uns etwas fehlt, so können wir uns meist gesundsingen. Das reicht dann. Wird mehr nötig, so gehen wir zu den Hütern der Kreisläufe. Es sind die im roten Land, die das Wissen über die Kräfte gesammelt haben, denn sie haben Not, sie zu kennen."

Daraufhin hatte Beryll nicht locker gelassen, bis ihm die drei Hüter der Kreisläufe, die ihnen vorangegangen waren und die damals noch ihre Arbeit ausführten, bestätigt hatten, dass er nicht direkt von seinem Vorgänger erlernen solle, wie er seine Kunst auszuüben habe, sondern dass er alles Wissen, das er würde finden können, zunächst selbst zusammentragen solle. Danach erst solle er zusammen mit Aran und Elfira von ihnen voll und ganz ausgebildet werden.

Wenn es also so war, so wollte er keinen Sonnenlauf länger warten.

Er hatte den König davon überzeugt, ihn ziehen zu lassen, und war ganz allein ins rote Land aufgebrochen. Der Gärtner hatte ihm einen alten Heilenden und den Weg zu ihm gewiesen und dort hatte er begonnen.

Das war der Mann gewesen, an den er sich erinnerte, als Merlin darum gebeten hatte, bei ihm lernen zu dürfen. Genauso hatte er den Heilenden damals gebeten und nun wusste er auch das, woran er sich nicht hatte erinnern können, als Merlin gesprochen hatte. Er wusste nun, woher er gekommen war, als er das erste Mal zu seinem Lehrmeister sprach. Er wusste jetzt wieder, was für ein Ziel er angestrebt hatte und auch, wer und wo seine Leute waren.

Nach der Lehrzeit bei seinem ersten Lehrmeister war er dann über viele, viele Sonnenläufe weiter im roten Land herumgereist. Er hatte viele Völker kennengelernt, viele Methoden des Erhaltens und Wiedererlangens des Gleichgewichts.

Während er unterwegs war, war er herangewachsen, vom Jüngling zu einem jungen Mann geworden. Dahin gehörte auch die Erinnerung an die Geschichte im Land des großen Flusses, wo er sich verliebt hatte, die ihm bei Mausfreund wieder eingefallen war.

Ja, auch die Sache mit der Langlebigkeit war ihm nun eine Selbstverständlichkeit. Er war ein Elf durch und durch. Also hatte er auch die Lebensspanne eines Elfs. Alles andere wäre verkehrt gewesen!

Ja. Und dann, nach langer Zeit, war er von dieser ersten Reise wieder an den Hof der Elfen ins grüne Land zurückgekehrt. Das war kurz vor der Trennung geschehen. Und nun wusste er auch, dass er selbst im Grunde die Ursache für die Trennung gewesen war. Es war der Streit zwischen Aran und Elfira gewesen, der um seinetwillen ausgebrochen war, der die Katastrophe und den Bruch herbeigeführt hatte.

Er sah sich nach dem Gespräch mit dem König aus der Quelle des Vergessens trinken.

Endlich, endlich passte alles in und an ihm wieder zusammen. Es ergab ein sinnvolles und klares Bild.

Er wusste wieder, wer er war.

Das alles war nur die Oberfläche all der Erinnerungen, die in diesen kurzen Augenblicken sein Bewusstsein fluteten.

Äußerlich wirkte er wie versteinert, als er so vor dem Drachen stand und sich alles vor seinem inneren Auge zu einem ganzen Bild zusammensetzte. Innerlich wäre mehr Bewegung für ihn nicht zu ertragen gewesen.

Der Drache wusste das und hielt seinen Kopf so lange gesenkt, bis Beryll sich gefasst hatte und ihm eine Antwort gab:

„Topas, Urerfahrener, Weltenweiser! Sei mir gegrüßt. Wie ich sehe, hütest du weiterhin die Schwelle zum grünen Land. Es erfreut mein Herz, dein goldenes Glänzen wieder zu sehen. Und ich denke auch, dass ich dich um Verzeihung bitten sollte dafür, dass ich dich damals, als du der Büffelkuh dabei geholfen hast, mit mir zu sprechen, nicht erkannt habe. Der Schleier des Vergessens, den der Trank über mich geworfen hatte, hat sich eben erst gehoben. Deswegen kamst du mir da wie ein Wesen vor, das ich zum allerersten Mal zu sehen bekam."

Der Drache hob den Kopf und sah Beryll erneut in die Augen: „Es ehrt mich zutiefst, dass du dich in einem solchen Augenblick, wie dieser es ist, an eine so unbedeutende Einzelheit erinnerst und mich gar wegen einer derartigen Kleinigkeit um Verzeihung bittest. Selbstverständlich verzeihe ich dir. Ich habe dir deswegen nie gegrollt und nun der Erste zu sein, der die Ehre hat, bei deiner Rückkehr mit dir zu sprechen, jetzt, da der Schleier sich gehoben hat und du um unsere Existenz und deine Rolle hier wieder weißt, ist wahrlich mehr als eine Belohnung. Es wiegt tausendfach auf, einmal nicht erkannt worden zu sein."

Beryll setzte sich auf eine Wurzel zu Füßen des Drachens und sie unterhielten sich eine Weile weiter. Der Drache wollte von Beryll wissen, ob es ihm gelungen sei, von hier aus, von der Schwelle zum grünen Land, alle bisherigen Stationen auf Berylls Queste richtig zu erfassen. Beryll gab ihm eine Zusammenfassung seiner Abenteuer. Es stellte sich heraus, dass dem Drachen nichts Wesentliches davon entgangen war.

„Ich möchte dir, Weltenweiser, danken, für den Schutz, den du mir dadurch gewährt haben musst, dass du uns auf unserer Queste so aufmerksam in der inneren Welt begleitet hast!", sagte Beryll daraufhin.

Das war auch etwas, was ihm jetzt wieder ganz klar war: Es gab das grüne Land und das rote Land und es gab die äußere und die innere Ebene, um sich in ihnen zu bewegen. Da der Drache auf der äußeren Ebene den Befehl des Königs ausführte und die Schwelle der Pforte zum grünen Land hütete, sodass niemand sie queren konnte, musste er ständig dort bleiben, soweit es die äußere Ebene betraf. Auf der inneren Ebene, in der Welt der Träume, jedoch stand es ihm frei, sich überallhin zu bewegen. Und da er ein urerfahrenes und weltenweises Geschöpf war, konnte er dies sowohl im roten Land als auch im grünen Land tun. Ein Teil von ihm war nie weit von Beryll entfernt gewesen. Und mehr als einmal hatte der das auch mitbekommen und sei es über Silbermähne.

Wie lachten die beiden, als ihn der Drache in das Wissen um den Streich einweihte, den er dem Dorfchef der Fischerbauern gespielt hatte, als es darum ging, Silbermähne über das salzige Wasser mitzunehmen.

„Darüber wird man bei Hof sicherlich sehr amüsiert sein. Die Elfen erfreuen sich gerne an solchen Geschichten, die ein klein wenig auf Kosten der Bewohner des roten Landes gehen. Das verstehe ich nun auch etwas besser, seit ich das Stammepos der Zwerge hören durfte. Der Krieg von damals muss tiefere Spuren hinterlassen haben, als ich es aus unserer eher nüchtern vorgetragenen Geschichte erahnt hatte."

„Da wirst du wohl recht haben, Beryll", antwortete der Drache ihm darauf. „Die Beziehungen zwischen Elfen und Menschen waren nicht immer die besten. Und das beruht auf Gegenseitigkeit. Der Streit unter den drei jungen Hütern der Kreisläufe und dessen Folgen haben auch dazu beigetragen, dass es wieder Spannungen gibt. Ihr habt einige Arbeit vor euch, bis all die Risse wieder geheilt sein werden, die Trennung aufgehoben ist. Aber ich glaube, dass dir auf deinem Weg der beste Helfer begegnet ist, den du dafür im roten Land finden konntest."

„Merlin?", fragte Beryll.

„Merlin", antwortete der Drache.

Endlich, nachdem sie sich noch eine ganze Weile unterhalten hatten, stellte Beryll die Frage, auf die der Drache gehofft hatte.

Daran gedacht hatte auch Beryll gleich am Anfang ihrer Begegnung, kaum dass er sich wieder erinnern konnte. Jetzt erst hatte er aber den Mut in sich gesammelt, es anzusprechen: „Topas, Weltenweiser, Urerfahrener, jetzt, da ich bis hierher gelangt bin. Jetzt, da ich mich wieder erinnern kann. Da verspüre ich natürlich in mir sehr stark den Wunsch, das grüne Land wieder zu betreten, die Meinen wieder zu begrüßen. Ob mir dies erlaubt ist? Wirst du als deren Hüter mich über die Schwelle lassen und sei es nur in der inneren Welt, der Traumwelt?"

„Ich bin erleichtert, dass du mich dies fragst, denn nach dem strengen Gesetz der Nichteinmischung musste der Wunsch von dir geäußert werden. Ich hatte kein Recht dazu, dir diese Möglichkeit anzubieten. Selbst und eigenmächtig darf ich auf deine Bitte nicht antworten, aber sehr gern und hocherfreut schicke ich meine Gedanken zum König des grünen Landes aus, damit er darüber entscheiden möge, ob dir Einlass zu gewähren ist. Ich hoffe von Herzen, dass er es erlauben wird."

Da wurde der Drache ganz still, sein Blick richtete sich nach innen.

Es dauerte aber nur eine kurze Zeit, bis er Beryll mit einem Strahlen in den Augen ansah und sagte: „Der König verlangt, dich am Hofe zu begrüßen. Er schickt nach dir. In Windeseile wird einer seiner Botengänger hier sein. Halte dich bereit."

Der Wunsch des Drachens hatte sich erfüllt.

Als Beryll diese Antwort hörte, verlor er beinahe die Fassung. Sich wieder erinnern, dem Drachen begegnen und nun auch gleich an den Hof gebeten zu werden, das war viel auf einmal nach einer so langen Zeit der Einsamkeit.

Er erinnerte sich an die Dinge, die er von Träumer und Mann vom roten Felsen gelernt hatte, und machte die Übungen, die ihm halfen, seine Mitte nicht zu verlieren und nicht aus der Traumwelt herausgeschleudert zu werden.

Als er sich wieder sicher fühlte und bei sich, hörte er Schritte. Ein Elfenbote und ein Einhorn näherten sich. Es erstaunte ihn, dass er diese Schritte hören konnte, denn beide Wesen machen keine Geräusche, die für Ohren des roten Landes zu vernehmen sind. Dort bewegen sie sich lautlos. Aber hier an der Schwelle zum grünen Land waren zusammen mit der Erinnerung auch die feinen Sinne des grünen Landes zurückgekehrt. Zumindest in seiner inneren Welt.

Gespannt blickte er an dem Drachen vorbei, was gar nicht gelingen konnte, denn dessen Leib war höher als Beryll.

Aber als die Schritte näher kamen und langsamer wurden, hob der Drache einen Teil seines Körpers an. Eine Schlaufe seines langen Leibes bildete das Tor zum grünen Land. Es war für einen Einzigen in der inneren Welt geöffnet.

Nun konnte Beryll den jungen Elfenboten sehen und das Einhorn, das neben ihm stand. Der Drache war gerade dabei, die beiden zu begrüßen, und sie verneigten sich ehrfürchtig vor ihm.

Beryll fielen die Namen der beiden wieder ein: Flügelschritt hieß der noch junge Elf wegen seines leichten, raschen und beschwingten Gangs, der sogar für Elfen außergewöhnlich leichtfüßig war. Und Tagundnacht war das Einhorn. Die Stute war eines der sehr seltenen Einhörner, die Sternenlicht und Sonnengold in ihrem Fell trugen, sodass sie zugleich taghelle und dunkle Stellen zeigten, die wie eine sternklare Nacht leuchteten. Es war eines der Einhörner, die als Gesandte ihrer Art ständig am Hofe des Königs des grünen Landes lebten. Sie war die älteste unter ihnen und sehr erfahren.

Als der Drache ihm zunickte, überschritt Beryll die Schwelle und trat vor die beiden hin.

26

Grünes Land

Als er vor dem Elfenboten und dem Einhorn stand, verbeugten sich alle drei gleichzeitig. Das entsprach durchaus dem Brauch unter Elfen, die, auch wenn sie unterschiedliche Ränge hatten, sich als gleichwertig auffassten und sich demgemäß gleichzeitig respektvoll grüßten. Was das Einhorn betraf, war es jedoch eine spezielle Geste der Anerkennung. Hätte sie damit nicht Beryll gegenüber eine ganz besondere Wertschätzung ausdrücken wollen, hätte sie mit ihrem Gruß abgewartet, bis Beryll sich vor ihr verneigt hatte.

Beryll nahm das mit Freude zur Kenntnis, denn es war ein Hinweis darauf, dass er am Hof willkommen sein würde und keine Vorwürfe zu erwarten hatte. Es war auch ein gutes Zeichen, dass er von einem Boten ohne Waffen und einem Einhorn abgeholt wurde und nicht von Elfenwächtern mit Dolchen und Bögen.

Als Nächstes verneigten sich die drei vor dem Drachen, um sich von ihm zu verabschieden.

Dann drehten sich Einhorn und Elfenbote um und gingen tiefer in den Wald, dorthin, wo sie hergekommen waren. Beryll folgte ihnen.

Es war kein Wort zwischen den vier gewechselt worden. So entsprach es der Etikette: Erst vor dem König sollte Beryll seine Stimme im grünen Land erheben dürfen, da er auf dessen Geheiß von außerhalb eingelassen worden war. Und erst wenn der König das für rechtens befunden hatte, durfte er zu den anderen Bewohnern und sie mit ihm sprechen. Die Regeln nach der Trennung waren streng.

Der Drache hatte sie ein wenig gebogen. Als Hüter der Grenze hatte er sozusagen mit dem Teil zu Beryll gesprochen, der dem roten Land zugewandt war. Da er älter als der König war und ihn in so manchen Dingen bis auf den heutigen Tag beriet, würde es ihm nachgesehen werden.

Als Beryll die ersten Schritte in den Wald des grünen Landes machte, war er überwältigt und verzaubert von dem, was er sah, hörte und roch.

In all der Zeit auf den Wegen des roten Landes hatte er nicht nur wegen des Tranks vergessen, wie es hier war, nein, es kam dort auch nichts nur im Entferntesten an das heran, was der Wald der Elfen war. Nicht einmal die Dörfer der Waldleute, von denen Hutzel gefunden hatte, dass sie ihn an die Orte der Elfen erinnerten.

Da waren zunächst einmal das Licht und die Formen: Das Licht auf dieser Seite der Grenze war ganz anders als im roten Land. Alles Grün leuchtete hier mit einer Frische und Klarheit, wie es im roten Land nie zu sehen war. Auch war hier mehr Licht, obwohl sie sich im tiefen Schatten der Bäume befanden. Jedes der Wesen, die hier lebten, zeigte sein Lichtgewand und dieses trug dazu bei, dass von überallher Licht in den Wald fiel. Dazu noch in unterschiedlichen Färbungen. Daraus entstand ein Spiel farbiger Schatten und unterschiedlicher Beleuchtung, die jeden aus dem roten Land, der dies zu sehen bekam, verzaubert und beinahe seiner Sinne beraubt hatte.

Beryll tauchte in dieses Licht mit der Dankbarkeit und Erleichterung eines Fisches ein, der in der Luft beinahe erstickt wäre und wieder ins Wasser gelangt ist. Dieses Licht war etwas von dem, was er so schmerzhaft vermisst und doch nicht hatte benennen können. Es tat ihm durch und durch wohl.

Und dann die Bäume selbst: Je weiter sie von der Grenze des grünen Landes weg und tiefer in den Wald gingen, desto eindrücklicher war zu erkennen, wie anders die Bäume sich hier hatten entfalten können. Ganz klar hatte sich ihnen während ihres Wachstums nichts, weder Wind noch Wetter, weder Boden noch Luft, weder Licht noch andere Bäume, als hindernd erwiesen oder sich ihnen entgegengestellt. Jeder einzelne ausgewachsene Baum hatte die Form seiner Art zu größter Entfaltung vollendet, ohne dass dabei einer dem andern glich. Nein. Jeder hatte eine ganz eigene Persönlichkeit, die gerade dadurch umso deutlicher geworden war, dass er sich frei hatte entfalten können. Die Baumhüter, die zu ihnen gehörten – Beryll konnte hier die „Unsichtbaren" mit größter Leichtigkeit erkennen –, waren alle gesund, glücklich und ebenso voller Kraft wie ihre Schützlinge. Im roten Land gab es manchmal große Unterschiede im Zustand des eigentlichen Baumes und dessen Hüters.

Beryll erinnerte sich: Hier in diesem Wald war es so, dass die Elfen mit den Baumhütern zusammenarbeiteten, um das Wachstum der Bäume zu fördern, und dass sie dafür sorgten, dass jeder kleine Baum an der Stelle heranwachsen konnte, die sein Baumhüter für ihn gewählt hatte. Und sie halfen auch mit ihrer Musik, mit ihren Gesängen für die Bäume, die diese zum Wachsen brachten.

Nie hatte er im roten Land einen so prachtvollen Wald gesehen.

Dann waren da die Klänge: Wie auch im roten Land gab es hier eine Vielzahl von Vögeln und Insekten. Deren Gesänge und Geräusche waren aber auf dieser Seite der Grenze derart harmonischer, dass kein Vergleich mit dem zu bestehen vermochte, was er aus dem roten Land kannte. Die Vogelstimmen bildeten einen regelrechten Chor, zu dem die Insekten die Bässe und die Begleitstimmen waren. Ab und zu hob sich ein einzelner Gesang heraus wie das Solo eines Virtuosen. Beryll hätte einfach stehen bleiben und stundenlang lauschen können. Vielleicht gäbe es später Gelegenheit dazu. Jetzt musste er mit seinen Begleitern vor den König.

Auch die Düfte waren hier anders: Ähnlich wie die Bäume waren auch die Kräuter und Blumen hier zu größerer Vollendung gelangt. Und dazu gehörte auch, dass ihre Düfte viel ausgeprägter waren. Auch gab es in diesem Wald viel mehr blühende Pflanzenarten, als es im roten Land der Fall war. Dafür hatten die Elfen gesorgt, zusammen mit dem Teil des Volkes der Gnome, der weiter hier im grünen Land lebte und der seine Verwandten im roten Land nun schon lange nicht mehr hatte besuchen dürfen. Es war hier ähnlich wie in Hutzels Oase oder auf den Bäumen und in den Pflanzungen der Waldleute, wenn dies auch nur schwache Anklänge an das grüne Land in weiter Ferne von ihm waren.

Und es waren wohl nicht nur bloß die Düfte der Blumen, Büsche und Bäume. Die Luft selbst musste hier würziger sein. So kam es Beryll vor, der sie einatmete, so tief er konnte, und jeden Atemzug als Befreiung empfand.

Es erstaunte ihn, dass sie auf ihrem Weg außer den Pflanzen, den Vögeln und Insekten und deren Begleiter und Hüter keinen weiteren Lebewesen begegneten. Es musste wohl so sein, dass das Grenzland nach der Trennung von den meisten gemieden wurde, obwohl es ganz und gar keinen verwilderten Eindruck machte. Der Posten des Drachens musste sehr einsam sein.

Aber auch als sie sich dem Hof der Elfen näherten – sie kamen rasch voran, denn Beryll gelang es mühelos, wieder in den raschen Schritt der Elfen einzufallen – war niemand zu sehen.

Später, als sie am Hof angekommen waren, begriff Beryll, dass sich alle vor dem Thron des Königs versammelt hatten. Dort befanden sich mehr Wesen, als er jemals zuvor an dem Ort zusammen gesehen hatte.

Aber bevor sie dorthin kamen, durchquerten sie die Siedlung der Elfen.

Auch hier wurde Beryll wieder von Erinnerungen überwältigt. Hier hatte er gelebt, hier waren auch „seine" Wohnbäume. Sicherlich lebten sie noch. Er erinnerte sich, wie er vor vielen Sonnenläufen und über viele Frühsommerzeiten diese beiden Bäume zu seiner Wohnung gesungen hatte. Denn die Bäume, die Elfenbäume waren, zeigten ganz andere Formen als die Bäume im Wald des grünen Landes. Sie wuchsen nicht ausschließlich in der Form, in der zu wachsen ihre Art war. Sollte ein Baum ein Elfenbaum werden, so geschah dies nur, wenn er und dessen Hüter einverstanden waren. Dann erlaubten sie dem Elf oder der Elfe, die in und auf dem Baum leben wollte, diesen mit den dafür bestimmten Gesängen zu formen. So gab es hier Linden, die einem Gebilde aus mehreren schlanken Säulen glichen, die sich nach oben in weit ausladenden Ästen verloren. Aus diesen Ästen wiederum wuchsen Geflechte von Zweigen, die die Wände und Gewölbe grüner Zimmer bildeten. Es gab Buchen, deren Stämme sich zu Wendeltreppen gedreht hatten, damit ihre Kronen, in denen es mit ihrer Silberrinde ausgekleidete Wohnhöhlen gab, leicht zu erreichen waren. Es gab Eichen, die mehrstöckige Wohnungen in ihrem Inneren trugen, Kiefern, an denen Balkone anzeigten, dass sie von Elfen bewohnt waren.

Und obwohl der Fantasie keine Grenzen gesetzt waren, bildeten diese Wohnbäume als Ganzes ein harmonisches Bild. Der Schönheitssinn der Elfen und die Fähigkeit der Bäume, Gruppen zu bilden, ließen es nicht anders zu. Es gab sogar Wohnungen, die aus mehreren Bäumen bestanden, so wie seine.

Beryll hatte in einer Esche gelebt, aber einen Schlafraum gehabt, der sich in einer Kiefer befand. Er hatte sie über miteinander verwobene Äste von der Esche aus erreichen können.

Aus der Richtung, in der sie jetzt in die Siedlung kamen, würde er „seine" Wohnbäume aber nicht zu sehen bekommen. Er wusste wieder genau, dass sie von hier aus gesehen jenseits der Palastbäume wuchsen.

Aber Arans Birkenhain – an dem mussten sie gleich vorbeikommen. Und so war es auch: Kaum war es ihm eingefallen, da sah er das Schimmern der Stämme von Arans Birken. Sie hatte eine große Buche als Wohnung, die sie aber mit diesem Hain ewig junger Birken umgeben hatte. Neu war, dass der Hain jetzt auch mit einem Kranz von Ebereschen geschmückt war. Es sah prächtig aus, denn sie zeigten alle Jahreszeiten abwechselnd. Das leuchtende Grün der ersten Blätter die einen, den weißen Blütenschnee, die roten Beerenplatten, das Goldgelb der Herbstblätter und gar das zarte Filigran der Zweige im Winter die anderen. Der Birkenhain trug frische grüne Blätter wie immer. Aran musste sich in der Kunst der Gesänge weitergebildet haben, um diese Pracht hervorzubringen. Aber auch hier war kein Wesen zu sehen.

Und bald schon kamen sie zu den Weiden, den Erlen und der Ulme Elfiras. Sie hatte ihre Ulme mit einem Labyrinth aus Weiden und Erlen umgeben, in dem die drei schon als Kinder gespielt hatten, als sie noch klein waren und Elfira gerade die formenden Gesänge erlernte. Hier hatte sich viel verändert: Es gab alte, knorrige, knotige Kopfweiden, die wie Wächter am Eingang standen. Das Labyrinth aus zarten, jungen, verflochtenen Weiden und Erlen war größer und nun wohl auch viel schwieriger zu durchschreiten. Sicher hatte Elfira daran weitergearbeitet. Aber die große Ulme, in der sie lebte, war noch immer genauso, wie es in Berylls Erinnerung damals schon gewesen war, im Zustand des späten Frühlings. Und noch immer wehte der zarte Frühlingszephir durch ihre Krone. Elfira hatte ganz besonders das Bild geliebt, das die Ulme abgab, wenn sie nach der Blüte ihre gelbgrünen, ovalen Früchte fliegen ließ. Im Sonnenlicht sah das aus, als schwebten ganze Schwärme von winzigen Goldblättchen durch die Luft. Elfira hatte ihren Baum dazu gebracht, in diesem Zustand zu verharren.

Beryll musste bei der Erinnerung lächeln. Es hatte unter den dreien lange Diskussionen darüber gegeben, welche Jahreszeit sie wählen wollten. Die Elfenmädchen hatten sich rasch auf eine bestimmte Jahreszeit festlegen können. Beryll wollte das nicht gelingen. Er fand jeden Aspekt der Esche, die er gewählt hatte, bewundernswert. Und die Kiefer zeigte im Jahreslauf außer der Zeit der Blüte keine großen Unterschiede. Er hatte sich am Ende dafür entschieden, seinen Bäumen den Jahresrhythmus zu belassen, und war es zufrieden. Elfira war offenbar noch immer der gleichen Meinung wie damals. Und Aran hatte sich, wie es ihr im Grunde ähnlich sah, etwas ganz Besonderes einfallen lassen. Etwas, das zu ihrer Vielschichtigkeit passte. Im Frühling leben und das ganze Jahr um sich haben. Das war sie.

Aber jetzt wollte er aufhören, der Vergangenheit nachzuhängen. Gleich mussten sie im Palasthain ankommen. Besser, er war bereit für die Gegenwart. Er wusste nicht recht, was auf ihn zukam, und sollte sich wohl auf alles gefasst machen.

Nicht weit von Elfiras Ulme bogen sie in die Spiralallee ein, die in drei Umgängen zum Zentrum des Elfenhofes, der Lichtung im Palasthain, führte.

Wie vertraut ihm dieser Weg doch war.

Viele Male hatte er ihn beschritten, allein, mit seinen Schwestern Aran und Elfira, mit seinen Elfenfreunden und oft war er ihn auch auf Silbermähne geritten. In den glücklichen Tagen. Und dann, ein einziges Mal, war er zutiefst unglücklich mit tränenüberströmtem Gesicht diesen Weg gegangen, um dem König seinen Entschluss mitzuteilen. Das war das letzte Mal gewesen.

Denn nachdem er aus der Quelle am Rand der Lichtung getrunken hatte, wusste er nichts mehr darüber, wie er von dort bis über die Grenze gekommen war.

Mit gemischten Gefühlen ging er diesen Weg nun wieder.

Als sie auf die Lichtung traten, blickten ihnen unzählige Augen entgegen. Alle Tiere des Waldes, die es rasch genug bis hier geschafft hatten, die Elfen, die Lichtwesen des grünen Landes, alle waren hier. Dicht aneinander gedrängt verharrten sie an Ort und Stelle, was sonst gar nicht ihrer Art entsprach, denn sie alle liebten die Bewegung und die Freiheit. Auch war es völlig still. Das war ebenso merkwürdig, denn all diese Wesen liebten es sehr, sich miteinander auszutauschen, und waren sehr lebhaft.

Sonst waren nie so viele auf einmal hier. Die Lichtung war doch voll der schönsten und ausgesuchtesten Blumen. Die mussten wohl unter diesem Andrang sehr zu leiden haben.

Einen Augenblick lang dachte Beryll erschrocken, dass alle hier vielleicht gar einem Zauber verfallen und zu Statuen gebannt worden seien. Aber dem war zum Glück nicht so. Sobald er mit dem Elfenboten und Tagundnacht aus der Allee an den Rand er Lichtung getreten war, wo sie stehen blieben und er dieses ungewöhnliche Bild erblickte, drängten sich diejenigen direkt vor ihm noch mehr aneinander und öffneten so eine Gasse durch die Menge.

Sie gingen weiter. Bald gab die Lücke, die für sie gebildet wurde, den Blick auf die gegenüberliegende Seite der Lichtung frei.

Dort standen die Thronbäume. Die Hagebuchen.

In der Mitte der Thron des Königs der Elfen des grünen Landes, daneben der der Königin, links und rechts davon je einer für Aran und einer für Elfira. Neben dem von Aran, der sich zur Rechten des Königsthrons befand, stand der fünfte Thronbaum. Der, auf dessen Thronsitz Beryll immer gesessen hatte.

Er sah, dass es ihn noch gab und dass er in seiner Form noch immer unverändert so war, wie er ihn gestaltet hatte. Er war unbesetzt.

Auf den anderen vier saßen die Elfen, die sie innehatten. König und Königin. Bereits älter, mit weißem Haar, das lang und in viele Zöpfe geflochten und zierlich um ihren Kopf gelegt war. Beide groß gewachsen und schlank. Ihre Kleidung war grün. Sie waren vom Blattwerk ihrer Throne umgeben, sodass sie dem Auge wie ein Rätsel erschienen, denn ihre Formen verloren sich im Spiel der Blätter, das sich ständig veränderte. Der König trug den schmalen, einfachen Goldreif mit dem Smaragd, der das Zeichen dafür war, dass er als König des grünen Landes hier war, die Königin den schmalen Silberreif mit dem klaren Karfunkelstein, der ihre Krone war.

Da saß auch Elfira neben der Königin, gekleidet in die blaugrünen Töne des Wassers. Sie war zu einer Frau in ihrer ersten Reife herangewachsen. Lange würde sie diese Jugend der Elfen durchleben. Ihr Haar zeigte noch keine Spuren von Grau oder gar Weiß. Es war von einer satten, rotbraunen Farbe, die ihre grünen Augen betonte. Auch sie trug jetzt einen Königsreif. Er war aus Silber mit einem Aquamarinkristall, der auf ihrem Haar erstrahlte.

Und neben dem König Aran. In Himmelblau und Taubengrau gekleidet. Sie hatte silberblondes Haar und helle, blaugraue Augen, die manchmal hell und blau wie der Sommerhimmel ohne Wolken waren, manchmal aber auch das aufgewühlte Grau eines Himmels voller Sturmwolken zeigten. Sie war nur um Stunden jünger als Elfira, denn die beiden waren Zwillingsschwestern und am gleichen Tag geboren. So entsprach auch ihr Äußeres nun dem Bild einer Frau in ihrer ersten Reife. Ihr

Königsreif war ebenfalls silbern und auf ihrer Stirn lag ein tropfenförmiger Saphir, der daran befestigt war.

Die Seinen.

Da waren sie also. Bei diesen Menschen war er groß geworden. Nach ihnen hatte er so weit weg gesucht, dabei war er ganz in ihrer Nähe aufgewacht. Was für eine weite Reise war nötig gewesen, um sich wieder an diesen Ort erinnern zu können. Beryll war erschüttert. Sein Herz schlug heftig, als er die vier vor sich sah.

Er sammelte sich, so gut er konnte.

Es war Zeit, weiter auf sie zuzugehen und vor die Throne zu treten.

Das tat er also auch.

Als der Elfenbote und das Einhorn stehen blieben, ging er die letzten paar Schritte allein weiter, bis er unmittelbar von dem Thron des Königs stand.

Dort ließ er sich auf sein rechtes Knie nieder, legte beide Hände auf sein Herz und neigte seinen Kopf so tief es ging vor dem König.

In dieser Haltung wartete er darauf, dass der König zu ihm sprechen würde.

Es war keine Begegnung unter Familienmitgliedern, die sich nach langer Zeit endlich wieder sehen, um einen stürmischen Streit zu beenden.

Nein: Er als Spross aus der Familie des Königshauses der Elfen, als ein Prinz, fand sich nach langer Queste wieder vor seinem König und Herrn ein und bei dem Streit, den es beizulegen gab, ging es um das Schicksal aller Bewohner zweier Königreiche.

Er selbst würde nicht entscheiden können, wie die Dinge verliefen. Es war Aufgabe des Königs, der die Trennung beschlossen hatte, Recht zu sprechen – vor allen Bewohnern des grünen Landes, die hier versammelt waren, um einen der weitreichendsten Entscheide ihres Königs zu vernehmen, die es in ihrem Land seit langer Zeit zu fällen gab.

Das mussten auch die Königin und die beiden Prinzessinnen so empfinden, denn keine sagte auch nur ein Wort zu Beryll. Ja, sie ließen nicht einmal durch eine Bewegung oder einen Blick ihre Gefühle erkennen.

Endlich sprach der König: „Prinz Beryll, königlicher Cousin meiner Töchter, erhebe dich. Wir wollen vernehmen, wie es dir im roten Land ergangen ist und wie es dir gelang, auf dem Weg durch die innere Welt zur Pforte unseres Landes zurückzugelangen."

Auch der König ließ dabei nichts von seinen Gefühlen durchblicken. Seine Stimme war ruhig und fest. Er bewegte sich wenig. Er war der König, wie ihn alle kannten, wenn er seinen Staatsgeschäften nachging.

Vor den Thronen stehend berichtete Beryll so kurz es ging von seiner Reise zum Wurzelort des Steines und wie er über den Anhänger, den Traumhelfer, der auch ein Wirklichkeitsweber war, auf dem Weg durch die innere Welt zum Drachen gefunden hatte.

Als er geendet hatte, sagte der König in die atemlose Stille, die von den vielen Wesen ausging, die an seinem Hof versammelt waren: „So haben denn die Dinge begonnen, den Verlauf auf eine Versöhnung zu zu nehmen. Es ist dir gelungen, einen ersten Faden über den Abgrund der Trennung zu spannen. Damals, nachdem ich in meinem Kummer und Schmerz die Trennung unseres Landes vom roten Land befohlen hatte, riet mir der Drache dazu, diese Möglichkeit offenzulassen, falls du selbst darum bitten solltest, diesen Weg zu beschreiten. Es ist der einzige Weg zur Versöhnung, der offen steht, denn mein Befehl kann nicht rückgängig gemacht werden. Es ist aber möglich, den Riss zu heilen, indem neues Gewebe die Länder verbindet, bis es so stark geworden ist, dass sie sich wieder berühren können. Als du zu mir kamst und mich darum batest, das grüne Land verlassen zu dürfen, um das Leid deiner Cousinen und damit aller Bewohner dieses Landes nicht weiter zu vertiefen, stimmte ich dem zu. Bis heute weiß ich nicht, ob du es rein aus diesem Grund getan hast oder ob du damals schon um die Möglichkeit zur Versöhnung gewusst hast. Hast du eine Antwort darauf?"

„Mein König. Als ich damals zu Euch kam mit meinem Schmerz und darum bat, ins rote Land ziehen zu dürfen, bevor die Trennung endgültig vollzogen wäre, da ahnte ich nicht, was ich heute weiß. Ich habe ehrlich zu Euch gesprochen. Die Gründe, die ich angab, waren alles, wovon ich wusste. Aber auf meiner Reise durch das rote Land, auf meiner Queste, den Ort meines Ursprungs zu finden, wurde mir nach und nach durch die Begegnungen mit unterschiedlichen Bewohnern des roten Landes klar, dass mein eigener Weg mit einer größeren Aufgabe verbunden ist, die das Wohl aller Wesen des roten Landes betrifft.

Für das rote Land bedeutet die Trennung, dass das Leben seiner Bewohner immer schwerer sein wird, denn ihnen fehlt die Unterstützung durch die Bewohner Eures Landes. Nur wenn beide Länder verbunden sind, können die Wesen des roten Landes gedeihen und erblühen. Besteht die Trennung fort, so werden sie mit der Zeit verkümmern, ihren Weg verlieren und nach langer Zeit ganz und gar verschwinden. Sie für sich allein haben noch nicht genug darüber gelernt, die Kreisläufe des Lebens im Gleichgewicht zu halten.

So komme ich anders zurück, als ich gegangen bin. Zu meinem persönlichen Schmerz kam das Wissen um die Not der Bewohner des roten Landes.

Darum bitte ich nun in deren Namen darum, dass es uns erlaubt werde, unsere Arbeit als Hüter der Kreisläufe wieder aufzunehmen und daran zu arbeiten, den Riss zu heilen, der durch das Gewebe der Welt verläuft, seit der Trennung des grünen Landes von den anderen.

Dies allerdings nur, falls meine königlichen Schwestern auch dazu bereit sind. Es steht mir nicht zu, in ihrem Namen zu sprechen."

„Das war ehrlich gesprochen. Noch immer glaube ich, dir vertrauen zu dürfen", antwortete der König. „Deine Bitte ist groß, wie sie es zu sein hat, da sie das Schicksal so vieler Wesen betrifft. Wir wollen uns kurz beraten."

Daraufhin stand er auf und winkte die Königin und seine beiden Töchter zu sich. Gemeinsam zogen sie sich in eine Laube, die sich hinter den fünf Thronen befand, zurück, um ungestört miteinander reden zu können.

Beryll blieb stehen, wo er war.

Alle blieben, wo sie waren, keines der anwesenden Geschöpfe verließ die Lichtung, so unbequem es hier auch war.

Alle erwarteten den Entscheid des Königs. Keinem war gleichgültig, wie er ausfallen würde.

Dann kamen die vier aus dem Königshaus wieder aus der Laube und nahmen ihre Plätze auf den Thronen erneut ein.

Der König sprach: „Wir haben nachgedacht und wir haben uns abgesprochen. Meine Frau meint, dass mein Entscheid damals sehr hart gewesen sei. Dem halte ich entgegen, dass es mir darum ging, weiteres Unglück von beiden Ländern fernzuhalten. Es ging mir darum, dass es so nicht mehr zu weiteren Katastrophen kommen konnte. Wenn beide Länder getrennte Wege gehen, so beeinflussen sie sich nicht mehr gegenseitig. Dem hält sie wiederum entgegen, dass das rote Land noch nicht so weit sei, weil seine Bewohner nur zum Teil um die Kreisläufe und das Gewebe des Lebens wüssten. Auch hätten die wenigen, die darum wissen und es ernst genug nehmen, danach zu leben, noch nicht das gesamte notwendige Wissen erlernen können. Das Fehlende zu erlernen sei ihnen nur möglich, wenn grünes und rotes Land nicht getrennt blieben. Die Trennung bedeute also langfristig den Untergang des roten Landes. Das hat auch der Drache so gesagt, bereits vor langer Zeit. Beryll hat es ebenso dargestellt, als er seine Bitte aussprach.

Meine beiden Töchter, die sich ja schon kurz nach der Trennung wieder miteinander versöhnt und seitdem getan haben, was sie nur können, um die Folgen des Unglücks, das durch ihren Streit verursacht wurde, zu lindern, finden beide, dass der Kreis der Hüter der Kreisläufe unbedingt wieder zu schließen sei. Andernfalls seien auch die Folgen für das grüne Land langfristig nicht absehbar.

Sie bitten darum, ihre Arbeit zusammen mit Beryll wieder aufnehmen zu dürfen, unter Anleitung des Drachens und der Weisen unter den Wesen unseres Landes.

Für sie gehört es dazu, dass beide Länder verbunden sind, damit alle Kreisläufe auch wirklich geschlossen werden können. Dieser Frage wäre in meinen Augen noch nachzugehen. Mag sein, dass das die alte Wahrheit ist, die unverändert weiter zu gelten hat, mag aber auch sein, dass die Muster des Gewebes der Welt anders gestaltet werden können und sollen, um beide Länder getrennt zu halten. Das kann nicht hier und heute entschieden werden.

Das ist eine Frage, die nur die Hochelfen zu beantworten verstehen.

Mein Beschluss lautet also, dass ich deren Antwort abwarten werde.

Ich bin bereit, den drei noch jungen Hütern der Kreisläufe zu gestatten, ihre Arbeit inzwischen wieder aufzunehmen und mit ihrer Ausbildung fortzufahren. Wie immer die Antwort lauten mag, werden wir die Hüter der Kreisläufe auch in Zukunft benötigen. Sei es nun für das grüne Land oder für beide Länder.

Bevor die drei an ein erneutes Verweben des Risses zwischen den Welten auch nur denken können, werden sie noch viel anderes zu tun haben.

Bis dahin wird Antwort von den Hochelfen eingetroffen sein. Dann werden wir endgültig über die Versöhnung entscheiden.

Wenn die drei ihre Zusammenarbeit jetzt wieder aufnehmen, wird sich so auch am besten zeigen, ob sie nun eine emotionale Stabilität erlangt haben, die es ihnen erlaubt, sie auch auszuführen.

So ist mein Entscheid."

Beryll fühlte sich erleichtert, als er den König so sprechen hörte.

Es war beinahe schon eine Zusage, dass der Riss geheilt werden sollte. Er kannte den König gut genug, um zu wissen, dass er bereits jetzt zur Versöhnung tendierte, es ihm aber auch nicht leichtfiel, auf seinen Entschluss, die endgültige Trennung zu vollziehen, zurückzukommen und ihn zu ändern.

Könige mussten ihrer Linie treu bleiben und ihre Integrität bewahren.

Als er über das alles nachsann, bemerkte er auf einmal, dass sich nicht nur ein Gefühl der Erleichterung in ihm auszubreiten begann, sondern dass ihm auch seltsam schlecht wurde. Es war ihm schwindlig und es fiel ihm immer schwerer, bei sich zu bleiben und mitzubekommen, was um ihn vor sich ging.

Da hörte er auf einmal Elfiras klare, helle Stimme: „Mein König, ich spreche zu dir als deine Tochter und als Elfe des Wassers. Lass Beryll bitte augenblicklich zu seinem Körper in der äußeren Welt zurückkehren. Er ist beinahe verdurstet!"

Beryll sah, wie der König aufblickte, ihn aufmerksam ansah und dann deutlich nickte.

Was er antwortete, konnte er nicht mehr hören. Es wurde ihm schwarz vor Augen. Dann kamen rasend schnell wieder eine ganze Reihe von Bildern, die an ihm vorbeizogen. Diesmal nahm er sie nicht auf.

Als er zu sich kam, lag er neben der Ader im Gestein im schwachen Leuchten der Höhle.

Er hatte gerade noch die Kraft, nach dem Wasserbeutel zu langen, den er mitgebracht hatte.

Er trank.

Nach einer langen Weile erholte er sich ein wenig. Mehrmals trank er noch. Der Beutel wurde leer.

Nach einer noch längeren Weile setzte er sich auf.

Er konnte sich auch in der äußeren Welt ganz genau an alles erinnern, was geschehen war. Diese Reise war etwas anderes gewesen als die Sorte von Träumen, die mit dem Aufwachen bereits verblassen und nach kurzer Zeit vergessen sind. Er hatte sich erinnert. Er war zu Hause gewesen. Bei den Seinen. Die Versöhnung hatte begonnen. In der inneren Welt gab es nun eine Brücke. Sicherlich würde er die auch in Zukunft wieder beschreiten können.

Aber um ein Haar wäre er bereits bei diesem ersten Mal gestorben. Er selbst hätte wohl im Taumel der Rückerinnerung und in der Spannung, mit der er den Entscheid des Königs erwartete, seinen Zustand ganz und gar nicht bemerkt. Elfira als Wasserelfe war da wachsamer gewesen. Hätte sie nichts gesagt, so wäre er nicht mehr rechtzeitig zurückgekommen. Wenn er ehrlich zu sich selbst sein wollte, so musste er sich eingestehen, dass er ganz und gar vergessen hatte, dass er hier noch einen Körper des roten Landes hatte. Er war so gründlich in die innere Welt eingetaucht und bei den Elfen gewesen, dass er alles andere völlig vernachlässigt hatte.

Im Grunde war es zum Lachen.

Da hatte er sich endlich wieder an das eine Land erinnert und war gar bis dort gelangt, dafür aber war das andere seinem Bewusstsein entglitten.

Ob in dem Fall alles von vorn begonnen hätte, aber in umgekehrter Richtung? Hätte er sich auf die Suche nach Silbermähne und dem Stein begeben?

Er hatte ganz und gar nicht das Gefühl, dass das möglich gewesen wäre. Elfira musste mit ihrer Bitte die einzige Chance, die er gehabt hatte, für ihn sichergestellt haben. Es war wirklich an der Zeit, dass die beiden Länder wieder miteinander verwoben wurden. Zumindest für ihn und sicher auch für Silbermähne, wenn sie nicht auf immer zwischen die Welten geraten sollten.

Nur zu gern wäre er noch länger seinen Erinnerungen nachgegangen, hätte seine Geschichte, an die er sich jetzt ganz erinnerte, weiter erkundet, aber er hatte das Gefühl, dass er jetzt erst einmal hier handeln sollte, zum Sinnieren würde es später noch genug Gelegenheit geben.

Der Wasserbeutel, den er bei sich hatte, war nun leer. Es hatte ihm das Leben gerettet, dass er nicht erst aus der Höhle musste, um trinken zu können. Hunger hatte er auch. Mit Freuden aß er ein paar der trockenen und eher einfachen Fladen, die er auch mitgenommen hatte.

Dann traf ihn die Frage voll in den Magen: Wie lange war er denn schon hier?

Es gab keine Möglichkeit für ihn, das festzustellen, aber es konnte ganz entscheidend sein, weil er ja nur noch ganz wenig Wasser bei sich hatte. Und das musste für den Rückweg bis zur Quelle reichen.

Egal, wie spät es war oder wie lange er hier verweilt hatte: Es war höchste Zeit zu gehen.

Er beugte sich vor und nahm seinen Anhänger in die Hand. Da erst fiel ihm etwas ein und so sagte er zu ihm: „Danke, du hast mir diesen Ort gezeigt und meine Erinnerungen wiedergebracht. Ob ich dich nun zum Dank hier lassen sollte? An deinem Wurzelort?“ Keine Antwort. Weder als Gefühl noch als Geräusch, Wärme oder Licht. Der Stein blieb, wie er war. Da fuhr er fort, nachdem er kurz nachgedacht hatte: „Nun, ich glaube nicht, dass ich das tun kann. Ich vermute sehr, dass ich dich noch brauchen werde, um meine Familie und mein Zuhause wieder zu besuchen. Vielleicht wird mir Mann vom roten Felsen gar zeigen müssen, wie ich ab jetzt mit dir umzugehen habe. Dazu kommt aber noch etwas und das zählt für mich noch mehr: Obwohl ich dachte, mich an alles erinnern zu können, muss es da noch mehr geben. Dich hatte ich noch nie gesehen, bevor ich an der Quelle vor der Pforte ins grüne Land erwachte. Ich will erst wissen, wer dich mir gegeben hat, bevor ich dich loslassen kann. Tut mir leid. Wir gehen beide zusammen wieder von hier fort.“

Damit hängte er sich den Anhänger doch um den Hals und trat seinen Rückweg durch die Gänge und die anderen Säle der Höhle an.

Er brauchte dafür entschieden länger als auf dem Hinweg. Er war sehr erschöpft und so kam er nur langsam voran.

Endlich war er draußen, wo er sein Bündel gelassen hatte. Zwei volle Wasserbeutel waren noch da. Das bedeutete, dass er in der Höhle eigentlich zu viel getrunken hatte, um bequem zurück zur Quelle zu kommen. Der Beutel, den er in der Höhle ganz leer getrunken hatte, sollte nach seinem Plan jetzt noch etwa halb voll sein. Er würde also nochmals Durst leiden müssen, aber er könnte es schaffen, ohne zu verdursten, wenn nichts dazwischenkam.

Es war Nacht. Ob es der Abend des Tages war, an dem er die Höhle betreten hatte, oder eine oder gar mehrere Nächte später, wusste er nicht.

So oder so gab es jetzt nur einen Ausweg, da er hier kein Wasser gefunden hatte. Zurück zu der kleinen Quelle. Dort erst hätte er Zeit, zu überlegen und herauszufinden, wie es weitergehen sollte.

Seit er sich erinnern konnte, gelang es ihm anscheinend auch im roten Land besser, mit dem für die Augen des roten Landes Unsichtbaren zurechtzukommen. Jedenfalls gelang es ihm gleich, seine Silberlinie zu fühlen, und er folgte ihr.

Erst als die Mittagshitze kam, machte er Rast. Es war ein anderer Ort als auf dem Hinweg, weil es wohl schon tiefste Nacht, also weit nach Mitternacht, gewesen war, als er losging, und er deswegen an einer anderen Stelle von der Hitze überwältigt wurde. Er hatte großen Durst. Aber er gab sich alle Mühe, so wenig wie möglich zu trinken. Was er jetzt spürte, glich bei Weitem noch nicht dem Zustand, in dem er in der Höhle wieder zu sich gekommen war. Sobald die Temperatur es erlaubte, ging er wieder weiter.

Sehr durstig, aber ohne Schwierigkeiten erreichte er schließlich den Ort mit der kleinen Quelle. Er konnte sich nicht gleich satt trinken, dazu floss hier zu wenig Wasser. Aber er war nun sicher, dass er nicht verdursten müsste. Es galt bloß, die Stunden zu warten, bis er genug Wasser zusammenhatte, um ein paar große Schlucke zu trinken.

Er beschloss, so lange an der Quelle zu bleiben, bis er seinen Wasservorrat aufgefüllt hätte, bis er wieder Knollen zu einer guten Ration Fladen zubereitet haben und sich überhaupt wieder kräftiger fühlen würde. Seine Reise in der inneren Welt hatte seinem äußeren Körper schwer zu schaffen gemacht und ihn beinahe zu sehr belastet.

Dann wollte er den Rückweg zu Silbermähne und Mann vom roten Felsen antreten.

Bald schon würde er ihnen erzählen können, was er erreicht hatte und dass er wieder wusste, wer er war.

27

Ohnmacht

Silbermähne fuhr zusammen, als habe ihn wieder ein vergifteter Pfeil des Erzmagiers der Zwerge getroffen.

Erschrocken sah er sich um. Weit und breit nichts.

Er spürte in sich nach. Ging sein Inneres Organ für Organ, Muskel für Muskel durch. Nichts. Diesmal war er nicht verletzt.

Aber verflixt nochmal. Etwas war doch passiert!

Er fühlte sich entschieden gar nicht wohl in seiner Haut.

Am liebsten wäre er losgeprescht. Aber er hatte keinen Grund dafür und erst recht wusste er nicht, wohin er denn bloß gesollt hätte.

Er hatte doch fest versprochen, hier auf Beryll zu warten – jeden Augenblick, jeden Atemzug, hatte er sogar gesagt. Also wollte er diesem eigenartigen Wandertrieb, den er so und aus heiterem Himmel, ohne eine Veranlassung dazu zu haben, noch nie verspürt hatte, schon gar nicht nachgeben.

Aber: Bei der Quelle alles Existierenden!

Das war es doch!

Beryll!!!

Da, wo bisher seit Jahr und Tag, seit er das grüne Land durch die Drachenpforte verlassen hatte, in seiner inneren Welt der Punkt gewesen war, der Beryll darstellte, war etwas verändert. Der Punkt, den er inzwischen ganz gewohnheitsmäßig immer wieder in sich aufsuchte, um nach seinem Freund und Gefährten auf der Queste zu sehen: Der war weg.

Nichts! Absolut gar nichts mehr war dort zu spüren, wo Beryll hätte sein sollen.

Das war schlimm.

Nun konnte er seine Unruhe verstehen. Sein Erdbodenkörper reagierte mit Panik auf diese Veränderung. Er konnte nicht einmal herausspüren, ob Beryll tot oder lebendig war. Es war einfach ein Nichts, wo dieser immer gewesen war, egal, wie weit weg oder in welchem Zustand er sich befinden mochte. Sogar als Beryll im Kerker der Zwerge gewesen war und sie sich nicht hatten erreichen können, hatte er spüren können, dass er am Leben war.

Er spürte nach einem anderen Punkt in seiner inneren Welt. Aha, alles war also nicht weg. Das war es nicht.

Er preschte los, was seine Hufe hergaben. Noch nie war er mit diesem schweren Körper galoppiert, wie nur ein Einhorn galoppieren kann.

Mann vom roten Felsen war bereits darauf gefasst, als er Silbermähne über den trockenen, harten Wüstenboden auf sich zu donnern sah. Der überschlug sich fast, so abrupt stoppte er vor dem Mann. Als sich die Staubwolke gesetzt hatte und sie sich wieder sehen konnten, sagte der bloß: „Es ist also auch bei dir so?"

„Wenn du meinst, dass Beryll weg ist, ja!", keuchte Silbermähne als Antwort.

„Seit wann?"

„Ich habe es eben erst bemerkt."

„Ich auch. Als ich dich fragen wollte, sah ich dich schon auf mich zu rennen."

„Was können wir tun? Wir müssen unbedingt herausfinden, was mit ihm geschehen ist. Ich glaube nicht, dass er einfach so verschwinden kann. Nicht vor mir. Was da geschehen ist, hat nichts mit dem Abgrenzen zu tun, das er kennt und das ich allemal akzeptiere."

„Nun, normal ist das nicht. Wenn jemand stirbt, so bekommt man das mit, lebt er noch, so ist das auch zu fühlen. Aber so wie jetzt ging es mir noch nie. Von einem Moment zum nächsten: einfach ein Nichts.

Nein, Abgrenzung ist das nicht. Die fühlt sich anders an. Eher wie: Ich bin da, aber nicht zu sprechen. Ich denke, von hier aus kommen wir nicht weiter. Wir sollten dort nachsehen, wo wir ihn zum letzen Mal gespürt haben. Wo war das bei dir und wann?"

Silbermähne drehte sich in die entsprechende Richtung: „Dort, noch vor ein paar Minuten. Ich bin gleich zu dir, als ich es bemerkt habe. Und ich brauchte vielleicht zwei Minuten, um zu kapieren, was los war.

Wie weit weg, weiß ich nicht, aber er hatte mir schon vor vielen Nächten mitgeteilt, dass er endlich die kleine Quelle verlassen hätte, wo er ja lange war, um sich zu erholen. Letzte Nacht meinte er, er wäre schon fast bei uns und alles sei in Ordnung; er habe mir viel mitzuteilen."

„Bei mir das Gleiche. Erst letzte Nacht sagte er mir, als wir uns im Traum sprachen, er freue sich, uns schon bald zu sehen. Er könne sich an immer mehr erinnern und es kaum erwarten, uns davon zu erzählen. Das Eigenartigste an all dem ist, dass er anscheinend nicht einmal versucht hat, uns zu erreichen. Wenn ihm etwas sehr Schlimmes geschehen ist, und das muss es gewesen sein, wenn wir ihn beide nicht mehr spüren, so müsste er doch versucht haben, es uns wissen zu lassen. Und um Unterstützung bitten. Es muss ihn völlig überrumpelt haben."

„Ich will ihm entgegenlaufen, so rasch ich kann. Vielleicht finde ich ihn, kann herausfinden, was mit ihm los ist und noch rechtzeitig handeln. Ich werde das Gefühl nicht los, dass wir sofort etwas unternehmen müssen. Binde doch ein paar Wasserbeutel und Essen auf meinem Rücken fest. Dann laufe ich los, was ich kann.

Bitte entschuldige, dass ich nicht vorschlage, dich auch auf meinem Rücken zu tragen. Du hast viel zu wenig Übung im Reiten und wirst dich bei dem Tempo, das ich einschlagen werde, nicht oben halten können.

Und ich bringe es nicht über mich, langsamer zu laufen, auch wenn ich das noch so bedaure. Es geht um meinen Reiter. Und deshalb ist es mir unmöglich, auch nur eine Minute zu verlieren oder zu zögern. Ich hoffe, dass du das verstehen kannst." Er sah Mann vom roten Felsen an.

Der dachte nach. „Gut", sagte er schließlich. „So geht es wirklich am schnellsten. Ich bin es gewöhnt, weite Strecken recht rasch durch die Wüste zu laufen, und ich bin sehr ausdauernd. Sicher werde ich höchstens ein paar Stunden nach dir eintreffen.

Du aber presche los, so rasch du kannst. Nimm Wasser und Essen mit, wie du vorschlägst, und halte mich auf dem Laufenden. Ich komme mit meinen Kräutern, einer Decke und mehr Wasser nach.

Falls es nötig werden sollte, kannst du mir entgegenlaufen und mich doch noch ein Stück weit tragen. Allerdings muss ich ehrlich sagen, dass ich keine große Lust dazu verspüre, auf dir zu reiten. Es ist eine mir unvertraute Art der Fortbewegung und ich habe nie verstanden, was Beryll daran so toll findet.

Sie handelten wie ausgemacht. Kaum waren Wasser und Essen auf Silbermähnes Rücken gepackt, galoppierte er davon.

Mann vom roten Felsen setzte sich fast gleichzeitig in Bewegung. Er wählte einen langsamen Laufschritt, den er stundenlang würde durchhalten können bei dem wenigen, was er mit sich trug.

Er war überrascht, wie schnell Silbermähne tatsächlich war, denn bald schon sah er nur noch die Staubwolke, die das Einhorn aufwirbelte, aber nicht mehr dessen Körper. Noch nie hatte er Silbermähne so galoppieren gesehen.

Silbermähne war, ohne darüber nachzudenken, in die Richtung gestürmt, in der er Beryll zum letzten Mal hatte spüren können.

Plötzlich war er sich aber unsicher, ob er ihn so nicht verfehlen könne. Was, wenn Beryll seine Richtung geändert hatte? Nun, im Grunde genommen könnte er nicht weit in eine andere Richtung gelangt sein in der kurzen Zeit. Silbermähne hoffte, die Stelle, an der der Kontakt abgebrochen war, schon bald erreicht zu haben. Sollte Beryll inzwischen nicht mehr dort sein, so gäbe es sicher Spuren.

Er und Mann vom roten Felsen müssten dazu imstande sein, denen allenfalls zu folgen. Einen anderen Weg sah er nicht. Also rannte er weiter, so rasch es ging.

Er hatte mit seiner Überlegung recht gehabt. Als er die Stelle erreicht hatte, konnte er ihn sehen.

Beryll war dort.

Aber Beryll war nicht dort.

Als Silbermähne bei ihm war, stellte er fest, dass das sehr wohl die Form von Berylls Körper war, die da im Schatten eines Felsens, mit dem Rücken an diesen angelehnt, saß.

Aber dieser Körper war nicht Beryll!

Er fühlte sich an, als sei er ein Teil dieses Felsens. Oder aus ihm geschnitten worden.

Mit all seinen feinen Sinnen konnte Silbermähne keine Spur von dem erkennen, was Beryll ausmachte.

Er war schockiert. Er verstand es einfach nicht. Sollte Beryll gestorben sein, so war dies nicht die übliche Weise, wie jemand seinen Körper verließ.

Kein Wesen verschwand einfach in der anderen Welt, ohne eine Spur zu hinterlassen, die er als Einhorn wahrnehmen und lesen konnte. Ja, er wäre sogar dazu imstande gewesen, Beryll ein Stück weit dorthin zu folgen. Zumindest hätte er mit ihm sprechen können. Die Verbindung zwischen einem Einhorn und seinem Reiter war dazu stark genug.

Aber jetzt? Auch hier, als er vor dem stand, was aussah wie Berylls Körper, konnte er rein gar nichts spüren, das Beryll war.

Er wusste sich keinen Rat.

Er machte augenblicklich kehrt und galoppierte, womöglich noch schneller als er gekommen war, auf seiner eigenen Spur zurück.

Mann vom roten Felsen musste genau dieser Spur folgen. Er wollte ihn so rasch als möglich sprechen.

Er fand ihn dann auch wirklich auf der Fährte, die den Weg verriet, den er zu Beryll genommen hatte.

Erst viel später wunderte er sich darüber, wie weit der Mann in der kurzen Zeit schon gelangt war.

Jetzt sagte er ihm in knappen, atemlosen Worten, was er gefunden hatte.

Da bat ihn Mann vom roten Felsen doch, ihn auf seinen Rücken zu nehmen.

Er hielt sich so gut er konnte fest und Silbermähne brachte ihn in dem Tempo, das das schnellstmögliche war, zu der Stelle am Felsen.

Als sie angekommen waren, sprang Mann vom roten Felsen nach dem wilden Ritt von Silbermähnes Rücken. Er ließ sich keine Zeit, um nachzuspüren, ob all seine Knochen noch an der richtigen Stelle saßen. Das konnte warten.

Er ging sofort zu Berylls Form, die er vor sich hatte.

Er untersuchte ihn.

„Seine Haut ist so kalt, wie ich es noch nie bei einem Menschen gespürt habe. Ihn selber kann ich in der inneren und in der anderen Welt auch nicht finden. Genau wie du. Aber sein Körper ist nicht tot. Das Herz bewegt sich noch und er atmet noch ganz schwach. So als täten es Herz und Lungen aus alter Gewohnheit weiter.

Er ist eindeutig nicht am Verdursten oder am Verhungern. Es muss mit dieser seltsamen Kälte zu tun haben.

Lass uns versuchen, ihn zu wärmen."

Er streckte Berylls Körper mit Mühe und legte ihn trotz der großen Hitze an die Sonne, breitete den Umhang aus Elfenstoff über ihn, den Beryll zusammen mit seinem Bündel mitgenommen hatte. Er zögerte kurz und legte dann noch die Felldecke darüber, die er selber mitgebracht hatte.

Er bat Silbermähne, sich so hinzustellen, dass Berylls Kopf in dessen Schatten lag und nicht der prallen Sonne ausgesetzt blieb.

Dann schlug er Feuer und machte ein wenig von dem Wasser heiß, dass sie dabeihatten.

Als es so heiß war, dass es gerade noch trinkbar war, versuchte er, Beryll etwas davon einzuflößen.

Aber der schluckte nicht.

Ebenso wenig, wie er sich bewegte.

Da begann Mann vom roten Felsen, ihn mit dem heißen Wasser zu waschen. Schließlich massierte er Berylls Füße.

Silbermähne hatte bisher danebenstehen müssen und nicht viel tun können, außer Berylls Kopf Schatten zu spenden.

Da hatte er die Zeit genutzt, um ganz automatisch, aus langer Gewohnheit heraus die Übungen zu machen, die ihn der Drache gelehrt hatte, um ruhig zu werden. Bisher hatte er in der großen Aufregung völlig impulsiv gehandelt. Nun aber wurden seine Gedanken wieder so klar, wie es für ihn üblich war. Deshalb fiel es ihm denn auch ein, den Drachen zu fragen, was da geschehen sein könnte und ob es Hilfe gebe. Der Drache war im ersten Moment ebenfalls sehr erschrocken und eine Erklärung hatte er auch nicht.

Aber eine Idee, was Silbermähne versuchen sollte.

Er sagte: „Was da passiert sein könnte, ist mir so aus dem Stegreif auch unerklärlich. Aber du sagst, dass er trotz der Mittagshitze in der Wüste kalt ist.

Da du ihn als deinen Reiter gewählt hast, bleibt dir allein und ausschließlich eine Möglichkeit, dich mit ihm zu verbinden, die euch zu lehren, ich keine Zeit mehr hatte, bevor er unser Land verließ. Die Punkte des Lebensfeuers.

Lege die Spitze deines Horns an seine Fußsohlen. Berühre deren Mitte damit. Gib ihm von deiner Kraft. Wenn er daraufhin beginnt, wärmer zu werden, dann berühre sein Herz. Auch mit dem Horn. Und ja nicht lange, denn sonst wird es bersten. Nur ein einziges Mal darfst du das tun. Ein zweites Mal hilft es nicht mehr. Wenn es beim ersten Mal nicht geht, so ist er nicht zu retten. Zumindest nicht durch dich. Es ist das letzte Mittel, das ein Einhorn für seinen erwählten Reiter übrig hat."

Eher schubste Silbermähne Mann vom roten Felsen, der noch immer Berylls Füße massierte, weg, als dass er ihn darum bat, ihm Platz zu machen, obwohl er ein paar Worte murmelte. Aber der verstand ohnedies, dass er an seine Stelle treten wollte, machte ihm bereitwillig Platz und übernahm es nun selbst, Schatten für Berylls Kopf zu machen.

Silbermähne tat, was der Drache geraten hatte.

„Erst die beiden Fußsohlen mit dem Horn berühren", murmelte er vor sich hin. „Dann die Kraft …"

Mann vom roten Felsen sah ihm wie gebannt zu.

„Da!“, rief er auf einmal. „Sein Atem wird tiefer. Ich kann sehen, dass sich seine Rippen bewegen.“

Er legte seine Hand an Berylls Hals. „Jetzt ist auch wieder ein Puls da. Es ist nicht mehr nur das Herz, das ganz allein schlägt, als ob sonst nichts mehr in ihm existieren würde. Und seine Haut wird langsam, langsam wärmer.“

Da entschloss sich Silbermähne, Berylls Herz mit der Spitze seines Horns zu berühren.

Als das geschah, schien ein Blitz die beiden zu durchzucken. Silbermähne spürte es ganz deutlich in sich selbst und zog die Spitze des Horns sofort von Beryll zurück.

Berylls Form zuckte kurz zusammen.

Es schien sich nichts weiter verändert zu haben. Aber der Atem blieb stärker. Er war wieder wie bei einem gesunden Menschen. Auch der Puls blieb stark und gleichmäßig.

Als Mann vom roten Felsen jetzt versuchte, Beryll warmes Wasser zu trinken zu geben, schluckte er es.

Er und Silbermähne spürten nach. Ja. Jetzt konnten sie etwas erahnen, das Beryll war. Es saß wie ein winziger Funken in dessen Herz.

„Er muss so weit weg geraten sein und das so schnell, dass er alles hinter sich gelassen hat und uns auch nicht mehr warnen konnte“, meinte Mann vom roten Felsen. „Jedenfalls ist er jetzt wieder spürbar am äußersten Rand der inneren Welt.

Er ist nicht in die andere Welt gegangen. Aber er ist so weit weg, wie ich das noch nie bei jemandem erlebt habe. Was hat er bloß getan, dass so etwas passiert ist? Wir werden uns alle Mühe geben müssen, ihn zurückzubekommen. Wenn es uns nicht gelingt, ihn zu unterstützen, wird er es wohl kaum aus eigener Kraft schaffen. Dann muss er dort warten, bis sein Körper stirbt, bis er sich wieder weiterbewegen kann.“

„Ich spüre, dass ein Funken von ihm in sein Herz zurückgekehrt ist. Er sitzt dort ganz tief drinnen. Aber es ist, wie du sagst. Er ist unendlich weit von uns entfernt. Ich hoffe, er wird sich uns wieder nähern.“

Noch war Beryll auf jeden Fall nicht bei Bewusstsein.

Aber als Mann vom roten Felsen ihn aus der prallen Sonne nahm, die ihm nun gefährlich werden konnte, statt ihm zu helfen, und ihn im Schatten des Felsens absetzte, war sein Körper wieder wie der eines Ohnmächtigen und nicht mehr wie etwas, was sie noch nie gesehen hatten. Es gelang nun auch regelmäßig, ihm zu trinken zu geben. Sogar etwas Brei schluckte er.

Er würde weder verhungern noch verdursten, solange er gepflegt wurde.

Gegen Abend lud Mann vom roten Felsen Beryll auf Silbermähnes Rücken. Der trug ihn bis zu dem Lager, das Beryll am Baum beim Teich mit der Quelle in der Felsspalte hatte.

Dort kümmerten sie sich um ihn.

Erst blieb tagelang alles unverändert. Und Silbermähne war trotz der Warnung des Drachens sehr versucht, nochmals die Punkte zu berühren. Aber es gelang ihm, sich zurückzuhalten.

Endlich, nach drei Wochen, schien der Funken stärker zu werden. Sie begannen zu spüren, dass Beryll sich ihnen näherte.

Sie hatten den Eindruck, das sei wohl auch vorher schon so gewesen, aber die Distanz so groß, dass für sie scheinbar alles gleich geblieben war.

In Wirklichkeit näherte er sich ihnen sehr rasch.

Das wurde nach einer weiteren Woche deutlich.

Bald kam der Tag, an dem er sein Herz wiedergefunden hatte und ganz bei sich war.

Als er die Augen öffnete, waren Mann vom roten Felsen und Silbermähne bei ihm. Es war bei Sonnenaufgang.

Er sah sie erst an, ohne sie zu erkennen. Aber die beiden erkannten ihn sehr wohl.

Es war der Beryll, der ihnen so sehr vertraut war. Und was beide sofort sahen: Sein Elfenlicht war nun nicht mehr über ihm in seiner Nähe, sondern gleich hinter seinem Körper und hatte auch dessen Form. Er und sein Licht deckten sich jetzt fast ganz und gar.

Silbermähne war darüber erleichtert, denn er wusste, dass dies ein gutes Zeichen war. Es musste Beryll gelungen sein, damit zu beginnen, den Riss durch die Welt zu heilen. Silbermähne ahnte, dass der Tag, da Berylls Körper ganz von dessen Elfenlicht umgeben sein würde, auch das Ende ihrer Queste bedeutete.

Was immer Beryll auch erlebt und getan hatte, sie waren ihrem Ziel näher gekommen.

Nach und nach kam auch in Berylls Augen ein Ausdruck des Wiedererkennens. Er schien sich zu freuen, seine Freunde bei sich zu sehen.

Schließlich begann er zu sprechen: „Wie ich sehe, bin ich wieder an meinem Lagerplatz. Wie bin ich hierher gelangt? Bis zu dem Punkt, da ich aus mir herauskatapultiert wurde, kann ich mich erinnern“, sagte er. „Und zwar an alles! Oder sagen wir: fast alles.“ Dabei sah er Silbermähne an. „Aber als das geschah, da war ich noch ein paar Wegstunden von hier entfernt. – Oder war ich am Ende gar nicht weg? Habe ich das alles ganz und gar in der inneren Welt erlebt?“

„Oh, nein. Du warst sehr wohl weg. Lange und weit und das in mindesten zwei Welten. Zum einen hast du den Wurzelort des Steins in der äußeren und inneren Welt gefunden. Dort hast du, so hast du uns in der Traumwelt erzählt, das grüne Land auf dem Weg der inneren Welt erreicht. Du hast dich wieder erinnert, wolltest uns viel erzählen und warst fast schon wieder bei uns auf Wegen der äußeren Welt. Dann ist der Faden gerissen. Ganz plötzlich geschah das. Wir konnten dich beide nicht mehr spüren. Noch immer haben wir keine Ahnung, wie das passiert ist, was es war, ob du was getan hast und wo du warst. Wir konnten nicht folgen. Wir haben aber deinen Körper gefunden. Eine leere Hülle, die sogar leerer war als bei einem Verstorbenen. Silbermähne hat einen Funken von dir im Herzen dieses Körpers wachrufen können. Wir haben dich aus der Wüste bis hierher gebracht und auf dich aufgepasst, bis du wieder ganz zurück warst.

So lange, wie du dafür gebraucht hast, frag ich mich wirklich, wo du gewesen bist. Du warst ganz kalt. Ich glaube, es war nur der großen Hitze hier zu verdanken, dass wir früh genug waren, noch etwas für dich tun zu können. Die Art dieses Landes hat dich im Grunde gerettet. Wärst du nicht in der Hitze der Wüste gewesen, so glaube ich nicht, dass dein Körper ganz geblieben wäre. Dein Blut wäre zu kalt geworden, um noch fließen zu können", berichtete Mann vom roten Felsen alles auf einmal.

Silbermähne stand dabei und nickte mit dem Kopf. Er konnte das alles bestätigen.

Da Beryll sich nun, da er wieder bei sich war, dafür auch kräftig genug fühlte, erzählte er den beiden auf der Stelle, was er alles erlebt hatte. Mit nur einer Unterbrechung, um zu essen und zu trinken, berichtete er von seinem Weg zu den bunten Felsen, wie er die Höhle gefunden hatte, was dort mit ihm und dem Anhänger passiert war, wie er den Drachen getroffen und sich wieder an das grüne Land erinnert hatte.

Als er vom König des grünen Landes und dessen Beschluss erzählte und davon, wie alle Bewohner vor den Thronen versammelt gewesen waren, war Silbermähne sehr gerührt.

Die Erinnerung an sein Leben in den Wäldern des grünen Landes und an all die Wesen, die er dort kannte und mit denen er nun keinen Kontakt haben durfte, überwältigte ihn beinahe. Aber so, wie Beryll sprach, war ein Anfang gemacht und ihre Rückkehr war nun wahrscheinlich. Er war erschüttert darüber, dass Beryll verdurstet wäre, wenn es Elfira nicht bemerkt hätte. Obwohl er genau wusste, dass Beryll keinen Begleiter zum Wurzelort des Steines haben durfte, machte er sich Vorwürfe, dass er nicht in seiner Nähe gewesen war, als dies geschah. Dann musste er den Kopf über sich selber schütteln: Nach allem, was Beryll gesagt hatte, hätte er niemals mit ihm durch die engen Gänge in die Höhle gelangen können!

Dann erzählte Beryll davon, wie er zu der kleinen Quelle zurückgekommen war, sich dort erholt und schließlich den Rückweg zu ihnen angetreten hatte.

Jetzt kamen die Ereignisse, die sie so erschreckt hatten: „Ja. Da war ich nun all die Tage unterwegs von der kleinen Quelle bis hierher. Und da ich nun keinen Durst und keinen Hunger mehr leiden musste, meiner Silberlinie mit Leichtigkeit folgen konnte und niemanden zum Reden hatte, tauchte ich in meine Erinnerungen.

Ich hatte Zeit, mein gesamtes Leben sozusagen wieder zusammenzusetzen. Das war eine sehr auslastende Beschäftigung. Kaum bemerkte ich, wie die Zeit verging. Kaum nahm ich mir die Zeit, mich in der Traumwelt mit euch zu treffen. Nach und nach machte alles Sinn, schlossen sich die Lücken, kamen die Bilder, Namen und Ereignisse in immer mehr Einzelheiten zurück. Aber es gab da zwei Dinge, die sich nicht erklären ließen. Und die ließen mir keine Ruhe:

Wer hatte mir den Anhänger gegeben?

Und: Wer war meine Mutter?

Ich kam rasch darauf, dass ich keine Erinnerungen an meine Mutter habe. Der Auslöser war, dass der König mich ‚königlicher Cousin meiner Töchter' genannt hatte. Da wusste ich sofort wieder, dass die Zwillingsprinzessinnen, mit denen ich aufwuchs, eigentlich meine Cousinen und nicht meine Schwestern waren.

Mein Vater war der Bruder des Königs gewesen. Aber ich hatte ihn nie richtig gekannt.

So weit ich zurückdenken kann, wuchs ich am Hof und in der Familie des Königs auf. Als er mir zum ersten Mal – ich war damals noch ein kleiner Junge – davon sprach, dass ich nicht sein, sondern der Sohn seines Bruders sei, erklärte er mir, dass dieser auf eine Queste in das Land gezogen sei, in dem meine Mutter lebte, die ich seit meiner Geburt nie gesehen hatte, und sehr, sehr lange fort sein würde. Meinen Vater hätte ich als ganz kleines Kind noch gekannt. Als er sich vom Hofe verabschiedete, um seine Queste zu beginnen, habe er mich auf seinen Armen getragen.

Es ist wahr, dass ich mich jetzt auch wieder daran erinnern konnte. Es ist wohl meine früheste Erinnerung. Aber ich habe kein einziges Bild von meiner Mutter in mir gefunden. Nicht einmal einen Namen habe ich, der zu ihr gehört.

Später dann wurde ich größer und ließ nicht locker, nach meinen Eltern zu fragen. Da wurde mir gesagt, man habe seit Langem nichts mehr von meinem Vater gehört und meine Mutter sei in dem weit entfernten Land geblieben, aus dem sie stammte, und sei nur einmal im grünen Land zu Besuch gewesen.

Mit der Zeit wuchs in mir der Verdacht, dass man mich schonen wolle und mir nicht sagte, dass meine Eltern einen Unfall hatten und beide unter den Steinen auf den Mittsommerhügeln ruhten.

Ich erzählte niemandem etwas von meinem Verdacht, nahm mir aber fest vor, das zu klären, wenn ich einmal erwachsen sei und es dem König würde entlocken können. Bis auf den heutigen Tag weiß ich immer noch nicht, ob es die Wahrheit ist oder was mit meinen Eltern wirklich geschah.

Die andere Frage, von wem der Anhänger ist, die ist mir schon am Wurzelort des Steines eingefallen und nicht erst, als ich schon unterwegs war. Ich habe überlegt, ob ich den Anhänger dort lassen sollte. Aber ich habe mich entschieden, ihn zu behalten, bis ich weiß, wer ihn mir gegeben hat. Dann kann ich immer noch entscheiden, was mit ihm geschehen soll. Ich habe einfach das Gefühl, dass er mir auch dabei helfen kann, dieses Rätsel zu lösen, und so habe ich mich nicht von ihm getrennt.

Ja, und in den langen Nächten auf meinem Weg kam ich dann darauf – fragt mich nicht wie –, dass diese beiden Fragen vielleicht gar etwas miteinander zu tun haben könnten. Kam der Stein von meinen Eltern? Aber wer hatte ihn dann für mich gehütet und wann hatte ich ihn bekommen?

Kurz und gut, am Ende sagte ich mir: Wenn der Stein mir geholfen hat, meine Erinnerung an das grüne Land wiederzufinden, so könne er mir wahrscheinlich ebenso dabei helfen, den letzten Rest meiner Erinnerungen zu finden, der da noch fehlte. Und ich wollte es wissen, bevor ich wieder bei euch war, denn ich wollte euch meine ganze Geschichte, meine vollständige Erinnerung zurückbringen, um euch zu überraschen.

Also setzte ich mich an einen Felsen, nicht mehr weit vom Lager am Teich, als es Zeit war, Schatten aufzusuchen, und sah in den Stein."

Da unterbrach ihn Silbermähne: „Hast du etwa in den schwarzen Teil hineingeträumt?"

„Ja. Das erschien mir als logisch. Der Drache hatte doch gesagt, wenn ich meinen Weg im roten Land finden wolle, so solle ich auf den bunten Fleck und nicht in den schwarzen Teil schauen. Das grüne Land habe ich ebenfalls über den farbigen Fleck erreicht. Da ich noch jetzt annehme, dass meine Eltern weder im grünen noch im roten Land zu finden sind, habe ich eben in dem schwarzen Teil nachgeschaut. Als ich das tat, wurde ich, wie gesagt, richtiggehend aus mir herauskatapultiert. Noch nie habe ich mich beim Träumen mit dem Stein so rasch bewegt. Und es war sonst ja schon ordentlich rasch. Oft rascher, als mir lieb war. Diesmal war es einfach fürchterlich.

Ich habe von dort, wo ich war, nur ein Bild mitgebracht: Sternenlicht bildet diese Welt, Sphärenklänge beleben sie, und einen Regenbogen habe ich gesehen, der das rote und das grüne Land umspannt. Aber ich konnte kein Wesen in der Welt dort draußen erkennen und deshalb auch mit keinem sprechen, falls es dort überhaupt welche geben sollte. Ich bin, kaum war ich dort, rasend schnell in einen Abgrund gefallen, der sich wie ein Strudel anfühlte. – Ja, es war genauso wie damals, als ich die schöne Hochelfendame zum ersten Mal erblickte.

So weiß ich nun noch immer nicht mehr“, schloss er.

Die Enttäuschung war in seiner Stimme gut zu hören.

Silbermähne war schlicht und einfach entsetzt.

Wie hatte Beryll die Warnung des Drachen so missverstehen können. Der hatte doch ganz klar gemeint, Beryll solle *nicht* in den schwarzen Teil schauen.

Er musste sich sehr beherrschen, um Beryll nicht auszuschimpfen. Er konnte sich nicht erinnern, je so wütend auf ihn gewesen zu sein. Es stimmte ja. Er hatte gerade ihn zu seinem Reiter erwählt, weil er gelehrig war und flink im Geist und feuriger als alle anderen unter den Elfen. Aber das hier ging ihm wirklich zu weit. Um ein Haar hätte er seinen Reiter auf ewig verloren. Das wusste er nun mit Sicherheit. Und weshalb? Bloß, weil der nicht dazu imstande war, seine Neugier zu zügeln, und den Drachen deswegen mehr oder weniger absichtlich falsch verstanden hatte.

Noch während er innerlich tobte, hatte Mann vom roten Felsen zu sprechen begonnen. Falls der auch über seinen Schüler erbost war, ließ er es sich nicht anmerken.

Sein Ton war ruhig, aber auch er ermahnte Beryll: „Wie konntest du so etwas tun? Hast du denn gewusst, ob du die Kraft dazu hattest? Wenn ich das richtig verstanden habe, so hast du einfach getan, was dir eingefallen ist, ohne dir die ‚entscheidenden Fragen' zu stellen, wie ich es dich gelehrt habe: Ob es Zeit dafür ist. Ob du es tun sollst oder jemand anders. Und: Ob du es tun kannst, weil du die Auswirkungen in etwa abschätzen und verantworten kannst.

Ich würde sagen, dass du auf alle diese Fragen ein Nein bekommen hättest, wenn du ehrlich zu dir gewesen wärest. Ein großer Erfolg bedeutet nicht, dass dir alles gleich auf einmal gelingen kann. Ohne unsere Hilfe wäre das das Ende deiner Existenz gewesen.

Aber eins muss ich noch wissen, um verstehen zu können, was da passiert ist. Du hast gesagt, du hättest einen Regenbogen gesehen, der das rote und das grüne Land umspannte: Hast du den von außen oder von innen gesehen?"

„Ich habe ihn aus weiter Ferne gesehen. Ich war tief in dem Sternenlicht drinnen und alle Länder sahen beinahe so klein aus wie der Fleck im Stein. Um sie herum war der Regenbogen. Er wand sich wie eine Art Schlange oder gar Drache um die Länder."

„Dann muss dir ein Wunder geschehen sein. Der weltumspannende Regenbogen ist die Grenze unseres Wirkungskreises. Er hütet unsere Länder und keinem Wesen, das in ihnen existiert, sei es im roten oder im grünen Land, ist es erlaubt, über ihn hinauszuwandern, denn jenseits dieser Grenze verliert es seine Existenz. Abgesehen davon habe ich auch noch nie eines gesehen, das überhaupt die Fähigkeit dazu gehabt hätte. Niemand, von dem ich weiß, ist je über den Regenbogen, von dem es auch heißt, er sei die Mutter aller Hüterdrachen dieser Welten, hinausgelangt.

Und es ist ganz sicher, dass niemals jemand von dort zurückgekehrt ist.

Dass du dort draußen keine Wesen sprechen konntest, wundert mich nicht im Geringsten. Wenn es dort Wesen gibt, so sind sie ganz bestimmt für uns nicht zu erkennen. Geschöpfe des roten und des grünen Landes gehören nicht in die Welten außerhalb des Regenbogens. Somit können sie sie auch nicht erfassen, geschweige denn, dort überleben."

Er sah Beryll lang an: „Außer dir. Für mich gibt es dafür keine Erklärung."

Silbermähne hatte inzwischen genau zugehört, tief nachgedacht, seine Schlüsse gezogen und sagte nun ganz bedächtig, mit einer Stimme, die sich anhörte wie die eines Propheten, tief, unheimlich und hohl, als spräche er gar nicht selbst: „Es sei denn, es hat mit dem Geber des Steines zu tun."

Darauf schwiegen Mann vom roten Felsen und auch Beryll. Der wollte sich von nun an hüten, unbedacht zu handeln.

Aber erst mit der Zeit sollte er verstehen, was da mit ihm geschehen war, wie außergewöhnlich es war und auch, was für einem schrecklichen Schicksal er entgangen war: Er wäre in einer Welt gefangen gewesen, ohne sie mit seinen Sinnen erfassen zu können, bis sein Körper des roten Landes gestorben wäre. Da er aber ein Elf war und sich mit diesem Körper für seine Queste bekleidet hatte, hätte er unendlich lange Zeit verharren müssen. Denn ohne dass er seine Aufgabe erfüllt hatte, konnte sich sein Erdbodenkörper nicht auflösen. Und die Aufgabe, die hätte er außerhalb des weltumspannenden Regenbogens nicht erfüllen können.

Das ging viel, viel weiter, als im Kerker der Zwerge eingesperrt zu sein.

Da verstand er auch, wovor ihn seine Freunde mit ihrem raschen Handeln bewahrt hatten und wie unbedacht, ja, gar fahrlässig er gehandelt hatte. Anstatt heimlich seinen leisen Groll darüber, dass sie ihn sofort zurückgeholt hatten, weiter zu nähren, war er ihnen nun aus tiefstem Herzen dankbar.

Er wusste nun, dass sie ihn wirklich gerettet hatten. Er verstand, dass er auf diesem Weg niemals die Antwort auf seine Fragen hätte finden können und sie ihn somit auch nicht daran gehindert hatten, indem sie ihn zu früh zurückgerufen hatten. Dieser ungeäußerte Verdacht war unbegründet, kindisch und selbstbezogen gewesen.

Hier und jetzt und auf der Stelle musste er den beiden mit bindendem Eid schwören, dass er die Fragen nach seinen Eltern und nach dem Geber des Steines von nun an ruhen lassen würde, bis die Antworten darauf entweder von selbst zu ihm gelangten oder es ganz deutlich wurde, dass es Zeit sei, sie zu suchen, und dass er dies niemals wieder ohne das Wissen seines Einhorns tun würde. Er versprach ihnen auch, nicht mehr in den schwarzen Teil des Steines zu träumen.

In den nächsten Jahren sollte Beryll gar nicht dazu kommen, über die beiden Fragen auch nur ein wenig nachzudenken.

Zu Anfang lag das daran, dass Mann vom roten Felsen ihm Tausende von Aufgaben und Fragen stellte, um sicher zu gehen, dass er nicht wieder einer wagemutigen Angelegenheit verfallen konnte, und um zu prüfen, ob er auch ganz sicher nicht zu Schaden gekommen war – später hatte er genug im grünen Land zu tun.

Erst gab es noch einige Dinge, die Beryll Mühe machten, denn seine Körperkraft hatte durch diese Ohnmacht sehr gelitten. Nach ein paar Monaten hatte er sich aber ganz und gar erholt.

Da war es an der Zeit, dass Mann vom roten Felsen ihn dazu anwies, wieder mit seinem Stein zu träumen und zu versuchen, das grüne Land nochmals auf dem inneren Weg zu erreichen.

Dort sollten die drei jungen Hüter der Kreisläufe ja ihre Arbeit wieder aufnehmen.

28

Zusammenarbeit

Noch in der Zeit während Berylls Ohnmacht hatte eines der geflügelten Pferde, die bei den Hochelfen lebten, deren Antwort auf die Frage des Königs an den Hof des grünen Landes getragen.

Sie lautete: „An unseren verehrten Bruder, den König des grünen Landes, der den Smaragd trägt.

Wir grüßen dich.

Wir haben deine Frage erhalten und über sie beraten. Wir sind zu dem Schluss gekommen, dass es zum Wohle aller Welten ist, wenn der Riss im Gewebe zwischen dem grünen und dem roten Land wieder verwoben wird. Wir fühlen, dass so, wie es in den alten Tagen war, auch jetzt der erwünschte Zustand ist, dass die beiden Länder sich gegenseitig weiterhin unterstützen. Wir legen dir nahe, Beryll und den Zwillingsschwestern, deinen Töchtern, zu gestatten, den Riss zu heilen, damit die Trennung in der Zukunft wieder aufgehoben werde. Wie immer bitten wir dich darum, so zu handeln, wie du letztendlich für richtig hältst, denn das grüne Land ist dein Königreich. Es liegt bei dir, es zu regieren. So ist unsere Antwort der Rat, um den du gebeten hast. Du bist frei zu handeln, wie es dir gefällt, nachdem du ihn zur Kenntnis genommen hast.

Mit den wärmsten Grüßen deiner Brüder und Schwestern, der Rat der Hochelfen.“

Beryll erfuhr erst davon, als er sich so weit erholt hatte, dass er auf Anregung von Mann vom roten Felsen wieder mit seinem Stein zu träumen begann und im Umgang mit ihm eines Tages wieder stark genug war, um über die Pforte des Drachens den Königshof des grünen Landes erreichen zu können.

Beryll musste jetzt nicht mehr bis zum Wurzelort des Steines zurück, um auf dem inneren Weg in das grüne Land zu gelangen. Er konnte in seinem Lager träumen. Und Silbermähne wich nicht von seiner Seite und hielt Wache im roten Land für den Fall, dass Beryll wieder das eine Land vergessen sollte, wenn er das andere erreicht hatte. Er sollte weder verdursten noch verhungern oder gar erfrieren können.

Als er diesmal an der Pforte angekommen war, gewährte Topas ihm gleich Zugang und Beryll ging allein von der Grenze des grünen Landes durch den Wald zum Palasthain. Da der Drache sie von seiner erneuten Ankunft benachrichtigt hatte, erwartete ihn die königliche Familie dort bereits.

Diesmal waren sie unter sich.

Und nachdem ihn der König mit ein paar strengen Worten zurechtgewiesen hatte, denn auch ihm hatte Berylls Versuch, in den schwarzen Teil des Steines zu träumen, ganz und gar nicht gefallen, gab er gleich darauf auch seiner Erleichterung darüber Ausdruck, dass Beryll nicht nur bei seinem ersten Besuch rechtzeitig zu seinem Körper zurückgelangt war, um nicht zu verdursten, sondern auch dieses heikle Abenteuer überlebt hatte, das ihm so kurz darauf beinahe ein zweites Mal das Leben gekostet hatte.

Er sagte: „Nicht nur als König bin ich darüber erleichtert, dass du überlebt hast und wieder kräftig genug dazu bist, uns auf dem Weg über die innere Welt zu erreichen. Auch wenn viel für unser ganzes Land und für die Hüter der Kreisläufe davon abhängt, dass du lebendig bist und deine Aufgabe erfüllen kannst, denn du bist nicht einfach so ersetzbar in deiner Rolle, so bedeutet es mir doch persönlich noch viel mehr. Du bist meines Bruders Sohn und stehst mir ebenso nahe wie dieser. Da ich ihn nicht an meiner Seite haben kann, so zählt deine Gegenwart für mich umso mehr. Ich habe dich sehr vermisst, nachdem du es gewählt hattest, unser Land zu verlassen. Auch wenn ich als König deinen Wunsch unterstützt habe. Umso mehr bin ich darüber erfreut, dass es dir gelungen ist, den ersten Faden über den Riss zu weben.

Was dies betrifft, so höre als Erstes die Antwort des Rates der Hochelfen ..."

Er gab die Botschaft, die das geflügelte Pferd ihm gebracht hatte, an Beryll weiter.

Dann sagte er: „Wie bereits jedes Wesen im grünen Land weiß und wie es sich im roten Land rasch herumspricht, denn Topas und Silbermähne haben dafür gesorgt, dass es diejenigen, die es zu verstehen vermögen, auch dort erfahren werden, habe ich mich dazu entschlossen, dem Ratschlag der Hochelfen zu folgen.

In Zukunft werdet ihr, die jungen Hüter der Kreisläufe, also daran arbeiten, den Riss, der die beiden Länder trennt, zu heilen. Aber davor gibt es wohl noch viel Weiteres zu tun. Ich bin nun, da es so weit gekommen ist, sehr glücklich darüber, dass ihr endlich mit eurer Ausbildung und Arbeit fortfahren könnt. Trotz meines damaligen abrupten Handelns."

Damit erhob er sich von seinem Thronsitz, ging auf Beryll zu und nahm ihn in die Arme.

Auch die Königin und natürlich erst recht die Zwillingsschwestern waren sehr glücklich darüber, dass Beryll sie ein weiteres Mal erreicht hatte.

Als er in die Region außerhalb der weltumspannenden Schlange hinauskatapultiert worden war, hatten auch Aran und Elfira dies gespürt, denn ähnlich wie Silbermähne und Mann vom roten Felsen es jetzt waren, waren sie mit Beryll aufs engste verbunden gewesen, als er noch im grünen Land weilte. Diese Verbindung zu ihm hatte sich bei seinem ersten Besuch hier wieder zu verstärken begonnen, nachdem sie ihn während seiner ganzen Reise durch das rote Land nicht erspüren konnten. Darum hatte Elfira bereits bei seinem ersten Besuch rettend eingreifen können. Sie konnte an dem Tag auf einmal Berylls Erdbodenkörper fühlen.

Daher waren auch sie sehr alarmiert gewesen, als sie ihn so kurz danach gleich schon wieder verloren hatten. Sie hatten es dem König mitgeteilt, der Topas darüber befragt hatte. Über ihn hatten sie nach und nach erfahren, wie Beryll gerettet worden und was überhaupt mit ihm geschehen war.

Als der König mit seiner Begrüßung zu Ende war, ergriff die Königin des grünen Landes das Wort: „Beryll, mein Sohn, denn als solchen betrachte ich dich. Ich bin tief berührt von der Freude, dich zumindest in der inneren Welt wieder sehen zu dürfen. Dass wir dich, so kurz nachdem wir dich ein erstes Mal hier begrüßen durften, beinahe ein zweites Mal und diesmal auf immer verloren hätten, hat mich sehr erschüttert. Umso herzlicher sei mir nun willkommen."

Auch sie kam zu Beryll und umarmte ihn lange und fest.

Die beiden Schwestern Aran und Elfira sagten nichts.

Sie sahen sich gegenseitig mit großem Ernst, aber auch tiefer Zuneigung und Offenheit in die Augen. Dann erhoben sich beide gleichzeitig von ihren Thronsitzen, und als ihre Mutter Beryll aus ihrer Umarmung entließ, reichte jede von ihnen Beryll eine Hand. An der anderen hielten sie einander. Viele Atemzüge lang blieben sie so stehen. Zwischen ihnen blieb ein tiefer Frieden erhalten, ein wortloses Einverständnis, das sich nun erst – nach all den aufwühlenden Ereignissen und nachdem alle drei mit ihren Erfahrungen endlich ins Reine gekommen waren – tiefer denn je zwischen ihnen ergeben konnte.

Zum ersten Mal seit dem Streit und der Trennung waren die jungen Hüter der Kreisläufe wieder in Frieden und Harmonie vereint.

Ihr Wirken konnte nun fortgesetzt werden.

Als sie sich dessen sicher waren, lösten sie schließlich ihre Hände voneinander. Gemeinsam mit dem König und der Königin gingen sie in die Laube hinter den fünf Thronen. Lange unterhielten sie sich über die Dinge, die in der Zeit der Trennung geschehen waren. Diesmal kam Beryll auch dazu, viele der Fragen zu stellen, die ihn bewegten. Darüber, was im grünen Land während seiner langen Abwesenheit geschehen war, wie es seinen Freunden und Bekannten ging und was Aran und Elfira erfahren hatten. Auch die beiden hatten noch viele Fragen an ihn und begannen nun auch, mit ihm zu sprechen.

Nach einer langen Weile, der König und die Königin wollten sich gerade zurückziehen und nur die jungen Hüter der Kreisläufe waren noch immer tief in das Gespräch versunken, meldete sich Silbermähne bei ihnen.

Er bat Beryll darum, zu seinem Erdbodenkörper am Teich bei den roten Felsen zurückzukehren, damit er sich diesmal nicht zu sehr erschöpfe.

Ein zweites Mal hatte Beryll hier im grünen Land ganz vergessen, dass ein wichtiger Teil von ihm auch noch im roten Land war.

So zögerten sie nicht lange, verabschiedeten sich voneinander und Beryll träumte sich den Weg zurück, den er mithilfe seines Steines auf den Wegen der inneren Welt gekommen war. Diesmal ging es nicht so überstürzt wie beim ersten Mal. Er konnte miterleben, welchen Weg er nahm.

Von jetzt ab würde er sich, so oft es ihm seine Kräfte erlaubten, von seinem Lager am Teich bei den roten Felsen ins grüne Land zurückträumen, um die Seinen zu treffen und mit Aran und Elfira zusammenzuarbeiten.

So hatten sie es mit der Einwilligung des Königs und der Königin ausgemacht.

Etwas stupste ihn immer wieder an der Schulter.

Schließlich gelang es ihm, die Augen zu öffnen. Er lag unter seinem Lieblingsbaum am Teich. Silbermähne stupste ihn immer wieder mit dem Maul an der Schulter. Das hatte ihn endlich wieder für das rote Land erwachen lassen.

„Danke für deine Hilfe. Du kannst jetzt aufhören. Ohne dich hätte ich wohl wieder vergessen, dass ich hierher zurückzukommen habe. Gut, dass du uns rechtzeitig gewarnt hast. Meinst du, ich werde es eines Tages schaffen, das rote Land nicht mehr zu vergessen, wenn ich im grünen Land bin?“

Silbermähne antwortete: „Ich meine schon. Mit der Zeit wird dir das gelingen. Jetzt bist du einfach noch zu sehr überwältigt von dem, was du im grünen Land erfährst. Du wirst dich bald daran gewöhnen, zwischen den beiden Orten zu reisen, ohne den einen oder den anderen wieder zu vergessen. Bis das gehen wird, werde ich darüber wachen, dass du nicht wieder fast verdurstest oder sonst etwas mit dir geschieht.“

„Ja. Es ist offensichtlich, dass ich diese Unterstützung von dir diesmal noch sehr gebraucht habe. Gut, dass du da bist."

Er stand auf und fuhr Silbermähne durch die dichte, helle Mähne.

Dann ging er zum Teich, trank und badete. Er setzte sich eine kurze Zeit in die warme Sonne und kam dann unter den Baum zurück, um etwas zu essen.

Obwohl es noch früher Nachmittag war und er erst vor Kurzem – was die Zeit des roten Landes betraf – mit dem Stein in die innere Welt gereist war, fühlte er, wie ihn eine große Müdigkeit überkam. Im grünen Land war ein halber Tag vergangen in der Zeit, die er dort verbrachte. Und die Tage dort waren im Grunde genommen länger als die im roten Land. Oder war es andersherum? Sicher war er sich nur, dass die Elfen viel längere Lebensspannen hatten als die Wesen des roten Landes. Später wollte er sich ganz genau klarmachen, was denn nun mit der Zeit passierte, wenn er so unterwegs war zwischen den Ländern. Silbermähne und Mann vom roten Felsen würden es sicher auch interessant finden, darüber nachzudenken.

Er streckte sich unter dem Baum auf dem warmen, sandigen Boden aus und war bald schon fest eingeschlafen.

Diesmal war es keine Reise in die innere Welt, die er unternahm. Es war der tiefe, erholsame Schlaf, den sein Erdbodenkörper jetzt von ihm forderte.

Erst am nächsten Morgen erwachte er.

Er fühlte sich munter und kräftig und wäre am liebsten sofort wieder ins grüne Land aufgebrochen.

Aber das sollte noch nicht gleich geschehen.

Silbermähne und er bemerkten es fast gleichzeitig: Jemand kam auf ihr Lager zu. Aber nicht nur einer, sondern eine ganze Gruppe. Aufmerksam und gespannt sahen sie zu der Felsspalte hin, durch die sie kommen musste.

Bald konnten sie sie erkennen: Ein Mensch nach dem anderen trat aus dem engen, schattigen Felsspalt heraus in das kleine Tal, in dem sich der Teich und Berylls Lager befanden.

Es waren etwa fünfzehn Leute. Frauen, Kinder, Männer. Alte und Junge.

In der letzten Person, die durch die Felsspalte kam, erkannten sie Mann vom roten Felsen. Der rief den anderen zu, zu warten, überholte sie und kam so als Erster zu Silbermähne und Beryll. Er sagte zu ihnen: „Nun, da Beryll beginnen wird, mit Aran und Elfira zu arbeiten, werdet ihr sicherlich hierbleiben wollen, denn von hier aus könnt ihr diese Reisen in Sicherheit unternehmen, so oft und wann ihr wollt. Auch findet ihr hier alles, was ihr zum Leben braucht. Darum ist es an der Zeit, eure Nachbarn kennenzulernen.

Heute Morgen habe ich deswegen meinen Klan mitgebracht, meine Familie, meine Leute, die Meinen, wie immer ihr dazu sagen wollt. Bisher haben ihre Pulse sie nicht zum Teich geführt, denn ihr und ich sollten hier bei unserer Arbeit nur zu dritt sein. Von nun an aber ist es Zeit, dass ihr hier dazugehört, und ab und zu werden eure Nachbarn nun auch zum Teich kommen wollen. Also sollt ihr auch wissen, wer sie sind."

Damit winkte er die Gruppe zu sich und den beiden heran: „Die beiden ältesten unter uns sind diese Frauen hier: Graue Locken und Frau vom hohlen Baum. Sie sind Urgroßmütter. Dann kommt meine Frau. Wir nennen sie Frau vom Ort, da der Sand weiß und fein ist. Und ich. Wir sind die Großeltern. Dann unsere Töchter und unser Sohn. Es sind diese drei: Frau vom immergrünen Gebüsch, Frau von der kleinen Quelle, Mann vom Schlangenfelsen. Und ihre Männer und seine Frau: Felsentänzer, Sandgeher und Singende Frau. Und die fünf Kinder, die seit der Zeit zwischen zehn und einem Sonnenlauf bei uns sind. Mädchen vom Baum der weißen Vögel, Mädchen vom grünen Wasser, Junge vom gelben Sand, Junge vom roten Felsen und das Kleine: Mädchen, das noch keinen Zunamen trägt. Dazu haben wir noch ein heranwachsendes Menschenkind bei uns, das noch nicht geboren ist."

Jede und jeder der Vorgestellten hatte Beryll und Silbermähne mit ernstem Blick gemustert. Einige hatten daraufhin auch etwas unsicher gelächelt. Aber es gab auch welche darunter, besonders unter den Kindern, die sie nur mit erstaunten, großen Augen ansahen und keine Miene verzogen. Aber bald schon sollten sie miteinander vertrauter sein.

An diesem Tag ihrer ersten Begegnung kamen sie sich bereits rasch näher, denn nachdem Mann vom roten Felsen sie einzeln vorgestellt hatte, machten sie sich alle gemeinsam zusammen mit Beryll daran, ein großes Festessen zuzubereiten. Dazu steuerte jede und jeder etwas bei. Alle, die gekommen waren, hatten dies bereits gewusst und etwas mitgebracht. Sogar die Jüngste, die noch keinen Namen außer Mädchen trug, hielt ein kleines Bündel Knollen in ihren Händen, das sie vorsichtig vor Silbermähne hinlegte, als sie vor ihm auf den Boden gestellt wurde, um dann sofort zu ihrer Mutter zurückzukrabbeln. Beryll hatte ebenfalls einen kleinen Vorrat an Essbarem, den er nun dazulegen konnte. Er hatte ihn gesammelt im Hinblick darauf, so mehr Zeit für seine Reisen ins grüne Land erübrigen zu können. Und nun kam er ihm hier sehr gelegen.

Bald schon war er mit den anderen damit beschäftigt, ein Feuer zu machen. Die einfachen Speisen waren rasch zubereitet. Alle setzten sich zusammen in den Schatten der Bäume am Teich, um gemeinsam zu essen. Silbermähne blieb ebenfalls die ganze Zeit über in ihrer Nähe.

Als sie mit dem Essen fertig waren, liefen die größeren Kinder zum Teich, um zu baden, die kleinen blieben bei ihren Müttern oder Vätern und schliefen mit vollen Bäuchen ein. Jeder der Erwachsenen erzählte nun eine Geschichte. Die meisten sprachen von ihren Lieblingsplätzen. Beryll erzählte als Letzter etwas. Da er keine eigene Geschichte über sein Lager hatte oder noch keine, hatte er sich entschieden, den Leuten davon zu erzählen, wie er und Silbermähne vom Dorf an der Küste bis zu ihnen gewandert waren. Die Leute hörten ihm sehr aufmerksam zu. Genauso wie sie es vorher untereinander getan hatten. Besonders schien sie die Beschreibung des Passes mit den Hügeln, die wie Schildkröten aussahen, zu beschäftigen. Da war die einzige Stelle, an der sie sich erstaunt ein paar Worte zuraunten. Es war ein Ort, der für sie an der Grenze des Gebietes lag, in dem sie wanderten und das sie kannten, und nur zwei waren je bis dorthin gegangen. Die Schildkrötenhügel waren die Hüter ihrer Grenzen und ließen nur Freunde ein.

Als Beryll mit seiner Erzählung zu Ende war, wurden die Schatten bereits länger und tiefer. Zwei der Männer begannen auf hohlen Ästen Musik zu machen.

Die Nacht war schon fortgeschritten, als sie aufhörten. Nach und nach verschwanden die Besucher wieder durch den Felsspalt, durch den sie gekommen waren. Von da an waren Beryll und Silbermähne Teil ihrer Umgebung und ihres Lebens. Ab und zu kam jemand zu ihrem Lager am Teich. Ab und zu suchten die beiden auch selbst eine der Familien auf.

Wenn es ein Fest für alle gab, so nahmen sie ab jetzt mit daran teil. Mann vom roten Felsen holte sie jeweils ab und erklärte ihnen, was der Inhalt der Tänze oder Zeremonie war.

Nach diesem besonderen Tag sammelte Beryll eine Woche lang vor allem Vorräte, wie er bereits zu tun begonnen hatte, kurz bevor die Besucher gekommen waren. Danach wollte er sich ebenso sehr auf seine Arbeit im grünen Land konzentrieren, ohne sich in der Zeit darum kümmern zu müssen, Nahrung aufzutreiben.

Als er genug beisammen hatte, führte er diesen Plan aus und wandte sich ganz und gar der Aufgabe zu, die im grünen Land auf ihn wartete.

Auch am Ende seines dritten Besuches im grünen Land war es noch nötig, dass Silbermähne ihn ins rote Land zurückrief. Der Hinweg über den Stein bereitete Beryll nicht mehr die geringste Mühe. Der Drache schlug ihm sogar vor, als er zum dritten Mal vor der Pforte stand, dass er sich auch direkt in den Palasthain träumen könne, wenn er es wünsche. Aber den richtigen Zeitpunkt für die Rückkehr zu bemerken, gelang Beryll noch nicht.

Bei diesem dritten Besuch vertiefte er sich so in ein Gespräch mit den beiden Elfenschwestern, dass er wieder alles um sich herum vergaß.

Diesmal waren sie die ganze Zeit unter sich. Das Königspaar war nur kurz zu seiner Begrüßung gekommen. Dann hatten sich die beiden zurückgezogen, weil sie eine wichtige Besprechung mit den Einhörnern hatten, die sich nicht verschieben ließ, wie sie sagten.

Da redeten sich die drei – zum ersten Mal von Anfang an sich selbst überlassen – die Köpfe und Herzen heiß. So viel bewegte sie, so viel gab es zu erklären, so viele Fäden wieder aufzugreifen. Bald schon stellte sich die enge Vertrautheit aus ihren Kindertagen wieder ein. Beryll wagte es gar, ihnen von Bussardfreundins Wandlung, von seinem Traum von der Hochelfendame und seiner Sorge darum, wer und wo seine Eltern denn nun wirklich waren und wer ihm den Stein gegeben hatte, zu erzählen. Sie hingegen ließen ihn wissen, was damals in ihnen vorgegangen war und wie sie inzwischen ebenfalls verstanden hatten, dass er weder für die eine noch die andere unter ihnen bestimmt war. Sie erzählten ihm, wie sehr auch sie an ihren Gefühlen hatten arbeiten müssen und welche Träume sie nun bewegten.

So war es kein Wunder, dass Silbermähne diesmal sogar drei Versuche unternehmen musste, bis zumindest Aran ihn hörte und Beryll darauf aufmerksam machte, dass Silbermähne ihn rief.

Nachdem er sich ausgeschlafen hatte, ging Beryll auf die vierte Reise ins grüne Land.

Bei diesem Besuch ging es darum, mit der eigentlichen Arbeit zu beginnen. Das ahnte er.

Als er in den Palasthain kam, sah er, dass die Zwillingsschwestern schon in der Laube hinter den Thronen saßen. Einer der alten Elfen war mit ihnen. Er gehörte zu den beiden früheren Hütern der Kreisläufe, die gewirkt hatten, bis die Elfe, die als dritte mit ihnen war, die grüne Welt hatte verlassen müssen. Sie hatte als Erste unter den dreien ihre Anzahl an Sonnenläufen erfüllt. Kurz nachdem die jungen Hüter begonnen hatten zu lernen, war sie in die Wälder aus Sternenlicht gegangen. Es war gerade noch rechtzeitig gewesen, dass die nächsten Hüter gefunden worden und auch dazu bereit waren, diese Aufgabe zu übernehmen.

Airand, der alte Hüter, begrüßte Beryll, der ihn sogleich wiedererkannt hatte, obwohl er sehr gealtert schien, und jetzt mit Freude daran dachte, was die Anwesenheit des Alten hier und heute bedeuten musste. Seine Ahnung bestätigte sich. Fast hätte er vor Freude verpasst, was Airand sagte. Gerade noch erreichte es ihn: „Lasst uns jetzt mit der Arbeit am Riss beginnen. Folgt mir zum Spiegel der Welten, damit wir sehen, wie es steht und wo der Beginn zu verankern ist. Wir sind zu der Überzeugung gelangt, dass alles andere warten kann, diese Arbeit aber als erste zu tun ist."

Schon war er aufgestanden. Dass er ein hohes Alter hatte, bedeutete nicht im Geringsten, dass er sich weniger gewandt und graziös bewegte als die drei jüngeren. Mit raschen und sicheren Schritten ging er ihnen voraus. Sie verließen den Palasthain. Am Ausgang der dreifachen Spiralallee standen vier Einhörner bereit. Für Beryll war Silbermähnes jüngere Schwester, Goldhorn, eingesprungen. Ausnahmsweise würde sie ihn hier tragen und ihren Reiter jeweils an die zweite Stelle setzen, wenn es sich nicht vermeiden ließ. Und nur, bis Silbermähne endlich zurück wäre.

Sie galoppierten mehrere Stunden in den Wald hinein.

Einmal rief Airand Beryll ganz unvermittelt zu: „Was tut Silbermähne gerade?" Beim Versuch, darauf eine Antwort zu geben, musste er sich an das rote Land erinnern.

Es dauerte nicht lange, da rief ihm Airand wieder etwas zu. Diesmal fragte er ihn: „Was tut Beryll gerade im grünen Land?" Und ein paar Minuten später: „Was tut Beryll gerade im roten Land?"

Beryll hatte begriffen: Wenn er Airand darauf eine Antwort geben konnte und dazu imstande war wahrzunehmen, wonach der ihn fragte, so müsste er das auch allein schaffen. Von da an übernahm er es, regelmäßig die Frage nach sich selbst zu stellen und die Antwort darauf zu finden.

Endlich kamen sie an eine Stelle des Waldes, wo sich die Bäume lichteten. Durch einen Ring uralter Eiben gelangten sie auf eine Lichtung, nachdem sie von den Einhörnern abgestiegen waren. In der Mitte der Lichtung, die von blau blühenden Blumen übersät war, stand ein Ring von Ebereschen um ein großes, wie eine Schale geformtes Becken aus dunkelgrünem, poliertem Stein.

Der Spiegel der Welten.

Die drei jungen Hüter waren zum ersten Mal hierhergebracht worden.

Die vier stellten sich um das Becken herum auf. Darin sahen sie klares, ruhiges und ganz glattes Wasser. Woher es kam und warum es so klar blieb, verstand niemand von den drei jungen Hütern der Kreisläufe. Viel später erst sollten sie etwas über die alte Elfenmagie erfahren, die diesen Ort durchtränkte.

Airand forderte sie auf, in das Wasser im Becken hineinzusehen.

Durch den dunklen Stein, der es enthielt, wirkte das Wasser fast schwarz. Seine Oberfläche war wie ein Spiegel. Und es dauerte nicht lange, bis Beryll sah, wie etwas in diesem Spiegel auftauchte.

Und ob er erkannte, was er da sah!

Zweimal hatte er es bereits gesehen. Zum einen in seinem Stein, zum anderen, als er sich jenseits der weltumspannenden Schlange befunden hatte.

Denn in der Mitte des Spiegels sah er einen runden Fleck in allen Farben, aber vor allem aus Grün, Rot und Gold. Er war umspannt von einem dünnen Ring aus Schuppen, die das ganze Spektrum des Regenbogens zeigten.

Es war eine Variante der beiden Bilder, die er gut kannte, weil sie ihn sehr beeindruckt hatten.

Der Fleck in der Mitte wurde größer, kam auf sie zu. Er wurde zu einer Kugel, füllte die gesamte Oberfläche des Beckens an.

Dann fielen die einzelnen Farbtöne auseinander und verwoben sich aufs Neue. Was er jetzt sah, erinnerte ihn an nichts, was er je zuvor gesehen hatte. Die Farben sahen buchstäblich wie zu einem äußerst komplizierten Muster verwobene Fäden aus. Aber es war nicht wie bei einem Stoff. Dieses Gewebe war lebendig. Dauernd lösten sich einzelne Fäden und verwoben sich wieder auf eine andere Weise. Muster kamen und gingen. Manche rasch, manche langsam. Andere blieben die ganze Zeit über gleich. Manche Veränderungen hingegen mussten so rasch geschehen, dass er sie mit seinen Augen nicht mitverfolgen konnte. Dennoch sagte ihm sein Gedächtnis ganz deutlich, dass da, wo eben ein Zickzack aus goldenen und blauen Fäden gewesen war, auf einmal ein rotes, grünes und orangefarbenes Muster aus Quadraten zu sehen war. Wie eines zum anderen führte, hatte er nicht erfassen können. Bei anderen konnte er es so gut mitverfolgen, dass er sich bereits im Voraus ausmalte, wie das neue Muster aussehen würde.

Irgendwoher wusste er auch, dass die Fäden und Muster, die an manchen Stellen in die Tiefe abtauchten, an anderen wieder an die Oberfläche gelangten. Dieses Gewebe war nicht flach wie ein Stoff, sondern es bestand aus Kreisläufen in mehreren Dimensionen.

Fasziniert betrachteten alle drei das Schauspiel.

Erst nach einer Weile erkannten sie den Riss.

Er verlief mehr oder weniger durch die Mitte des Spiegels der Welten. Wo er war, gab es nichts. Keine Farben, keine Bewegungen. Ja, womöglich auch gar kein Wasser und kein Becken? Es war nichts dort. Die Muster von der einen Seite setzten sich zum Teil auf der anderen, jenseits des Risses, fort. Manche jedoch waren auf beiden Seiten völlig unterschiedlich.

Nach einer weiteren Weile erkannten sie, dass durch den Riss noch etwas geschah. Und das konnte wohl wirklich nicht so bleiben. Manche Muster lösten sich auf! Nicht dass sie sich veränderten. Nein, sie verschwanden. Wenn sie mit auch nur einem Faden den Riss berührten, war es, als würden sie von dem Riss angezogen. Der Faden, der ihn als Erster berührt hatte, verschwand darin und mit ihm nach und nach die anderen Fäden und das gesamte Muster, das sie gemeinsam gebildet hatten. An ihre Stelle traten weder neue Fäden noch neue Muster. Dort tauchten sie ab, um nie wieder an die Oberfläche zu gelangen.

So wuchs der Riss. Langsam. Fast unmerklich. Aber er wuchs. Und er wuchs auf der einen Hälfte rascher. Dort verschwanden mehr Fäden, viel mehr Fäden in ihm als auf der anderen Seite.

Beryll durchzuckte die Einsicht, dass das zeigte, was er und die Königin des grünen Landes gesagt hatten, als sie den König um Gnade für das rote Land gebeten hatten. Dort gab es niemanden, der diese Fäden daran hindern konnte, in den Riss gezogen zu werden. Ja, kaum jemanden, der überhaupt von diesen Mustern wusste.

„Ja. Du, Beryll, und auch ihr, Zwillingsschwestern, die ihr denselben Gedanken zur selben Zeit erkannt habt, habt verstanden", bestätigte Airand genau in dem Moment.

Dann fuhr er mit einer Erklärung fort: „Was ihr da seht, ist tatsächlich das Abbild des Risses durch die Welten. Wir, ich und andere unter den Elfen und Wesen des grünen Landes arbeiten tagtäglich daran, die Fäden am Verschwinden zu hindern. Im roten Land hat niemand die Fähigkeit dazu und nur die wenigsten wissen überhaupt darum, was da geschieht. Die meisten unter diesen gehören zu den Völkern der Zwerge, der Gnome oder zu denen unter den Menschen, die in den Bergen, Wüsten, Grasländern und Wäldern leben. Bei denen in den befestigten Städten und Dörfern gibt es dieses Wissen nur noch unter einzelnen, die niemand mehr ernst nehmen will. Darum verschwinden die Fäden auf der Seite des roten Landes in so viel größerem Ausmaß und so viel rascher. Nichts wird dort getan, es zu hindern, weil niemand dies zu tun versteht.

Der Riss ist durch die Trennung des grünen Landes vom roten Land entstanden. Dadurch, dass Beryll sich aufgemacht hat, seine Queste zu vollenden, und sich bei seiner Rückkehr ins grüne Land in der inneren Welt für das rote Land eingesetzt hat, ist ein erster Faden über den Riss gespannt worden. Dieser und der Entscheid unseres Königs erlauben euch nun, eure Arbeit hier aufzunehmen. Heute habe ich euch zum ersten Mal an diesen Ort geführt. In Zukunft werde ich euch, sobald ihr zusammenkommt, hier treffen und dabei anleiten, wie ihr den

Riss verweben könnt. Das ist eure erste und wichtigste Aufgabe als die jungen und zukünftigen Hüter der Kreisläufe. Den Riss zu heilen und dann die Kreisläufe zu hüten und aufrechtzuerhalten, indem ihr ihnen die Bewegungskraft verleiht, die sie benötigen. Erst ganz zum Schluss mag es, so die Quelle aller Existenz es durch die Himmlischen und die Hochelfen unterstützt, gelingen, bereits verlorene Fäden durch neue zu ersetzen. Das Gewebe zu restaurieren.

Wir werden damit beginnen, dass ich euch lehre zu erkennen, welche der verschwindenden Fäden als Erste zu retten sind, um nicht das ganze Gewebe zu verlieren. Wir haben nicht mehr unendlich viel Zeit zur Verfügung, aber es kann durchaus gelingen, den Riss rechtzeitig zu verweben, bevor das Gewebe der Welt ganz in ihm verschwunden ist.

Und natürlich werde ich euch auch zeigen, wie ihr die Fäden verweben könnt. Denn hier reicht es nicht mehr nur aus, sie gemäß ihrer Wichtigkeit zu erkennen. Ihr müsst sie auch wieder anknüpfen und daran hindern zu verschwinden."

Hier unterbrach er sich, denn wie Beryll hatte er gemerkt, dass es für diesen Zeit war, jetzt ins rote Land zurückzukehren.

Die vier verabschiedeten sich und setzten den Zeitpunkt fest, zu dem sie sich am folgenden Tag wieder hier treffen wollten.

Und so geschah es denn auch. Bei diesem fünften Treffen gelang es Beryll zum ersten Mal, den Hin- und Rückweg durch die innere Welt ohne Unterstützung zu machen. Nach wenigen Tagen war er darin so sicher geworden, dass Silbermähne ihm mitteilte, er werde nun nicht mehr immer direkt neben Berylls Körper wachen, sondern erst etwas tun, wenn ihn jemand dazu auffordere. Und tatsächlich konnte er nun unbesorgt seiner eigenen Wege gehen, wenn Beryll im grünen Land zu Besuch war, um sich mit Airand, Aran und Elfira beim Spiegel der Welten zu treffen und mit ihnen am Verweben des Risses zu arbeiten.

Die drei hatten eine rasche Auffassungsgabe und ein gutes Gefühl für das, was Airand ihnen zeigte. Er war darüber erleichtert.

Noch nie hatte die Loslösung des grünen Landes vom roten Land, die immer am Anfang der Zeit einer neuen Gruppe von Hütern des Kreislaufes erfolgte, zu einem derartig ausgedehnten Riss geführt. Bisher war es immer nur ein Lockern des Gewebes gewesen, worauf die angehenden Hüter der Kreisläufe daran arbeiteten und die Fäden nach und nach wieder so verwoben, dass der ursprüngliche Zustand wiederhergestellt war. Auf diese Weise lernten sie das Gewebe kennen, erfuhren, wie die Fäden zusammenhingen und wie sie damit umzugehen hatten. Noch nie zuvor hatte ja ein König oder eine Königin des grünen Landes alle Pforten zu ihrem Reich verschließen lassen. Denn es war auch noch nie zuvor zu einem solchen Streit gekommen, wie es zwischen diesen jungen Hütern geschehen war. Mit solch schrecklichen Auswirkungen wie die Sturmflut, in der so viel unterging. Aber zum Glück war mit diesen angehenden Hütern der Kreisläufe auch eine Gruppe zusammengekommen, die die Fähigkeiten hatte, ihrer um so viel mehr erschwerten Aufgabe gewachsen zu sein. Dass Beryll das rote Land nun besser kannte, als es je ein Elf getan hatte, würde bei dieser Arbeit eine unschätzbare Hilfe sein.

Es bestand Hoffnung.

Für die drei wurden ihre regelmäßigen Treffen und die Zusammenarbeit mit Airand beim Spiegel der Welten bald schon zu einer Art Routine. Wenn auch kein Faden dem anderen glich und es ihnen bei der unendlichen Fülle der Muster nie langweilig wurde, so hatten sie nun doch einen festen Tagesablauf, der sich gleichmäßig wiederholte.

Ja, es folgte tatsächlich eine lange Zeit, die kaum noch etwas mit den Aufregungen und Veränderungen zu tun hatte, die Beryll und Silbermähne auf dem langen Weg bis zur Quelle mit dem Teich zwischen den roten Felsen ständig begegnet waren. Sie waren an diesen Ort gekommen und nun waren sie hier und blieben hier. Ihre Tage verliefen gemäß einem gut und genau geplanten Ablauf.

Die Arbeit im grünen Land, sich mit dem versorgen, was sie zum Leben brauchten, sich erholen und schlafen, die Übungen, die Begegnungen mit Mann vom roten Felsen, die Besuche von oder bei den Leuten, die in dieser Gegend lebten: All das hatte seinen geregelten Gang. Die Überraschungen, die auf ihrer langen Reise üblich gewesen waren, gab es nun nicht mehr.

Sie hatten sich hier niedergelassen.

So kam es Beryll vor, denn eines Tages, als er sich mit dem Drachen unterhielt, den er ab und zu an der Pforte besuchte, bevor er sich zum Spiegel der Welten weiterträumte, sagte er Folgendes zu ihm: „Weißt du, Topas, so gefällt mir mein Leben. Auf meiner Queste habe ich mir so oft gewünscht, irgendwo anzukommen, wo ich hingehöre. Nun hat dieses ewige Drängen und Suchen ein Ende gefunden. Ich weiß, wer die Meinen sind, und arbeite wieder mit ihnen an meiner Aufgabe. Jetzt sieht es gar so aus, als ob ich auch tatsächlich den richtigen Ort gefunden hätte, um im roten Land weiterzuleben. Die Wurzel meiner Silberlinie. Dort, an der Quelle bei den roten Felsen lässt es sich für mich in jenem Land wunderbar leben. Mein Lager unter dem Baum am Teich gefällt mir sehr gut. Seit ich meine Erinnerung wiedergefunden habe und regelmäßig zumindest in der inneren Welt das grüne Land besuchen und dort mit Aran und Elfira arbeiten kann und seit ich auch im einen Land nicht mehr das andere vergesse, ist mein Leben wieder ganz geworden. Ich bin darüber sehr glücklich. So kann ich ruhig verweilen und weitermachen, bis die Zeit mich aus meinem Erdbodenkörper freigeben wird und ich ganz ins grüne Land zurückkehren werde, wie Mann vom roten Felsen mir erklärt hat. Es tut gut, angekommen zu sein."

Zu dieser Rede nickte der Drache weise und nachdenklich mit dem Kopf.

Er sagte nichts darauf außer: „Gut so."

Ganz bei sich selbst und ohne diese Gedanken auch nur mit einem einzigen anderen Wesen zu teilen, dachte sich der Drache jedoch schmunzelnd: „Gut, mein Junge. Der Weg weg und hin ist dir gelungen. Darüber darfst du zu Recht glücklich und zufrieden sein. Der Beginn ist gemacht. Du hältst ihn für das Ende. So sei es, wie es ist.

Bis du ganz von selbst bemerkst, wo dein Weg her und zurück beginnt."

Danksagung

Freunden, Kollegen, Partnern – allen Wesen, die mir in gut fünfzig Jahren vielfältiger Erfahrungen begegnet sind; insbesondere Vicky, Claudia, Mike, Shanto, Jane, Erik, Jane (ja, es sind zwei), John, Heinz, Amaria, Ruth, Silvia, beiden Ursulas, Franziska „Fränzi“, Ursi, Daniela und allen aus der großen Farb- und Klangfamilie, von denen ich so viel Unterstützung und Unterricht bekam und weiterhin bekomme; dem Team vom Novum Verlag für die gute Zusammenarbeit und Jo, der mir den Tipp gegeben hat, es doch dort zu versuchen:

Dankeschön!

Die Autorin

Margrit Krause, geboren 1956 in Berlin, arbeitete als Geografin und als Farbberaterin. Sie geht gern auf Reisen, seien es innere oder äußere, liebt die Natur und die Farben. Seit 2008 schreibt sie am Manuskript zu „Berylls Queste“.

novum VERLAG FÜR NEUAUTOREN

Der Verlag

„Semper Reformandum", der unaufhörliche Zwang sich zu erneuern begleitet die novum publishing gmbh seit Gründung im Jahr 1997. Der Name steht für etwas Einzigartiges, bisher noch nie da Gewesenes.
Im abwechslungsreichen Verlagsprogramm finden sich Bücher, die alle Mitarbeiter des Verlages sowie den Verleger persönlich begeistern, ein breites Spektrum der aktuellen Literaturszene abbilden und in den Ländern Deutschland, Österreich und der Schweiz publiziert werden.
Dabei konzentriert sich der mehrfach prämierte Verlag speziell auf die Gruppe der Erstautoren und gilt als Entdecker und Förderer literarischer Neulinge.

Neue Manuskripte sind jederzeit herzlich willkommen!

novum publishing gmbh
Rathausgasse 73 · A-7311 Neckenmarkt
Tel: +43 2610 431 11 · Fax: +43 2610 431 11 28
Internet: office@novumpro.com · www.novumpro.com

novum VERLAG FÜR NEUAUTOREN

Margrit Krause

Berylls Queste I

Der Weg fort – Zu den Zwergen

ISBN 978-3-99003-290-9
396 Seiten
Euro (A) 17,90
Euro (D) 17,40
SFr 32,20

Beryll erwacht bei einer Quelle im Wald und hat keine Erinnerung an seine Vergangenheit. Ein Amulett ist sein einziger Hinweis auf seine Herkunft. So beginnt eine lange Suche nach seiner Vergangenheit ...